Gabriel García Márquez

L'amore ai tempi del colera

Traduzione di Claudio M. Valentinetti

ARNOLDO MONDADORI
EDITORE

Titolo originale dell'opera:
El amor en los tiempos del colera

I edizione Omnibus marzo 1986
I edizione Bestsellers Oscar Mondadori aprile 1990
I edizione Oscar classici moderni febbraio 1994

ISBN 88-04-37984-7

Questo volume è stato stampato
presso Arnoldo Mondadori Editore S.p.A.
Stabilimento Nuova Stampa - Cles (TN)
Stampato in Italia - Printed in Italy

Gabriel García Márquez

La vita

Si crede comunemente che l'anno di nascita di Gabriel García Márquez, Gabo per gli amici, sia il 1928. In realtà, il più letto scrittore sudamericano nasce ad Aracataca nella Colombia atlantica il 6 marzo 1927. È il primo dei sedici figli del telegrafista Gabriel Eligio García e della chiaroveggente Luisa Márquez Iguarán, i quali ben presto si trasferiscono a Barranquilla, lasciando il piccolo alle cure dei nonni materni: il vecchio colonnello di fede liberale Nicolás Ricardo Márquez Mejía, colui che accompagnerà il nipote a conoscere il ghiaccio nello stabilimento della multinazionale United Fruit, e Tranquilina Iguarán Cotes, sempre vestita a lutto, confidente dei morti e grande narratrice di storie magiche e sorprendenti.

Gabriel trascorre l'infanzia in un villaggio ormai depresso dopo l'improvviso boom bananiero dei primi due decenni del secolo. Nel 1936, alla morte del nonno, raggiunge i genitori a Sucre. Grazie a una borsa di studio, frequenta le scuole a Barranquilla e poi a Zipaquirá, sull'altopiano, dove si diploma nel 1946. L'anno seguente intraprende gli studi giuridici all'Universidad Nacional di Bogotá. Durante il soggiorno nella capitale scrive i suoi primi racconti, pubblicati su « El Espectador », per dimostrare a un amico che anche la sua generazione è in grado di produrre scrittori. Nel 1948 dilaga in Colombia la violenza politica; l'università viene chiusa e García Márquez ritorna sulla costa, a Cartagena.

Abbandona gli studi, si dedica al giornalismo e lavora per due anni come redattore di « El Universal ». Quindi si trasferisce a Barranquilla dove frequenta un gruppo letterario di giornalisti e scrittori che avrà grande peso nella sua formazione e dove collabora a « El Heraldo ». In una rubrica di commenti in libertà, intitolata "La Jirafa" e firmata con lo pseudonimo Septimus, traccia il profilo di alcuni dei personaggi che diventeranno i protagonisti delle successive opere.

Nel 1951 porta a termine il primo romanzo, *Foglie morte*, che non riesce, però, a far pubblicare. Pubblica, invece, altri racconti sui giornali; su « El Heraldo » esce "L'inverno", il racconto poi divenuto il "Monologo di Isabel mentre vede piovere su Macondo". Nel 1953 è costretto, per vivere, a diventare rappresentante di libri; ma l'anno successivo è di nuovo a Bogotá come redattore di « El Espectador », per il quale scrive anche di critica cinematografica.

Nel 1955 esce a puntate per questo stesso giornale un suo reportage sul naufragio del marinaio Velasco, successivamente pubblicato in volume con il titolo *Racconto di un naufrago* (1970). E ancora del 1955 è la prima edizione di *Foglie morte*.

A luglio García Márquez viene inviato in Europa: frequenta per alcune settimane un corso al Centro sperimentale di cinematografia di Roma, quindi si stabilisce a Parigi, dove vive in ristrettezze economiche perché la dittatura colombiana di Rojas Pinilla ha sospeso la pubblicazione dei giornali indipendenti. Per tutto il 1956 lavora febbrilmente al romanzo *Nessuno scrive al colonnello*, che vedrà la luce nel 1961.

Nel novembre del 1957 raggiunge Caracas dove è assunto dal settimanale « Momento », ma si dimette poco dopo per divergenze con la direzione. Nel marzo del 1958 si sposa a Barranquilla con Mercedes Barcha. Dopo la rivoluzione si trasferisce a Cuba, e lavora a « Prensa Latina », l'agenzia giornalistica fondata da Fidel Castro. Fino al 1960 ne è il corrispondente da Bogotá, poi viene mandato a New York. Perso il posto in seguito a manovre di potere, si trasferisce in Messico, dove nascono i due figli, Rodrigo e Gonzalo. Nel 1962 vengono pubblicati gli otto racconti di *I funerali della Mamá Grande* e il romanzo *La mala ora*. Trovato il celebre inizio, scrive in diciotto mesi *Cent'anni di solitudine* che, stampato nel 1967, ottiene subito un successo clamoroso.

García Márquez, ormai celebre, va a vivere in Spagna, a Barcellona, dove rimane fino al 1975. Pubblica due libri di racconti: *La incredibile e triste storia della candida Eréndira e della sua nonna snaturata* (1972) e *Occhi di cane azzurro* (1974) che raccoglie la produzione dal 1947 al 1955. Dà anche alle stampe le sue cronache giornalistiche, *Un giornalista felice e sconosciuto* (1973). Nel 1972 gli viene assegnato il prestigioso premio Rómulo Gallegos, e destina la somma ricevuta a un gruppo rivoluzionario venezuelano. Di questo periodo spagnolo è anche la stesura del romanzo *L'autunno del patriarca* (1975).

Nel 1976 dichiara di abbandonare la letteratura per protesta contro il regime cileno di Pinochet. Gira il mondo come giornalista impegnandosi in favore dei popoli oppressi. Nel 1981 ritorna sulla sua decisione e pubblica *Cronaca di una morte annunciata*. Intanto escono su « El Espectador » due suoi nuovi racconti: "La traccia del tuo sangue sulla neve" e "L'estate felice della signora Forbes".

Nel 1982 gli viene assegnato il premio Nobel per la letteratura. Lo scrittore vive fra Città del Messico, Bogotá, Parigi e l'Avana. Scrive *L'amore ai tempi del colera*, in libreria nel dicembre del 1985, anno in cui muore il padre ottantenne. Nel 1986 pubblica il reportage sul rientro clandestino in patria del regista cileno Miguel Littín.

Le opere

Gabriel García Márquez nel corso di quasi quarant'anni – da "La terza rassegnazione", il suo primo racconto che data 1947, a *L'amore ai tempi del colera*, l'ultimo romanzo del 1985 – è andato componendo un unico grande libro: il libro della solitudine. Tutta la sua opera si presenta come una partita a scacchi con il tempo, felicemente infranto nel suo inarrestabile fluire, e con la morte, sempre presente, palpitante nelle pagine. Ma è la solitudine, denunciata come ingrediente indispensabile sia pur doloroso della vita umana, il sentimento fondamentale che permea i suoi personaggi e li accompagna nelle loro avventure. La solitudine come corrispettivo dell'incapacità di amare e di offrire solidarietà. Tutto ciò traspare sin dai primi racconti in cui lo scrittore colombiano ancora rifiuta di recuperare i ricordi dell'infanzia, trascorsa nella grande casa dei nonni in un clima di « prodigioso terrore », come egli stesso lo definì.

Nei racconti di *Occhi di cane azzurro*, pubblicati nel 1974 ma scritti fra il 1947 e il 1955, forte è l'impronta onirica; tuttavia, già appare evidente la tendenza, la tentazione di reinventare un mondo da sostituire a quello reale. Ne è un esempio il fascinoso "Monologo di Isabel mentre vede piovere su Macondo" che chiude la raccolta e preannuncia l'universo incantato e terribile di quel povero villaggio caribico, che è sì un luogo della geografia universale dell'immaginario, ma anche soprattutto uno stato d'animo. Da allora la scrittura di García Márquez interviene sulla realtà per trasformarla interamente. Avvolte in un'atmosfera di destino imperscrutabile e di fatalità, vedono la luce storie di desolazione e di solitudine, dove la mancanza d'amore alimenta i deliri del potere.

Sono gli anni di *Foglie morte* (1955), del vecchio colonnello, di sua figlia e di suo nipote monologanti attorno al cadavere del misterioso medico del paese; gli anni di *La mala ora* (1962), delle pasquinate che sconvolgono la vita di un villaggio soffocato dal caldo; e degli otto racconti compresi in *I funerali della Mamá Grande* (1962). Plasmato dalla solitudine e dalla desolazione è anche il celebre colonnello, al quale nessuno scrive, e che, in attesa di un'impossibile pensione, alleva galli da combattimento. Questo è il fertile *humus* nell'ambito del quale sboccia nel 1967 *Cent'anni di solitudine*, il fortunato capolavoro che García Márquez ha "meditato" per una quindicina d'anni: la storia della famiglia Buendía, « il cui primo è legato a un albero e l'ultimo lo stanno mangiando le formiche ». Un romanzo totale che, in uno scenario biblico di genesi e decadimento, riesce a dare spessore e solidità mitica alla realtà. La traduzione, che si fa narrazione – quasi un canto di ampio respiro –, dell'intuizione di Borges: tutti gli uomini vivono lo stesso tempo e, anzi, sono la stessa persona.

I successivi racconti di *La incredibile e triste storia della candida Eréndira e della sua nonna snaturata* (1972) partecipano della stessa atmosfera; essi testimoniano magistralmente l'appartenenza alla vita quotidiana degli elementi soprannaturali. In origine, i primi sei racconti dovevano comporre un libro per ragazzi, mentre l'ultimo, che dà il titolo alla raccolta, era un soggetto cinematografico. Il *Racconto di un naufrago* (scritto nel 1955 e pubblicato in volume nel 1970) e *Un giornalista felice e sconosciuto* (1973) dimostrano, invece, l'impegno civile e l'abilità giornalistica dell'autore colombiano.

La ricerca esasperata di un nuovo linguaggio, il desiderio di allontanarsi da Macondo e di sigillare per sempre le pergamene di Melquíades, il *deus ex machina* di *Cent'anni di solitudine*, conducono García Márquez allo sperimentalismo di *L'autunno del patriarca* (1975). Questa sorta di musicale poema in prosa mette a nudo le illusioni e l'irrimediabile solitudine del Potere, incarnato da un patetico e maestoso *caudillo*. Però, nonostante gli sforzi dell'autore, è difficile non scorgere sotto i panni del patriarca l'ennesimo inconsolabile Buendía.

Uno stacco deciso è invece rappresentato da *Cronaca di una morte annunciata* (1981), lo stupendo e asciutto racconto di un fatto realmente accaduto, e archiviato da García Márquez nel ripostiglio della memoria per oltre trent'anni: un dramma della responsabilità collettiva, che è anche una lucida radiografia di un microcosmo sociale caribico. Apparso dopo un silenzio politico che durava da sei anni, il breve romanzo si presenta come una nuova dichiarazione di poetica del narrare.

Con *L'amore ai tempi del colera* (1985) l'ormai premio Nobel confeziona un prodotto godibile e rassicurante, raccontando non senza ironia un intenso amore fra due anziani. Un bestseller che nulla aggiunge alla grandezza del suo autore.

La fortuna

Cent'anni di solitudine inaugura la felice stagione della narrativa sudamericana nel mondo. Fa la fortuna del suo autore e di un continente ancora capace di produrre una letteratura alimentata da un forte e profondo rapporto con il mito. Prima della saga dei Buendía, Gabriel García Márquez confessò di essersi arenato in una secca letteraria da cui non riusciva a emergere. Alcuni anni dopo avrebbe ammesso: « Ho sempre creduto che il cinema, con il suo tremendo potere visivo, fosse il mezzo di espressione perfetto. Tutti i miei libri precedenti a *Cent'anni di solitudine* sono come intorpiditi da quella certezza ».

I romanzi e i racconti di Márquez circolano in genere in un ambiente ristrettissimo e godono di un'attenzione distratta. *Foglie morte* ottiene recensioni buone ma distaccate. *Nessuno scrive al colonnello*, che l'autore colombiano ha considerato fino a *Cronaca di una morte annunciata* il suo lavoro più riuscito, meraviglia qualche addetto ai lavori e nulla più. Anche *La mala ora* produce lo stesso effetto, nonostante abbia vinto un premio letterario come inedito.

Soltanto *Cent'anni di solitudine* compie il miracolo. García Márquez riesce a liberare dal folclore, dalla testimonianza naturalistica di maniera, dalla denuncia politica fine a se stessa, un'ampia zona dell'immaginazione ispano-americana. Nel romanzo viene magicamente condensata la pienezza del patrimonio di valori di un intero continente. Il libro giunge sul mercato in un momento che non potrebbe essere migliore; una serie di ragioni culturali, sociali e politiche ne favoriscono il successo. Con la sua forza, il suo bagaglio di visioni e di prodigi, con la sua capacità di reinventare il mondo, questo romanzo "fluviale" risponde in pieno alle esigenze e alle aspettative di una società in fermento, che attende da tempo la possibilità di specchiarsi in un'opera creativa. La voce che arriva da un universo sconosciuto seduce e incanta il mondo intero.

A dispetto della pur indubbia validità di tutta la sua produzione, probabilmente è solo grazie a questo libro che Gabriel García Márquez ottiene nel 1982 il premio Nobel per la letteratura. Il romanzo viene variamente scandagliato dalla critica e sottoposto ad analisi minuziose di carattere semiologico, psicanalitico, strutturalistico. Lo si vincola a un contesto religioso ed esoterico; lo si rapporta al mito di Edipo e all'incesto; si parla di simbologia alchemica e di realismo magico. Rarissime voci si levano a contestarne la qualità di capolavoro. Valga comunque il giudizio di un fine letterato e grande scrittore come l'argentino Jorge Luis Borges a sancirne la definitiva consacrazione: « Si tratta di un libro originale, al di sopra di ogni scuola, di ogni stile e privo di antenati ». Il che non impedisce di rintracciare alcune influenze: Faulkner e Kafka, soprattutto, ma anche il messicano Juan Rulfo, con il suo magnifico *Pedro Páramo*. García Márquez riconosce che deve molto anche a Virginia Woolf e, per ciò che riguarda la tecnica formale, a Hemingway e a Greene; e cita volentieri Sofocle come punto di riferimento del proprio lavoro: *Edipo re* e *Antigone*, da cui ha tratto l'epigrafe di *Foglie morte*.

Molta critica giudica la maggior parte della sua opera un'anticipazione o un prolungamento di *Cent'anni di solitudine*. Oltre agli ultimi romanzi, pochi racconti sembrano sfuggire a questa considerazione.

L'autunno del patriarca sembra rifugiarsi in una sperimentazione linguistica esasperata, opponendo alla felicità simbolica, alla profonda naturalezza dei *Cent'anni* un'allegoria costruita e a tratti faticosa. L'opera, forse, non è meno bella, ma sembra pagare un alto prezzo all'ambizione dell'autore di rinnovarsi e di mantenersi al livello di *Cent'anni di solitudine*.

Di tutt'altro segno è *Cronaca di una morte annunciata*, un libro di fascinosa sobrietà, di magistrale limpidezza, sulla cui prosa l'autore esercita un controllo rigoroso.

L'amore ai tempi del colera, infine, riceve nuovamente da parte della critica un'accoglienza piuttosto fredda, bilanciata, però, dal prevedibile successo di pubblico. È l'unico lavoro di impronta ottimistica, che non lascia trasparire quell'inquietudine e quell'autentica passione sociale presenti nelle migliori pagine di García Márquez.

Lo scrittore sudamericano, impegnato politicamente e convinto militante per la causa dei popoli oppressi, ha sempre considerato la buona scrittura l'unica felicità fine a se stessa. Al punto di dichiarare: « Credo che il dovere rivoluzionario dello scrittore sia scrivere bene [...] Il romanzo ideale è un romanzo assolutamente libero, che non solo inquieta per il suo contenuto politico e sociale, ma anche per il suo potere di penetrazione nella realtà; e meglio ancora se è capace di rivoltare la realtà per mostrarne il rovescio ». Quanto è riuscito a fare *Cent'anni di solitudine*.

Bibliografia

Prime edizioni:

El amor en los tiempos del colera, Bruguera, Barcelona 1985. Prima edizione italiana: *L'amore ai tempi del colera*, traduzione di Claudio M. Valentinetti, Mondadori, Milano 1986.

Saggi e articoli su Gabriel García Márquez, in lingua italiana:

C. Segre, *Il tempo curvo di García Márquez*, in *I segni e la critica*, Einaudi, Torino, 1969; ora ristampato come introduzione a *Cent'anni di solitudine*, Oscar Mondadori, Milano, 1983.

E. Clementelli, *García Márquez*, La Nuova Italia, Firenze, 1974.

G. Morelli, *A colloquio con García Márquez*, in « Studi di letteratura ispano-americana », Università degli Studi di Venezia, n. 5, 1974.

G. Bellini, *Il tempo dell'eternità: "El otoño del patriarca"*, in *Il mondo allucinante (Studi sul romanzo ispano-americano della dittatura)*, Cisalpino-Goliardica, Milano, 1976.

G. Grilli, *Di chi dovrebbe aver paura García Márquez*, in « Belfagor », I, 1976.

A. Morino, *La memoria, il potere, la solitudine in "El otoño del patriarca" di García Márquez*, in « Strumenti critici », nn. 32-33, 1977.

T. Scarano, *Sotto il segno della violenza: "La hojarasca" di G.*

García Márquez, in « Linguistica e letteratura », Giardini, III, 2, Pisa, 1978.

L. Basalisco, *Da "Cien años de soledad" a "El otoño del patriarca": aspetti e temi dell'arte narrativa di G. García Márquez*, in « Annali dell'Istituto Universitario Orientale », Sezione romanza, XXI, 2, Napoli, 1979.

C. Samonà, *G. García Márquez, dieci anni dopo*, in *Terra America. Saggi sulla narrativa latinoamericana*, a cura di A. Morino, La Rosa, Torino, 1979.

F. Bardelli, *Il privilegio della memoria*, in *Materiali critici: G. García Márquez*, a cura di P.L. Crovetto, Tilgher, Genova, 1979.

S. Conti, *Per l'analisi di un caso di scrittura collettiva*, in *Materiali critici*, cit.

P.L. Crovetto, *"El coronel no tiene quien le escriba", o la memoria di Macondo*, in *Materiali critici*, cit.

E. Franco, *Scrabble*, in *Materiali critici*, cit.

M. Lecco, *G. García Márquez e la definizione dell'"eroe", in Materiali critici*, cit.

G. Manfredini, *Carte e portolani per l'atlante di García Márquez*, in *Materiali critici*, cit.

A. Mignone, *Los funerales de la Mamá Grande*, in *Materiali critici*, cit.

L. Pavesio, *"El otoño del patriarca": il romanzo della dittatura centenaria*, in *Materiali critici*, cit.

P. Mendoza, *El olor de la guayaba*, La Oveja Negra, Bogotá, 1982 (tr. it.: *Odor di guayaba. Conversazioni con G. García Márquez*, Mondadori, Milano, 1983).

O. Baroncini, *Sogni e realtà in G. García Márquez*, Vittorietti, Palermo, 1983.

D. Puccini, *Le "battute finali" nelle narrazioni di García Márquez*, in *Il dialogo. Scambi e passaggi della parola*, a cura di G. Ferroni, Sellerio, Palermo, 1985.

D. Puccini, *Introduzione* a *G. García Márquez - Scrittori del mondo: i Nobel*, Utet, Torino, 1986.

R. Paoli, *Invito alla lettura di García Márquez*, Mursia, Milano, 1987 (seconda edizione aggiornata).

L'amore ai tempi del colera

A Mercedes, senza dubbio.

In anticipo vanno questi luoghi:
hanno già la loro dea incoronata.

Leandro Díaz

Era inevitabile: l'odore delle mandorle amare gli ricordava sempre il destino degli amori contrastati. Il dottor Juvenal Urbino lo sentì appena entrato nella casa ancora in penombra, dove era accorso d'urgenza per occuparsi di un caso che per lui aveva cessato di essere urgente da molti anni. Il rifugiato antillano Jeremiah de Saint-Amour, invalido di guerra, fotografo di bambini e il suo avversario di scacchi più pietoso, si era messo in salvo dai tormenti della memoria con un suffumigio di cianuro di oro.

Trovò il cadavere sotto una coperta nella branda da campo dove aveva dormito sempre, vicino a uno sgabello con la bacinella che era servita a vaporizzare il veleno. Per terra, legato a una gamba della branda, c'era il corpo disteso di un gran danese col petto spruzzato di bianco, e vicino a lui c'erano le grucce. La stanza soffocante e confusionata che serviva al tempo stesso da camera da letto e da laboratorio, incominciava appena a illuminarsi col bagliore dell'alba dalla finestra aperta, ma era una luce sufficiente per riconoscere immediatamente l'autorità della morte. Le altre finestre, così come qualsiasi altra fessura della stanza, erano imbavagliate da stracci o sigillate da cartoni neri, e questo ne aumentava la densità oppressiva. C'erano un bancone pieno di flaconi e boccette senza etichetta, e due bacinelle di peltro corroso sotto un fornello comune coperto di carta rossa. La terza bacinella, quella del fissante, era vicino al cadavere. Dappertutto c'erano riviste e giornali vecchi, pile di negativi su lastre di vetro, mobili rotti, ma tutto era preservato dalla polvere da una mano diligente. Anche se l'aria della finestra aveva purificato l'ambiente, rimaneva ancora, per chi l'avesse saputo riconoscere, il sentore tiepido degli amori disgraziati delle mandorle amare. Il dottor Juvenal Urbino aveva pensato più di una volta, senza animo premonitore, che quello non era un luogo propizio per morire in grazia di Dio. Ma col tempo aveva finito per supporre che il disordine che vi regnava obbedisse a una risoluzione cifrata della Divina Provvidenza.

Un commissario di polizia era arrivato prima con uno studente di medicina molto giovane che faceva pratica nell'ambulatorio municipale, erano stati loro a ventilare la stanza e a coprire il cadavere fino all'arrivo del dottor Urbino. Tutti e due lo salutarono con una solennità che questa volta era più di condoglianze che di venerazione, dato che nessuno ignorava il grado di amicizia che aveva per Jeremiah de Saint-Amour. L'eminente maestro strinse loro la mano, come faceva da sempre con tutti i suoi allievi prima di incominciare la lezione quotidiana di clinica medica, poi prese il bordo della coperta con i polpastrelli dell'indice e del pollice, come se fosse un fiore, e scoprì il cadavere poco per volta con una circospezione sacramentale. Era completamente nudo, rigido e ritorto, con gli occhi aperti e il corpo azzurro, e come più vecchio di cinquant'anni rispetto alla notte precedente. Aveva le pupille diafane, la barba e i capelli giallognoli, e il ventre attraversato da una cicatrice di vecchia data cucita con punti da imballaggio. Il torace e le braccia avevano la larghezza da galeotto per il disagio delle grucce, ma le gambe inermi parevano quelle di un orfano. Il dottor Juvenal Urbino lo contemplò per un attimo con il cuore addolorato come pochissime volte nei lunghi anni della sua contesa sterile contro la morte.

«Vigliacco» gli disse. «Il peggio era già passato.»

Lo ricoprì e riassunse la sua aria accademica. L'anno prima aveva celebrato gli ottant'anni con un giubileo ufficiale di tre giorni, e nel discorso di ringraziamento aveva resistito ancora una volta alla tentazione di ritirarsi a vita privata. Aveva detto: «Mi avanzerà parecchio tempo per riposare quando sarò morto, ma questa eventualità non rientra ancora nei miei progetti». Anche se sentiva sempre di meno dall'orecchio destro e si appoggiava a un bastone con l'impugnatura d'argento per nascondere l'incertezza dei suoi passi, continuava a indossare con il portamento dei suoi anni giovanili il completo di lino con il gilè attraversato dalla catenella d'oro dell'orologio. La barba alla Pasteur, color madreperla, e i capelli dello stesso colore, con l'abito perfettamente stirato e con la riga netta in mezzo, erano espressioni fedeli del suo carattere. L'erosione della memoria, sempre più inquietante, la compensava fin dove gli era possibile con note scritte frettolosamente su fogliettini scompagnati, che finivano per confondersi in tutte le tasche, proprio come gli strumenti, le boccette di medicine, e tante altre cose disordinate nella valigetta strapiena. Non era solo il medico più vecchio e illustre della città, ma l'uomo più elegante. Tuttavia, il suo scibile troppo ostentato e il modo per nulla ingenuo di usare il potere del suo nome gli avevano procurato meno affetti di quanto meritasse.

Le istruzioni al commissario e al praticante furono precise e rapide. Non era necessario fare l'autopsia. L'odore della casa bastava a stabilire che causa della morte erano state le emanazioni del cianuro attivato nella bacinella da qualche acido fotografico, e Jeremiah de Saint-Amour ne sapeva abbastanza per non farlo per caso. Di fronte a un dubbio del commissario, lo parò con una stoccata tipica del suo modo di essere: «Non si dimentichi che sono io a firmare il certificato di morte». Il medico giovane rimase deluso: non aveva mai avuto la possibilità di studiare gli effetti del cianuro di oro su un cadavere. Il dottor Juvenal Urbino era rimasto sorpreso di non averlo visto alla Scuola di Medicina, ma lo capì subito dal suo facile rossore e dalla pronuncia andina: probabilmente era uno arrivato da poco in città. Gli disse: «Non le mancherà qui qualche pazzo d'amore che gliene darà l'occasione, uno di questi giorni». E solo mentre lo diceva si rese conto che fra gli innumerevoli suicidi che ricordava, quello era il primo col cianuro che non fosse provocato da amori disgraziati. Qualcosa nella sua voce allora mutò.

«Quando lo troverà, stia molto attento» disse al praticante: «di solito hanno della sabbia nel cuore».

Poi parlò con il commissario come avrebbe fatto con un subalterno. Gli ordinò di darsi da fare perché il funerale fosse fatto quella sera stessa e con il massimo riserbo. Disse: «Ne parlerò poi con il sindaco». Sapeva che Jeremiah de Saint-

Amour era di un'austerità primitiva, e che guadagnava con la sua arte più di quanto avesse bisogno per vivere, cosicché in qualche cassetto della casa doveva esserci denaro in abbondanza per le spese del funerale.

«Ma se non lo trovate, non importa» disse. «Mi faccio carico io di tutto.»

Ordinò di comunicare ai giornali che il fotografo era morto di morte naturale, anche se pensava che la notizia non li avrebbe interessati in nessun modo. Disse: «Se necessario, parlerò con il governatore». Il commissario, un impiegato serio e umile, sapeva che il rigore civico del maestro esasperava perfino i suoi amici più cari, ed era sorpreso dalla facilità con cui saltava le formalità legali per accelerare il funerale. L'unica cosa che non riuscì a fare fu parlare con l'arcivescovo, perché Jeremiah de Saint-Amour fosse seppellito in terra consacrata. Il commissario, addolorato per la sua impertinenza, cercò di scusarsi.

«Avevo capito che quest'uomo era un santo» disse.

«Qualcosa di ancora più strano» disse il dottor Urbino, «un santo ateo. Ma questi sono affari di Dio.»

Lontano, dall'altra parte della città coloniale, si udirono le campane della cattedrale che chiamavano alla messa solenne. Il dottor Urbino inforcò gli occhiali a mezza luna con la montatura d'oro, e guardò l'orologio con la catenella, che era quadrato e sottile, con il coperchio a molla: stava per perdere la messa di Pentecoste.

Nella sala c'era un'enorme macchina fotografica su ruote come quelle dei giardini pubblici e lo sfondo di un crepuscolo sul mare dipinto artigianalmente, e le pareti erano tappezzate di ritratti di bambini nelle loro date memorabili: la prima comunione, il mascheramento da coniglio, il compleanno felice. Il dottor Urbino aveva visto quei muri ricoprirsi giorno dopo giorno, anno dopo anno, durante le cavillosità assorte dei pomeriggi di scacchi, e aveva pensato spesso con un palpito di desolazione che in quella galleria di ritratti casuali c'era il germe della città futura, governata e pervertita da quei bambini incerti, e nella quale non sarebbero più rimaste neanche le ceneri della sua gloria.

Sulla scrivania, vicino a un barattolo pieno di pipe da lupo di mare, c'era la scacchiera con una partita non conclusa. Malgrado la fretta e l'animo malinconico, il dottor Urbino non resistette alla tentazione di studiarla. Sapeva che era la partita della sera prima, dato che Jeremiah de Saint-Amour giocava tutti i pomeriggi della settimana e almeno con tre avversari diversi, ma arrivava sempre fino alla fine e poi metteva la scacchiera e le pedine nella scatola, e metteva la scatola in un cassetto della scrivania. Sapeva che giocava con i bianchi, e quella volta era evidente che sarebbe stato sconfitto senza rimedio in quattro mosse. «Se fosse stato un assassinio, qui ci sarebbe una buona pista» disse tra sé. «Conosco solo un uomo capace di preparare questa imboscata maestra.» Non avrebbe potuto vivere senza scoprire più tardi perché quel soldato indomito, abituato a battersi fino all'ultimo sangue, avesse lasciato inconclusa la guerra finale della sua vita.

Alle sei di mattina, quando faceva l'ultima ronda, la guardia notturna aveva visto il cartello attaccato alla porta: *Entrate senza bussare e avvisate la polizia.* Poco dopo era accorso il commissario con il praticante, e ambedue avevano ispezionato la casa in cerca di qualche evidenza contro l'odore inconfondibile delle mandorle amare. Ma nei pochi minuti che indugiò ad analizzare la partita incompiuta il commissario scoprì fra le carte della scrivania una busta indirizzata al dottor Juvenal Urbino, e protetta da tanti sigilli di ceralacca che fu necessario farla a pezzi per estrarne la lettera. Il medico scostò la tenda nera della finestra per avere più luce, diede prima un rapido sguardo agli undici fogli scritti da tutte e due le parti con una calligrafia comprensibile, e non appena ebbe letto il primo periodo capì di aver perso la comunione di Pentecoste. Lesse con l'animo agitato, tornando indietro in più pagine per riprendere il filo che aveva perso, e quando ebbe finito sembrava che tornasse da molto lontano e da molto tempo. La sua prostrazione era visibile nonostante lo sforzo che faceva per impedirlo: sulle labbra aveva lo stesso colore azzurro del cadavere, e non riuscì a dominare il tremore delle dita quando ripiegò la lettera e se la mise nel taschino del gilè. Allora si ricordò del commissario e del giovane medico, e gli sorrise dalle brume del dolore.

«Niente di particolare» disse. «Sono le sue ultime volontà.»

Era una mezza verità, ma loro la credettero completa perché lui ordinò di sollevare una mattonella non cementata del pavimento e lì trovarono un libro di conti molto usato che conteneva le chiavi per aprire la cassaforte. Non c'era tanto denaro quanto pensavano, ma ce n'era in abbondanza per le spese del funerale e per saldare altre incombenze minori. Il dottor Urbino era conscio in quel momento di non riuscire ad arrivare alla cattedrale prima del Vangelo.

«È la terza volta che perdo la messa della domenica da quando ho l'uso della ragione» disse. «Ma Dio capisce.»

Cosicché preferì attardarsi qualche minuto di più per lasciare tutti i dettagli risolti, anche se riusciva a stento a sopportare l'ansia di dividere con sua moglie le confidenze della lettera. Si impegnò ad avvisare i numerosi rifugiati del Caribe che vivevano in città, nel caso avessero voluto rendere gli ultimi onori a chi si era comportato come il più rispettabile di tutti, il più attivo e radicale, anche dopo che era stato troppo evidente che aveva dovuto soccombere alla remora della disillusione. Avrebbe avvisato anche i suoi amici di scacchi, fra i quali c'erano da insigni professionisti fino a operai senza nome, e altri amici meno assidui, ma che probabilmente avrebbero voluto assistere alla cerimonia funebre. Prima di conoscere il contenuto della lettera postuma aveva deciso di essere il primo, ma dopo averla letta non era sicuro di niente. In ogni modo avrebbe mandato una corona di gardenie, nel caso che Jeremiah de Saint-Amour avesse avuto un ultimo minuto di pentimento. La cerimonia sarebbe stata alle cinque, che era l'ora più propizia nei mesi più caldi. Se avessero avuto bisogno di lui, da mezzogiorno sarebbe stato nella casa di campagna del dottor Lácides Olivella, suo amato discepolo, che quel giorno celebrava con un pranzo di gala le nozze d'argento con la professione.

Il dottor Juvenal Urbino aveva abitudini facili da seguire, da quando erano passati gli anni tormentati delle prime armi, e aveva ottenuto una rispettabilità e un prestigio senza eguali nella provincia. Si alzava al primo canto del gallo, e a quell'ora incominciava a prendere le sue medicine segrete: bromuro di potassio per sollevarsi l'animo, salicilati per i dolori delle ossa quando pioveva, gocce di segale cornuta per i capogiri, belladonna per dormire bene. Prendeva qualcosa in ogni momento, sempre di nascosto, perché nella sua lunga vita di medico e maestro era stato sempre contrario a prescrivere palliativi per la vecchiaia: gli era più facile sopportare i dolori degli altri che i suoi. In tasca portava sempre un sacchettino di canfora che aspirava a fondo quando nessuno lo vedeva per togliersi la paura di tante medicine ingarbugliate.

Restava un'ora nel suo studio, a preparare la lezione di clinica medica che tenne alla Scuola di Medicina tutti i giorni dal lunedì al sabato, alle otto in punto, fino alla vigilia della sua morte. Era anche un lettore attento alle novità letterarie che gli mandava per posta il suo libraio di Parigi, o quelle che ordinava a Barcellona dal suo libraio locale, anche se non seguiva la letteratura di lingua castigliana con tanta attenzione come quella francese. Comunque non leggeva mai di mattina, ma dopo la siesta per un'ora, e la sera prima di dormire. Finito lo studio, faceva quindici minuti di esercizi respiratori nel bagno, davanti alla finestra aperta, respirando sempre verso il lato da cui cantavano i galli, che era dove c'era l'aria nuova. Poi faceva il bagno, si regolava la barba e si impomatava i baffi in un ambiente saturo di acqua di colonia di Farina Gegenüber, e si vestiva di lino bianco, con gilè e cappello floscio, e stivaletti di pelle di capra. A ottantun anni conservava i modi facili e lo spirito allegro di quando era tornato da Parigi, poco dopo la grande epidemia di colera, e i capelli ben pettinati con la scriminatura in mezzo che continuava a essere uguale a quella della gioventù, salvo per il colore metallico. Faceva colazione in famiglia, ma con una dieta personale: un infuso di fiori di assenzio maggiore per il benessere dello stomaco e una testa d'aglio i cui spicchi pelava e mangiava a uno a uno masticandoli coscienziosamente con una pagnotta di pane, per prevenire gli affanni del cuore. Di rado non aveva dopo la lezione qualche impegno legato alle sue iniziative civiche o alla sua militanza cattolica o alle sue invenzioni artistiche e sociali.

Pranzava quasi sempre a casa, faceva una siesta di dieci minuti seduto nella terrazza del patio, udendo in sogno le canzoni delle domestiche sotto le fronde dei manghi, udendo le urla dei venditori ambulanti della strada, il fragore di olii e motori della baia, i cui effluvi aleggiavano intorno alla casa nei pomeriggi caldi come un angelo condannato al marciume. Poi leggeva per un'ora i libri più recenti, specialmente romanzi e saggi storici, e dava lezioni di francese e di canto al pappagallo di casa che da diversi anni era un'attrazione locale. Alle quattro usciva a visitare i suoi malati, dopo essersi sorbito un gran boccale di limonata con ghiaccio. Nonostante l'età era contrario a ricevere i pazienti in studio, e continuava a seguirli a casa loro, come aveva fatto sempre, da quando la città era così domestica da potersene andare a piedi dovunque.

Dopo che era arrivato dall'Europa, nei primi tempi girava sul landò di famiglia con due sauri dorati, ma quando questo era diventato inservibile lo aveva cambiato con una vittoria a un solo cavallo, e aveva continuato a usarla sempre con un certo disdegno nei confronti della moda, quando le carrozze incominciavano ormai a sparire dal mondo e le uniche che restavano in città servivano solo per portare in giro i turisti e le corone ai funerali. Anche se continuava a non volersi ritirare, sapeva benissimo che lo chiamavano solo per occuparsi di casi persi, ma considerava che anche questo fosse un tipo di specializzazione. Era capace di sapere quello che aveva un malato solo dal suo aspetto, e ogni volta si fidava meno delle medicine di moda e guardava allarmato alla volgarizzazione della chirurgia. Diceva: «Il bisturi è la prova maggiore dell'insuccesso della medicina». Pensava che con stretto criterio ogni medicina fosse un veleno e che il settanta per cento degli alimenti correnti affrettasse la morte. «In ogni caso» era solito dire nelle sue lezioni, «la poca medicina che si sa la sanno solo pochi medici.» Dai suoi entusiasmi giovanili era passato a una posizione che lui stesso definiva un umanesimo fatalista. «Ognuno è padrone della propria morte, e l'unica cosa che possiamo fare, arrivato il momento, è aiutarlo a morire senza paura né dolore.» Ma nonostante queste idee estreme, che facevano parte del folklore medico locale, i suoi antichi alunni continuavano a consultarlo anche quando erano già professionisti affermati, dato che gli riconoscevano quello che allora si chiamava occhio clinico. Comunque era sempre stato un medico caro ed esclusivo, e la sua clientela si era sempre concentrata nelle case avite del quartiere dei Viceré.

Aveva una giornata così metodica che sua moglie sapeva dove mandargli un messaggio se succedeva qualcosa di urgente nel corso del pomeriggio. Da giovane si attardava al Caffè della Parrocchia prima di tornare a casa, e così aveva perfezionato i suoi scacchi con gli amici di suo suocero e con alcuni rifugiati del Caribe. Ma dagli albori del nuovo secolo non era più tornato al Caffè della Parrocchia e aveva cercato di organizzare tornei nazionali patrocinati dal Club Social. Era stata quella l'epoca in cui era venuto Jeremiah de Saint-Amour, già con i suoi ginocchi morti e ancora senza l'attività di fotografo di bambini, e prima che fossero passati tre mesi era conosciuto da chiunque sapesse muovere un alfiere sulla scacchiera, perché nessuno era riuscito a vincergli una partita. Per il dottor Juvenal Urbino era stato un incontro miracoloso, in un momento in cui gli scacchi si erano trasformati per lui in una passione indomabile e non gli restavano più molti avversari per saziarla.

Grazie a lui, Jeremiah de Saint-Amour aveva potuto essere quello che era stato fra di noi. Il dottor Urbino si era trasformato nel suo protettore incondizionato, nel suo garante di tutto, senza prendersi nemmeno la fatica di verificare chi fosse, né che cosa facesse, né da quali guerre senza gloria venisse in quello stato di invalidità e di sconcerto. Infine gli aveva prestato il denaro per metter su la bottega da fotografo, che Jeremiah de Saint-Amour gli aveva pagato con un rigore da passamantiere, fino all'ultimo centesimo, da quando aveva ritratto il primo bambino impaurito dal lampo di magnesio.

Tutto era stato per gli scacchi. All'inizio giocavano alle sette di sera, dopo cena, con ragionevoli vantaggi per il medico vista la superiorità notevole dell'avversario, ma ogni volta con meno vantaggi, finché erano stati pari. Più tardi, quando don Galileo Daconte aprì la prima sala cinematografica, Jeremiah de Saint-Amour era uno dei suoi clienti più puntuali, e le partite di scacchi si erano ridotte alle sere in cui non c'erano "prime".

A quell'epoca era diventato così amico del medico che questi lo accompagnava al cinema, ma sempre senza la moglie, un po' perché lei non aveva la pazienza di seguire il filo degli argomenti difficili, un po' perché gli era sempre parso, a naso, che Jeremiah de Saint-Amour non fosse una buona compagnia per nessuno.

Il suo giorno diverso era la domenica. Assisteva alla messa solenne nella cattedrale, e poi tornava a casa e lì rimaneva a riposare e a leggere sulla terrazza del patio. Raramente usciva a visitare un malato in una festa di precetto, se non era di estrema urgenza, e da molti anni non accettava un impegno sociale che non fosse strettamente obbligatorio. Quel giorno di Pentecoste, per un caso eccezionale, erano successi contemporaneamente due avvenimenti rari: la morte di un amico e le nozze d'argento di un suo eminente discepolo. Tuttavia, invece di ritornare direttamente a casa, come aveva previsto dopo aver certificato la morte di Jeremiah de Saint-Amour, si era lasciato prendere dalla curiosità.

Appena salito in carrozza, aveva riletto rapidissimamente la lettera postuma, e aveva ordinato al cocchiere di portarlo a un indirizzo difficile nel vecchio quartiere degli schiavi. Quella decisione era così estranea alle sue abitudini che il cocchiere volle assicurarsi che non ci fosse qualche errore. Non c'era: l'indirizzo era chiaro, e chi lo aveva scritto aveva motivi a iosa per conoscerlo molto bene. Il dottor Urbino era tornato allora al primo foglio, e si era immerso di nuovo in quella sorgente di rivelazioni sgradevoli che avrebbero potuto cambiargli la vita, persino alla sua età, se fosse riuscito a convincersi che non erano i deliri di uno privo di ogni speranza.

L'umore del cielo aveva incominciato ad alterarsi da molto presto, ed era nuvoloso e fresco, ma non c'erano rischi di pioggia prima di mezzogiorno. Cercando di trovare un cammino più breve, il cocchiere si era infilato nelle vie impervie di pietra della città coloniale, e aveva dovuto fermarsi parecchie volte perché il cavallo non si spaventasse con il disordine dei collegi e delle confraternite religiose che ritornavano dalla liturgia della Pentecoste. C'erano ghirlande di carta per le strade, musiche e fiori, e ragazze con ombrellini colorati e abiti leggeri di mussolina che guardavano passare la festa dai balconi. Nella Piazza della Cattedrale, dove si distingueva solo la statua del Libertador[1] fra le palme africane e i nuovi lampioni a globo, c'era un imbottigliamento di automobili per l'uscita dalla messa e non c'era un posto libero nel venerabile e rumoroso Caffè della Parrocchia. L'unica carrozza era quella del dottor Urbino, e si distingueva dalle pochissime che restavano ancora in città perché aveva sempre mantenuto la cappotta di pelle verniciata lucida e aveva i ferramenti di bronzo perché non se li mangiasse il salino, e le ruote e le stanghe dipinte di rosso con i bordini dorati, come nelle serate di gala dell'Opera di Vienna. Per di più, mentre le famiglie più eleganti si accontentavano che i loro cocchieri avessero la camicia pulita, lui continuava a esigere dal suo la livrea di velluto vizzo e la tuba da domatore di circo, che, oltre a essere anacronistiche, venivano giudicate come una mancanza di misericordia nella canicola del Caribe.

Malgrado il suo amore quasi maniacale per la città, e benché la conoscesse meglio di chiunque altro, il dottor Juvenal Urbino aveva avuto molto raramente un motivo come quello di quella domenica per avventurarsi senza reticenze nel fragore del vecchio quartiere degli schiavi. Il cocchiere aveva dovuto fare parecchi giri e domandare diverse volte per trovare l'indirizzo. Il dottor Urbino aveva riconosciuto da vicino la pesantezza delle paludi, il loro silenzio fatidico, i loro olezzi da affogato che in tante albe insonni salivano su fino alla sua camera da letto confusi con la fragranza dei gelsomini del patio, e che lui sentiva passare come un vento di ieri che non aveva niente a che vedere con la sua vita. Ma quella pestilenza tante volte idealizzata dalla nostalgia si era trasformata in una realtà insopportabile quando la carrozza aveva incominciato a saltare nel fango delle strade dove gli avvoltoi si contendevano gli avanzi del mattatoio trascinati dalla marea. A differenza della città dei viceré, le cui case erano in muratura, lì erano fatte di legno scolorito e tetti di zinco, e la maggioranza poggiava su palafitte per non farci entrare le piene delle fogne all'aperto ereditate dagli spagnoli. Tutto aveva un aspetto miserabile e abbandonato, ma dalle taverne sordide veniva lo strepito di musica di festa senza Dio né legge della Pentecoste dei

[1] È Simón Bolívar (1783-1830). (*N.d.T.*)

poveri. Quando infine trovarono l'indirizzo, la carrozza era seguita da comitive di bambini nudi che si burlavano dell'abbigliamento teatrale del cocchiere, e lui doveva scacciarli con la frusta. Il dottor Urbino, che si era preparato a una visita confidenziale, capì troppo tardi che non esisteva ingenuità più pericolosa di quella della sua età.

L'esterno della casa senza numero non aveva niente che la distinguesse dalle meno felici, all'infuori della finestra con le tende di pizzo e un portone smontato da qualche chiesa antica. Il cocchiere fece risuonare il batacchio della porta, e solo quando ebbe verificato che era l'indirizzo giusto aiutò il medico a scendere dalla carrozza. Il portone si era aperto senza fare rumore, e nella penombra dell'interno c'era una donna matura, vestita tutta di nero e con una rosa rossa dietro un orecchio. Malgrado i suoi anni, che non erano meno di quaranta, era ancora una mulatta superba, con gli occhi dorati e crudeli, e i capelli adattati alla forma del cranio come un casco di cotone di ferro. Il dottor Urbino non la riconobbe, anche se l'aveva vista diverse volte fra le nebbie delle partite a scacchi nello studio del fotografo, e in qualche occasione le aveva prescritto delle cartine di chinino per la febbre terzana. Le tese la mano, e lei la prese fra le sue, più per aiutarlo a entrare che per salutarlo. La sala aveva il clima e il mormorio invisibile di una foresta, ed era piena di mobili e begli oggetti, ognuno al suo posto naturale. Il dottor Urbino si ricordò senza amarezza della bottega di un antiquario di Parigi, un lunedì d'autunno del secolo scorso, al numero 26 di Rue Montmartre. La donna si sedette davanti a lui e gli parlò in un castigliano difficile.

«Questa è casa sua, dottore» disse. «Non l'aspettavo così presto.»

Il dottor Urbino si sentì denunciato. La osservò con il cuore, osservò il suo lutto intenso, la dignità della sua angoscia, e allora capì che quella era una visita inutile, perché lei sapeva più di lui tutto quanto era detto e giustificato nella lettera postuma di Jeremiah de Saint-Amour. Era così. Lei lo aveva accompagnato fino a pochissime ore prima della morte, così come lo aveva accompagnato per quasi vent'anni con una devozione e un affetto sottomessi che erano troppo simili all'amore, e senza che nessuno lo sapesse in questa sonnolenta capitale di provincia dove erano di dominio pubblico perfino i segreti di stato. Si erano conosciuti in un ricovero per viandanti di Port-au-Prince, dove lei era nata e dove lui aveva passato i suoi primi tempi da fuggiasco, e lo aveva seguito fin qui un anno dopo per una visita breve, anche se tutti e due sapevano senza essersi messi d'accordo che era venuta per fermarsi per sempre. Lei si occupava di tenere pulito e in ordine lo studio una volta alla settimana, ma neanche i vicini più malpensanti avevano confuso le apparenze con la verità, perché supponevano come tutti che l'invalidità di Jeremiah de Saint-Amour non riguardasse solo il camminare. Lo stesso dottor Urbino lo supponeva per ragioni mediche ben fondate, e non avrebbe mai creduto che avesse una donna se lui stesso non glielo avesse rivelato nella lettera. In ogni modo stentava a capire come due adulti liberi e senza passato, ai margini di una società ripiegata su se stessa, avessero scelto il rischio degli amori proibiti. Lei glielo spiegò: «Era quello che gli piaceva». E, in più, la clandestinità divisa con un uomo che non era mai stato completamente suo, e nella quale più di una volta avevano conosciuto l'esplosione improvvisa della felicità, non le era sembrata una condizione indesiderabile. Anzi: la vita le aveva dimostrato che forse era stata esemplare.

La sera prima erano andati al cinema, ognuno per proprio conto e in posti lontani, come facevano almeno due volte al mese da quando l'immigrante italiano don Galileo Daconte aveva installato un salone all'aperto nei ruderi di un convento del XVII secolo. Avevano visto un film tratto da un libro che era stato di moda l'anno prima, e che il dottor Urbino aveva letto col cuore afflitto per la barbarie della guerra: *All'Ovest niente di nuovo.* Si erano ritrovati poi nello studio, e le era sembrato sperduto e nostalgico, e aveva pensato che fosse per le scene brutali dei feriti moribondi nel fango. Cercando di distrarlo lo aveva invitato a giocare a scacchi, e lui aveva accettato per farla contenta, ma giocava senza attenzione, con i bianchi, naturalmente, finché aveva scoperto prima di lei che sarebbe stato sconfitto in quattro mosse, e si era arreso senza onore. Il medico capì allora che il contendente della partita finale era stata lei e non il generale Jerónimo Argote, come lui aveva supposto. Mormorò sbigottito:

«Era una partita da maestro!»

Lei insistette che il merito non era suo, ma che Jeremiah de Saint-Amour, già smarrito nelle brume della morte, muoveva le pedine senza amore. Interrotta la partita, verso le undici e un quarto, dato che era già finita la musica dei balli pubblici, lui le aveva chiesto di lasciarlo solo. Voleva scrivere una lettera al dottor Juvenal Urbino, che considerava l'uomo più rispettabile che avesse mai conosciuto, e anche un amico dell'anima, come gli piaceva dire, benché la loro unica affinità fosse il vizio degli scacchi inteso come un dialogo della ragione e non come una scienza. Allora lei aveva saputo che Jeremiah de Saint-Amour era arrivato al termine dell'agonia, e che non gli rimaneva più tempo di vita all'infuori di quello necessario per scrivere la lettera. Il medico non riusciva a crederci.

«E così lei lo sapeva!» esclamò.

Non solo lo sapeva, confermò lei, ma lo aveva aiutato a sopportare l'agonia con lo stesso amore con cui lo aveva aiutato a scoprire la felicità. Perché questo erano stati i suoi ultimi undici mesi: una crudele agonia.

«Doveva dirlo pubblicamente» disse il medico.

«Non avrei potuto fargli questo» disse lei, scandalizzata: «lo amavo troppo».

Il dottor Urbino, che credeva di averle sentite tutte, non aveva mai sentito nulla di simile, e detto in un modo così semplice. La guardò risolutamente con i cinque sensi per fissarla nella sua memoria come era in quel momento: sembrava un idolo fluviale, impavida nel suo vestito nero, con gli occhi da vipera e la rosa dietro l'orecchio. Molto tempo prima, su una spiaggia solitaria di Haiti dove tutti e due giacevano nudi dopo l'amore, Jeremiah de Saint-Amour aveva sospirato improvvisamente: «Non sarò mai vecchio». Lei lo aveva interpretato come un proposito eroico di lottare senza quartiere contro i danni del tempo, ma lui era stato più esplicito: aveva deciso irrevocabilmente di togliersi la vita a sessant'anni.

Li aveva compiuti, in effetti, il 23 gennaio di quell'anno, e allora aveva fissato come termine ultimo la vigilia di Pentecoste, che era la festa più importante della città consacrata al culto dello Spirito Santo. Non c'era nessun particolare della notte precedente che lei non avesse conosciuto anticipatamente, e ne parlavano spesso, sopportando insieme il torrente irreparabile dei giorni che ormai né lui né lei potevano arrestare. Jeremiah de Saint-Amour amava la vita con una passione senza senso, amava il mare e l'amore, amava il suo cane e lei, e più la data si avvicinava più soccombeva alla disperazione, come se la sua morte non fosse stata una decisione sua quanto un destino inesorabile.

«Ieri sera, quando l'ho lasciato solo, non era già più di questo mondo» disse lei.

Avrebbe voluto portarsi via il cane, ma lui lo aveva guardato mentre dormiva vicino alle grucce e lo aveva accarezzato con la punta delle dita. Aveva detto: «Mi dispiace, ma Mister Woodrow Wilson se ne va con me». Le aveva chiesto di legarlo alla gamba della branda mentre lui scriveva, e lei lo aveva fatto con un nodo finto perché potesse liberarsi. Era stato il suo unico atto di slealtà ed era giustificato dal desiderio di continuare a ricordare il padrone negli occhi invernali del suo cane. Ma il dottor Urbino la interruppe per dirle che il cane non si era liberato. Lei disse: «Allora è stato perché non ha voluto». E ne fu contenta, perché preferiva continuare a evocare l'amante morto come lui le aveva chiesto la sera prima, quando aveva interrotto la lettera che aveva incominciato e l'aveva guardata per l'ultima volta.

«Ricordami con una rosa» le aveva detto.

Era rientrata a casa sua poco dopo la mezzanotte. Si era sdraiata a fumare sul letto, vestita, accendendo una sigaretta col mozzicone dell'altra per dargli il tempo di finire la lettera che lei sapeva lunga e difficile, e poco prima delle tre, quando avevano incominciato a ululare i cani, aveva messo sul fuoco l'acqua per il caffè, si era vestita a lutto stretto e aveva tagliato nel patio la prima rosa dell'alba. Il dottor Urbino si era reso conto da un attimo di quanto avrebbe rifiutato il ricordo di quella donna irredimibile, e credeva di conoscerne il motivo: solo una persona senza principi poteva essere così compiacente con il dolore.

Lei gli diede più argomenti verso la fine della visita. Non sarebbe andata al funerale, anche se il dottor Urbino aveva creduto di capire il contrario in un paragrafo della lettera. Non avrebbe sparso una lacrima, non avrebbe sprecato il resto dei suoi anni a cuocersi a fuoco lento nel brodo di larve della memoria, non si sarebbe sepolta viva a cucire i suoi lenzuoli mortuari fra queste quattro pareti come era così benvisto che facessero le vedove del luogo. Pensava di vendere la casa di Jeremiah de Saint-Amour, che da quel momento era sua con tutto quello che aveva dentro secondo quanto era disposto nella lettera, e avrebbe continuato a vivere come sempre e senza lamentarsi di nulla in questo mortorio di poveri dove era stata felice.

Quella frase aveva perseguitato il dottor Juvenal Urbino mentre tornava a casa: «Questo mortorio di poveri». Non era una definizione gratuita. Perché la città, la sua, continuava a essere uguale ai margini del tempo: la stessa città ardente e arida dei suoi terrori notturni e dei piaceri solitari della pubertà, in cui si ossidavano i fiori e si corrompeva il sale, e alla quale non era accaduto nulla in quattro secoli, salvo l'invecchiare a poco a poco fra allori marciti e paludi imputridite. D'inverno, acquazzoni improvvisi e distruttori facevano strabordare le latrine e trasformavano le strade in fangaie nauseabonde. D'estate, una polvere invisibile, aspra come un tizzone rosso vivo, si intrufolava perfino negli interstizi più protetti dell'immaginazione, sollevata da alcuni venti folli che scoperchiavano case e che si portavano per aria i bambini. Il sabato, la povertà mulatta abbandonava chiassosamente le casette di cartone e latta sulle rive delle paludi, con i suoi animali domestici e i suoi arnesi da mangiare e bere, e prendeva in un assalto di giubilo le spiagge pietrose della zona coloniale. Alcuni fra i più vecchi portavano fino a pochi anni prima il marchio reale degli schiavi, impresso con ferri incandescenti nel petto. Durante il fine settimana ballavano senza clemenza, si ubriacavano a morte con alcolici di alambicchi casalinghi, facevano liberi amori fra le macchie di arbusti, e alla mezzanotte della domenica scatenavano i loro *fandangos* con pandemoni sanguinosi di tutti contro tutti. Era la stessa folla impetuosa che per il resto della settimana si infiltrava nelle piazze e nelle viuzze dei quartieri antichi, con banchetti di quanto era possibile comprare e vendere, e infondeva alla città morta una frenesia di fiera umana odorosa di pesce fritto: una vita nuova.

L'indipendenza dal dominio spagnolo, e poi l'abolizione della schiavitù, avevano precipitato lo stato di decadenza onorevole in cui era nato e cresciuto il dottor Juvenal Urbino. Le grandi famiglie di un tempo sprofondavano in silenzio dentro le loro fortezze sguarnite. Agli angoli delle strade lastricate che erano state così efficaci in agguati di guerra e sbarchi di bucanieri, le erbacce apparivano improvvisamente su per i balconi e aprivano crepe nei muri di calce e sassi anche negli edifici meglio tenuti, e l'unico segno di vita alle due del pomeriggio erano i languidi esercizi di piano nella penombra della siesta. Dentro, nelle fresche camere da letto sature di incenso, le donne evitavano il sole come un contagio indegno, e anche nelle messe all'alba si coprivano la faccia con lo scialle. I loro amori erano lenti e difficili, spesso turbati da presagi sinistri, e la vita pareva loro interminabile. Sul far della sera, nel momento oppressivo del passaggio dal giorno alla notte, si alzava dalle paludi una tempesta di zanzare carnivore, e una tenera esalazione di merda umana, calda e triste, rimestava nel fondo dell'anima la certezza della morte.

Dunque la vita stessa della città coloniale, che il giovane Juvenal Urbino era solito idealizzare nelle sue malinconie parigine, era allora un'illusione della memoria. Il suo commercio era stato il più prospero del Caribe nel XVIII secolo, soprattutto per il privilegio ingrato di essere il più grande mercato di schiavi africani nelle Americhe. Era stato, per di più, la residenza abituale dei viceré del Nuovo Regno di Granada, che preferivano governare da qui, davanti all'oceano del mondo, e non nella capitale distante e gelata la cui pioggerellina secolare ne scombussolava il senso della realtà. Spesso durante l'anno si concentravano nella baia le flotte di galeoni carichi dei frutti di Potosí, di Quito, di Veracruz, e la città viveva allora i suoi anni di gloria. Venerdì 8 giugno 1708 alle quattro del pomeriggio, il galeone *San José*, che era appena salpato per Cadice con un carico di pietre e metalli preziosi per mezzo miliardo di *pesos* dell'epoca, fu affondato da una squadra inglese davanti all'entrata del porto, e dopo più di due secoli non era ancora stato recuperato. Quella fortuna che giaceva su fondali di coralli, con il cadavere del comandante che ondeggiava di fianco al posto di comando, era spesso evocata dagli storici come l'emblema della città affogata nei ricordi.

Dall'altro lato della baia, nel quartiere residenziale di La Manga, la casa del dottor Juvenal Urbino stava in un altro tempo. Era grande e fresca, a pianta unica e con un portico di colonne doriche sulla terrazza esterna, dalla quale si dominava la distesa di miasmi e rottami di naufragi della baia. Il pavimento era ricoperto di piastrelle a scacchi, bianche e nere, dalla porta di entrata fino alla cucina, e questo era stato attribuito ancora una volta alla passione dominante del dottor Urbino, senza ricordare che era una debolezza comune dei capomastri catalani che avevano costruito all'inizio di questo secolo quel quartiere di nuovi ricchi. La sala era ampia, coi soffitti molto alti come tutta la casa, con sei porte-finestre sulla strada, e era separata dalla sala da pranzo da una porta a vetri, enorme e istoriata, con ramaglie di vite e grappoli e donzelle sedotte da zufoli di fauni in una foresta di bronzo. I mobili dell'anticamera, perfino la pendola della sala che aveva l'aria di una sentinella viva, erano tutti originali inglesi della fine del XIX secolo, e i lampadari sospesi erano di gocce di cristallo di rocca, e dappertutto c'erano vasi e portafiori di Sèvres e statuette di idillii pagani in alabastro. Ma quella coerenza europea si esauriva nel resto della casa, dove le poltrone di vimini si confondevano con sedie a dondolo viennesi e sgabelli di cuoio di artigianato locale. Nelle camere da letto, oltre ai letti, c'erano splendide amache di San Jacinto con il nome del padrone ricamato a lettere gotiche con fili di seta e frange colorate dalle parti. Lo spazio concepito in origine per le serate di gala, a fianco della sala da pranzo, era stato utilizzato per una piccola sala da musica in cui si davano concerti per intimi quando venivano interpreti famosi. Per migliorare il silenzio dell'ambiente, le piastrelle erano state coperte con i tappeti turchi comprati all'Esposizione Universale di Parigi, c'era un fonografo di modello recente vicino a uno scaffale di dischi ben ordinati, e in un angolo, coperto da uno scialle di Manila, c'era il piano che il dottor Urbino non aveva più sfiorato da molti anni. In tutta la casa si notavano il senno e la diffidenza di una donna con i piedi ben piantati per terra.

Tuttavia, nessun altro luogo rivelava la solennità meticolosa della biblioteca, che era stata il santuario del dottor Urbino prima della vecchiaia. Lì, intorno alla scrivania di noce di suo padre, e alle poltrone di cuoio *capitonné,* aveva fatto ricoprire i muri e perfino le finestre con scansie a vetri, e aveva messo in un ordine quasi demente tremila libri identici rilegati in pelle di vitello e con le sue iniziali dorate sul dorso. Al contrario delle altre stanze, che erano alla mercé del chiasso e dei cattivi effluvi del porto, la biblioteca aveva avuto sempre il riserbo e l'odore di un'abbazia. Nati e allevati sotto la superstizione del Caribe di aprire porte e finestre per chiamare un fresco che in realtà non esisteva, il dottor Urbino e sua moglie si erano sentiti all'inizio col cuore oppresso dalla clausura. Ma avevano finito per convincersi della bontà del metodo romano contro il caldo, che consisteva nel tenere le case chiuse nel torpore di agosto per non far entrare l'aria ardente della strada, e aprirle completamente ai venti della notte. La sua, da allora, era stata la più fresca nel sole feroce di La Manga, ed era un piacere fare la siesta nella penombra delle stanze da letto, e sedersi la sera nel portico a veder passare i cargo di New Orleans, pesanti e cenerini, e i battelli fluviali con la ruota di legno e le luci accese al tramonto, che purificavano con una scia di musiche l'immondezzaio ristagnante della baia. Era anche quella meglio protetta da dicembre a marzo, quando gli alisei del nord scoperchiavano i tetti e passavano la notte a girare come lupi affamati intorno alla casa in cerca di uno spiraglio in cui introdursi. Nessuno aveva mai pensato che il matrimonio stabilito su quelle basi avrebbe potuto avere qualche motivo per non essere felice.

Comunque, il dottor Urbino non lo era quel mattino, quando era tornato a casa prima delle dieci, frastornato dalle due visite che non solo gli avevano fatto perdere la messa di Pentecoste ma che minacciavano di cambiarlo a un'età in cui tutto ormai pareva compiuto. Avrebbe voluto fare una siesta da cane finché fosse arrivata l'ora del pranzo di gala del dottor Lácides Olivella, ma aveva trovato la servitù in agitazione, mentre cercavano di afferrare il pappagallo, che era volato fino al ramo più alto dell'albero di mango quando lo avevano tirato fuori della gabbia per tagliargli le ali. Era un pappagallo spelacchiato e maniaco, che non parlava quando glielo chiedevano bensì nelle occasioni più impensate, ma allora lo faceva con una chiarezza e un uso della ragione che non erano molto comuni negli esseri umani. Era stato ammaestrato dal dottor Urbino in persona, e questo fatto gli aveva reso dei privilegi che nessuno aveva mai avuto in famiglia, neanche i figli quando erano piccoli.

Era in casa da più di vent'anni, e nessuno sapeva quanti ne avesse vissuti prima. Tutti i pomeriggi dopo la siesta, il dottor Urbino si sedeva con lui nella terrazza del patio, che era il posto più fresco della casa, e aveva fatto ricorso ai mezzi più ardui della sua passione pedagogica finché il pappagallo aveva imparato a parlare il francese come un accademico. Poi, per puro vizio di virtù, gli aveva insegnato a seguire la messa in latino e qualche brano scelto del Vangelo secondo San Matteo, e aveva cercato senza fortuna di inculcargli una nozione meccanica delle quattro operazioni aritmetiche. Da uno dei suoi ultimi viaggi in Europa aveva portato il primo fonografo a tromba con molti dischi di moda e dei suoi compositori classici preferiti. Giorno dopo giorno, parecchie volte per vari mesi, faceva ascoltare al pappagallo le canzoni di Yvette Gilbert e Aristide Bruan, che avevano fatto le delizie della Francia nel secolo scorso, finché le aveva imparate a memoria. Le cantava con voce femminile, se erano quelle di lei, e con voce da tenore, se erano quelle di lui, e concludeva con delle sganasciate libertine che erano assolutamente identiche a quelle delle domestiche quando lo sentivano cantare in francese. La fama delle sue grazie era arrivata così lontano che a volte alcuni visitatori ragguardevoli che venivano dall'interno sui battelli fluviali chiedevano il permesso di vederlo, e in un'occasione dei turisti inglesi tra i molti che passavano a quell'epoca sulle barche di banane di New Orleans avevano cercato di comprarlo a qualsiasi prezzo. Ma il giorno della sua gloria maggiore era stato quando il Presidente della Repubblica, don Marco Fidel Suárez, e tutti i ministri del suo gabinetto, erano venuti in casa a verificare la verità della sua fama. Erano arrivati verso le tre del pomeriggio, soffocati dai cappelli a cilindro e dalle finanziere di panno che non si erano levati in tre giorni di visita ufficiale sotto il cielo incandescente di agosto, e avevano dovuto andarsene curiosi come erano venuti, perché il pappagallo si era rifiutato di dire persino questo becco è mio in due ore di disperazione, malgrado le suppliche e le minacce e la vergogna pubblica del dottor Urbino, che si era invischiato in quell'invito temerario contro i saggi consigli di sua moglie.

Il fatto che il pappagallo avesse mantenuto i suoi privilegi dopo questo sgarbo storico era stato la prova finale della sua sacra prerogativa. Nessun altro animale era permesso in casa, salvo la tartaruga di terra, che era ricomparsa in cucina dopo tre o quattro anni in cui l'avevano creduta perduta per sempre. Questa, però, non si comportava come un essere vivo, ma piuttosto come un amuleto minerale per la buona sorte, di cui non si sapeva scientificamente dove andasse. Il dottor Urbino si rifiutava di ammettere che odiava gli animali, e lo dissimulava con qualsiasi tipo di favole scientifiche e pretesti filosofici che convincevano molta gente ma non sua moglie. Diceva che quelli che li amavano eccessivamente erano capaci delle peggiori crudeltà con gli esseri umani. Diceva che i cani non erano fedeli ma servili, che i gatti erano opportunisti e traditori, che i pavoni reali erano araldi della morte, che gli ara erano solo impiastri ornamentali, che i conigli fomentavano la cupidigia, che i mandrilli contagiavano la febbre della lussuria, e che i galli erano maledetti perché si erano prestati a negare Cristo per tre volte.

Invece Fermina Daza, sua moglie, che allora aveva settantadue anni e aveva ormai perduto l'andatura da cerva di altri tempi, idolatrava irrazionalmente i fiori equatoriali e gli animali domestici, e nei primi tempi del matrimonio si era approfittata della novità dell'amore pér tenerne in casa molti più di quanti consigliasse la ragione. I primi erano stati tre dalmati col nome di imperatori romani che si erano fatti a pezzi fra di loro per i favori di una femmina che aveva fatto onore al suo nome di Messalina, dato che indugiava più nel partorire nove cuccioli che nel concepirne altri dieci. Poi era stata la volta dei gatti abissini con profilo da aquila e modi faraonici, i siamesi strabici, i persiani cortigiani dagli occhi aranciati, che passeggiavano sui letti come ombre di fantasmi e sconvolgevano le notti con i gridi dei loro sabba d'amore. Per qualche anno, incatenato al mango del patio, c'era stato un mandrillo dell'Amazzonia che suscitava una certa compassione perché aveva le sembianze afflitte dell'arcivescovo Obdulio y Rey, e lo stesso candore dei suoi occhi e l'eloquenza delle sue mani, ma non era stato per questo motivo che Fermina Daza se ne era liberata, quanto per la sua cattiva abitudine di compiacersi in onore delle signore.

C'era ogni tipo di uccelli del Guatemala nelle gabbie dei corridoi, e aironi premonitori e altri da pantano con le zampe grandi e gialle, e un giovane cervo che si affacciava alle finestre per mangiarsi gli anturi dei vasi di fiori. Poco prima dell'ultima guerra civile, quando si era parlato per la prima volta di una possibile visita del Papa, avevano portato dal Guatemala un uccello del paradiso che aveva tardato molto più a venire che a tornare nella sua terra, quando si era saputo che l'annuncio del viaggio pontificio era stato una panzana del governo per spaventare i liberali che tramavano fra loro. Un'altra volta avevano comprato sui velieri dei contrabbandieri di Curaçao una gabbia di fil di ferro con sei corvi profumati, uguali a quelli che Fermina Daza aveva avuto da bambina nella casa paterna e che voleva continuare ad avere da sposata. Ma nessuno era riuscito a sopportare i continui battiti d'ali che saturavano la casa con i loro effluvii di corone da morto. Avevano portato anche un anaconda di quattro metri, i cui sospiri di cacciatore insonne perturbavano l'oscurità delle camere da letto, anche se con lui avevano ottenuto quello che volevano, cioè spaventare col suo fiato mortale i pipistrelli e le salamandre, e le numerose specie di insetti nocivi che invadevano la casa nei mesi di pioggia. Al dottor Juvenal Urbino, a quell'epoca così richiesto per i suoi obblighi professionali, e così indaffarato nelle sue promozioni civiche e culturali, bastava supporre che in mezzo a tante creature abominevoli sua moglie non fosse solo la più bella nell'ambito del Caribe ma anche la più felice. Ma un pomeriggio piovoso, verso la fine di una giornata spossante, aveva trovato in casa un disastro che lo aveva fatto tornare alla realtà. Dal salone fin dove arrivava la vista c'era un rigagnolo di animali morti che galleggiavano in un pantano sanguinolento. Le domestiche, arrampicate sulle sedie senza sapere che fare, non si erano ancora rimesse dal panico della carneficina.

Il caso aveva voluto che uno dei mastini tedeschi, impazzito per un improvviso attacco di rabbia, avesse fatto a pezzi ogni animale di qualsiasi tipo che aveva incontrato sul suo cammino, finché il giardiniere della casa vicina aveva avuto il coraggio di affrontarlo e lo aveva fatto a pezzi a colpi di machete. Non si sapeva quanti ne avesse morsi o contagiati con le sue schiume verdi, così il dottor Urbino aveva ordinato di uccidere i sopravvissuti e di incenerirne i corpi in un campo lontano, e aveva chiesto ai servizi dell'Ospedale della Misericordia una disinfezione della casa. L'unica che si era salvata, perché nessuno si era ricordato di lei, era stata la tartaruga della buona sorte.

Fermina Daza aveva dato ragione a suo marito per la prima volta in qualche argomento domestico e si era preoccupata di non parlare più di animali per parecchio tempo. Si consolava con le incisioni colorate della Storia Naturale di Linneo, che aveva fatto stampare e attaccare alle pareti della sala, e forse avrebbe finito per perdere le speranze di vedere ancora un animale in casa se non fosse stato che una mattina i ladri avevano forzato una finestra del bagno e si erano portati via il servizio di argenteria ereditato da cinque generazioni. Il dottor Urbino aveva messo doppi catenacci agli anelli delle finestre, aveva assicurato le porte dall'interno con spranghe di ferro, aveva nascosto le cose di maggior valore nella cassaforte e aveva preso la tardiva abitudine bellica di dormire con la pistola sotto il cuscino. Ma si era opposto all'acquisto di un cane feroce, vaccinato o no, libero o alla catena, anche se i ladri lo avevano spogliato.

«In questa casa non entrerà nulla che non parli» aveva detto.

Lo aveva detto per porre fine alle arguzie di sua moglie, un'altra volta ostinata a comprare un cane, e senza nemmeno immaginare che quella generalizzazione frettolosa gli sarebbe costata la vita. Fermina Daza, il cui carattere selvatico si era andato addolcendo con gli anni, prese al volo la leggerezza di linguaggio del marito: pochi mesi dopo il furto era tornata ai velieri di Curação e aveva comprato un pappagallo reale di Paramaribo che sapeva dire solo bestemmie da marinaio, ma che le diceva con una voce così umana che ben valeva il suo prezzo eccessivo di dodici centesimi.

Era di quelli buoni, più leggero di quanto sembrasse, e aveva la testa gialla e la lingua nera, l'unico modo per distinguerlo dai pappagalli delle mangrovie che non imparavano a parlare neanche con le supposte di trementina. Il dottor Urbino, da buon perdente, si inchinò davanti all'ingegno di sua moglie, e lui stesso rimase sorpreso del piacere che provò per i progressi del pappagallo stuzzicato dalle domestiche. Nei pomeriggi di pioggia, quando gli si scioglieva la lingua per la contentezza delle piume bagnate, diceva frasi d'altri tempi che non aveva potuto apprendere in casa e che facevano pensare che fosse ancora più vecchio di quel che sembrasse. L'ultima reticenza del medico era crollata una notte in cui i ladri avevano cercato di entrare un'altra volta da un lucernario della terrazza e il pappagallo li aveva spaventati con dei latrati da mastino che non sarebbero stati così verosimili se fossero stati reali, e gridando ladri ladri ladri, due vezzi salvatori che non aveva imparato in casa. Era stato allora che il dottor Urbino si era fatto carico di lui, e aveva fatto costruire sotto il mango un bastone trasversale con un recipiente per l'acqua e un altro per le banane mature, e anche un trapezio per fare delle evoluzioni. Da dicembre a marzo, quando le notti si facevano più fredde e le intemperie diventavano invivibili per i venti del nord, lo portavano a dormire nelle stanze da letto dentro una gabbia coperta con uno scialle, anche se il dottor Urbino sospettava che il suo cimurro cronico potesse essere pericoloso per la buona respirazione degli esseri umani. Per molti anni gli avevano tagliato le piume delle ali e lo avevano lasciato libero di camminare a piacere con la sua andatura a gambe storte da vecchio cavaliere. Ma un giorno si era messo a fare grazie da acrobata sulle mensole della cucina ed era caduto nella pentola del lesso in mezzo al suo stesso putiferio navale di si salvi chi può, e con tanta buona sorte che la cuoca era riuscita a tirarlo su col mestolo, scottato e senza piume ma ancora vivo. Da allora lo avevano tenuto nella gabbia anche durante il giorno, contro la credenza popolare che i pappagalli in gabbia dimenticano quello che hanno imparato, e lo tiravano fuori solo con il fresco delle quattro per le lezioni del dottor Urbino sulla terrazza del patio. Nessuno si era accorto in tempo che aveva le ali troppo lunghe, e quel mattino stavano per tagliargliele quando era scappato fin sulla cima del mango.

Non erano riusciti a prenderlo per tre ore. Le domestiche, aiutate da altre del circondario, avevano fatto ricorso a ogni genere di artifizi per farlo scendere, ma lui continuava ostinato al suo posto, gridando morto dal ridere viva il partito liberale, viva il partito liberale cazzo, un grido temerario che era costato la vita a più di quattro ubriaconi felici. Il dottor Urbino riusciva a malapena a distinguerlo tra le fronde e cercò di convincerlo in spagnolo e in francese, e anche in latino, e il pappagallo gli rispondeva nelle stesse lingue e con la stessa enfasi e timbro di voce, ma non si mosse dalla cima. Convinto che nessuno sarebbe riuscito a prenderlo con le buone, il dottor Urbino ordinò di chiedere aiuto ai pompieri, che erano il suo giocattolo civico più recente.

Fino a poco tempo prima, in effetti, gli incendi venivano spenti da volontari con scale da muratore e secchi d'acqua trasportati da dove si poteva, ed era tale il disordine dei loro metodi da provocare a volte più danni degli incendi. Ma da un anno, grazie a una colletta promossa dalla Società di Migliorie Pubbliche, di cui Juvenal Urbino era presidente onorario, esisteva un corpo di pompieri professionisti e un camion-cisterna con sirena e campana e due idranti. Erano di moda, al punto che nelle scuole si sospendevano le lezioni quando si udivano le campane delle chiese suonare a martello, perché i bambini andassero a vederli combattere contro il fuoco. All'inizio era l'unica cosa che facevano. Ma il dottor Urbino aveva raccontato alle autorità municipali che ad Amburgo aveva visto i pompieri risuscitare un bambino che avevano trovato congelato in una cantina dopo una nevicata di tre giorni. Li aveva visti anche in un vicolo di Napoli tirar giù un morto nella bara dal balcone di un decimo piano perché le scale dell'edificio erano così torte che la famiglia non era riuscita a portarlo in strada. Così i pompieri locali avevano imparato a prestare altri servizi d'emergenza, come forzare serrature o uccidere serpenti velenosi, e la Scuola di Medicina gli aveva impartito lezioni speciali di pronto soccorso per incidenti minori. E quindi non era uno sproposito chiedere loro il favore di tirar giù dall'albero un pappagallo distinto con tanti meriti come un signore. Il dottor Urbino aveva detto: «Dite che è da parte mia». E se n'era andato in camera da letto a vestirsi per il pranzo di gala. La verità era che in quel momento, seccato dalla lettera di Jeremiah de Saint-Amour, non lo preoccupava molto la sorte del pappagallo.

Fermina Daza aveva indossato un camicione di seta, ampio e sciolto, con la cintura sui fianchi, e si era messa una collana di perle vere a sei giri lunghi e disuguali, e delle scarpe di raso con i tacchi alti che usava solo nelle occasioni molto solenni, dato che gli anni non le permettevano tanti abusi. Quel vestito alla moda non sembrava adeguato a una vecchia veneranda, ma andava molto bene per il suo corpo dalle ossa grosse, ancora delicato e dritto, per le sue mani elastiche senza una sola macchia di vecchiaia, per i suoi capelli color azzurro acciaio, tagliati in diagonale all'altezza degli zigomi. L'unica cosa che ancora le rimaneva del suo ritratto di nozze erano gli occhi chiari a mandorla e l'orgoglio di nascita, ma quello che le mancava per l'età lo raggiungeva per il carattere e le avanzava per la diligenza. Si sentiva bene: erano ormai lontani i secoli dei corsetti di ferro, le cinture strette, i fianchi gonfiati con artifici di stracci. I corpi liberati, che respiravano a piacere, si mostravano come erano. Anche a settantadue anni.

Il dottor Urbino la trovò seduta davanti alla toilette, sotto le pale lente del ventilatore elettrico, mentre si stava mettendo il cappello di feltro a campana con un ornamento di violette. La camera da letto era ampia e luminosa, con un letto inglese protetto da una zanzariera di colore rosato lavorata a uncinetto, e due finestre aperte in direzione degli alberi del patio da cui veniva il baccano delle cicale stordite da presagi di pioggia. Da quando era tornata dal viaggio di nozze, Fermina Daza sceglieva la roba di suo marito d'accordo con il tempo e l'occasione e la metteva in ordine su una sedia dalla sera prima in modo che la trovasse pronta una volta uscito dal bagno. Non ricordava da quando avesse cominciato anche ad aiutarlo a vestirsi, e infine a vestirlo, e sapeva che all'inizio era stato per amore, ma da circa cinque anni doveva aiutarlo comunque perché lui non ce la faceva più a vestirsi da solo. Avevano già celebrato le nozze d'oro e non sapevano vivere neanche un momento l'una senza l'altro o senza pensare l'una all'altro, e lo sapevano sempre meno quanto più avanzava la vecchiaia. Né lui né lei potevano dire se questa servitù reciproca si fondasse sull'amore o sulla comodità, ma non se lo erano mai chiesto con la mano sul cuore perché tutti e due preferivano da sempre ignorare la risposta. Lei aveva scoperto a poco a poco l'incertezza dei passi di suo marito, i suoi improvvisi cambiamenti di umore, le crepe della sua memoria, la sua recente abitudine di singhiozzare nel sonno, ma non li aveva identificati come i segni inequivocabili dell'ossido finale bensì come un ritorno felice all'infanzia. Per questo non lo trattava come un vecchio difficile ma come un bambino senile, e quell'inganno era stato provvidenziale per tutti e due perché li aveva salvati dalla compassione.

Ben diversa sarebbe stata la vita per tutti e due se avessero saputo per tempo che era più facile eludere le grandi catastrofi matrimoniali che le minuscole miserie di ogni giorno. Ma se avevano imparato qualcosa insieme era che la saggezza ci arriva quando non serve più a nulla. Fermina Daza aveva sopportato a malincuore per anni le albe gioiose del marito. Si aggrappava agli ultimi fili di sonno per non affrontare il fatalismo di una nuova mattina di presagi infausti, mentre lui si svegliava con l'innocenza di un neonato: ogni giorno nuovo era un giorno in più che si guadagnava. Lo sentiva svegliarsi con i galli, e il suo primo segno di vita era una tosse senza motivo che sembrava fatta apposta perché anche lei si svegliasse. Lo sentiva borbottare, solo per farla inquietare, mentre cercava a tastoni le pantofole che dovevano essere vicino al letto. Lo sentiva farsi strada a tentoni verso il bagno nell'oscurità. Dopo un'ora nello studio, quando si era addormentata di nuovo, lo sentiva ritornare per vestirsi senza però accendere la luce. Una volta, in un gioco di società, gli avevano chiesto come si definisse e lui aveva detto: «Sono un uomo che si veste nelle tenebre». Lei lo sentiva sapendo che nessuno di quei rumori era indispensabile e che lui li faceva di proposito fingendo il contrario, così come lei era sveglia facendo finta di non esserlo. I suoi motivi erano evidenti: non aveva mai tanto bisogno di lei, viva e lucida, quanto in quei minuti di barcollamento.

Non c'era nessuno più elegante di lei nel dormire, con uno scorcio da danza e una mano sulla fronte, ma non c'era nemmeno nessuno più feroce di lei quando le disturbavano la sensualità di credersi addormentata quando non lo era più. Il dottor Urbino sapeva che lei pendeva dal minimo rumore che lui avesse fatto, e che lo avrebbe anche gradito per avere qualcuno da incolpare di averla svegliata alle cinque del mattino. Tanto era così, che nelle poche occasioni in cui doveva esplorare le tenebre perché non trovava le pantofole nel solito posto, lei diceva subito con voce mezzo sognante: «Le hai lasciate ieri sera in bagno». Poi, con la voce sveglia di rabbia, brontolava:

«La peggior disgrazia di questa casa è che non si può mai dormire.»

Allora si rigirava nel letto, accendeva la luce senza la minima clemenza anche con se stessa, felice della sua prima vittoria della giornata. In fondo era un gioco di tutti e due, mitico e perverso, ma proprio per questo riconfortante: uno dei tanti piaceri pericolosi dell'amore domestico. Però era stato per uno di questi giochi triti che i primi trent'anni di vita in comune erano stati sul punto di finire perché un giorno non c'era sapone in bagno.

Era cominciato con la semplicità di sempre. Il dottor Juvenal Urbino era tornato in camera da letto, ai tempi in cui si lavava ancora senza aiuto, e aveva incominciato a vestirsi senza accendere la luce. Lei stava come sempre a quell'ora nel suo tiepido stato fetale, gli occhi chiusi, il respiro sottile, e quel braccio da danza sacra sulla testa. Ma stava mezz'addormentata, come sempre, e lui lo sapeva. Dopo un lungo rumore di amidi di lino nell'oscurità, il dottor Urbino aveva parlato tra sé:

«È quasi una settimana che mi sto lavando senza sapone» disse.

Allora lei aveva finito di svegliarsi, si era ricordata, e si era arrabbiata con il mondo, perché in effetti aveva dimenticato di mettere il sapone in bagno. Ne aveva notato la mancanza tre giorni prima quando stava già sotto la doccia e aveva pensato di metterlo dopo ma poi se n'era dimenticata fino al giorno seguente. Il terzo giorno le era successa la stessa cosa. In realtà non era passata una settimana, come diceva lui per ingigantirle la colpa, ma di certo tre giorni imperdonabili, e la furia di sentirsi sorpresa in errore aveva finito per tirarla del tutto fuori dei gangheri. Come sempre, si era difesa attaccando:

«Ma se mi sono lavata in tutti questi giorni» aveva gridato fuori di sé, «e c'è sempre stato sapone.»

Benché lui conoscesse abbondantemente i suoi metodi di guerra, stavolta non aveva potuto sopportarli. Con un pretesto professionale se n'era andato a vivere nelle stanze per interni dell'Ospedale della Misericordia e compariva in casa solo per cambiarsi d'abito all'imbrunire, prima delle visite a domicilio. Lei se ne andava in cucina quando lo sentiva arrivare, facendo finta di fare qualsiasi cosa, e lì restava finché sentiva per la strada lo zoccolìo dei cavalli della carrozza. Ogni volta che avevano cercato di risolvere la discordia nei tre mesi seguenti, l'unica cosa che avevano ottenuto era stata di attizzarla di più. Lui non era disposto a tornare finché lei non avesse ammesso che non c'era sapone in bagno, e lei non era disposta ad accoglierlo finché lui non avesse riconosciuto di aver mentito apposta per tormentarla.

L'incidente, certo, le aveva dato l'opportunità di evocare altri, molti altri minuscoli battibecchi di altrettante mattine torbide. Alcuni risentimenti avevano rimestato gli altri, avevano riaperto vecchie cicatrici, le avevano trasformate in nuove ferite, e tutti e due si erano spaventati constatando desolati che in tanti anni di lotta coniugale non avevano fatto molto di più che pascolare rancori. Lui era arrivato a proporre di sottoporsi insieme a una confessione aperta, con il signor arcivescovo se era necessario, perché fosse Dio a decidere come arbitro finale se c'era o no sapone nel portasapone del bagno. Allora lei, che aveva tante buone staffe, le aveva perse tutte con un grido storico:

«A merda il signor arcivescovo!»

L'improperio aveva fatto vibrare le fondamenta della città, aveva dato origine a chiacchiere che non fu facile smentire, ed era rimasto mescolato al linguaggio popolare con arie da zarzuela: «A merda il signor arcivescovo!». Conscia di aver passato il limite, aveva anticipato la reazione che si aspettava dal marito, e lo aveva minacciato di andarsene ad abitare da sola nella vecchia casa di suo padre, che era ancora sua, anche se era affittata a uffici pubblici. Non era una bravata: voleva andarsene davvero, non le importava dello scandalo sociale, e il marito se ne rese conto in tempo. Non ebbe il coraggio di sfidare i suoi pregiudizi: cedette. Non nel senso di ammettere che c'era sapone in bagno, perché sarebbe stato un oltraggio alla verità, ma in quello di continuare a vivere nella stessa casa, seppure in stanze separate e senza rivolgersi la parola. Così mangiavano destreggiandosi nella situazione con tanta bravura da mandarsi messaggi da un lato all'altro del tavolo tramite i figli senza che questi si accorgessero che non si parlavano.

Dato che nello studio non c'era bagno, la formula aveva risolto il conflitto dei rumori mattutini, perché lui entrava a lavarsi dopo aver preparato la lezione, e prendeva reali precauzioni per non svegliare sua moglie. Spesso coincidevano e facevano a turno per lavarsi i denti prima di dormire. Dopo quattro mesi, lui si era sdraiato a leggere sul letto matrimoniale finché lei usciva dal bagno, come spesso succedeva, e si era addormentato. Lei gli si era sdraiata a fianco con abbastanza negligenza perché si svegliasse e se ne andasse. Lui si era svegliato a metà, in effetti, ma invece di alzarsi aveva spento la luce e si era accomodato sul suo cuscino. Lei gli aveva scosso una spalla per ricordargli che doveva andarsene in studio, ma lui si sentiva così bene di nuovo nel letto di piume dei bisnonni che aveva preferito capitolare:

«Lasciami qui» disse. «Sì, c'era sapone.»

Quando ricordavano questo episodio, già dopo la svolta della vecchiaia, né lui né lei potevano credere alla verità meravigliosa che quell'alterco fosse stato il più grave in mezzo secolo di vita in comune, e l'unico che aveva ispirato a tutti e due il desiderio di deviare e di cominciare la vita in un altro modo. Anche quando erano ormai vecchi e tranquilli stavano attenti a evocarlo, perché le ferite appena cicatrizzate tornavano a sanguinare come se fossero state di ieri.

Era stato il primo uomo che Fermina Daza aveva sentito orinare. Lo aveva sentito la prima notte di matrimonio nella cabina della nave che li portava in Francia, mentre era prostrata dal mal di mare, e il rumore della sua sorgente da cavallo le era parso tanto potente e investito di tanta autorità che aveva aumentato il suo terrore per i danni che temeva. Quel ricordo le tornava spesso alla memoria, a mano a mano che gli anni andavano indebolendo la sorgente, perché non aveva mai potuto rassegnarsi al fatto che lui lasciasse bagnato il bordo della tazza ogni volta che la usava. Il dottor Urbino cercava di convincerla con argomenti facili a capirsi per chi avesse voluto capirli che quell'incidente non si ripeteva tutti i giorni per sua disattenzione, come insisteva lei, ma per una ragione organica: la sua sorgente da giovane era così definita e diretta che in collegio aveva vinto tornei di mira per riempire bottiglie, ma con gli usi dell'età non solo era andata decadendo, ma si era fatta obliqua, si ramificava, e infine si era trasformata in una fonte di fantasia impossibile a dirigersi, malgrado i molti sforzi che lui faceva per indirizzarla. Diceva: «Il water-closet deve essere stato inventato da qualcuno che non sapeva niente di uomini». Contribuiva alla pace domestica con un atto quotidiano che era più di umiliazione che di umiltà: asciugava con la carta igienica i bordi della tazza ogni volta che la usava. Lei lo sapeva, ma non diceva mai niente finché non erano troppo evidenti i vapori ammoniacali dentro al bagno, e allora li proclamava come la scoperta di un delitto: «Questo appesta un allevamento di conigli». Alle soglie della vecchiaia, lo stesso impiccio del corpo aveva ispirato al dottor Urbino la soluzione finale: orinava seduto, come lei, cosa che lasciava la tazza pulita, e oltre a tutto lasciava lui in stato di grazia.

Già allora era molto poco autosufficiente, e uno scivolone in bagno che avrebbe potuto essergli fatale lo aveva messo in guardia contro la doccia. La casa, per il fatto di essere moderna, era priva della vasca da bagno di peltro con zampe di leone che era di uso comune nelle case della città vecchia. Lui l'aveva fatta togliere per un motivo igienico: la vasca da bagno era una delle tante porcherie degli europei, che facevano il bagno solo l'ultimo venerdì del mese e lo facevano per di più dentro l'acqua insozzata dalla stessa sporcizia che pretendevano di togliersi dal corpo. Così, avevano fatto fare una specie di grande mastello su misura, di guaiaco massiccio, in cui Fermina Daza faceva il bagno al marito con lo stesso rituale dei bambini appena nati. Il bagno durava più di un'ora, con acqua miscelata con quella in cui avevano bollito foglie di malva e bucce d'arancia, e aveva su di lui un effetto così sedativo che spesso si addormentava dentro l'infuso profumato. Dopo avergli fatto il bagno, Fermina Daza lo aiutava a vestirsi, gli spargeva polvere di talco fra le gambe, gli ungeva di burro di cacao le arrossature, gli metteva le mutande con tanto amore come se fossero state un pannolino, e continuava a vestirlo pezzo per pezzo, dalle calze fino al nodo della cravatta con il fermaglio di topazio. Le mattine coniugali si erano rappacificate, perché lui era tornato a impadronirsi dell'infanzia che gli avevano portato via i suoi figli. Lei, da parte sua, aveva finito per seguire conformemente l'orario familiare, perché anche per lei passavano gli anni: dormiva sempre meno, e prima di aver compiuto i settanta si svegliava prima del marito.

La domenica di Pentecoste, quando aveva alzato la coperta per guardare il cadavere di Jeremiah de Saint-Amour, il dottor Urbino aveva avuto la rivelazione di qualcosa che gli era stato negato fino a quel momento nelle sue navigazioni più lucide di medico e di credente. Era come se dopo tanti anni di familiarità con la morte, dopo tanto combatterla e toccarla al dritto e al rovescio, quella fosse la prima volta in cui aveva osato guardarla in faccia, e anche lei lo stava guardando. Non era la paura della morte. No: la paura stava dentro di lui da molti anni, conviveva con lui, era un'altra ombra sulla sua ombra, da una notte in cui si era svegliato turbato da un incubo e aveva preso coscienza che la morte non era solo un'eventualità permanente, come aveva sempre sentito, ma una realtà immediata. Invece quello che aveva visto quel giorno era la presenza fisica di qualcosa che fino ad allora non aveva superato una certezza dell'immaginazione. Era stato contento che lo strumento della Divina Provvidenza per quella rivelazione sorprendente fosse stato Jeremiah de Saint-Amour, che aveva sempre stimato come un santo che ignorava il suo stesso stato di grazia. Ma quando la lettera gli aveva rivelato la sua vera identità, il suo passato sinistro, la sua impensabile capacità d'astuzia, aveva sentito che qualcosa di definitivo e senza ritorno era accaduto nella sua vita.

Fermina Daza, però, non si era lasciata contagiare dal suo umore cupo. Lui ci aveva provato, subito, mentre lei lo aiutava a infilare le gambe nei pantaloni e gli abbottonava la camicia. Ma non ci era riuscito, perché Fermina Daza non si impressionava facilmente, e tantomeno per la morte di un uomo che non amava. Sapeva solo che Jeremiah de Saint-Amour era un invalido con le grucce che non aveva mai visto, che era sfuggito a un plotone di esecuzione in una delle tante insurrezioni di una delle tante isole delle Antille, che era diventato fotografo di bambini per necessità e che era arrivato a essere il più richiesto della provincia, e che aveva battuto in una partita a scacchi un tizio che lei ricordava come Torremolinos ma che in realtà si chiamava Capablanca.

«E invece era solo un profugo della Caienna condannato all'ergastolo per un crimine atroce» disse il dottor Urbino. «Pensa che aveva mangiato persino carne umana.»

Le diede la lettera i cui segreti voleva portare con sé nella tomba, ma lei mise i fogli piegati nella toilette, senza leggerli, e chiuse il cassetto a chiave. Era abituata all'insondabile capacità di spavento di suo marito, ai suoi giudizi eccessivi che si facevano sempre più intricati col passare degli anni, a una ristrettezza di ragione che non era compatibile con la sua immagine pubblica. Quella volta però aveva proprio passato i limiti. Lei supponeva che suo marito non stimasse Jeremiah de Saint-Amour per quello che era stato prima, ma per quello che aveva incominciato a essere da quando era arrivato senza altre garanzie se non il suo zaino da esiliato, e non riusciva a capire perché lo costernasse tanto la rivelazione tardiva della sua identità. Non capiva perché gli sembrasse abominevole che avesse avuto una donna nascosta se questa era un'abitudine atavica degli uomini della sua classe, compreso lui in un momento ingrato, e per di più le sembrava una prova straziante che lei lo avesse aiutato a consumare la sua decisione di morire. Disse: «Se anche tu decidessi di farlo per ragioni tanto serie quanto quelle che aveva lui, il mio dovere sarebbe di fare la stessa cosa che ha fatto lei». Il dottor Urbino si trovò una volta di più nell'agguato di semplice incomprensione che lo aveva esasperato per mezzo secolo.

«Non capisci niente» disse. «Quello che mi indigna non è quello che è stato né quello che ha fatto, ma l'inganno in cui ha tenuto tutti noi per tanti anni.»

I suoi occhi incominciarono a riempirsi di lacrime facili, ma lei finse di ignorarle.

«Ha fatto bene» replicò. «Se avesse detto la verità, né tu né quella povera donna, né nessun altro in questo paese lo avrebbe amato tanto quanto l'hanno amato.»

Gli agganciò l'orologio a catena all'occhiello del gilè. Finì di fargli il nodo della cravatta e gli mise il fermaglio di topazio. Poi gli asciugò le lacrime e gli pulì la barba bagnata di pianto con il fazzoletto umido di Agua Florida, e glielo mise nel taschino della giacca con le cocche aperte come una magnolia. Gli undici rintocchi della pendola risuonarono nel laghetto della casa.

«Spicciati» disse lei, prendendolo per un braccio. «Arriveremo tardi.»

Aminta Dechamps, moglie del dottor Lácides Olivella, e le loro sette figlie una più diligente dell'altra avevano previsto tutto perché il pranzo delle nozze d'argento fosse l'avvenimento sociale dell'anno. La residenza familiare in pieno centro storico era la vecchia Casa de la Moneda, snaturata da un architetto fiorentino che era passato da queste parti come un cattivo vento di rinnovamento e aveva trasformato in basiliche di Venezia più di quattro reliquie del XVII secolo. Aveva sei camere da letto e due saloni per mangiare e ricevere, ampi e ben ventilati, ma non sufficienti per gli invitati cittadini, oltre a quelli molto selezionati che sarebbero venuti da fuori. Il patio era uguale al chiostro di un'abbazia, con una fonte di pietra che cantava nel centro e aiuole di eliotropi che profumavano la casa all'imbrunire, ma lo spazio delle arcate non era sufficiente per tanti nomi così importanti. Cosicché avevano deciso di dare il pranzo nella villa di campagna della famiglia, a dieci minuti in automobile lungo la strada nazionale, che aveva un patio vastissimo e enormi allori dell'India e ninfee locali in un fiume di acque tranquille. Gli uomini del Mesón de don Sancho, diretti dalla moglie di Olivella, avevano disposto teloni colorati negli spazi senza ombra e avevano preparato sotto gli allori un rettangolo con tavoli per centoventidue coperti, con tovaglie di lino per tutti e tralci di rose appena colte sul tavolo d'onore. Avevano costruito anche una pedana per una banda di strumenti a fiato con un programma selezionato di quadriglie e valzer nazionali e per un quartetto di corde della Scuola di Belle Arti, che era una sorpresa della signora Olivella per il maestro venerabile di suo marito, che doveva presiedere al pranzo. Anche se la data non corrispondeva strettamente con l'anniversario della laurea, avevano scelto la domenica di Pentecoste per esaltare il senso della festa.

I preparativi erano cominciati tre mesi prima, per timore che qualcosa di indispensabile non lo si potesse fare per mancanza di tempo. Avevano fatto portare le galline vive dalla Ciénaga de Oro, famose in tutto il litorale non solo per la loro grandezza e delizia ma perché ai tempi della Colonia becchettavano in terre alluvionali e nel ventriglio gli trovavano pietrine d'oro puro. La moglie di Olivella in persona, accompagnata da qualche sua figlia e dal personale di servizio, saliva a bordo dei transatlantici di lusso a scegliere il meglio di qualsiasi cosa per onorare i meriti del marito. Aveva previsto tutto, salvo che la festa cadesse in una domenica di giugno in un anno di piogge tardive. Si rese conto di un simile rischio la mattina del giorno stesso, quando uscì per la messa solenne e si spaventò per l'umidità dell'aria e vide che il cielo era denso e basso e non si riusciva a vedere l'orizzonte del mare. Nonostante quei segni infausti, il direttore dell'osservatorio astronomico, che aveva incontrato a messa, le ricordò che nella disgraziatissima storia della città, anche negli inverni più crudeli, non era mai piovuto il giorno della Pentecoste. Tuttavia, allo scoccare delle dodici, quando i molti invitati stavano bevendo gli aperitivi all'aria aperta, il rombo di un tuono solitario fece tremare la terra e un vento di burrasca scompigliò i tavoli e si portò per aria i tendoni, e il cielo strapiombò in un acquazzone disastroso.

Il dottor Juvenal Urbino riuscì a stento ad arrivare nel disordine della tormenta, insieme con gli ultimi invitati che aveva incontrato lungo la strada, e voleva andare come loro dalle macchine alla casa saltando di gran fretta da una pietra all'altra attraverso il patio, ma finì per accettare l'umiliazione che gli uomini di Don Sancho lo portassero a braccia sotto un mantello di stoffa gialla. Le tavole separate erano state disposte di nuovo come meglio si poteva all'interno della casa, perfino nelle camere da letto, e gli invitati non facevano nessuno sforzo per dissimulare il loro umore da naufragio. Faceva un caldo da sala macchine di nave, perché avevano dovuto chiudere le finestre per impedire che entrasse la pioggia, portata obliqua dal vento. Nel patio, ogni posto della tavola aveva una targhetta col nome dell'invitato, ed era previsto un lato per gli uomini e uno per le donne, come era costume. Ma le targhette con i nomi si erano confuse dentro la casa e ognuno si sedette come poté, in una promiscuità di forza maggiore che almeno per una volta contraddisse le nostre superstizioni sociali. Durante il cataclisma, Aminta de Olivella sembrava stare dappertutto nello stesso tempo, con i capelli bagnati e lo splendido vestito inzaccherato di fango, ma sopportava la disgrazia col sorriso invincibile che aveva imparato da suo marito per non far piacere alle contrarietà. Con l'aiuto delle figlie, forgiate nella stessa fucina, riuscì fin dove le fu possibile a salvaguardare i posti del tavolo d'onore, con il dottor Juvenal Urbino al centro e l'arcivescovo Obdulio y Rey alla sua destra. Fermina Daza si sedette vicino al marito, come era solita fare, per paura che si addormentasse durante il pranzo o si sbrodolasse la minestra sul risvolto della giacca. Il posto di fronte lo occupò il dottor Lácides Olivella, un cinquantenne dall'aria femminea, molto ben conservato, il cui spirito festoso non aveva nessun legame con le sue diagnosi precise. Il resto della tavolata fu completato dalle autorità provinciali e municipali e dalla reginetta di bellezza dell'anno prima, che il governatore portò al suo braccio per farla sedere al suo fianco. Benché non fosse costume esigere negli inviti un abito speciale, e tantomeno per un pranzo in campagna, le signore indossavano vestiti da sera ornati di pietre preziose, e la maggior parte degli uomini era vestita di scuro con cravatta nera, e qualcuno con finanziera di panno. Solo quelli di gran mondo, e fra questi il dottor Urbino, avevano i loro abiti di sempre. A ogni posto c'era una copia del menù, stampata in francese e con incisioni dorate.

La signora de Olivella, preoccupata per i danni del caldo, girava per la casa supplicando gli ospiti di togliersi la giacca per pranzare, ma nessuno si azzardò a dare l'esempio. L'arcivescovo fece notare al dottor Urbino che quello in un certo senso era un pranzo storico: lì, per la prima volta, stavano insieme allo stesso tavolo, cicatrizzate le ferite e dissipati i rancori, le due fazioni delle guerre civili che avevano insanguinato il paese fin dai tempi dell'indipendenza. Questo pensiero coincideva con l'entusiasmo dei liberali, soprattutto i giovani, che erano riusciti a eleggere un presidente del loro partito dopo quarantacinque anni di egemonia conservatrice. Il dottor Urbino non era d'accordo: un presidente liberale non gli sembrava né meglio né peggio di un presidente conservatore, solo era vestito peggio. Tuttavia non volle contrariare l'arcivescovo. Anche se gli sarebbe piaciuto fargli notare che nessuno si trovava a quel pranzo per quello che pensava quanto per i meriti del suo lignaggio, e questo era sempre stato al di sopra dei casi della politica e degli orrori della guerra. Visto così, in effetti, non mancava nessuno.

Il temporale cessò all'improvviso così come era incominciato, e il sole si incendiò immediatamente nel cielo senza nuvole, ma la burrasca era stata così violenta che aveva sradicato alcuni alberi, e l'acqua che era strabordata aveva trasformato il patio in un pantano. Il disastro maggiore si era verificato in cucina. Diversi fuochi a legna erano stati approntati su dei mattoni sul retro della casa, all'aria aperta, e i cuochi avevano fatto appena a tempo a mettere le pentole in salvo dalla pioggia. Perdettero un sacco di tempo ad aggottare la cucina inondata e a improvvisare dei nuovi fuochi nella galleria posteriore. Ma all'una l'emergenza era risolta, e mancava solo il dolce commissionato alle monache di Santa Clara, che avevano promesso di mandarlo prima delle undici. Si temeva che il torrente della strada nazionale fosse uscito dal letto, come accadeva in inverni meno rigidi, e in questo caso non sarebbe stato possibile contare sul dolce prima di due ore. Appena smise di piovere, riaprirono le finestre, e la casa si rinfrescò con l'aria purificata dallo zolfo del temporale. Poi ordinarono che la banda eseguisse il programma di valzer nella terrazza del portico, ma servì solo ad aumentare l'ansia perché il rimbombo degli ottoni dentro la casa obbligava a parlare gridando. Stanca di aspettare, sorridendo sull'orlo delle lacrime, Aminta de Olivella diede l'ordine di servire il pranzo.

Il gruppo della Scuola di Belle Arti iniziò il concerto, in mezzo a un silenzio formale che ottenne per le battute iniziali de *La Chasse* di Mozart. Malgrado le voci sempre più alte e confuse, e l'impiccio dei servi negri di Don Sancho che a malapena passavano fra i tavoli con i vassoi fumanti, il dottor Urbino riuscì a mantenere un canale aperto per la musica fino alla fine del programma. Il suo potere di concentrazione diminuiva di anno in anno al punto che doveva annotare su un foglietto ogni mossa di scacchi per sapere dove andare. Tuttavia, gli era ancora possibile occuparsi di una conversazione seria senza perdere il filo di un concerto, comunque senza arrivare agli estremi magistrali di un direttore d'orchestra tedesco, suo grande amico ai tempi dell'Austria, che leggeva la partitura del *Don Giovanni* mentre ascoltava il *Tannhäuser*.

Il secondo brano del programma, che era *La morte e la fanciulla,* di Schubert, gli sembrò eseguito con una facile drammaticità. Mentre lo ascoltava a stento, in mezzo al nuovo rumore delle posate nei piatti, guardava fisso un ragazzo dal volto rosato che lo salutò con un cenno del capo. Lo aveva visto da qualche parte, senza dubbio, ma non ricordava dove. Gli capitava spesso, soprattutto con i nomi delle persone, anche di quelle più conosciute, o con una melodia di altri tempi, e questo gli provocava un'angoscia così spaventosa che una notte avrebbe preferito morire piuttosto che doverla sopportare fino al mattino dopo. Era sul punto di ridursi in quello stato quando una vampata caritatevole gli illuminò la memoria: il ragazzo era stato suo alunno l'anno prima. Si sorprese di vederlo lì, nel regno degli eletti, ma il dottor Olivella gli ricordò che era il figlio del Ministro dell'Igiene, che era venuto a preparare una tesi di medicina legale. Il dottor Juvenal Urbino gli fece un saluto allegro con la mano, e il giovane medico si alzò in piedi e gli rispose con un inchino. Ma né allora né mai si rese conto che era il praticante che era stato con lui quella mattina nella casa di Jeremiah de Saint-Amour.

Sollevato da un'altra vittoria sulla vecchiaia, si abbandonò al lirismo diafano e fluido dell'ultimo brano del programma, che non riuscì a identificare. Più tardi, il giovane violoncellista del complesso, che era appena tornato dalla Francia, gli disse che era il quartetto per corde di Gabriel Fauré, che il dottor Urbino non aveva mai sentito nominare malgrado fosse sempre stato molto attento alle novità europee. Pendendo da lui, come sempre, ma soprattutto quando lo vedeva astratto in pubblico, Fermina Daza smise di mangiare e posò la sua mano terrena su quella di lui. Gli disse: «Non pensarci più». Il dottor Urbino le sorrise dall'altra riva dell'estasi, e fu allora che ripensò a quello che lei temeva. Si ricordò di Jeremiah de Saint-Amour, esposto a quell'ora dentro la bara con la sua falsa uniforme di guerriero e le sue decorazioni da bardatura da cavallo, sotto lo sguardo accusatore dei bambini dei ritratti. Si rivolse all'arcivescovo per dargli la notizia del suicidio, ma già la conosceva. Se n'era molto parlato dopo la messa solenne, e tra l'altro aveva ricevuto una supplica del generale Jerónimo Argote in nome dei rifugiati del Caribe perché fosse sepolto in terra consacrata. Disse: «La supplica stessa mi è sembrata una mancanza di rispetto». Poi, in tono più umano, chiese se si conosceva la causa del suicidio. Il dottor Urbino gli rispose con una parola corretta che credette di aver inventato in quel momento: *gerontofobia*. Il dottor Olivella, che pendeva dai suoi invitati più prossimi, li abbandonò un momento per intervenire nel dialogo del suo maestro. Disse: «È un peccato imbattersi ancora in un suicidio che non sia per amore». Il dottor Urbino non si sorprese di riconoscere i suoi stessi pensieri in quelli del discepolo prediletto.

«E peggio ancora» disse: «è stato con cianuro di oro».

Mentre lo diceva sentì che la compassione era tornata a prevalere sull'amarezza della lettera, e non ne fu riconoscente a sua moglie ma a un miracolo della musica. Allora parlò all'arcivescovo del santo laico che lui aveva conosciuto nei suoi lenti pomeriggi di scacchi, gli parlò della consacrazione della sua arte alla felicità dei bambini, della sua rara erudizione su tutte le cose del mondo, delle sue abitudini spartane, e lui stesso rimase sorpreso della chiarezza d'animo con cui era riuscito a staccarlo improvvisamente e completamente dal suo passato. Parlò poi al sindaco dell'utilità di comprare l'archivio di lastre fotografiche per conservare le immagini di una generazione che forse non sarebbe tornata a essere felice fuori dei ritratti, e nelle cui mani stava il futuro della città. L'arcivescovo si era scandalizzato che un cattolico militante e colto si fosse azzardato a pensare alla santità di un suicida, ma fu d'accordo sull'iniziativa di archiviare i negativi. Il sindaco volle sapere da chi bisognava comprarli. Il dottor Urbino si bruciò la lingua con la brace del segreto, ma riuscì a sopportarlo senza rivelare l'erede clandestina degli archivi. Disse: «Me ne incarico io». E si sentì redento dalla sua stessa lealtà nei confronti della donna che aveva ripudiato cinque ore prima. Fermina Daza se ne accorse, e gli fece promettere a bassa voce che avrebbe assistito al funerale. Certo che lo avrebbe fatto, disse lui sollevato, non sarebbe certo mancato.

I discorsi furono brevi e facili. La banda di fiati attaccò un'aria popolaresca non prevista dal programma, e gli invitati passeggiavano sulle terrazze in attesa che gli uomini del Mesón de Don Sancho finissero di asciugare il patio, nel caso che qualcuno avesse avuto voglia di ballare. Gli unici che rimanevano in sala erano gli invitati del tavolo d'onore, a rallegrarsi che il dottor Urbino si fosse ingoiato in un colpo solo un mezzo bicchierino di brandy nel brindisi finale. Nessuno ricordava che lo avesse mai fatto salvo con un calice di vino di gran classe per accompagnare un piatto particolarmente speciale, ma il cuore glielo aveva chiesto quel pomeriggio, e la sua debolezza era ben ricompensata: un'altra volta, dopo tanti e tanti anni, aveva voglia di cantare. Lo avrebbe fatto, certamente, su richiesta del giovane violoncellista che si era offerto di accompagnarlo, ma non era stato possibile perché un'automobile di nuovo modello aveva improvvisamente attraversato la fangaia del patio, schizzando i musicisti e sconvolgendo le anatre nei recinti con la sua tromba da anatra, e si era fermata davanti al portico della casa.

Il dottor Marco Aurelio Urbino Daza e sua moglie scesero morti dal ridere, tenendo in ogni mano un vassoio coperto di merletti. Altri vassoi uguali stavano sui sedili posteriori, e persino sul pavimento vicino all'autista. Era il dolce ritardatario. Quando cessarono gli applausi e i fischi di scherzo cordiale, il dottor Urbino Daza spiegò seriamente che le clarisse gli avevano chiesto il favore di portare il dolce da prima della tempesta, ma che aveva deviato dalla strada nazionale perché qualcuno gli aveva detto che stava bruciando la casa dei suoi genitori. Il dottor Juvenal Urbino riuscì a spaventarsi senza aspettare che il figlio avesse finito di raccontare. Ma sua moglie gli ricordò per tempo che lui stesso aveva dato ordine di chiamare i pompieri perché catturassero il pappagallo. Aminta de Olivella, raggiante, decise di servire il dolce nelle terrazze, anche se dopo il caffè. Ma il dottor Juvenal Urbino e sua moglie se ne andarono senza assaggiarlo, perché c'era appena il tempo che lui facesse la sua sacra siesta prima del funerale.

La fece, ma breve e male, perché tornato a casa trovò che i pompieri avevano provocato danni tanto gravi quanto quelli del fuoco. Nel tentativo di spaventare il pappagallo avevano pelato un albero con gli idranti, e un getto mal diretto era entrato dalle finestre della camera da letto principale e aveva provocato danni irreparabili ai mobili e ai ritratti di avi ignoti attaccati alle pareti. I vicini erano accorsi quando avevano sentito la campana del camion dei pompieri, credendo che fosse un incendio, e se non erano avvenuti scompigli peggiori era perché di domenica le scuole erano chiuse. Quando si erano resi conto che non sarebbero arrivati al pappagallo neanche con le scale aggiuntive, i pompieri avevano incominciato a tagliare i rami a colpi di machete, e solo l'apparizione opportuna del dottor Urbino Daza aveva impedito che lo mutilassero fino al tronco. Avevano lasciato detto che sarebbero tornati dopo le cinque a vedere se li autorizzavano a potarlo, e passando avevano infangato la terrazza interna e la sala e avevano strappato un tappeto turco che era quello preferito di Fermina Daza. Disastri inutili, poi, perché l'impressione generale era che il pappagallo avesse approfittato della confusione per scappare nei patios vicini. In effetti, il dottor Urbino continuò a cercarlo tra le fronde, ma non ebbe risposta in nessuna lingua, né con fischi e canzoni, e così lo diede per perso e se ne andò a dormire quasi alle tre. Prima godette del piacere istantaneo della fragranza di giardino segreto della sua urina purificata dagli asparagi tiepidi.

Lo svegliò la tristezza. Non quella che aveva provato la mattina davanti al cadavere dell'amico, ma la nebbia invisibile che gli riempiva l'anima dopo la siesta e che lui interpretava come la notifica divina che stava vivendo i suoi ultimi pomeriggi. Fino ai cinquant'anni non era stato cosciente della misura, del peso e dello stato dei suoi visceri. A poco a poco, mentre giaceva con gli occhi chiusi dopo la siesta quotidiana, aveva incominciato a sentirseli dentro, a uno a uno, sentendo perfino la forma del suo cuore insonne, il suo fegato misterioso, il suo pancreas ermetico, e aveva scoperto che anche le persone più vecchie erano più giovani di lui, e che aveva finito per essere l'unico sopravvissuto dei leggendari ritratti di gruppo della sua generazione. Quando si era reso conto delle sue prime dimenticanze, aveva fatto appello a una risorsa che aveva sentito da uno dei suoi maestri nella Scuola di Medicina: «Chi non ha memoria se ne fa una di carta». Era stata, però, un'illusione effimera, perché era arrivato al punto di dimenticare quello che volevano dire i memorandum che si metteva in tasca, girava per casa in cerca degli occhiali che aveva sul naso, ridava giri di chiave dopo aver chiuso le porte, e perdeva il filo di quello che leggeva perché dimenticava le premesse degli argomenti o di chi erano figli i personaggi. Ma quello che lo inquietava di più era la sfiducia che provava nei confronti della sua stessa ragione: a poco a poco, in un naufragio ineluttabile, si accorgeva che stava perdendo il senso della giustizia.

Per pura esperienza, benché senza un fondamento scientifico, il dottor Juvenal Urbino sapeva che la maggioranza delle malattie mortali avevano un loro odore, ma nessuno era così specifico come quello della vecchiaia. Lo percepiva nei cadaveri aperti per il lungo sul tavolo di dissezione, lo riconosceva perfino nei pazienti che nascondevano meglio l'età, e nel sudore dei suoi stessi vestiti e nel respiro inerme di sua moglie addormentata. Se non fosse stato quello che era in realtà, un cristiano all'antica, forse sarebbe stato d'accordo con Jeremiah de Saint-Amour sul fatto che la vecchiaia era uno stato indecente che doveva essere impedito per tempo. L'unica consolazione, anche per uno come lui che era stato un valido uomo di letto, era l'estinzione lenta e misericordiosa dell'appetito amoroso: la pace dei sensi. A ottantun anni aveva abbastanza lucidità per rendersi conto di stare attaccato a questo mondo da qualche filaccia debole che poteva rompersi in modo indolore con un semplice cambio di posizione durante il sonno, e se faceva il possibile per mantenerla era per il terrore di non incontrare Dio nell'oscurità della morte.

Fermina Daza si era data da fare per riordinare la camera da letto distrutta dai pompieri, e un po' prima delle quattro aveva fatto portare al marito il quotidiano bicchiere di limonata con ghiaccio tritato, e gli aveva ricordato che doveva vestirsi per andare al funerale. Il dottor Urbino aveva, quel pomeriggio, due libri a portata di mano: *L'Incognita dell'Uomo,* di Alexis Carrell, e *La Storia di San Michele,* di Axel Munthe. Quest'ultimo non era ancora aperto, e aveva chiesto a Digna Pardo, la cuoca, di portargli il tagliacarte d'avorio che aveva dimenticato in camera da letto. Ma quando gliel'avevano portato stava già leggendo *L'Incognita dell'Uomo* alla pagina segnata con la busta di una lettera: gliene mancavano pochissime per finirlo. Lesse piano, facendosi strada fra i meandri di una punta di mal di testa che attribuì al mezzo bicchierino di brandy del brindisi finale. Nelle pause della lettura prendeva un sorso di limonata, o indugiava a sgranocchiare un pezzo di ghiaccio. Indossava le calze, la camicia senza il collo posticcio e le bretelle a righe verdi attaccate ai lati della cintura, e lo infastidiva solo l'idea di doversi cambiare per il funerale. Improvvisamente smise di leggere, appoggiò il libro sopra l'altro, e incominciò a dondolarsi molto piano sulla sedia a dondolo di vimini, contemplando afflitto le piante di banane nel pantano del patio, il mango spelacchiato, le formiche volanti del dopo pioggia, lo splendore effimero di un altro pomeriggio di meno che se ne andava per sempre. Aveva dimenticato di aver avuto una volta un pappagallo di Paramaribo che amava come un essere umano, e all'improvviso lo sentì: «Pappagallino reale». Lo sentì vicinissimo, quasi al suo fianco, e poi lo vide sul ramo più basso del mango.

«Svergognato» gli gridò.

Il pappagallo rispose con voce identica:

«Più svergognato sarai tu, dottore.»

Continuò a parlare con lui senza perderlo di vista, mentre calzava gli stivaletti con molta circospezione per non spaventarlo, e infilò le braccia nelle bretelle, e scese nel patio ancora infangato scandagliando il suolo con il bastone per non scivolare sui tre gradini della terrazza. Il pappagallo non si mosse. Stava così in basso che gli mise il bastone davanti per farlo fermare sull'impugnatura d'argento, come era sua abitudine, ma il pappagallo lo evitò. Saltò su un ramo vicino, un po' più in alto ma di più facile accesso, laddove era appoggiata la scala di casa da prima che arrivassero i pompieri. Il dottor Urbino calcolò l'altezza e pensò che salendo due scalini avrebbe potuto afferrarlo. Salì il primo, cantando una canzone per distrarre l'attenzione dell'animale stizzoso che ripeteva le parole senza la musica, ma allontanandosi sul ramo con passi laterali. Salì il secondo scalino senza difficoltà, attaccato alla scala con tutte e due le mani, e il pappagallo incominciò a ripetere tutta la canzone senza cambiare posto. Salì il terzo scalino, e poi il quarto, perché aveva calcolato male l'altezza del ramo, e allora si tenne alla scala con la mano sinistra e tentò di prendere il pappagallo con la destra. Digna Pardo, la vecchia domestica che veniva ad avvertirlo che stava facendo tardi per il funerale, vide di spalle l'uomo sulla scala e non poteva credere che fosse chi era se non fosse stato per le righe verdi delle bretelle.

«Santissimo Sacramento!» gridò. «Si ammazzerà!»

Il dottor Urbino afferrò il pappagallo per il collo con un sospiro di trionfo: *ça y est.* Ma lo mollò immediatamente, perché la scala gli scivolò sotto i piedi e lui rimase per un attimo sospeso per aria, e allora riuscì a rendersi conto di essere morto senza comunione, senza tempo per pentirsi di nulla né di accomiatarsi da nessuno, alle quattro e sette minuti del pomeriggio della domenica di Pentecoste.

Fermina Daza era in cucina ad assaggiare la minestra per la cena, quando udì il grido di orrore di Digna Pardo e il baccano della servitù e poi quello del circondario. Buttò via il cucchiaio per assaggiare e cercò di correre come poteva con il peso invincibile della sua età, gridando come una pazza senza sapere ancora che cosa stava succedendo sotto le fronde del mango, e il cuore le si fece a pezzi quando vide il suo uomo steso a pancia in su nel fango, già morto in vita ma resistendo ancora un ultimo minuto al colpo di coda della morte perché lei avesse il tempo di arrivare. Riuscì a riconoscerla nel tumulto attraverso le lacrime del dolore irripetibile di morirsene senza di lei e la guardò l'ultima volta per sempre con gli occhi più luminosi, più tristi e più riconoscenti che lei non gli aveva mai visto in mezzo secolo di vita in comune, e riuscì a dirle con l'ultimo respiro:

«Solo Dio sa quanto ti ho amato.»

Fu una morte memorabile, e non senza motivo. Appena finiti i suoi studi di specializzazione in Francia, il dottor Juvenal Urbino si era fatto conoscere nel paese per aver scongiurato in tempo, con metodi nuovi e drastici, l'ultima epidemia di colera che aveva sofferto la provincia. La precedente, quando lui era ancora in Europa, aveva provocato la morte della quarta parte della popolazione urbana in meno di tre mesi, compreso suo padre, che era stato anche lui un medico molto apprezzato. Con il prestigio immediato e un buon contributo del patrimonio familiare aveva fondato la Società Medica, la prima e unica nelle province del Caribe per molti anni, e ne era stato il presidente a vita. Aveva ottenuto la costruzione del primo acquedotto, del primo sistema di fogne e del mercato pubblico coperto che aveva permesso di risanare il putridume della baia di Las Ánimas. Era stato poi anche presidente dell'Accademia della Lingua e dell'Accademia di Storia. Il patriarca latino di Gerusalemme lo aveva fatto cavaliere dell'Ordine del Santo Sepolcro per i servigi resi alla Chiesa, e il governo francese gli aveva concesso la Legion d'Onore al rango di commendatore. Era stato un animatore attivo di tutte le congreghe confessionali e civiche che erano esistite nella città e in particolar modo della Giunta Patriottica, formata da cittadini influenti senza interessi politici, che premevano sui governi e sul commercio locale con trovate progressiste troppo audaci per l'epoca. Fra queste, la più memorabile era stata il varo di un aerostato che nel volo inaugurale aveva portato una lettera fino a San Juan de la Ciénaga, molto prima che si pensasse alla posta aerea come una possibilità razionale. Era stata sua anche l'idea del Centro Artistico, che aveva fondato la Scuola di Belle Arti nella stessa casa dove esiste ancora e aveva patrocinato per molti anni i Giochi Floreali di aprile.

Solo lui aveva ottenuto quello che era parso impossibile per un secolo: il restauro del Teatro della Commedia, trasformato in arena e in allevamento di galli dall'epoca della Colonia. Era stato il culmine di una campagna civica spettacolare che aveva compromesso tutti i settori della città senza eccezione alcuna, in una mobilitazione di massa che molti avevano considerato degna di miglior causa. Ciononostante il nuovo Teatro della Commedia era stato inaugurato quando ancora non aveva né sedie né luci, e i presenti dovevano portarsi su che sedersi e con che illuminarsi negli intervalli. Era stata imposta la stessa etichetta delle grandi prime europee, di cui le signore approfittavano per far bella mostra dei loro vestiti lunghi e delle loro pellicce nella canicola del Caribe, ma si era dovuta permettere l'entrata anche ai servitori perché portassero le sedie e le lampade, e quanto di mangereccio ritenevano necessario per resistere ai programmi interminabili, alcuni dei quali si erano protratti fino all'ora della prima messa. La stagione si era aperta con una compagnia francese di opera la cui novità era un'arpa nell'orchestra e la cui gloria indimenticabile era la voce immacolata e il talento drammatico di un soprano turco che cantava scalza e con anelli di pietre preziose alle dita dei piedi. A partire dal primo atto si vedeva a malapena lo scenario e i cantanti perdettero la voce per il fumo delle tante lampade di olio di palma, ma i cronisti cittadini si curarono molto bene di cancellare questi ostacoli insignificanti e di magnificare le cose memorabili. Fu senza dubbio l'iniziativa più contagiosa del dottor Urbino, dato che la febbre dell'opera contaminò perfino i settori più impensati della città e diede origine a tutta una generazione di Isotte e Otelli, e Aide e Sigfridi. Tuttavia non si arrivò mai agli estremi che il dottor Urbino avrebbe desiderato, di vedere italianizzanti e wagneriani affrontarsi a bastonate nel corso degli intervalli.

Il dottor Juvenal Urbino non accettò mai cariche ufficiali,

che gli avevano offerto spesso e senza condizioni, e fu un critico feroce dei medici che si servivano del loro prestigio professionale per scalare posizioni politiche. Anche se era stato stimato sempre per liberale ed era solito votare durante le elezioni per i candidati di questo partito, lo era più per tradizione che per convinzione, ed era stato forse l'ultimo membro delle grandi famiglie che si inginocchiava per strada quando passava la carrozza dell'arcivescovo. Si definiva un pacifista naturale, fautore della riconciliazione definitiva fra liberali e conservatori per il bene della patria. Tuttavia, la sua condotta pubblica era così autonoma che nessuno lo riteneva dei suoi: i liberali lo consideravano un nobile delle caverne, i conservatori dicevano che gli mancava solo di essere massone, e i massoni lo ripudiavano come un chierico imboscato al servizio della Santa Sede. I suoi critici meno feroci pensavano che fosse solo un aristocratico estasiato dalle delizie dei Giochi Floreali mentre la nazione si dissanguava in un'interminabile guerra civile.

Solo due suoi atti non sembravano concordare con questa immagine. Il primo era stato il trasloco in una casa nuova in un quartiere di nuovi ricchi dal vecchio palazzo del Marchese de Casalduero che era stata la residenza di famiglia per più di un secolo. L'altro era stato il matrimonio con una bellezza paesana senza nome né fortuna, di cui si burlavano segretamente le signore di gran nome finché si erano convinte per forza che dava parecchi punti a tutte loro per distinzione e carattere. Il dottor Urbino aveva sempre tenuto in gran conto questi e molti altri intoppi della sua immagine pubblica, e nessuno quanto lui stesso sapeva bene di essere l'ultimo protagonista di un nome in via di estinzione. I suoi figli erano due cavalli di razza senza nessun lustro. Marco Aurelio, il maschio, medico come lui e come tutti i primogeniti di ogni generazione, non aveva fatto niente di notevole, neanche un figlio, passati i cinquant'anni. Ofelia, l'unica figlia, sposata con un buon impiegato del Banco di New Orleans, era arrivata alla menopausa con tre figlie e nessun maschio. Tuttavia, benché gli spiacesse l'interruzione del suo sangue nella sorgente della storia, quello che della morte preoccupava di più il dottor Urbino era la vita solitaria di Fermina Daza senza di lui.

Comunque, la tragedia destò commozione non solo fra la sua gente, ma contagiò anche la gente semplice, che si affacciò alle strade con l'illusione di conoscere anche di riflesso lo splendore della leggenda. Furono proclamati tre giorni di lutto, si mise la bandiera a mezz'asta negli uffici pubblici e le campane di tutte le chiese suonarono incessantemente finché fu sigillata la cripta nel mausoleo di famiglia. Un gruppo della Scuola di Belle Arti fece una maschera del cadavere che sarebbe servita da modello per un busto a grandezza naturale, ma poi si desistette dal progetto perché a nessuno parve degna la fedeltà con cui era rimasto plasmato il terrore dell'ultimo momento. Un artista rinomato che si trovava lì per caso prima di andare in Europa dipinse una tela gigantesca di un realismo patetico in cui si vedeva il dottor Urbino sulla scala e nell'attimo mortale in cui aveva teso la mano per afferrare il pappagallo. L'unica cosa che contrastava con la cruda verità della sua storia era che nel quadro non indossava la camicia senza collo e le bretelle a righe verdi, ma la bombetta e la finanziera di panno nero di un'incisione di stampa degli anni del colera. Questo quadro fu esposto pochi mesi dopo la tragedia, perché nessuno restasse senza vederlo, nella grande galleria *El Alambre de Oro,* un negozio di articoli d'importazione in cui sfilava tutta la città. Poi stette sulle pareti di quante istituzioni pubbliche e private si credettero in dovere di rendere omaggio alla memoria dell'insigne patrizio e alla fine fu collocato con un secondo funerale nella Scuola di Belle Arti, da dove lo tolsero molti anni dopo gli stessi studenti di pittura per bruciarlo in Piazza dell'Università come simbolo di un'estetica e di certi tempi aborriti.

Fin dal suo primo momento di vedova si vide che Fermina Daza non era così sprovveduta come aveva temuto suo marito. Fu inflessibile nella determinazione di non permettere che si utilizzasse il cadavere a beneficio di nessuna causa, e lo fu anche con il telegramma di onori del Presidente della Repubblica che ordinava di esporlo in una camera ardente della sala delle cerimonie del governo provinciale. Con la stessa serenità si oppose a che fosse vegliato nella cattedrale, come le aveva chiesto l'arcivescovo in persona, e concesse solo che fosse lì durante la messa a corpo presente degli uffici funebri. Ancora prima della mediazione di suo figlio, stordito da tante diverse richieste, Fermina Daza si mantenne ferma nella sua nozione campagnola che i morti appartengono solo alla famiglia, e che sarebbe stato vegliato in casa con caffè amaro e frittelle, e con la libertà di ognuno di piangerlo come voleva. Non ci sarebbe stata la veglia tradizionale di nove notti: le porte si chiusero dopo il funerale e non si riaprirono se non per visite intime.

La casa rimase sotto il regime della morte. Ogni oggetto di valore era stato messo ben al sicuro, e sulle pareti nude non restavano che le impronte dei quadri staccati. Le sedie proprie e quelle prestate dai vicini erano poste contro le pareti dalla sala fino alle camere da letto, e gli spazi vuoti sembravano immensi e le voci risuonavano in modo spettrale, perché i mobili grandi, salvo il pianoforte da concerto che giaceva nel suo angolo sotto un lenzuolo bianco, erano stati spostati. Al centro della biblioteca, sulla scrivania di suo padre, giaceva senza bara colui che era stato Juvenal Urbino de la Calle, con l'ultimo spavento pietrificato sul volto e con il mantello nero e la spada di guerra dei cavalieri del Santo Sepolcro. Al suo fianco, in lutto stretto, tremante ma molto padrona di sé, Fermina Daza ricevette le condoglianze senza fare drammi, senza neanche muoversi, fino alle undici del mattino del giorno dopo quando salutò il marito dal portico dicendogli addio con un fazzoletto.

Non le era stato facile recuperare quella padronanza di sé da quando aveva udito il grido di Digna Pardo nel patio e aveva trovato il vecchio della sua vita che agonizzava nel fango. La sua prima reazione era stata di speranza perché aveva gli occhi aperti e un brillio di luce raggiante che non gli aveva mai visto nelle pupille. Aveva chiesto a Dio di concederle almeno un attimo perché lui non se ne andasse senza sapere quanto lo aveva amato a dispetto dei dubbi reciproci, e aveva sentito una sollecitazione irresistibile a ricominciare da capo la vita con lui per dirsi tutto quello che non si erano detti, e a rifare bene qualsiasi cosa avessero fatto male nel passato. Ma dovette arrendersi davanti all'intransigenza della morte. Il suo dolore si trasformò in una collera cieca contro il mondo e anche contro se stessa, e questo le diede la padronanza e il coraggio per confrontarsi da sola con la sua solitudine. Da quel momento non ebbe tregua, ma limitò qualsiasi gesto che sembrasse un'ostentazione del suo dolore. L'unico momento di un'evidente tristezza, del resto involontario, fu alle undici della sera di domenica, quando portarono la bara episcopale ancora odorosa di *sapolín* da bastimento, con maniglie di rame e fodere di seta trapunta. Il dottor Urbino Daza diede ordine di chiuderla immediatamente, dato che l'aria era rarefatta dal sentore di tanti fiori nel caldo insopportabile, e lui credeva di aver colto le prime ombre violette sul collo di suo padre. Una voce sarcastica si udì nel silenzio: «A quell'età uno è già mezzo marcio in vita». Prima che la chiudessero Fermina Daza si tolse l'anello matrimoniale e lo mise al marito morto e poi gli coprì la mano con la sua, come sempre aveva fatto quando lo aveva sorpreso svagato in pubblico. «Ci vedremo molto presto» gli disse.

Florentino Ariza, invisibile nella folla di notabili, sentì una lancia nel costato. Fermina Daza non lo aveva riconosciuto nella confusione delle prime condoglianze, benché nessuno sarebbe stato più presente né doveva essere più utile di lui nelle urgenze di quella notte. Fu lui a mettere ordine nelle cucine straripate perché non mancasse il caffè. Ottenne delle sedie supplementari quando non bastarono quelle dei vicini, e ordinò di mettere nel patio le corone che avanzavano quando ormai non ce ne stava più una in casa. Si occupò che non mancasse il brandy per gli invitati del dottor Lácides Olivella, che avevano saputo la cattiva notizia al culmine delle nozze d'argento e erano venuti di corsa a continuare la baldoria seduti in cerchio sotto il tronco del mango. Fu l'unico a saper reagire a tempo quando il pappagallo fuggitivo comparve a mezzanotte nella sala da pranzo con la testa alzata e le ali aperte, il che provocò un brivido di stupore nella casa perché sembrava una promessa di penitenza. Florentino Ariza lo afferrò per il collo senza dargli il tempo di gridare nessuna delle sue consegne insensate e lo portò nella scuderia nella gabbia coperta. Così fece tutto con tanta discrezione e tale efficienza che a nessuno capitò di pensare che fosse un'intromissione negli affari degli altri, ma anzi un aiuto impagabile nella mala ora della casa.

Era quello che sembrava: un vecchio servizievole e serio.

Aveva il corpo ossuto e dritto, la pelle bruna e imberbe, gli occhi avidi dietro gli occhiali rotondi con la montatura di metallo chiaro, e dei baffi romantici con le punte ingommate, un po' vecchi per l'epoca. Aveva gli ultimi ciuffi dei capelli delle tempie pettinati verso l'alto e attaccati con la gommina nel centro del cranio lucente come soluzione finale a una calvizie assoluta. La sua gentilezza naturale e i suoi modi delicati affascinavano subito, ma venivano anche stimati come due virtù sospettose in uno scapolo incallito. Aveva speso molto denaro, molto ingegno e molta forza di volontà perché non si notassero i settantasei anni che aveva compiuto nel marzo scorso e nella solitudine della sua anima era convinto di aver amato in silenzio molto più di chiunque altro a questo mondo.

La notte della morte del dottor Urbino era vestito come lo aveva sorpreso la notizia, che era come stava sempre nonostante il caldo infernale di giugno: di panno scuro con gilè, un fiocco di nastro di seta nel colletto di celluloide, un cappello di feltro e un ombrello di raso nero che gli serviva anche da bastone. Ma quando incominciò a far chiaro sparì dalla veglia per due ore e ritornò fresco col primo sole, ben sbarbato e profumato di lozioni da toilette. Aveva indossato una finanziera di panno nero di quelle che non si usavano più se non ai funerali e alle cerimonie della Settimana Santa, un collo con le punte superiori risvoltate e il fiocco da artista al posto della cravatta e una bombetta. Aveva con sé anche l'ombrello, e non solo per abitudine, dato che era sicuro che avrebbe piovuto prima delle dodici, e lo fece sapere al dottor Urbino Daza per vedere se gli sarebbe stato possibile anticipare il funerale. Ci provarono in effetti, perché Florentino Ariza apparteneva a una famiglia di armatori e lui stesso era presidente della Compagnia Fluviale del Caribe, e questo faceva supporre che se ne intendesse di pronostici atmosferici. Ma non poterono mettere d'accordo le autorità civili e militari, le corporazioni pubbliche e private, la banda dell'esercito e quella delle Belle Arti, e le scuole e confraternite religiose che erano già d'accordo per le undici, in modo che il funerale previsto come un avvenimento storico finì in un fuggi fuggi generale per l'acquazzone battente che venne giù. Furono molto pochi quelli che arrivarono sguazzando nel fango al mausoleo della famiglia, protetto da una ceiba coloniale il cui fogliame superava il muro del cimitero. Sotto quello stesso fogliame, ma nella parte esterna destinata ai suicidi, il pomeriggio del giorno prima i rifugiati del Caribe avevano sepolto Jeremiah de Saint-Amour, e il suo cane insieme con lui, secondo la sua volontà.

Florentino Ariza fu uno dei pochi che rimasero fino alla fine del funerale. Si inzuppò fino alla biancheria intima e arrivò spaventato a casa sua per paura di prendere una polmonite dopo tanti anni di attenzioni minuziose e di precauzioni eccessive. Si fece preparare una limonata calda con un goccio di brandy, se la bevette a letto con due pastiglie di fenaspirina e sudò abbondantemente avvolto in una coperta di lana finché recuperò la giusta temperatura del corpo. Quando tornò alla veglia si sentiva rinvigorito. Fermina Daza aveva ripreso il comando della casa, che era spazzata e in grado di ricevere, e aveva posto sull'altare della biblioteca un ritratto del marito morto dipinto a pastello con la cornice listata a lutto. Alle otto c'era tanta gente e il caldo era così intenso come la notte precedente, ma dopo il rosario qualcuno fece circolare la preghiera di andarsene presto perché la vedova riposasse per la prima volta dal pomeriggio della domenica.

Fermina Daza salutò la maggior parte della gente vicino all'altare ma accompagnò l'ultimo gruppo di amici intimi fino alla porta sulla strada, per chiuderla lei stessa, come aveva sempre fatto. Stava per farlo con l'ultimo respiro, quando vide Florentino Ariza vestito a lutto al centro della sala deserta. Ne fu contenta, perché da molti anni lo aveva cancellato dalla sua vita, ed era la prima volta che lo vedeva con la coscienza purificata dall'oblio. Ma prima di poterlo ringraziare per la visita, lui si mise il cappello sul cuore, tremante e degno, e fece scoppiare l'ascesso che era stato l'alimento della sua vita.

«Fermina» le disse, «ho atteso questa occasione per più di mezzo secolo, per ripeterti ancora una volta il giuramento della mia fedeltà eterna e il mio amore per sempre.»

Fermina Daza avrebbe creduto di trovarsi di fronte a un pazzo, se non avesse avuto dei motivi per pensare che Florentino Ariza in quel momento era ispirato dalla grazia dello Spirito

Santo. Il suo impulso immediato fu di maledirlo per la profanazione della casa quando era ancora caldo nella tomba il corpo di suo marito. Ma glielo impedì la dignità della rabbia. «Vattene» gli disse. «E non farti mai più vedere negli anni che ti restano di vita.» Tornò ad aprire del tutto la porta che aveva incominciato a chiudere, e concluse: «Che spero siano molto pochi».

Quando udì spegnersi il rumore dei passi nella strada solitaria, chiuse la porta molto piano, con la spranga e i catenacci, e affrontò da sola il suo destino. Mai, fino a quel momento, aveva avuto piena coscienza del peso e della grandezza del dramma che lei stessa aveva provocato quando aveva solo diciotto anni, e che l'avrebbe perseguitata fino alla morte. Pianse per la prima volta dal pomeriggio del disastro, senza testimoni, che era il suo unico modo di piangere. Pianse per la morte del marito, per la sua solitudine e la sua rabbia, e quando entrò nella camera da letto vuota pianse per se stessa, perché molto raramente aveva dormito da sola in quel letto da quando non era più vergine. Tutto quello che era stato del marito le attizzava il pianto: le pantofole di nappa, il pigiama sotto il cuscino, lo spazio senza di lui nella mezzaluna della toilette, il suo odore personale sulla propria pelle. La fece sussultare un pensiero vago: "La gente che si ama dovrebbe morire con tutte le sue cose". Non volle aiuto da nessuno per coricarsi, non volle mangiare niente prima di dormire. Oppressa dal dolore, chiese a Dio di mandarle la morte quella notte stessa durante il sonno, e con questa illusione si coricò, scalza ma vestita, e si addormentò subito. Dormì senza saperlo, ma sapendo che continuava a essere viva nel sonno, che le avanzava la metà del letto, e che giaceva di fianco sul bordo sinistro, come sempre, ma che le mancava il contrappeso dell'altro corpo dall'altra parte. Pensando addormentata pensò che non avrebbe mai più potuto dormire così, e incominciò a singhiozzare nel sonno, e dormì singhiozzando senza cambiare posizione nella sua parte, fino a molto dopo il canto del gallo e la svegliò il sole indesiderabile della mattina senza di lui. Solo allora si rese conto di aver dormito molto senza morire, singhiozzando nel sonno, e mentre dormiva singhiozzando di aver pensato più a Florentino Ariza che al marito morto.

Florentino Ariza, invece, non aveva smesso di pensare a lei per un solo attimo dopo che Fermina Daza lo aveva respinto senza appello dopo alcuni amori lunghi e sofferti, ed erano trascorsi da allora cinquantun anni, nove mesi e quattro giorni. Non aveva dovuto tenere il conto dell'oblio facendo una riga al giorno sui muri di una prigione, perché non era passato un giorno senza che accadesse qualcosa che gliela faceva ricordare. All'epoca della rottura aveva ventidue anni e viveva solo con sua madre, Tránsito Ariza, in una mezza casa in affitto di Calle de las Ventanas, dove lei fin da quando era molto giovane aveva un negozio di merceria e dove anche sfilacciava camicie e stracci vecchi che vendeva come cotone per i feriti di guerra. Era stato il suo unico figlio, frutto di un legame occasionale con il noto armatore don Pío Quinto Loayza, il maggiore dei tre fratelli che avevano fondato la Compagnia Fluviale del Caribe, e avevano dato con questa un nuovo impulso alla navigazione a vapore nel río de la Magdalena.

Don Pío Quinto Loayza morì quando il figlio aveva dieci anni. Anche se si era sempre occupato segretamente delle sue spese, non lo aveva mai riconosciuto come suo davanti alla legge né gli aveva lasciato risolto l'avvenire, e così Florentino Ariza era rimasto con l'unico nome di sua madre, benché la sua vera generalità fosse sempre stata di dominio pubblico. Dopo la morte del padre, Florentino Ariza aveva dovuto rinunciare alla scuola per impiegarsi come apprendista all'Ufficio Postale, dove lo avevano incaricato di aprire i sacchi, di mettere in ordine le lettere e di avvisare il pubblico che era arrivata la posta issando sulla porta la bandiera del paese di provenienza.

La sua serietà richiamò l'attenzione del telegrafista, l'emigrato tedesco Lotario Thugut, che suonava anche l'organo nelle cerimonie maggiori della cattedrale e dava lezioni di musica a domicilio. Lotario Thugut gli insegnò l'alfabeto Morse e l'uso del sistema telegrafico, e bastarono le prime lezioni di violino perché Florentino Ariza continuasse a suonarlo a orecchio come un professionista. Quando conobbe Fermina Daza, a diciotto anni, era il giovane più richiesto della sua classe sociale, quello che ballava meglio la musica di moda e recitava a memoria la poesia sentimentale, ed era sempre a disposizione dei suoi amici per fare alle loro fidanzate serenate con un a solo di violino. Era squallido fin da allora, con capelli da indio impomatati e gli occhialini da miope che aumentavano il suo aspetto di abbandono. A parte il difetto della vista, soffriva di una stitichezza cronica che lo obbligò a clisteri purganti per tutta la vita. Aveva un solo abito da cerimonia, ereditato dal padre morto, ma Tránsito Ariza glielo teneva così bene che ogni domenica sembrava nuovo. Nonostante la sua aria allampanata, la sua riservatezza e i suoi vestiti malinconici, le ragazze del suo gruppo facevano riffe segrete per giocare a restare con lui, e lui giocava a restare con loro, fino al giorno in cui conobbe Fermina Daza e gli morì l'innocenza.

L'aveva vista per la prima volta un pomeriggio in cui Lotario Thugut lo aveva incaricato di portare un telegramma a un tipo senza domicilio conosciuto che si chiamava Lorenzo Daza. Lo trovò nel piccolo Giardino de Los Evangelios, in una delle case più vecchie, mezza in rovina, il cui patio interno sembrava il chiostro di un'abbazia, con erbacce negli angoli e una fontana di pietra senza acqua. Florentino Ariza non udì nessun rumore umano quando seguì la domestica scalza sotto gli archi del corridoio, dove c'erano cassoni da trasloco ancora da aprire e attrezzi da muratore fra resti di calce e sacchi di cemento, dato che la casa stava subendo un restauro totale. In fondo al patio c'era un ufficio, dove dormiva la siesta seduto davanti alla scrivania un uomo molto grasso con le basette arricciate che si confondevano con i baffi. Si chiamava, in effetti, Lorenzo Daza, e non era molto conosciuto in città perché era arrivato da meno di due anni e non era uno di molte amicizie.

Prese il telegramma come se fosse il seguito di un brutto sogno. Florentino Ariza osservò gli occhi lividi con una specie di compassione ufficiale, osservò le dita incerte che cercavano di rompere il sigillo, la paura del cuore che aveva visto tante volte in tanti destinatari che non riuscivano ancora a pensare ai telegrammi senza metterli in rapporto con la morte. Quando l'ebbe letto riprese il controllo. Sospirò: «Buone notizie». E diede a Florentino Ariza i cinque *reales* di rigore, facendogli intendere con un sorriso sollevato che non glieli avrebbe dati se le notizie fossero state cattive. Poi lo congedò con una stretta di mano, cosa che non si usava con un fattorino del telegrafo, e la domestica lo accompagnò fino al portone sulla strada non tanto per fargli strada quanto per sorvegliarlo. Fecero lo stesso percorso in senso inverso lungo il corridoio ad arcate, ma questa volta Florentino Ariza seppe che c'era qualcun altro in casa, perché il chiarore del patio era occupato da una voce di donna che ripeteva una lezione di lettura. Passando davanti alla stanza da lavoro vide dalla finestra una donna più anziana e una bambina, sedute su due sedie molto vicine, che seguivano ambedue la stessa lettura sullo stesso libro che la donna teneva aperto in grembo. Gli parve una visione rara: la figlia che insegnava a leggere alla madre. La stima era sbagliata solo in parte, perché la donna era la zia e non la madre della bambina, anche se l'aveva allevata come se lo fosse stata. La lezione non si interruppe ma la bambina alzò gli occhi per vedere chi stava passando davanti alla finestra, e quello sguardo casuale fu l'origine di un cataclisma amoroso che mezzo secolo dopo non era ancora terminato.

L'unica cosa che Florentino Ariza poté scoprire di Lorenzo Daza fu che era arrivato da San Juan de la Ciénaga con l'unica figlia e la sorella zitella poco dopo il fetore del colera, e chi lo aveva visto sbarcare non aveva dubitato che venisse per fermarsi, dato che portava tutto il necessario per una casa ben fornita. La moglie era morta quando la figlia era molto piccola. La sorella si chiamava Escolástica, aveva quarant'anni e stava compiendo un voto con l'abito di San Francesco quando usciva e solo il cordone alla vita quando stava in casa. La bambina aveva tredici anni e si chiamava come la madre morta: Fermina.

Si supponeva che Lorenzo Daza fosse un uomo ricco perché viveva bene senza che si sapesse che cosa faceva, e aveva comprato in contanti la casa de Los Evangelios, il cui restauro dovette costargli perlomeno il doppio dei duecento *pesos* d'oro che aveva pagato per la casa. La figlia stava studiando al Colegio de la Presentación de la Santísima Virgen, dove le signorine di società apprendevano da due secoli l'arte e il mestiere di essere spose diligenti e sottomesse. Durante la Colonia e i primi anni della Repubblica accettavano solo le eredi di grandi nomi. Ma le vecchie famiglie rovinate dall'indipendenza avevano dovuto sottomettersi alla realtà dei nuovi tempi, e il collegio aveva aperto le sue porte a tutte le aspiranti che avessero potuto pagarlo senza preoccuparsi dei loro titoli nobiliari ma con la condizione essenziale che fossero figlie legittime di matrimoni cattolici. In ogni modo era un collegio caro, e il fatto che Fermina Daza studiasse lì era di per sé solo un indizio della situazione economica della famiglia, anche se non lo era della sua condizione sociale. Queste notizie incoraggiarono Florentino Ariza, perché gli indicavano che la bella adolescente dagli occhi a mandorla era alla portata dei suoi sogni. Tuttavia, la disciplina stretta di suo padre si rivelò molto presto come un inconveniente irrimediabile. Contrariamente alle altre alunne, che andavano a scuola a gruppi o accompagnate da una domestica più anziana, Fermina Daza andava sempre con la zia zitella e la sua condotta indicava che non le era permessa nessuna distrazione.

Fu in quel modo innocente che Florentino Ariza diede inizio alla sua vita segreta di cacciatore solitario. Dalle sette di mattina si sedeva da solo sulla panchina meno visibile del giardinetto, fingendo di leggere un libro di versi all'ombra dei mandorli, finché vedeva passare la donzella impossibile con l'uniforme a righe azzurre, le calze con le giarrettiere fino alle ginocchia, gli stivaletti maschili coi lacci incrociati, e una sola treccia grossa con un fiocco all'estremità che le pendeva sulle spalle fino alla vita. Camminava con un'alterigia naturale, la testa dritta, lo sguardo immobile, il passo rapido, il naso affilato, con la cartella dei libri stretta con le braccia incrociate contro il petto, e con un'andatura da cerva che la faceva sembrare immune dalla gravità. Al suo fianco, tenendo il passo a stento, la zia con l'abito grigio e il cordone di San Francesco non lasciava il minimo spiraglio per avvicinarsi. Florentino Ariza le vedeva passare all'andata e al ritorno quattro volte al giorno e una volta la domenica all'uscita dalla messa solenne, e vedere la bambina gli bastava. A poco a poco venne idealizzandola, attribuendole virtù improbabili, sentimenti immaginari, e dopo due settimane non pensava ad altro che a lei. Fu così che decise di mandarle un semplice biglietto scritto da tutte e due le parti con la sua bella calligrafia da scrivano. Ma lo tenne diversi giorni nel taschino pensando come consegnarlo, e mentre ci pensava scriveva altri fogli prima di dormire, cosicché la lettera originale venne a trasformarsi in un dizionario di galanterie ispirate ai libri che aveva imparato a memoria a furia di leggerli nelle attese del giardino.

Cercando il modo di consegnare la lettera si diede da fare per conoscere alcune studentesse della Presentación, ma erano troppo lontane dal suo mondo. Inoltre, dopo parecchi giri non gli parve prudente che qualcuno fosse informato dei suoi progetti. Tuttavia riuscì a sapere che Fermina Daza era stata invitata a un ballo di sabato qualche giorno dopo il suo arrivo e che il padre non le aveva dato il permesso di andarci con una frase precisa: «Ogni cosa si farà a tempo debito». La lettera aveva più di sessanta fogli scritti da tutti e due i lati quando Florentino Ariza non poté più resistere al peso del suo segreto, e si aprì senza riserve con sua madre, l'unica persona con cui si permetteva qualche confidenza. Tránsito Ariza si commosse fino alle lacrime per il candore del figlio nei fatti d'amore e cercò di orientarlo con i suoi lumi. Cominciò convincendolo a non consegnare lo zibaldone lirico con cui sarebbe solo riuscito a spaventare la bambina dei suoi sogni, che supponeva altrettanto acerba quanto lui in affari di cuore. Il primo passo, gli disse, era ottenere che lei si accorgesse del suo interesse, perché la sua dichiarazione non la cogliesse di sorpresa e avesse il tempo di pensare.

«Ma soprattutto» gli disse, «la prima che devi conquistare non è lei ma sua zia.»

Ambedue i consigli erano saggi, senza dubbio, ma tardivi. In realtà il giorno in cui Fermina Daza aveva trascurato un attimo la lezione di lettura che stava dando alla zia e aveva sollevato lo sguardo per vedere chi stava passando nel corridoio, Florentino Ariza l'aveva impressionata con la sua aria di abbandono. La sera, durante la cena, suo padre aveva parlato del telegramma ed era stato così che lei aveva saputo che cosa era andato a fare Florentino Ariza in casa, e quale era il suo lavoro. Queste notizie avevano aumentato il suo interesse, perché per lei come per tanta gente dell'epoca l'invenzione del telegrafo aveva qualcosa a che vedere con la magia. Ed era stato così che aveva riconosciuto Florentino Ariza dalla prima volta che lo vide intento a leggere sotto gli alberi del giardinetto, benché non le avesse provocato nessuna inquietudine, mentre la zia non le fece notare che stava lì da parecchie settimane. Poi, quando lo videro anche la domenica all'uscita da messa, la zia finì per convincersi che tanti incontri non potevano essere casuali. Disse: «Non sarà per me che si prende tanti fastidi». Perché, nonostante la sua condotta austera e il suo abito da penitente, la zia Escolástica Daza aveva un istinto della vita e una vocazione alla complicità che erano le sue migliori virtù, e la sola idea che un uomo si interessasse alla nipote le provocava un'emozione irresistibile. Fermina Daza, però, era ancora in salvo perfino dalla semplice curiosità dell'amore, e l'unica cosa che le ispirava Florentino Ariza era un po' di pena, perché le era parso malato. Ma la zia le disse che era necessario aver vissuto molto per conoscere la vera indole di un uomo, e lei era convinta che quello che si sedeva nel parco per vederle passare poteva essere malato solo d'amore.

La zia Escolástica era un rifugio di comprensione e di affetto per la figlia solitaria di un matrimonio senza amore. L'aveva allevata dalla morte della madre, e nei rapporti con Lorenzo Daza si comportava più da complice che da zia. Cosicché la comparsa di Florentino Ariza fu per loro un altro dei molti divertimenti intimi che erano solite inventarsi per passare le ore morte. Quattro volte al giorno, quando passavano dal giardinetto de Los Evangelios, tutte e due si affrettavano a cercare con un rapido sguardo la sentinella sparuta, timida, proprio poca cosa, quasi sempre vestita di nero malgrado il caldo, che faceva finta di leggere sotto gli alberi. «Eccolo là» diceva quella che lo vedeva per prima, soffocando le risa, prima che lui alzasse lo sguardo e vedesse le due donne rigide, distanti dalla sua vita, attraversare il giardino senza guardarlo.

«Poveretto» aveva detto la zia. «Non si azzarda ad avvicinarsi perché ci sono io con te ma un giorno ci proverà se le sue intenzioni sono serie, e allora ti consegnerà una lettera.»

Prevedendo tutta una serie di avversità le insegnò a comunicare con l'alfabeto muto, che era una risorsa indispensabile degli amori proibiti. Quelle birichinate sprovvedute, quasi puerili, davano a Fermina Daza una curiosità di novità, ma per parecchi mesi non le capitò di andare oltre. Non seppe mai in che momento il divertimento si trasformò in ansia, e il sangue le si sconvolgeva per l'urgenza di vederlo, e una notte si svegliò spaventata perché lo vide che la guardava nell'oscurità ai piedi del letto. Allora desiderò con tutta l'anima che si avverassero i pronostici della zia, e chiedeva a Dio nelle sue orazioni di fargli avere il coraggio di consegnarle la lettera, solo per sapere che cosa dicesse.

Ma le sue preghiere non vennero esaudite. Anzi. Questo succedeva all'epoca in cui Florentino Ariza si era confessato con sua madre e questa lo aveva dissuaso dal consegnare i settanta fogli di galanterie, e così Fermina Daza continuò a sperare per tutto il resto dell'anno. La sua ansia si trasformava in disperazione più si avvicinavano le vacanze di dicembre, perché si chiedeva agitata che cosa avrebbe fatto per vederlo, e perché lui la vedesse, durante i tre mesi in cui non sarebbe andata a scuola. I dubbi persistevano senza soluzione la notte di Natale, quando la fece sussultare il presagio che lui la stesse guardando tra la folla della messa di mezzanotte, e quell'inquietudine le fece traboccare il cuore. Non si azzardò a girare la testa, perché era seduta fra il padre e la zia, e dovette dominarsi perché non si accorgessero del suo turbamento. Ma nel disordine dell'uscita lo sentì così vicino, così nitido nella confusione, che un potere irresistibile l'obbligò a guardare sopra la spalla quando lasciava il tempio dalla navata centrale, e allora vide a due palmi dai suoi occhi gli altri occhi di ghiaccio, il viso livido, le labbra pietrificate dalla paura dell'amore. Scombussolata dalla sua stessa audacia, si aggrappò al braccio della zia Escolástica per non cadere, e questa sentì il sudore glaciale della mano attraverso il mezzo guanto di pizzo, e la riconfortò con un cenno impercettibile di complicità incondizionata. In mezzo al fragore dei razzi e dei tamburi celebrativi, delle luci colorate sulle porte e al clamore della folla ansiosa di pace, Florentino Ariza vagò come un sonnambulo fino all'alba vedendo la festa attraverso le lacrime, stordito dall'allucinazione di essere lui e non Dio quello che era nato quella notte.

Il delirio aumentò la settimana dopo, all'ora della siesta, quando passò senza speranze dalla casa di Fermina Daza e vide che lei e la zia erano sedute sotto i mandorli del cortile. Era una ripetizione all'aperto del quadro che aveva visto il primo pomeriggio nella stanza da lavoro: la bambina che provava la lezione di lettura alla zia. Ma Fermina Daza era diversa senza l'uniforme scolastica, perché indossava una veste di filo con molte pieghe che le cadevano dalle spalle come un peplo e aveva in testa una ghirlanda di gardenie che le davano l'aspetto di una dea incoronata. Florentino Ariza si sedette nel giardino, dove era sicuro di essere visto, e non ricorse alla finta lettura, ma restò col libro aperto e con gli occhi fissi sulla donzella illusoria, che non gli ricambiò neanche uno sguardo di compassione.

All'inizio pensò che la lezione sotto i mandorli fosse un cambiamento casuale dovuto forse ai restauri interminabili della casa, ma nei giorni seguenti capì che Fermina Daza sarebbe stata lì, a portata di vista, tutti i pomeriggi alla stessa ora dei tre mesi delle vacanze, e questa certezza gli infuse nuovo coraggio. Non ebbe l'impressione di essere visto, non avvertì alcun segno di interesse o di rifiuto, ma nella sua indifferenza c'era un diverso splendore che lo incoraggiava a continuare. Improvvisamente un pomeriggio alla fine di gennaio la zia appoggiò il lavoro sulla sedia e lasciò sola la nipote nel cortile, in mezzo al rigagnolo di foglie gialle cadute dai mandorli. Incoraggiato dalla supposizione irriflessiva che fosse stata un'opportunità concertata, Florentino Ariza attraversò la strada e si piantò di fronte a Fermina Daza, e così vicino a lei da percepire le crepe del suo respiro e l'alito floreale con cui l'avrebbe identificata per il resto della sua vita. Le parlò a testa alta e con una determinazione che avrebbe riavuto solo mezzo secolo dopo, e per lo stesso motivo.

«L'unica cosa che le chiedo è di voler ricevere una mia lettera» le disse.

Non era la voce che Fermina Daza si aspettava da lui: era nitida, e con una padronanza che non aveva niente a che vedere con i suoi modi languidi. Senza allontanare lo sguardo dal ricamo, gli rispose: «Non posso riceverla senza il permesso di mio padre». Florentino Ariza sussultò per il calore di quella voce il cui timbro pacato non avrebbe dimenticato per il resto della sua vita. Ma si mantenne saldo e replicò immediatamente: «Lo ottenga». Poi addolcì l'ordine con una supplica: «È una faccenda di vita o di morte». Fermina Daza non lo guardò, non interruppe il ricamo, ma la sua decisione socchiuse una porta in cui entrava tutto il mondo.

«Torni tutti i pomeriggi» gli disse, «e aspetti che io cambi di sedia.»

Florentino Ariza non capì che cosa intendeva dire fino al lunedì della settimana dopo quando vide dalla panchina del giardinetto la stessa scena di sempre con una sola variante: quando la zia Escolástica entrò in casa, Fermina Daza si alzò e si mise a sedere sull'altra sedia. Florentino Ariza, con una camelia bianca all'occhiello della finanziera, allora attraversò la strada e si fermò di fronte a lei. Disse: «Questa è l'occasione più grande della mia vita». Fermina Daza non alzò lo sguardo verso di lui finché non ebbe esaminato i dintorni con un'occhiata circolare ed ebbe visto le strade deserte nel torpore della siccità e un mulinello di foglie morte trascinate dal vento.

«Me la dia» disse.

Florentino Ariza aveva pensato di portarle i settanta fogli che a quel punto poteva recitare a memoria da quanto li aveva letti, ma poi si era deciso per mezzo biglietto sobrio ed esplicito in cui prometteva solo l'essenziale: la sua fedeltà in tutta regola e il suo amore eterno. Lo tolse dalla tasca interna della finanziera e lo mise davanti agli occhi della ricamatrice afflitta che ancora non si era azzardata a guardarlo. Lei vide la busta azzurra tremare in una mano impietrita di paura, e sollevò il telaio perché lui ci mettesse la lettera, dato che non poteva ammettere che si notasse anche il tremito delle sue dita. Allora successe: un uccello si agitò in mezzo al fogliame dei mandorli e la sua cagata cadde proprio sul ricamo. Fermina Daza allontanò il telaio, lo nascose dietro alla sedia perché lui non si accorgesse di quanto era successo e lo guardò per la prima volta con il volto in fiamme. Florentino Ariza, impassibile con la lettera in mano, disse: «Porta bene». Lei lo ringraziò col suo primo sorriso e quasi gli strappò di mano la lettera, la piegò e la nascose nel corpetto. Lui le offrì allora la camelia che portava all'occhiello. Lei la rifiutò: «È un fiore da fidanzamento». Poi, sapendo che il tempo stava per finire, si rifugiò di nuovo nel suo ritegno.

«Adesso vada via» disse, «e non torni più finché non l'avviso.»

Quando Florentino Ariza l'aveva vista per la prima volta, sua madre l'aveva scoperto da prima che lui glielo raccontasse, perché aveva perso la parola e l'appetito e passava le notti in bianco a rigirarsi nel letto. Ma quando incominciò ad aspettare la risposta alla sua prima lettera l'ansia gli si complicò con diarree e vomiti verdi, perse il senso dell'orientamento e soffrì di repentini svenimenti, e sua madre si terrorizzò perché il suo stato non assomigliava ai disordini dell'amore ma ai danni del colera. Il padrino di Florentino Ariza, un vecchio omeopata che era stato il confidente di Tránsito Ariza fin dai tempi in cui era un'amante nascosta, si allarmò anche lui a prima vista per lo stato del malato, perché aveva il polso debole, il respiro affannoso e i sudori pallidi dei moribondi. Ma l'esame rivelò che non aveva febbre né dolore in nessuna parte e che l'unica cosa concreta che sentiva era il bisogno urgente di morire. Gli bastò un interrogatorio insidioso, prima a lui e poi alla madre, per comprovare una volta di più che i sintomi dell'amore sono gli stessi del colera. Prescrisse infusi di fiori di tiglio per calmare i nervi e suggerì un cambiamento d'aria per cercare la consolazione a distanza, ma quello cui anelava Florentino Ariza era tutto il contrario: godere del suo martirio.

Tránsito Ariza era una meticcia libera con un istinto della felicità perso prematuramente per la povertà e si compiaceva delle sofferenze del figlio come se fossero sue. Gli faceva bere gli infusi quando lo sentiva delirare e lo copriva con coperte di lana per ingannare i brividi, ma nello stesso tempo gli faceva coraggio per consolarsi nella sua prostrazione.

«Approfitta adesso che sei giovane per soffrire tutto quello che puoi» gli diceva, «perché queste cose non durano tutta la vita.»

All'Ufficio Postale non pensavano certo la stessa cosa. Florentino Ariza si era lasciato andare all'accidia ed era talmente distratto da confondere le bandiere con cui annunciava l'arrivo della posta, e un mercoledì issava quella tedesca quando la nave che era arrivata era quella della Compagnia Leyland con la posta di Liverpool, e un altro giorno issava quella degli Stati Uniti quando il battello che era arrivato era quello della Compagnie Générale Transatlantique con la posta di Saint-Nazaire. Quei disordini dell'amore causavano tali scompigli nel reparto e provocavano tante proteste del pubblico che se Florentino Ariza non si trovò senza lavoro fu perché Lotario Thugut lo tenne al telegrafo e lo portò a suonare il violino nel coro della cattedrale. Avevano un legame difficile a capirsi per la differenza di età, dato che avrebbero potuto essere nonno e nipote, ma andavano molto d'accordo sia nel lavoro sia negli alberghi del porto, dove andavano a finire i nottambuli, senza scrupoli di classe, dai mendicanti ubriachi ai signorini vestiti da sera che scappavano via dalle feste di gala del Club Social per mangiare *lebranche* fritto con riso di cocco. Lotario Thugut era solito andarsene da quelle parti dopo l'ultimo turno del telegrafo e spesso si fermava a bere ponce di Giamaica e a suonare la fisarmonica con gli equipaggi di matti delle golette delle Antille. Era corpulento, intartarughito, con una barba dorata e un berretto grigio che si metteva per uscire la sera, e gli mancava solo una filza di campanule per essere identico a Babbo Natale. Almeno una volta alla settimana finiva con una cometa della notte, come lui le chiamava, tra le molte che vendevano amori di emergenza in una locanda per marinai. Quando conobbe Florentino Ariza, la prima cosa che fece con un certo piacere da maestro fu di iniziarlo ai segreti del suo paradiso. Sceglieva per lui le comete che gli sembravano migliori, discuteva con loro il prezzo e il modo e si offriva di pagare con denaro suo il servizio anticipato. Ma Florentino Ariza non accettava: era vergine, e si era proposto di non smettere di esserlo finché non fosse stato per amore.

La locanda era un palazzo coloniale decaduto, e i grandi saloni e le stanze di marmo erano divisi in alcove di cartone con buchi di spilli che si affittavano sia per fare che per guardare. Si parlava di curiosi cui avevano cavato un occhio con aghi per tessere, di un altro che aveva riconosciuto la propria moglie in quella che stava spiando e di signori di alto lignaggio che entravano mascherati da erbivendole per sfogarsi con i nostromi di passaggio, e di tanti altri incidenti di spie e spiati, che solo l'idea di affacciarsi alla stanza vicina risultava spaventosa a Florentino Ariza. Così Lotario Thugut non riuscì a persuaderlo che guardare e farsi guardare erano raffinatezze da principe in Europa.

Contrariamente a quanto faceva credere la sua corpulenza, Lotario Thugut aveva un pisellino da cherubino che sembrava un bocciolo di rosa, ma questo doveva essere un difetto fortunato perché le comete più appannate si contendevano la fortuna di dormire con lui, e le loro urla da sgozzate scuotevano i contrafforti del palazzo e facevano tremare di paura i suoi fantasmi. Si diceva che usasse una pomata al veleno di vipera che infiammava la sella turcica delle donne, ma lui giurava di non avere risorse diverse da quelle che Dio gli aveva dato. Morto dal ridere diceva: «È puro amore». Dovettero passare molti anni perché Florentino Ariza capisse che forse lo diceva con qualche ragione. Finì per convincersene in un tempo più avanzato della sua educazione sentimentale, quando conobbe un uomo che si concedeva una vita da re sfruttando tre donne contemporaneamente. Le tre gli rendevano conto all'alba, umiliate ai suoi piedi per farsi perdonare i loro incassi esigui, e l'unica gratificazione che desideravano era che lui andasse a letto con quella che gli portava più denaro. Florentino Ariza pensava che solo il terrore potesse indurre a una simile indegnità. Tuttavia, una delle tre ragazze lo aveva sorpreso contraddicendolo.

«Queste cose» gli aveva detto, «si possono fare solo per amore.»

Non era stato tanto per le sue virtù di fornicatore quanto per sua grazia personale che Lotario Thugut era arrivato a essere uno dei clienti più apprezzati della locanda. Florentino Ariza, col suo essere così silenzioso e schivo, si era guadagnato anche lui la stima del padrone, e nell'epoca più ardua delle sue pene era solito chiudersi a leggere versi e romanzi d'appendice lacrimevoli nelle stanzette soffocanti, e i suoi sogni lasciavano nidi di oscure rondini sui balconi e rumori di baci e battiti d'ali nei marasmi della siesta. All'imbrunire, quando il caldo diminuiva, era impossibile non sentire i discorsi degli uomini che venivano a sfogarsi della giornata con un amore di fretta. Così Florentino Ariza veniva a conoscenza di molte slealtà e anche di qualche segreto di stato che i clienti importanti, e perfino le autorità locali, confidavano alle loro amanti effimere senza stare attenti che non li sentissero nelle stanze vicine. Fu così che venne a sapere che a quattro leghe marine a nord di Sotavento giaceva affondato dal XVII secolo un galeone spagnolo con un carico di più di cinquecentomila milioni di *pesos* in oro puro e pietre preziose. Il racconto lo spaventò ma non ci ripensò fino a qualche mese dopo, quando la sua follia amorosa gli fece venire la voglia di recuperare la fortuna sommersa perché Fermina Daza potesse bagnarsi in piscine d'oro.

Anni dopo, quando cercava di ricordare come fosse in realtà la ragazza idealizzata con l'alchimia della poesia, non riusciva a distinguerla dai tramonti lacerati di quei tempi. Anche quando la spiava senza essere visto, in quei giorni di ansia in cui aspettava la risposta alla sua prima lettera, la vedeva trasfigurata nel riverbero delle due del pomeriggio sotto la pioggerellina di fiori dei mandorli, dov'era sempre aprile in qualsiasi tempo dell'anno. L'unico motivo per cui allora gli interessava accompagnare con il violino Lotario Thugut nel belvedere privilegiato del coro, era per vedere come ondeggiava la sua veste con la brezza dei cantici. Ma proprio il suo delirio finì per rovinargli il piacere, perché la musica mistica risultava così innocua allo stato della sua anima che cercava di infervorarla con valzer d'amore, e Lotario Thugut fu costretto a mandarlo via dal coro. Fu quella l'epoca in cui cedette alle voglie di mangiarsi le gardenie che Tránsito Ariza coltivava negli angoli del patio, e in questo modo conobbe il sapore di Fermina Daza. Fu anche l'epoca in cui trovò per caso in un baule di sua madre un flacone da litro dell'acqua di colonia che vendevano di contrabbando i marinai della Hamburg American Line e non resistette alla tentazione di assaggiarla in cerca di altri sapori della donna amata. Continuò a bere dal flacone fino all'alba, ubriacandosi di Fermina Daza con sorsi abrasivi, prima nelle locande del porto e poi assorto sul mare dalle scogliere dove facevano amori di consolazione gli innamorati senza tetto, fino a soccombere all'incoscienza. Tránsito Ariza, che lo aveva aspettato fino alle sei di mattina con l'anima ridotta a un filo, lo cercò nei nascondigli più impensati, e poco dopo mezzogiorno lo trovò che si rotolava in una pozza di vomito fragrante in un angolo della baia dove andavano a finire gli affogati.

Approfittò della pausa della convalescenza per rimproverarlo per la passività con cui aspettava la risposta alla lettera. Gli ricordò che i deboli non sarebbero mai entrati nel regno dell'amore, che è un regno inclemente e meschino, e che le donne si concedono solo agli uomini di animo coraggioso perché gli infondono la sicurezza che tanto desiderano per affrontare la vita. Florentino Ariza imparò la lezione forse più del dovuto. Tránsito Ariza non poté nascondere un sentimento d'orgoglio, più concupiscente che materno, quando lo vide uscire dalla merceria con il vestito di panno nero, il cappello duro e il fiocco lirico nel colletto di celluloide, e gli chiese per scherzo se andasse a un funerale. Lui rispose con le orecchie in fiamme: «È quasi la stessa cosa». Lei si rese conto che a stento respirava di paura, ma la sua determinazione era invincibile. Gli fece gli avvertimenti finali, gli diede la benedizione e morta dal ridere gli promise un'altra bottiglia di acqua di colonia per celebrare insieme la conquista.

Da quando aveva consegnato la lettera, un mese prima, aveva rotto spesso la promessa di non tornare al giardinetto, ma era stato molto attento a non farsi vedere. Tutto continuava come prima. La lezione di lettura sotto gli alberi finiva verso le due del pomeriggio, quando la città si svegliava dalla siesta, e Fermina Daza continuava a ricamare con la zia fino a quando diminuiva il caldo. Florentino Ariza non aspettò che la zia entrasse in casa e attraversò la strada con dei passi marziali che gli permisero di superare lo scoraggiamento delle ginocchia. Ma non si rivolse a Fermina Daza, bensì alla zia.

«Mi faccia il favore di lasciarmi solo un momento con la signorina» le disse, «ho qualcosa di importante da dirle.»

«Sfacciato!» gli disse la zia. «Non c'è niente di lei che io non possa sentire.»

«Allora non glielo dico» disse lui, «ma l'avverto che lei sarà la responsabile di quello che succederà.»

Non era il modo che Escolástica Daza si aspettava dal fidanzato ideale, ma si alzò spaventata perché per la prima volta ebbe l'impressione sorprendente che Florentino Ariza stesse parlando per ispirazione dello Spirito Santo. Cosicché entrò in casa per cambiare gli aghi e lasciò soli i due giovani sotto i mandorli del cortile.

In realtà era molto poco quello che sapeva Fermina Daza di quel pretendente taciturno che era apparso nella sua vita come una rondine d'inverno e di cui non avrebbe conosciuto neanche il nome se non fosse stato per la firma della lettera. Aveva scoperto allora che era il figlio senza padre di una zitella laboriosa e seria, ma segnata senza rimedio dal marchio di fuoco di un unico errore giovanile. Aveva saputo che non era un fattorino del telegrafo, come lei supponeva, ma un assistente ben qualificato con un futuro promettente, e aveva pensato che avesse portato il telegramma a suo padre solo come pretesto per vedere lei. Questa ipotesi la commosse. Sapeva anche che era uno dei musicisti del coro, e anche se non si era mai azzardata ad alzare lo sguardo per verificarlo durante la messa, una domenica aveva avuto la rivelazione che mentre gli altri strumenti suonavano per tutti, il violino suonava solo per lei. Non era il tipo di uomo che avrebbe scelto. I suoi occhialini da trovatello, il suo abito clericale, le sue risorse misteriose le avevano suscitato una curiosità difficile a resistersi, ma non aveva mai immaginato che la curiosità fosse un'altra delle tante insidie dell'amore.

Lei stessa non si spiegava perché avesse accettato la lettera. Non se lo rimproverava, ma l'impegno sempre più incalzante di dare una risposta si era trasformato per lei in un impiccio da vivere. Ogni parola di suo padre, ogni sguardo casuale, i suoi gesti più volgari le sembravano seminati di trappole per scoprire il suo segreto. Era tale il suo stato d'allarme che evitava di parlare a tavola per paura che una disattenzione potesse denunciarla, ed era diventata evasiva perfino con la zia Escolástica, nonostante questa dividesse la sua ansia repressa come se fosse la propria. Si chiudeva in bagno a qualsiasi ora, senza necessità, e rileggeva la lettera cercando di scoprire un codice segreto, una formula magica nascosta in qualcuna delle trecentoquattordici lettere delle sue cinquantotto parole, con la speranza che dicessero più di quel che dicevano. Ma non aveva trovato niente di più di quello che aveva capito alla prima lettura, quando era corsa a chiudersi in bagno col cuore impazzito e aveva strappato la busta con l'illusione che fosse una lettera lunga e febbrile, e aveva trovato solo un biglietto profumato la cui determinazione l'aveva impaurita.

All'inizio non aveva pensato sul serio di essere obbligata a dare una risposta, ma la lettera era così esplicita che non c'era modo di evitarlo. Frattanto, nella tormenta dei dubbi, si era sorpresa a pensare a Florentino Ariza più spesso e con più interesse di quanto volesse permettersi, e si chiedeva perfino, afflitta, perché non era nel giardinetto alla solita ora, senza ricordarsi che era lei che gli aveva chiesto di non tornare finché pensava la risposta. Così aveva finito per pensare a lui come non si era mai immaginata che si potesse pensare a qualcuno, presagendolo dove non stava, desiderandolo dove non poteva essere, svegliandosi improvvisamente con la sensazione fisica che lui la contemplasse nell'oscurità mentre lei dormiva, cosicché il pomeriggio in cui sentì i suoi passi decisi sul rigagnolo di foglie gialle del giardinetto, a stento credette che non fosse un altro scherzo della sua fantasia. Ma quando lui le sollecitò la risposta con un'autorità che non aveva niente a che vedere con la sua delicatezza, lei riuscì a superare la paura e cercò di sottrarsi alla verità: non sapeva cosa rispondergli. Tuttavia, Florentino Ariza non aveva superato un abisso per spaventarsi con gli altri che venivano dopo.

«Se ha accettato la lettera» le disse, «è cattiva educazione non rispondere.»

Questa fu la fine del labirinto. Fermina Daza, padrona di sé, si scusò per il ritardo e gli diede la sua parola formale che avrebbe avuto una risposta prima della fine delle vacanze.

Fu di parola. L'ultimo venerdì di febbraio, tre giorni prima della riapertura delle scuole, la zia Escolástica andò all'ufficio telegrafico a chiedere quanto costava un telegramma per il villaggio di Piedras de Moler, che neanche compariva nell'elenco dei servizi, e si fece servire da Florentino Ariza come se non si fossero mai visti, ma uscendo finse di dimenticare sul banco un breviario rilegato in pelle di lucertola dentro al quale c'era una busta di carta di lino a disegni dorati. Frastornato dalla felicità, Florentino Ariza passò il resto del pomeriggio a mangiare rose e a leggere la missiva ripassandola lettera per lettera più volte e mangiando più rose quanto più la leggeva, e a mezzanotte l'aveva letta tanto e aveva mangiato tante rose che sua madre dovette atterrarlo come un vitello per fargli ingoiare un decotto di olio di ricino.

Fu l'anno dell'innamoramento accanito. Né lui né lei avevano vita per niente che non fosse pensare all'altro, per sognare l'altro, per aspettare le lettere con tanta ansia quanta ne avevano nel rispondere. Mai in quella primavera di delirio, né l'anno dopo, ebbero occasione di parlarsi direttamente a voce. Ma ancora: da quando si erano visti per la prima volta fino a quando lui le ripeté la sua determinazione mezzo secolo dopo, non avevano mai avuto un'opportunità di vedersi da soli né di parlare del loro amore. Ma nei primi tre mesi non passò un solo giorno senza che si scrivessero, e in un certo momento anche due volte al giorno, finché la zia Escolástica si spaventò per la voracità del falò che lei stessa aveva aiutato ad accendere.

Dopo la prima lettera, che aveva portato all'ufficio del telegrafo con uno scrupolo di vendetta contro la propria sorte, aveva permesso lo scambio di messaggi quasi quotidiani in incontri per la strada che sembravano casuali, ma non aveva avuto il coraggio di favorire una conversazione, per banale e momentanea che fosse. Dopo tre mesi, però, capì che la nipote non era alla mercé di una stravaganza giovanile, come le era sembrato all'inizio, e che la sua stessa vita era minacciata da quell'incendio d'amore. In verità Escolástica Daza non aveva altro modo di sussistenza che la carità del fratello e sapeva che il suo carattere tirannico non le avrebbe mai perdonato un simile scherzo ai danni della sua fiducia. Ma al momento della decisione finale non ebbe cuore di provocare alla nipote lo stesso infortunio irreparabile che aveva dovuto pascolare fin dalla gioventù, e le permise di servirsi di una risorsa che le lasciava un'illusione di innocenza. Fu un metodo semplice: Fermina Daza metteva la sua lettera in qualche nascondiglio del percorso quotidiano fra la casa e la scuola e in quella stessa lettera indicava a Florentino Ariza dove si aspettava di trovare la risposta. Florentino Ariza faceva la stessa cosa. In questo modo i conflitti di coscienza della zia Escolástica furono demandati per il resto dell'anno ai battisteri delle chiese, alle cavità degli alberi, alle crepe delle fortezze coloniali in rovina. Certe volte trovavano le lettere bagnate di pioggia, sporche di fango, lacerate dalle avversità, e qualcuna andò persa per vari motivi, ma trovarono sempre il modo per riannodare il contatto.

Florentino Ariza scriveva tutte le notti senza pietà neanche nei suoi stessi confronti, avvelenandosi lettera dopo lettera col fumo delle lampade a olio di palma nel retro della merceria, e le sue lettere si facevano sempre più lunghe e lunatiche quanto più si sforzava di imitare i suoi poeti preferiti della Biblioteca Popolare, che già a quell'epoca arrivava intorno agli ottanta volumi. Sua madre, che con tanto ardore lo aveva incitato a svagarsi nel suo tormento, incominciò ad allarmarsi per la sua salute. «Ti rovinerai il cervello» gli gridava dalla camera da letto quando sentiva cantare i primi galli. «Non esiste donna che meriti tanto.» Perché non ricordava di aver conosciuto nessuno in simile stato di perdizione. Ma lui non le dava retta. A volte arrivava in ufficio senza aver dormito, con i capelli ingarbugliati d'amore, dopo aver lasciato la lettera nel nascondiglio previsto perché Fermina Daza la trovasse andando a scuola. Lei, invece, sottoposta alla vigilanza del padre e allo spionaggio vizioso delle monache, riusciva a malapena a completare mezzo foglio del quaderno di scuola chiusa nei bagni o facendo finta di prendere appunti durante le lezioni. Ma non solo per la fretta e gli spaventi improvvisi, bensì anche per il suo carattere, le sue lettere eludevano qualsiasi scoglio sentimentale e si riducevano a raccontare fatti della sua vita quotidiana con lo stile servizievole di un diario di navigazione. In realtà erano lettere di distrazione, destinate a tenere vive le braci ma senza mettere la mano nel fuoco, mentre Florentino Ariza si inceneriva a ogni riga. Ansioso di contagiarla con la sua stessa follia, le mandava versi da miniàturista incisi con la punta di uno spillo sui petali delle camelie. Fu lui e non lei che ebbe l'audacia di mettere una ciocca dei suoi capelli dentro a una lettera, ma non ricevette mai la risposta desiderata, che era un filo completo della treccia di Fermina Daza. Riuscì quantomeno a fare un passo avanti, perché da allora lei incominciò a mandargli nervature di foglie seccate nei dizionari, ali di farfalla, piume di uccelli magici, e gli regalò per il compleanno un centimetro quadrato dell'abito di San Pedro Claver, di quelli che in quei giorni si vendevano di nascosto a un prezzo irraggiungibile per una scolara della sua età. Una notte, senza nessun preannuncio, Fermina Daza si svegliò spaventata da una serenata di violino solo con un a solo di valzer. La fece trasalire la chiaroveggenza che ogni nota fosse un ringraziamento per i petali dei suoi erbari, per i tempi rubati all'aritmetica per scrivere le sue lettere, per lo spavento degli esami fatti pensando più a lui che alle Scienze Naturali, ma non osò credere che Florentino Ariza fosse capace di una simile imprudenza.

La mattina dopo, durante la prima colazione, Lorenzo Daza non riusciva a resistere alla curiosità. Innanzitutto perché non sapeva che cosa significasse un solo pezzo nel linguaggio delle serenate, e poi perché nonostante l'attenzione con cui l'aveva ascoltata non era riuscito a determinare in quale casa fosse stata. La zia Escolástica, con un sangue freddo che ridiede fiato alla nipote, assicurò di aver visto attraverso le tendine della camera da letto che il violinista solitario era dall'altro lato del giardino e disse che in ogni caso un a solo era una notifica di rottura. Nella sua lettera di quel giorno, Florentino Ariza confermò di essere stato lui a fare la serenata, e che il valzer era stato composto da lui e che era intitolato con il nome con cui conosceva Fermina Daza nel suo cuore: *La Dea Incoronata.* Non lo risuonò nel giardino, ma era solito eseguirlo nelle notti di luna in luoghi scelti di proposito perché lei lo ascoltasse senza soprassalti nel letto. Uno dei suoi luoghi preferiti era il cimitero dei poveri, esposto al sole e alla pioggia su una collina indigente dove dormivano gli avvoltoi e dove la musica prendeva risonanze soprannaturali. Più tardi imparò a conoscere la direzione dei venti e così fu sicuro che la sua voce arrivasse dove voleva.

Nell'agosto di quell'anno una nuova guerra civile delle tante che rovinavano il paese da più di mezzo secolo minacciò di generalizzarsi e il governo impose la legge marziale e il coprifuoco alle sei del pomeriggio negli stati del litorale del Caribe. Anche se erano già successi alcuni disordini e la truppa commetteva ogni genere di abusi punitivi, Florentino Ariza continuava a essere così perplesso che non aveva notizie dello stato del mondo, e una pattuglia militare lo sorprese un'alba a perturbare la castità dei morti con le sue provocazioni d'amore. Sfuggì per miracolo a un'esecuzione sommaria sotto l'accusa di essere una spia che mandava messaggi in chiave di sol ai battelli liberali che giravano nelle vicinanze.

«Che spia e che cazzo» disse Florentino Ariza, «io non sono altro che un povero innamorato.»

Dormì tre notti incatenato alle caviglie nelle prigioni della guarnigione locale. Ma quando lo liberarono si sentì defraudato dalla brevità della prigionia, e ancora ai tempi della sua vecchiaia, quando tante altre guerre gli si confondevano nella memoria, continuava a pensare di essere stato l'unico uomo della città, e forse del paese, ad aver trascinato ceppi da cinque libbre per motivi amorosi.

Stavano per compiersi due anni di scambi frenetici di lettere quando Florentino Ariza, in una lettera di un solo periodo, fece a Fermina Daza la proposta formale di matrimonio. Nei sei mesi precedenti le aveva mandato spesso una camelia bianca, ma lei gliela rimandava nella lettera successiva, perché non dubitasse che lei era disposta a continuare a scrivergli, ma senza l'obbligo di un impegno. La verità è che aveva sempre preso l'andirivieni della camelia come un divertimento amoroso, e non le era mai successo di prospettarselo come un bivio del suo destino. Ma quando arrivò la proposta formale si sentì straziata dal primo graffio della morte. In preda al panico lo raccontò alla zia Escolástica, e lei prese la decisione con il coraggio e la lucidità che non aveva avuto a vent'anni quando si era vista forzata a decidere sulla propria sorte.

«Rispondigli di sì» le disse. «Anche se stai morendo di paura, anche se dopo te ne pentirai, perché comunque ti pentirai per tutta la vita se gli rispondi di no.»

Fermina Daza, però, era tanto confusa che chiese un po' di tempo per pensarci. Chiese prima un mese, poi un altro e un altro ancora, e quando fu scaduto il quarto mese senza risposta ricevette di nuovo la camelia bianca, ma non sola dentro la busta come le altre volte, bensì con l'intimazione perentoria che questa era l'ultima: o adesso o mai più. Allora fu Florentino Ariza a vedere in faccia la morte, quello stesso pomeriggio, quando ricevette una busta con una striscia di carta strappata dal margine di un quaderno di scuola, e con la risposta scritta a matita su una sola riga: *Va bene, mi sposo con lei se mi promette che non mi farà mangiare melanzane.*

Florentino Ariza non era preparato a quella risposta, ma sua madre sì. Da quando lui le aveva parlato per la prima volta della sua intenzione di sposarsi, sei mesi prima, Tránsito Ariza aveva incominciato le pratiche per affittare tutta la casa che finora divideva con altre due famiglie. Era una costruzione civile del XVII secolo, a due piani, dove c'era stato l'Estanco del Tabaco sotto il dominio spagnolo e i cui proprietari rovinati avevano dovuto affittarla a pezzi per mancanza di fondi per mantenerla. Aveva una parte che dava sulla strada, laddove c'era stata la rivendita, un'altra nel fondo di un patio lastricato dove c'era stata la fabbrica e una scuderia molto grande che gli attuali inquilini usavano in comune per lavare la biancheria e stenderla ad asciugare. Tránsito Ariza occupava la prima parte, che era la più utile e la meglio conservata benché fosse anche la più piccola. Nell'antica sala di rivendita c'era la merceria, con una porta sulla strada, e a fianco il vecchio deposito senza altra ventilazione che un lucernario, dove dormiva Tránsito Ariza. Il retro era la metà della sala, divisa mediante un paravento di legno. Lì c'era un tavolo con quattro sedie che serviva contemporaneamente per mangiare e per scrivere, ed era lì dove Florentino Ariza attaccava l'amaca quando l'alba non lo sorprendeva ancora intento a scrivere. Era uno spazio buono per loro due, ma insufficiente per una persona in più, e tantomeno per una signorina del Colegio de la Presentación de la Santísima Virgen, il cui padre aveva restaurato fino a farla ridiventare come nuova una casa in rovina, mentre le famiglie con sette nomi andavano a letto con il terrore che i tetti delle case gli cadessero addosso durante il sonno. Di modo che Tránsito Ariza aveva ottenuto che il proprietario le permettesse di occupare anche il portico del patio, a condizione che mantenesse la casa in buono stato per cinque anni.

Aveva soldi per farlo. A parte le entrate reali della merceria e dei lacci emostatici, che le sarebbero bastate per la sua vita modesta, aveva moltiplicato i risparmi prestandoli a una clientela di nuovi poveri vergognosi che accettavano i suoi interessi eccessivi per la sua discrezione. Signore con l'aria da regine scendevano dalle carrozze alla porta della merceria, senza nutrici né domestici scomodi, e fingendo di comprare merletti olandesi e cordoncini di passamaneria impegnavano tra un singhiozzo e l'altro gli ultimi orpelli del loro paradiso perduto. Tránsito Ariza le toglieva dai guai con tanta considerazione per il loro lignaggio, che molte se ne andavano più riconoscenti per l'onore che per il favore. In meno di dieci anni conosceva come se fossero stati suoi i gioielli tante volte riscattati e di nuovo impegnati tra le lacrime, e i guadagni convertiti in oro legale erano sotterrati in un'anfora sotto il letto quando il figlio prese la decisione di sposarsi. Allora fece i conti, e scoprì che non solo poteva tenere in piedi la casa d'altri per cinque anni, ma con la stessa astuzia e un po' più di fortuna forse la poteva comprare prima di morire per i dodici nipoti che desiderava avere. Florentino Ariza, da parte sua, era stato nominato primo aiutante del telegrafo, ad interim, e Lotario Thugut era intenzionato a lasciarlo come capufficio quando se ne fosse andato a dirigere la Scuola di Telegrafia e Magnetismo, prevista per l'anno dopo.

Così, il lato pratico del matrimonio era risolto. Tuttavia Tránsito Ariza credette che fossero prudenti due condizioni finali. La prima, verificare chi fosse in realtà Lorenzo Daza, il cui accento non lasciava dubbi sulla sua origine ma della cui identità e dei cui mezzi di vita nessuno aveva informazioni certe. La seconda, che il fidanzamento fosse lungo perché i fidanzati si conoscessero a fondo per il comportamento personale e che si mantenesse la massima discrezione finché tutti e due si fossero sentiti sicurissimi dei loro affetti. Suggerì di aspettare fino alla fine della guerra. Florentino Ariza fu d'accordo sul segreto assoluto, sia per le ragioni di sua madre sia per l'ermetismo proprio del suo carattere. Fu anche d'accordo sulla durata del fidanzamento, ma i termini gli sembravano irreali dato che in più di mezzo secolo di vita indipendente non c'era stato nel paese neanche un giorno di pace civile.

«Diventeremo vecchi a furia di aspettare» disse.

Il suo padrino, l'omeopata, che partecipava per caso alla conversazione, non credeva che le guerre fossero un inconveniente. Pensava che fossero solo battaglie di poveri frustati come buoi dai signori della guerra contro soldati scalzi frustati dal governo.

«La guerra è più su» disse. «Da quando io sono io, nelle città non ci uccidono a colpi d'arma da fuoco ma con i decreti.»

In ogni modo, i particolari del fidanzamento vennero risolti nelle lettere della settimana dopo. Fermina Daza, consigliata dalla zia Escolástica, accettò il termine di due anni e il suo assoluto riserbo, e suggerì che Florentino Ariza chiedesse la sua mano quando lei avesse ultimato la scuola secondaria durante le vacanze di Natale. Solo allora si sarebbero accordati sul modo di formalizzare il compromesso secondo il gradimento che lei avesse ottenuto da suo padre. Nel frattempo continuarono a scriversi con lo stesso ardore e la stessa frequenza ma senza i timori improvvisi di prima, e le lettere a poco a poco deviarono verso un tono familiare che già sembrava da marito e moglie. Nulla turbava i loro sogni.

La vita di Florentino Ariza era cambiata. L'amore corrisposto gli aveva dato una sicurezza e una forza che non aveva mai conosciuto ed era stato così efficiente nel lavoro che Lotario Thugut aveva ottenuto senza sforzo che lo nominassero ovviamente suo secondo. Per adesso, il progetto della Scuola di Telegrafia e Magnetismo era caduto, e il tedesco consacrò il suo tempo libero all'unica cosa che in realtà gli piaceva, che era andarsene al porto a suonare la fisarmonica e bere birra con i marinai, e tutto finiva nella locanda. Passò parecchio tempo prima che Florentino Ariza si rendesse conto che l'influenza di Lotario Thugut in quel luogo di piacere era dovuta al fatto che aveva finito per diventare il padrone dell'impianto, e per di più impresario delle comete del porto. Lo aveva comprato poco alla volta, con i suoi risparmi di parecchi anni, ma chi faceva il prestanome per lui era un omino magro e storto con una testa da spazzolino e un cuore così buono che nessuno capiva come potesse essere un così buon gerente. Ma lo era. Almeno così pareva a Florentino Ariza, quando il gerente gli disse, senza che lui glielo chiedesse, che disponeva di una stanza permanente nella locanda, non solo per risolvere i problemi del basso ventre, quando si fosse deciso ad averli, ma anche perché potesse disporre di un luogo più tranquillo per le sue letture e le sue lettere d'amore. Così, mentre trascorrevano i lunghi mesi che mancavano alla formalizzazione del compromesso, passò più tempo lì che in ufficio e a casa sua, e ci furono periodi in cui Tránsito Ariza non lo vide se non quando andava a cambiarsi d'abito.

La lettura si trasformò per lui in un vizio insaziabile. Da quando gli aveva insegnato a leggere, sua madre gli comprava i libri illustrati degli autori nordici, che si vendevano come favole per bambini ma che in realtà erano i più crudeli e perversi che si potessero leggere a qualsiasi età. Florentino Ariza li recitava a memoria a cinque anni, sia durante le lezioni sia nelle feste della scuola, ma la loro familiarità non lo aveva sollevato dal terrore. Anzi, lo acutizzava. Da lì, il passo alla poesia era stato come un ristagno. Già nella pubertà aveva consumato in ordine di apparizione tutti i volumi della Biblioteca Popolare che Tránsito Ariza gli comprava dai librai d'occasione del Portal de los Escribanos, e nei quali c'era di tutto, da Omero al meno meritevole dei poeti locali. Ma lui non faceva distinzione: leggeva il volume che era arrivato, come un ordine del destino, e non gli bastarono tutti i suoi anni di letture per sapere cosa era buono e cosa non lo era nel molto che aveva letto. L'unica chiarezza che aveva era che fra la prosa e i versi preferiva i versi, e fra questi preferiva quelli d'amore, che imparava a memoria anche senza proporselo dalla seconda volta che li leggeva, con tanta più facilità quanto meglio rimati e misurati e quanto più struggenti erano.

Era stata questa la fonte originale delle prime lettere a Fermina Daza, nelle quali apparivano lunghe conversazioni confidenziali integrali dei romantici spagnoli, e lo era stata finché la vita reale lo aveva obbligato a occuparsi di argomenti più terrestri dei dolori del cuore. Già allora aveva fatto un passo avanti verso i romanzi d'appendice lacrimevoli e altre prose ancora più profane del suo tempo. Aveva imparato a piangere con sua madre leggendo i poeti locali che si vendevano nelle piazze e sulle porte su foglietti da due centesimi. Ma al tempo stesso era capace di recitare a memoria la poesia castigliana più scelta del Secolo d'Oro. In generale leggeva tutto quello che gli capitava fra le mani e nell'ordine in cui gli capitava, fino all'estremo che molto dopo di quei duri anni del suo primo amore, quando non era più giovane, doveva ancora leggere dalla prima all'ultima pagina i venti tomi del *Tesoro della Gioventù,* tutto il catalogo dei classici dei Fratelli Garnier, tradotti, e le opere più facili che pubblicava don Vicente Blasco Ibañez nella collezione *Prometeo.*

Comunque, le sue gesta giovanili alla locanda non si ridussero alla lettura e alla redazione di lettere febbrili ma lo iniziarono ai segreti dell'amore senza amore. La vita della casa incominciava dopo mezzogiorno, quando le sue amiche comete si alzavano come le loro madri le avevano partorite, in modo che quando Florentino Ariza arrivava dal lavoro trovava un palazzo popolato da ninfe nude, intente a commentare a gridolini i segreti della città conosciuti attraverso le infedeltà degli stessi protagonisti. Molte esibivano nelle loro nudità le tracce del passato: cicatrici di pugnalate nel ventre, stelle di ferite d'arma da fuoco, solchi di coltellate d'amore, cuciture di parti cesarei da macellai. Qualcuna durante il giorno si faceva portare i figli piccoli, frutti sfortunati di dispetti o di disattenzioni giovanili, e gli toglievano i vestiti non appena entravano perché non si sentissero diversi nel paradiso della nudità. Ognuna cucinava il suo, e nessuno mangiava meglio di Florentino Ariza quando lo invitavano perché sceglieva il meglio di ognuna. Era una festa quotidiana che durava fino al tramonto, quando le nude sfilavano cantando verso i bagni, si chiedevano in prestito il sapone, lo spazzolino da denti, le forbici, si tagliavano i capelli l'una con l'altra, si vestivano con i vestiti che si erano scambiati, si dipingevano come lugubri pagliacci e uscivano in caccia delle loro prime prede della serata. A partire da quel momento la vita della casa diventava impersonale, disumanizzata, ed era impossibile condividerla senza pagare.

Non c'era un luogo dove Florentino Ariza stesse meglio da quando aveva conosciuto Fermina Daza, perché era l'unico dove non si sentiva solo. Anzi: aveva finito per essere l'unico dove si sentiva con lei. Forse era per gli stessi motivi che viveva lì una donna più vecchia, elegante, con una bella testa argentata, che non partecipava della vita naturale delle nude, e nei confronti della quale queste professavano un rispetto sacramentale. Un fidanzato prematuro l'aveva portata lì quando era giovane, e dopo averla sfruttata per qualche anno l'aveva abbandonata alla sua sorte. Tuttavia, nonostante la sua cattiva reputazione, era riuscita a fare un buon màtrimonio. Ormai molto più vecchia, quando era rimasta sola, due figli e tre figlie si erano contesi il piacere di portarla a vivere con loro, ma non aveva trovato un luogo più degno per vivere di quella locanda di tenere impenitenti. La sua stanza permanente era la sua unica casa, e questo fatto l'aveva immediatamente resa identica a Florentino Ariza, del quale diceva che sarebbe arrivato a essere un saggio conosciuto in tutto il mondo perché era capace di arricchire la sua anima con la lettura nel paradiso della lascivia. Florentino Ariza, da parte sua, arrivò a esserle tanto affezionato da aiutarla nelle compere al mercato, e da passare di solito dei pomeriggi a parlare con lei. Pensava che fosse una donna saggia nell'amore, dato che gli aveva dato molti lumi sul suo senza che lui avesse dovuto rivelarle il suo segreto.

Se prima di conoscere l'amore di Fermina Daza non era caduto in tante tentazioni a portata di mano, tantomeno l'avrebbe fatto quando ormai era la sua promessa sposa ufficiale. E così Florentino Ariza conviveva con le ragazze, condivideva i loro piaceri e le loro miserie, ma né a lui né a loro capitava di andare oltre. Un fatto imprevisto dimostrò la severità della sua determinazione. Un giorno, alle sei del pomeriggio, quando le ragazze si vestivano per ricevere i clienti della sera, entrò nella sua stanza l'incaricata della pulizia del piano: una donna giovane ma precocemente invecchiata e macilenta, come una penitente vestita nella gloria delle nude. Lui la vedeva tutti i giorni senza sentirsi visto: girava per le stanze con le scope, un secchio per la spazzatura e uno straccio speciale per raccogliere da terra i preservativi usati. Era entrata nella stanzetta dove Florentino Ariza leggeva, come sempre, e come sempre aveva scopato con una cura estrema per non disturbarlo. D'un tratto era passata vicino al letto, e lui aveva sentito la mano tiepida e tenera al centro del suo ventre, l'aveva sentita cercarlo, l'aveva sentita trovarlo, l'aveva sentita sbottonarlo mentre il suo respiro riempiva sempre di più la stanza. Lui aveva fatto finta di leggere finché non ce l'aveva fatta più e aveva dovuto sottrarre il corpo.

Lei si era spaventata, perché il primo avvertimento che le avevano fatto nel darle il lavoro di donna delle pulizie era stato quello di non tentare di andare a letto con i clienti. Non avrebbero dovuto neanche dirglielo, perché era di quelle che pensavano che la prostituzione non era andare a letto per soldi, ma andare a letto con gente sconosciuta. Aveva due figli, ognuno da un marito diverso, e non perché fossero avventure casuali ma perché non era riuscita a amare uno che era tornato dopo la terza volta. Fino ad allora era stata una donna senza urgenze, preparata per natura ad aspettare senza disperare, ma la vita di quella casa era più forte delle sue virtù. Entrava a lavorare alle sei del pomeriggio, e passava tutta la notte di stanza in stanza, spazzandole con quattro colpi di scopa, raccogliendo i preservativi, cambiando le lenzuola. Non era facile immaginare la quantità di cose che lasciavano gli uomini dopo l'amore. Lasciavano vomiti e lacrime, cosa che le pareva comprensibile, ma lasciavano anche molti enigmi dell'intimità: pozze di sangue, schizzi di escrementi, occhi di vetro, orologi d'oro, dentiere, reliquiari con riccioli dorati, lettere d'amore, di affari, di condoglianze: lettere di ogni genere. Qualcuno tornava per le sue cose perdute, ma nella maggior parte restavano lì, e Lotario Thugut le metteva sotto chiave, pensando che presto o tardi quel palazzo caduto in disgrazia, con le migliaia di oggetti personali dimenticati, sarebbe diventato un museo dell'amore.

Il lavoro era duro e mal pagato, ma lei lo sapeva bene. Quello che non riusciva a sopportare erano i singhiozzi, i lamenti, gli scricchiolii delle molle dei letti che le andavano sedimentandosi nel sangue con tanto ardore e tanto dolore che all'albà non ce la faceva più a resistere alla voglia di andare a letto col primo mendicante che avesse incontrato per la strada o con un ubriaco perso che le avesse fatto il favore senza altre pretese né domande. La comparsa di un uomo senza donne come Florentino Ariza, giovane e pulito, era stata per lei un dono del cielo, perché fin dal primo momento si era resa conto che era uguale a lei: un bisognoso d'amore. Ma lui rimase insensibile alle sue sollecitazioni. Si era mantenuto vergine per Fermina Daza, e non esisteva forza né ragione a questo mondo che potesse farlo deviare dal proposito.

Quella era la sua vita, quattro mesi prima della data prevista per formalizzare il compromesso, quando Lorenzo Daza comparve alle sette di mattina all'ufficio del telegrafo e chiese di lui. Siccome non era ancora arrivato, lo aspettò seduto sulla panca fino alle otto e dieci, togliendosi da un dito e infilandolo in un altro il pesante anello d'oro sormontato da un opale chiaro, e quando lo vide entrare lo riconobbe subito come l'impiegato del telegrafo, e lo prese per un braccio.

«Venga con me, giovanotto» gli disse. «Lei e io dobbiamo parlare cinque minuti, da uomo a uomo.»

Florentino Ariza, verde come un morto, si lasciò condurre. Non era preparato a questo incontro, perché Fermina Daza non aveva trovato l'occasione né il modo di avvisarlo. Il caso era che il sabato prima, la sorella Franca de la Luz, superiora del Colegio de la Presentación de la Santísima Virgen, era entrata durante la lezione di Nozioni di Cosmogonia silenziosa come un serpente e spiando le alunne da sopra le spalle aveva scoperto che Fermina Daza faceva finta di prendere appunti sul quaderno mentre in realtà stava scrivendo una lettera d'amore. La mancanza, in ossequio ai regolamenti della scuola, era motivo di espulsione. Chiamato d'urgenza in rettorato, Lorenzo Daza aveva scoperto la fessura attraverso la quale se ne stava scorrendo via il suo regime di ferro. Fermina Daza, con la sua onestà innata, aveva ammesso la colpa della lettera ma si era rifiutata di rivelare l'identità del fidanzato segreto, e aveva continuato a negare davanti al Tribunale dell'Ordine che per questo motivo aveva confermato il verdetto di espulsione. Il padre, però, aveva perquisito la camera da letto, che fino a quel momento era stata un santuario inviolabile, e in un doppio fondo del baule aveva trovato i pacchetti di tre anni di lettere, nascoste con tanto amore quanto quello con cui erano state scritte. La firma era inequivocabile, ma Lorenzo Daza non poté credere né allora né mai che la figlia non sapesse del suo fidanzato nascosto nient'altro che la sua attività di telegrafista e il suo amore per il violino.

Convinto che una relazione così difficile fosse comprensibile solo con la complicità della sorella, non le concedette neanche la grazia di una discolpa, ma la imbarcò senza appello sulla goletta di San Juan de la Ciénaga. Fermina Daza non si rimise mai dal suo ultimo ricordo, il pomeriggio in cui la salutò sul portone mentre bruciava di febbre dentro al suo vestito grigio, ossuta e cenerentola, e la vide sparire nella pioggerellina del giardinetto con le uniche cose che le restavano nella vita: il bagaglio da zitella e il denaro per sopravvivere un mese avvolto in un fazzoletto dentro al pugno. Non appena si liberò dall'autorità paterna la fece cercare nelle province del Caribe, chiedendo informazioni su di lei a chiunque avesse potuto conoscerla, e non trovò nessuna notizia delle sue tracce fino a quasi trent'anni dopo quando ricevette una lettera che era passata da molte mani per parecchio tempo e nella quale la informavano che era morta quasi centenaria nel lazzaretto di Agua de Dios. Lorenzo Daza non aveva previsto la ferocia con la quale la figlia avrebbe reagito al castigo ingiusto di cui fu vittima la zia Escolástica, che aveva identificato sempre con la madre che a stento ricordava. Si chiuse a chiave in camera sua senza mangiare e bere, e quando lui riuscì alla fine a farsi aprire, prima con minacce e poi con suppliche mal dissimulate, trovò una pantera ferita che non sarebbe mai più ritornata a avere quindici anni.

Cercò di sedurla con ogni tipo di lusinghe. Cercò di farle capire che l'amore alla sua età era un miraggio, cercò di convincerla con le buone a rimandare indietro le lettere e ritornare alla scuola a chiedere perdono in ginocchio, e le diede la sua parola d'onore che sarebbe stato il primo ad aiutarla a essere felice con un degno pretendente. Ma era come parlare a un morto. Sconfitto, finì per perdere le staffe durante il pranzo di lunedì, e mentre si soffocava di improperi e di bestemmie al limite della commozione cerebrale lei si mise il coltello da carne contro il collo, senza drammaticità ma con polso fermo, e con degli occhi attoniti che lui non osò sfidare. Fu allora che si assunse il rischio di parlare cinque minuti, da uomo a uomo, con l'infausto avventuriero che non ricordava di avere mai visto e che in così cattivo frangente si era messo di traverso nella sua vita. Per pura abitudine aveva preso il revolver prima di uscire ma aveva avuto la precauzione di nasconderlo sotto la camicia.

Florentino Ariza non aveva ancora ripreso fiato quando Lorenzo Daza lo portò tenendolo per il braccio per Piazza della Cattedrale fino alla galleria ad archi del Caffè della Parrocchia e lo invitò a sedersi sulla terrazza. Non c'erano altri clienti a quell'ora, e una matrona negra strofinava le piastrelle dell'enorme salone a vetrate scheggiate e polverose le cui sedie erano ancora a gambe all'aria sui tavoli di marmo. Florentino Ariza aveva visto spesso lì Lorenzo Daza a giocare e a bere vino sfuso con gli asturiani del mercato pubblico, mentre si accapigliavano urlando per altre guerre croniche che non erano le nostre. Spesso, cosciente del fatalismo dell'amore, si chiedeva come sarebbe stato l'incontro che presto o tardi avrebbe avuto con lui e che nessun potere umano avrebbe potuto impedire perché era scritto da sempre nel destino di tutti e due. Lo iinmaginava come una discussione disuguale, non solo perché Fermina Daza lo aveva avvisato nelle lettere sul carattere impetuoso di suo padre ma perché lui stesso aveva notato che i suoi occhi sembravano collerici anche quando rideva smodatamente al tavolo da gioco. Tutto in lui era un tributo alla grossolanità: la pancia ignobile, il parlare enfatico, le basette da lince, le mani rozze con l'anulare soffocato dalla montatura dell'opale. Il suo unico tratto che inteneriva, che Florentino Ariza aveva riconosciuto dalla prima volta che lo aveva visto camminare, era che aveva la stessa andatura da cerva della figlia. Tuttavia, quando gli indicò la sedia per sedersi non lo trovò così aspro come sembrava, e riprese fiato quando lo invitò a bersi un bicchierino di *anisado*. Florentino Ariza non lo aveva mai bevuto alle otto di mattina, ma accettò di buon grado perché ne aveva urgente necessità.

Lorenzo Daza, in effetti, non tardò più di cinque minuti per dire le sue ragioni, e lo fece con una sincerità disarmante che finì col confondere Florentino Ariza. Dopo la morte di sua moglie si era imposto il solo scopo di fare della figlia una gran signora. Il cammino era lungo e incerto per un commerciante di mule che non sapeva né leggere né scrivere e la cui reputazione di ladro di bestiame non era tanto provata quanto molto diffusa nella provincia di San Juan de la Ciénaga. Si accese un sigaro di tabacco nero, e si lamentò: «L'unica cosa peggiore della cattiva salute è la cattiva fama». Tuttavia, disse, il vero segreto della sua fortuna era che nessuna delle sue mule lavorava tanto e con tanta determinazione quanto lui stesso, anche nei tempi più duri delle guerre, quando i villaggi rimanevano in cenere e i campi devastati. Anche se la figlia non era mai stata al corrente della premeditazione del suo destino, si comportava come un complice entusiasta. Era intelligente e metodica, fino al punto da insegnare al padre a leggere così rapidamente come aveva imparato lei, e a dodici anni aveva un dominio della realtà che le sarebbe bastato per dirigere la casa senza bisogno della zia Escolástica. Sospirò: «È una mula d'oro». Quando la figlia aveva finito la scuola elementare, col massimo dei voti e con la menzione d'onore alla cerimonia di chiusura, lui aveva capito che l'ambiente di San Juan de la Ciénaga stava stretto alle sue illusioni. Allora aveva liquidato terre e animali e si era trasferito con nuovo impeto e settantamila *pesos* d'oro in questa città in rovina e con le sue glorie tarlate, ma dove una donna bella ed educata all'antica aveva ancora la possibilità di rinascere con un matrimonio fortunato. L'irruzione di Florentino Ariza era stata un intoppo imprevisto in quel piano accanito. «Per cui sono venuto a pregarla di una cosa» disse Lorenzo Daza. Bagnò la punta del sigaro nell'*anisado,* gli diede una tirata senza fumo, e concluse con voce afflitta:

«Si tolga dal nostro cammino.»

Florentino Ariza lo aveva ascoltato bevendo a piccoli sorsi

l'acquavite di anice, ed era così assorto nella rivelazione del passato di Fermina Daza da non essersi chiesto nemmeno che cosa avrebbe detto quando avesse dovuto parlare. Ma arrivato il momento si accorse che qualunque cosa avesse detto avrebbe compromesso il suo destino.

«Ha parlato con lei?» domandò.

«Questo non la riguarda» disse Lorenzo Daza.

«Glielo chiedo» disse Florentino Ariza, «perché mi pare che sia lei che deve decidere.»

«Neanche per sogno» disse Lorenzo Daza, «questa è una cosa da uomini e si sistema tra uomini.»

Il tono si era fatto minaccioso, e un cliente di un tavolo vicino si voltò a guardarli. Florentino Ariza parlò a voce più bassa ma con la decisione più imperiosa di cui fu capace:

«In ogni modo» disse, «non posso rispondere niente senza sapere che cosa pensa lei. Sarebbe un tradimento.»

Allora Lorenzo Daza si appoggiò alla spalliera della sedia con le palpebre arrossate e umide, e l'occhio sinistro girò nella sua orbita e rimase storto verso l'esterno. Anche lui abbassò il tono di voce.

«Non mi costringa a spararle» disse.

Florentino Ariza sentì gli intestini riempirsi di una schiuma fredda. Ma la voce non gli tremò perché anche lui si sentì illuminato dallo Spirito Santo.

«Lo faccia» disse con la mano sul petto. «Non c'è maggior gloria che morire per amore.»

Lorenzo Daza dovette guardarlo di lato, come i pappagalli, per trovarlo con l'occhio storto. Non pronunciò le tre parole ma sembrò che le scolpisse sillaba per sillaba:

«Fi-glio-di-put-ta-na!»

Quella stessa settimana si portò la figlia nel viaggio dell'oblio. Non le diede nessuna spiegazione, ma irruppe nella camera da letto con i baffi sporchi per la collera mescolata con il tabacco masticato e le ordinò di fare i bagagli. Lei gli chiese dove andavano e lui rispose: «Alla morte». Terrorizzata da quella risposta troppo simile alla verità, cercò di affrontarlo con il coraggio dei giorni precedenti, ma lui si tolse il cinturone con la fibbia di rame massiccio, se lo arrotolò intorno al pugno e diede sul tavolo una cinghiata che risuonò nella casa come una fucilata. Fermina Daza conosceva molto bene i limiti e il momento della sua forza, cosicché fece un bagaglio con due stuoie e un'amaca, e due bauli grandi con tutti i suoi vestiti, sicura che fosse un viaggio senza ritorno. Prima di vestirsi si chiuse nel bagno e riuscì a scrivere a Florentino Ariza una breve lettera di addio su un foglietto strappato dal rotolo di carta igienica. Poi con le forbici per potare si tagliò tutta la treccia fin dalla nuca, l'avvolse dentro un astuccio di velluto ricamato con fili d'oro e la mandò insieme alla lettera.

Fu un viaggio folle. Solo la tappa iniziale in una carovana di mulattieri andini durò undici giorni a dorso di mula su per le cornici della Sierra Nevada, abbrutiti da un sole terso o bagnati dalle piogge orizzontali di ottobre, e quasi sempre col fiato sospeso dal vapore soporifero dei precipizi. Al terzo giorno di cammino, una mula impazzita per i tafani precipitò con il suo cavaliere e trascinò tutta la cordata, e l'urlo dell'uomo e del suo grappolo di sette animali legati fra loro continuava a riecheggiare per passi e dirupi molte ore dopo l'incidente, e continuò a risuonare per anni e anni nella memoria di Fermina Daza. Tutto il suo bagaglio precipitò con le mule, ma nell'istante di secoli che durò la caduta finché si estinse sul fondo il grido di terrore, lei non pensò al povero mulattiere morto né alla fila di bestie fatta a pezzi ma alla digrazia che la sua stessa mula non fosse legata anch'essa alle altre.

Era la prima volta che montava, ma il terrore e le incalcolabili penurie del viaggio non le sarebbero sembrati così amari se non fosse stato per la certezza che non avrebbe mai più visto Florentino Ariza e non avrebbe avuto il conforto delle sue lettere. Fin dall'inizio del viaggio non aveva rivolto la parola a suo padre, e lui era così confuso che le parlava solo nei casi indispensabili o le mandava dei messaggi attraverso i mulattieri. Quando ebbero miglior sorte si imbatterono in qualche locanda sulla strada dove servivano cibi di montagna che lei si rifiutava di mangiare, e gli affittavano letti di tela penetrati da sudori e urine irrancidite. Più spesso, comunque, passavano la notte in accampamenti di indios, dormitori pubblici all'aria aperta costruiti sul margine delle piste con file di pali di sostegno e tetti di palma dura, dove chiunque arrivava aveva diritto a fermarsi fino all'alba. Fermina Daza non riuscì a dormire una notte intera, sudando di paura, sentendo nell'oscurità il tramestìo dei viaggiatori silenziosi che legavano le loro bestie ai pali e attaccavano le amache dove potevano.

All'imbrunire, quando arrivavano i primi, il posto era sgombro e tranquillo, ma quando spuntava l'alba era trasformato in una piazza da fiera, con un affastellamento di amache attaccate a diversi livelli, e *aruacos*[1] della sierra che dormivano coccoloni, e la rabbia delle capre legate e il chiasso dei galli da combattimento nei loro cesti da faraoni, e il mutismo ansante dei cani di montagna addestrati a non latrare per i pericoli della guerra. Quelle penurie erano familiari a Lorenzo Daza, che per mezza vita aveva trafficato nella zona, e quasi sempre all'alba incontrava vecchi amici. Per la figlia era un'agonia perpetua. Il fetore dei carichi di pesce salato, aggiunto all'inappetenza stessa del rimpianto, finirono per sciuparle l'abitudine di mangiare, e se non impazzì di disperazione fu perché trovò sempre un sollievo nel ricordo di Florentino Ariza. Non dubitò che quella fosse la terra dell'oblio.

Un altro terrore costante era quello della guerra. Fin dall'inizio del viaggio si era parlato del pericolo di incontrare gruppi di sbandati, e i mulattieri li avevano istruiti sui diversi modi di sapere da che parte stavano per comportarsi di conseguenza. Era frequente incontrare un gruppo di soldati a cavallo, comandati da un ufficiale, che faceva la leva di nuove reclute prendendole al laccio come torelli in piena corsa. Spossata da tanti orrori, Fermina Daza aveva dimenticato quello che le sembrava più leggendario che imminente, finché una notte una pattuglia non ben identificata sequestrò due membri della carovana e li appese a un albero a mezza lega dall'accampamento. Lorenzo Daza non aveva niente a che vedere con loro, ma li fece staccare e diede loro cristiana sepoltura come ringraziamento per non aver corso uguale sorte. Non era per altro. Gli assalitori lo avevano svegliato con una canna di fucile nel ventre e un comandante stracciato con la faccia dipinta di

[1] *Aruaco* (o *aruco*): trampoliere facilmente addomesticabile. (*N.d.T.*)

nerofumo, illuminandolo con una lampada, gli aveva chiesto se era liberale o conservatore.

«Né l'uno né l'altro» aveva detto Lorenzo Daza. «Sono un suddito spagnolo.»

«Che fortuna!» aveva detto il comandante, e si era congedato da lui con la mano alzata: «Viva il re!».

Due giorni dopo scesero nella pianura luminosa dove c'era l'allegro villaggio di Valledupar. C'erano lotte di galli nei patios, musiche di fisarmonica agli angoli delle strade, cavalieri su cavalli di buon sangue, razzi e campane. Stavano montando un castello pirotecnico. Fermina Daza non si accorse nemmeno della festa. Alloggiarono in casa dello zio Lisímaco Sánchez, fratello di sua madre, che era uscito ad accoglierli sulla strada maestra a capo di una rumorosa cavalcata di parenti giovani che montavano le bestie di razza migliore di tutta la provincia, e li avevano guidati per le strade del villaggio in mezzo al fragore dei fuochi artificiali. La casa dava sulla Piazza Grande, vicino alla chiesa coloniale, e sembrava una fattoria di campagna per le stanze ampie e ombrose e il corridoio che odorava di succo di canna caldo di fronte a un orto di alberi da frutta.

Non appena smontarono nelle scuderie, i saloni da ricevimento furono invasi da parecchi parenti sconosciuti che davano fastidio a Fermina Daza con le loro insopportabili effusioni, perché non poteva amare più nessun altro a questo mondo, arrossata per il cammino a cavallo, morta di sonno e con la diarrea, e l'unica cosa che desiderava ardentemente era un luogo solitario e quieto dove poter piangere. Sua cugina Hildebranda Sánchez, di due anni maggiore di lei e con la sua stessa alterigia imperiale, fu l'unica a capire il suo stato fin da quando la vide per la prima volta, perché anche lei si consumava nelle braci di un amore temerario. All'imbrunire la portò nella camera da letto che aveva preparato per dividere con lei e non riuscì a capire come fosse ancora viva con le ulcere infuocate delle sue natiche. Aiutata da sua madre, una donna molto dolce e così somigliante al marito come se fossero gemelli, le preparò un bagno e le mitigò gli ardori con compresse di arnica, mentre il fragore del castello pirotecnico scuoteva le fondamenta della casa.

Verso mezzanotte le visite se ne andarono, la festa pubblica si scompose in varie braci disperse, e la cugina Hildebranda prestò a Fermina Daza una camicia lunga di madapolam per dormire e la aiutò a coricarsi in un letto dalle lenzuola terse e cuscini di piume che immediatamente le infusero il panico istantaneo della felicità. Quando infine rimasero sole nella camera da letto, chiuse la porta a chiave e tirò fuori da sotto la stuoia del suo letto una busta di carta di Manila sigillata con la ceralacca con gli emblemi del Telegrafo Nazionale. A Fermina Daza bastò vedere l'espressione di malizia raggiante della cugina per far tornare nella memoria del suo cuore l'odore concentrato delle gardenie bianche, prima di sminuzzare il sigillo di ceralacca con i denti e di rimanere a sguazzare fino all'alba nel pantano di lacrime degli undici telegrammi illegali.

Allora lo seppe. Prima di intraprendere il viaggio Lorenzo Daza aveva commesso l'errore di annunciarlo per telegrafo a suo cognato Lisímaco Sánchez, e questo a sua volta aveva mandato la notizia alla sua vasta e intricata parentela, disseminata in parecchi villaggi e luoghi della provincia. Così Florentino Ariza non solo aveva potuto scoprire l'itinerario completo, ma aveva stabilito una lunga fratellanza di telegrafisti per seguire le tracce di Fermina Daza fino all'ultimo accampamento del Cabo de la Vela. Questo gli permise di mantenere con lei una comunicazione intensa da quando arrivò a Valledupar, dove rimase tre mesi, fino al termine del viaggio a Riohacha, un anno e mezzo dopo, quando Lorenzo Daza diede per scontato che la figlia avesse finalmente dimenticato e decise di tornare a casa. Forse lui stesso non era conscio di quanto si fosse allentata la sua vigilanza, distratto com'era dalle lusinghe dei parenti politici, che dopo tanti anni avevano messo da parte i loro pregiudizi tribali e lo avevano accettato a cuore aperto come uno di loro. La visita fu una riconciliazione tardiva, anche se non era stato questo l'intento. In effetti, la famiglia di Fermina Sánchez si era opposta a ogni costo che lei si sposasse con un immigrante senza origini, chiacchierone e bruto, che era sempre in giro con un traffico di mule di montagna che sembrava troppo semplice per essere pulito. Lorenzo Daza giocava il tutto per tutto perché quella cui aspirava era la più pregiata di una famiglia tipica della regione: una tribù confusa di donne animose e di uomini dal cuore tenero e dal grilletto facile, turbati fino alla demenza dal senso dell'onore. Tuttavia Fermina Sánchez si era fissata nel suo capriccio con la determinazione cieca degli amori contrastati, e si era sposata con lui a dispetto della famiglia, con tanta fretta e tanti misteri da dare l'impressione di farlo non per amore ma per coprire con un manto sacramentale qualche disattenzione prematura.

Venticinque anni dopo, Lorenzo Daza non si rendeva conto che la sua intransigenza con gli innamoramenti della figlia era una ripetizione viziosa della sua stessa storia e si lamentava della sua disgrazia davanti agli stessi cognati che si erano opposti a lui come questi si erano lamentati a loro volta davanti ai loro. Tuttavia, il tempo che perdeva a lamentarsi lo guadagnava la figlia nei suoi amori. Così, mentre lui andava castrando torelli e domando mule nelle terre avventurose dei suoi cognati, lei passeggiava a briglia sciolta in una folla di cugine comandate da Hildebranda Sánchez, la più bella e servizievole, la cui passione senza futuro per un uomo di vent'anni più vecchio di lei si rassegnava a sguardi furtivi.

Dopo la prolungata sosta a Valledupar proseguirono il viaggio per i contrafforti della sierra attraverso praterie fiorite e altipiani di sogno, e in tutti i villaggi furono ricevuti come nel primo, con musiche e petardi, e con nuove cugine complici e puntuali messaggi telegrafici. Ben presto Fermina Daza si rese conto che il pomeriggio del suo arrivo a Valledupar non era stato diverso, ma che in quella provincia fertile si vivevano tutti i giorni della settimana come se fossero di festa. I visitanti dormivano dove li sorprendeva la notte e mangiavano dove li trovava la fame, perché erano case con le porte aperte dove c'era sempre un'amaca attaccata e un bollitore di tre tipi di carne che cuoceva sul fuoco nel caso che qualcuno arrivasse prima del suo telegramma d'avviso, come succedeva quasi sempre. Hildebranda Sánchez accompagnò la cugina nel resto del viaggio guidandola con polso allegro attraverso i gineprai del sangue fino alle sue fonti d'origine. Fermina Daza si riconobbe, si sentì padrona di se stessa per la prima volta, si sentì accompagnata e protetta, con i polmoni pieni di un'aria di libertà che le restituì la calma e la voglia di vivere. Perfino nei suoi ultimi anni di vita evocava quel viaggio, ogni volta più recente nella memoria, con la lucidità perversa della nostalgia.

Una sera ritornò dal passeggio quotidiano stordita dalla rivelazione che si poteva essere felice non solo senza amore ma anche contro l'amore. La rivelazione l'allarmò perché una delle sue cugine aveva sorpreso una conversazione dei suoi genitori con Lorenzo Daza in cui lui aveva suggerito l'idea di concertare il matrimonio di sua figlia con l'unico erede della fortuna favolosa di Cleofás Moscote. Fermina Daza lo conosceva. Lo aveva visto caracollare nelle piazze con i suoi cavalli perfetti, con gualdrappe così ricche da sembrare paramenti da messa, ed era elegante e esperto, e aveva delle ciglia da sognatore che facevano sospirare i sassi, ma lei lo paragonò al suo ricordo di Florentino Ariza seduto sotto i mandorli del giardinetto, povero e smorto, con il libro di versi in grembo, e non trovò nel suo cuore neanche un'ombra di dubbio.

In quei giorni, Hildebranda Sánchez andava delirando di illusioni dopo aver fatto visita a una maga la cui chiaroveggenza l'aveva spaventata. Atterrita dalle intenzioni di suo padre, anche Fermina Daza andò a consultarla. Le carte le annunciarono che nel suo avvenire non c'era nessun ostacolo a un matrimonio lungo e felice, e quella profezia le ridiede fiato, perché non concepiva che un destino così fortunato potesse essere con un uomo diverso da quello che amava. Esaltata da questa certezza, prese dunque il comando della sua volontà. Fu così che la corrispondenza telegrafica con Florentino Ariza smise di essere un concerto di intenzioni e di promesse illusorie, e si fece metodica e pratica, e più intensa che mai. Fissarono date, stabilirono modi, impegnarono le loro vite nella determinazione comune di sposarsi senza chiedere consiglio a nessuno, dove fosse e come fosse, non appena fossero tornati a incontrarsi. Fermina Daza considerava così severo questo impegno che la sera in cui suo padre le diede il permesso di partecipare al suo primo ballo da adulti, nel villaggio di Fonseca, a lei non parve decente accettarlo senza il consenso del suo promesso. Florentino Ariza era quella sera alla locanda a giocare a carte con Lotario Thugut quando lo avvisarono che aveva una chiamata telegrafica urgente.

Era il telegrafista di Fonseca, che aveva allácciato sette stazioni intermedie perché Fermina Daza potesse chiedere il permesso di assistere al ballo. Ma una volta che l'ebbe ottenuto non si accontentò della semplice risposta affermativa, e chiese una prova che fosse effettivamente Florentino Ariza quello che stava usando il trasmettitore all'altro capo della linea. Più stupito che lusingato, lui compose una frase di identificazione: *Dille che glielo giuro per la dea incoronata.* Fermina Daza riconobbe la parola d'ordine, e rimase al suo primo ballo di adulti fino alle sette di mattina quando dovette cambiarsi al volo per non arrivare tardi a messa. A quell'epoca aveva sul fondo del baule più lettere e telegrammi di quanti gliene avesse portati via suo padre, e aveva imparato a comportarsi con i modi di una donna sposata. Lorenzo Daza interpretò quei cambiamenti del suo modo di essere come un'evidenza che la distanza e il tempo l'avessero ristabilita dalle sue fantasie giovanili ma non le prospettò mai il progetto del matrimonio combinato. I loro rapporti si fecero fluidi, all'interno delle riserve formali che lei gli aveva imposto dopo la cacciata della zia Escolástica, e questo permise loro una convivenza così comoda che nessuno avrebbe dubitato del fatto che era fondata sull'affetto.

Fu in quell'epoca che Florentino Ariza decise di raccontarle nelle sue lettere di essersi impegnato a recuperare per lei il tesoro del galeone sommerso. Ne era sicuro, e gli era venuto come un soffio di ispirazione in un pomeriggio luminoso in cui il mare sembrava acciottolato di alluminio per la quantità di pesci portati a galla dal verbasco[1]. Tutti gli uccelli del cielo si erano agitati per la mattanza, e i pescatori dovevano scacciarli con i remi perché non gli disputassero i frutti di quel miracolo proibito. L'uso del verbasco, che addormentava solo i pesci, era sancito dalla legge dai tempi della Colonia, però aveva continuato a essere una pratica comune in pieno giorno fra i pescatori del Caribe finché venne sostituito dalla dinamite. Uno dei

[1] Genere di pianta della famiglia delle Scrofulariacee, dal latino *verbascum*. (*N.d.T.*)

divertimenti di Florentino Ariza, mentre continuava il viaggio di Fermina Daza, era guardare dalle scogliere come i pescatori caricassero le loro canoe con le enormi reti di pesci addormentati. Nello stesso tempo, una combriccola di ragazzini che nuotavano come pescecani chiedevano ai curiosi di gettare delle monete da recuperare in fondo al mare. Erano gli stessi che uscivano a nuoto con lo stesso proposito incontro ai transatlantici e sui quali erano state scritte tante cronache di viaggio negli Stati Uniti e in Europa per la loro maestria nell'arte di nuotare sott'acqua. Florentino Ariza li conosceva da sempre, ancora prima dell'amore, ma non gli era mai capitato di pensare che forse erano capaci di riportare a galla la fortuna del galeone. Gli capitò quel pomeriggio, e dalla domenica seguente fino al ritorno di Fermina Daza, quasi un anno dopo, ebbe un motivo in più di delirio.

Euclides, uno dei bambini nuotatori, si agitò come lui all'idea di un'esplorazione sottomarina, dopo aver parlato non più di dieci minuti. Florentino Ariza non gli rivelò la verità della sua impresa finché non si informò a fondo sulle sue qualità di nuotatore sottomarino e di navigante. Gli chiese se potesse scendere senz'aria a venti metri di profondità, ed Euclides disse di sì. Gli chiese se fosse capace di portare da solo una canoa da pescatore in mare aperto in mezzo a una burrasca, senza altri strumenti che l'istinto, ed Euclides disse di sì. Gli chiese se sarebbe stato capace di localizzare un posto preciso a sedici miglia marine a nordest dell'isola più grande dell'arcipelago di Sotavento, ed Euclides disse di sì. Gli chiese se fosse capace di navigare di notte orientandosi con le stelle, ed Euclides disse di sì. Gli chiese se fosse disposto a farlo per la stessa paga diaria che gli pagavano i pescatori per aiutarli a pescare, ed Euclides gli disse di sì, ma con un aumento di cinque *reales* la domenica. Gli chiese se sapesse difendersi dagli squali, ed Euclides gli disse di sì, che aveva artifici magici per tenerli lontani. Gli chiese se fosse capace di tenere un segreto anche se lo avessero messo sotto tortura con le macchine del palazzo dell'Inquisizione, ed Euclides gli disse di sì, perché non diceva di no a niente, e sapeva dire di sì con tanta proprietà che non c'era modo di metterlo in dubbio. Alla fine fece il conto delle spese: l'affitto della canoa, l'affitto del remo, l'affitto di una rete perché nessuno sospettasse la verità delle sue scorrerie. Bisognava, inoltre, portare da mangiare, un grosso recipiente di acqua dolce, una lampada a olio, un mazzo di candele di sego e un corno da cacciatore per chiedere aiuto in caso d'emergenza.

Aveva sui dodici anni, ed era rapido e furbo, e un chiacchierone instancabile, con un corpo da anguilla che pareva fatto per passare strisciando attraverso un occhio di bue. Le intemperie gli avevano abbronzato la pelle a un punto tale che era impossibile immaginare il suo colore originale, e questo faceva sembrare più splendenti i suoi grandi occhi gialli. Florentino Ariza decise immediatamente che era il complice perfetto per un'avventura di tale portata, e vi diedero inizio senza ulteriori formalità la domenica successiva.

Salparono dal porto dei pescatori all'alba, ben provvisti e meglio disposti. Euclides quasi nudo, solo con lo straccio intorno ai fianchi che portava sempre, e Florentino Ariza con la finanziera, il cappello da tenebroso, gli stivaletti lucidi e il fiocco da poeta al collo, e un libro per passare il tempo durante la traversata fino alle isole. Dalla prima domenica si rese conto che Euclides era un abile marinaio quanto un buon sommozzatore, e che aveva una pratica meravigliosa della natura del mare e dei rifiuti della baia. Poteva raccontare con i particolari più impensati la storia di ogni scafo di bastimento tarlato dall'ossido, conosceva l'età di ogni boa, l'origine di qualsiasi rottame, il numero di anelli della catena con cui gli spagnoli chiudevano l'entrata della baia. Temendo che sapesse anche quale era l'intento della sua spedizione, Florentino Ariza gli fece qualche domanda astuta, e così capì che Euclides non aveva il minimo sospetto del galeone affondato.

Da quando aveva sentito per la prima volta il racconto del tesoro nella locanda, Florentino Ariza si era informato per quanto possibile sulle consuetudini dei galeoni. Aveva saputo che il *San José* non era solo sul fondale di coralli. In effetti, era la nave insegna della Flota de Tierra Firme, ed era arrivata qui dopo il maggio 1708 proveniente dalla fiera leggendaria di Portobello, a Panama, dove aveva caricato parte della sua fortuna: trecento bauli con argento del Perù e Veracruz, e centodieci bauli di perle raccolte e contate nell'isola di Contadora. Durante il lungo mese che era rimasto qui, i cui giorni e notti erano stati di feste popolari, avevano caricato il resto del tesoro destinato a togliere dalla povertà il regno di Spagna: centosedici bauli di smeraldi delle miniere Muzo e Somondoco, e trenta milioni di monete d'oro.

La Flota de Tierra Firme era composta da non meno di dodici bastimenti di diversa grandezza, ed era salpata da questo porto viaggiando di conserva con una squadra francese molto ben armata che però non aveva potuto salvare la spedizione davanti alle cannonate precise della squadra inglese al comando del comandante Carlos Wager che l'aveva aspettata nell'arcipelago di Sotavento, all'uscita della baia. Così il *San José* non era l'unica nave affondata, anche se non esisteva una certezza documentata di quante avessero ceduto e di quante fossero riuscite a scampare al fuoco degli inglesi. Quello su cui non c'era dubbio era che l'ammiraglia fosse stata tra le prime a colare a picco, con tutto l'equipaggio e il comandante immobile al suo posto, e che lei sola portasse il carico maggiore.

Florentino Ariza aveva imparato la rotta dei galeoni sulle carte nautiche dell'epoca e credeva di aver stabilito il luogo del naufragio. Uscirono dalla baia fra le due fortezze della Boca Chica e dopo quattro ore di navigazione entrarono nel mare interno dell'arcipelago, sul cui fondale di coralli si potevano prendere con le mani le aragoste addormentate. L'aria era così delicata e il mare così sereno e trasparente, che Florentino Ariza si sentì come se fosse il suo stesso riflesso nell'acqua. Alla fine dell'acqua stagnante, a due ore dall'isola maggiore, si trovava il luogo del naufragio.

Congestionato dal sole infernale dentro al suo abito funebre, Florentino Ariza indicò a Euclides di cercare di scendere a venti metri e di portargli qualsiasi cosa avesse trovato sul fondo. L'acqua era così chiara che lo vide muoversi di sotto, come uno squalo penetrato tra gli squali azzurri che si incrociavano con lui senza toccarlo. Poi lo vide sparire in una fratta di coralli e proprio quando pensava che non potesse più avere aria sentì la sua voce dietro alle proprie spalle. Euclides era in piedi sul fondo, con le braccia alzate e l'acqua alla cintola. Cosicché andarono a cercare luoghi più profondi, sempre verso il nord, navigando sopra le mante indolenti, i calamari timidi, i rosai delle tenebre, finché Euclides capì che stavano perdendo tempo.

«Se non mi dice che cosa vuole che trovi, non so come lo troverò» gli disse.

Ma lui non glielo disse. Allora Euclides gli propose di togliersi gli abiti e di scendere con lui, anche solo per vedere quell'altro cielo sotto il mondo che erano i fondali di corallo. Ma Florentino Ariza era solito dire che Dio aveva fatto il mare solo per vederlo dalla finestra e non aveva mai imparato a nuotare. Poco dopo il pomeriggio si annuvolò, l'aria divenne fredda e umida, e fece scuro così rapidamente che dovettero orientarsi con il faro per trovare il porto. Prima di entrare nella baia, videro passare vicinissimo a loro il transatlantico di Francia con tutte le luci accese, enorme e bianco, che lasciava una scia di vivande delicate e di cavolfiori bolliti.

Così perdettero tre domeniche e avrebbero continuato a perderle tutte se Florentino Ariza non avesse deciso di dividere il suo segreto con Euclides. Questi modificò allora tutto il piano di ricerca, e se ne andarono a navigare per l'antico canale dei galeoni, situato più di venti leghe marine a oriente del luogo previsto da Florentino Ariza. Prima di due mesi, un pomeriggio di pioggia sul mare, Euclides rimase molto tempo sul fondo, e la canoa era andata tanto alla deriva che dovette nuotare quasi mezz'ora per raggiungerla, dato che Florentino Ariza non era riuscito ad avvicinarsi con i remi. Quando infine riuscì a accostarsi, si tolse dalla bocca e mostrò come un trionfo della perseveranza due monili da donna.

Quello che raccontò allora era così affascinante che Florentino Ariza si ripromise di imparare a nuotare e a immergersi fin dove gli fosse possibile solo per constatarlo con i suoi occhi. Raccontò che in quel luogo, a solo diciotto metri di profondità, c'erano tanti velieri antichi adagiati fra i coralli che non era possibile calcolarne neanche la quantità, ed erano disseminati in uno spazio così esteso che si perdevano di vista. Raccontò che la cosa più sorprendente era che delle tante carcasse di barche che si trovavano a galla nella baia nessuna era in così buono stato come le navi sommerse. Raccontò che c'erano diverse caravelle ancora con le vele intatte e che le navi affondate erano visibili sul fondo, e che sembrava come se fossero affondate nel loro spazio e tempo, in modo che lì continuavano a essere illuminate dallo stesso sole delle undici di mattina di sabato 9 giugno in cui erano colate a picco. Raccontò, soffocandosi con lo stesso impeto della sua immaginazione, che quello più facile a distinguersi era il galeone *San José*, il cui nome era visibile a lettere d'oro sulla poppa, ma che era anche la nave più danneggiata dall'artiglieria degli inglesi. Raccontò di averci visto dentro un polpo vecchio di più di tre secoli, i cui tentacoli uscivano dai portelli dei cannoni, ma era cresciuto tanto nella sala da pranzo che per liberarlo si sarebbe dovuto sfasciare la nave. Raccontò di aver visto il corpo del comandante con la sua uniforme da battaglia fluttuare di fianco dentro l'acquario del castello di prua, e se non era sceso fino alla stiva del tesoro era perché l'aria dei polmoni non gli era stata sufficiente. Le prove erano lì: un orecchino con uno smeraldo e una medaglia della Vergine con la sua catenella consunta dal salino.

Quella fu la prima menzione del tesoro che Florentino Ariza fece a Fermina Daza nella lettera che le mandò a Fonseca poco prima del suo ritorno. La storia del galeone affondato le era familiare, perché ne aveva sentito parlare spesso da Lorenzo Daza, che aveva perso tempo e denaro a cercare di convincere una compagnia di palombari tedeschi ad associarsi con lui per recuperare il tesoro sommerso. Avrebbe persistito nell'intento se non fosse stato per diversi membri dell'Accademia di Storia che lo avevano convinto che la leggenda del galeone naufragato era stata inventata da qualche viceré brigante, che in questo modo si era impadronito dei capitali della Corona. Comunque, Fermina Daza sapeva che il galeone era a una profondità di duecento metri, dove nessun essere umano poteva raggiungerlo, e non ai venti metri di cui parlava Florentino Ariza. Ma era così abituata ai suoi eccessi poetici che elogiò l'avventura del galeone come uno di quelli meglio riusciti. Tuttavia, quando continuò a ricevere altre lettere con particolari ancora più fantastici e scritti con tanta serietà come le sue promesse d'amore, dovette confessare a Hildebranda la sua paura che il fidanzato allucinato avesse perduto la ragione.

In quei giorni Euclides era tornato a galla con talmente tante prove della sua favola che non era più tempo di continuare a tirar su alla rinfusa orecchini e anelli sparpagliati fra i coralli, ma di capitalizzare una grande impresa per recuperare la cinquantina di navi con la fortuna babilonese che avevano dentro. Allora accadde quello che presto o tardi doveva accadere, che Florentino Ariza chiese aiuto a sua madre per portare a buon fine la sua avventura. A lei bastò mordere il metallo dei gioielli e guardare in controluce le pietre di vetro per rendersi conto che qualcuno stava speculando sul candore di suo figlio. Euclides giurò in ginocchio a Florentino Ariza che non c'era niente di torbido in quella faccenda ma non si fece vedere la domenica dopo al porto dei pescatori né mai più da nessuna parte.

L'unica cosa che rimase di quell'infortunio a Florentino Ariza, fu il rifugio d'amore del faro. Era arrivato fin lì con la canoa di Euclides una notte in cui li aveva sorpresi la tempesta in mare aperto e da allora era solito andare di pomeriggio a conversare con l'uomo del faro sulle innumerevoli meraviglie della terra e dell'acqua che l'uomo conosceva. Era stato l'inizio di un'amicizia che sopravvisse ai molti cambiamenti del mondo. Florentino Ariza imparò ad alimentare la luce, prima con carichi di legna e poi con orci di olio, prima dell'arrivo dell'energia elettrica. Imparò a dirigerla e ad aumentarla con gli specchi, e in svariate occasioni in cui l'uomo del faro non poté farlo si fermò a vigilare dalla torre le notti del mare. Imparò a conoscere le imbarcazioni dalle loro voci, dalla misura delle loro luci sull'orizzonte, e a percepire che qualcosa di loro gli tornava indietro nei lampi del faro.

Durante il giorno il piacere era un altro, soprattutto la domenica. Nel quartiere dei Viceré, dove vivevano i ricchi della città vecchia, le spiagge delle donne erano separate da quelle degli uomini da un muro di malta: una alla destra e l'altra alla sinistra del faro... Cosicché l'uomo del faro aveva installato un cannocchiale mediante il quale si poteva contemplare, pagando un centesimo, la spiaggia delle donne. Senza sapersi osservate, le signorine si mostravano alla meglio che potevano dentro ai loro costumi da bagno dai grandi volants, con scarpette e cappelli che nascondevano i corpi quasi come gli abiti per la strada, e inoltre erano meno attraenti. Le madri le vigilavano dalla riva, sedute in pieno sole su sedie a dondolo di vimini con gli stessi vestiti, gli stessi cappelli di piume, gli stessi ombrellini di organza con cui erano andate alla messa solenne, per paura che gli uomini delle spiagge vicine le seducessero sott'acqua. La realtà era che col cannocchiale non si poteva vedere niente di più eccitante di quello che si poteva vedere per la strada, ma erano molti i clienti che venivano ogni domenica a contendersi il telescopio per il puro diletto di assaggiare i frutti insipidi della vicinanza altrui.

Florentino Ariza era uno di loro, più per noia che per piacere, ma non era stato per quel motivo in più che era diventato così buon amico dell'uomo del faro. Il motivo reale era che dopo l'affronto di Fermina Daza, quando lo aveva preso la febbre degli amori sparpagliati per cercare di rimpiazzarla, in nessun altro luogo diverso dal faro aveva vissuto le ore più felici né aveva trovato miglior consolazione alle sue infelicità. Fu il posto che amò di più. Tanto che per anni cercò di convincere sua madre, e più tardi lo zio León XII, di aiutarlo a comprarlo. Poiché i fari del Caribe erano a quell'epoca di proprietà privata e i lori proprietari riscuotevano il diritto di passo fino al porto a seconda della grandezza delle imbarcazioni. Florentino Ariza pensava che quella fosse l'unica maniera onorevole di fare un buon affare con la poesia, ma né la madre né lo zio la pensavano allo stesso modo, e quando avrebbe potuto farlo con le sue risorse i fari erano già diventati proprietà dello stato.

Nessuna di quelle illusioni fu vana, però. La favola del galeone, e poi la novità del faro, gli alleviarono l'assenza di Fermina Daza, e quando meno se lo sentiva gli arrivò la notizia del suo ritorno. Alla fine, dopo una sosta prolungata a Riohacha, Lorenzo Daza aveva deciso di rientrare. Non era la stagione più propizia del mare, per gli alisei di dicembre, e la storica goletta, l'unica che arrischiasse la traversata, poteva tornare al porto d'origine trascinata da un vento contrario. E così era stato. Fermina Daza aveva passato una notte d'agonia, vomitando bile, legata alla cuccetta di una cabina che sembrava un cesso di taverna, non solo per la strettezza oppressiva ma anche per la puzza e il caldo. Il rollio era così forte che spesso aveva avuto l'impressione che si sarebbero rotte le coregge del letto, dalla coperta le arrivavano brani di qualche grido addolorato che pareva di naufragio, e il russare da tigre di suo padre nella cuccetta contigua era un ingrediente in più di paura. Per la prima volta in quasi tre anni passò una notte in bianco senza pensare un momento a Florentino Ariza, mentre invece lui restava insonne nell'amaca del retro a contare a uno a uno i minuti eterni che mancavano al suo ritorno. All'alba, il vento cessò improvvisamente e il mare si calmò, e Fermina Daza si rese conto di aver dormito malgrado i danni del mal di mare, perché la svegliò lo strepito delle catene dell'ancora. Allora slacciò le cinghie e si affacciò all'oblò con l'illusione di scoprire Florentino Ariza in mezzo alla confusione del porto, ma quello che vide furono i magazzini della dogana fra le palme dorate dal primo sole e la banchina di Riohacha da cui la goletta era salpata la notte prima.

Il resto della giornata fu come un'allucinazione, nella stessa casa dove era stata fino al giorno prima, ricevendo le stesse visite che l'avevano salutata, parlando delle stesse cose, e stordita dalla sensazione di vivere di nuovo un pezzo di vita già vissuto. Era una ripetizione così fedele che Fermina Daza tremava alla sola idea che lo fosse anche il viaggio della goletta, il cui solo ricordo le incuteva terrore. Ma l'unica possibilità diversa di tornare a casa erano due settimane a dorso di mulo sulle cornici della sierra, e in condizioni ancora più pericolose della prima volta, dato che una nuova guerra civile iniziata nello stato andino del Cauca si stava estendendo nelle province del Caribe. E così alle otto di sera fu accompagnata un'altra volta al porto dallo stesso corteo di parenti chiassosi, con le stesse lacrime di addio e gli stessi sacchi di provviste regalate all'ultimo momento che non ci stavano in cabina. Al momento di salpare, gli uomini della famiglia salutarono la goletta con una salva di spari per aria, e Lorenzo Daza rispose loro dalla coperta con le cinque cartucce del suo revolver. L'ansia di Fermina Daza si dissipò prestissimo, perché il vento fu favorevole per tutta la notte, e il mare aveva un odore di fiori che la aiutò a dormire bene senza le cinghie di sicurezza. Sognò di rivedere Florentino Ariza, e che lui si fosse strappato la faccia che lei gli aveva visto da sempre, perché in realtà era una maschera, ma la faccia vera era identica. Si alzò molto presto, incuriosita dall'enigma del sogno, e trovò suo padre che beveva caffè amaro con brandy nella cambusa del capitano, con l'occhio storto dall'alcol, ma senza il minimo indizio di incertezza sul ritorno.

Stavano entrando in porto. La goletta stava scivolando in silenzio attraverso il labirinto di velieri ancorati nell'insenatura del mercato pubblico, il cui fetore si percepiva in mare da diverse leghe, e l'alba era satura di una pioggerellina tersa che ben presto si trasformò in un acquazzone di quelli grandi. Appostato al balcone dell'ufficio del telegrafo, Florentino Ariza riconobbe la goletta mentre attraversava la baia di Las Animas con le vele allentate dalla pioggia e calò l'ancora davanti all'imbarcadero del mercato. Il giorno prima aveva aspettato fino alle undici del mattino, quando si era imbattuto in un telegramma casuale sul rientro della goletta per i venti contrari, e quel giorno era tornato ad aspettare dalle quattro del mattino. Continuò ad aspettare senza spostare lo sguardo dalle scialuppe che portavano a riva i pochi passeggeri che decidevano di sbarcare nonostante la tempesta. La maggior parte di loro doveva abbandonare a metà strada la scialuppa arenata e raggiungeva l'imbarcadero sguazzando nel fango. Alle otto, dopo aver atteso invano che smettesse di piovere, uno scaricatore negro con l'acqua alla cintola prese Fermina Daza sul bordo della goletta e la portò a braccia a riva, ma era così bagnata che Florentino Ariza non riuscì a riconoscerla.

Lei stessa non fu cosciente di quanto era maturata nel viaggio finché non entrò nella casa chiusa e intraprese immediatamente il compito eroico di tornare a renderla vivibile, con l'aiuto di Gala Placidia, la domestica negra che era tornata dalla sua vecchia capanna di schiavi non appena avvisata del loro ritorno. Fermina Daza non era più la figlia unica, contemporaneamente viziata e tiranneggiata dal padre, ma la padrona e signora di un impero di polvere e di ragnatele che poteva essere riscattato solo dalla forza di un amore invincibile. Non restò sbigottita perché si sentiva ispirata da un soffio di levitazione che le avrebbe fatto muovere il mondo. La stessa sera del rientro, mentre prendevano cioccolata con frittelle sul tavolo di cucina, suo padre delegò a lei i poteri per la direzione della casa, e lo fece con il formalismo di un atto sacro.

«Ti consegno le chiavi della tua vita» le disse.

Lei, a diciassette anni compiuti, le prese con polso fermo, ben sapendo che ogni palmo di libertà guadagnata era per l'amore. Il giorno successivo, dopo una notte di incubi, patì per la prima volta il malessere del ritorno, quando aprì la finestra del balcone e rivide la pioggerellina triste del giardinetto, la statua dell'eroe decapitato, il sedile di marmo dove Florentino Ariza si sedeva di solito con il libro di versi. Non pensava più a lui come al fidanzato impossibile ma come allo sposo sicuro cui si dava completamente. Sentì quanto pesava il tempo malversato da quando se ne era andata, quanto le costava essere viva, quanto amore le veniva a mancare per amare il suo uomo come Dio comandava. Rimase sorpresa che non fosse nel giardinetto, come aveva fatto tante volte nonostante la pioggia, e di non aver ricevuto nessun segnale suo in nessun modo, neanche attraverso un presagio, e improvvisamente la spaventò l'idea che fosse morto. Ma poi mise da parte il cattivo pensiero perché nella frenesia dei telegrammi degli ultimi giorni, prima dell'imminenza del ritorno, si erano dimenticati di concertare un modo per continuare a comunicare quando lei fosse ritornata.

La verità è che Florentino Ariza era sicuro che lei non fosse ritornata, finché il telegrafista di Riohacha non gli confermò che si era imbarcata venerdì sulla stessa goletta che non era arrivata il giorno prima per i venti contrari. Così passò il fine settimana a spiare qualsiasi segnale di vita in casa sua, e dall'imbrunire del lunedì vide attraverso le finestre una luce ambulante che poco dopo le nove si spense nella camera da letto del balcone. Non dormì, preda delle stesse voglie di nausea che avevano turbato le sue prime notti d'amore. Tránsito Ariza si alzò al canto del gallo, allarmata che il figlio fosse uscito nel patio e non fosse rientrato da mezzanotte, e non lo trovò in casa. Se n'era andato a errare per le scogliere, e si era soffermato a recitare versi d'amore contro il vento, piangendo di gioia, finché si era fatto giorno. Alle otto era seduto sotto gli archi del Caffè della Parrocchia, allucinato dalla veglia, a cercare di escogitare un modo per far pervenire il suo benvenuto a Fermina Daza, quando si sentì scosso da uno sconvolgimento sismico che gli fece a pezzi i visceri.

Era lei. Attraversava Piazza della Cattedrale accompagnata da Gala Placidia, che portava le ceste per le compere, e per la prima volta andava vestita senza la divisa scolastica. Era più alta di quando se n'era andata, più affilata e intensa, e con la bellezza depurata da una maggiore padronanza di sé. La treccia le era ricresciuta, ma non la portava sciolta, bensì di lato, sulla spalla destra, e quel semplice cambiamento l'aveva spogliata di ogni traccia infantile. Florentino Ariza rimase attonito al suo posto, finché la creatura apparsa finì di attraversare la piazza senza alzare lo sguardo dal suo cammino. Ma lo stesso potere irresistibile che lo paralizzava lo obbligò poi a precipitarlesi dietro quando svoltò l'angolo della cattedrale e si perdette nel tumulto assordante dei meandri del commercio.

La seguì senza farsi vedere, scoprendo i gesti quotidiani, la grazia, la maturità prematura dell'essère che più amava al mondo e che vedeva per la prima volta nel suo stato naturale. Lo sbalordì la sicurezza con cui si faceva strada tra la folla. Mentre Gala Placidia si scontrava in continuazione, e le si aggrovigliavano i cesti e doveva correre per non perderla, lei navigava nel disordine della strada con una sua dimensione e un tempo distinto, senza inciampare in nessuno, come un pipistrello nelle tenebre. Era stata spesso a far spese con la zia Escolástica, ma erano sempre state compere minuscole, dato che suo padre in persona si incaricava di approvvigionare la casa, e non solo di mobili e roba da mangiare, ma anche di vestiti da donna. Cosicché quella prima uscita fu per lei un'avventura affascinante idealizzata nei suoi sogni di bambina.

Non prestò attenzione alle sollecitazioni dei cacciatori di vipere che le offrivano lo sciroppo per l'amore eterno, né alle suppliche dei mendicanti sdraiati negli androni con le loro piaghe fumanti, né al falso indio che tentava di venderle un caimano ammaestrato. Fece un percorso lungo e minuzioso, senza rotta pensata, con soste che non avevano altro motivo che il diletto senza fretta nello spirito delle cose. Entrò in ogni porta dove ci fosse qualcosa in vendita, e dappertutto trovò qualcosa che aumentava la sua voglia di vivere. Godette con l'odore di vetivèr dei panni nei cassoni, si avvolse in sete stampate, rise del suo stesso ridere vedendosi travestita da popolana con un pettine e un ventaglio coi fiori dipinti davanti allo specchio a corpo intero di *El Alambre de Oro*. Nei magazzini di generi coloniali stappò un barile di aringhe sotto sale che le ricordò le notti del nordest, molto bambina, a San Juan de la Ciénaga. Le fecero assaggiare una salsiccia di sanguinaccio di Alicante che aveva un sapore di liquirizia, e ne comprò due per la prima colazione del sabato, e poi dei baccalà e un fiasco di alcol di ribes. Nel negozio di spezie, per il puro piacere dell'olfatto, strofinò foglie di salvia e origano sui palmi delle mani e comprò un pugno di chiodi di garofano, un altro di anice stellato, e altri due di zenzero e di ginepro, e uscì bagnata di lacrime di risa dal tanto starnutire per gli effluvi del pepe di Cayenna. Nel negozio francese, mentre comprava saponi di Reuter e acqua di benzoino, le misero dietro l'orecchio un tocco di profumo che era di moda a Parigi, e le diedero una tavoletta deodorante per il dopo-fumo.

Giocava a comprare, certo, ma quello che realmente le mancava lo comprava senza tante giravolte, con un'autorità che non lasciava pensare che lo faceva per la prima volta, dato che sapeva di non comprare solo per lei ma anche per lui, dodici metri di lino per le tovaglie della tavola di tutti e due, il percalle per le lenzuola da matrimonio con l'umidità notturna degli umori di tutti e due all'alba del giorno dopo, il più squisito di ogni cosa per goderlo insieme nella casa dell'amore. Chiedeva sconti e sapeva farlo, discuteva con grazia e dignità fino a ottenere il meglio, e pagava con monete d'oro che i dettaglianti provavano per puro gusto di sentirle cantare sul marmo del banco.

Florentino Ariza la spiava meravigliato, la seguiva senza fiato, inciampò diverse volte nelle ceste della domestica che rispose alle sue scuse con un sorriso, e lei gli era passata così vicino che lui riuscì a percepire il sentore del suo odore, e se allora non lo aveva visto non era stato perché non aveva potuto ma per l'alterigia del suo modo di camminare. Gli sembrava così bella, così seducente, così distinta dalla gente comune, da non capire perché nessuno si scombussolasse come lui con il rumore ritmico dei suoi tacchi sul selciato della strada, né gli si disordinasse il cuore con l'aria dei sospiri dei suoi volants, né diventasse pazzo d'amore tutto il mondo con gli sventolii della süa treccia, col volo delle sue mani, con l'oro del suo ridere. Non aveva perduto un suo gesto, né un indizio del suo carattere, ma non si azzardava ad avvicinarsi a lei per il timore di rompere l'incanto. Tuttavia, quando lei si intrufolò nella confusione del Portal de los Escribanos, lui si accorse che stava rischiando di perdere l'occasione anelata per anni.

Fermina Daza divideva con le sue compagne di scuola l'idea peregrina che il Portal de los Escribanos fosse un luogo di perdizione, vietato dunque alle signorine ben educate. Era una galleria ad arcate davanti a una piccola piazza dove stazionavano le carrozze a nolo e i carretti da carico trainati da asini, e dove si faceva più denso e chiassoso il commercio popolare. Il nome gli veniva dalla Colonia, perché lì si sedevano già da quell'epoca i calligrafi taciturni coi gilè di panno e le mezze maniche posticce, a scrivere a richiesta tutta una serie di documenti a prezzi da poveri: memoriali di offesa o di supplica, allegati giuridici, biglietti di congratulazioni o di condoglianze, biglietti d'amore per qualsiasi età. Non era da loro, comunque, che veniva la cattiva reputazione di quel mercato rumoroso, ma da commercianti ambulanti più recenti che offrivano sottobanco tutti gli articoli equivoci che arrivavano di contrabbando sulle navi provenienti dall'Europa, da cartoline oscene e pomate incoraggianti, fino ai celebri preservativi catalani con creste di iguana che si muovevano quando era il caso, o con fiori all'estremità perché aprissero i loro petali secondo la volontà dell'utente. Fermina Daza, poco esperta nell'uso della strada, si introdusse nel Portal senza rendersi conto dove stava andando, alla ricerca di un'ombra di conforto al sole violento delle undici.

Si inabissò nella lingua incomprensibile dei lustrascarpe e dei venditori di uccelli, dei librai d'occasione e dei ciarlatani e delle banditrici di dolci che annunciavano gridando sopra il baccano le focacce di ananas per le bambine, quelle di cocco per i matti, i biscottini per Micaela. Ma lei rimase indifferente al fragore, catturata immediatamente da un fanfarone che stava facendo dimostrazioni di tinte magiche per scrivere, colori rossi con il clima del sangue, colori con trasparenze tristi per messaggi funebri, colori fosforescenti per leggere nell'oscurità, colori invisibili che si rivelavano con lo splendore della luce. Lei le voleva tutte per giocare con Florentino Ariza, per spaventarlo col suo ingegno, ma dopo parecchie prove si decise per una boccetta di color oro. Poi se ne andò con i barattoli di vetro messi dietro alle sue grandi ampolle, e comprò sei dolci di ogni tipo, indicandoli con il dito perché non riusciva a farsi sentire in mezzo alla confusione: sei capellini d'angelo, sei piccole conserve di latte, sei tavolette di sesamo, sei *alfajores* di manioca, sei cioccolatini incartati, sei *piononos*, sei *bocaditos* della regina, sei di questo e sei dell'altro, sei di tutto, e continuava a metterli nei cesti della domestica con una grazia irresistibile, completamente estranea al tormento dei nuvoloni di mosche sullo sciroppo, estranea al fracasso continuo, estranea all'esalazione di sudori rancidi che riverberavano nel calore mortale. La svegliò dal sortilegio una negra felice con un drappo colorato sulla testa, rotonda e bella, che le offrì un triangolo di ananas infilzato sulla punta di un coltello da macellaio. Lei lo prese, se lo mise intero in bocca, lo assaporò, e stava assaggiandolo con lo sguardo che errava sulla folla, quando una commozione la prese sul posto. Alle sue spalle, così vicino al suo orecchio che solo lei poté sentirla nella confusione, aveva sentito la voce:

«Questo non è un buon posto per una dea incoronata.»

Lei girò la testa e vide a due palmi dai suoi occhi gli altri occhi glaciali, il viso livido, le labbra impietrite dalla paura, così come le aveva viste nel tumulto della messa di mezzanotte la prima volta che lui era stato così vicino a lei, ma a differenza di allora non sentì la commozione dell'amore ma l'abisso del disincanto. In un istante le si rivelò nella sua completezza la misura del suo stesso inganno, e si chiese atterrita come avesse potuto covare per tanto tempo e con tanta sevizia una simile chimera nel cuore. A malapena riuscì a pensare: "Dio mio, pover'uomo!". Florentino Ariza sorrise, cercò di dire qualcosa, cercò di seguirla, ma lei lo cancellò dalla sua vita con un cenno della mano.

«No, per favore» gli disse. «Se lo scordi.»

Quel pomeriggio, mentre suo padre faceva la siesta, tramite Gala Placidia gli mandò una lettera di due righe: *Oggi, vedendola, mi sono resa conto che la nostra non è che un'illusione.* La domestica gli portò anche i suoi telegrammi, i suoi versi, le sue camelie secche, e gli chiese di restituire le lettere e i regali che lei gli aveva mandato: il messale della zia Escolástica, le nervature di foglie dei suoi erbari, il centimetro quadrato dell'abito di San Pedro Claver, le medaglie di santi, la treccia dei suoi quindici anni con il nastro di seta dell'uniforme scolastica. Nei giorni seguenti, sull'orlo della follia, lui le scrisse molte lettere di disperazione e assediò la domestica perché gliele portasse, ma questa eseguì le istruzioni precise di non accettare nient'altro se non i regali restituiti. Insistette con tanta efficacia che Florentino Ariza glieli mandò tutti, salvo la treccia, che non voleva restituire finché Fermina Daza non l'avesse presa di persona per parlare con lei anche se per un attimo. Non ci riuscì. Temendo una decisione fatale di suo figlio, Tránsito Ariza mise da parte il suo orgoglio e chiese a Fermina Daza di concederle una grazia di cinque minuti, e Fermina Daza la ricevette un momento nel cortile di casa sua, in piedi, senza invitarla a entrare e senza il minimo segno di debolezza. Due giorni appresso, dopo una lite con sua madre, Florentino Ariza staccò dal muro della sua camera la nicchia polverosa di cristallo dove teneva esposta la treccia come una reliquia sacra, e la stessa Tránsito Ariza la restituì nell'astuccio di velluto ricamato con fili d'oro. Florentino Ariza non ebbe mai più un'opportunità di vedere a quattr'occhi Fermina Daza, né di parlare con lei da soli nei tanti incontri delle loro lunghissime vite, fino a cinquantun anni nove mesi e quattro giorni dopo, quando le reiterò il giuramento di fedeltà eterna e amore perenne nella sua prima notte di vedova.

Il dottor Juvenal Urbino era stato lo scapolo più desiderato quando aveva ventotto anni. Ritornava da un lungo soggiorno a Parigi, dove aveva fatto studi superiori di medicina e chirurgia, e da quando posò il piede sulla terraferma diede pesanti prove di non aver perduto un minuto del suo tempo. Tornò più elegante di quando se ne era andato, più padrone del suo carattere, e nessuno dei suoi compagni di generazione sembrava così severo e così saggio come lui nella sua scienza, ma non c'era neanche nessuno che ballasse meglio la musica di moda né che improvvisasse meglio al piano. Sedotte dalle sue grazie personali e dalla certezza della sua fortuna familiare, le ragazze del suo livello facevano riffe segrete per giocare a restare con lui, e anche lui giocava a restare con loro, ma riuscì a mantenersi in stato di grazia, intatto e tentatore, fino alla caduta incondizionata davanti agli incanti plebei di Fermina Daza.

Amava dire che quell'amore era stato il frutto di uno sbaglio clinico. Lui stesso non poteva credere che sarebbe successo, e men che mai in quel momento della sua vita, quando tutte le sue riserve passionali erano concentrate sulla sorte della sua città, di cui aveva detto troppo spesso e senza pensarci due volte che non aveva eguali al mondo. A Parigi, passeggiando sottobraccio a una fidanzata casuale in un autunno tardivo, gli sembrava impossibile immaginare una felicità più pura di quella di quei pomeriggi dorati, con l'odore rustico delle castagne sui bracieri, le fisarmoniche languide, gli innamorati insaziabili che non finivano mai di baciarsi sulle terrazze aperte, e però lui si era detto con la mano sul cuore di non essere disposto a cambiare per tutto quello un solo istante del suo Caribe in aprile. Era ancora troppo giovane per sapere che la memoria del cuore elimina i cattivi ricordi ed esalta quelli buoni, e che grazie a quell'artificio riusciamo a sopportare il passato. Ma quando rivide dalla ringhiera della nave il promontorio bianco del quartiere coloniale, gli avvoltoi immobili sui tetti, la biancheria da poveri stesa ad asciugare sui balconi, solo allora capì fino a che punto era stato una vittima facile delle trappole caritatevoli della nostalgia.

La nave si fece strada nella baia attraverso una trapunta galleggiante di animali affogati, e la maggioranza dei passeggeri si rifugiò in cabina rifuggendo la pestilenza. Il giovane medico scese dalla passerella vestito impeccabilmente di alpaca, con gilè e spolverino, con una barba alla Pasteur giovane e i capelli divisi da una scriminatura netta e pallida, e con abbastanza dominio di sé per dissimulare il nodo alla gola che non era di tristezza ma di terrore. Sul molo quasi deserto, presidiato da soldati scalzi senza divisa, lo aspettavano le sorelle e la madre con i suoi amici più cari. Li trovò macilenti e senza futuro, nonostante le loro arie mondane, e parlavano della crisi e della guerra civile come di qualcosa di remoto ed estraneo, ma tutti avevano un tremito evasivo nella voce e un'incertezza nelle pupille che tradivano le parole. Quella che più lo commosse fu la madre, una donna ancora giovane che si era imposta nella vita con la sua eleganza e il suo impeto sociale, e che adesso avvizziva a fuoco lento nell'alito di canfora dei suoi veli di vedova. Lei dovette riconoscersi nel turbamento del figlio, perché lo anticipò a chiedergli in propria difesa perché arrivasse con quella pelle traslucida come se fosse di paraffina.

«È la vita, mamma» disse lui. «A Parigi si diventa verdi.»

Poco dopo, soffocando di caldo vicino a lei nella carrozza chiusa, non poté sopportare più l'inclemenza della realtà che si intrufolava impetuosamente dal finestrino. Il mare sembrava di cenere, i vecchi palazzi da marchese stavano per soccombere alla proliferazione dei mendicanti, ed era impossibile trovare la fragranza ardente dei gelsomini dietro i suffumigi di morte delle fogne a cielo aperto. Tutto gli sembrò più piccolo di quando se n'era andato, più povero e lugubre, e c'erano tanti topi affamati nell'immondezzaio delle strade che i cavalli della carrozza inciampavano spaventati. Nel lungo tragitto dal porto a casa sua, nel cuore del quartiere dei Viceré, non trovò niente che gli sembrasse degno delle sue nostalgie. Deluso, girò la testa perché non lo vedesse sua madre, e si mise a piangere in silenzio.

Il vecchio palazzo del Marchese de Casalduero, residenza storica degli Urbino de la Calle, non era quello che si manteneva più eretto in mezzo al naufragio. Il dottor Juvenal Urbino lo scoprì con il cuore a pezzi fin da quando entrò dall'androne scuro e vide la fontana polverosa del giardino interno, e i cespugli senza fiori in mezzo ai quali giravano le iguane, e si accorse che mancavano molte piastrelle di marmo, e che altre erano rotte, sulla grande scala con le ringhiere di rame che portava alle stanze principali. Suo padre, un medico più dedito che eminente, era morto durante l'epidemia di colera asiatico che aveva distrutto la popolazione sei anni prima, e con lui era morto lo spirito della casa. Doña Blanca, la madre, soffocata da un lutto previsto per essere eterno, aveva sostituito con novene vespertine le celebri serate liriche e i concerti di musica da camera del marito morto. Le due sorelle, contro le loro grazie naturali e la loro vocazione festaiola, erano carne da convento.

Il dottor Juvenal Urbino non dormì neanche un momento la notte del suo arrivo, spaventato dall'oscurità e dal silenzio, e recitò tre rosari allo Spirito Santo e quante preghiere ricordava per scongiurare calamità e naufragi e ogni tipo di agguati della notte, mentre un *alcaraván*[1] che si era intrufolato dalla porta mal chiusa cantava a ogni ora, all'ora in punto, dentro la stanza da letto. Lo tormentarono le urla allucinate delle pazze nel vicino manicomio della Divina Pastora, la goccia inclemente della cisterna sul catino la cui risonanza colmava l'ambito della casa, i passi da trampoliere dell'*alcaraván* perduto nella stanza da letto, la sua paura congenita dell'oscurità, la presenza invisibile del padre morto nella grande casa addormentata. Quando l'*alcaraván* cantò le cinque, insieme con i galli del circondario, il dottor Juvenal Urbino si raccomandò anima e

[1] Varietà di airone. (*N.d.T.*)

corpo alla Divina Provvidenza, perché non si sentiva il coraggio di vivere un altro giorno nella sua patria di rottami. Tuttavia, l'affetto dei suoi, le domeniche in campagna, le cupide lusinghe delle nubili della sua classe finirono per mitigargli le amarezze della prima impressione. Si abituò a poco a poco alle calure di ottobre, agli odori eccessivi, ai giudizi prematuri dei suoi amici, al domani vedremo, dottore, non si preoccupi, finché finì per arrendersi alle malie dell'abitudine. Non tardò a concepire una giustificazione facile per il suo abbandono. Quello era il suo mondo, si disse, il mondo triste e oppressivo che Dio gli aveva concesso, e a quello era obbligato.

La prima cosa che fece fu prendere possesso dello studio di suo padre. Conservò al loro posto i mobili inglesi, duri e seri, il cui legno sospirava con i freddi dell'alba, ma mandò in soffitta i trattati della scienza dell'epoca dei Viceré e della medicina romantica, e collocò sugli scaffali invetriati quelli della nuova scuola francese. Staccò le litografie scolorite,.salvo quella del medico che sta contendendo alla morte una malata nuda e il giuramento di Ippocrate stampato a caratteri gotici, e attaccò al loro posto, insieme all'unico diploma di suo padre, i molti e svariati che lui aveva ottenuto con ottimi voti in diverse scuole europee.

Cercò di imporre criteri innovativi all'Ospedale della Misericordia, ma non gli fu tanto facile come gli era sembrato nei suoi entusiasmi giovanili, perché la vecchia casa di salute si ingarbugliava nelle sue superstizioni ataviche, come quella di mettere i piedi del letto in barattoli pieni d'acqua per impedire che salissero le malattie o quella di esigere roba di marca e guanti di camoscio in sala chirurgica, perché si dava per scontato che l'eleganza fosse una condizione essenziale dell'asepsi. Non potevano sopportare che il giovane appena arrivato assaggiasse l'urina del malato per scoprire la presenza di zucchero, che citasse Charcot e Trousseau come se fossero i suoi compagni di stanza, che durante le lezioni facesse severe avvertenze sui rischi mortali delle vaccinazioni e che invece avesse una fede sospettosa nella nuova invenzione delle supposte. Contrastava in tutto: il suo spirito innovatore, il suo civismo maniacale, il suo senso dell'humour ritardato in una terra di burloni immortali, tutto quello che erano in realtà le sue virtù più apprezzabili suscitava la diffidenza dei suoi colleghi più anziani e le burle nascoste dei giovani.

La sua ossessione era il pericoloso stato sanitario della città. Fece appello alle più alte istanze perché chiudessero le fogne spagnole, che erano un immenso vivaio di topi, e si costruissero al loro posto dei condotti chiusi i cui rigurgiti non sboccassero nell'insenatura del mercato, come succedeva da sempre, ma in qualche condotto di scarico distante. Le case coloniali ben attrezzate avevano latrine con fosse settiche, ma i due terzi della popolazione accatastati in baracche sulla riva delle paludi facevano i propri bisogni all'aria aperta. Le feci si seccavano al sole, si trasformavano in polvere, e venivano respirate da tutti con allegrie natalizie nelle fresche e tempestose brezze di dicembre. Il dottor Juvenal Urbino cercò di imporre al Consiglio Comunale un corso obbligatorio di abilitazione affinché i poveri imparassero a costruire le loro latrine. Lottò invano perché i rifiuti non fossero gettati nelle lagune, trasformate da secoli in serbatoi di putrefazione, e perché li si raccogliesse perlomeno due volte alla settimana e fossero poi inceneriti in un luogo disabitato.

Era conscio dell'insidia mortale dell'acqua da bere. La sola idea di costruire un acquedotto sembrava fantastica, perché chi avrebbe potuto darle impulso disponeva di cisterne sotterranee dove si immagazzinavano sotto uno spesso strato cremoso di muschio le acque piovute per anni. Fra i mobili più pregiati dell'epoca c'erano le cisterne di legno lavorato i cui filtri di pietra gocciolavano giorno e notte dentro gli orci. Per impedire che qualcuno bevesse nella stessa brocca di alluminio con cui si tirava su l'acqua, questa aveva i bordi dentati come la corona di un re per burla. L'acqua era cristallina e fresca nella penombra dell'argilla cotta e lasciava un retrogusto di foresta. Ma il dottor Juvenal Urbino non cadeva in questi inganni di purificazione perché sapeva che, a dispetto di tante precauzioni, il fondo degli orci era un santuario di vermiciattoli. Aveva passato le lente ore della sua infanzia a contemplarli con una paura quasi mistica, convinto come tanta gente di allora che i vermi fossero le anime delle creature soprannaturali che corteggiavano le donzelle dai sedimenti delle acque gelide e erano capaci di furiose vendette d'amore. Aveva visto da bambino i danni nella casa di Lázara Conde, una maestra di scuola che aveva osato disprezzare le anime, e aveva visto la scia di vetri per la strada e il mucchio di pietre che avevano tirato per tre giorni e tre notti contro le finestre. Cosicché passò molto tempo prima che imparasse che i vermi erano in realtà le larve delle zanzare, ma lo imparò per non dimenticarlo mai, perché da allora si rese conto che non solo loro ma molte altre anime maligne potevano passare intatte attraverso i nostri candidi filtri di pietra.

All'acqua delle cisterne si attribuì per molto tempo, e a gran vanto, l'ernia dello scroto che tanti uomini della città soffrivano non solo senza pudore ma anche con una certa insolenza patriottica. Quando Juvenal Urbino andava alla scuola elementare non riusciva a evitare un palpito di orrore nel vedere gli erniosi seduti sulla porta delle loro case nei pomeriggi di calore mentre si facevano vento ai testicoli enormi come se fossero un bambino addormentato fra le gambe. Si diceva che l'ernia emettesse un fischio da uccello lugubre nelle notti di tempesta e si torcesse con un dolore insopportabile quando bruciavano vicino una piuma di avvoltoio, ma nessuno si lamentava di quei danni, perché un'ernia allo scroto grande e ben portata si distingueva sopra a tutto come un onore da uomo. Quando il dottor Juvenal Urbino tornò dall'Europa conosceva ormai molto bene la menzogna scientifica di queste credenze, ma erano così radicate nella superstizione locale che molti si opponevano all'arricchimento minerale dell'acqua delle cisterne per timore che gli portasse via la virtù di provocare un'ernia onorevole.

Come per le impurità dell'acqua, il dottor Juvenal Urbino era allarmato per le condizioni igieniche del mercato pubblico, una vasta distesa all'aperto davanti alla baia di Las Ánimas, dove attraccavano i velieri delle Antille. Un viaggiatore illustre dell'epoca lo aveva descritto come uno dei più pittoreschi del mondo. Era ricco, in effetti, abbondante e rumoroso, ma forse anche il più allarmante. Era assestato sul suo stesso immondezzaio, alla mercé delle velleità del mare grosso, ed era lì dove i rutti della baia riportavano a terra le immondizie delle chiaviche. Lì si avventavano anche gli avanzi del mattatoio contiguo, teste macellate, viscere marcite, pattumi di animali che restavano a galla al sole e al sereno in un pantano di sangue. Gli avvoltoi se li contendevano con i topi e i cani in una rissa perpetua, fra i cervi e i castrati saporiti di Sotavento attaccati alle pareti dei baracconi, e i legumi primaverili di Arjona esposti su stuoie per terra. Il dottor Juvenal Urbino voleva risanare il luogo, voleva che facessero il mattatoio da un'altra parte, che costruissero un mercato coperto con cupole a vetri come quelle che aveva conosciuto negli antichi grandi mercati sulle Ramblas di Barcellona, dove le provviste erano così ricche e pulite che era quasi un peccato mangiarsele. Ma anche i più compiacenti dei suoi amici notabili compativano la sua passione illusoria. Erano così: passavano la loro vita a proclamare l'orgoglio della loro origine, i meriti storici della città, il prezzo delle loro reliquie, il loro eroismo e la loro bellezza, ma erano ciechi davanti al tarlo degli anni. Il dottor Juvenal Urbino, invece, aveva abbastanza amore per vederla con gli occhi della verità.

«Quanto sarà nobile questa città» diceva «che sono quattrocento anni che stiamo cercando di farla finita con lei, e ancora non ci siamo riusciti.»

Erano a buon punto, comunque. L'epidemia di colera, le cui prime vittime caddero fulminate nelle pozzanghere del mercato, aveva provocato in undici settimane la più grande mortalità della nostra storia. Fino a quel momento, qualche morto insigne era sepolto sotto i pavimenti delle chiese, nella vicinanza sprezzante degli arcivescovi e dei capitolari, e gli altri meno ricchi venivano seppelliti nei patios dei conventi. I poveri andavano al cimitero coloniale, su una collina ventosa separata dalla città da un canale di acque secche, il cui ponte di malta aveva una pensilina con un'insegna scolpita per ordine di qualche sindaco lungimirante: *Lasciate ogni speranza, voi ch'entrate.* Durante le due prime settimane del colera il cimitero traboccava, e non era rimasto un posto libero nelle chiese, nonostante avessero passato nell'ossario comune i resti consunti di parecchi grandi senza nome. L'aria della cattedrale si fece rarefatta con gli effluvi delle cripte mal sigillate, e le loro porte si riaprirono solo tre anni dopo all'epoca in cui Fermina Daza vide da vicino per la prima volta Florentino Ariza alla messa di mezzanotte. Nella terza settimana il chiostro del convento di Santa Clara si trovò pieno fino ai viali e fu necessario abilitare come cimitero l'orto della comunità, che era grande il doppio. Lì scavarono fosse profonde per interrare a tre livelli, in fretta e senza precauzioni, ma si dovette desistere dal progetto perché il terreno che era traboccato si trasformò come in una spugna che trasudava sotto i passi un sangue marcio nauseabondo. Allora si dispose di continuare le sepolture alla Mano de Dios, una fattoria di bestiame a meno di una lega dalla città, che poi venne consacrata Cimitero Universale.

Da quando fu proclamato il bando del colera, nella fortezza della guarnigione locale si sparò un colpo di cannone ogni quarto d'ora, di giorno e di notte, d'accordo con la superstizione cittadina che la polvere purificava l'ambiente. Il colera fu molto più feroce con la popolazione negra, che era la più numerosa e la più povera, ma in realtà non fece considerazioni di colore né di lignaggio. Cessò improvvisamente come era iniziato, e non si conobbe mai la quantità dei suoi danni, non perché fosse impossibile stabilirla ma perché una delle nostre virtù più usuali era il pudore delle proprie disgrazie.

Il dottor Marco Aurelio Urbino, padre di Juvenal, fu un eroe civile di quelle giornate infauste, e anche la sua vittima più notevole. Per decisione ufficiale ideò e diresse di persona la strategia sanitaria, ma di sua iniziativa finì per intervenire in tutti gli affari di ordine sociale al punto che nei momenti più critici della peste non sembrava che esistesse nessuna autorità al di sopra di lui. Anni dopo, rivedendo la cronaca di quei giorni, il dottor Juvenal Urbino verificò che il metodo di suo padre era stato più caritatevole che scientifico e che in molti modi era contrario alla ragione così da aver favorito in gran misura la voracità della peste. Lo verificò con la compassione dei figli che la vita ha trasformato a poco a poco in padri dei loro padri, e per la prima volta si dolse di non essere stato con il suo nella solitudine dei suoi errori. Ma non lesinò i suoi meriti: la diligenza e l'abnegazione, e soprattutto il suo valore personale, gli meritarono molti onori che gli furono resi quando la città si ristabilì dal disastro, e il suo nome rimase giustamente fra quelli delle altrettante vittime di altre guerre meno onorevoli.

Non visse la sua gloria. Quando riconobbe in se stesso gli scompigli irreparabili che aveva visto e compatito negli altri, non tentò neanche una battaglia inutile, ma si appartò dal mondo per non contaminare nessuno. Chiuso, da solo, in una stanza di servizio dell'Ospedale della Misericordia, sordo alle chiamate dei colleghi e alle suppliche dei suoi, estraneo all'orrore dei pestiferi che agonizzavano sul pavimento dei corridoi traboccanti, scrisse alla moglie e ai figli una lettera d'amore febbrile, di gratitudine per essere esistiti, nella quale si rivelava quanto e con quanta avidità avesse amato la vita. Fu un addio di venti fogli stracciati nei quali si notavano i progressi della malattia dal deterioramento della scrittura, e non era necessario avere conosciuto chi li avesse scritti per sapere che la firma era stata messa con l'ultimo respiro. D'accordo con le sue disposizioni; il corpo incenerito si confuse nel cimitero comune e non fu visto da nessuno che lo avesse amato.

Il dottor Juvenal Urbino ricevette il telegramma tre giorni dopo a Parigi durante una cena di amici e fece un brindisi con lo champagne alla memoria di suo padre. Disse: «Era un uomo buono». Più tardi avrebbe dovuto rimproverare a se stesso la sua mancanza di maturità: eludeva la realtà per non piangere. Ma tre settimane dopo ricevette una copia della lettera postuma e allora si arrese alla verità. D'un tratto gli si rivelò a fondo l'immagine dell'uomo che aveva conosciuto prima di chiunque altro, che lo aveva allevato e istruito e aveva dormito e fornicato trentadue anni con sua madre, e tuttavia mai prima di quella lettera gli si era mostrato così come era in anima e corpo, per pura e semplice timidezza. Fino ad allora il dottor Juvenal Urbino e la sua famiglia avevano pensato alla morte come a un incidente che capitava agli altri, ai padri degli altri, ai fratelli e ai coniugi degli altri, ma non ai loro. Era gente di vita lenta, che non si vedeva diventare vecchia né ammalarsi né morire, ma che andava svanendo a poco a poco nei suo tempo, diventando ricordi, brume di un'altra epoca, finché li assimilava l'oblio. La lettera postuma di suo padre, più del telegramma con la cattiva notizia, lo mandò con la faccia a terra contro la certezza della morte. E comunque uno dei suoi ricordi più remoti, forse di quando aveva nove anni, forse undici, era in un certo modo un segnale prematuro della morte attraverso suo padre. Tutti e due erano rimasti nello studio di casa un pomeriggio di pioggia, lui a disegnare allodole e girasoli con gessetti colorati sulle piastrelle del pavimento, e suo padre a leggere contro il bagliore della finestra, con il gilè sbottonato ed elastici di gomma alle maniche della camicia. D'un tratto aveva interrotto la lettura per grattarsi la spalla con un raschietto col manico lungo che aveva una manina d'argento all'estremità. Siccome non ce la faceva, aveva chiesto al figlio di grattarlo con le sue unghie, e lui lo fece, dandogli la strana sensazione di non sentire il proprio corpo mentre veniva grattato. Alla fine suo padre lo aveva guardato da sopra alla spalla con un sorriso triste.

«Se morissi adesso» gli aveva detto, «ti ricorderesti a stento di me quando avrai la mia età.»

Lo aveva detto senza nessun motivo apparente, e l'angelo della morte era fluttuato per un attimo nella penombra fresca dello studio ed era uscito nuovamente dalla finestra lasciando al suo passaggio una scia di piume, ma il bambino non le aveva viste. Erano passati più di vent'anni da allora, e Juvenal Urbino avrebbe avuto molto presto l'età che aveva suo padre quel pomeriggio. Si sapeva identico a lui e alla coscienza di esserlo si era aggiunta ora la coscienza sorprendente di essere mortale come lui.

Il colera si trasformò per lui in un'ossessione. Non ne sapeva molto più di quanto avesse imparato di routine in qualche corso marginale, e gli era sembrato inverosimile che solo trent'anni prima avesse provocato in Francia, compresa Parigi, più di centoquarantamila morti. Ma dopo la morte di suo padre apprese tutto quanto si poteva apprendere sulle diverse forme del colera, quasi come una penitenza per pacificare la sua memoria, e fu allievo dell'epidemiologo di maggior fama del suo tempo e creatore dei cordoni sanitari, il professor Adrien Proust, padre del grande scrittore. Così, quando tornò alla sua terra e sentì dal mare il fetore del mercato, e vide i topi nelle fogne e i bambini che si rivoltolavano nudi nelle pozzanghere delle strade, non solo capì che la disgrazia era successa ma ebbe la certezza che si sarebbe ripetuta in qualsiasi momento.

Non passò molto tempo. Prima di un anno, i suoi allievi dell'Hospital de la Misericordia gli chiesero di aiutarli con un malato di carità che aveva uno strano colore azzurro su tutto il corpo. Al dottor Juvenal Urbino fu sufficiente vederlo dalla porta per riconoscere il nemico. Ma fu fortunato: il malato era arrivato tre giorni prima su una goletta di Curaçāo ed era andato all'ambulatorio dell'ospedale con i suoi mezzi, e non pareva probabile che avesse contagiato qualcuno. In ogni modo, il dottor Juvenal Urbino mise sull'avviso i colleghi, ottenne che le autorità dessero l'allarme ai porti vicini affinché venisse localizzata e fosse posta in quarantena la goletta contaminata, e dovette frenare il capo militare della piazza, che voleva decretare la legge marziale e applicare immediatamente la terapia del colpo di cannone ogni quarto d'ora.

«Economizzi quella polvere per quando verranno i liberali» gli disse con garbo. «Non siamo più nel Medioevo.»

Il malato morì quattro giorni dopo, soffocato da un vomito bianco e granuloso, ma nelle settimane successive non fu scoperto nessun altro caso nonostante l'allarme costante. Poco dopo, il "Diario del Comercio" pubblicò la notizia che due bambini erano morti di colera in luoghi diversi della città. Si provò che uno di loro aveva una comune diarrea, ma l'altro, una bambina di cinque anni, sembrava che fosse stata in effetti vittima del colera. I suoi genitori e i tre fratelli furono isolati e messi in quarantena individuale, e tutta la zona fu sottoposta a una stretta vigilanza medica. Uno dei bambini prese il colera e guarì prestissimo, e tutta la famiglia tornò a casa a pericolo scampato. Altri undici casi si registrarono in tre mesi, e al quinto ci fu una recrudescenza allarmante, ma alla fine dell'anno si considerò che i rischi di un'epidemia erano stati scongiurati. Nessuno mise in dubbio che il rigore sanitario del dottor Juvenal Urbino, più della capacità dei loro bandi, avesse reso possibile il prodigio. Da allora, e per molto tempo in questo secolo, il colera fu endemico non solo nella città ma in quasi tutto il litorale del Caribe e il bacino de la Magdalena, ma non tornò a incrudelire come epidemia. L'allarme servì a far sì che gli avvertimenti del dottor Juvenal Urbino fossero ascoltati con più serietà dal potere pubblico. Venne istituita la cattedra obbligatoria di colera e febbre gialla alla Scuola di Medicina, e si comprese l'urgenza di chiudere le fogne e di costruire un mercato distante dall'immondezzaio. Il dottor Urbino, però, non si preoccupò in quel momento di invocare la sua vittoria né si sentì in animo di perseverare nelle sue missioni sociali, perché lui stesso era a quell'epoca con un'ala rotta, stordito e sperso, e deciso a cambiare tutto e a dimenticarsi di tutto il resto nella vita per il bagliore d'amore di Fermina Daza.

Era stato in realtà il frutto di un errore clinico. Un medico amico, che aveva creduto di intravedere i sintomi premonitori del colera in una paziente di diciotto anni, chiese al dottor Juvenal Urbino di andare a visitarla. Ci andò quello stesso pomeriggio, allarmato dalla possibilità che la peste fosse entrata nel santuario della città vecchia, dato che tutti i casi fino ad allora si erano verificati nei quartieri marginali, e quasi tutti fra la popolazione negra. Trovò altre sorprese meno ingrate. La casa, all'ombra dei mandorli del Giardino de Los Evangelios, da fuori sembrava altrettanto distrutta delle altre della zona coloniale, ma dentro c'erano un ordine di bellezza e una luce incantata che sembravano di un'altra età del mondo. L'atrio dava direttamente su un patio sivigliano, quadrato e bianco di calce recente, con aranci fioriti e il pavimento piastrellato con le stesse piastrelle delle pareti. C'era un rumore invisibile di acqua continua, mazzolini di garofani sui cornicioni e gabbie di uccelli strani sotto gli archi. I più strani, in una gabbia molto grande, erano tre corvi che scuotendo le ali riempivano il patio di un profumo equivoco. Parecchi cani alla catena da qualche parte della casa incominciarono improvvisamente a latrare, impazziti per l'odore dell'estraneo, ma un grido di donna li fece tacere di colpo, e molti gatti saltarono fuori da tutte le parti e si nascosero tra i fiori, spaventati dall'autorità della voce. Allora si fece un silenzio così chiaro, che attraverso il disordine degli uccelli e le sillabe dell'acqua sulla pietra si coglieva il respiro struggente del mare.

Spaventato dalla certezza della presenza fisica di Dio, il dottor Juvenal Urbino pensò che una casa come quella fosse immune dalla peste. Seguì Gala Placidia nel corridoio ad archi, passò davanti alla stanza da lavoro dove Florentino Ariza aveva visto per la prima volta Fermina Daza quando il patio era ancora in macerie, salì per le scale di marmo nuovo fino al secondo piano, e aspettò di essere annunciato prima di entrare nella camera da letto della malata. Ma Gala Placidia venne fuori con un messaggio:

«La signorina dice che non può entrare adesso perché suo padre non è in casa.»

E così tornò alle cinque del pomeriggio, secondo l'indicazione della domestica, e Lorenzo Daza in persona gli aprì il portone e lo accompagnò fino alla camera da letto della figlia. Restò seduto nella penombra dell'angolo, con le braccia incrociate e facendo vani sforzi per dominare il respiro farraginoso, finché durò la visita. Non era facile sapere chi era più represso, se il medico col suo tatto pudico o la malata col suo riserbo da vergine dentro il camicione di seta, ma nessuno guardò l'altro negli occhi, se non che lui domandava con voce impersonale e lei rispondeva con voce tremante, tutti e due dipendendo dall'uomo seduto nella penombra. Alla fine il dottor Juvenal Urbino domandò alla malata di sedersi, e le aprì la camicia da notte fino alla cintura con un'attenzione squisita: il seno intatto e altero coi capezzoli infantili risplendette per un attimo come una vampata nelle ombre dell'alcova, prima che lei si affrettasse a nasconderlo con le braccia incrociate. Imperturbabile, il medico le allontanò le braccia senza guardarla, e l'auscultò con l'orecchio contro la pelle, prima il petto e poi le spalle.

Il dottor Juvenal Urbino era solito raccontare di non aver provato nessuna emozione quando aveva conosciuto la donna con cui sarebbe vissuto fino al giorno della sua morte. Ricordava il camicione celeste con i bordi di pizzo, gli occhi febbrili, i lunghi capelli sciolti giù per le spalle, ma era così preoccupato dall'irruzione della peste nella zona coloniale, che non guardò niente del molto che lei aveva di adolescente in fiore, quanto invece il più infimo che potesse avere di appestata. Lei era stata più esplicita: il giovane medico di cui tanto aveva sentito parlare a proposito del colera le era sembrato un pedante incapace di amare nessun altro al di fuori di se stesso. La diagnosi fu un'infezione intestinale di origine alimentare che si arrese con un trattamento casalingo di tre giorni. Sollevato dalla prova che la figlia non aveva preso il colera, Lorenzo Daza accompagnò il dottor Juvenal Urbino fino alla carrozza, gli pagò il *peso* d'oro della visita, che gli sembrò eccessivo anche per un medico da ricchi, ma lo congedò con ostentazioni smodate di gratitudine. Era abbagliato dallo splendore dei suoi nomi, e non solo non lo nascondeva ma avrebbe fatto qualsiasi cosa per vederlo un'altra volta, e in circostanze meno formali.

La cosa sarebbe dovuta finire lì. Tuttavia il martedì della settimana seguente, senza essere chiamato e senza nessun preavviso, il dottor Juvenal Urbino tornò alla casa all'ora inopportuna delle tre del pomeriggio. Fermina Daza era nella stanza da lavoro a prendere una lezione di pittura a olio insieme a due amiche, quando lui apparve alla finestra con la finanziera bianca, impeccabile, e anche il cappello bianco, a cupola alta, e le fece segno di avvicinarsi. Lei appoggiò la tela sulla sedia e si diresse verso la finestra camminando in punta di piedi con la gonna a volants alzata fino alle caviglie per impedire che strusciasse per terra. Aveva un diadema con un ciondolo che le cadeva sulla fronte, la cui pietra lucente aveva lo stesso colore scontroso dei suoi occhi, e tutto in lei esalava un'aura di frescura. Al medico richiamò l'attenzione il fatto che si vestisse per dipingere in casa come se andasse a una festa. Le sentì il polso dall'esterno della finestra, le fece tirar fuori la lingua, le esaminò la gola con una spatola di alluminio, le guardò l'interno delle palpebre inferiori, e ogni volta fece un gesto di approvazione. Era meno represso della visita precedente, ma lei lo era di più perché non capiva il motivo di quella visita imprevista, se lui stesso aveva detto che non sarebbe tornato a meno che l'avessero chiamato per qualche novità. Anzi: non voleva più rivederlo. Quando finì la visita, il medico mise la spatola nella valigetta strapiena di strumenti e di boccette di medicine, e la chiuse con un colpo secco.

«Lei sta come una rosa appena spuntata» disse lui.

«Grazie.»

«A Dio» disse, e citò male San Tommaso: «Si ricordi che tutto quello che è buono, venga da dove venga, proviene dallo Spirito Santo. Le piace la musica?».

Lo chiese con un sorriso affascinante, in modo casuale, ma lei non lo corrispose.

«Perché questa domanda?» chiese a sua volta.

«La musica è importante per la salute» disse lui.

Lo credeva davvero, e lei avrebbe saputo molto presto e per il resto della sua vita che il tema della musica era quasi una formula magica che lui usava per proporre un'amicizia, ma in quel momento l'interpretò come una presa in giro. Per di più le due amiche, che avevano fatto finta di dipingere mentre loro parlavano alla finestra, fecero dei risolini da topi e si coprirono la faccia con le tele, e questo finì di offuscare Fermina Daza. Cieca di rabbia, chiuse la finestra con un colpo secco. Il medico, perplesso davanti alle tendine di pizzo, cercò di trovare la via verso il portone ma sbagliò strada, e nel suo turbamento inciampò nella gabbia dei corvi profumati. Questi lanciarono uno stridìo sordido e agitarono le ali spaventati, e gli abiti del medico rimasero impregnati di una fragranza da donna. Il tuono della voce di Lorenzo Daza lo fece bloccare dove stava.

«Dottore: mi aspetti lì.»

Aveva visto tutto dal piano di sopra e stava scendendo le scale mentre si abbottonava la camicia, gonfio e paonazzo, e ancora con le basette scompigliate da un cattivo sogno della siesta. Il medico tentò di dominare il rossore.

«Ho detto a sua figlia che sta come una rosa.»

«È così» disse Lorenzo Daza, «ma con troppe spine.»

Passò vicino al dottor Urbino senza salutarlo. Spinse le imposte della finestra della stanza da lavoro e ordinò alla figlia con un grido ruvido: «Vieni a chiedere scusa al dottore».

Il medico cercò di mediare per impedirlo, ma Lorenzo Daza non gli prestò attenzione. Insistette: «Sbrigati». Lei guardò le amiche con una supplica nascosta di comprensione e rispose a suo padre di non avere niente di che scusarsi, dato che aveva chiuso la finestra solo per impedire che continuasse a entrare il sole. Il dottor Urbino tentò di dare per buone le sue ragioni, ma Lorenzo Daza persistette nell'ordine. Allora Fermina Daza tornò alla finestra, pallida di rabbia e, portando davanti il piede destro mentre si sollevava la gonna con la punta delle dita, fece al medico un inchino teatrale.

«Le faccio le mie più sentite scuse, signore» disse.

Il dottor Juvenal Urbino la imitò giovialmente, facendo col suo cappello a tuba un gesto da moschettiere, ma non ottenne il sorriso di pietà che si aspettava. Lorenzo Daza lo invitò poi a prendere nello studio un caffè riparatore e lui accettò compiaciuto, perché non ci fosse nessun dubbio che non gli restava nell'animo neanche un sospetto di risentimento.

La verità era che il dottor Juvenal Urbino non beveva caffè, salvo una tazza a digiuno. Non beveva neanche alcolici, all'infuori di un bicchiere di vino con i cibi in occasioni solenni, però non solo si bevette il caffè che gli offrì Lorenzo Daza, ma accettò anche un bicchierino di *anisado*. Poi accettò un altro caffè con un altro bicchierino, e poi un altro e un altro ancora, nonostante avesse alcune visite da fare. All'inizio ascoltò con attenzione le scuse che Lorenzo Daza continuava a fargli a nome di sua figlia, che definì come una ragazza intelligente e seria, degna di un principe di qui o di qualsiasi parte, il cui unico difetto, secondo quanto disse, era il suo carattere da mula. Ma dopo il secondo bicchierino credette di sentire la voce di Fermina Daza in fondo al patio e la sua immaginazione se ne andò dietro di lei, la seguì nella notte che si era appena fatta nella casa mentre accendeva le luci del corridoio, suffumigava le camere da letto con la pompa dell'insetticida, scoperchiava in cucina la pentola della minestra che si sarebbe bevuta quella sera con suo padre, lui e lei soli a tavola, senza sollevare lo sguardo, senza sorbire la minestra per non rompere l'incanto del rancore, finché lui avesse dovuto arrendersi e chiederle perdono per la sua durezza del pomeriggio.

Il dottor Urbino conosceva abbastanza le donne per rendersi conto che Fermina Daza non sarebbe passata dall'ufficio finché lui non se ne fosse andato, ma si attardava in ogni modo perché sentiva che l'orgoglio ferito non lo avrebbe fatto più vivere in pace dopo la vergogna di quel pomeriggio. Lorenzo Daza, ormai quasi ubriaco, non sembrava notare la sua mancanza di attenzione perché non aveva bisogno di nessuno con le sue chiacchiere indomabili. Parlava a briglia sciolta, masticando il fiore del sigaro spento, tossendo rumorosamente, sputando, sistemandosi a fatica sulla poltrona girevole le cui molle liberavano lamenti da animale in gabbia. Aveva bevuto tre bicchierini per ognuno di quelli del suo invitato, e si interruppe un attimo solo quando si accorse che ormai non si vedevano più l'un l'altro e si alzò ad accendere la lampada. Il dottor Juvenal Urbino lo guardò di fronte con la nuova luce, vide che aveva un occhio storto come quello di un pesce e che le sue parole non corrispondevano al movimento delle labbra, e pensò che erano sue allucinazioni per il troppo alcol ingerito. Allora si alzò con la sensazione affascinante di essere dentro a un corpo che non era il suo, ma in quello di qualcuno che continuava a stare seduto sulla sedia dove stava lui, e dovette fare un grande sforzo per non perdere la ragione.

Erano le sette passate quando uscì dallo studio preceduto da Lorenzo Daza. C'era la luna piena. Il patio idealizzato dall'anice fluttuava sul fondo di un acquario, e le gabbie coperte da stracci sembravano fantasmi addormentati sotto l'odore caldo dei fiori d'arancio nuovi. La finestra della stanza da lavoro era aperta, e c'era una lampada accesa sul tavolo, e i quadri non finiti stavano sui cavalletti come in una mostra. «Dove stai che non ci sei» disse il dottor Urbino passando, ma Fermina Daza non lo sentì, non poteva sentirlo, perché stava piangendo di rabbia in camera da letto, sdraiata a pancia in giù e aspettando suo padre per rifarsi dell'umiliazione di quel pomeriggio. Il medico non rinunciava all'illusione di salutarla, ma Lorenzo Daza non glielo propose. Rimpianse l'innocenza del suo polso, la sua lingua da gatta, le sue tonsille delicate, ma lo scoraggiò l'idea che lei non voleva mai più vederlo né doveva permettere che lui ci si provasse. Quando Lorenzo Daza entrò nell'androne, i corvi, svegli sotto gli stracci, lanciarono un gracidio funereo. «Ti strapperanno gli occhi» disse ad alta voce il medico pensando a lei, e Lorenzo Daza si girò a chiedergli che cosa avesse detto.

«Non sono stato io» disse lui. «È stato l'anice.»

Lorenzo Daza lo accompagnò fino alla carrozza cercando di convinçerlo a prendere il *peso* d'oro della seconda visita, ma lui non accettò. Diede corrette istruzioni al cocchiere di portarlo a casa dei due ammalati che doveva ancora vedere, e salì in carrozza senza bisogno di aiuto. Ma incominciò a sentirsi male con i sobbalzi sulle strade acciottolate, e così ordinò al cocchiere di cambiare percorso. Si guardò per un attimo nel vetro della carrozza e vide che anche la sua immagine continuava a pensare a Fermina Daza. Scrollò le spalle. Alla fine emise un rutto impastato, chinò la testa sul petto e si addormentò, e nel sonno cominciò a sentire le campane a lutto. Udì prima quelle della cattedrale, e poi quelle di tutte le chiese, una dopo l'altra, fino ai cocci rotti di San Julián el Hospitalario.

«Merda» mormorò ancora semiaddormentato, «sono morti i morti.»

Sua madre e le sue sorelle stavano cenando a caffellatte e frittelle sulla tavola da cerimonie della sala da pranzo grande, quando lo videro apparire sulla porta con la faccia sconvolta e con tutta la sua persona disonorata dal profumo da puttane dei corvi. La campana maggiore della cattedrale contigua risuonava nell'ambito immenso della casa. Sua madre gli chiese allarmata dove si era cacciato, dato che lo avevano cercato dappertutto perché andasse a visitare il generale Ignacio María, ultimo nipote del Marchese di Jaraíz de la Vera, che era stato colpito quel pomeriggio da una congestione cerebrale: era per lui che suonavano a morto le campane. Il dottor Juvenal Urbino ascoltò sua madre senza sentirla, attaccato alla cornice della porta, e poi fece un mezzo giro cercando di arrivare alla sua camera da letto ma cadde bocconi in un'esplosione di vomito di anice stellato.

«Maria Santissima» strillò sua madre. «Deve essere successo qualcosa di molto strano perché tu ti presenti in casa tua in questo stato.»

La cosa più strana, però, non era ancora accaduta. Approfittando della visita del famoso pianista Romeo Lussich, che suonò un ciclo di sonate di Mozart non appena la città si fu ripresa dal lutto per il generale Ignacio María, il dottor Juvenal Urbino fece caricare il pianoforte della Scuola di Musica su un carretto di muli e portò a Fermina Daza una serenata che fece epoca. Lei si svegliò ai primi accordi, e non dovette fare altro che affacciarsi al balcone per sapere chi era il promotore dell'insolito omaggio. L'unica cosa che deplorò fu di non avere il coraggio di altre donzelle già viziate che avevano vuotato il vaso da notte sulla testa del pretendente indesiderato. Lorenzo Daza invece si vestì in fretta e furia durante l'esecuzione della serenata, e alla fine fece entrare nel salone il dottor Juvenal Urbino e il pianista, ancora vestiti con gli abiti da cerimonia del concerto, e li ringraziò della serenata con un bicchiere di buon brandy.

Fermina Daza si accorse ben presto che suo padre stava cercando di intenerirle il cuore. Il giorno dopo la serenata le aveva detto come per caso: «Immagina come si sentirebbe tua madre se sapesse che sei corteggiata da un Urbino de la Calle». Lei aveva risposto seccamente: «Morirebbe di nuovo dentro la bara». Le amiche che dipingevano con lei le raccontarono che Lorenzo Daza era stato invitato a pranzo al Club Social dal dottor Juvenal Urbino, e che questi era stato oggetto di una nota di biasimo per essere andato contro le norme del regolamento. Solo allora ebbe anche notizia che suo padre aveva sollecitato parecchie volte la sua ammissione al Club Social, e in tutte era stato rifiutato con una quantità di palline nere da non rendere possibile un nuovo tentativo. Ma Lorenzo Daza incassava le umiliazioni con un fegato da buon bottaio e continuava a fare sforzi di ingegno per incontrare per caso Juvenal Urbino, senza rendersi conto che era Juvenal Urbino a fare l'impossibile per lasciarsi incontrare. A volte passavano ore a chiacchierare nello studio, e la casa nel frattempo rimaneva come sospesa ai margini del tempo, perché Fermina Daza non permetteva che nulla seguisse il suo corso nella vita finché lui non se ne fosse andato. Il Caffè della Parrocchia fu un buon porto intermedio. Fu lì dove Lorenzo Daza insegnò a Juvenal Urbino le prime nozioni degli scacchi, e lui fu un allievo così diligente che gli scacchi si trasformarono in un'assuefazione incurabile che lo tormentò fino al giorno della sua morte.

Una sera, poco dopo la serenata di pianoforte, Lorenzo Daza trovò una lettera con la busta sigillata nel cortile di casa sua, indirizzata a sua figlia e con il monogramma J.U.C. impresso sul sigillo. La fece scivolare sotto la porta quando passò davanti alla camera da letto di Fermina, e lei non riuscì a capire come fosse arrivata fin lì, dato che le pareva inconcepibile che suo padre fosse tanto cambiato da portarle una lettera di un

pretendente. La lasciò sul comodino, senza sapere davvero cosa farne, e lì rimase chiusa per parecchi giorni, fino a un pomeriggio di pioggia in cui Fermina Daza sognò che Juvenal Urbino era tornato a casa per regalarle la spatola con cui le aveva esaminato la gola. La spatola del sogno non era d'alluminio ma di un metallo appetitoso che lei aveva assaggiato con piacere in altri sogni, cosicché la ruppe in due pezzi disuguali e diede a lui quello più piccolo.

Quando si svegliò aprì la lettera. Era breve e irreprensibile, e l'unica cosa che Juvenal Urbino le domandava era di permettergli di chiedere a suo padre il permesso di venirla a trovare. La impressionarono la sua semplicità e la sua serietà, e la rabbia coltivata con tanto amore per molti giorni si sedò improvvisamente. Mise la lettera in un piccolo forziere fuori uso sul fondo del baule, ma si ricordò che era lì dove aveva messo anche le lettere profumate di Florentino Ariza, e la tolse dal forzierino per cambiarle di posto, turbata da un lampo di vergogna. Allora le sembrò che la cosa più decente fosse darla come non ricevuta, e la bruciò sulla lampada guardando come le gocce della ceralacca sbocciassero in bolle azzurre sulla fiamma. Sospirò: «Pover'uomo». Improvvisamente si rese conto che era la seconda volta che lo diceva in poco più di un anno, e per un attimo pensò a Florentino Ariza, e lei stessa fu sorpresa di quanto lontano fosse dalla sua vita: pover'uomo.

In ottobre, con le ultime piogge, arrivarono altre tre lettere, la prima accompagnata da una scatoletta di pastiglie di violetta dell'Abbazia di Flavigny. Due le aveva consegnate al portone di casa il cocchiere del dottor Juvenal Urbino, e lui aveva salutato Gala Placidia dal finestrino della carrozza, innanzitutto perché non ci fosse dubbio che le lettere erano sue, e poi perché nessuno potesse dirgli che non erano state ricevute. In più, tutte e due erano sigillate con il monogramma di ceralacca, e scritte con gli scarabocchi criptici che Fermina Daza ormai conosceva: calligrafia da medico. Tutte e due dicevano in sostanza le stesse cose della prima, ed erano concepite con lo stesso spirito di sottomissione, ma in fondo alla loro decenza si incominciava a intravedere un'ansia che non era mai stata evidente nelle lettere circospette di Florentino Ariza. Fermina

Daza le lesse non appena furono consegnate, con due settimane di differenza, e senza spiegarselo lei stessa cambiò parere quando stava per gettarle nel fuoco. Tuttavia, non pensò mai di rispondere.

La terza lettera di ottobre era stata fatta scivolare sotto il portone, e in tutto era diversa da quelle precedenti. La scrittura era così puerile che era stata fatta senza dubbio con la mano sinistra, ma Fermina Daza non se ne accorse se non quando il testo stesso si rivelò come un anonimo infame. Chi l'aveva scritto dava per scontato che Fermina Daza avesse incantato con i suoi filtri il dottor Juvenal Urbino, e da quella supposizione traeva conclusioni sinistre. Si chiudeva con una minaccia: se Fermina Daza non avesse rinunciato alla sua pretesa di elevarsi con l'uomo più desiderato della città, sarebbe stata esposta alla pubblica vergogna.

Si sentì vittima di una grave ingiustizia, ma la sua reazione non fu di vendetta, bensì esattamente il contrario: avrebbe voluto scoprire l'autore della lettera anonima per dissuaderlo dal suo errore con quante spiegazioni fossero pertinenti, dato che si sentiva sicura che mai, per nessun motivo, sarebbe stata sensibile alle galanterie di Juvenal Urbino. Nei giorni seguenti ricevette altre due lettere senza firma, perfide come la prima, ma nessuna delle tre sembrava scritta dalla stessa persona. O era vittima di una congiura o la falsa versione dei suoi amori segreti era andata più lontano di quanto potesse supporre. La inquietava l'idea che tutto quello fosse conseguenza di una semplice indiscrezione di Juvenal Urbino. Le venne in mente che forse era un uomo diverso dal suo aspetto degno, che forse chiacchierava durante le visite e si vantava di conquiste immaginarie, come tanti altri della sua classe. Pensò di scrivergli per rimproverargli l'offesa del suo onore ma poi desistette dal proposito, perché forse era questo quello che voleva lui. Cercò di informarsi dalle amiche che andavano a dipingere con lei nella stanza da lavoro, ma l'unica cosa che avevano sentito erano commenti benevoli sulla serenata di pianoforte. Si sentì furiosa, impotente, umiliata. Contrariamente all'inizio, quando avrebbe voluto incontrarsi con il nemico invisibile per convincerlo dei suoi errori, adesso voleva solo farne carne trita per

salsicciotti con le cesoie. Passava le notti in bianco ad analizzare dettagli ed espressioni delle lettere anonime, con l'illusione di trovare una via di consolazione. Fu una vana illusione: Fermina Daza era estranea per natura al mondo interiore degli Urbino de la Calle, e aveva armi per difendersi dalle loro buone arti, ma non da quelle cattive.

Questa convinzione si fece ancora più amara dopo lo spavento della bambola negra che le arrivò in quei giorni senza nessuna lettera, ma la cui origine le parve facile a immaginarsi: solo il dottor Juvenal Urbino poteva averla mandata. Era stata comprata alla Martinica, secondo l'etichetta originale, e aveva un bel vestito e i capelli arricciati con dei filamenti d'oro, e chiudeva gli occhi quando la si coricava. Fermina Daza la trovò così divertente che superò i suoi scrupoli, e la coricava sul suo cuscino durante il giorno. Si abituò a dormire con lei. Dopo un po' di tempo, però, dopo un sogno spossante, scoprì che la bambola stava crescendo: lo splendido vestito originale con cui era arrivata le lasciava le cosce scoperte, e le scarpe si erano spaccate per la pressione dei piedi. Fermina Daza aveva sentito parlare di stregonerie africane, ma di nessuna così spaventosa come questa. D'altra parte, non poteva concepire che un uomo come Juvenal Urbino fosse capace di una simile atrocità. Aveva ragione: la bambola non era stata portata dal cocchiere, ma da un venditore ambulante di gamberi, di cui nessuno aveva potuto dare nessuna informazione certa. Cercando di decifrare l'enigma, Fermina Daza pensò per un momento a Florentino Ariza, la cui condizione malinconica la spaventava, ma la vita si incaricò di convincerla del suo errore. Mai fu chiarito il mistero e solo evocarlo le provocava un brivido di terrore fino a molto tempo dopo che si sposò, ed ebbe figli, e si credette l'eletta dal destino: la più felice.

L'ultimo tentativo del dottor Urbino fu la mediazione della sorella Franca de la Luz, superiora del Colegio de la Presentación de la Santísima Virgen, che non poteva dire di no alla richiesta di una famiglia che aveva favorito la sua comunità da quando si era stabilita nelle Americhe. Arrivò accompagnata da una novizia alle nove di mattina, e tutte e due dovettero intrattenersi per mezz'ora con le gabbie di uccelli finché Fermina Daza avesse finito di fare il bagno. Era una tedesca virile con un accento metallico e uno sguardo imperioso che non avevano nessuna relazione con le sue passioni infantili. Non c'era niente a questo mondo che Fermina Daza odiasse più di lei, e di quanto aveva avuto a che vedere con lei, e il solo ricordo della sua falsa pietà le provocava un prurito da scorpioni nei visceri. Le bastò riconoscerla dalla porta del bagno per rivivere di colpo i supplizi del collegio, l'incubo insopportabile della messa quotidiana, il terrore degli esami, la diligenza servile delle novizie, la vita tutta pervertita dal prisma della povertà di spirito. La sorella Franca de la Luz, invece, la salutò con una gioia che sembrava sincera. Si sorprese di quanto fosse cresciuta e maturata e lodò il giudizio con cui dirigeva la casa, il buon gusto del patio, il braciere degli aranci. Ordinò alla novizia di aspettarla lì, senza avvicinarsi troppo ai corvi, che in un attimo di disattenzione potevano cavarle gli occhi, e cercò un posto appartato dove sedersi a parlare a quattr'occhi con Fermina.

Fu una visita breve e aspra. La sorella Franca de la Luz, senza perdere tempo in preamboli, offrì a Fermina Daza una riabilitazione onorevole. Il motivo dell'espulsione sarebbe stato cancellato non solo negli atti ma anche dalla memoria della comunità, e questo le avrebbe permesso di finire gli studi e di ottenere il diploma di Licenza in Lettere. Fermina Daza, perplessa, volle conoscerne il motivo.

«È la richiesta di qualcuno che merita tutto e il cui solo desiderio è farti felice» disse la monaca. «Sai chi è?»

Allora capì. Si domandò con che autorità servisse da emissaria dell'amore una donna che le aveva sconvolto la vita per una lettera innocente, ma non si azzardò a dirlo. Disse, invece, di sì, che conosceva quell'uomo, e che proprio per quello sapeva che non aveva nessun diritto di intromettersi nella sua vita.

«L'unica cosa che ti chiede è di permettergli di parlare con te cinque minuti» disse la monaca. «Sono sicura che tuo padre sarà d'accordo.»

Fermina Daza ruminò l'impertinenza guardando la monaca senza battere ciglio, la guardò fissa negli occhi, senza parlare, ruminando in silenzio, finché vide con un piacere infinito che i suoi occhi da uomo si riempivano di lacrime. La sorella Franca de la Luz se le asciugò con il fazzoletto appallottolato, e si alzò in piedi. «Dice bene tuo padre che sei una mula» disse.

L'arcivescovo non venne. Cosicché l'assedio sarebbe finito quel giorno se non fosse stato che Hildebranda Sánchez venne a passare il Natale con sua cugina, e la vita cambiò per tutte e due. Andarono a prenderla alla goletta di Riohacha alle cinque del mattino, in mezzo a una turba di passeggeri moribondi per il mal di mare, ma lei sbarcò raggiante, molto donna, e con lo spirito agitato dalla cattiva notte di mare. Arrivò carica di cesti di pavoni vivi e di quanti frutti esistevano nelle sue fertili terre, perché non mancasse a nessuno il cibo durante la sua visita. Lisímaco Sánchez, suo padre, mandava a chiedere se mancavano i musicisti per le feste, dato che lui aveva i migliori a sua disposizione, e prometteva di mandare un carico di fuochi artificiali. Annunciava anche di non poter venire per la figlia prima di marzo, cosicché c'era tempo d'avanzo per vivere.

Le due cugine incominciarono subito. Fecero il bagno insieme dal primo pomeriggio, nude, facendosi abluzioni reciproche con l'acqua del serbatoio. Si aiutavano a insaponarsi, si schiacciavano i lendini, confrontavano le loro natiche, i loro seni immobili, l'una guardandosi nello specchio dell'altra per valutare con quanta crudeltà le avesse trattate il tempo dall'ultima volta che si erano viste nude. Hildebranda era grande e soda, con la pelle dorata, ma tutto il pelo del suo corpo era da mulatta, corto e riccio come paglietta di ferro. Fermina Daza, invece, aveva una nudità pallida, di linee lunghe, di pelle chiara, di peli lisci. Gala Placidia aveva fatto mettere per loro due letti uguali nella stanza, ma spesso si coricavano in uno e chiacchieravano a luci spente fino all'alba. Fumavano dei sigarini da ladri da strada che Hildebranda aveva portato nascosti nelle fodere del baule, e dopo dovevano bruciare dei fogli di carta d'Armenia per purificare l'aria da tugurio che lasciavano nella camera. Fermina Daza lo aveva fatto per la prima volta a Valledupar, e aveva continuato a farlo a Fonseca, a Riohacha, dove si chiudevano anche in dieci cugine in una stanza a parlare di uomini e a fumare di nascosto. Aveva imparato a fumare all'incontrario, con la brace dentro la bocca, come fumavano gli uomini nelle notti di guerra perché non li denunciasse la brace del tabacco. Ma non avevano mai fumato da sole. Con Hildebranda a casa sua lo fece tutte le sere prima di dormire, e da allora prese l'abitudine di fumare, anche se sempre di nascosto, perfino da suo marito e dai suoi figli, non solo perché era malvisto che una donna fumasse in pubblico ma anche perché aveva il piacere associato alla clandestinità.

Anche il viaggio di Hildebranda le era stato imposto dai genitori per cercare di allontanarla dal suo amore impossibile, anche se le avevano fatto credere che fosse per aiutare Fermina a decidersi per un buon partito. Hildebranda lo aveva accettato con l'illusione di eludere l'oblio, come aveva fatto la cugina al suo momento, ed era rimasta d'accordo con il telegrafista di Fonseca perché mandasse i suoi messaggi con la massima segretezza. Per questo fu così amara la sua delusione quando seppe che Fermina Daza aveva ripudiato Florentino Ariza. Inoltre, Hildebranda aveva una concezione universale dell'amore, e pensava che qualsiasi cosa fosse accaduta a uno avrebbe colpito tutti gli amori del mondo intero. Tuttavia non rinunciò al progetto. Con un'audacia che provocò a Fermina Daza una crisi di spavento, se ne andò da sola all'ufficio del telegrafo con l'intento di guadagnarsi il favore di Florentino Ariza.

Non lo avrebbe riconosciuto, dato che non aveva neanche una fattezza corrispondente all'immagine che lei si era fatta di lui attraverso Fermina Daza. A prima vista le parve impossibile che sua cugina fosse stata sul punto di impazzire per quell'impiegato quasi invisibile, con l'aria da cane bastonato, il vestito da rabbino in disgrazia e i cui modi solenni non potevano alterare il cuore di nessuno. Ma ben presto si pentì della prima impressione, perché Florentino Ariza si mise al suo servizio incondizionatamente senza sapere chi fosse: non lo seppe mai. Nessuno l'avrebbe capita come lui, così non le chiese di dire chi fosse né le domandò alcun indirizzo. La sua soluzione fu molto semplice: lei sarebbe passata tutti i mercoledì al pomeriggio all'ufficio del telegrafo perché lui le consegnasse le risposte a mano, e nient'altro. D'altro canto, quando lui lesse il messaggio che Hildebranda portava scritto le domandò se accettava un suggerimento, e lei fu d'accordo. Florentino Ariza fece prima qualche correzione fra le righe, le cancellò, le riscrisse, rimase senza spazio, e alla fine stracciò il foglio e scrisse di nuovo un messaggio diverso che a lei parve commovente. Quando uscì dall'ufficio del telegrafo, Hildebranda stava per piangere.

«È brutto e triste» disse a Fermina, «ma è tutto amore.»

Quello che maggiormente richiamò l'attenzione di Hildebranda fu la solitudine della cugina. Sembrava, le disse, una zitellona di vent'anni. Abituata a una famiglia numerosa e dispersa, in case dove nessuno sapeva esattamente quanti ci vivessero né chi andasse a mangiare ogni volta, Hildebranda non poteva immaginarsi una ragazza della sua età ridotta alla clausura della sua vita privata. Era così: da quando si alzava alle sei del mattino finché spegneva la luce del comodino si consacrava alla perdita del tempo. La vita le si imponeva da fuori. Prima, con gli ultimi galli, l'uomo del latte la svegliava col batacchio del portone. Poi bussavano la donna del pesce con la cassetta di pagari moribondi in un letto di alghe, le venditrici sontuose con le verdure di María la Baja, la frutta di San Jacinto. E poi, durante tutto il giorno, bussavano tutti: i mendicanti, le ragazze delle riffe, le suore della carità, l'arrotino con la coramella, quello che comprava bottiglie, quello che comprava oro rotto, quello che comprava carta di giornale, le false gitane che si offrivano di leggere il destino nelle carte, nelle linee della mano, nel fondo del caffè, nell'acqua dei catini. A Gala Placidia andava via la settimana aprendo e chiudendo il portone per dire di no, torni un altro giorno, o gridando dal balcone con l'umore inverso di non dar più fastidio, cazzo, che abbiamo già comprato quello che ci mancava. Aveva rimpiazzato la zia Escolástica con tanto fervore e tanta grazia che Fermina la confondeva con lei perfino per amarla. Aveva ossessioni da schiava. Non appena trovava un momento libero se ne andava in guardaroba a stirare la biancheria, la lasciava perfetta, la sistemava negli armadi con fiori di spigo, e non solo stirava e piegava quella che aveva appena lavato ma anche quella che aveva perduto il suo nitore per mancanza di uso. Con la stessa attenzione continuava a curare il vestiario di Fermina Sánchez, la madre di Fermina, morta da quattordici anni. Ma era Fermina Daza che prendeva le decisioni. Ordinava quello che si doveva mangiare, quello che si doveva comprare, quello che bisognava fare in ogni caso, e in quel modo determinava la vita di una casa che in realtà non aveva niente da determinare. Quando finiva di lavare le gabbie e di dar da mangiare agli uccelli, e di curare che non mancasse niente ai fiori, restava senza sapere cosa fare. Spesso, dopo che era stata espulsa dal collegio, si era addormentata durante la siesta e non si era svegliata fino al giorno dopo. Le lezioni di pittura furono solo un modo più divertente di perdere il tempo.

I rapporti con suo padre erano privi di affetto dall'esilio della zia Escolástica, anche se tutti e due avevano trovato il modo di vivere insieme senza darsi fastidio a vicenda. Quando lei si alzava, lui già se ne era andato ai suoi affari. Raramente mancava al rito del pranzo, anche se non mangiava quasi, dato che gli bastavano gli aperitivi e gli stuzzichini *gallegos* del Caffè della Parrocchia. E non cenava nemmeno: gli lasciavano la sua parte sul tavolo, tutta in un piatto solo e coperta con un altro, anche se sapevano che non l'avrebbe mangiata fino al giorno dopo riscaldata alla prima colazione. Una volta alla settimana dava alla figlia il denaro per le spese, che lui calcolava molto bene e che lei amministrava con rigore, ma accondiscendeva con piacere a qualsiasi richiesta che lei gli avesse fatto per qualche spesa imprevista. Non le lesinava mai il centesimo, non le chiedeva mai conti, ma lei si comportava come se avesse dovuto renderli di fronte al tribunale del Sant'Uffizio. Non le aveva mai parlato della natura e dello stato dei suoi affari, né l'aveva portata mai a conoscere i suoi uffici del porto, che erano in un luogo vietato alle signore di buoni costumi anche se accompagnate dai propri padri. Lorenzo Daza non arrivava a casa prima delle dieci di sera, che era l'ora del coprifuoco nelle epoche meno critiche delle guerre. Rimaneva fino a quell'ora al Caffè della Parrocchia, a giocare a quello che capitava perché era uno specialista in tutti i giochi di società, e anche un buon maestro. Era sempre arrivato a casa in possesso delle sue facoltà senza svegliare la figlia, nonostante bevesse il primo *anisado* appena sveglio e continuasse a masticare un'estremità del sigaro spento e a bere bicchierini distanziati durante il giorno. Una notte, però, Fermina lo sentì entrare. Udì i suoi passi da cosacco sulle scale, il suo fiato grosso nel corridoio del secondo piano, i suoi colpi col palmo della mano sulla porta della camera. Lei gli aprì, e per la prima volta si spaventò per il suo occhio storto e il rallentamento delle sue parole.

«Siamo rovinati» disse lui. «Rovina totale, ora lo sai.»

Fu tutto quello che disse, e non lo ridisse mai più né successe niente che indicasse se aveva detto o meno la verità, ma dopo quella notte Fermina Daza prese coscienza di essere sola al mondo. Viveva in un limbo sociale. Le sue vecchie compagne di scuola stavano in un cielo proibito per lei, e molto di più dopo il disonore dell'espulsione, ma non era neanche vicina dei suoi vicini, perché questi l'avevano conosciuta senza passato e con l'uniforme della Presentación de la Santísima Virgen. Il mondo di suo padre era di commercianti e stivatori, di rifugiati da guerre nel covo pubblico del Caffè della Parrocchia, di uomini soli. Nell'ultimo anno, le lezioni di pittura l'avevano un po' alleggerita della sua reclusione, perché l'insegnante preferiva le lezioni collettive ed era solita portare altre allieve nella stanza da lavoro. Ma erano ragazze di condizioni sociali disperse e mal definite, e per Fermina Daza non erano altro che amiche precarie il cui affetto terminava a ogni lezione. Hildebranda voleva aprire la casa, rinnovare l'aria, portare i musicisti e i razzi e i castelli pirotecnici di suo padre e fare un ballo di carnevale i cui venti impetuosi radessero al suolo l'animo tarlato della cugina, ma ben presto si rese conto che i suoi propositi erano inutili. Per una semplice ragione: non c'era con chi.

In ogni modo, fu lei a inserirla nella vita. I pomeriggi, dopo le lezioni di pittura, si faceva portare in giro per conoscere la città. Fermina Daza le mostrò il percorso che faceva ogni giorno con la zia Escolástica, la panchina del giardinetto dove Florentino Ariza faceva finta di leggere mentre l'aspettava, le stradine lungo le quali la seguiva, i nascondigli delle lettere, il palazzo sinistro dove c'era stato il carcere del Sant'Uffizio e che poi era stato restaurato e trasformato nel Colegio de la Presentación de la Santísima Virgen, che lei odiava con tutta la sua anima. Salirono sulla collina del cimitero dei poveri, dove Florentino Ariza suonava il violino a seconda dello spirare dei venti perché lei potesse sentirlo dal letto, e da lì videro tutta la città storica, i tetti rotti e i muri tarlati, le rovine delle fortezze in mezzo alle erbacce, la distesa di isole della baia, le baracche di miseria intorno ai pantani, il Caribe immenso.

La notte di Natale andarono alla messa di mezzanotte nella cattedrale. Fermina occupò il posto dove le arrivava meglio la musica confidenziale di Florentino Ariza e mostrò a sua cugina il luogo esatto in cui in una notte come quella aveva visto da vicino per la prima volta i suoi occhi spaventati. Si arrischiarono da sole fino al Portal de los Escribanos, comprarono dolci, si fermarono nel negozio di carte di fantasia, e Fermina Daza indicò alla cugina il luogo in cui aveva improvvisamente scoperto che il suo amore era solo un miraggio. Non si rendeva conto lei stessa che ogni suo passo dalla casa al collegio, ogni luogo della città, ogni momento del suo passato recente non sembravano esistere se non grazie a Florentino Ariza. Hildebranda glielo fece notare, ma lei non lo ammise, perché mai avrebbe ammesso la realtà che Florentino Ariza, nel bene o nel male, era l'unico che le era capitato nella vita.

In quei giorni venne un fotografo belga che installò il suo studio ai piani superiori del Portal de los Escribanos, e chiunque potesse pagarlo approfittò dell'occasione per farsi un ritratto. Fermina e Hildebranda furono tra le prime. Svuotarono il guardaroba di Fermina Sánchez, si divisero i vestiti più vistosi, gli ombrellini, le scarpe da festa, i cappelli, e si vestirono da dame di metà secolo. Gala Placidia le aiutò a stringere i corsetti, gli insegnò a muoversi dentro le armature di fil di ferro delle crinoline, a calzare i guanti, ad abbottonarsi gli stivaletti con i tacchi alti. Hildebranda preferì un cappello a falde larghe con piume di struzzo che le cadevano su una spalla. Fermina se ne mise uno più recente, guarnito con frutti di gesso dipinto e fiori di tessuto di crine. Alla fine risero di loro stesse quando si videro allo specchio così simili ai dagherrotipi delle nonne, e se ne andarono felici, morte dal ridere, a farsi fare la fotografia della loro vita. Gala Placidia le guardò dal balcone mentre attraversavano il parco con gli ombrellini aperti, tenendosi in equilibrio come potevano sui tacchi e spingendo le crinoline con tutto il corpo come girelli da bambini, e diede loro la benedizione perché Dio le aiutasse nei loro ritratti.

C'era confusione davanti allo studio del belga, perché stavano fotografando Beny Centeno, che in quei giorni aveva vinto il campionato di boxe a Panama. Era in pantaloncini da combattimento, con i guanti indosso e la corona sulla testa, e non fu facile fotografarlo perché doveva rimanere in posizione di guardia per un minuto e respirando il meno possibile, ma appena alzava la guardia i suoi fans prorompevano in ovazioni, e lui non poteva resistere alla tentazione di compiacerli esibendo le sue arti. Quando arrivò il turno delle cugine il cielo si era annuvolato e la pioggia pareva imminente, ma loro si lasciarono incipriare le facce con amido e si appoggiarono con tale naturalezza a una colonna di alabastro che riuscirono a restare immobili per più tempo di quanto sembrasse ragionevole. Fu un ritratto eterno. Quando Hildebranda morì, quasi centenaria, nella sua fattoria di Flores de María, trovarono la sua copia chiusa sottochiave nell'armadio della stanza da letto, nascosta tra le pieghe delle lenzuola profumate, vicino a un fossile di viola del pensiero in una lettera cancellata dagli anni. Fermina Daza tenne sempre la sua per molti anni nella prima pagina di un album di famiglia, da dove scomparve senza che si sapesse né come né quando, e capitò tra le mani di Florentino Ariza per una serie di casualità inverosimili quando già tutti e due avevano superato i sessanta.

La piazza davanti al Portal de los Escribanos era stracolma fino ai balconi quando Fermina e Hildebranda uscirono dallo studio del belga. Avevano dimenticato di avere le facce bianche di amido e le labbra dipinte con una pomata color cioccolato, e che i loro vestiti non erano adatti né all'ora né all'epoca. La strada le accolse con un fischio ironico. Erano in un angolo, cercando di sottrarsi al pubblico dileggio, quando si fece strada in mezzo alla folla il landò dai sauri dorati. Il fischio cessò e i gruppi ostili si dispérsero. Hildebranda non avrebbe mai dimenticato la prima visione dell'uomo che apparve sul predellino, il suo cilindro di raso, il suo gilè di broccato, i suoi gesti saggi, la dolcezza dei suoi occhi, l'autorevolezza della sua presenza.

Anche se non l'aveva mai visto, lo riconobbe subito. Fermina Daza le aveva parlato di lui, quasi per caso e senza nessun interesse, un pomeriggio del mese prima quando non aveva voluto passare dalla casa del Marchese de Casalduero perché il landò coi due cavalli d'oro stazionava davanti al portone. Le aveva raccontato chi era il proprietario e aveva cercato di spiegarle i motivi della sua antipatia, anche se non le aveva detto una parola delle sue pretese. Hildebranda lo aveva dimenticato. Ma quando lo identificò sulla porta della carrozza come un'apparizione da favola, con un piede per terra e l'altro sul predellino, non capì le ragioni della cugina.

«Fatemi la cortesia di salire» disse loro il dottor Juvenal Urbino. «Vi porto dove volete.»

Fermina Daza fece un gesto di reticenza ma ormai Hildebranda aveva accettato. Il dottor Juvenal Urbino scese a terra, e con la punta delle dita, quasi senza toccarla, la aiutò a salire in carrozza. Fermina, senza alternative, salì dopo di lei con la faccia accesa dal rossore.

La casa era appena a tre isolati. Le cugine non si accorsero che il dottor Urbino si era messo d'accordo col cocchiere, ma doveva essere così, perché la carrozza impiegò più di mezz'ora per arrivare. Erano sedute sul sedile principale, e lui di fronte a loro, dando le spalle al senso di marcia della carrozza. Fermina girò la faccia verso il finestrino e si sprofondò nel vuoto. Hildebranda invece era incantata, e il dottor Urbino ancora più incantato con il suo incantamento. Non appena la carrozza incominciò a muoversi, lei sentì l'odore caldo del cuoio naturale dei sedili, l'intimità dell'interno *capitonné*, e disse che le sembrava un posto buono dove fermarsi a vivere. Ben presto incominciarono a ridere, a scambiarsi scherzi da vecchi amici, e trasformarono persino un gioco di ingegno in un gergo facile, che consisteva nell'intercalare a ogni sillaba una sillaba convenzionale. Facevano finta di credere che Fermina non li capisse, benché non solo sapessero che li capiva ma anche che stava dietro a quello che facevano e per questo lo facevano. A un certo momento, dopo molto ridere, Hildebranda confessò di non farcela più a sopportare il supplizio degli stivaletti.

«Niente di più facile» disse il dottor Urbino. «Vediamo chi fa prima.»

Incominciò a slacciarsi i lacci delle scarpe, e Hildebranda accettò la sfida. Non le fu facile, per l'impedimento del corsetto con le stecche che non le permetteva di chinarsi, ma il dottor Urbino indugiò di proposito, finché lei si tolse gli stivaletti da sotto la gonna con una risata di trionfo, come se li avesse appena pescati in uno stagno. Tutti e due guardarono allora Fermina, e videro il suo magnifico profilo da rigogolo più affilato che mai contro l'incendio del tramonto. Era tre volte furiosa: per la situazione immeritata in cui si trovava, per la condotta libertina di Hildebranda, e per la certezza che la carrozza continuava a girare senza senso per ritardare l'arrivo. Ma Hildebranda andava a briglie sciolte.

«Adesso mi rendo conto» disse «che quello che mi dava fastidio non erano le scarpe ma questa gabbia di fil di ferro.»

Il dottor Urbino capì che si riferiva alla crinolina e colse l'occasione al volo. «Niente di più facile» disse. «Se la tolga.» Con rapido gesto da prestigiatore si tolse il fazzoletto dal taschino e si bendò gli occhi.

«Io non guardo» disse.

La benda fece risaltare la purezza delle sue labbra in mezzo alla barba rotonda e nera e i baffi dalle punte affilate, e lei si sentì scossa da una fitta di panico. Guardò Fermina, e stavolta non la vide furiosa, ma terrorizzata al pensiero che lei fosse capace di togliersi la sottana. Hildebranda si fece seria e le chiese con l'alfabeto muto: «Che cosa facciamo?». Fermina Daza le rispose con lo stesso codice che se non andavano subito a casa lei si sarebbe buttata giù dalla carrozza in marcia.

«Sto aspettando» disse il medico.

«Adesso può guardare» disse Hildebranda.

Il dottor Juvenal Urbino la trovò diversa quando si fu tolto la benda, e capì che il gioco era finito, ed era finito male. A un suo cenno il cocchiere fece girare la carrozza su se stessa, ed entrò nel Giardino de Los Evangelios nel momento in cui il lampionaio accendeva i lampioni pubblici. Tutte le chiese suonarono l'Angelus. Hildebranda scese in fretta, un po' turbata dall'idea di aver fatto inquietare la cugina, e si congedò dal medico con una stretta di mano senza cerimonie. Fermina la imitò, ma quando cercò di ritirare la mano con il guanto di raso, il dottor Urbino le strinse forte il dito del cuore.

«Sto aspettando la sua risposta» le disse.

Fermina allora diede uno strattone più forte, e il guanto vuoto restò penzoloni nella mano del medico, ma non si attardò a recuperarlo. Andò a letto senza toccare cibo. Hildebranda, come se non fosse successo niente, entrò in camera dopo aver cenato con Gala Placidia in cucina e commentò con la sua grazia naturale gli incidenti del pomeriggio. Non nascose il suo entusiasmo per il dottor Urbino, per la sua eleganza e la sua simpatia, e Fermina non le rispose con nessun commento, ma si era ripresa dalla contrarietà. A un certo punto Hildebranda lo confessò: quando il dottor Juvenal Urbino si era bendato gli occhi e lei aveva visto lo splendore dei denti perfetti fra le sue labbra rosate aveva sentito un desiderio irresistibile di mangiarselo a forza di baci. Fermina Daza si girò verso il muro e pose termine alla conversazione senza intenzione di offendere, anzi sorridente, ma con tutto il cuore.

«Che puttana sei!» disse.

Dormì a sbalzi, vedendo il dottor Juvenal Urbino dappertutto, vedendolo ridere, cantare, sprigionando faville di zolfo dai denti con gli occhi bendati, burlandosi di lei con un gergo senza regole fisse in una carrozza distinta che saliva verso il cimitero dei poveri. Si svegliò molto prima dell'alba, esausta, e restò sveglia a occhi chiusi pensando agli anni innumerevoli che ancora le mancavano per vivere. Poi, mentre Hildebranda faceva il bagno, scrisse una lettera di gran fretta, la piegò di gran fretta, la mise di gran fretta nella busta, e prima che Hildebranda uscisse dal bagno l'aveva mandata tramite Gala Placidia al dottor Juvenal Urbino. Era una lettera delle sue, senza una sillaba di più né di meno, in cui diceva sì, dottore, che avrebbe parlato con suo padre.

Quando Florentino Ariza seppe che Fermina Daza stava per sposarsi con un medico illustre e fortunato, educato in Europa e con una reputazione insolita alla sua età, non ci fu potere capace di sollevarlo dalla sua prostrazione. Tránsito Ariza fece più del possibile per consolarlo con espedienti da fidanzata quando si accorse che aveva perduto la parola e l'appetito e passava le notti in bianco a piangere in continuazione, e dopo una settimana riuscì a farlo mangiare di nuovo. Parlò allora con don León XII Loayza, l'unico ancora vivo dei tre fratelli, e senza dirgli il motivo lo pregò di dare al nipote un impiego per fare qualsiasi cosa nella compagnia di navigazione, sempre che fosse in un porto sperduto nella boscaglia di La Magdalena, dove non ci fossero né posta né telegrafo, né vedesse nessuno che gli raccontasse niente di questa città di perdizione. Lo zio non gli diede l'impiego per riguardo nei confronti della vedova del fratello, che non sopportava neanche la sola esistenza del bastardo, ma gli procurò il posto di telegrafista a Villa de Leyva, una città di sogno a più di venti giorni di viaggio e a quasi tremila metri di altezza sul livello di Calle de las Ventanas.

Florentino Ariza non fu mai molto cosciente di quel viaggio terapeutico. Lo avrebbe ricordato sempre, come tutto quello che avvenne in quell'epoca, attraverso i cristalli rarefatti della sua sventura. Quando ricevette il telegramma della nomina non pensò neanche di prenderlo in considerazione, ma Lotario Thugut lo convinse con argomenti tedeschi che lo attendeva un avvenire radioso nella pubblica amministrazione. Gli disse: «Il telegrafo è la professione del futuro». Gli regalò un paio di guanti foderati con pelo di coniglio, un colbacchetto e un soprabito con collo di peluche sperimentato nei gennai glaciali della Baviera. Lo zio León XII gli regalò due vestiti di panno e degli stivali impermeabili che erano appartenuti al fratello maggiore, e gli diede un passaggio con cabina per il prossimo battello. Tránsito Ariza ridusse gli abiti alle misure di suo figlio, che era meno corpulento del padre e molto più basso del tedesco, e gli comprò calze di lana e mutandoni lunghi perché non gli mancasse niente contro i rigori di quel luogo freddo. Florentino Ariza, indurito da tanto soffrire, assisteva ai preparativi del viaggio come se avesse assistito un morto nella preparazione dei suoi onori funebri. Non disse a nessuno che se ne andava, non salutò nessuno, con l'ermetismo ferreo con cui aveva rivelato solo a sua madre il segreto della sua passione nascosta, ma alla vigilia del viaggio fece coscientemente un'ultima follia del cuore che ben avrebbe potuto costargli la vita. A mezzanotte si mise il suo abito della domenica e suonò da solo sotto il balcone di Fermina Daza il valzer d'amore che aveva composto per lei, che solo loro due conoscevano, e che era stato per tre anni l'emblema della loro complicità contrastata. Lo suonò mormorandone le parole, con il violino bagnato di lacrime e con un'ispirazione così intensa che alle prime battute incominciarono a latrare i cani della strada, e poi quelli di tutta la città, ma poi si calmarono a poco a poco con la malía della musica, e il valzer terminò in un silenzio soprannaturale. Il balcone non si aprì, e nessuno si affacciò sulla strada, neanche il *sereno* che quasi sempre accorreva con la sua lucerna a cercare di godersi le ultime note delle serenate. L'azione fu uno scongiuro di sollievo per Florentino Ariza, perché quando rimise il violino nell'astuccio e si allontanò per le strade morte senza voltarsi a guardare indietro non sentiva più di andarsene il mattino dopo ma di essersene andato da parecchi anni con la decisione irrevocabile di non tornare mai.

Il battello, uno dei tre uguali della Compagnia Fluviale del Caribe, era stato ribattezzato in omaggio al fondatore *Pío Quinto Loayza*. Era una casa galleggiante di due piani di legno sopra uno scafo di ferro, largo e piatto, con un pescaggio massimo di cinque piedi che gli permetteva di sfruttare al meglio i fondali variabili del fiume. I battelli più antichi erano stati fabbricati a Cincinnati a metà secolo, con il modello leggendario di quelli che svolgeranno il commercio dell'Ohio e del Mississippi, e avevano su ogni lato una ruota di propulsione mossa da una caldaia a legna. Come questi, i battelli della Compagnia Fluviale del Caribe avevano nella coperta inferiore, quasi sul pelo dell'acqua, le macchine a vapore e le cucine, e i grandi recinti da pollaio dove l'equipaggio attaccava le amache, incrociate a diversi livelli. Al piano superiore avevano la plancia di comando, le cabine del capitano e dei suoi ufficiali, una sala di divertimenti e una sala da pranzo, dove i passeggeri di riguardo erano invitati almeno una volta a cena e a giocare a carte. Nel piano intermedio avevano sei cabine di prima classe da tutti e due i lati di un corridoio che serviva da sala da pranzo comune, e a prua un salone aperto sul fiume con corrimano di legno lavorato e pilastri di ferro, dove di notte attaccavano le loro amache i passeggeri di poco conto. A differenza dei più vecchi, questi battelli non avevano le pale di propulsione, ma un'enorme ruota a poppa con pale orizzontali sotto i gabinetti soffocanti della coperta dei passeggeri. Florentino Ariza non si era preso il fastidio di esplorare il battello appena salito a bordo, una domenica di luglio alle sette del mattino, come facevano quasi per istinto quelli che viaggiavano per la prima volta. Aveva preso coscienza della sua nuova realtà solo al tramonto, navigando davanti al gruppo di case di Calamar, quando era andato a orinare a poppa e aveva visto dall'oblò del gabinetto la gigantesca ruota a grandi pale girare sotto i suoi piedi con una confusione vulcanica di spume e vapori ardenti.

Non aveva mai viaggiato. Portava con sé un baule di latta con l'abbigliamento pesante, i racconti illustrati che comprava a dispense mensili e che lui stesso rilegava con copertine di cartone, e i libri di versi d'amore che recitava a memoria e che stavano per trasformarsi in polvere da quanto erano letti e riletti. Aveva lasciato il violino, che si identificava troppo con la sua disgrazia, ma sua madre lo aveva obbligato a portare il *petate*, che era l'occorrente per dormire molto popolare e pratico: un cuscino, un lenzuolo, una bacinella di peltro e una tenda di maglia per le zanzare, il tutto avvolto in una stuoia con due corde per attaccare un'amaca in caso di necessità. Florentino Ariza non voleva portarlo perché pensava che sarebbe stato inutile in una cabina dove c'era servizio di letti distesi, ma dalla prima notte dovette ringraziare una volta di più il buon senso di sua madre. In effetti, all'ultimo momento salì a bordo un passeggero elegantemente vestito che era arrivato all'alba su una nave dall'Europa, ed era accompagnato dal governatore della provincia in persona. Voleva proseguire immediatamente il viaggio con sua moglie e sua figlia, e con il servo in livrea e i sette bauli con i bordi dorati che passarono a stento dalle scalette. Il capitano, un gigante di Curaçāo, riuscì a far leva sul senso patriottico dei locali per sistemare i viaggiatori imprevisti. A Florentino Ariza spiegò in un misto di castigliano e di *papiamento*[1] che l'uomo era il nuovo ministro plenipotenziario d'Inghilterra in viaggio verso la capitale della repubblica, gli ricordò come quel regno avesse portato aiuti decisivi per la nostra indipendenza dal dominio spagnolo, e che quindi qualsiasi sacrificio era poco perché una famiglia di così alto lignag-

[1] Lingua indigena di Curaçāo, un misto di spagnolo, portoghese e olandese. (*N.d.T.*)

gio si sentisse a casa nostra meglio che nella propria. Florentino Ariza, ovviamente, rinunciò alla cabina.

All'inizio non gli diede fastidio, perché in quel periodo dell'anno il corso del fiume era in piena, e il battello navigò senza intoppi le prime due notti. Dopo la cena, alle cinque del pomeriggio, l'equipaggio distribuiva ai passeggeri delle brande pieghevoli col fondo di stoffa, e ognuno apriva la sua dove poteva, la preparava con le lenzuola del suo *petate* e ci sistemava sopra la zanzariera. Quelli che avevano l'amaca, l'attaccavano nel salone, e quelli che non avevano niente dormivano sui tavoli della sala da pranzo avvolti nelle tovaglie che non cambiavano più di due volte durante il viaggio. Florentino Ariza stava sveglio la maggior parte della notte, credendo di udire la voce di Fermina Daza nella brezza fresca del fiume, pascolando la solitudine con il ricordo di lei, sentendola cantare nel respiro del battello che avanzava con passi da animale grande in mezzo alle tenebre, finché apparivano le prime frange rosate sull'orizzonte e il nuovo giorno scoppiava improvvisamente su pascoli deserti e paludi brumose. Il viaggio gli sembrava allora una prova ulteriore della saggezza di sua madre, e si sentì abbastanza coraggioso per sopravvivere all'oblio.

Dopo tre giorni di buone acque, però, la navigazione si fece più difficile fra banchi di sabbia imprevisti e turbolenze ingannevoli. Il fiume diventò tumultuoso e si fece sempre più stretto in una selva aggrovigliata di alberi colossali, dove si trovava solo una volta ogni tanto una capanna di paglia vicino alle pile di legna per la caldaia dei battelli. Lo schiamazzo dei pappagalli e lo scandalo delle scimmie invisibili sembravano aumentare l'afa del mezzogiorno. Ma di notte bisognava ormeggiare il battello per dormire, e allora diventava insopportabile persino il semplice fatto di essere vivo. Al caldo e agli insetti si aggiungeva il puzzo dei quarti di carne salata messi a seccare sulle ringhiere. La maggior parte dei passeggeri, soprattutto gli europei, abbandonavano il putridume delle cabine e passavano la notte a camminare in coperta, scacciando ogni tipo di bestia con lo stesso asciugamano con cui si asciugavano il sudore incessante, e all'alba erano esausti e gonfi per le punture.

Quell'anno, poi, era scoppiato un altro focolaio della guerra civile intermittente fra liberali e conservatori, e il capitano aveva preso precauzioni molto severe per l'ordine interno e la sicurezza dei passeggeri. Cercando di evitare equivoci e provocazioni, aveva proibito il divertimento preferito dei viaggi di quei tempi, che era sparare contro i caimani che prendevano il sole sulle grandi spiagge. Più avanti, quando alcuni passeggeri si divisero in due fazioni nemiche nel corso di una discussione, fece mettere sotto sequestro le armi di tutti impegnandosi formalmente a restituirle al termine del viaggio. Fu inflessibile anche con il ministro britannico, che il giorno dopo la partenza comparve di buon mattino vestito da cacciatore, con un fucile di precisione e una doppietta da caccia grossa. Le restrizioni si fecero ancora più drastiche sopra il porto di Tenerife, dove incrociarono un battello che inalberava la bandiera gialla della peste. Il capitano non poté ottenere nessuna informazione su quel segno allarmante perché l'altro battello non rispose ai suoi segnali. Ma quello stesso giorno ne incontrarono un altro che stava portando bestiame in Giamaica, e questo riferì che il battello con la bandiera della peste portava a bordo due ammalati di colera, e che l'epidemia stava facendo strage nella parte di fiume che ancora dovevano percorrere. Allora fu proibito a tutti i passeggeri di abbandonare il battello non solo nei porti successivi ma anche nei luoghi spopolati dove accostava a caricare legna. Così, nel resto del viaggio fino al porto d'arrivo, che durò altri sei giorni, i passeggeri presero abitudini da carcerati. Fra queste, la contemplazione perniciosa di un pacchetto di cartoline pornografiche olandesi che circolò di mano in mano senza che nessuno sapesse da dove erano saltate fuori, anche se nessun veterano del fiume ignorava che erano solo un campionario della collezione leggendaria del capitano. Ma perfino quella distrazione senza futuro finì per aumentare l'astio.

Florentino Ariza sopportò i rigori del viaggio con la pazienza minerale che sconsolava sua madre ed esasperava i suoi amici. Non frequentò nessuno. I giorni gli si facevano facili seduto davanti alla balaustra, guardando i caimani immobili a prendere il sole sulle spiagge con le fauci aperte per acchiappare farfalle, vedendo gli stormi di aironi spaventati alzarsi improvvisamente in volo dalle paludi, i manati che allattavano i piccoli con le loro grandi tette materne e sorprendevano i passeggeri con i loro pianti da donna. In uno stesso giorno vide passare galleggiando tre corpi umani, gonfi e verdi, con diversi avvoltoi sopra. Passarono prima i corpi di due uomini, uno di loro senza testa, e poi quello di una bambina di pochi anni i cui capelli da medusa si misero a ondeggiare nella scia del battello. Non seppe mai, perché non lo si sapeva mai, se fossero vittime del colera o della guerra, ma il fetore nauseabondo contaminò nella sua memoria il ricordo di Fermina Daza.

Era sempre così: qualsiasi avvenimento, buono o cattivo, era in relazione con lei. Di notte, quando ormeggiavano il battello e la maggior parte dei passeggeri camminava sconsolata in coperta, lui ripassava quasi a memoria i romanzi d'appendice illustrati sotto la lampada a carburo della sala da pranzo, che era l'unica accesa fino all'alba, e i drammi tante volte riletti recuperavano la loro magia originale quando sostituiva i protagonisti immaginari con persone da lui conosciute nella vita reale, e teneva per sé e per Fermina Daza i ruoli di amori impossibili. Altre notti le scriveva lettere angosciose, i cui frammenti spargeva poi nelle acque che correvano incessantemente verso di lei. Così gli passavano le ore più dure, incarnato a volte in un principe timido o in un paladino dell'amore, e altre volte nella sua stessa pelle scottata di amante nell'oblio, finché si alzavano le prime brezze e se ne andava a dormicchiare seduto sulle poltrone della veranda.

Una notte in cui interruppe la lettura prima del solito, si stava dirigendo distratto verso i gabinetti quando una porta si aprì mentre passava dalla sala da pranzo deserta, e una mano da falco lo prese per la manica della camicia e lo chiuse in una cabina. Nelle tenebre riuscì appena a sentire il corpo senza età di una donna nuda, bagnata di un sudore caldo e con il respiro tumultuoso, che lo spinse sul letto, gli aprì la fibbia del cinturone, gli slacciò i bottoni e si squartò lei stessa a cavalcioni su di lui, e lo spogliò ingloriosamente della verginità. Tutti e due caddero agonizzanti nel vuoto di un abisso senza fondo che odorava di maremma di gamberi. Lei giacque poi per un istante su di lui, ansimando senza aria, e smise di esistere nell'oscurità.

«Ora, vattene e dimenticalo» gli disse. «Non è mai successo.»

L'assalto era stato così rapido e trionfale da non potersi intendere come un'improvvisa pazzia per la noia, ma come il frutto di un piano elaborato con tutto il suo tempo e nei suoi particolari minuziosi. Questa certezza lusinghiera aumentò l'ansia di Florentino Ariza, che al culmine del godimento aveva sentito una rivelazione cui non poteva credere e che si rifiutava persino di ammettere, ed era che l'amore illusorio di Fermina Daza poteva essere sostituito da una passione terrena. Fu così che si impegnò a scoprire l'identità della maestra stupratrice nel cui istinto da pantera avrebbe trovato forse il rimedio alla sua sventura. Ma non ci riuscì. Anzi, quanto più approfondiva l'esame, tanto più lontano si sentiva dalla verità.

L'assalto era avvenuto nell'ultima cabina, ma questa comunicava con la penultima mediante una porta intermedia in modo che le due si trasformavano in una camera da letto da famiglia con quattro cuccette. Lì viaggiavano due donne giovani, un'altra abbastanza più vecchia ma di bellissimo aspetto e un bambino di pochi mesi. Si erano imbarcate a Barranco de Loba, il porto dove si raccoglievano le merci e i passeggeri della città di Mompos da quando questa era rimasta ai margini degli itinerari dei vapori per le incostanze del corso del fiume, e Florentino Ariza le aveva guardate solo perché portavano il bambino addormentato dentro una gran gabbia da uccelli.

Viaggiavano vestite come sui transatlantici di moda, con sellini sotto le gonne di seta, con gorgiere di pizzo e cappelli a larghe falde ornati con fiori di tessuto di crine, e le due più giovani si cambiavano completamente d'abito parecchie volte al giorno, in modo che sembravano portare con sé il loro aspetto primaverile, mentre gli altri passeggeri soffocavano dal caldo. Le tre erano abili nel maneggiare gli ombrellini e i ventagli di piume, ma con i propositi indecifrabili delle *momposinas*[1] dell'epoca. Florentino Ariza non riuscì a stabilire neanche i rapporti tra di loro, anche se senza dubbio appartenevano alla stessa famiglia. All'inizio pensò che la più vecchia potesse essere la madre delle altre ma poi si rese conto che non aveva abbastanza età per esserlo, e in più portava un mezzo lutto che

[1] Abitanti di Mompos. (*N.d.T.*)

le altre non condividevano con lei. Non capiva come una di loro si fosse azzardata a fare quello che aveva fatto mentre le altre dormivano nelle cuccette vicine, e l'unica supposizione ragionevole era che avesse approfittato di un momento casuale, o forse concertato, in cui era rimasta sola nella cabina. Verificò che a volte due uscivano a prendere il fresco fino a molto tardi mentre la terza restava ad accudire il bambino, ma una notte più calda uscirono tutte e tre insieme con il bambino addormentato nella gabbia di vimini coperta da un pezzo di garza.

Nonostante quel pasticcio di indizi, Florentino Ariza si affrettò a scartare la possibilità che la più vecchia delle tre fosse l'autrice dell'assalto, e poi assolse anche la minore, che era la più bella e sfacciata. Lo fece senza valide ragioni, solo perché la vigilanza ansiosa delle tre lo aveva indotto a dare per certo il suo desiderio sviscerato che l'amante momentanea fosse la madre del bambino ingabbiato. Tanto lo sedusse questa ipotesi, che incominciò a pensare a lei con maggior intensità che a Fermina Daza, senza curarsi dell'evidenza che quella giovane madre viveva solo per il bambino. Non aveva più di venticinque anni, ed era snella e bionda, con delle palpebre portoghesi che la rendevano più distante, e a qualsiasi uomo sarebbero bastate le briciole della tenerezza che lei prodigava al figlio. Dalla prima colazione fino all'ora di coricarsi si occupava di lui nel salone, mentre le altre giocavano a dama cinese, e quando riusciva a farlo addormentare attaccava al soffitto la gabbia di vimini nel lato più fresco della veranda. Neanche quando dormiva si disinteressava di lui, ma dondolava la gabbia cantando sottovoce canzoni da innamorata, mentre i suoi pensieri volavano al di sopra delle penurie del viaggio. Florentino Ariza si aggrappò all'illusione che presto o tardi sarebbe stata denunciata anche solo da un gesto. Stava attento perfino ai minimi cambiamenti del suo respiro dal ritmo del reliquario che portava attaccato alla blusa di batista, guardandola senza dissimulazioni da sopra il libro che faceva finta di leggere, e incorse nell'impertinenza calcolata di cambiare di posto nella sala da pranzo per rimanere di fronte a lei. Ma non riuscì a ottenere neanche un minimo indizio di chi fosse in realtà la depositaria dell'altra metà del suo segreto. L'unica cosa che gli restò di lei, perché la sua compagna minore la chiamò, fu il nome senza cognome: Rosalba.

L'ottavo giorno il battello navigò a fatica attraverso uno stretto turbolento incassato fra dirupi di marmo, e dopo pranzo ormeggiò a Puerto Nare. Lì dovevano fermarsi i passeggeri che avrebbero proseguito il viaggio verso l'interno della provincia di Antioquia, una di quelle più colpite dalla nuova guerra civile. Il porto era formato da una mezza dozzina di capanne coi tetti di palma e un magazzino di legno col tetto di zinco, ed era protetto da diverse pattuglie di soldati scalzi e mal armati, perché si sapeva di un piano degli insorti per saccheggiare i battelli. Dietro alle case si alzava fino al cielo un promontorio di montagne incolte con una cornice a ferro di cavallo incisa sul bordo del precipizio. A bordo nessuno dormì tranquillo, ma l'attacco non si verificò durante la notte, e all'alba il porto apparve trasformato in una fiera della domenica, con indios che vendevano amuleti di avorio vegetale e filtri d'amore, in mezzo alle file di mule preparate per intraprendere la salita di sei giorni fino alle foreste di orchidee della cordigliera centrale.

Florentino Ariza si era soffermato a guardare lo scarico del battello a dorso di negro, aveva visto scendere le tazze di maiolica cinese, i pianoforti a coda per le zitelle di Envigado, e solo troppo tardi si accorse che fra i passeggeri che si fermavano c'era il gruppo di Rosalba. Le vide quando già erano salite di fianco, con stivali da amazzoni e ombrellini di colori equatoriali, e allora fece quello che non si era azzardato a fare nei giorni precedenti: fece a Rosalba un gesto di addio con la mano, e le tre gli risposero allo stesso modo, con una familiarità che gli fece male nei visceri per la sua audacia tardiva. Le vide girare dietro al magazzino, seguite dalle mule cariche dei bauli, delle casse di cappelli e della gabbia del bambino, e poco dopo le vide arrampicarsi come una fila di formichine operaie sul bordo dell'abisso, e sparirono dalla sua vita. Allora si sentì solo al mondo, e il ricordo di Fermina Daza, che era rimasto in agguato negli ultimi giorni, gli assestò la zampata mortale.

Sapeva che si sarebbe sposata con un matrimonio sfarzoso, e l'essere che più l'amava e doveva amarla per sempre non avrebbe avuto neanche il diritto di morire per lei. La gelosia, finora affogata nel pianto, si fece padrona della sua anima. Pregava Dio che la scintilla della giustizia divina fulminasse Fermina Daza quando si fosse disposta a giurare amore e obbedienza a un uomo che la voleva per sposa come un ornamento sociale, e si estasiava nella visione della promessa sposa, sua o di nessuno, stesa per terra sulle piastrelle della cattedrale con i fiori d'arancio imbiancati dalla rugiada della morte, e il torrente di spuma del velo sulle statue funerarie di quattordici vescovi sepolti davanti all'altare maggiore. Tuttavia, una volta consumata la vendetta, si pentiva della sua malvagità, e allora vedeva Fermina Daza alzarsi con il respiro intatto, estranea ma viva, perché non gli era possibile immaginarsi il mondo senza di lei. Non dormì più, e se a volte si sedeva a mangiare qualcosa era per l'illusione che Fermina Daza fosse al tavolo, o anzi, per negarle l'omaggio di digiunare per lei. A volte si consolava con il pensiero che nell'ubriachezza della festa di nozze, e anche nelle notti febbrili della luna di miele, Fermina Daza dovesse soffrire un istante, almeno uno, ma uno in ogni modo, in cui si levasse nella sua coscienza il fantasma del fidanzato burlato, umiliato, disprezzato, e le facesse perdere la felicità.

Il giorno prima di arrivare al porto di Caracolí, che era il termine del viaggio, il capitano offrì la festa tradizionale di addio, con un'orchestra di fiati formata dai membri dell'equipaggio, e fuochi d'artificio colorati dalla plancia di comando. Il ministro della Gran Bretagna era sopravvissuto all'odissea con uno stoicismo esemplare, cacciando con la macchina fotografica gli animali che non gli permettevano di uccidere con la doppietta, e non ci fu una sera in cui non lo si vide in abito da cerimonia nella sala da pranzo. Alla festa finale, però, comparve con il costume scozzese del clan MacTavish, e suonò a piacere la cornamusa e insegnò a chiunque lo volesse a ballare le sue danze nazionali, e prima dell'alba dovettero portarlo quasi di peso in cabina. Florentino Ariza, prostrato dal dolore, se ne era andato nell'angolo più appartato della coperta dove non gli arrivassero neanche le notizie della festa, e si era messo addosso il soprabito di Lotario Thugut cercando di resistere ai brividi delle ossa. Si era svegliato alle cinque del mattino, come si sveglia il condannato a morte all'alba dell'esecuzione, e in tutto il giorno non aveva fatto altro che immaginare minuto per minuto ogni momento del matrimonio di Fermina Daza. Più tardi, una volta ritornato a casa, si accorse di aver sbagliato le date e che tutto era andato diversamente da come lui se lo immaginava, ed ebbe perfino il buonsenso di ridere della sua fantasia.

In ogni caso, però, fu un sabato di passione che culminò con una nuova crisi di febbre, quando gli sembrò che fosse arrivato il momento in cui i novelli sposi stavano scappando segretamente da una porta nascosta per abbandonarsi alle delizie della prima notte. Qualcuno che lo vide tremante di febbre avvisò il capitano, e questi abbandonò la festa con il medico di bordo temendo che fosse un caso di colera, e il medico lo mandò per precauzione nella cabina di quarantena con una buona dose di bromuro. Il giorno dopo, però, quando avvistarono i faraglioni di Caracolí, la febbre era scomparsa e aveva l'animo esaltato, perché nel marasma dei sedativi aveva deciso una volta per tutte e senza altri tramiti di mandare al diavolo il radioso futuro del telegrafo e di ritornare sullo stesso battello alla sua vecchia Calle de las Ventanas.

Non gli fu difficile farsi portare indietro in cambio della cabina che aveva ceduto al rappresentante della regina Vittoria. Il capitano cercò di dissuaderlo anche con l'argomentazione che il telegrafo era la scienza del futuro. Era tanto così, gli disse, che si stava già inventando un sistema per installarlo anche sulle navi. Ma lui resistette a ogni argomento, e il capitano finì per portarlo indietro, non per il debito della cabina, ma perché conosceva i suoi veri legami con la Compagnia Fluviale del Caribe.

Il viaggio di ritorno fu fatto in meno di sei giorni, e Florentino Ariza si sentì di nuovo a casa sua da quando entrarono all'alba nella laguna de las Mercedes, e vide le scie luminose delle canoe da pesca ondeggiare nella risacca del battello. Era ancora notte quanto attraccarono nell'insenatura del Niño Perdido, che era l'ultimo porto dei vapori fluviali, a nove leghe dalla baia, prima che dragassero e rimettessero in uso l'antico passaggio spagnolo. I passeggeri avrebbero dovuto aspettare fino alle sei del mattino per abbordare la flottiglia di scialuppe a noleggio che dovevano portarli a destinazione. Ma Florentino Ariza era così ansioso che era andato da molto prima nella scialuppa della posta, i cui impiegati lo riconoscevano come uno di loro. Prima di lasciare il battello cedette alla tentazione di un atto simbolico: gettò in acqua il *petate*, e lo seguì con lo sguardo fra le torce dei pescatori invisibili, finché uscì dalla laguna e sparì nell'oceano. Era sicuro che non ne avrebbe più avuto bisogno per il resto dei suoi giorni. Mai più, perché mai più avrebbe lasciato la città di Fermina Daza.

La baia all'alba era un ristagno. Nonostante la bruma sospesa, Florentino Ariza vide la cupola della cattedrale dorata dalle prime luci, vide le piccionaie sulle terrazze, e orientandosi con loro localizzò il balcone del palazzo del Marchese de Casalduero, dove supponeva che la donna della sua sventura dormicchiasse ancora appoggiata alla spalla dello sposo sazio. Questa supposizione lo lacerò, ma non fece nulla per reprimerla, bensì esattamente tutto il contrario: si compiacque nel dolore. Il sole incominciava a riscaldare quando la scialuppa della posta si fece strada nel labirinto di barche a vela ancorate, dove gli innumerevoli odori del mercato pubblico, mescolati con il marciume del fondo, si confondevano in un unico fetore. La goletta di Riohacha era appena arrivata, e le squadre di stivatori con l'acqua alla cintola ricevevano i passeggeri alla murata e li portavano in braccio fino a riva. Florentino Ariza fu il primo a saltare a terra dalla scialuppa della posta, e da allora non sentì più il fetore della baia ma l'odore personale di Fermina Daza nell'ambito della città. Tutto odorava di lei.

Non tornò all'ufficio del telegrafo. La sua unica preoccupazione sembravano essere i romanzi d'appendice e i volumi della Biblioteca Popolare che sua madre continuava a comprargli, e che lui leggeva e rileggeva sdraiato in un'amaca fino a impararli a memoria. Non domandò neanche dove era il violino. Riprese i contatti con i suoi amici più stretti, e a volte giocavano a biliardo o chiacchieravano nei caffè all'aria aperta sotto gli archi di Piazza della Cattedrale, ma non tornò ai balli del sabato: non riusciva a immaginarli senza di lei.

La mattina stessa in cui ritornò dal viaggio incompiuto fu informato che Fermina Daza stava passando la luna di miele in

Europa, e il suo cuore stordito diede per scontato che si sarebbe fermata a vivere là se non per sempre almeno per molti anni. Questa certezza gli diede le prime speranze di dimenticarla. Pensava a Rosalba, il cui ricordo si faceva più ardente a mano a mano che si placavano gli altri. Fu a quell'epoca che si lasciò crescere i baffi con le punte impomatate che non si sarebbe tolti per il resto della sua vita, e cambiò il modo di essere, e l'idea della sostituzione dell'amore lo mise su cammini imprevisti. L'odore di Fermina Daza si fece a poco a poco meno frequente e intenso e alla fine rimase solo nelle gardenie bianche.

Andava alla deriva, senza sapere dove continuare la vita, una notte di guerra in cui la celebre vedova di Nazaret si rifugiò atterrita in casa sua, perché la propria era stata distrutta da una cannonata durante l'assedio del generale ribelle Ricardo Gaitán Obeso. Fu Tránsito Ariza a cogliere l'occasione al volo e mandò la vedova nella camera da letto del figlio, con la scusa che nella sua non c'era posto ma in realtà con la speranza che un altro amore lo curasse di quello che non lo faceva vivere. Florentino Ariza non aveva più fatto l'amore da quando era stato sverginato da Rosalba nella cabina del battello, e gli sembrò naturale, in una notte d'emergenza, che la vedova dormisse nel letto e lui nell'amaca. Ma lei aveva già deciso per lui. Seduta sul bordo del letto dove Florentino Ariza era coricato senza sapere che cosa fare, incominciò a parlargli del suo dolore inconsolabile per il marito morto tre anni prima, e intanto si toglieva di dosso e buttava per aria i veli della vedovanza, finché non le restò addosso neanche la fede di nozze. Si tolse la blusa di taffetà con perline ricamate e la tirò per la stanza sulla poltrona d'angolo, lanciò il corpetto da sopra la spalla verso l'altro lato del letto, si tolse tutta in una volta la gonna talare con il gonnellino di volants, la fascia di raso del reggicalze e le calze di seta funeree, e sparse tutto sul pavimento finché la stanza fu tappezzata con gli ultimi resti del suo dolore. Lo fece con tanta gioia e con pause così ben misurate che ogni suo gesto sembrava celebrato dalle cannonate delle truppe d'assalto, che spaventavano la città fino alle fondamenta. Florentino Ariza cercò di aiutarla a sganciare il fermaglio del corpetto ma lei lo anticipò con una manovra esperta, dato che in cinque anni di devozione matrimoniale aveva imparato a essere autosufficiente in tutti i tramiti dell'amore, compresi i suoi preamboli senza l'aiuto di nessuno. Alla fine si tolse le mutande di pizzo facendole scivolare lungo le gambe con un movimento rapido da nuotatrice, e restò completamente nuda.

Aveva ventotto anni e aveva partorito tre volte, ma la sua nudità conservava intatta la vertigine da nubile. Florentino Ariza non avrebbe mai capito come degli abiti da penitente avessero potuto dissimulare gli impeti di quella puledra selvaggia che lo spogliò soffocata dalla sua stessa febbre, come non poteva farlo con il marito perché non la credesse una depravata, e che cercò di saziare in un solo assalto l'astinenza ferrea del lutto con lo stordimento e l'innocenza di cinque anni di fedeltà coniugale. Prima di quella notte, e dall'ora di grazia in cui sua madre la partorì, non era stata neanche nello stesso letto con un uomo diverso dal marito morto.

Non si permise il cattivo gusto di un rimorso. Anzi. Sveglia per le cannonate che passavano ronzando sopra i tetti, continuò a evocare fino all'alba le qualità del marito senza rimproverargli altra slealtà che quella di essere morto senza di lei, e redenta dalla certezza che non fosse mai stato tanto suo come lo era allora, dentro a una bara inchiodata con chiodi da tre pollici e due metri sottoterra.

«Sono felice» disse, «perché solo adesso so con certezza dov'è quando non è in casa.»

Quella notte si tolse il lutto, d'un colpo solo, senza passare per l'intermezzo odioso delle bluse a fiorellini grigi, e la sua vita si riempì di canzoni d'amore e di vestiti provocanti con pappagalli e farfalle dipinte, e incominciò a distribuire il corpo a chiunque avesse voglia di chiederglielo. Sconfitte le truppe del generale Gaitán Obeso dopo sessantatré giorni di assedio, lei ricostruì la casa sfondata dalla cannonata e fece una bella terrazza sugli scogli, dove in tempo di burrasca si accaniva la furia delle mareggiate. Quello fu il suo nido d'amore, come lo chiamava senza ironia, dove ricevette solo chi le piaceva, quando volle e come volle, e senza chiedere a nessuno neanche un centesimo perché considerava che fossero gli uomini a farle il favore. In casi molto rari accettava un regalo, sempre che non fosse d'oro, ed era talmente abile che nessuno avrebbe potuto mostrare una prova determinante della sua condotta impropria. Solamente in un'occasione fu sull'orlo di uno scandalo pubblico, quando corse voce che l'arcivescovo Dante de Luna non fosse morto accidentalmente per un piatto di funghi sbagliati, ma che se li fosse mangiati volontariamente perché lei l'aveva minacciato di sgozzarsi se lui avesse continuato nei suoi assedi sacrileghi. Nessuno le domandò se era vero, né parlò mai di questo, né mutò niente nella sua vita. Lei era, secondo quanto raccontava morta dal ridere, l'unica donna libera della provincia.

La vedova di Nazaret non mancò mai agli appuntamenti di Florentino Ariza, neanche nei suoi tempi più indaffarati, e fu sempre senza pretese di amare né di essere amata, anche se sempre con la speranza di trovare qualcosa che fosse come l'amore ma senza i problemi dell'amore. Certe volte era lui che andava a casa sua, e allora gli piaceva soffermarsi bagnati di spuma di salino sulla terrazza sul mare a contemplare l'alba del mondo intero all'orizzonte. Lui ci mise tutto l'impegno a insegnarle gli imbrogli che aveva visto fare ad altri attraverso i buchi della locanda, così come le formule teoriche annunciate pubblicamente da Lotario Thugut nelle sue notti di baldoria. La incitò a lasciarsi vedere mentre facevano l'amore, a cambiare la posizione convenzionale del missionario con quella della bicicletta di mare, o del pollo alla brace, o dell'angelo squartato, e stettero quasi per rovinarsi la vita quando si ruppero le corde mentre cercavano di inventare qualcosa di diverso in un'amaca. Furono lezioni sterili. Perché la verità è che lei era un'apprendista temeraria ma priva del minimo talento per la fornicazione guidata. Non capì mai gli incanti della serenità nel letto, né ebbe un momento di ispirazione, e i suoi orgasmi erano inopportuni ed epidermici: una polvere triste. Florentino Ariza visse parecchio tempo nell'inganno di essere l'unico, e lei si compiaceva che lui lo credesse, finché ebbe la malasorte di parlare nel sonno. A poco a poco, sentendola mentre dormiva, lui ricompose pezzo per pezzo la carta nautica dei suoi sogni, e si intromise fra le numerose isole della sua vita segreta. Venne così a sapere che non era intenzionata a sposarsi con lui ma che si sentiva legata alla sua vita dall'immensa gratitudine di averla pervertita. Glielo disse spesso: «Ti adoro perché mi hai fatto diventare puttana».

Detto in un altro modo, non aveva torto. Florentino Ariza l'aveva spogliata della verginità di un matrimonio convenzionale, che era più perniciosa della verginità congenita e dell'astinenza della vedovanza. Le aveva insegnato che niente di quello che si fa a letto è immorale se contribuisce a perpetuare l'amore. E qualcosa che avrebbe dovuto essere da allora la ragione della sua vita: l'aveva convinta che uno viene al mondo con le sue polveri contate, e quelle che non vengono usate per qualsiasi motivo, proprio o estraneo, volontario o forzato, si perdono per sempre. Il suo merito fu di prenderlo alla lettera. Tuttavia, poiché credeva di conoscerla meglio di chiunque altro, Florentino Ariza non riusciva a capire perché fosse così ricercata una donna dalle risorse così puerili, che oltre a tutto a letto non la smetteva di parlare della sua angoscia per il marito morto. L'unica spiegazione che trovò, e che nessuno poté smentire, fu che alla vedova di Nazaret cresceva in tenerezza quello che le mancava in arti marziali. Incominciarono a vedersi con minor frequenza più lei allargava i suoi dominii, e più lui esplorava i suoi alla ricerca di un sollievo ai vecchi mali in altri cuori sperduti, e alla fine si dimenticarono senza dolore.

Fu il primo amore lettereccio di Florentino Ariza. Ma invece di aver fatto con lei un'unione stabile, come sua madre sognava, tutti e due ne approfittarono per lanciarsi nella vita. Florentino Ariza sviluppò metodi che sembravano inverosimili in un uomo come lui, taciturno e squallido, e per di più vestito come un vecchio d'altri tempi. Aveva, però, due vantaggi a suo favore. Uno era un occhio sicuro per conoscere subito la donna che lo aspettava, perfino se era in mezzo a una folla, e anche così la corteggiava con cautela, perché sentiva che niente dava più vergogna né era più umiliante di un rifiuto. L'altro vantaggio era che loro lo identificavano immediatamente come un solitario bisognoso d'amore, un bisognoso della strada con un'umiltà da cane bastonato che le rendeva arrendevoli incondizionatamente, senza chiedere nulla, senza aspettarsi niente da lui, a parte la tranquillità di coscienza di avergli fatto il favore. Erano le sue uniche armi, e con loro fece battaglie storiche ma assolutamente segrete, che registrò volta per volta con un rigore da notaio in un quaderno cifrato, riconoscibile fra tanti per un titolo che diceva tutto: *Loro*. La prima annotazione la fece con la vedova di Nazaret. Cinquant'anni dopo, quando Fermina restò libera dalla sua condanna sacramentale, aveva circa venticinque quaderni con seicentoventidue annotazioni di amori continuati, a parte le innumerevoli avventure fugaci che non si erano meritate neanche una nota di carità.

Anche Florentino Ariza era convinto dopo sei mesi di amori smodati con la vedova di Nazaret di essere riuscito a sopravvivere al tormento di Fermina Daza. Non solo lo credette ma lo commentò diverse volte con Tránsito Ariza durante i quasi due anni che durò il viaggio di nozze, e continuò a crederlo con un senso di liberazione sconfinata, fino a una domenica di cattiva stella in cui la vide improvvisamente senza nessun annuncio del cuore mentre usciva dalla messa solenne al braccio di suo marito e assediata dalla curiosità e dalle lusinghe del suo nuovo mondo. Le stesse signore di lignaggio che all'inizio la disprezzavano e si burlavano di lei perché era un'avventuriera senza nome si facevano in quattro perché si sentisse come una di loro, e lei le ubriacava col suo incanto. Aveva assunto con tanta proprietà la sua condizione di sposa mondana che Florentino Ariza ebbe bisogno di un attimo di riflessione per riconoscerla. Era un'altra: il portamento da persona più matura, gli stivaletti alti, il cappello con la veletta con una piuma coi colori di qualche uccello orientale, tutto in lei era distinto e facile, come se tutto fosse stato suo fin dall'inizio. La trovò più bella e giovanile che mai, ma irrecuperabile come non mai, anche se non ne capì il motivo finché non vide la curva del suo ventre sotto il vestito di seta: era incinta di sei mesi. Però, quello che lo impressionò di più fu che lei e suo marito formavano una coppia mirabile, e ambedue maneggiavano il mondo con tanta fluidezza che sembravano galleggiare sugli scogli della realtà. Florentino Ariza non provò invidia né rabbia ma un gran disprezzo di se stesso. Si sentì povero, brutto, inferiore, e non solo indegno di lei ma di qualsiasi altra donna sulla terra.

E così era tornato. Ritornava senza nessun motivo per pentirsi del brusco cambiamento che aveva dato alla sua vita. Anzi: ogni volta ne ebbe di meno, soprattutto dopo essere sopravvissuto alla salita dei primi anni. Più meritorio ancora nel caso di lei, che era arrivata alla notte di nozze ancora nelle nebbie dell'innocenza. Aveva incominciato a perderla nel corso del suo viaggio nella provincia della cugina Hildebranda. A Valledupar aveva capito finalmente perché i galli corteggiavano le galline, aveva assistito al rituale brutale degli asini, aveva visto nascere i vitelli, e aveva sentito le cugine parlare con naturalezza di quali coppie della famiglia continuavano a fare l'amore e quali e quando e perché avevano smesso di farlo anche se continuavano a vivere insieme. Fu allora che si avviò agli amori solitari, con la rara sensazione di scoprire qualcosa che i suoi istinti conoscevano da sempre, prima nel letto, con il respiro imbavagliato per non denunciarsi nella camera da letto divisa con una mezza dozzina di cugine, e poi a due mani sdraiata come un maiale sul pavimento del bagno, con i capelli sciolti e fumando i suoi primi sigarini di tabacco nero. Lo fece sempre con qualche dubbio di coscienza che riuscì a superare solo dopo essersi sposata, e sempre in assoluta segretezza, mentre le cugine ostentavano fra di loro non solo la quantità di volte in un giorno, ma anche il modo e la dimensione dei loro orgasmi. Tuttavia, nonostante l'incanto di quei riti iniziatici, continuò a trascinarsi dietro la convinzione che la perdita della verginità fosse un sacrificio sanguinoso.

In modo che la sua festa di nozze, una delle più strepitose della fine del secolo passato, trascorse per lei nella vigilia dell'orrore. L'angoscia della luna di miele la afflisse molto più dello scandalo sociale per il matrimonio con un uomo elegante come non ce n'erano due in quegli anni. Da quando incominciarono a fare le pubblicazioni nella messa solenne della cattedrale, Fermina Daza tornò a ricevere biglietti anonimi, alcuni con minacce di morte, ma li vedeva passare soltanto, perché tutta la paura di cui era capace la teneva occupata per l'imminenza della violazione. Era il modo corretto di trattare i biglietti anonimi, anche se lei non lo aveva fatto di proposito, in una classe abituata dalle burle della storia ad abbassare la testa davanti ai fatti compiuti. Cosicché tutto quanto le era avverso si andava mettendo dalla sua parte a mano a mano che le nozze si sapevano irrevocabili. Lei lo notava nei mutamenti graduali della gentilezza da parte di donne livide, degradate dall'artrite e dai risentimenti, che un giorno si convincevano della vanità dei loro intrighi e comparivano senza preavviso nel giardinetto de Los Evangelios, come se fosse casa loro, cariche di ricette di cucina e di doni augurali. Tránsito Ariza conosceva quel mondo, anche se solo quella volta lo soffrì nella propria carne, e sapeva che le sue clienti riapparivano alla vigilia delle grandi feste a chiederle il favore di dissotterrare le sue anfore e di prestargli i gioielli impegnati, solo per ventiquattro ore, mediante il pagamento di un interesse in più. Era parecchio tempo che non succedeva come quella volta, che le anfore rimasero vuote affinché le signore di gran nome potessero abbandonare i loro santuari di ombre e apparire raggianti, con le loro stesse gioie in prestito, in un matrimonio come non se ne vide un altro di tanto splendore nel resto del secolo, e la cui gloria finale fu il padrinato del dottor Rafael Núñez, tre volte presidente della repubblica, filosofo, poeta e autore del testo dell'Inno Nazionale, da quanto si poteva apprendere già da allora in certi nuovi dizionari. Fermina Daza arrivò all'altare maggiore della cattedrale sottobraccio a suo padre, cui il vestito da cerimonia diede per un giorno un'aria ambigua di rispettabilità. Si sposò per sempre davanti all'altare maggiore della cattedrale in una messa concelebrata da tre vescovi, alle undici del mattino del giorno di gloria della Santissima Trinità, e senza un pensiero caritatevole per Florentino Ariza, che in quel momento delirava di febbre, morendo per lei, nelle intemperie di un battello che non lo avrebbe portato all'oblio. Durante la cerimonia, e dopo nella festa, mantenne un sorriso che sembrava fissato con la biacca, un gesto senz'anima che qualcuno interpretò come il sorriso di scherno della vittoria ma che in realtà era una povera risorsa per nascondere il suo terrore di vergine appena sposata.

Per fortuna le circostanze impreviste, insieme alla comprensione del marito, trovarono una soluzione indolore alle sue tre prime notti. Fu provvidenziale. La nave della Compagnie Générale Transatlantique, con l'itinerario scombussolato dal maltempo del Caribe, annunciò solo tre giorni prima l'anticipo della partenza entro ventiquattr'ore, così che non sarebbe salpata per La Rochelle il giorno dopo le nozze, come era previsto da sei mesi, ma la notte stessa. Nessuno credette che quel cambiamento non fosse una in più delle tante sorprese eleganti delle nozze, perché la festa terminò dopo mezzanotte a bordo del transatlantico illuminato, con un'orchestra di Vienna che provava per la prima volta in quel viaggio i valzer più recenti di Johann Strauss. Cosicché i vari padrini fradici di champagne furono trascinati a terra dalle loro mogli afflitte, quando già andavano chiedendo ai camerieri se non c'erano delle cabine disponibili per seguire la festa fino a Parigi. Gli ultimi che sbarcarono videro Lorenzo Daza davanti alle osterie del porto, seduto per terra in piena strada e con l'abito da cerimonia a pezzi. Piangeva a squarciagola, come piangono i loro morti gli arabi, seduto su un rigagnolo di acque marce che avrebbe ben potuto essere una pozza di lacrime.

Neanche nella prima notte di mare cattivo, né nelle successive di navigazione tranquilla, né mai nella sua lunghissima vita matrimoniale accaddero gli atti di barbarie che Fermina Daza temeva. La prima, nonostante la grandezza della nave e i lussi della cabina, fu una replica orribile della goletta di Riohacha, e suo marito fu un medico servizievole che non dormì un momento per consolarla, che era l'unica cosa che un medico troppo eminente sapeva fare contro il mal di mare. Ma la burrasca cessò il terzo giorno, dopo il porto di La Guayra, e già a quel punto erano stati insieme tanto tempo e avevano parlato tanto da sentirsi amici di vecchia data. La quarta notte, quando tutti e due ripresero le loro solite abitudini, il dottor Juvenal Urbino restò sorpreso dal fatto che la sua giovane moglie non pregasse prima di dormire. Lei fu sincera: la doppiezza delle monache le aveva provocato una resistenza ai riti, ma la sua fede era intatta e aveva imparato a mantenerla in silenzio. Disse: «Preferisco intendermi direttamente con Dio». Lui capì le sue ragioni e da quel momento ognuno praticò la stessa religione a modo suo. Avevano avuto un fidanzamento breve, ma abbastanza informale per l'epoca, perché il dottor Urbino andava a trovarla a casa sua, senza vigilanza, tutti i giorni all'imbrunire. Lei non avrebbe permesso che lui le toccasse neanche il polpastrello delle dita prima della benedizione episcopale, ma neanche lui ci si era provato. Fu durante la prima notte di mare calmo, già a letto ma ancora vestiti, che lui iniziò le prime carezze, e lo fece con tanto garbo che a lei parve naturale il suggerimento di mettersi la camicia da notte. Andò a cambiarsi nel bagno, ma prima spense tutte le luci della cabina, e quando uscì con il camicione mise degli stracci nelle fessure della porta per tornare a letto nell'oscurità assoluta. Mentre lo faceva, disse di buon umore:

«Che vuoi, dottore. È la prima volta che dormo con uno sconosciuto.»

Il dottor Juvenal Urbino la sentì scivolare vicino a lui come un animaletto spaventato, cercando di rimanere il più lontano possibile in una cuccetta dove era difficile stare in due senza toccarsi. Le prese la mano, fredda e contratta di terrore, le intrecciò le dita, e quasi con un sussurro incominciò a raccontarle i suoi ricordi di altri viaggi per mare. Lei era ancora tesa perché tornando a letto si era accorta che lui si era spogliato completamente mentre lei stava in bagno, e questo le aveva fatto rivivere il terrore del passo successivo. Ma il passo successivo ritardò diverse ore, perché il dottor Urbino continuò a parlare molto piano, mentre si impadroniva millimetro per millimetro della confidenza del suo corpo. Le parlò di Parigi, dell'amore a Parigi, degli innamorati di Parigi che si baciavano per la strada, sugli autobus, sulle verande fiorite dei caffè aperti al respiro di fuoco e alle fisarmoniche languide dell'estate, e facevano l'amore in piedi sulle rive della Senna senza che nessuno li infastidisse. Mentre parlava nell'oscurità, le accarezzò la curva del collo con la punta delle dita, le accarezzò la peluria setosa delle braccia, il ventre sfuggente, e quando sentì che la tensione aveva ceduto fece un primo tentativo di sollevarle la camicia da notte, ma lei glielo impedì con un impulso tipico del suo carattere. Disse: «Lo so fare da sola». Se la tolse, in effetti, e poi restò così immobile che il dottor Urbino avrebbe potuto credere che non era più lì se non fosse stato per la solarità del suo corpo nelle tenebre.

Un attimo dopo le riprese la mano, e allora la sentì tiepida e sciolta, ma ancora umida di una tenera rugiada. Restarono un altro attimo in silenzio e immobili, lui aspettando l'occasione per il passo successivo, e lei aspettandolo senza sapere da dove, mentre l'oscurità si allargava con il suo respiro sempre più intenso. Lui la liberò improvvisamente e fece il salto nel vuoto: si inumidì la punta del medio e le sfiorò il capezzolo impreparato e lei sentì una scarica di morte, come se le avesse toccato un nervo vivo. Fu contenta di essere nell'oscurità perché lui non le vedesse il rossore bruciante che la scosse fino alle radici della testa. «Calma» le disse lui, molto piano. «Non dimenticarti che li conosco.» La sentì sorridere, e la sua voce fu dolce e nuova fra le tenebre.

«Me ne ricordo molto bene» disse, «e ancora non mi è passata la rabbia.»

Allora lui seppe che avevano doppiato il capo di buona speranza, e le riprese la mano grande e soffice, e gliela coprì di bacetti orfani, prima il metacarpo aspro, le lunghe dita chiaroveggenti, le unghie diafane, e poi il geroglifico del suo destino nel palmo sudato. Lei non seppe come fu che la sua mano arrivò al petto di lui, e inciampò in qualcosa che non poté decifrare. Lui le disse: «È uno scapolare». Lei gli accarezzò i peli del petto, e poi afferrò tutto il terreno incolto con le cinque dita per strapparlo dalla radice. «Più forte» disse lui. Lei ci provò, fin dove sapeva di non fargli male, e poi fu la sua mano quella che cercò la mano di lei persa nelle tenebre. Lui, però, non si lasciò intrecciare le dita ma la prese per il polso e le portò la mano lungo il suo corpo con una forza invisibile ma molto ben diretta finché lei sentì il soffio ardente di un animale di carne viva, senza forma corporea, ma ansioso e inalberato. Contrariamente a quanto lui immaginò, compreso il contrario di quello che lei stessa avrebbe immaginato, non tolse la mano né la lasciò inerte dove gliela aveva messa lui, ma si raccomandò anima e corpo alla Santissima Vergine, strinse i denti per paura di mettersi a ridere della sua stessa follia, e incominciò a identificare con il tatto il nemico impennato, conoscendone la grandezza, la forza dell'affusto, l'estensione delle ali, spaventata dalla sua determinazione ma commossa dalla sua solitudine, facendolo suo con una curiosità minuziosa che qualcuno meno esperto di suo marito avrebbe confuso con le carezze. Lui fece appello alle sue ultime forze per resistere alla vertigine dello scrutinio mortale finché lei lo lasciò con una grazia infantile, come se lo avesse tirato nella spazzatura.

«Non sono mai riuscita a capire come è quell'apparato» disse.

Allora lui glielo spiegò seriamente con il suo metodo magistrale, mentre le portava la mano nei luoghi che menzionava, e lei se la lasciava portare con un'obbedienza da allieva esemplare. In un momento propizio lui suggerì che tutto quello era più facile con la luce accesa. Stava per accenderla, ma lei gli trattenne il braccio, dicendo: «Io vedo meglio con le mani». In realtà voleva accendere la luce, ma voleva farlo lei e senza che nessuno gliel'ordinasse, e così fu. Lui la vide allora in posizione fetale, e per di più coperta con il lenzuolo, nell'improvviso chiarore. Però la vide afferrare di nuovo senza moine l'animale della sua curiosità, lo girò al dritto e al rovescio, lo osservò con un interesse che già incominciava a sembrare più che scientifico, e alla fine disse: «Ma quanto è brutto, è più brutto di quello delle donne». Lui fu d'accordo, e segnalò altri inconvenienti più gravi della bruttezza. Disse: «È come il figlio maggiore, per cui uno passa la vita a lavorare, sacrificando tutto per lui, e all'ora della verità lui finisce per fare quello di cui ha voglia». Lei continuò a esaminarlo, chiedendo a che cosa servisse questo e a che cosa servisse quello, e quando si ritenne ben informata lo soppesò con le due mani per provarsi che neanche per il peso valeva la pena, e lo lasciò cadere con una smorfia di disprezzo.

«E poi, credo che abbia troppe cose in più» disse.

Lui rimase perplesso. La proposta originale per la sua tesi di laurea era stata quella: la convenienza di semplificare l'organismo umano. Gli sembrava antiquato, con molte funzioni inutili o ripetute che erano state imprescindibili per altre età del genere umano ma non per la nostra. Sì: poteva essere più semplice e per lo stesso motivo meno vulnerabile. Concluse: «È qualcosa che solo Dio può fare, certo, ma in ogni modo sarebbe bene lasciarlo stabilito in termini teorici». Lei se la rise divertita, in un modo così naturale che lui approfittò dell'occasione per abbracciarla e le diede il primo bacio sulla bocca. Lei lo corrispose, e lui continuò a darle baci molto delicati sulle guance, sul naso, sulle palpebre, mentre faceva scivolare la mano sotto il lenzuolo, e le accarezzò il pube tondo e liscio: un pube da giapponese. Lei non gli allontanò la mano, ma mantenne la sua in stato d'allerta, nel caso lui fosse andato più avanti.

«Basta con le lezioni di medicina» disse.

«No» disse lui. «Questa sarà d'amore.»

Allora le tolse il lenzuolo di dosso, e lei non solo non si oppose ma lo spinse lontano dalla cuccetta con un colpo rapido dei piedi perché non ce la faceva più a sopportare il caldo. Il suo corpo era serpeggiante ed elastico, molto più serio di quanto sembrasse da vestita, e con un odore proprio di animale di montagna che permetteva di distinguerla fra tutte le donne del mondo. Indifesa in piena luce, una vampata di sangue bollente le salì al volto, e l'unica cosa che le venne in mente per nasconderlo fu attaccarsi al collo del suo uomo e baciarlo a fondo, molto forte, fino a consumare nel bacio tutta l'aria da respirare.

Lui sapeva di non amarla. Si era sposato perché gli piacevano la sua alterigia, la sua serietà, la sua forza, e anche per un pizzico di vanità sua, ma mentre lei lo baciava per la prima volta era sicuro che non ci sarebbe stato nessun ostacolo per inventare un buon amore. Non ne parlarono quella prima notte in cui parlarono di tutto fino all'alba, e non ne avrebbero mai parlato. Però alla lunga nessuno dei due si sbagliò.

All'alba, quando si addormentarono, lei era ancora vergine, ma non lo sarebbe stata per molto tempo. La notte successiva, in effetti, dopo che lui le ebbe insegnato a ballare i valzer viennesi sotto il cielo siderale del Caribe, lui dovette andare in bagno dopo di lei, e quando tornò in cabina la trovò che lo aspettava nuda sul letto. Allora fu lei a prendere l'iniziativa, e gli si concesse senza paura, senza dolore, con l'allegria di un'avventura d'altomare, e senza altre tracce di cerimonia sanguinosa della rosa dell'onore sul lenzuolo. Tutti e due lo fecero bene, quasi come un miracolo, e continuarono a farlo bene di notte e di giorno e sempre meglio nel resto del viaggio, e quando arrivarono a La Rochelle si intendevano come amanti di vecchia data.

Rimasero in Europa, con base a Parigi, e facendo brevi viaggi nei paesi vicini. In quel tempo fecero l'amore tutti i giorni, e più di una volta le domeniche invernali quando restavano fino all'ora di pranzo a divertirsi nel letto. Lui era un uomo di buoni impeti e oltre a tutto ben allenato, e lei non era tipo da farsi prendere vantaggio da nessuno, e così dovettero abituarsi al potere condiviso a letto. Dopo tre mesi di amori febbrili lui capì che uno dei due era sterile, e ambedue si sottoposero a esami severi all'Hôpital de la Salpêtrière, dove lui aveva fatto il suo internato. Fu una cura ardua ma infruttuosa. Tuttavia, quando meno se lo aspettavano e senza nessuna mediazione scientifica, successe il miracolo. Quando tornarono a casa, Fermina era incinta di sei mesi, e si credeva la donna più felice della terra. Il figlio tanto desiderato da tutti e due, che nacque senza sorprese sotto il segno dell'Acquario, fu battezzato in onore del nonno morto di colera.

Era impossibile sapere se fosse stata l'Europa o l'amore a farli diversi, perché le due cose accaddero nello stesso tempo. Tutti e due lo erano, e a fondo, non solo con loro stessi ma con tutti, come percepì Florentino Ariza quando li vide all'uscita dalla messa due settimane dopo il ritorno, quella domenica della sua disgrazia. Erano ritornati con una concezione nuova della vita, carichi di novità del mondo e pronti a comandare. Lui con le primizie letterarie, musicali, e soprattutto quelle della sua scienza. Aveva fatto un abbonamento a "Le Figaro", per non perdere il filo della realtà, e un altro alla "Revue des Deux Mondes" per non perdere il filo della poesia. Aveva fatto poi anche un accordo col suo libraio di Parigi per ricevere le novità degli scrittori più letti, fra i quali Anatole France e Pierre Loti, e di quelli che più gli piacevano, fra cui Remy de Gourmont e Paul Bourget, ma in nessun caso Emile Zola, che gli sembrava insopportabile, nonostante la sua coraggiosa irruzione nel caso Dreyfus. Lo stesso libraio si impegnò a mandargli per posta le partiture più affascinanti del catalogo Ricordi, soprattutto di musica da camera, per mantenere il titolo ben guadagnato da suo padre di primo promotore di concerti nella città.

Fermina Daza, sempre contraria ai rigori della moda, portò

sei bauli con vestiti da tempi diversi, perché non l'avevano convinta le grandi marche. Era stata alle Tuileries, in pieno inverno, per il lancio della collezione di Worth, l'inevitabile tiranno dell'alta moda, e l'unica cosa che aveva ottenuto era stata una bronchite che la abbatté per cinque giorni a letto. Laferrière le parve meno pretenzioso e vorace, ma la sua saggia decisione fu di portar via quello che più le piaceva nei negozi di saldi, benché il marito giurasse atterrito che erano vestiti di morti. Così portò quantità di scarpe italiane senza marca, che preferì a quelle rinomate e stravaganti di Ferry, e portò un ombrellino di Dupuy rosso come le fiamme dell'inferno che diede molto da scrivere ai nostri timorosi cronisti sociali. Comprò solo un cappello di Madame Reboux, però in cambio riempì un baule di grappoli di ciliege finte, di mazzolini di quanti fiori di feltro le fu possibile trovare, ramaglie di piume di struzzo, morioni di pavone reale, code di galli asiatici, fagiani interi, colibrì, e una varietà innumerevole di uccelli esotici impagliati in pieno volo, in pieno grido, in piena agonia: tutto quanto era servito negli ultimi vent'anni perché gli stessi cappelli sembrassero altri. Portò una collezione di ventagli di diversi paesi del mondo, e uno diverso e adatto a ogni occasione. Portò un profumo conturbante scelto tra tanti nella profumeria del *Bazar de la Charité*, prima che i venti di primavera disperdessero le sue ceneri; ma lo usò una volta sola perché non si riconobbe lei stessa con il profumo cambiato. Portò anche un astuccio di cosmetici che era l'ultima novità nel mercato della seduzione, e fu la prima donna che lo portò alle feste, quando il semplice atto di rimbellettarsi in pubblico veniva considerato indecente.

Avevano, poi, tre ricordi incancellabili: la prima senza precedenti dei *Racconti di Hoffmann*, a Parigi, l'incendio spaventoso di quasi tutte le gondole di Venezia davanti a Piazza San Marco cui avevano assistito con il cuore addolorato dalla finestra del loro hotel, e la visione fugace di Oscar Wilde durante la prima nevicata di gennaio. Ma in mezzo a quelli e a tanti altri ricordi, il dottor Juvenal Urbino ne conservava uno che sempre lamentò di non poter dividere con sua moglie, perché veniva dai suoi tempi di studente celibe a Parigi. Era il ricordo di Victor Hugo, che godeva qui di una celebrità commovente oltre che per i suoi libri perché qualcuno aveva detto che lui aveva detto, senza che nessuno lo avesse sentito in realtà, che la nostra Costituzione non era per un paese di uomini bensì di angeli. Da allora era stato oggetto di un culto speciale, e la maggioranza dei numerosi compatrioti che viaggiavano in Francia si faceva in quattro per vederlo. Una mezza dozzina di studenti, tra cui Juvenal Urbino, aveva montato la guardia per un certo tempo davanti alla sua casa di Avenue Eyleau e nei caffè dove si diceva che sarebbe certo arrivato e dove non arrivò mai, e alla fine aveva chiesto per iscritto un incontro privato in nome degli angeli della Costituzione di Rionegro. Non ricevettero mai risposta. Un giorno qualsiasi, Juvenal Urbino passò per caso davanti al Giardino del Lussemburgo e lo vide uscire dal Senato con una giovane donna che lo teneva sottobraccio. Lo vide molto vecchio, che si muoveva a stento, con la barba e i capelli meno raggianti che nei suoi ritratti, e dentro un cappotto che pareva di qualcuno più corpulento di lui. Non volle rovinare il ricordo con un saluto impertinente: gli bastava quella visione quasi irreale che lo avrebbe seguito per tutta la vita. Quando tornò sposato a Parigi, in condizione di vederlo in un modo più formale, Victor Hugo era già morto.

Come consolazione, Juvenal e Fermina avevano il ricordo condiviso di un pomeriggio di neve in cui li incuriosì un gruppo che sfidava la tormenta davanti a una piccola libreria del Boulevard des Capucines, ed era perché Oscar Wilde era lì dentro. Quando infine uscì, veramente elegante ma forse troppo conscio di esserlo, il gruppo lo circondò per chiedergli di firmare i suoi libri. Il dottor Urbino si era fermato solo per vederlo, ma sua moglie impulsivamente avrebbe voluto attraversare il boulevard per farsi firmare l'unica cosa che le era sembrata appropriata non avendo un libro: il suo bel guanto di gazzella, lungo, liscio, soave, e dello stesso colore della sua pelliccia da sposa novella. Era sicura che un uomo così raffinato avrebbe apprezzato quel gesto. Ma il marito si era opposto con fermezza, e quando lei cercò di farlo nonostante le sue ragioni, lui non si sentì capace di sopravvivere alla vergogna.

«Se attraversi quella strada» le aveva detto, «quando ritorni mi troverai morto.»

Era naturale per lei. Prima di un anno di matrimonio andava in giro per il mondo con la stessa scioltezza con cui lo faceva da quando era bambina nel mortorio di San Juan de la Ciénaga, come se fosse nata già sapendolo, e aveva una facilità di tratto con gli sconosciuti che lasciava perplesso il marito, e un talento misterioso per capirsi in castigliano con chiunque fosse e dappertutto. «Le lingue bisogna saperle quando uno va a vendere qualcosa» diceva ridendo scherzosa. «Ma quando uno va a comprare tutti ti capiscono.» Era difficile immaginare qualcuno che avesse assimilato così rapidamente e con così tanta allegria la vita quotidiana di Parigi, che imparò ad amare nel ricordo nonostante le sue piogge eterne. Tuttavia, quando tornò a casa oppressa da tante esperienze insieme, stanca di viaggiare e mezzo addormentata per la gravidanza, la prima cosa che le domandarono al porto fu come le fossero sembrate le meraviglie dell'Europa, e lei risolse molti mesi di felicità con quattro parole del suo gergo del Caribe:

«Il più è il baccano.»

Il giorno in cui Florentino Ariza vide Fermina Daza nell'atrio della cattedrale, incinta di sei mesi e con pieno dominio della sua nuova condizione di donna di mondo, prese la decisione feroce di farsi nome e fortuna per meritarla. Non si mise neanche a pensare all'inconveniente che fosse sposata, perché nello stesso tempo decise, come se dipendesse da lui, che il dottor Juvenal Urbino doveva morire. Non sapeva né quando né come, ma se lo prospettò come un avvenimento ineluttabile, che era deciso ad attendere senza fretta né furia, anche se fosse stato alla fine dei secoli.

Incominciò dall'inizio. Si presentò senza preavviso all'ufficio dello zio León XII, presidente della Giunta Direttiva e Direttore Generale della Compagnia Fluviale del Caribe, e gli manifestò la sua disponibilità a sottomettersi ai suoi progetti. Lo zio era risentito con lui per come aveva buttato al vento il buon impiego di telegrafista a Villa de Leyva, ma si lasciò portare dalla sua convinzione che gli esseri umani non nascono sempre il giorno in cui le loro madri li danno alla luce ma che la vita li obbliga ancora molte altre volte a partorirsi da loro stessi. E poi, la vedova del fratello era morta l'anno prima, con i rancori in carne viva ma senza lasciare eredi. Così diede l'impiego al nipote errante.

Era una decisione tipica di don León XII Loayza. Sotto la scorza di commerciante senz'anima era nascosto un lunatico geniale, tale da far scaturire una sorgente di limonata nel deserto di La Guajira, tale da inondare di pianto un funerale di gran lusso con il suo canto lacerante di *In questa tomba oscura*. Con la sua testa diritta e le sue labbra sporgenti da fauno gli mancavano solo la lira e la corona d'alloro per essere identico al Nerone incendiario della mitologia cristiana. Le ore che gli restavano libere fra l'amministrazione delle sue navi decrepite, ancora galleggianti per pura distrazione del fato, e i problemi ogni giorno più critici della navigazione fluviale, le consacrava ad arricchire il suo repertorio lirico. Niente gli piaceva di più che cantare ai funerali. Aveva una voce da galeotto, senza nessun ordine accademico, ma capace di registri impressionanti. Qualcuno gli aveva raccontato che Enrico Caruso poteva rompere un vaso da fiori con il solo potere della voce, e per anni cercò di imitarlo perfino con i vetri delle finestre. I suoi amici gli portavano i vasi più sottili che trovavano nei loro viaggi in giro per il mondo e organizzavano feste speciali perché finalmente riuscisse a esaudire il suo sogno. Non ci riuscì mai. Tuttavia, nel fondo del suo tuono c'era una piccola luce di dolcezza che screpolava il cuore di chi lo stava ad ascoltare come le anfore di cristallo del grande Caruso, ed era questo quello che lo rendeva così venerabile ai funerali. Salvo in uno, in cui ebbe la buona idea di cantare *When wake up in Glory*, un canto funebre della Louisiana, bello e commovente, e fu zittito dal cappellano che non riusciva a capire quell'intromissione luterana dentro alla sua chiesa.

Così, tra bis da opera e serenate napoletane, il suo talento creativo e il suo invincibile spirito imprenditoriale lo trasformarono nel magnate della navigazione fluviale nella sua epoca di maggior splendore. Era venuto su dal nulla, come i fratelli morti, e tutti erano arrivati dove volevano nonostante la macchia di essere figli naturali, e alla fine di non essere mai stati riconosciuti. Erano il fiore di quello che allora si chiamava l'*aristocrazia di banco*, il cui santuario era il Club del Commercio. Però anche quando dispose di risorse per vivere come l'imperatore romano che sembrava essere, lo zio León XII viveva nella città vecchia per comodità di lavoro in un modo così austero e in una casa così stretta da non togliersi mai di dosso un'ingiusta reputazione di avaro. Ma il suo unico lusso era ancora più semplice: una casa sul mare, a due leghe dagli uffici, senza altri mobili all'infuori di sei sgabelli, un serbatoio per l'acqua, e un'amaca sulla terrazza dove sdraiarsi a pensare la domenica. Nessuno lo definì meglio di lui stesso quando qualcuno lo accusò di essere ricco.

«Ricco no» disse, «sono un povero con soldi, che non è la stessa cosa.»

Quello strano modo di essere, che qualcuno lodò una volta in un discorso come una lucida follia, gli permise di vedere sull'istante quello che nessuno vedeva né prima né poi in Florentino Ariza. Dal giorno in cui questi si presentò a chiedere un impiego nei suoi uffici, col suo aspetto lugubre e i suoi ventisette anni inutili, lo mise alla prova con la durezza di un regime da caserma capace di piegare il più malintenzionato. Ma non riuscì a fargli paura. Quello che non sospettò mai lo zio León XII fu che quel carattere del nipote non gli veniva dalla necessità di sopravvivere né da una flemma da cretino ereditata dal padre, ma da un'ambizione di amore che nessuna contrarietà di questo né dell'altro mondo sarebbe riuscita a incrinare.

I peggiori anni furono i primi, quando lo nominarono scrivano della Direzione Generale, che sembrava un lavoro inventato su misura per lui. Fu Lotario Thugut, vecchio maestro di musica dello zio León XII, a consigliargli di dare al nipote un impiego in cui dovesse scrivere, perché era un consumatore instancabile di letteratura all'ingrosso, anche se non tanto di quella buona quanto della peggiore. Lo zio León XII non fece caso alla precisazione sulla cattiva qualità delle letture del nipote, perché anche di lui Lotario Thugut diceva che era stato il suo peggior allievo di canto e però faceva piangere persino le lapidi dei cimiteri. Comunque, il tedesco ebbe ragione in quello cui meno aveva pensato, ed era che Florentino Ariza scriveva qualsiasi cosa con tanta passione che perfino i documenti ufficiali sembravano d'amore. I manifesti d'imbarco gli uscivano rimati per quanto si sforzasse di evitarlo e le lettere commerciali di routine avevano un afflato lirico che toglieva loro autorità. Lo zio in persona gli comparve davanti un giorno in ufficio con un pacchetto di corrispondenza che non aveva avuto il coraggio di firmare come sua e gli diede l'ultima opportunità di salvarsi l'anima.

«Se non sei capace di scrivere una lettera commerciale andrai a raccogliere la spazzatura del molo» gli disse.

Florentino Ariza accettò la sfida. Fece uno sforzo supremo per imparare la semplicità terrena della prosa commerciale, imitando modelli di archivi notarili con tanta applicazione come prima faceva con i poeti di moda. Quella era l'epoca in cui passava le sue ore libere al Portal de los Escribanos ad aiutare gli innamorati implumi a scrivere i loro biglietti profumati, per scaricare il cuore di tante parole d'amore che gli restavano inutilizzate nei manoscritti doganali. Ma dopo sei mesi, per quanto si fosse dato da fare, non era riuscito a torcere il collo al suo cigno indurito. Così, quando lo zio León XII lo riprese per la seconda volta, lui si diede per vinto, ma con una certa alterigia.

«L'unica cosa che mi interessa è l'amore» disse.

«La cosa brutta» gli disse lo zio, «è che senza navigazione fluviale non c'è amore.»

Compì la minaccia di mandarlo a raccogliere la spazzatura sul molo, ma gli diede la sua parola che lo avrebbe fatto salire un po' alla volta per la scala del buon servizio finché avesse trovato il suo posto. E fu così. Nessun tipo di lavoro riuscì a sbaragliarlo, per duro o umiliante che fosse, né lo demoralizzò la miseria della paga, né perdette per un momento la sua serenità essenziale davanti alle insolenze dei suoi superiori. Ma non fu neanche innocente: tutto quello che gli attraversò il cammino subì le conseguenze di una determinazione demolitrice, capace di qualsiasi cosa, dietro a un'apparenza derelitta. Così come lo zio León XII aveva previsto e desiderato perché non restasse senza conoscere nessun segreto dell'impresa, passò attraverso tutti gli incarichi in trent'anni di consacrazione e tenacia a prova di tutto. Li eseguì tutti con una capacità ammirevole, studiando ogni filo di quell'intrigo misterioso che tanto aveva a che vedere con gli uffici della poesia, ma senza conseguire la medaglia di guerra da lui più ambita, che era scrivere una lettera commerciale accettabile: una sola. Senza proporselo, senza neanche saperlo, dimostrò con la sua vita la ragione di suo padre, che aveva ripetuto fino all'ultimo respiro che non esisteva nessuno con maggior senso pratico, né tagliapietre più ostinati né gerenti più lucidi e pericolosi dei poeti. Quello, almeno, fu quanto gli raccontò lo zio León XII, che era solito parlargli di suo padre durante gli ozi del cuore e che gli diede di lui un'idea più simile a quella di un sognatore che a quella di un uomo d'affari.

Gli raccontò che Pío Quinto Loayza dava agli uffici un uso più piacevole di quello del lavoro, e che se li era sistemati sempre per uscire di casa la domenica con il pretesto di dover ricevere o far partire una nave. E ancora: aveva fatto installare nel patio dei magazzini una caldaia inservibile, con una sirena a vapore che qualcuno faceva suonare con codici di navigazione nel caso sua moglie fosse in arrivo. Facendo un po' di conti, lo zio León XII era sicuro che Florentino Ariza fosse stato concepito sulla scrivania di qualche ufficio mal chiuso in un pomeriggio di calura domenicale, mentre la moglie di suo padre udiva in casa sua gli addii di un battello mai partito. Quando lei lo scoprì era troppo tardi per rifarsi dell'infamia, perché il marito era morto. Gli sopravvisse per molti anni, distrutta dall'amarezza di non avere un figlio e chiedendo a Dio nelle sue preghiere la maledizione eterna del bastardo.

L'immagine del padre turbava Florentino Ariza. Sua madre gli parlava di lui come di un grand'uomo senza vocazione commerciale, che era finito nei commerci del fiume perché suo fratello maggiore era stato un collaboratore molto vicino del commodoro tedesco Juan B. Elbers, precursore della navigazione fluviale. Erano figli naturali di una stessa madre, cuoca di professione, che li aveva avuti con uomini diversi, e tutti portavano il suo cognome dietro al nome di un Papa scelto a caso nel libro delle vite dei Santi, salvo quello dello zio León XII, che era il nome di quello che regnava quando era nato lui. Chi si chiamava Florentino era il nonno materno di tutti così che il nome era arrivato fino al figlio di Tránsito Ariza saltando tutta una generazione di pontefici.

Florentino conservò sempre un quaderno in cui suo padre scriveva versi d'amore, alcuni ispirati da Tránsito Ariza, e i fogli erano abbelliti da disegni di cuori feriti. Due cose lo sorpresero. Una era la personalità della calligrafia del padre, identica alla sua, nonostante lui l'avesse scelta perché era quella che più gli piaceva fra le molte di un manuale. L'altra fu di trovare una frase che lui credeva sua, e che suo padre aveva scritto in un quaderno molto prima che lui fosse nato: *L'unica cosa di cui mi dispiace morire è che non sia d'amore.*

Aveva visto anche gli unici due ritratti di suo padre. Uno fatto a Santa Fe, molto giovane, all'età che aveva lui quando lo vide per la prima volta, con un cappotto che era come se fosse stato messo dentro a un orso e appoggiato a un piedistallo della cui statua restavano solo i gambali tronchi. Il piccoletto che stava al suo fianco era lo zio León XII con un berrettuccio da capitano di battello. Nell'altra fotografia suo padre stava con un gruppo di gente armata, in chissà quale delle tante guerre, e aveva il fucile più lungo e dei baffi il cui odore di polvere da sparo esalava dall'immagine. Era liberale e massone, come i fratelli, e tuttavia voleva che il figlio entrasse in seminario. Florentino Ariza non sentiva la somiglianza che gli attribuivano, ma, secondo quanto diceva lo zio León XII, anche a Pío Quinto rimproveravano il lirismo dei suoi documenti. In ogni caso, né gli assomigliava nelle fotografie, né concordava con i suoi ricordi, né con l'immagine che ne dipingeva sua madre, trasfigurata dall'amore, né con quella che travisava lo zio León XII con la sua graziosa crudeltà. Florentino Ariza scoprì, però, quella somiglianza molti anni dopo, mentre si pettinava davanti allo specchio, e solo allora aveva capito che un uomo sa quando incomincia a invecchiare perché incomincia ad assomigliare a suo padre.

Non lo ricordava in Calle de las Ventanas. Credeva di sapere che per qualche tempo aveva dormito lì, molto all'inizio dei suoi amori con Tránsito Ariza, ma che non era tornato a trovarla dopo la sua nascita. L'atto di battesimo fu per molti anni il nostro unico strumento valido di identità, e quello di Florentino Ariza, riposto nella parrocchia di San Toribio, diceva solo che era figlio naturale di un'altra figlia naturale nubile che si chiamava Tránsito Ariza. Nell'atto non compariva il nome del padre, che comunque sopperì segretamente alle necessità del figlio fino all'ultimo giorno. Questa condizione sociale precluse a Florentino Ariza le porte del seminario ma gli fece evitare anche il servizio militare nell'epoca più sanguinosa delle nostre guerre come figlio unico di una donna nubile.

Tutti i venerdì dopo la scuola si sedeva davanti agli uffici della Compagnia Fluviale del Caribe, a ripassare un libro con illustrazioni di animali letto e riletto tante volte che cadeva a pezzi. Il padre entrava senza guardarlo, vestito con le finanziere di panno che Tránsito Ariza avrebbe adattato poi per lui e con una faccia identica a quella del San Giovanni Evangelista degli altari. Quando usciva, dopo parecchie ore e stando attento che non lo vedesse neanche il suo cocchiere, gli dava i soldi per le spese di una settimana. Non parlavano, non solo perché il padre non ci provava ma perché lui ne aveva paura. Un giorno, dopo aver aspettato molto più del solito, il padre gli diede le monete, dicendogli:

«Prendi e non tornare più.»

Fu l'ultima volta che lo vide. Ma con il tempo avrebbe saputo che lo zio León XII, che era minore di lui di circa dieci anni, aveva continuato a portare il denaro a Tránsito Ariza, ed era stato lui a occuparsi di lei quando Pío Quinto morì di una colica mal curata, senza lasciare niente di scritto e senza tempo per prendere nessun provvedimento a favore del suo unico figlio: un figlio della strada.

Il dramma di Florentino Ariza finché fu calligrafo della Compagnia Fluviale del Caribe era di non poter eludere il suo lirismo perché non la smetteva di pensare a Fermina Daza e non imparò mai a scrivere senza pensare a lei. Poi, quando lo passarono ad altri incarichi, gli avanzava tanto amore dentro che non sapeva che farne, e lo regalava agli innamorati implumi scrivendo per loro lettere d'amore gratuite al Portal de los Escribanos. Ci andava dopo il lavoro. Si toglieva la finanziera con i suoi gesti parsimoniosi e l'attaccava allo schienale della sedia, si metteva le mezze maniche per non sporcare quelle della camicia, si sbottonava il gilè per pensare meglio, e a volte fino a molto tardi di notte rianimava i derelitti con delle lettere da matto. Una volta ogni tanto incontrava una povera donna che aveva un problema con un figlio, un veterano di guerra che insisteva a reclamare il pagamento della sua pensione, qualcuno cui avevano rubato qualcosa e voleva lamentarsi davanti al governo, ma per quanto si sforzasse non poteva accontentarli, perché l'unica cosa con cui riusciva a convincere qualcuno era con lettere d'amore. Neanche faceva domande ai clienti nuovi, perché gli bastava guardarli nel bianco degli occhi per farsi carico del loro stato, e scriveva fogli su fogli di amori calpestati, usando la formula infallibile di scrivere pensando sempre a Fermina Daza e a nient'altro che a lei. Dopo il primo mese dovette stabilire un ordine di riserve anticipate per non farsi travolgere dalle ansie degli innamorati.

Il suo ricordo più gradito di quell'epoca fu quello di una ragazzetta molto timida, quasi una bambina, che gli chiese tremante di scriverle una risposta a una lettera irresistibile che aveva appena ricevuto e che Florentino Ariza riconobbe come scritta da lui il pomeriggio precedente. Rispose con uno stile diverso, concorde con l'emozione e l'età della bambina, e con una calligrafia che sembrava anch'essa di lei, perché sapeva fingere una scrittura per ogni occasione a seconda del carattere di ognuno. La scrisse immaginandosi quello che Fermina Daza gli avrebbe risposto se lo avesse amato tanto quanto quella creatura sprovveduta amava il suo pretendente. Due giorni dopo, senza ritardi, dovette scrivere anche la risposta dell'innamorato con la calligrafia, lo stile e il tipo di amore che gli aveva attribuito nella prima lettera, e fu così che finì per trovarsi coinvolto in una corrispondenza febbrile con se stesso. Prima di un mese, tutti e due andarono separatamente a ringraziarlo per quello che lui stesso aveva proposto nella lettera dell'innamorato e accettato con devozione nella risposta della ragazza: si sarebbero sposati.

Solo quando ebbero il primo figlio si resero conto da una conversazione casuale che le lettere di tutti e due erano state scritte dallo stesso scrivano, e per la prima volta andarono insieme al Portal per nominarlo padrino del bambino. Florentino Ariza si entusiasmò tanto per l'evidenza pratica dei suoi sogni che trovò il tempo da dove non lo aveva per scrivere un *Segretario degli Innamorati* più poetico e ampio di quello che fino a quel tempo si vendeva per venti centesimi sulle porte e che mezza città conosceva a memoria. Catalogò le situazioni immaginabili in cui avrebbero potuto trovarsi Fermina Daza e lui, e per ognuna di loro scrisse tanti modelli quante alternative di andata e ritorno gli parvero possibili. Alla fine ebbe un migliaio di lettere in tre tomi tanto completi quanto il dizionario di Covarrubias, ma nessuno stampatore della città si arrischiò a pubblicarli e finirono in qualche abbaino della casa, con altre carte del passato, perché Tránsito Ariza si rifiutò chiaramente di dissotterrare le anfore per svendere i risparmi di tutta la sua vita in una follia editoriale. Anni dopo, quando Florentino Ariza ebbe mezzi propri per pubblicare il libro, gli costò fatica ammettere la realtà che ormai le lettere d'amore erano passate di moda.

Mentre lui faceva i primi passi nella Compagnia Fluviale del Caribe e scriveva lettere gratis al Portal de los Escribanos, gli amici di gioventù di Florentino Ariza avevano la certezza di perderlo a poco a poco e definitivamente. Ed era proprio così. Quando ritornò dal viaggio sul fiume vedeva ancora qualcuno di loro con la speranza di attenuare i ricordi di Fermina Daza, giocava a biliardo con loro, era andato ai loro ultimi balli, si prestava all'eventualità di essere riffato tra le ragazze, si prestava a tutto quello che gli sembrava buono per ritornare a essere quello che era stato. Poi, quando lo zio León XII lo accreditò come impiegato, giocava a domino con i suoi colleghi d'ufficio al Club del Comercio, e questi incominciarono a riconoscerlo come uno dei loro quando ormai non parlava più d'altro se non della compagnia di navigazione, che non menzionava col suo nome completo ma con le sole iniziali: la C.F.C. Cambiò persino il modo di mangiare. Da indifferente e irregolare come era stato fino ad allora a tavola, divenne abitudinario e austero fino alla fine dei suoi giorni: una tazza grande di caffè nero alla prima colazione, una fetta di pesce bollito con riso in bianco a pranzo, e una tazza di caffellatte con un pezzo di formaggio prima di coricarsi. Beveva caffè nero in ogni momento, da qualsiasi parte e in qualsiasi circostanza, e fino a trenta tazzine al giorno: un infuso uguale al petrolio greggio che preferiva prepararsi lui stesso, e che aveva sempre in un thermos a portata di mano. Era un altro, contro il suo proposito fermo e i suoi sforzi ansiosi di continuare a essere la stessa persona che era stata prima dell'inciampo mortale dell'amore.

La verità è che non sarebbe mai tornato a esserlo. Il recupero di Fermina Daza fu l'obbiettivo unico della sua vita, ed era così sicuro di averla prima o poi, da convincere Tránsito Ariza a proseguire il restauro della casa perché fosse in grado di accoglierla in qualsiasi momento succedesse il miracolo. Diversamente dalla sua reazione davanti alla proposta editoriale del *Segretario degli Innamorati*, Tránsito Ariza andò allora molto più lontano: comprò la casa in contanti, e incominciò il suo completo rinnovamento. Fecero una sala da ricevimento in quella che era stata la camera da letto, costruirono al piano di sopra una camera da letto per gli sposi e un'altra per i figli che avrebbero avuto, tutte e due molto ampie e ben luminose, e nello spazio della vecchia manifattura di tabacco fecero un vasto giardino di ogni tipo di rose cui Florentino Ariza personalmente consacrò i suoi ozi mattutini. L'unico a restare intatto, come una testimonianza di gratitudine verso il passato, fu il locale della merceria. Il retrobottega dove dormiva Florentino Ariza lo lasciarono com'era sempre stato, con l'amaca attaccata e il tavolone su cui scriveva pieno di libri in disordine, ma lui se ne andò nella stanza prevista come alcova matrimoniale al piano di sopra. Questa era la più grande e fresca della casa, e aveva una terrazza interna dove era piacevole stare la notte per la brezza del mare e il profumo delle rose, ma era anche quella che corrispondeva meglio al rigore trappista di Florentino Ariza. I muri erano lisci e scabri, di calce viva, e non aveva altri mobili oltre a un letto da ergastolano, un tavolinetto da notte con una candela nel collo di una bottiglia, un vecchio armadio e un lavamano con la sua brocca e la sua catinella.

I lavori durarono quasi tre anni, e coincisero con una ripresa momentanea della città, per il momento di auge della navigazione fluviale e del commercio di passaggio, gli stessi fattori che avevano fatto la sua grandezza durante la Colonia e la trasformarono per più di due secoli nella porta dell'America. Però quella fu anche l'epoca in cui Tránsito Ariza manifestò i primi sintomi della sua malattia inguaribile. Le sue clienti di sempre venivano sempre più vecchie alla merceria, più pallide e sfuggenti, e lei non le riconosceva dopo aver trattato con loro per mezza vita, o confondeva le cose dell'una con quelle dell'altra. La qual cosa era molto grave in traffici come il suo, in cui non si firmavano carte per proteggere l'onore, il proprio e quello degli altri, e la parola d'onore si dava e si accettava come garanzia sufficiente. All'inizio parve che stesse diventando sorda, ma subito dopo fu evidente che era la memoria a scivolare via dai buchi. Così, liquidò il banco dei pegni, e con il tesoro delle anfore riuscì a finire e ad ammobiliare la casa, e rimasero ancora d'avanzo molti dei gioielli antichi più pregevoli della città i cui proprietari non ebbero fondi per riscattarli.

Florentino Ariza doveva attendere allora a troppi incarichi nello stesso tempo, ma non gli si infiacchì mai l'energia per accrescere i suoi affari di cacciatore furtivo. Dopo l'esperienza vagabonda con la vedova di Nazaret, che gli aprì la via degli amori di strada, continuò a cacciare le comete orfane della notte per vari anni, ancora con l'illusione di trovare un sollievo al dolore per Fermina Daza. Ma poi non poté più dire se la sua abitudine di fornicare senza speranze fosse una necessità della coscienza o un semplice vizio del corpo. Andava sempre meno alla locanda, non solo perché i suoi interessi seguivano altri cammini ma anche perché non gli piaceva che lo vedessero lì in peripezie diverse da quelle molto domestiche e caste che ormai gli conoscevano. Tuttavia, in tre casi di bisogno fece appello alla facile trovata di un'epoca che lui non aveva vissuto: mascherava da uomini le amiche timorose di essere riconosciute, ed entravano insieme nella locanda con arie da gozzovigliatori vissuti. Non mancò chi si accorse perlomeno in due occasioni che lui e il suo presunto accompagnatore non andavano al bar ma in camera, e la reputazione già abbastanza incrinata di Florentino Ariza subì il colpo di grazia. Alla fine smise di andarci, e le pochissime volte che lo fece non era per recuperare gli arretrati, ma esattamente il contrario: cercare un rifugio per rimettersi dagli eccessi.

Non era per meno. Non appena lasciava l'ufficio, verso le cinque del pomeriggio, già andava nelle sue cacce da sparviero pollaiolo. All'inizio si accontentava di quello che gli offriva la notte. Reclutava donne di servizio ai giardini, negre al mercato, damerine alla spiaggia, straniere sulle navi di New Orleans. Le portava agli scogli dove mezza città faceva lo stesso dal calar del sole, le portava dove poteva, e a volte anche dove non poteva, perché non furono poche le occasioni in cui dovette rintanarsi frettolosamente in un portone scuro e fare quel che si poteva in qualche modo dietro il portone.

La torre del faro fu sempre un rifugio fortunato che lui evocava con nostalgia quando ormai aveva risolto tutto agli albori della vecchiaia, perché era un luogo buono per essere felici, soprattutto di notte, e pensava che qualcosa dei suoi amori di quell'epoca arrivasse ai naviganti in ogni giro degli sprazzi di luce. Così continuò ad andare lì, più che in qualsiasi altra parte, mentre il suo amico del faro lo riceveva incantato, con una faccia da scemo che era la maggior prova di discrezione per le comete spaventate. C'era una casa sotto, vicino al fragore delle onde che si rovesciavano contro le rocce, dove l'amore era più intenso perché aveva un che di naufragio. Florentino Ariza però preferiva la torre della luce dopo la prima notte, perché si vedeva tutta la città e la scia luminosa dei pescatori sul mare, e perfino sulle paludi lontane.

Risalivano a quell'epoca le sue teorie più semplicistiche sul rapporto tra il fisico delle donne e le sue attitudini amatorie. Diffidava del tipo sensuale, quelle che sembravano capaci di mangiarsi crudo un caimano e che di solito a letto erano le più passive. Il suo tipo era l'opposto: quelle ranocchiette squallide per le quali nessuno si prendeva la fatica di voltarsi a guardare per la strada, che sembravano restare senza niente quando si toglievano i vestiti, che facevano pena per lo scricchiolio delle ossa al primo impatto e che però potevano lasciare il più chiacchierone dei corteggiatori pronto per il secchio dell'immondizia. Aveva preso nota di quelle osservazioni premature con l'intenzione di scrivere un supplemento pratico del *Segretario degli Innamorati*, ma il progetto subì la stessa sorte di quello precedente dopo che Ausencia Santander lo rovesciò al dritto e al rovescio con la sua saggezza da cane vecchio, lo prese di petto, lo alzò e lo abbassò, lo ripartorì come nuovo, fece trecce delle sue virtù teoriche e gli insegnò l'unica cosa che doveva imparare per l'amore: che la vita non te la insegna nessuno.

Ausencia Santander aveva avuto un matrimonio convenzionale per vent'anni da cui le erano rimasti tre figli che a loro volta si erano sposati e avevano avuto figli, in modo che lei si vantava di essere la nonna col miglior letto della città. Non fu mai chiaro se fosse stata lei ad abbandonare il marito o se fosse stato lui ad abbandonare lei, o se tutti e due si fossero abbandonati contemporaneamente quando lui se ne andò a vivere con la sua amante per sempre, e lei si sentì libera di ricevere in pieno giorno dalla porta principale Rosendo de la Rosa, capitano di battello fluviale, che aveva ricevuto di notte molte volte dalla porta sul retro. Fu lui stesso, senza pensarci due volte, a portare Florentino Ariza.

Lo portò a pranzo. Portò anche una damigiana di acquavite fatta in casa e gli ingredienti della miglior qualità per fare un bollito epico, come solo si poteva fare con le galline ruspanti, la carne con le ossa tenere, il maiale di letamaio e i legumi e le verdure dei villaggi del fiume. Florentino Ariza, però, non si mostrò tanto entusiasta fin dal primo momento per l'eccellenza della cucina né per l'esuberanza della padrona di casa quanto per la bellezza della casa. Gli piaceva di per sé, luminosa e fresca, con quattro grandi finestre sul mare, e in fondo la vista completa della città vecchia. Gli piacevano la quantità e lo splendore delle cose, che davano alla sala un aspetto confuso e nello stesso tempo rigoroso, con tutti i tipi di perfezioni artigianali che il capitano Rosendo de la Rosa le aveva portato da ogni viaggio, finché non ci fu più posto per una di più. Sulla terrazza sul mare, appollaiato sul suo cerchio privato, c'era un cacatua della Malesia con le piume di un bianco inverosimile e la sua tranquillità pensierosa che dava parecchio da pensare: l'animale più bello che Florentino Ariza avesse mai visto.

Il capitano Rosendo de la Rosa si entusiasmò dell'entusiasmo dell'invitato e gli raccontò nei particolari la storia di ogni cosa. E mentre lo faceva, beveva acquavite a piccoli sorsi ma incessantemente. Sembrava di cemento armato: enorme, peloso in tutto il corpo salvo che in testa, con dei baffi da pennellessa e una voce da argano che non poteva essere se non sua, e di una gentilezza squisita. Ma non esisteva corpo capace di resistere al suo modo di bere. Prima di sedersi a tavola si era scolato metà damigiana, e cadde bocconi sul gran vassoio di bicchieri e bottiglie con un lento fragore di demolizione. Ausencia Santander dovette chiedere aiuto a Florentino Ariza per trascinare fino al letto il corpo inerte da balena incagliata e per spogliarlo ancora addormentato. Poi, in una vampata di ispirazione per cui loro furono grati alla congiunzione degli astri, si spogliarono tutti e due nella stanza di fianco senza essersi messi d'accordo, senza esserselo nemmeno suggerito, senza esserselo proposto, e continuarono a spogliarsi non appena potevano per più di sette anni, quando il capitano era in viaggio. Non c'erano rischi di sorprese perché lui aveva l'abitudine da buon navigante di avvisare del suo arrivo in porto con la sirena del battello, anche all'alba, prima con tre bramiti lunghi per la moglie e i loro nove figli e poi con due interrotti e melanconici per l'amante.

Ausencia Santander aveva quasi cinquant'anni e lo si notava, ma aveva anche un istinto così personale per l'amore che non esistevano teorie artigianali né scientifiche capaci di intorpidirlo. Florentino Ariza sapeva dagli itinerari dei battelli quando poteva visitarla, e ci andava sempre senza preavviso all'ora che voleva del giorno o della notte, e non ci fu una sola volta in cui lei non stesse ad aspettarlo. Gli apriva la porta come sua madre l'aveva fatta per tutti i sette anni: completamente nuda, ma con un fiocco di organza sulla testa. Non gli lasciava fare neanche un passo in più prima di togliergli i vestiti, perché aveva sempre pensato che fosse di cattivo augurio tenere un uomo vestito in casa. Questo fatto fu motivo di disaccordo costante con il capitano Rosendo de la Rosa, perché lui aveva la superstizione che fumare nudo fosse di malaugurio e a volte preferiva rimandare l'amore piuttosto che spegnere il suo infallibile sigaro cubano. Florentino Ariza, invece, era molto portato agli incanti della nudità, e lei gli toglieva gli abiti con un diletto sicuro non appena chiudeva la porta, senza dargli neanche il tempo di salutarla né di togliersi il cappello né gli occhiali, baciandolo e lasciandosi baciare con baci sgranati, e slacciandogli i bottoni dal basso in alto, prima quelli dei calzoni, uno per uno dopo ogni bacio, poi la fibbia della cintura, e infine il gilè e la camicia, fino a lasciarlo come un pesce vivo sventrato delle interiora. Poi lo metteva a sedere in sala e gli toglieva le scarpe, gli tirava via i pantaloni dalle gambe per toglierglieli contemporaneamente ai mutandoni lunghi fino alle caviglie, e infine gli sbottonava le giarrettiere elastiche dei polpacci e gli toglieva le calze. Florentino Ariza smetteva allora di baciarla e di farsi baciare per fare l'unica cosa che gli toccava in quella cerimonia puntuale: scioglieva l'orologio a catena dall'occhiello del gilè e si toglieva gli occhiali, e metteva tutti e due gli oggetti nelle scarpe per essere sicuro di non dimenticarli. Prese sempre quella precauzione, sempre senza fallo quando si spogliava in casa d'altri.

Non sempre riusciva a farlo quando lei lo assaliva senza dargli il tempo di niente, già subito sullo stesso sofà dove aveva appena finito di spogliarlo, e solo una volta ogni tanto a letto. Si avventava sotto di lui e si impadroniva di tutto lui per tutta lei, chiusa dentro se stessa, esplorando a occhi chiusi la sua assoluta oscurità interiore, avanzando in un senso, retrocedendo, correggendo il suo cammino invisibile, cercando un'altra via più intensa, un altro modo di andare senza naufragare nel marasma di mucillagine che scorreva giù dal suo ventre, chiedendosi e rispondendo a se stessa con un ronzio da ape nel suo gergo nativo dove stava quel qualcosa nelle tenebre che solo lei conosceva e desiderava solo per lei, finché soccombeva senza aspettare nessuno e precipitava da sola nel suo abisso con un'esplosione gioiosa di vittoria totale che faceva tremare il mondo. Florentino Ariza restava esausto, incompleto, galleggiante nella pozza di sudore di ambedue ma con l'impressione di non essere altro che uno strumento di godimento. Diceva: «Mi tratti come se fossi uno in più dei tanti». Lei rideva con un riso di femmina libera e diceva: «Al contrario: come se fossi uno in meno». Ma lui restava con l'impressione che tutto se lo prendesse lei con una voracità meschina, e gli si rivoltava l'orgoglio e usciva dalla sua casa deciso a non tornare mai più. Ma improvvisamente si svegliava senza motivo, con la tremenda lucidità della solitudine nel mezzo della notte, e il ricordo dell'amore astratto di Ausencia Santander gli si rivelava per quello che era: una trappola della felicità che lui aborriva e anelava al tempo stesso ma dalla quale gli era impossibile scappare.

Una domenica qualsiasi, dopo due anni che si conoscevano, la prima cosa che lei fece quando lui arrivò, invece di spogliarlo, fu di togliergli gli occhiali per baciarlo meglio, e in quel modo Florentino Ariza seppe che lei aveva incominciato ad amarlo. Nonostante si fosse sentito così bene fin dal primo giorno in quella casa che ormai amava come sua, non ci era rimasto mai più di due ore ogni volta, né si era fermato mai a dormire, e solo una volta a mangiare, perché lei gli aveva fatto un invito formale. In realtà non andava se non per quello per cui andava, portando sempre l'unico dono di una rosa solitaria, e spariva fino all'imprevedibile occasione successiva. Ma la domenica in cui lei gli tolse gli occhiali per baciarlo, in parte per quello e in parte perché restarono addormentati dopo un amore tranquillo, passarono il pomeriggio nudi nell'enorme letto del capitano. Al risveglio dalla siesta, Florentino Ariza conservava ancora il ricordo degli urli del cacatua, i cui suoni stridenti andavano in senso contrario rispetto alla sua bellezza. Ma il silenzio era trasparente nel calore delle quattro, e dalla finestra della camera da letto si vedeva il profilo della città vecchia con il sole del pomeriggio alle spalle, le sue cupole dorate, il suo mare in fiamme fino alla Giamaica. Ausencia Santander tese la mano avventuriera cercando a tastoni l'animale che giaceva ma Florentino Ariza gliela allontanò. Disse: «Adesso no: sento una cosa strana, come se ci stessero vedendo». Lei tornò a sconvolgere il cacatua col suo riso felice. Disse: «Quel pretesto non lo beve neanche la moglie di Giona». Neanche lei, certo, ma lo diede per buono, e ambedue si amarono per un lungo momento in silenzio senza rifare l'amore. Alle cinque, con il sole ancora alto, lei saltò giù dal letto, nuda per l'eternità e con il fiocco di organza sulla testa, e andò a cercare qualcosa da bere in cucina. Ma non riuscì a fare un passo fuori della camera da letto che lanciò un grido di terrore.

Non ci poteva credere. Gli unici oggetti che restavano in casa erano le lampade attaccate al soffitto. Il resto, i mobili firmati, i tappeti indiani, le statue e gli arazzi, gli innumerevoli ninnoli di pietre e metalli preziosi, tutto quanto aveva fatto della sua casa una delle più gradevoli e meglio arredate della città, tutto, persino il cacatua sacro, tutto era sparito. Se l'erano portato via dalla terrazza sul mare senza disturbare l'amore. Restavano solo i saloni deserti con le quattro finestre aperte, e una scritta dipinta a grosse lettere sul muro in fondo: *Questo vi succede perché continuate a scopare*. Il capitano Rosendo de la Rosa non poté mai capire perché Ausencia Santander non denunciò il furto, né prese alcun contatto con i trafficanti di cose rubate, né permise che si riparlasse della sua disgrazia.

Florentino Ariza continuò ad andare a trovarla nella casa saccheggiata, il cui mobilio si ridusse a tre sgabelli di cuoio che i ladri avevano dimenticato in cucina e alla stanza da letto dove stavano loro. Ma la visitò con minor frequenza di prima, non per la desolazione della casa, come lei supponeva e glielo disse, ma per la novità del tram a mule all'inizio del nuovo secolo, che fu per lui un nido prodigo e originale di comete libere. Lo prendeva quattro volte al giorno, due per andare in ufficio e due per ritornare a casa, e a volte mentre leggeva veramente, e la maggior parte delle volte facendo finta di leggere, riusciva almeno a stabilire i primi contatti per un appuntamento successivo. Più tardi, quando lo zio León XII mise a sua disposizione una carrozza tirata da due mulette grige con le gualdrappe dorate, uguali a quelle del presidente Rafael Núñez, doveva rimpiangere i tempi del tram come i più fruttiferi delle sue peripezie da falconiere. Aveva ragione: non c'era peggior nemico degli amori segreti di una carrozza che aspettava sulla porta. Tanto che quasi sempre la lasciava nascosta a casa sua e se ne andava a piedi nei suoi giri di caccia perché non restassero neanche i solchi delle ruote nella polvere. Per quello evocava con tanta nostalgia il vecchio tram con le sue mule macilente, piene di spelature, dentro al quale bastava uno sguardo di sghembo per sapere dove stava l'amore. Tuttavia, in mezzo a tanti ricordi commoventi, non riusciva a evitare quello di una cometa abbandonata il cui nome non conobbe mai e con la quale riuscì a vivere solo una mezza notte frenetica, che però era bastata per amareggiargli per il resto della vita gli eccessi innocenti del carnevale.

Aveva richiamato la sua attenzione nel tram per il coraggio con cui viaggiava in mezzo allo scandalo della festa pubblica. Non doveva avere più di vent'anni e non sembrava che avesse voglie carnevalesche, se non fosse stato che era mascherata da matta: aveva i capelli molto chiari, lunghi e lisci, sciolti al naturale sulle spalle, e una veste di tela comune senza nessun ornamento. Era completamente estranea al caos di musiche delle strade, alle manciate di polvere di riso, ai getti di anilina che tiravano ai passeggeri al passaggio del tram, le cui mule giravano bianche di amido e con cappelli di fiori durante quei tre giorni di follia. Approfittando della confusione, Florentino Ariza la invitò a prendere un gelato, perché non pensò che potesse dare di più. Lei lo guardò senza sorpresa. Disse: «Accetto con molto piacere, ma l'avviso che sono pazza». Lui rise della cosa e la portò a vedere la sfilata dei carri dal balcone della gelateria. Poi si mise un mantello col cappuccio preso a nolo, e tutti e due si gettarono nel giro di danze di Plaza de la Aduana, e si divertirono insieme come fidanzati appena fatti, ma l'indifferenza di lei andò all'estremo opposto del fragore della notte: ballava come una professionista, ed era fantasiosa e audace per la festa, e di una bellezza travolgente.

«Non sai la bella seccatura in cui ti sei messo con me» gridava morta di risa nella febbre del carnevale. «Sono una pazza da manicomio.»

Per Florentino Ariza quella era una notte di ritorno ai disordini candidi dell'adolescenza, quando ancora l'amore non lo aveva rovinato. Ma sapeva, più per rinsavimento che per esperienza, che una felicità così facile non poteva durare molto tempo. Così, prima che la notte incominciasse a venir meno, come succedeva sempre dopo l'assegnazione dei premi alle maschere migliori, propose alla ragazza di andare a vedere insieme l'alba dal faro. Lei accettò compiaciuta, ma dopo che avessero finito di assegnare i premi.

A Florentino Ariza restò la certezza che quel ritardo gli avesse salvato la vita. In effetti, la ragazza gli aveva fatto un cenno di andarsene al faro, quando due cerberi e un'infermiera del manicomio della Divina Pastora le si buttarono addosso. La cercavano da quando era scappata, alle tre del pomeriggio, non solo loro ma tutta la forza pubblica. Aveva decapitato un guardiano e ferito gravemente altri due con un *machete* che aveva portato via al giardiniere perché voleva uscire a ballare nel carnevale. Ma a nessuno era venuto in mente che stesse ballando per strada, bensì che fosse nascosta in una delle tante case che avevano perquisito persino nelle cisterne.

Non fu facile portarla via. Si difese con delle cesoie che teneva nascoste nel corpetto, e furono necessari sei uomini per metterle la camicia di forza, mentre la folla che ingorgava Plaza de la Aduana applaudiva e fischiava festosamente, credendo che la cattura sanguinosa fosse una delle tante farse del carnevale. Florentino Ariza rimase distrutto, e dal Mercoledì delle Ceneri passava per la strada della Divina Pastora con una scatola di cioccolatini inglesi per lei. Si fermava a guardare le recluse che gli gridavano ogni tipo di improperi e galanterie dalle finestre, le faceva agitare con la scatola di cioccolatini, nel caso fortunato che anche lei si fosse affacciata tra le sbarre di ferro. Ma non la vide mai. Mesi dopo, scendendo dal tram a mule, una bambinetta che andava con suo padre gli chiese un dolcino di cioccolato della scatola che aveva in mano. Il padre la rimproverò e chiese scusa a Florentino Ariza. Ma lui diede tutta la scatola alla bambina pensando che quel gesto lo avrebbe redento da ogni amarezza, e calmò il padre con una manata sulla spalla.

«Erano per un amore che se n'è andato al diavolo» gli disse.

Come una compensazione del destino, fu sempre sul tram a mule che Florentino Ariza conobbe Leona Cassiani, che fu la vera donna della sua vita, anche se né lui né lei lo seppero mai, né fecero mai l'amore. Lui l'aveva sentita prima di vederla mentre stava tornando a casa col tram delle cinque: fu uno sguardo materiale che lo toccò come se fosse stato un dito. Alzò gli occhi e la vide, all'estremità opposta, ma ben definita fra gli altri passeggeri. Lei non spostò lo sguardo. Anzi: lo sostenne con tanta impudenza che lui non poté pensare altro se non quello che pensò: negra, giovane e carina, ma senza ombra di dubbio puttana. La scartò dalla sua vita, perché non poteva immaginare niente di più indegno che pagare l'amore: non lo fece mai.

Florentino Ariza scese a Plaza de los Coches, che era il capolinea, guizzò in tutta fretta attraverso il labirinto dei negozi perché sua madre lo aspettava alle sei, e quando uscì dall'altro lato della folla sentì il tacchettare di donna allegra sul selciato, e si girò a guardare per convincersi di quello che già sapeva: era lei. Era vestita come le schiave delle stampe, con una sottana a volants che si alzava con un gesto da ballerina per superare le pozzanghere delle strade, una scollatura che le lasciava le spalle scoperte, una combinazione di collane colorate e un turbante bianco. Lui le conosceva nella locanda. Succedeva spesso che alle sei del pomeriggio stessero ancora con la prima colazione, e allora non avevano altra risorsa che usare il sesso come un coltello da ladro di strada, e lo mettevano contro la gola al primo che incontravano per la strada: l'asta o la vita. In cerca di una prova finale, Florentino Ariza cambiò percorso, prese per il vicolo deserto di El Candilejo, e lei lo seguì sempre più da vicino. Allora lui si fermò, si girò, le chiuse il passo sul marciapiede appoggiato all'ombrello con le due mani. Lei gli si fermò davanti.

«Ti sbagli, carina» disse lui, «io non lo do.»

«Certo che sì» disse lei, «te lo si legge in faccia.»

Florentino Ariza si ricordò di una frase che aveva sentito da bambino dal medico di famiglia, il suo padrino, a proposito della sua stitichezza cronica: «Il mondo è diviso fra quelli che cagano bene e quelli che cagano male». Su quel dogma il medico aveva elaborato tutta una teoria del carattere che considerava più giusta dell'astrologia. Ma con le lezioni degli anni Florentino Ariza l'impostò in un altro modo: «Il mondo è diviso tra quelli che scopano e quelli che non scopano». Diffidava di questi ultimi: quando uscivano di carreggiata, era per loro qualcosa di così insolito che si vantavano dell'amore come se l'avessero appena inventato. Quelli che lo facevano spesso, invece, vivevano solo per questo. Si sentivano talmente bene da comportarsi come sepolcri sigillati, perché sapevano che la loro vita dipendeva dalla discrezione. Non parlavano mai delle loro prodezze, non si confidavano con nessuno, facevano i distratti fino al punto di guadagnarsi fama di impotenti, di frigidi, e soprattutto di invertiti timidi, com'era nel caso di Florentino Ariza. Si compiacevano, però, dell'equivoco, perché anche l'equivoco li proteggeva. Erano una loggia ermetica i cui associati si riconoscevano fra loro nel mondo intero senza bisogno di un idioma comune. Da qui il fatto che Florentino Ariza non si fosse sorpreso della risposta della ragazza: era una dei loro, e quindi sapeva che lui sapeva che lei sapeva.

Fu l'errore della sua vita, come gli avrebbe ricordato la sua coscienza a ogni ora di ogni giorno fino all'ultimo giorno.

Quello che lei voleva chiedergli non era amore, e tantomeno amore a pagamento, ma un impiego di qualsiasi genere, come fosse e con la paga che fosse, nella Compagnia Fluviale del Caribe. Florentino Ariza si vergognò così tanto della sua condotta che la portò dal capo del personale, e questo le diede un posto di infima categoria nel settore generale che lei disimpegnò con serietà, modestia e dedizione per tre anni.

Gli uffici della C.F.C. erano situati fin dalla loro fondazione davanti al molo fluviale, senza niente in comune con il porto dei transatlantici sul lato opposto della baia né con l'approdo del mercato nella baia di Las Ánimas. Era un edificio di legno con tetto di zinco con due spioventi, un solo balcone lungo con pilastri sulla facciata, e diverse finestre con reti di fil di ferro sui quattro lati, dalle quali si vedevano tutti i battelli al molo come quadri attaccati alla parete. Quando l'avevano costruito i precursori tedeschi, avevano dipinto di rosso lo zinco dei tetti e di bianco squillante le assi di legno, in modo che lo stesso edificio avesse un che di battello fluviale. Poi lo avevano dipinto tutto di azzurro, e ai tempi in cui Florentino Ariza cominciò a lavorare nella ditta era un capannone polveroso senza un colore definito, e sul tetto ossidato c'erano pezze di lamine nuove sulle lamine originali. Dietro all'edificio, in un cortile di pietruzze recintato da fil di ferro da pollaio, c'erano due grandi magazzini di costruzione più recente, e in fondo c'era un canale, sporco e maleodorante, dove si imputridivano i rifiuti di mezzo secolo di navigazione fluviale: rottami di battelli storici, da quelli primitivi a una sola ciminiera, inaugurati da Simón Bolívar, fino ad altri così recenti da avere già ventilatori elettrici nelle cabine. La maggioranza di loro era stata smantellata per utilizzare i materiali su altri battelli, ma molti erano in così buono stato che sembrava possibile dargli una mano di pittura e metterli a navigare, senza scacciare le iguane e senza diboscare le fronde di grandi fiori gialli che li rendevano più nostalgici.

Al primo piano dell'edificio c'era il settore amministrativo, in uffici piccoli ma comodi e ben equipaggiati, come le cabine dei battelli, perché non erano stati fatti da architetti civili ma da ingegneri navali. Alla fine del corridoio, come un altro impiegato, lavorava lo zio León XII in un ufficio uguale a tutti gli altri, con l'unica differenza che lui trovava tutte le mattine sulla sua scrivania un vaso di vetro con qualsiasi tipo di fiore profumato. Al pianterreno c'era il settore passeggeri, con una sala d'attesa con panche rustiche e un banco per la vendita dei biglietti e per l'organizzazione degli equipaggi. In fondo a tutto c'era il confuso settore generale, il cui solo nome dava un'idea della vaghezza dei suoi attributi, e dove andavano a morire di mala morte i problemi che restavano senza soluzione nel resto della compagnia. Lì stava Leona Cassiani, persa dietro un banco da scuola fra un mucchio di colli di mais stivati e scartoffie senza soluzione, il giorno in cui lo zio León XII in persona andò a vedere che cosa diavolo gli veniva in mente per far sì che il settore generale servisse a qualcosa. Dopo tre ore di domande, di ipotesi teoriche e di verifiche concrete con tutti gli impiegati riuniti, tornò nel suo ufficio tormentato dalla certezza di non aver trovato nessuna soluzione per tanti problemi, ma esattamente il contrario: nuovi e diversi problemi per nessuna soluzione.

Il giorno dopo, quando Florentino Ariza entrò nel suo ufficio, trovò un memorandum di Leona Cassiani, con la preghiera di studiarlo e di mostrarlo poi a suo zio, se gli sembrava pertinente. Era l'unica a non aver detto una parola durante l'ispezione del pomeriggio precedente. Si era doverosamente attenuta alla sua degna condizione di impiegata per carità, ma nel memorandum faceva notare di non averlo fatto per negligenza bensì per rispetto alle gerarchie del settore. Era di una semplicità allarmante. Lo zio León XII si era proposto una ristrutturazione generale, ma Leona Cassiani la pensava in senso contrario, per la semplice logica che il settore generale in realtà non esisteva: era l'immondezzaio dei problemi noiosi ma insignificanti che gli altri settori si scrollavano di dosso. La soluzione quindi era di eliminare il settore generale e restituire i problemi perché fossero risolti nei loro settori di origine.

Lo zio León XII non aveva la minima idea di chi fosse Leona Cassiani né si ricordava di aver visto nessuno che potesse esserlo nella riunione del pomeriggio precedente, ma quando lesse il memorandum la chiamò nel suo ufficio e rimase a parlare con lei a porte chiuse per due ore. Parlarono un po' di tutto, secondo il metodo che lui usava per conoscere la gente. Il memorandum era di semplice buon senso e la soluzione, in effetti, diede il risultato richiesto. Ma allo zio León XII non importava: a lui importava lei. Quello che più richiamò la sua attenzione fu che i suoi unici studi dopo le elementari erano stati alla Scuola di Modisteria. Per di più stava imparando l'inglese a casa sua con un metodo rapido senza insegnante, e da tre mesi seguiva corsi serali di dattilografia, un nuovo mestiere di grande avvenire, come prima si diceva del telegrafo e come prima ancora si era detto delle macchine a vapore.

Quandò uscì dal colloquio ormai lo zio León XII aveva incominciato a chiamarla come l'avrebbe chiamata sempre: omonima Leona. Aveva deciso di eliminare con un tratto di penna il settore conflittuale e di ripartire i problemi perché fossero risolti da quelli stessi che li creavano, secondo il suggerimento di Leona Cassiani, e aveva inventato per lei un posto senza nome e senza funzioni specifiche che in pratica era quello di sua assistente personale. Quel pomeriggio, dopo il funerale senza onori del settore generale, lo zio León XII domandò a Florentino Ariza dove avesse scovato Leona Cassiani, e lui gli rispose la verità.

«E allora torna al tram e portami tutte quelle che trovi come lei» gli disse lo zio.« Con due o tre così tiriamo a galla il tuo galeone.»

Florentino Ariza lo prese come uno scherzo tipico dello zio León XII, ma il giorno dopo si trovò senza la carrozza che gli avevano assegnato sei mesi prima e che ora gli toglievano per farlo continuare a cercare talenti occulti sui tram. A Leona Cassiani, da parte sua, finirono molto presto gli scrupoli iniziali e tirò fuori da dentro tutto quello che aveva nascosto con tanta astuzia i primi tre anni. In altri tre aveva assunto il controllo di tutto, e nei quattro successivi arrivò alle porte della segreteria generale, ma si rifiutò di entrarci perché era solo un gradino più in basso di Florentino Ariza. Fino ad allora era stata ai suoi ordini, e voleva continuare a starci, anche se la realtà era diversa: lo stesso Florentino Ariza non si accorgeva di essere lui a stare agli ordini di lei. Era così: non aveva fatto altro che eseguire quello che lei suggeriva alla Direzione Generale per aiutarlo a salire contro le trappole dei suoi nemici occulti.

Leona Cassiani aveva un talento diabolico per usare i segreti e sapeva sempre essere dove doveva al momento giusto. Era dinamica, silenziosa, di una dolcezza saggia. Ma quando era indispensabile, con il dolore della sua anima, mollava le redini a un carattere di ferro massiccio. Tuttavia, non lo usò mai a suo vantaggio. Il suo unico obbiettivo fu di salire la scala a qualsiasi prezzo, col sangue se non c'era altro modo, perché Florentino Ariza salisse fin dove se l'era proposto senza calcolare molto bene la propria forza. Lei lo avrebbe fatto in ogni modo, ovviamente, per un'indomabile vocazione al potere, ma la verità fu che lo fece a dovere per pura gratitudine. Era tale la sua determinazione che lo stesso Florentino Ariza si perdette nei suoi maneggi, e in un momento sfortunato cercò di chiuderle la strada credendo che lei cercasse di chiuderla a lui. Leona Cassiani lo mise al suo posto.

«Non si sbagli» gli disse. «Io mi allontano da tutto questo quando lei vorrà, ma ci pensi bene.»

Florentino Ariza, che in effetti non ci aveva pensato, ci pensò allora al meglio che poté, e le diede in mano le sue armi. La cosa certa è che in mezzo a quella guerra sordida in un'impresa in crisi perpetua, in mezzo ai suoi disastri da falconiere senza tranquillità e l'illusione sempre più incerta di Fermina Daza, l'impassibile Florentino Ariza non aveva avuto un momento di pace interiore davanti allo spettacolo affascinante di quella negra indomita impiastrata di merda e di amore nella febbre della mischia. Tanto che spesso si dolse in cuor suo che lei non fosse stata in realtà quella che lui credeva che fosse il pomeriggio in cui la conobbe, per essersi pulito il sedere con i suoi principi e aver fatto l'amore con lei anche se fosse stato pagato pepite d'oro puro. Perché Leona Cassiani continuava a essere uguale a quel pomeriggio sul tram, con gli stessi vestiti da animale spaventato, i suoi turbanti folli, i suoi orecchini pendenti e i braccialetti di osso, il suo fascio di collane e i suoi anelli di pietre false a tutte le dita: una leonessa della strada. Il molto poco che gli anni le avevano aggiunto esteriormente era per il suo bene. Navigava in una maturità splendida, i suoi incanti di donna erano più inquietanti, e il suo focoso corpo di africana si faceva sempre più sodo con la maturità. Florentino Ariza non era riuscito a introdurvisi in dieci anni, pagando così la dura penitenza del suo errore originale, e lei lo aveva aiutato in tutto salvo che in quello.

Una notte in cui si fermò a lavorare fino a molto tardi, come aveva fatto spesso dopo la morte di sua madre, Florentino Ariza stava per uscire quando vide che c'era luce nell'ufficio di Leona Cassiani. Aprì la porta senza bussare, e lei era lì; sola nell'ufficio, assorta, seria, con degli occhiali nuovi che le davano un'aria accademica. Florentino Ariza si rese conto con un timore lieto che erano loro due soli nell'edificio, i moli erano deserti, la città addormentata, la notte eterna sul mare tenebroso, il bramito triste di una nave che avrebbe tardato più di un'ora per arrivare. Florentino Ariza si appoggiò sull'ombrello con le due mani, come aveva fatto nel vicolo di El Candilejo per chiuderle il passo, solo che ora lo fece perché non gli si notasse la disarticolazione delle ginocchia.

«Dimmi una cosa, leonessa della mia anima» disse, «quando ne usciremo?»

Lei si tolse gli occhiali senza essere sorpresa, con un'assoluta padronanza, e lo abbagliò col suo riso solare. Non gli aveva mai dato del tu.

«Senti, Florentino Ariza» gli disse, «sono dieci anni che sto seduta qui ad aspettare che tu me lo chieda.»

Ormai era tardi: l'occasione andava con lei sul tram a mule, era stata sempre con lei sulla stessa sedia su cui era seduta, ma ora se n'era andata per sempre. La verità era che dopo tante mascalzonate sotterranee che aveva fatto per lui, dopo tanta sordidezza sopportata per lui, lei lo aveva sorpassato nella vita ed era molto più avanti dei vent'anni di età che lui aveva di vantaggio: era invecchiata per lui. Lo amava tanto che invece di ingannarlo preferì continuare ad amarlo anche se dovette farglielo sapere in un modo brutale.

«No» gli disse. «Mi sentirei come se andassi a letto con il figlio che non ho mai avuto.»

Florentino Ariza rimase con la pena di non aver avuto l'ultima parola. Pensava che quando una donna dice di no resta ad aspettare che insistano prima di prendere la decisione finale, ma con lei era diverso: non poteva giocare con il rischio di sbagliarsi per la seconda volta. Si ritirò di buona voglia, e perfino con una certa grazia che non gli era facile. Da quella notte qualsiasi ombra che ci poté essere fra di loro si dissipò senza amarezze, e Florentino Ariza capì infine che si può essere amico di una donna senza andarci a letto.

Leona Cassiani fu l'unico essere umano cui Florentino Ariza fu tentato di rivelare il segreto di Fermina Daza. Le poche persone che lo conoscevano incominciavano a dimenticarlo per motivi di forza maggiore. Tre di loro se l'erano portato nella tomba senza alcun dubbio: sua madre, che già da molto prima di morire lo aveva cancellato dalla memoria; Gala Placidia, morta di buona vecchiaia al servizio di quella che per lei era stata quasi una figlia, e l'indimenticabile Escolástica Daza, quella che gli aveva portato dentro a un messale la prima lettera d'amore della sua vita, e che non poteva essere ancora viva dopo tanti anni. Lorenzo Daza, di cui allora non sapeva se fosse vivo o morto, poteva averlo rivelato alla sorella Franca de la Luz per cercare di evitare l'espulsione, ma era poco probabile che lo avessero divulgato. Restavano da contare undici telegrafisti della provincia lontana di Hildebranda Sánchez, che avevano maneggiato telegrammi con i loro nomi completi e i loro indirizzi esatti, e poi Hildebranda Sánchez e la sua corte di indomite cugine.

Quello che ignorava Florentino Ariza era che il dottor Juvenal Urbino doveva essere incluso nel conto. Hildebranda Sánchez gli aveva rivelato il segreto in una delle sue tante visite dei primi anni. Ma lo aveva fatto in un modo così casuale e in un momento così inopportuno che al dottor Urbino non era entrato da un orecchio e gli era uscito dall'altro, come lei aveva pensato, ma addirittura non gli era entrato per niente. Hildebranda, in effetti, aveva menzionato Florentino Ariza come uno dei poeti nascosti che secondo lei potevano vincere i Giochi Floreali. Al dottor Urbino costò fatica ricordare chi era, e lei gli disse senza che fosse indispensabile ma senza una punta di malizia che era stato l'unico innamorato che Fermina Daza aveva avuto prima di sposarsi. Glielo disse convinta che fosse stato qualcosa di così innocente ed effimero da risultare ancora più commovente. Il dottor Urbino le aveva risposto senza guardarla: «Non sapevo che quel tipo fosse un poeta». E lo aveva immediatamente cancellato dalla memoria, fra l'altro perché la sua professione lo aveva abituato a un uso etico dell'oblio.

Florentino Ariza osservò che i depositari del segreto, eccettuata sua madre, appartenevano al mondo di Fermina Daza. Nel suo c'era solo lui, solo con il peso opprimente di un carico che parecchie volte avrebbe avuto bisogno di dividere, ma nessuno fino ad allora si era meritato tanta confidenza. Leona Cassiani era l'unica possibile, e gli mancavano solo il modo e l'occasione. Ci stava pensando proprio il pomeriggio di calura estiva in cui il dottor Juvenal Urbino aveva salito le scale ripide della C.F.C., con una sosta a ogni gradino per resistere al calore delle tre, era apparso ansante nell'ufficio di Florentino Ariza bagnato di sudore fino ai pantaloni, e aveva detto con l'ultimo respiro: «Credo che stia per venirci addosso un ciclone». Florentino Ariza lo aveva visto lì spesso, in cerca dello zio León XII, ma mai come allora aveva avuto l'impressione così netta che quell'apparizione sgradevole avesse qualcosa a che vedere con la sua vita.

Era l'epoca in cui anche il dottor Juvenal Urbino aveva superato gli scogli della professione, e girava quasi di porta in porta come un mendicante col cappello in mano alla ricerca di contributi per le sue promozioni artistiche. Uno dei suoi contribuenti più assidui e più prodighi era sempre stato lo zio León XII, che proprio in quel momento aveva incominciato a fare la sua siesta quotidiana di dieci minuti, seduto sulla poltrona a molle della scrivania. Florentino Ariza chiese al dottor Juvenal Urbino la cortesia di aspettare nel suo ufficio, che era contiguo a quello dello zio León XII e che in qualche modo gli serviva da anticamera.

Si erano visti in diverse occasioni ma non erano mai stati così, uno di fronte all'altro, e Florentino Ariza patì ancora una volta la nausea di sentirsi inferiore. Furono dieci minuti eterni, in cui si alzò tre volte con la speranza che lo zio si fosse svegliato prima del tempo e si bevve un thermos intero di caffè nero. Il dottor Urbino non ne accettò neanche una tazza. Disse: «Il caffè è veleno». E continuò a concatenare un argomento con un altro senza neanche preoccuparsi di essere ascoltato. Florentino Ariza non poteva sopportare la sua distinzione naturale, la fluidità e la precisione delle sue parole, il suo alito recondito di canfora, il suo fascino personale, il modo così facile ed elegante con cui riusciva a far sì che anche le frasi più frivole, solo perché le diceva lui, sembrassero essenziali. Improvvisamente, il medico cambiò argomento in modo brusco:

«Le piace la musica?»

Lo colse di sorpresa. In realtà, Florentino Ariza assisteva a tutti i concerti o alle rappresentazioni che si davano in città, ma non si sentiva in grado di sostenere una conversazione critica o ben informata. Aveva il sangue dolce per la musica di moda, soprattutto per i valzer sentimentali, la cui affinità con quelli che lui stesso componeva da adolescente, o con i suoi versi segreti, era innegabile. Gli bastava sentirli una volta di sfuggita perché poi non ci fosse potere divino che gli togliesse dalla testa il filo della melodia per notti intere. Ma quella non sarebbe stata una risposta seria a una domanda così seria fatta da uno specialista.

«Mi piace Gardel» disse.

Il dottor Urbino lo capì. «Già» disse. «È di moda.» E si buttò a pesce a raccontare i suoi nuovi e numerosi progetti, che doveva realizzare come sempre senza sussidi ufficiali. Gli fece notare l'inferiorità scoraggiante degli spettacoli che era possibile portare allora e lo splendore di quelli del secolo precedente. Ed era proprio così: era un anno che stava vendendo abbonamenti per portare il trio Cortot-Casals-Thibaud al Teatro della Commedia, e non c'era nessuno tra quelli del governo che sapesse chi erano, mentre in quello stesso mese erano esauriti i posti per la compagnia di drammi polizieschi Ramón Caralt, per la Compagnia di Operette e Zarzuelas di don Manolo de la Presa, per Los Santanelas, ineffabili trasformisti mimico-fantastici che si cambiavano d'abito in piena scena nell'attimo di un lampo fosforescente, per Denise D'Altaine, che si presentava come una vecchia ballerina delle Folies-Bergère, e persino per l'abominevole Ursus, un energumeno basco che lottava corpo a corpo con un toro da corrida. Non era però per lamentarsi, se gli stessi europei stavano dando ancora una volta il cattivo esempio di una guerra barbara, quando noi incominciavamo a vivere in pace dopo nove guerre civili in mezzo secolo che ben calcolate potevano essere una sola: sempre la stessa. Quello che richiamò maggiormente l'attenzione di Florentino Ariza di quel discorso accattivante fu la possibilità di rivivere i Giochi Floreali, la più risonante e durevole delle iniziative che il dottor Juvenal Urbino aveva concepito nel passato. Dovette mordersi la lingua per non raccontargli di essere stato un assiduo partecipante di quel concorso annuale che era arrivato a interessare poeti di gran nome, non solo nel resto del paese ma anche in altri del Caribe.

Appena iniziata la conversazione, l'umidità calda dell'aria si raffreddò improvvisamente e una tormenta di venti incrociati scosse porte e finestre con forti rombi, e l'ufficio scricchiolò fino alle fondamenta come un veliero alla deriva. Il dottor Juvenal Urbino non sembrò accorgersene. Fece qualche riferimento casuale ai cicloni lunatici di giugno, e all'improvviso, senza rendersene conto, parlò di sua moglie. Non solo era la sua collaboratrice più entusiasta, ma era come l'anima stessa delle sue iniziative. Disse: «Io non sarei nessuno senza di lei». Florentino Ariza lo ascoltò impassibile, approvando tutto con un leggero movimento della testa, senza osare di dire nulla per paura che la voce lo tradisse. Due o tre frasi in più, però, gli bastarono per capire che al dottor Juvenal Urbino, in mezzo a tanti impegni che lo assorbivano, avanzava ancora tempo per adorare sua moglie quasi quanto lui, e quella verità lo stordì. Ma non poté reagire come avrebbe voluto, perché il cuore gli fece in quel momento uno di quegli scherzi da prete che solo succedono al cuore: gli rivelò che lui e quell'uomo che aveva sempre considerato come il nemico personale erano vittime di uno stesso destino e condividevano il caso di una passione comune: una coppia di animali attaccati allo stesso giogo. Per la prima volta nei ventisette interminabili anni in cui continuava ad aspettare, Florentino Ariza non poté resistere alla fitta di dolore che quell'uomo mirabile dovesse morire perché lui potesse essere felice

Il ciclone andò oltre, ma le sue raffiche sfasciarono in quindici minuti i quartieri delle paludi e provocarono distruzioni in mezza città. Il dottor Juvenal Urbino, soddisfatto ancora una volta per la generosità dello zio León XII, non attese che smettesse del tutto di piovere e si portò via per distrazione l'ombrello personale che Florentino Ariza gli aveva prestato per arrivare fino alla carrozza. Ma a lui non importò. Anzi: fu contento di pensare a quello che Fermina Daza avrebbe pensato quando avesse saputo chi era il proprietario dell'ombrello. Era ancora turbato dalla commozione dell'incontro quando Leona Cassiani passò dal suo ufficio, e gli sembrò un'occasione unica per rivelarle il segreto senza altre circonvoluzioni, come far sciogliere un groviglio di rondini che non lo lasciava vivere: ora o mai più. Incominciò a chiederle che cosa pensava del dottor Juvenal Urbino. Lei gli rispose quasi soprappensiero: «È un uomo che ne fa molte di cose, forse troppe, ma credo che nessuno sappia quello che pensa». Poi si mise a riflettere, facendo a pezzi la gomma in fondo alla matita con i suoi denti affilati e lunghi, da negra grande, e alla fine si strinse nelle spalle per liquidare un argomento che non le interessava.

«Forse è per questo che fa tante cose» disse, «per non avere da pensare.»

Florentino Ariza cercò di arginarla.

«Quello che mi dispiace è che deve morire» disse.

«Tutti devono morire» disse lei.

«Sì» disse lui, «ma quest'uomo più di chiunque altro.»

Lei non capì niente: tornò a stringersi nelle spalle senza parlare, e se ne andò. Allora Florentino Ariza seppe che in qualche notte incerta del futuro, in un letto felice con Fermina Daza, le avrebbe raccontato di non aver rivelato il segreto del suo amore neanche all'unica persona che si era guadagnata il diritto di saperlo. No: non lo avrebbe rivelato mai, neanche alla stessa Leona Cassiani, non perché non volesse aprire per lei la cassaforte in cui lo aveva tenuto così ben custodito per mezza vita ma perché solo allora si rese conto di averne perduto la chiave.

Non era quella, però, la cosa più sconvolgente di quel pomeriggio. Gli restava la nostalgia dei suoi tempi giovanili, il ricordo vissuto dei Giochi Floreali, il cui frastuono risuonava ogni

15 aprile nell'ambito delle Antille. Ne era sempre stato uno dei protagonisti, ma sempre, come quasi in tutto, un protagonista segreto. Vi aveva partecipato diverse volte fin dal concorso inaugurale, ventiquattro anni prima, e non aveva mai ottenuto neanche l'ultima menzione. Però non gli importava perché non lo faceva per l'ambizione del premio ma perché la gara aveva per lui un'attrazione in più: Fermina Daza fu l'addetta ad aprire le buste sigillate e a proclamare i nomi dei vincitori nella prima edizione, e da allora restò stabilito che continuasse a farlo negli anni seguenti.

Nascosto nella penombra delle poltrone con una camelia viva che palpitava all'occhiello del risvolto per la violenza del desiderio, Florentino Ariza vide Fermina Daza aprire le tre buste sigillate nello scenario dell'antico Teatro Nazionale, la notte del primo concorso. Si domandò che cosa sarebbe successo nel suo cuore quando avesse scoperto che era lui il vincitore dell'Orchidea d'Oro. Era sicuro che avrebbe riconosciuto la calligrafia e che in quel momento avrebbe evocato i pomeriggi di ricamo sotto i mandorli del giardinetto, il profumo delle gardenie appassite nelle lettere, il valzer confidenziale della dea incoronata nelle albe ventose. Non successe. Peggio ancora: l'Orchidea d'Oro, il premio più ambito della poesia nazionale, fu assegnato a un immigrante cinese. Lo scandalo pubblico che provocò quella decisione insolita mise in dubbio la serietà della gara. Ma la decisione definitiva fu giusta, e l'unanimità della giuria si giustificava per l'eccellenza del sonetto.

Nessuno credette che l'autore fosse il cinese premiato. Era arrivato alla fine del secolo prima fuggendo il flagello della febbre gialla che si era abbattuto su Panama durante la costruzione della ferrovia dei due oceani, insieme a molti altri che si erano fermati lì fino alla morte, vivendo alla cinese, proliferando alla cinese, e così simili gli uni agli altri che nessuno riusciva a distinguerli. All'inizio non erano più di dieci, alcuni di loro con mogli e figli e cani da mangiare, ma in pochi anni erano straripati in quattro vicoli dei dintorni del porto con nuovi cinesi intempestivi che entravano nel paese senza lasciare traccia nei registri della dogana. Qualcuno dei giovani si trasformò in patriarca venerabile con tanta sollecitudine che nessuno si spiegava come avessero avuto tempo di invecchiare. L'intuizione popolare li divise in due classi: i cinesi cattivi e i cinesi buoni. I cattivi erano quelli degli alberghi lugubri del porto, dove la stessa persona mangiava come un re o moriva improvvisamente sul tavolo davanti a un piatto di topo con girasoli, e dei quali si sospettava che fossero soltanto paraventi della tratta delle bianche e del traffico di tutto. I buoni erano i cinesi delle lavanderie, eredi di una scienza sacra, che restituivano le camicie più pulite che se fossero nuove, con i colli e i polsini come cialde appena stirate. Fu uno di questi cinesi buoni quello che sbaragliò ai Giochi Floreali settantadue rivali ben agguerriti.

Nessuno capì il nome quando Fermina Daza lo lesse abbagliata. Non solo perché era un nome insolito, ma anche perché in ogni modo nessuno sapeva per certo come si chiamassero i cinesi.

Ma non dovette pensarci molto, perché il cinese premiato venne fuori dal fondo della platea con quel sorriso celestiale che hanno i cinesi quando arrivano presto a casa. Era andato così sicuro della vittoria che per ricevere il premio aveva indosso la camicetta di seta gialla dei riti di primavera. Ricevuta l'Orchidea d'Oro a diciotto carati, la baciò di gioia in mezzo alle facezie assordanti degli increduli. Non si alterò. Aspettò al centro dello scenario, imperturbabile come l'apostolo di una Divina Provvidenza meno drammatica della nostra, e non appena ci fu silenzio lesse la poesia premiata. Nessuno lo capì. Ma quando fu passata la nuova bordata di fischi, Fermina Daza la rilesse impassibile, con la sua afonica voce insinuante, e la meraviglia si impose fin dal primo verso. Era un sonetto della più pura origine parnassiana, perfetto, percorso da un soffio di ispirazione che denunciava la complicità di una mano magistrale. L'unica spiegazione possibile era che qualche grande poeta avesse escogitato questo scherzo per burlarsi dei Giochi Floreali, e che il cinese si fosse prestato con la determinazione di mantenere il segreto fino alla morte. Il "Diario del Comercio", nostro giornale tradizionale, cercò di rappezzare l'onore civile con un saggio erudito e piuttosto indigesto sull'antichità e l'influenza culturale dei cinesi nel Caribe, e sul loro diritto meritorio di partecipare ai Giochi Floreali. L'autore del saggio non dubitava che l'autore del sonetto fosse in realtà quello che diceva di essere, e lo giustificava senza giri di parole fin dal titolo: *Tutti i cinesi sono poeti*. I promotori della congiura, se ci fu, marcirono nelle loro tombe con il segreto. Da parte sua, il cinese premiato morì senza confessione a un'età orientale e fu seppellito con l'Orchidea d'Oro dentro la bara, ma con l'amarezza di non essere riuscito ad avere in vita l'unica cosa che desiderava, che era il suo credito di poeta. Con il pretesto della sua morte si evocò sulla stampa l'incidente dimenticato dei Giochi Floreali, si riprodusse il sonetto con una vignetta modernista di turgide donzelle con cornucopie d'oro, e gli dei custodi della poesia si valsero dell'occasione per mettere le cose al loro posto: il sonetto parve così brutto alla nuova generazione che nessuno mise più in dubbio che in realtà fosse stato scritto dal cinese morto.

Florentino Ariza associò sempre quello scandalo al ricordo di una opulenta sconosciuta che gli era seduta di fianco. L'aveva osservata all'inizio della cerimonia ma poi l'aveva dimenticata per la tensione dell'attesa. Gli avevano richiamato l'attenzione la sua bianchezza madreperlacea, la sua fragranza da grassa felice, le sue immense tettone da soprano coronate da una magnolia finta. Aveva un vestito di velluto nero molto aderente, nero come gli occhi ansiosi e caldi, e aveva i capelli ancora più neri, raccolti sulla nuca con un pettine di gitana. Aveva orecchini ad anello pendenti, una collana dello stesso stile e anelli uguali alle diverse dita, tutti di similoro brillante, e un neo dipinto a matita sulla guancia destra. Nella confusione degli applausi finali, guardò Florentino Ariza con una tristezza sincera.

«Mi creda che me ne dispiace nel profondo dell'anima» gli disse.

Florentino Ariza si impressionò, non per le condoglianze che in realtà meritava, ma per la paura che qualcuno conoscesse il suo segreto. Lei gliela dissipò: «Me ne sono accorta dal modo come le tremava il fiore del risvolto mentre aprivano le buste». Gli mostrò la magnolia di peluche che aveva in mano e gli aprì il cuore:

«Per questo mi sono tolta la mia» disse.

Stava per piangere per la sconfitta, ma Florentino Ariza le cambiò l'animo col suo istinto di cacciatore notturno.

«Andiamocene da qualche parte a piangere insieme» le disse.

L'accompagnò a casa sua. Già sulla porta e, visto che era quasi mezzanotte e non c'era nessuno per la strada, la convinse a invitarlo a prendere un brandy mentre vedevano gli album di ritagli e fotografie di più di dieci anni di avvenimenti pubblici che lei sosteneva di avere. Il trucco era già vecchio allora, ma quella volta fu involontario, perché era lei che aveva parlato dei suoi album mentre se ne andavano camminando dal Teatro Nazionale. Entrarono. La prima cosa che Florentino Ariza osservò dalla sala fu che la porta dell'unica camera da letto era aperta e che il letto era grande e sontuoso, con una trapunta di broccato e testata con fronde di bronzo. Quella vista lo turbò. Lei dovette accorgersene, perché avanzò in mezzo alla sala e chiuse la porta della camera. Poi lo invitò a sedersi su un divano di cretonne a fiori su cui c'era un gatto addormentato e mise in mezzo al tavolo la sua collezione di album. Florentino Ariza incominciò a sfogliarli senza fretta, pensando più ai suoi movimenti successivi che a quello che stava guardando, e improvvisamente alzò lo sguardo e vide che lei aveva gli occhi pieni di lacrime. Le consigliò di piangere quanto avesse voluto, spudoratamente, perché niente allevia come il pianto, ma le suggerì anche di allentarsi il corpetto per piangere. Lui si affrettò ad aiutarla, perché il corpetto era stretto a forza sulla schiena con una lunga cucitura di lacci incrociati. Non riuscì a finire, perché il corpetto si sciolse poi da solo per la pressione interna, e le tette astronomiche respirarono liberamente.

Florentino Ariza, che non aveva mai perso la paura della prima volta anche nelle occasioni più facili, arrischiò una carezza epidermica sul collo con la punta delle dita, e lei si contorse con un gemito da bambina viziata senza smettere di piangere. Allora lui la baciò nello stesso punto, molto delicatamente, come aveva fatto con le dita, e non poté farlo la seconda volta perché lei si girò verso di lui con tutto il suo corpo monumentale, avido e caldo, e tutti e due rotolarono abbracciati per terra. Il gatto sul divano si svegliò con un miagolio, e gli saltò addosso. Loro si cercarono a tastoni come principianti frettolosi e si trovarono in qualche modo, abbattendosi sugli album scompigliati, vestiti, madidi di sudore, e cercando più di schivare le graffiate furiose del gatto che il disastro d'amore che stavano commettendo. Ma dalla notte seguente, con le ferite ancora sanguinanti, continuarono a farlo per vari anni.

Quando si accorse di aver incominciato ad amarla, lei era già nella maturità e lui stava per compiere trent'anni. Si chiamava Sara Noriega e aveva avuto un quarto d'ora di celebrità nella sua gioventù per aver vinto un concorso con un libro di versi sull'amore dei poveri, che non era mai stato pubblicato. Era insegnante di Educazione e Istruzione Civica nelle scuole pubbliche, e viveva del suo stipendio in una casa in affitto del variopinto Pasaje de los Novios, nel vecchio quartiere di Getsemani. Aveva avuto diversi amanti occasionali, ma nessuno con illusioni matrimoniali perché era difficile che un uomo del suo ambiente e del suo tempo sposasse una donna con cui era andato a letto. Nemmeno lei tornò ad alimentare quell'illusione dopo che il suo primo fidanzato formale, quello che aveva amato con la passione quasi demenziale di cui era capace a diciotto anni, fuggì dal suo impegno una settimana prima della data prevista per le nozze e la lasciò persa in un limbo di fidanzata presa in giro. O di zitella usata, come si diceva allora. Tuttavia quella prima esperienza, anche se crudele ed effimera, non le lasciò nessuna amarezza, ma anzi la convinzione abbagliante che con o senza matrimonio, senza Dio o senza legge, non valeva la pena di vivere se non per avere un uomo nel letto. Quello che di lei piaceva di più a Florentino Ariza era che mentre faceva l'amore doveva succhiare un ciuccio da bambino per raggiungere la gloria completa. Arrivarono ad averne una sfilza di quante grandezze, forme e colori si trovavano sul mercato, e Sara Noriega li attaccava alla testata del letto per trovarli alla cieca nei suoi momenti di estrema urgenza.

Anche se lei era libera quanto lui, e forse non si sarebbe opposta a che i loro rapporti fossero pubblici, Florentino Ariza li aveva impostati fin dall'inizio come un'avventura clandestina. Scivolava dentro dalla porta di servizio, quasi sempre di notte molto tardi, e scappava in punta di piedi poco prima dell'alba. Tanto lui che lei sapevano che in una casa divisa e popolata come quella in fin dei conti i vicini dovevano essere più al corrente di quanto fingevano. Però, benché fosse solo una formula, Florentino Ariza era così come sarebbe stato con tutte per il resto della sua vita. Non commise mai un errore, né con lei né con nessun'altra, non incorse mai in una slealtà. Non esagerava: solo in un'occasione lasciò una traccia compromettente o un'evidenza scritta, e avrebbero potuto costargli la vita. In realtà si comportò sempre come se fosse stato il marito eterno di Fermina Daza, un marito infedele ma tenace, che lottava senza tregua per liberarsi della sua schiavitù, ma senza provocarle il disgusto di un tradimento.

Un simile ermetismo non poteva prosperare senza equivoci. La stessa Tránsito Ariza morì convinta che quel figlio concepito per amore e allevato per l'amore fosse immunizzato contro ogni forma di amore per la sua prima contrarietà giovanile. Però, parecchie persone meno benevole che gli furono molto vicine, che conoscevano il suo carattere misterioso e la sua inclinazione per gli abiti mistici e le lozioni strane, condividevano il sospetto che non fosse immune all'amore ma alla donna. Florentino Ariza lo sapeva e non fece mai niente per smentirlo. Tantomeno se ne preoccupò Sara Noriega. Come le altre innumerevoli donne che lui amò, e anche quelle che lo compiacevano e si compiacevano con lui senza amarlo, lo accettò per quello che era in realtà: un uomo di passaggio.

Finì per comparire in casa sua a qualsiasi ora, soprattutto la domenica mattina, che era il momento più tranquillo. Lei abbandonava quello che stava facendo, qualunque cosa fosse, e si consacrava con tutto il corpo a cercare di farlo felice nell'enorme letto istoriato che era sempre pronto per lui e in cui non permise mai che si incorresse in formalismi liturgici. Florentino Ariza non capiva come una zitella senza passato potesse essere così saggia in fatto di uomini, né come potesse dirigere il suo dolce corpo da delfino con tanta leggerezza e tanta dolcezza come se si muovesse sott'acqua. Lei si difendeva dicendo che l'amore, prima di tutto, era una dote naturale. Diceva: «O si nasce sapendolo fare o non lo si impara mai».

Florentino Ariza si torceva di gelosie retrospettive pensando che forse lei fosse più navigata di quello che fingeva di essere, ma doveva ingoiarsele tutte, perché anche lui le diceva, come lo disse a tutte, che lei era stata la sua unica amante. Fra le molte altre cose che gli piacevano meno, dovette rassegnarsi ad avere sul letto il gatto infuriato cui Sara Noriega limava le unghie perché non li facesse a pezzi a furia di graffi mentre facevano l'amore.

Tuttavia, quasi altrettanto come divertirsi a letto fino all'esaurimento, a lei piaceva consacrare le fatiche dell'amore al culto della poesia. Non solo aveva una memoria spaventosa per i versi sentimentali del suo tempo, le cui novità si vendevano su foglietti per la strada a due centesimi, ma attaccava perfino con gli spilli alle pareti le poesie che le piacevano di più, per leggerle a viva voce a qualsiasi ora. Aveva fatto una versione in endecasillabi pari dei testi di Educazione e Istruzione Civica, come quelli che si usavano per l'ortografia, ma non riuscì a ottenere l'approvazione ufficiale. Era tale la sua estasi declamatoria che a volte continuava a recitare gridando mentre faceva l'amore, e Florentino Ariza doveva metterle il ciuccio in bocca a viva forza come si faceva con i bambini perché smettessero di piangere.

Nella pienezza dei loro rapporti, Florentino Ariza si era chiesto quale delle due situazioni fosse l'amore, se quella del letto turbolento o quella dei calmi pomeriggi domenicali, e Sara Noriega lo aveva tranquillizzato con la semplice risposta che tutto quello che facevano nudi era amore. Aveva detto: «Amore dell'anima dalla cintura in su e amore del corpo dalla cintura in giù». Questa definizione parve buona a Sara Noriega per una poesia sull'amore diviso, che scrissero a quattro mani, e che lei presentò alla quinta edizione dei Giochi Floreali, convinta che nessuno vi avesse partecipato fino ad allora con una poesia così originale. Ma perse di nuovo.

Era furibonda mentre Florentino Ariza l'accompagnava a casa. Per qualcosa che non sapeva spiegare era convinta che la manovra fosse stata ordita contro di lei da Fermina Daza, per non premiare la sua poesia. Florentino Ariza non le prestò attenzione. Era di umore cupo fin dalla consegna dei premi perché non aveva visto Fermina Daza per molto tempo, e quella sera aveva avuto l'impressione che avesse subìto un profondo cambiamento: per la prima volta solo a guardarla le si notava la sua condizione di madre. Non era una novità per lui, perché sapeva che il figlio andava già a scuola. Tuttavia, la sua età maternale non gli era apparsa prima così evidente come quella sera, sia per il diametro della sua vita e per la sua andatura un po' ansimante, sia per le incrinature della voce quando aveva letto la lista dei premiati.

Cercando di documentare i suoi ricordi, tornò a sfogliare gli album dei Giochi Floreali mentre Sara Noriega preparava qualcosa da mangiare. Vide illustrazioni colorate di riviste, cartoline ingiallite di quelle che si vendevano come ricordo sui portoni, e fu come un ripasso di fantasma della fallacia della sua stessa vita. Fino ad allora lo aveva sostenuto la finzione che il mondo fosse quello che succedeva, passavano i costumi, la moda: tutto meno lei. Ma quella sera vide per la prima volta in modo cosciente come stesse passando la vita a Fermina Daza, e come passasse la sua stessa vita, mentre lui non faceva nient'altro che aspettare. Non aveva mai parlato di lei con nessuno perché si sapeva incapace di dirne il nome senza che gli si notasse il pallore delle labbra. Ma quella notte, mentre sfogliava gli album come in tante altre veglie di noia domenicale, Sara Noriega ebbe una di quelle uscite casuali che gelavano il sangue.

«È una troia» disse.

Lo disse mentre passava, vedendo una fotografia di Fermina Daza travestita da pantera nera a un ballo in maschera, e non dovette menzionare nessuno perché Florentino Ariza sapesse di chi stava parlando. Temendo una rivelazione che lo avrebbe turbato per il resto della vita, affrettò una difesa guardinga. Avvertì di conoscere Fermina Daza solo alla lontana, di non aver mai oltrepassato i saluti formali e di non avere nessuna informazione sulla sua vita privata, ma dava per certo che fosse una donna ammirevole, venuta su dal nulla e innalzatasi per meriti propri.

«Per opera e grazia di un matrimonio d'interesse con un uomo che non ama» lo interruppe Sara Noriega. «È il modo più basso di essere troia.»

Con meno crudezza, ma con uguale rigore morale, sua madre aveva detto la stessa cosa a Florentino Ariza cercando di consolarlo delle sue sventure. Turbato fino al midollo, non trovò una replica adeguata all'inclemenza di Sara Noriega, e cercò di svicolare dall'argomento. Ma Sara Noriega non glielo permise finché non ebbe finito di sfogarsi contro Fermina Daza. Per un colpo d'intuito che non era riuscita a spiegarsi era convinta che fosse stata lei l'autrice della cospirazione per farle sfuggire il premio. Non aveva nessun motivo per crederlo: non si conoscevano, non si erano mai viste, e Fermina Daza non aveva niente a che vedere con le decisioni del concorso, anche se certo era al corrente dei suoi segreti. Sara Noriega disse in modo conclusivo: «Noi donne siamo indovine». E chiuse la discussione.

Da quel momento Florentino Ariza la vide con altri occhi. Anche per lei passavano gli anni. La sua fertile natura si avvizziva senza gloria, il suo amore si fermava ai singhiozzi, e le sue palpebre incominciavano a mostrare l'ombra delle vecchie amarezze. Era un fiore di ieri. Inoltre, nella furia della sconfitta aveva trascurato di contare i suoi brandy. Non era in serata: mentre mangiavano il riso di cocco riscaldato, cercò di stabilire quale fosse stato il contributo di ognuno alla poesia sconfitta per sapere quanti petali dell'Orchidea d'Oro sarebbero corrisposti a ognuno. Non era la prima volta che si intrattenevano in torture bizantine, ma lui approfittò dell'occasione per respirare dalla ferita appena aperta e si aggrovigliarono in una disputa meschina che sollevò a tutti e due i rancori di quasi cinque anni di amore condiviso.

Quando mancavano dieci minuti a mezzanotte, Sara Noriega salì su una sedia per caricare la pendola, e l'aveva messa a quell'ora d'istinto, forse volendo dire senza dirlo che era ora di andarsene. Florentino Ariza sentì allora l'urgenza di tagliare alla radice quella relazione senza amore e cercò di essere lui a prendere l'iniziativa: come avrebbe sempre fatto. Pregando Dio che Sara Noriega gli permettesse di fermarsi nel suo letto per dirle di no, che tutto era finito fra loro, le chiese di sedersi vicino a lui quando finì di caricare l'orologio. Ma lei preferì tenersi a distanza sulla poltrona delle visite. Florentino Ariza le tese allora l'indice bagnato di brandy perché lei lo succhiasse, come le piaceva fare nei preamboli dell'amore di altri momenti. Lei rifiutò.

«Adesso no» disse. «Sto aspettando qualcuno.»

Da quando era stato respinto da Fermina Daza, Florentino Ariza aveva imparato a tenersi sempre l'ultima decisione. In circostanze meno amare avrebbe persistito negli assedi a Sara Noriega, sicuro di finire la notte rotolandosi con lei nel letto, perché era convinto che una donna che va a letto con un uomo una volta continuerà ad andare a letto con lui ogni volta che lui lo voglia, sempre che sappia intenerirla ogni volta. Aveva sopportato tutto in virtù di quella convinzione, era passato sopra a tutto anche negli affari più sporchi dell'amore, per non concedere a nessuna donna nata da donna l'opportunità di prendere la decisione finale. Ma quella notte si sentì talmente umiliato che si bevve il brandy di colpo, facendo tutto il possibile perché gli si notasse il rancore, e se ne andò senza salutare. Non si videro mai più.

La relazione con Sara Noriega fu una delle più lunghe e stabili di Florentino Ariza, anche se non fu l'unica che lui ebbe in quei cinque anni. Quando capì di sentirsi bene con lei, soprattutto a letto, ma che non sarebbe mai riuscito a sostituire con lei Fermina Daza, rincrudirono le sue notti da cacciatore solitario, e se le adattava in modo da dividere il suo tempo e le sue forze fin dove gli fosse possibile. Sara Noriega, però, ottenne il miracolo di riuscire a sollevarlo per un po'. Almeno poté vivere senza vedere Fermina Daza, a differenza di prima, quando interrompeva in qualsiasi momento quello che stava facendo per cercarla lungo i sentieri incerti dei suoi presagi, nelle vie più impensate, in luoghi irreali dove era impossibile che fosse, vagando senza senso con delle ansie nel petto che non gli davano tregua finché non l'avesse vista almeno un attimo. La rottura con Sara Noriega, invece, gli risollevò i rimpianti sopiti, e si sentì di nuovo come nei pomeriggi del giardinetto e delle letture interminabili, ma questa volta aggravati dall'urgenza che il dottor Juvenal Urbino doveva morire.

Sapeva da parecchio tempo di essere predestinato a far felice una vedova, e che lei lo facesse felice, e questo non lo preoccupava. Anzi: ci era preparato. A furia di conoscerle nelle sue incursioni di cacciatore solitario, Florentino Ariza avrebbe finito per sapere che il mondo era pieno di vedove felici. Le aveva viste impazzire di dolore davanti al cadavere del marito, supplicando di seppellirle vive dentro alla stessa bara per non affrontare senza di lui i casi del futuro, ma più si riconciliavano con la realtà del loro nuovo stato più le si vedeva risorgere dalle ceneri con una vitalità rinverdita. Incominciavano a vivere come parassiti di ombre nelle casone deserte, diventavano confidenti delle loro domestiche, amanti dei loro cuscini, senza nulla da fare dopo tanti anni di prigionia sterile. Perdevano le altre ore a cucire sui vestiti del morto i bottoni che non avevano mai avuto tempo di sostituire, stiravano e ristiravano le loro camicie coi polsini e il collo inamidati perché fossero sempre perfette. Continuavano a mettere il loro sapone nel bagno, la federa con le loro iniziali nel letto, il piatto e le posate al loro posto a tavola, nel caso tornassero dalla morte senza avvisare, come erano soliti fare in vita. Ma in quei silenzi di solitudine prendevano a poco a poco coscienza di essere di nuovo padrone del loro arbitrio, dopo aver rinunciato non solo al loro nome di famiglia ma anche alla propria identità, e tutto questo in cambio di una sicurezza che era stata soltanto un'altra delle loro tante illusioni di spose. Solo loro sapevano quanto pesava l'uomo che amavano con follia, e che forse le amava, ma che avevano dovuto continuare ad allevare fino all'ultimo respiro, dandogli da poppare, cambiandogli i pannolini imbrattati, distraendolo con trucchetti da madre per alleviargli il terrore di uscire la mattina a vedere in faccia la realtà. E però, quando lo vedevano uscire di casa istigato da loro stesse a bersi il mondo, allora erano loro a temere che l'uomo non tornasse più. Quella era la vita. L'amore, se c'era, era una cosa a parte: un'altra vita.

Nell'ozio riparatore della solitudine, invece, le vedove scoprivano che il modo onorevole di vivere era secondo la volontà del corpo, mangiando solo per fame, amando senza mentire, dormendo senza dover far finta di dormire per sfuggire all'indecenza dell'amore ufficiale, padrone finalmente del diritto a tutto un letto solo per loro in cui nessuno gli contendesse la metà del loro lenzuolo, la metà della loro aria da respirare, la metà della loro notte, finché il corpo era sazio di sognare con i loro propri sogni e si svegliava da solo. Nelle sue albe di cacciatore furtivo, Florentino Ariza le incontrava all'uscita dalla messa delle cinque, vestite di nero e con il corvo del destino appollaiato sulla spalla. Da quando lo intravedevano nel chiarore dell'alba attraversavano la strada e cambiavano di marciapiede con passi piccoli e interrotti, passi da uccellino, perché il solo passare vicino a un uomo poteva macchiare il loro onore. Lui, però, era convinto che una vedova sconsolata, più di qualsiasi altra donna, potesse portare dentro di sé il seme della felicità.

Tante vedove della sua vita, fin dalla vedova di Nazaret, gli avevano permesso di scorgere come fossero felici le mogli dopo la morte dei loro mariti. Quello che fino ad allora era stato per lui una mera illusione si trasformò grazie a loro in una possibilità che si poteva toccare con mano. Non trovava ragioni per cui Fermina Daza non fosse una vedova uguale alle altre, preparata dalla vita ad accettare lui così come era, senza sensi di colpa per il marito morto, decisa a scoprire con lui l'altra felicità di essere felice due volte, con un amore di uso quotidiano che avrebbe trasformato ogni istante in un miracolo da vivere, e con un altro amore da lei sola preservato da ogni contagio dall'immunità della morte.

Forse non sarebbe stato così entusiasta se avesse sospettato quanto era lontana Fermina Daza da quei calcoli illusori, quando appena incominciava a scorgere l'orizzonte di un mondo in cui tutto era previsto meno l'avversità. Essere ricchi a quel tempo aveva molti vantaggi, e anche molti svantaggi, certo, ma mezzo mondo lo anelava come la possibilità più probabile di essere eterno. Fermina Daza aveva respinto Florentino Ariza in un baleno di maturità che pagò immediatamente con una crisi di compassione, ma non dubitò mai che la sua decisione non fosse stata giusta. Sul momento non riuscì a spiegarsi quali motivi occulti della ragione le avessero dato quella lungimiranza, ma molti anni dopo, già sulla soglia della vecchiaia, li scoprì all'improvviso e senza sapere come in una conversazione casuale su Florentino Ariza. Tutti i presenti conoscevano la sua condizione di delfino della Compagnia Fluviale del Caribe nel suo momento di apogeo, tutti erano sicuri di averlo visto molte volte, e anche di aver fatto affari con lui, ma nessuno riusciva a identificarselo nella memoria.

Fu allora che Fermina Daza ebbe la rivelazione dei motivi inconsci che le avevano impedito di amarlo. Disse: «È come se non fosse una persona ma un'ombra». Ed era proprio così: l'ombra di qualcuno che nessuno ha mai conosciuto. Ma mentre resisteva agli assedi del dottor Juvenal Urbino, che era l'uomo opposto, si sentiva tormentata dal fantasma della colpa: l'unico sentimento che era incapace di sopportare. Quando lo sentiva arrivare si impadroniva di lei una specie di panico che riusciva a controllare solo quando trovava qualcuno che le sollevasse la coscienza. Fin da bambina, quando si rompeva un piatto in cucina, quando qualcuno cadeva, quando lei stessa si chiudeva un dito in una porta, si girava spaventata verso l'adulto più vicino a lei in quel momento e si affrettava ad accusarlo: «È stata colpa tua». Anche se in realtà non le importava chi fosse il colpevole né tantomeno di convincersi della sua innocenza: le bastava lasciarla stabilita.

Era un fantasma così manifesto che il dottor Urbino si era accorto per tempo fino a che punto minacciasse l'armonia di casa sua, e non appena lo intravedeva si affrettava a dire alla moglie: «Non ti preoccupare, amore mio, è stata colpa mia». Perché non temeva nulla quanto le decisioni improvvise e definitive di sua moglie, ed era convinto che avessero sempre origine in un senso di colpa. Tuttavia, la confusione per il rifiuto di Florentino Ariza non si risolse con una frase di consolazione. Fermina Daza continuò ad aprire il balcone al mattino per vari mesi, e sempre di meno spuntava il fantasma solitario che la spiava nel giardinetto deserto, vedeva l'albero che era stato suo, la panchina meno visibile dove si sedeva a leggere pensando a lei, a soffrire per lei, e doveva richiudere la finestra, sospirando: «Pover'uomo». Soffrì anche la delusione che lui non fosse così pertinace come lei aveva supposto, quando era già troppo tardi per rappezzare il passato, e non cessò di sentire qualche volta l'ansia tardiva di una lettera che non arrivò mai. Ma quando dovette affrontare la decisione di sposarsi con Juvenal Urbino cadde in una crisi ancora più grande, accorgendosi di non avere ragioni valide per preferirlo dopo aver rifiutato senza ragioni valide Florentino Ariza. In realtà, lo amava tanto poco quanto l'altro, ma in più lo conosceva molto meno, e le sue lettere non avevano la febbre delle lettere dell'altro, né le aveva dato tante prove commoventi della sua determinazione. La verità è che le pretese di Juvenal Urbino non erano mai state basate in termini d'amore, ed era perlomeno curioso che un militante cattolico come lui le offrisse solo beni terreni: la sicurezza, l'ordine, la felicità, cifre immediate che una volta sommate tra loro potevano forse assomigliare all'amore: quasi l'amore. Ma non lo erano, e questi dubbi aumentavano la sua confusione, perché neanche lei era convinta che l'amore fosse in realtà quello che più le mancava per vivere.

In ogni modo, l'elemento principale contro il dottor Juvenal Urbino era la sua somiglianza più che sospetta con l'uomo ideale che Lorenzo Daza aveva desiderato con tanta ansia per sua figlia. Era impossibile non vederlo come il frutto di un conciliabolo paterno, anche se in realtà non lo era stato, e Fermina Daza era convinta che lo fosse fin da quando lo aveva visto entrare in casa sua per la seconda volta per una visita medica non richiesta. Le chiacchiere con la cugina Hildebranda avevano finito col confonderla. Per la sua stessa situazione di vittima, questa tendeva a identificarsi con Florentino Ariza, dimenticando tra l'altro che forse Lorenzo Daza l'aveva fatta venire perché influisse in favore del dottor Urbino. Dio sapeva lo sforzo che fece Fermina Daza per non accompagnarla quando la cugina andò a conoscere Florentino Ariza all'ufficio del telegrafo. Anche lei avrebbe voluto vederlo un'altra volta per confrontarlo con i suoi dubbi, parlare con lui a quattr'occhi, conoscerlo a fondo per essere sicura che la sua decisione impulsiva non l'avrebbe fatta precipitare in un'altra più grave, che era capitolare nella guerra personale contro suo padre. Ma lo fece, nel minuto cruciale della sua vita, senza considerare per niente la bellezza virile del pretendente, né la sua ricchezza leggendaria, né la sua gloria prematura, né nessuno dei suoi tanti meriti reali, ma stordita dalla paura dell'opportunità che le veniva offerta e dall'imminenza dei ventun anni, che era il suo limite confidenziale per arrendersi al destino. Le bastò quell'unico minuto per prendere la decisione come era previsto nelle leggi di Dio e degli uomini: fino alla morte. Allora tutti i dubbi si dissiparono e poté fare senza rimorsi quello che la ragione le indicò come la cosa più decente: passò un colpo di spugna senza lacrime sul ricordo di Florentino Ariza, lo cancellò completamente, e nello spazio che occupava nella sua memoria lasciò che fiorisse un grande prato di papaveri. L'unica cosa che si permise fu un sospiro più profondo del solito, l'ultimo: «Pover'uomo!».

I dubbi più terribili, però, incominciarono appena tornata dal viaggio di nozze. Non appena finirono di aprire i bauli, di sballare i mobili e di svuotare le undici casse che aveva portato per prendere possesso da padrona e signora del vecchio palazzo del Marchese de Casalduero, già si era resa conto con una vertigine mortale di essere prigioniera nella casa sbagliata, e, ancor peggio, con l'uomo che non era tale. Ebbe bisogno di sei anni per venirne fuori. I peggiori della sua vita, disperata per l'amarezza di doña Blanca, sua suocera, e il ritardo mentale delle cognate, che se non erano andate a putrefarsi vive in una cella di clausura era perché lo erano già dentro.

Il dottor Urbino, rassegnato a rendere i tributi della stirpe, si fece sordo alle sue suppliche, confidando nel fatto che la saggezza di Dio e l'infinita capacità di adattamento della moglie avrebbero messo le cose al loro posto. Gli dispiaceva il deterioramento di sua madre, la cui gioia di vivere infondeva in altri tempi il desiderio di essere vivi perfino nei più increduli. Era certo: quella donna bella, intelligente, di una sensibilità umana per niente comune nel suo ambiente, era stata per quasi quarant'anni l'anima e il corpo del suo paradiso sociale. La vedovanza l'aveva amareggiata fino al punto di non poter riuscire a credere che fosse la stessa persona, e l'aveva fatta diventare molle e acida, e nemica del mondo. L'unica spiegazione possibile del suo degrado era il rancore che il marito si fosse sacrificato coscientemente per una banda di negri, come diceva lei, quando l'unico sacrificio giusto sarebbe stato quello di sopravvivere per lei. In ogni modo, il matrimonio felice di Fermina Daza era durato quanto il viaggio di nozze, e l'unica persona che poteva aiutarla a impedire il naufragio finale era paralizzata di terrore davanti al potere della madre. Era a lui, e non alle cognate imbecilli e alla suocera mezzo matta, che Fermina Daza attribuiva la colpa della trappola mortale in cui era accalappiata. Troppo tardi sospettava che, dietro la sua autorità professionale e il suo fascino mondano, l'uomo con cui si era sposata fosse un debole senza redenzione: un povero diavolo imbaldanzito dal peso sociale dei suoi cognomi.

Si rifugiò nel figlio appena nato. Lei lo aveva sentito uscire dal suo corpo col sollievo di liberarsi di qualcosa che non era suo, e aveva sofferto la paura di se stessa quando si era accorta di non sentire il minimo affetto per quel vitello di pancia che l'ostetrica le mostrò nudo, sporco di sevo e di sangue e col cordone ombelicale avvolto intorno al collo. Ma nella solitudine del palazzo imparò a conoscerlo, si conobbero, e scoprì con grande meraviglia che i figli non si amano perché sono figli ma per l'amicizia dell'allattamento. Finì per non sopportare niente e nessuno che non fosse lui nella casa della sua sventura. La deprimevano la solitudine, il giardino da cimitero, l'incuria del tempo delle enormi stanze senza finestre. Si sentiva impazzire nelle notti dilatate dagli urli delle pazze nel manicomio vicino. Si vergognava dell'abitudine di preparare la tavola da ricevimento tutti i giorni, con tovaglie ricamate, servizi d'argento e candelabri da funerale, perché cinque fantasmi cenassero con una tazza di caffellatte e frittelle. Detestava il rosario all'imbrunire, i complimenti a tavola, le continue critiche al suo modo di prendere le posate, di camminare con quei passi lunghi e mistici da donna di strada, di vestirsi come al circo, e perfino del suo sistema contadino di trattare il marito e di dare il latte al figlio senza coprirsi il seno con lo scialle. Quando fece i primi inviti per prendere il tè alle cinque del pomeriggio, con gallette imperiali e marmellate di fiori, secondo una recente moda inglese, doña Blanca si oppose al fatto che in casa sua si bevessero medicine per far sudare la febbre invece del cioccolato con formaggio fuso e fette di pane di manioca. Non le sfuggirono neanche i sogni. Una mattina che Fermina Daza raccontò di aver sognato uno sconosciuto che girava nudo spargendo pugni di cenere nei saloni del palazzo, doña Blanca la interruppe seccamente:

«Una donna come si deve non può fare questo tipo di sogni.»

Alla sensazione di trovarsi sempre in casa d'altri si aggiunsero due disgrazie più grandi. Una era la dieta quasi quotidiana di melanzane in qualsiasi modo, che doña Blanca si rifiutava di cambiare per rispetto al marito morto e che Fermina Daza si rifiutava di mangiare. Detestava le melanzane fin da bambina, prima ancora di averle assaggiate, perché le era sempre sembrato che avessero un colore da veleno. Solo che quella volta dovette ammettere comunque che qualcosa era cambiato in meglio nella sua vita perché a cinque anni aveva detto la stessa cosa a tavola e suo padre l'aveva obbligata a mangiarsi tutto il tegame previsto per sei persone. Aveva creduto di morire, prima per i vomiti delle melanzane masticate, e poi per il tazzone di olio di ricino che le avevano fatto bere a forza per curarla dal castigo. Le due cose le erano rimaste confuse nella memoria come un solo purgante, sia per il sapore sia per il terrore del veleno, e nei pranzi abominevoli del palazzo del Marchese de Casalduero doveva allontanàre lo sguardo per non rigettare le attenzioni per la nausea glaciale dell'olio di ricino.

L'altra disgrazia fu l'arpa. Un giorno, ben conscia di quello che voleva dire, doña Blanca aveva detto: «Non credo a donne come si deve che non sappiano suonare il pianoforte». Fu un ordine che perfino suo figlio tentò di discutere, perché i migliori anni della sua infanzia erano passati nelle galere delle lezioni di piano, anche se ormai da adulto lo avrebbe gradito. Non poteva immaginarsi sua moglie sottomessa alla stessa condanna, a venticinque anni e con un carattere come il suo. Ma l'unica cosa che ottenne da sua madre fu di cambiare il piano con l'arpa, con la scusa puerile che era lo strumento degli angeli. E fu così che fecero portare da Vienna l'arpa stupenda che sembrava d'oro e che suonava come se lo fosse, e che fu una delle reliquie più apprezzate del Museo della Città, finché la consumarono le fiamme con tutto quello che aveva dentro. Fermina Daza si sottomise a quella condanna di lusso cercando di impedire il naufragio con un sacrificio finale. Incominciò con un maestro di maestri che fecero venire apposta dalla città di Mompos, e che morì improvvisamente dopo quindici giorni, e continuò per parecchi anni con il maggior musicista del seminario, il cui fiato da becchino faceva stonare gli arpeggi.

Lei stessa era sorpresa della sua obbedienza. Perché anche se non lo ammetteva nel suo statuto interno e neppure nelle liti sorde che aveva con suo marito nelle ore che prima consacravano all'amore, si era ingarbugliata molto prima di quanto credesse nel marasma di convenzioni e pregiudizi del suo nuovo mondo. All'inizio aveva una frase rituale per affermare la sua libertà di giudizio: «Alla merda, ventaglio, è tempo di brezza». Ma poi, gelosa dei suoi privilegi ben ottenuti, timorosa della vergogna e delle beffe, si mostrava disposta a sopportare anche l'umiliazione, con la speranza che Dio finalmente si muovesse a compassione di doña Blanca, che nelle sue preghiere non si stancava di supplicarlo di mandarle la morte.

Il dottor Urbino giustificava la sua stessa debolezza con argomenti di crisi, senza chiedersi nemmeno se non fossero contro la sua chiesa. Non ammetteva che i conflitti con la moglie nascessero nell'aria rarefatta della casa, ma nella natura stessa del matrimonio: un'invenzione assurda che solo poteva esistere per la grazia infinita di Dio. Era contro qualsiasi ragione scientifica che due persone che si erano appena conosciute, senza nessuna parentela fra di loro, con caratteri diversi, con culture diverse, e persino con sessi diversi, si vedessero impegnate di colpo a vivere insieme, a dormire nello stesso letto, a condividere due destini che forse erano stabiliti in sensi divergenti. Diceva: «Il problema del matrimonio è che finisce tutte le notti dopo che si è fatto l'amore, e bisogna tornare a ricostruirlo tutte le mattine prima della colazione». Peggio ancora il loro, diceva, nato da due classi antagoniste e in una città che continuava ancora a sognare il ritorno dei viceré. L'unico cemento possibile era qualcosa di così improbabile e volubile come l'amore, se c'era, e nel loro caso non c'era quando si erano sposati, e il destino non aveva fatto nient'altro che metterli di fronte alla realtà quando stavano proprio per inventarlo.

Quella era la situazione delle loro vite all'epoca dell'arpa. Erano passati i casi deliziosi che lei entrasse mentre lui faceva il bagno, e nonostante le liti, le melanzane velenose, e nonostante le sorelle dementi e la madre che le aveva partorite, lui aveva ancora abbastanza amore per chiederle di insaponarlo. Lei incominciava a farlo con i residui di amore che ancora le restavano dall'Europa, e tutti e due continuavano a farsi tradire dai ricordi, addolcendosi senza volerlo, amandosi senza dirlo, e finivano per morirsene d'amore per terra, impiastrati di spume fragranti, mentre sentivano le domestiche che parlavano di loro nella lavanderia: «Se non hanno più figli è perché non scopano». Una volta ogni tanto, al ritorno da qualche festa matta, la nostalgia nascosta dietro la porta li faceva cadere con una zampata, e allora avveniva un'esplosione meravigliosa in cui tutto era di nuovo come prima e per cinque minuti tornavano a essere gli amanti sbracati della luna di miele.

Ma a parte queste occasioni rare, uno dei due era sempre più stanco dell'altro al momento di andare a letto. Lei si attardava in bagno ad arrotolare le sue sigarette di carta profumata, fumando da sola, ricadendo nei suoi amori di consolazione come quando era giovane e libera a casa sua, unica padrona del suo corpo. Le faceva sempre male la testa, o faceva troppo caldo, sempre, o faceva l'addormentata, o aveva ancora le sue cose, le cose, sempre le cose. Tanto che il dottor Urbino si era azzardato a dire durante una lezione, solo per il sollievo di uno sfogo senza confessione, che dopo dieci anni di matrimonio le donne avevano le loro cose tre volte alla settimana.

Disgrazie su disgrazie, Fermina Daza dovette affrontare nel peggio dei suoi anni quello che doveva irrimediabilmente succedere prima o poi: la verità sui traffici favolosi e mai conosciuti di suo padre. Il governatore provinciale, che convocò Juvenal Urbino nel suo ufficio per metterlo al corrente degli eccessi del suocero, li riassunse in una frase: «Non esiste legge divina né umana che quel tipo non abbia superato». Qualcuno dei suoi pasticci più gravi lo aveva fatto all'ombra del potere del genero, e sarebbe stato difficile non pensare che questi e sua moglie non ne fossero al corrente. Sapendo che l'unica reputazione che lo potesse proteggere era la sua, essendo l'unica che restava in piedi, il dottor Juvenal Urbino ci mise tutto il peso del suo potere, e riuscì a soffocare lo scandalo con la sua parola d'onore. Cosicché Lorenzo Daza uscì dal paese sulla prima nave per non tornarci più. Tornò alla sua terra d'origine come se fosse uno di quei viaggetti che si fanno di tanto in tanto per ingannare la nostalgia, e in fondo a quell'apparenza c'era un po' di verità: da parecchio tempo saliva sulle navi della sua patria solo per prendersi un bicchiere d'acqua delle cisterne riempite nelle sorgenti del suo villaggio natale. Se ne andò senza cedere, protestando la sua innocenza e cercando ancora di convincere il genero di essere stato vittima di una congiura politica. Se ne andò in lacrime per la bambina, come chiamava Fermina Daza da quando si era sposata, in lacrime per il nipote, per la terra in cui si era fatto ricco e libero e dove aveva ottenuto la prodezza di trasformare la figlia in una dama squisita sulla base di commerci loschi. Se ne andò invecchiato e malato, ma visse ancora molto più di quanto nessuna delle sue vittime avrebbe desiderato. Fermina Daza non poté reprimere un sospiro di sollievo quando le arrivò la notizia della sua morte e non portò il lutto per evitare domande, ma per parecchi mesi piangeva con una rabbia sorda senza sapere perché quando si chiudeva nel bagno a fumare, ed era che piangeva per lui.

La cosa più assurda della situazione di tutti e due era che non erano mai sembrati tanto felici in pubblico come in quegli anni sfortunati. Perché in realtà erano stati gli anni delle loro maggiori vittorie sull'ostilità nascosta di un ambiente che non si rassegnava ad accettarli così come erano: diversi e moderni, e, pertanto, trasgressori dell'ordine tradizionale. Quella, però, era stata la parte più facile per Fermina Daza. La vita mondana, che tante incertezze le provocava prima di conoscerla, non era altro che un sistema di patti atavici, di cerimonie banali, di parole scontate, con cui si intrattenevano in società gli uni con gli altri per non assassinarsi reciprocamente. L'aspetto dominante di quel paradiso della frivolezza provinciale era la paura del non conosciuto. Lei l'aveva definita in modo più semplice: «Il problema della vita pubblica è imparare a dominare il terrore, il problema della vita coniugale è imparare a dominare la noia». Lei lo aveva improvvisamente scoperto con la nitidezza di una rivelazione fin da quando era entrata trascinando l'interminabile strascico da sposa nel grande salone del Club Social, rarefatto dagli odori mescolati di tanti fiori, la fama dei valzer, la confusione di uomini sudati e donne tremanti che la guardavano senza sapere ancora come avrebbero scongiurato quella minaccia sconvolgente che mandava loro il mondo esterno. Aveva appena compiuto ventun anni ed era appena uscita da casa sua per andare a scuola, ma le bastò uno sguardo intorno per capire che i suoi avversari non erano preda dell'odio bensì paralizzati dalla paura. Invece di spaventarli di più, come lo era lei, fece loro la carità di aiutarli a conoscerla. Nessuno fu diverso da come lei volle che fosse, così come le capitava con le città, che non le sembravano né meglio né peggio ma come lei le aveva fatte nel suo cuore. Parigi, nonostante la sua pioggia perenne, i suoi bottegai sordidi e la grossolanità omerica dei suoi cocchieri, doveva ricordarla sempre come la città più bella del mondo non perché in realtà lo fosse o non lo fosse, ma perché era rimasta legata alla nostalgia dei suoi anni più felici. Il dottor Urbino, da parte sua, si impose con armi uguali a quelle che usavano contro di lui, solo usate con più intelligenza e con una solennità calcolata. Non succedeva niente senza di loro: i passeggi civici, i Giochi Floreali, gli eventi artistici, le tombole di carità, gli atti patriottici, il primo viaggio in pallone. In tutto c'entravano loro, e quasi sempre all'origine e davanti a tutto. Nessuno poteva immaginarsi, nei suoi anni di disgrazie, che potesse esserci qualcuno più felice di loro né un matrimonio così armonico come il loro.

La casa abbandonata dal padre diede a Fermina Daza un rifugio suo contro l'asfissia del palazzo di famiglia. Non appena sfuggiva alla vista di tutti, se ne andava di nascosto al Giardino de Los Evangelios e lì riceveva le amiche nuove e qualcuna vecchia della scuola o delle lezioni di pittura: un sostituto innocente dell'infedeltà. Viveva ore tranquille da madre nubile con il molto che ancora le restava dei suoi ricordi di ragazza. Ricomprò i corvi profumati, raccolse gatti dalla strada e li mise sotto le cure di Gala Placidia, ormai vecchia e un po' impedita dai reumatismi ma ancora con la forza di resuscitare la casa. Riaprì la stanza da lavoro dove Florentino Ariza l'aveva vista per la prima volta, dove il dottor Juvenal Urbino le aveva fatto tirar fuori la lingua per cercare di conoscerle il cuore, e la trasformò in un santuario del passato. Un pomeriggio invernale andò a chiudere il balcone, prima che si scatenasse la tempesta, e vide Florentino Ariza sulla sua panchina sotto i mandorli del giardinetto, con l'abito di suo padre ridotto per lui e il libro aperto in grembo, ma non lo vide come finora lo aveva visto per caso parecchie volte, bensì all'età con cui le era rimasto impresso nella memoria. Ebbe il timore che quella visione fosse un avviso della morte e ne provò dispiacere. Si azzardò a dirsi che forse sarebbe stata felice con lui, sola con lui in quella casa che lei aveva restaurato per lui con tanto amore come lui aveva restaurato la sua per lei, e la sola idea la spaventò perché le permise di accorgersi degli estremi di infelicità cui era arrivata. Allora fece appello alle sue ultime forze e obbligò il marito a discutere senza risposte evasive, a confrontarsi con lei, a litigare con lei, a piangere insieme di rabbia per la perdita del paradiso, finché udirono cantare gli ultimi galli, e si fece luce attraverso i merletti del palazzo, e si incendiò il sole, e il marito gonfio per il tanto parlare, esausto per il non dormire, con il cuore rinvigorito dal tanto piangere, si strinse i lacci degli stivaletti, si strinse la cintura, si strinse tutto quello che ancora gli restava di uomo, e le disse sì, amore mio, sarebbero andati in cerca dell'amore che si erano persi in Europa: la mattina stessa, e per sempre. Fu una decisione così sicura che stabilì con il Banco del Tesoro, che amministrava tutti i suoi beni, la liquidazione immediata della vasta fortuna familiare, sparpagliata fin dagli inizi in ogni tipo di affari, investimenti e cartacce sacre e lente, e di cui lui sapeva con esattezza solo che non era così smisurata come si diceva: solo il giusto per non doverci pensare. Il ricavato, convertito in oro marchiato, doveva essere girato a poco a poco alle sue banche all'estero finché non fosse rimasto a lui e a sua moglie in questa patria inclemente neanche un palmo di terra dove caderci morti.

Ma Florentino Ariza esisteva, in effetti, contrariamente a quanto lei si era imposta di credere. Era al molo del transatlantico per la Francia quando lei arrivò con il marito e il figlio sul landò coi cavalli d'oro, e li vide scendere come tante volte li aveva visti nelle cerimonie pubbliche: perfetti. Andavano con il figlio, educato in un modo che permetteva già di sapere come sarebbe stato da adulto: proprio come fu. Juvenal Urbino salutò Florentino Ariza con una scappellata allegra: «Andiamo alla conquista delle Fiandre». Fermina Daza gli fece un breve cenno con la testa, e Florentino Ariza si tolse il cappello, fece un lieve inchino, e lei lo guardò senza un gesto di compassione per i danni prematuri della calvizie. Era lui, così come lei lo vedeva: l'ombra di uno che non aveva mai conosciuto.

Neanche Florentino Ariza era nel suo momento migliore. Al lavoro ogni giorno più intenso, ai suoi fastidi di cacciatore furtivo, alla calma assoluta degli anni, si era aggiunta la crisi finale di Tránsito Ariza, la cui memoria era finita senza ricordi: quasi in bianco. Al punto che certe volte si rivoltava verso di lui, lo vedeva leggere sul seggiolone di sempre, e gli chiedeva sorpresa: «E tu, di chi sei figlio?». Lui le rispondeva sempre la verità, ma lei poi lo interrompeva di nuovo.

«E dimmi una cosa, figlio» gli chiedeva, «io chi sono?»

Era ingrassata tanto da non potersi muovere e passava le giornate nella merceria dove ormai non c'era più nulla da vendere ad agghindarsi da quando si alzava al canto dei primi galli fino all'alba del giorno dopo, perché dormiva pochissime ore. Si metteva ghirlande di fiori sulla testa, si dipingeva le labbra, si incipriava la faccia e le braccia, e alla fine domandava a chi era con lei come stava. I vicini sapevano che si aspettava sempre la stessa risposta: «Sei la Cucarachita Martínez». Questa identità, usurpata al personaggio di una favola per bambini, era l'unica che la trovasse d'accordo. Continuava a dondolarsi, facendosi vento con il ventaglio dalle grandi piume rosate, finché ricominciava daccapo: la corona di fiori di carta, il muschio sulle palpebre, il rossetto sulle labbra, lo strato di biacca sulla faccia. E di nuovo la domanda a chi le stava vicino: «Come sto?». Quando diventò la regina delle facezie del vicinato, Florentino Ariza fece smontare in una notte il banco e le cassettiere della vecchia merceria, fece chiudere la porta sulla strada, sistemò il locale come l'aveva sentita descrivere la stanza da letto di Cucarachita Martínez, e non chiese mai più chi fosse.

Su suggerimento dello zio León XII aveva cercato una donna più anziana che si occupasse di lei, ma la poveretta era sempre più addormentata che sveglia e a volte dava l'impressione anche lei di dimenticarsi chi era. Così Florentino Ariza restava in casa da quando usciva dall'ufficio finché riusciva a far addormentare la madre. Non tornò a giocare a domino al Club del Comercio, né tornò a trovare per parecchio tempo le poche vecchie amiche che aveva continuato a frequentare perché qualcosa di molto profondo gli era mutato nel cuore dopo l'incontro atroce con Olimpia Zuleta.

Era stato fulminante. Florentino Ariza aveva appena portato a casa lo zio León XII, in mezzo a una di quelle tempeste di ottobre che ci lasciavano in convalescenza, quando vide dalla carrozza una ragazza piccola, molto agile, con un vestito pieno di volants di organza che sembrava più che altro un vestito da sposa. La vide correre spaventata qua e là, perché il vento le aveva strappato l'ombrellino e se l'era portato per aria verso il mare. Lui la fece salire nella carrozza e deviò dal suo tragitto per portarla fino a casa sua, una vecchia cappella adattata per vivere davanti al mare aperto, il cui patio pieno di casette di piccioni si vedeva fin dalla strada. Lei gli raccontò durante il tragitto di essersi sposata da meno di un anno con un venditore del mercato che Florentino Ariza aveva visto spesso sui battelli della sua compagnia, mentre scaricava casse con ogni tipo di cianfrusaglie da vendere, e con un sacco di piccioni in una gabbia di vimini come quella che usavano le madri sui battelli fluviali per portare i bambini appena nati. Olimpia Zuleta sembrava appartenere alla famiglia delle vespe, non solo per le anche alte e il busto esiguo, ma per tutta lei: i capelli di filo di rame, le lentiggini di sole, gli occhi rotondi e vivi più lontani del normale, e una voce garbata che usava solo per dire cose intelligenti e divertenti. A Florentino Ariza sembrò più graziosa che attraente e la dimenticò non appena l'ebbe lasciata a casa sua, dove viveva con il marito e con il suocero e altri componenti della famiglia.

Qualche giorno dopo rivide suo marito al porto, mentre imbarcava merci invece di scaricarle, e quando il battello salpò Florentino Ariza sentì molto chiara nell'orecchio la voce del diavolo. Quel pomeriggio, dopo aver accompagnato lo zio León XII, passò come per caso dalla casa di Olimpia Zuleta, e la vide dal di sopra dello steccato mentre dava da mangiare ai piccioni spaventati. Dalla carrozza le gridò al di sopra dello steccato: «Quanto costa un piccione?». Lei lo riconobbe e gli rispose con voce allegra: «Non sono in vendita». Lui le chiese: «Allora come si fa per averne uno?». Senza smettere di dare da mangiare ai piccioni lei gli rispose: «Si porta in carrozza la padrona dei piccioni quando la si trova persa nel temporale». E così Florentino Ariza arrivò a casa quella sera con un regalo di gratitudine di Olimpia Zuleta: un piccione viaggiatore con un anello di metallo alla zampa.

Il pomeriggio seguente, alla stessa ora del pranzo, la bella padrona dei piccioni vide il piccione che aveva regalato di ritorno alla piccionaia e pensò che fosse scappato. Ma quando lo prese per esaminarlo si accorse che aveva un fogliettino di carta arrotolato nell'anello: una dichiarazione d'amore. Era la prima volta che Florentino Ariza lasciava una traccia scritta, e non sarebbe stata l'ultima, anche se in questa occasione aveva avuto la prudenza di non firmare. Stava entrando in casa sua il pomeriggio successivo, mercoledì, quando un bambino della strada gli consegnò lo stesso piccione dentro una gabbia, con il messaggio imparato a memoria che qui le manda questo la signora dei piccioni, e le manda a dire che per favore lo tenga bene nella gabbia chiusa perché non se ne riscappi via e questa è l'ultima volta che glielo rimanda indietro. Non seppe come interpretarlo: o il piccione aveva perso la lettera durante il tragitto o la padrona dei piccioni aveva deciso di fare la finta tonta o mandava il piccione perché lui glielo rimandasse di nuovo indietro. In quest'ultimo caso, però, la cosa naturale sarebbe stata che lei restituisse il piccione con una risposta.

Il sabato mattina, dopo averci pensato molto, Florentino Ariza mandò di nuovo il piccione con un'altra lettera senza firma. Quella volta non dovette aspettare il giorno dopo. Al pomeriggio lo stesso bambino glielo riportò in un'altra gabbia, con il messaggio che qui le manda un'altra volta il piccione che è riscappato via, che l'altroieri gliel'ha rimandato per buona educazione e che stavolta glielo rimanda per pena, ma ora sì che è vero che non glielo rimanderà più se le scappa di nuovo. Tránsito Ariza si intrattenne fino a molto tardi con il piccione, lo tirò fuori dalla gabbia, gli sussurrò parole dolci tenendolo fra le braccia, cercò di farlo addormentare con nenie da bambini, e improvvisamente si accorse che aveva nell'anello della zampa un pezzettino di carta con una sola riga scritta: *Non accetto biglietti anonimi.* Florentino Ariza lo lesse con il cuore impazzito, come se fosse il momento culminante della sua prima avventura, e a stento riuscì a dormire quella notte saltando di impazienza. Il giorno dopo, molto presto, prima di andarsene in ufficio, liberò ancora il piccione con una lettera d'amore firmata col suo nome molto chiaro e mise anche nell'anello la rosa più fresca, più accesa e fragrante del suo giardino.

Non fu tanto facile. Dopo tre mesi di assedi la bella padrona dei piccioni continuava a rispondere la stessa cosa: «Io non sono una di quelle». Ma non smise mai di accettare i messaggi o di accorrere agli appuntamenti che Florentino Ariza sistemava in modo che sembrassero incontri casuali. Era irriconoscibile: l'amante che non aveva mai assunto le proprie responsabilità, il più avido d'amore ma anche il più meschino, quello che non dava niente e voleva tutto, quello che non aveva permesso che nessuno gli lasciasse nel cuore una traccia del suo passaggio, il cacciatore acquattato si buttò per la strada in mezzo a un'estasi di lettere firmate, di regali galanti, di giri imprudenti intorno alla casa della padrona dei piccioni, perfino in due occasioni in cui il marito non era in viaggio né al mercato. Fu l'unica volta, fin dai primi tempi del primo amore, in cui si sentì trapassato da una lancia.

Sei mesi dopo il primo incontro, si videro finalmente nella cabina di un battello fluviale che stavano ridipingendo ai moli fluviali. Fu un pomeriggio meraviglioso. Olimpia Zuleta faceva un amore allegro, da padrona di piccioni agitata, e le piaceva restare nuda per parecchie ore, in un riposo lento che aveva per lei tanto amore come l'amore. La cabina era smantellata, dipinta a metà, e l'odore di trementina era buono per portarselo via nel ricordo di un pomeriggio felice. Improvvisamente, per un'ispirazione insolita, Florentino Ariza tolse il tappo a un barattolo di pittura rossa che era a portata di mano della cuccetta, ci intinse l'indice e dipinse sul pube della bella padrona di piccioni una freccia di sangue diretta verso il sud, e le scrisse una frase sul ventre: *Questa fichina è mia.* Quella sera stessa Olimpia Zuleta si spogliò davanti al marito senza ricordarsi della scritta, e lui non disse una parola, non cambiò neanche il respiro, niente, ma se ne andò nel bagno a prendere il rasoio per farsi la barba mentre lei si metteva la camicia da notte, e la sgozzò con un colpo solo.

Florentino Ariza non lo seppe fino a molti giorni dopo, quando il marito che era fuggito fu catturato e raccontò ai giornali le ragioni e i modi del delitto. Per molti anni pensò con timore alle lettere firmate, fece il conto degli anni di carcere dell'assassino che lo conosceva molto bene per via dei suoi affari sui battelli, ma non temeva tanto la rasoiata al collo né lo scandalo pubblico quanto la malasorte che Fermina Daza venisse a conoscenza della sua slealtà. Durante gli anni di attesa, la donna che si occupava di Tránsito Ariza dovette fermarsi al mercato più del previsto per via di un temporale fuori stagione e quando tornò a casa la trovò morta. Era seduta nella sedia a dondolo, impiastricciata e floreale come sempre, e con gli occhi così vivi e un sorriso così malizioso che la sua guardiana non si accorse che era morta se non dopo due ore. Poco prima aveva diviso fra i bambini del circondario la fortuna in oro e gioielli delle anfore sepolte sotto il letto dicendo loro che se li potevano mangiare come caramelle, e non fu possibile recuperarne nessuno dei più preziosi. Florentino Ariza la seppellì nella vecchia fattoria de La Mano de Dios, che era anche conosciuta come il Cimitero del Colera, e sulla sua tomba seminò un cespuglio di rose.

Fin dalle prime visite al cimitero, Florentino Ariza scoprì che lì vicino era sepolta Olimpia Zuleta, senza lapide ma con il nome e le date scritti con il dito sul cemento fresco della cripta, e pensò con orrore che fosse uno scherzo sanguinario del marito. Quando il cespugliò fiorì le lasciava una rosa sulla tomba, se non c'era nessuno in vista, e più tardi le piantò un ceppo tagliato dalle rose della madre. Tutti e due i cespugli proliferavano con tanta gioia che Florentino Ariza doveva portare le cesoie e altri attrezzi da giardino per tenerli in ordine. Ma fu superiore alle sue forze: nel giro di pochi anni i due cespugli di rose si erano estesi come erbacce fra le tombe, e il buon cimitero della peste si chiamò da allora il Cimitero delle Rose finché qualche sindaco meno realista della saggezza popolare sradicò in una sole notte i cespugli di rose e attaccò una scritta repubblicana sull'arco dell'entrata: Cimitero Universale.

La morte della madre lasciò Florentino Ariza condannato ancora una volta ai suoi impegni maniacali: l'ufficio, gli incontri a turni stretti con le amanti di sempre, le partite di domino al Club del Comercio, gli stessi libri d'amore, le visite domenicali al cimitero. Era l'ossido dell'abitudine, così denigrato e temuto, ma che lo aveva protetto dalla coscienza dell'età. Una domenica di dicembre, però, quando i rosai delle tombe avevano vinto le cesoie, vide le rondini sui cavi della luce da poco installata e si rese conto di colpo di quanto tempo era passato dalla morte di sua madre, e quanto dall'assassinio di Olimpia Zuleta, e quanto da quell'altro pomeriggio del dicembre lontano in cui Fermina Daza gli aveva mandato una lettera in cui gli diceva di sì, che lo avrebbe amato per sempre. Fino a quel momento si era comportato come se il tempo non passasse per lui ma solo per gli altri. Solo la settimana prima aveva incontrato per la strada una delle tante coppie che si erano sposate grazie alle lettere scritte da lui e non aveva riconosciuto il figlio maggiore, che era suo figlioccio. Aveva risolto il rossore con la solita ammirazione esagerata: «Cazzo, sei già un uomo!». Continuava a essere così, anche dopo che il corpo incominciò a mandargli i primi segnali di allarme, perché aveva sempre avuto la salute di pietra dei malaticci. Tránsito Ariza era solita dire: «L'unica cosa di cui mio figlio è stato ammalato è il colera». Confondeva il colera con l'amore, ovviamente, fin da molto tempo prima che le si imbrogliasse la memoria. Ma in ogni modo si sbagliava, perché il figlio aveva avuto segretamente sei blenorragie, anche se il medico diceva che non erano sei ma sempre la stessa e unica che tornava ad apparire dopo ogni battaglia persa. Aveva avuto inoltre un bubbone, quattro creste di gallo e sei impetigini, ma né a lui né a nessun uomo sarebbe capitato di annoverarli come malattie bensì come trofei di guerra.

Appena compiuti i quarant'anni aveva dovuto correre dal medico con dolori indefinibili in diverse parti del corpo. Dopo molti esami il medico gli aveva detto: «Sono cose dell'età». Lui tornava sempre a casa senza nemmeno chiedersi se tutto quello aveva qualcosa a che vedere con lui. Perché l'unico punto di riferimento del suo passato erano i suoi amori effimeri con Fermina Daza, e solo quello che aveva avuto qualcosa a che vedere con lei aveva qualcosa a che vedere con i conti della sua vita. Così, il pomeriggio in cui vide le rondini sui cavi della luce ripercorse il suo passato fin dal ricordo più vecchio, ripercorse i suoi amori occasionali, gli innumerevoli scogli che aveva dovuto evitare per raggiungere un posto di comando, gli incidenti di poco conto che gli aveva provocato la sua determinazione accanita che Fermina Daza fosse sua, e lui di lei al di sopra di tutto e contro tutto, e solo allora scoprì che la vita gli stava passando via. Lo spaventò un brivido delle viscere che lo lasciò senza luce, e dovette mollare gli attrezzi da giardinaggio e appoggiarsi al muro del cimitero per non farsi gettare a terra dalla prima zampata della vecchiaia.

«Cazzo» disse fra sé terrorizzato, «sono trent'anni!»

Ed era così. Trent'anni che erano passati anche per Fermina Daza, ovviamente, ma che erano stati per lei i più graditi e riparatori della sua vita. I giorni orrendi del Palazzo de Casalduero erano relegati nell'immondezzaio della memoria. Viveva nella sua nuova casa di La Manga, padrona assoluta del suo destino, con un marito che avrebbe ancora preferito fra tutti gli uomini del mondo se avesse dovuto scegliere un'altra volta, con un figlio che prolungava la tradizione della stirpe alla Scuola di Medicina e una figlia così simile a lei quando aveva la sua età che a volte la turbava l'impressione di sentirsi ripetuta. Era tornata tre volte in Europa dopo il viaggio disgraziato che aveva previsto per non tornare mai più per non vivere nel terrore perenne.

Dio dovette ascoltare alla fine le preghiere di qualcuno: dopo due anni di permanenza a Parigi, quando Fermina Daza e Juvenal Urbino incominciavano appena a cercare quello che fosse rimasto dell'amore fra i rottami, un telegramma a mezzanotte li svegliò con la notizia che doña Blanca de Urbino era gravemente ammalata, e fu quasi raggiunto da un altro con la notizia della morte. Rientrarono immediatamente. Fermina

Daza sbarcò con una veste a lutto la cui ampiezza non riusciva a dissimulare il suo stato. Era di nuovo incinta, in effetti, e la notizia diede origine a una canzone popolare più maliziosa che maligna, il cui ritornello rimase di moda per il resto dell'anno: *Che cosa sarà che ha la bella a Parigi, che ogni volta che va ritorna a partorire*. Nonostante la grossolanità delle parole, il dottor Juvenal Urbino la richiedeva perfino molti anni dopo alle feste del Club Social come una prova della sua buona volontà.

Il nobile palazzo del Marchese de Casalduero, della cui esistenza e blasoni non si trovò mai una notizia certa, fu venduto prima alla Tesoreria Municipale a un prezzo adeguato, e più tardi rivenduto per una fortuna al governo centrale quando un ricercatore olandese si fermò a fare scavi per provare che lì c'era la vera tomba di Cristoforo Colombo: la quinta. Le sorelle del dottor Urbino se ne andarono a vivere nel convento delle Salesiane, in clausura senza voti, e Fermina Daza rimase nella vecchia casa di suo padre finché fu ultimata la villa di La Manga. Ci entrò col passo fermo, ci entrò a comandare, con i mobili inglesi portati fin dal viaggio di nozze e quelli complementari che aveva fatto arrivare dopo il viaggio di riconciliazione, e fin dal primo giorno incominciò a riempirla di ogni tipo di animali esotici che lei stessa andava a comprare sulle golette che venivano dalle Antille. Ci entrò con il marito recuperato, con il figlio ben allevato, con la figlia che era nata quattro mesi dopo il ritorno e che avevano battezzato col nome di Ofelia. Il dottor Urbino, da parte sua, capì che era impossibile recuperare la moglie in un modo così completo come l'aveva avuta nel viaggio di nozze, perché la parte di amore che lui voleva era quella che lei aveva dato ai figli con il meglio del suo tempo, ma imparò a vivere e a essere felice con quello che ne restava. L'armonia tanto desiderata culminò dove meno se l'aspettavano in una cena di gala in cui servirono un piatto delizioso che Fermina Daza non riuscì a identificare. Incominciò con una bella porzione, ma le piacque tanto che ripeté con un'altra uguale, e stava lamentando di non potersi servire la terza per remore di educazione quando venne a sapere che si era appena mangiata con un piacere insospettato due piatti stracolmi di purè di melanzane. Perse con eleganza: a partire da allora nella vita di La Manga furono servite melanzane in tutti i modi possibili quasi con tanta frequenza come nel Palazzo de Casalduero, ed erano così richieste da tutti che il dottor Juvenal Urbino rallegrava i momenti liberi della vecchiaia ripetendo di voler avere un'altra figlia per metterle il nome beneamato in casa: Melanzana Urbino.

Fermina Daza sapeva allora che la vita privata, al contrario della vita pubblica, era mutevole e imprevedibile. Non le era facile stabilire differenze reali fra i bambini e gli adulti, ma in ultima analisi preferiva i bambini perché avevano giudizi più certi. Appena doppiato il capo della maturità, priva finalmente di qualsiasi miraggio, incominciò a scorgere il disincanto di non essere mai stata quello che sognava di essere quando era giovane, nel Giardino de Los Evangelios, bensì qualcosa che non aveva mai osato dire neanche a se stessa: una domestica di lusso. In società finì per essere la più amata, la più complimentata, e per lo stesso motivo la più temuta, ma nulla le veniva richiesto con maggior rigore né le si perdonava meno che nella direzione della casa. Si sentì sempre di vivere una vita prestatale dal marito: sovrana assoluta di un vasto impero di felicità edificato da lui e solo per lui. Sapeva che lui l'amava più di qualsiasi cosa, più di chiunque altro al mondo, ma solo per sé: al suo santo servizio.

Se c'era qualcosa che la mortificava era la catena perpetua dei pranzi quotidiani. Perché non solo dovevano essere al momento giusto: dovevano essere perfetti e dovevano essere proprio quello che lui voleva mangiare senza chiederglielo. Se lei qualche volta lo faceva, come una delle tante inutili cerimonie del rituale domestico, lui non alzava neanche gli occhi dal giornale per rispondere: «Qualunque cosa». Lo diceva veramente, con il suo modo amabile, perché non ci si poteva immaginare un marito meno dispotico. All'ora di pranzo, però, non poteva essere qualunque cosa, ma proprio quello che lui voleva, e senza il minimo errore: che la carne non sapesse di carne, che il pesce non sapesse di pesce, che il maiale non sapesse di rogna, che il pollo non sapesse di piume. Anche quando non era stagione di asparagi bisognava trovarli a qualunque prezzo perché lui potesse sollazzarsi nel vapore della sua stessa urina fragrante. Non incolpava lui: incolpava la vita. Ma lui era un protagonista implacabile della vita. Bastava l'intoppo di un dubbio perché allontanasse il piatto sul tavolo, dicendo: «Questo cibo è fatto senza amore». In quel senso raggiungeva livelli fantastici di ispirazione. Qualche volta assaggiò appena una tisana di camomilla e la rimandò indietro solo con una frase: «Questa foglia sa di finestra». Sia lei sia le domestiche rimasero sorprese, perché nessuno sapeva di qualcuno che si fosse bevuto una finestra bollita, ma quando assaggiarono la tisana per cercare di capire, capirono: sapeva di finestra.

Era un marito perfetto: non raccoglieva mai niente da terra né spegneva la luce né chiudeva una porta. Nell'oscurità del mattino, quando mancava un bottone al vestito, lei lo sentiva dire: «Uno avrebbe bisogno di due mogli, una per amarla e l'altra per attaccargli i bottoni». Tutti i giorni, al primo goccio di caffè e al primo cucchiaio di minestra fumante, lanciava un ululato lacerante che non spaventava più nessuno, e poi uno sfogo: «Il giorno in cui me ne andrò da questa casa sapranno che è stato perché mi sono stancato di andare in giro sempre con la bocca bruciata». Diceva che non si facevano mai i pranzi così appetitosi e distinti come nei giorni in cui lui non poteva mangiarli perché aveva preso la purga, ed era così convinto che fosse una perfidia della moglie che finì per non purgarsi se lei non si fosse purgata insieme a lui.

Infastidita della sua incomprensione, lei gli chiese un regalo insolito ai suoi compleanni: che per un giorno facesse lui i lavori domestici. Lui accettò divertito, e in effetti prese possesso della casa fin dall'alba. Servì una prima colazione splendida, ma si dimenticò che a lei non piacevano le uova fritte e che non beveva caffellatte. Poi diede le istruzioni per il pranzo di compleanno con otto invitati e dispose di riordinare la casa, e si sforzò tanto per fare un governo della casa migliore di quello di lei che prima di mezzogiorno dovette capitolare senza un gesto di vergogna. Fin dal primo momento si accorse di non avere la minima idea di dove stesse niente, soprattutto in cucina, e le domestiche lo lasciarono rigirarsi tutto per cercare ogni cosa, perché anche loro stettero al gioco. Alle dieci non erano ancora state prese le decisioni per il pranzo perché ancora non erano finite le pulizie della casa né la sistemazione della camera da letto, il bagno doveva ancora essere lavato, dimenticò di mettere la carta igienica, di cambiare le lenzuola, e di mandare il cocchiere a prendere i figli, e confuse i compiti delle domestiche: ordinò alla cuoca di sistemare i letti e mise le cameriere a cucinare. Alle undici, quando stavano ormai per arrivare gli invitati, era tale il caos in casa che Fermina Daza riprese il comando, morta dal ridere, però non con l'atteggiamento trionfale che avrebbe voluto, ma scossa da compassione per l'inutilità domestica del marito. Lui medicò la ferita con la solita frase: «Almeno non mi è andata tanto male come andrebbe a te se cercassi di curare dei malati». Ma la lezione fu utile, e non solo per lui. Nel corso degli anni tutti e due arrivarono per cammini diversi alla conclusione saggia che non era possibile vivere insieme in un altro modo né amarsi in un altro modo: niente a questo mondo era più difficile dell'amore.

Nella pienezza della sua nuova vita, Fermina Daza vedeva Florentino Ariza in diverse occasioni pubbliche, e tanto più spesso quanto più lui saliva nel suo lavoro, ma imparò a vederlo con tanta naturalezza che più di una volta si dimenticò di salutarlo per distrazione. Sentiva parlare spesso di lui, perché nel mondo degli affari era un tema costante la sua scalata guardinga ma incontenibile nella C.F.C. Lo vedeva migliorare i suoi modi, la sua timidezza si decantava in una certa lontananza enigmatica, gli stava bene un leggero aumento di peso, gli si addiceva la lentezza dell'età, e aveva saputo risolvere in modo dignitoso la calvizie demolitrice. L'unica cosa con cui continuò a sfidare sempre il tempo e la moda furono i suoi vestiti scuri, le finanziere anacronistiche, il suo straordinario cappello, le cravatte da poeta della merceria di sua madre, l'ombrello sinistro. Fermina Daza a poco a poco venne abituandosi a vederlo in un altro modo e finì per non collegarlo all'adolescente languido che si sedeva a sospirare per lei sotto i ventacci di foglie gialle nel Giardino de Los Evangelios. Comunque, non lo guardò mai con indifferenza e fu sempre felice delle buone notizie che le davano su di lui perché a poco a poco l'alleggerivano della sua colpa.

Tuttavia, quando ormai lo credeva del tutto cancellato dalla memoria, riapparve da dove meno se lo aspettava trasformato in un fantasma delle sue nostalgie. Furono i primi soffi della vecchiaia, quando incominciò a sentire che qualcosa di irreparabile era successo nella sua vita ogni volta che sentiva tuonare prima della pioggia. Era la ferita incurabile del tuono solitario, pietroso e puntuale, che rimbombava tutti i giorni di ottobre alle tre del pomeriggio sulla sierra di Villanueva e il cui ricordo si faceva sempre più recente col passare degli anni. Mentre i ricordi recenti si confondevano nella memoria in pochi giorni, quelli del viaggio leggendario nella provincia della cugina Hildebranda continuavano a farsi così vivi da sembrare che fossero di ieri, con la nitidezza perversa della nostalgia. Si ricordava di Manaure, quello della sierra, la sua unica strada, dritta e verde, i suoi uccelli di buon augurio, la casa delle paure dove si svegliava con la camicia zuppa delle lacrime interminabili di Petra Morales, morta d'amore molti anni prima nello stesso letto in cui dormiva lei. Si ricordava del sapore delle *guayabas* di allora che non era mai più tornato a essere lo stesso, dei presagi così intensi che il loro rumore si confondeva con quello della pioggia, dei pomeriggi di topazio di San Juan del César, quando usciva a passeggiare con la sua corte di cugine agitate e girava a denti stretti perché non le schizzasse fuori della bocca il cuore più si avvicinavano all'ufficio telegrafico. Vendette in qualche modo la casa di suo padre perché non riusciva a sopportare il dolore dell'adolescenza, la visione del giardinetto desolato dal balcone, la fragranza sibillina delle gardenie nelle notti di caldo, lo spavento del suo ritratto da signora d'altri tempi il pomeriggio di febbraio in cui fu deciso il suo destino, e verso qualsiasi cosa si rivolgesse la sua memoria di quei tempi inciampava nel ricordo di Florentino Ariza. Però, ebbe sempre abbastanza serenità per capire come non fossero ricordi d'amore né di pentimento, bensì l'immagine di un dispiacere che le lasciava una scia di lacrime. Senza saperlo, era minacciata dalla stessa trappola di compassione che aveva perduto tante vittime sprovvedute di Florentino Ariza.

Si attaccò al marito. E proprio nel momento in cui lui ne aveva più bisogno, perché andava a tastoni davanti a lei con dieci anni di svantaggio, solo fra le nuvole della vecchiaia e con gli svantaggi peggiori di essere uomo e più debole. Finirono per conoscersi tanto che prima dei trent'anni di matrimonio erano come uno stesso essere diviso, e si sentivano a disagio per la frequenza con cui si indovinavano il pensiero senza volerlo o per il caso ridicolo che uno anticipasse in pubblico quello che avrebbe detto l'altro. Si erano destreggiati insieme tra le incomprensioni quotidiane, gli odi improvvisi, le porcherie reciproche e i favolosi lampi di gloria della complicità coniugale. Fu l'epoca in cui si amarono meglio, senza fretta e senza eccessi, e tutti e due furono più consci e contenti delle loro vittorie inverosimili contro l'avversità. La vita doveva ancora metterli davanti a altre prove mortali, certo, ma non importava più: erano sull'altra sponda.

In occasione delle festività del nuovo secolo ci fu un programma pieno di novità di celebrazioni pubbliche, la più memorabile delle quali fu il primo viaggio in pallone, frutto dell'iniziativa inesauribile del dottor Juvenal Urbino. Mezza città si concentrò alla Playa del Arsenal per ammirare l'enorme pallone di taffetà con i colori della bandiera nazionale, che portò la prima posta aerea a San Juan de la Ciénaga, una trentina di leghe a nordest in linea d'aria. Il dottor Juvenal Urbino e sua moglie, che avevano conosciuto l'emozione del volo all'Esposizione Universale di Parigi, furono i primi a salire sulla navicella di vimini con l'ingegnere di volo e sei invitati di alto rango. Avevano con lòro una lettera del governatore provinciale per le autorità municipali di San Juan de la Ciénaga in cui si stabiliva per la storia che quella era la prima posta trasportata per via d'aria. Un cronista del "Diario del Comercio" domandò al dottor Juvenal Urbino quali sarebbero state le sue ultime parole se fosse perito nell'avventura e lui non si attardò a pensare la risposta che gli avrebbe provocato tanti insulti:

«Secondo me» disse «il XIX secolo cambia per tutti meno che per noi.»

Perso fra la candida folla che cantava l'Inno Nazionale mentre il pallone si sollevava, Florentino Ariza si sentì d'accordo con qualcuno che udì commentare nella confusione che quella non era un'avventura adatta a una donna, e tantomeno all'età di Fermina Daza. Ma non fu poi così pericolosa, dopo tutto. O almeno non tanto pericolosa quanto deprimente. Il pallone arrivò senza contrattempi alla sua destinazione dopo un viaggio tranquillo attraverso un cielo di un azzurro inverosimile. Volarono bene, molto basso, con vento tranquillo e favorevole, prima sui contrafforti delle creste innevate e poi sul vasto pelago della Ciénaga Grande.

Dal cielo, come le vedeva Dio, videro le rovine dell'antichissima ed eroica città di Cartagena de Indias, la più bella del mondo, abbandonata dai suoi abitanti per il panico del colera dopo aver resistito a ogni tipo di assedio di inglesi e angherie di bucanieri per tre secoli. Videro le mura intatte, le erbacce delle strade, le fortificazioni divorate dalle viole del pensiero, i palazzi di marmo e gli altari d'oro con i loro viceré marciti di peste dentro alle loro armature.

Volarono sopra le palafitte delle Trojas de Cataca, dipinte con colori da pazzi, con gabbie per allevare iguane da mangiare, e con grappoli di balsamina e *astromelias* nei giardini lacustri. Centinaia di bambini nudi si buttavano nell'acqua spaventati dal vocio generale, si buttavano giù dalle finestre, si buttavano giù fin dai tetti delle case e dalle canoe che conducevano con un'abilità meravigliosa, e si tuffavano come pesci per recuperare i colli di vestiti, le ampolle di *tabonuco* per la tosse, le cose da mangiare di beneficenza che la bella signora col cappello con le piume lanciava dalla navicella del pallone.

Volarono sull'oceano di ombre delle piantagioni di banani, il cui silenzio si innalzava fino a loro come un vapore letale, e Fermina Daza si ricordò di lei stessa a tre anni, a quattro forse, mentre passeggiava per la foresta scura per mano a sua madre, che anch'essa era quasi una bambina in mezzo ad altre donne vestite di mussolina, proprio come lei, con ombrellini bianchi e cappelli di garza. L'ingegnere del pallone, che continuava a osservare il mondo con un cannocchiale, disse: «Sembrano morti». Passò il cannocchiale al dottor Juvenal Urbino, e questi vide i carri tirati dai buoi fra i terreni seminati, i confini della linea ferroviaria, i canali d'irrigazione gelati, e dovunque fissò il suo sguardo trovò corpi umani sparsi. Qualcuno disse di sapere che il colera stava facendo danni nei villaggi della Ciénaga Grande. Il dottor Urbino, mentre parlava, non smise di guardare col cannocchiale.

«Dev'essere un tipo di colera molto speciale» disse, «perché ogni morto ha il suo colpo di grazia alla nuca.»

Poco dopo volarono sopra un mare di spume e scesero senza novità su una grande spiaggia ardente il cui suolo screpolato dal salino bruciava come se fosse fuoco vivo. Lì c'erano le autorità senza altra protezione dal sole che gli ombrelli quotidiani, c'erano gli alunni delle elementari che agitavano bandierine a tempo con gli inni, le reginette di bellezza con fiori secchi e corone di cartone dorato, e la banda del prosperoso villaggio di Gayra, che era in quei tempi la migliore della costa del Caribe. L'unica cosa che voleva Fermina Daza era vedere ancora una volta il suo villaggio natale, per confrontarlo con i suoi ricordi più vecchi, ma non fu permesso a nessuno per i rischi della peste. Il dottor Juvenal Urbino consegnò la lettera storica, che poi si smarrì e non se ne seppe mai più nulla, e tutta la comitiva fu sul punto di asfissiarsi nel torpore dei discorsi. Alla fine li portarono su mule fino all'imbarcadero di Pueblo Viejo, dove la palude si riuniva al mare, perché l'ingegnere non riuscì a far in modo che il pallone si risollevasse. Fermina Daza era certa di essere passata di lì con sua madre, quando era molto piccola, su un carretto tirato da una coppia di buoi. Quando era più grande lo aveva raccontato parecchie volte a suo padre, e lui era morto ostinato sul fatto che non era assolutamente possibile che lei potesse ricordarlo.

«Mi ricordo molto bene di quel viaggio, ed era vero» le disse lui, «ma è successo almeno cinque anni prima che tu nascessi.»

I membri della spedizione in pallone ritornarono tre giorni dopo al porto di partenza, distrutti da una cattiva notte di tempesta, e furono accolti come eroi. Perso tra la folla, senza dubbio, c'era Florentino Ariza, che riconobbe nell'aspetto di Fermina Daza i segni della paura. Tuttavia, quello stesso pomeriggio la rivide a un'esibizione di ciclismo, anch'essa patrocinata da suo marito, e non aveva più nessun segno di stanchezza. Inforcava un velocipede insolito che sembrava più una cosa da circo, con una ruota anteriore molto alta sulla quale procedeva seduta, e una posteriore molto piccola che serviva solamente da appoggio. Era vestita con dei calzoni aperti ai lati con i bordi colorati che fecero gridare allo scandalo le signore più vecchie e sconcertarono gli uomini, ma nessuno restò indifferente alla sua destrezza.

Quella, e tante altre nel corso di tanti anni, erano immagini effimere che apparivano improvvisamente a Florentino Ariza, quando si abbandonava al caso, e tornavano a sparire allo stesso modo lasciando nel suo cuore un solco di ansia. Ma segnavano il modello della sua vita, perché lui aveva conosciuto le sevizie del tempo non tanto sulla sua pelle quanto nei cambiamenti impercettibili che notava in Fermina Daza ogni volta che la vedeva.

Una sera entrò nel Mesón de don Sancho, un ristorante coloniale di alto livello, e occupò l'angolo più appartato, come era solito fare quando si sedeva da solo a mangiare i suoi pasti da uccellino. Improvvisamente vide Fermina Daza nel grande specchio in fondo, seduta a tavola con il marito e altre due coppie, e in un angolo in cui lui poteva vederla riflessa in tutto il suo splendore. Era indifesa, mentre conduceva la conversazione con una grazia e un riso che scoppiettavano come fuochi d'artificio, e la sua bellezza era più radiosa sotto gli enormi lampadari di vetro a goccia: Alice aveva riattraversato lo specchio. Florentino Ariza la osservò a suo piacimento con il respiro instabile, la vide mangiare, la vide assaggiare appena il vino, la vide scherzare con il quarto don Sancho della stirpe, visse con lei un attimo della sua vita dal suo tavolo solitario, e per più di un'ora passeggiò non visto nel recinto proibito della sua intimità. Poi bevve altre quattro tazze di caffè per tirare più in lungo finché la vide uscire nel gruppo. Gli passarono così vicino che distinse il suo odore tra le zaffate di altri profumi dei suoi accompagnatori.

Da quella notte, e per quasi un anno, tenne sotto un assedio tenace il proprietario del Mesón, offrendogli quello che avesse voluto, in denaro o in favori, in quello che più avesse desiderato nella sua vita, se gli avesse venduto lo specchio. Non fu facile, perché don Sancho credeva alla leggenda che quella preziosa cornice intagliata da ebanisti viennesi fosse gemella di un'altra appartenuta a Maria Antonietta, e che era sparita senza lasciare traccia: due gioielli unici. Quando alla fine cedette, Florentino Ariza attaccò lo specchio nella sala di casa sua, non per la bellezza della cornice ma per lo spazio interno, che era stato occupato per due ore dall'immagine amata.

Quasi sempre quando vide Fermina Daza, andava sottobraccio a suo marito, in un accordo perfetto, muovendosi ambedue dentro un loro proprio ambito, con una stupenda fluidità da siamesi che discordava solo quando salutavano lui. In effetti, il dottor Juvenal Urbino gli stringeva la mano con un affetto caloroso e si permetteva in certe occasioni perfino una manata sulla spalla. Lei, invece, lo manteneva condannato al regime impersonale dei formalismi, e non fece mai un minimo gesto che gli permettesse di immaginare che lo ricordasse dai suoi tempi di nubile. Vivevano in due mondi divergenti, ma mentre lui faceva ogni tipo di sforzo per ridurre la distanza, lei non fece un solo passo che non fosse in senso contrario. Passò molto tempo prima che lui si azzardasse a pensare che quell'indifferenza era solo una corazza contro la paura. Gli venne in mente all'improvviso, al varo del primo battello d'acqua dolce costruito nei cantieri locali, che fu anche la prima occasione ufficiale con cui Florentino Ariza rappresentò lo zio León XII come primo vicepresidente della C.F.C. Questa coincidenza rivestì la manifestazione di una solennità speciale, e non mancò nessuno che significasse qualcosa nella vita della città.

Florentino Ariza si stava occupando dei suoi invitati nel salone principale del battello, che odorava ancora di pittura fresca e di catrame sciolto, quando una salva di applausi scoppiò sui moli e la banda attaccò una marcia trionfale. Dovette reprimere il sussulto ormai quasi vecchio quanto lui stesso quando vide la bella donna dei suoi sogni sottobraccio al marito, splendida nella sua maturità, sfilare come una regina d'altri tempi davanti alla guardia d'onore in alta uniforme, sotto una tempesta di stelle filanti e petali di fiori veri che venivano lanciati dalle finestre. Tutti e due rispondevano con la mano alle ovazioni, ma lei era così abbagliante da sembrare l'unica in mezzo alla folla, tutta vestita di un dorato imperiale, dalle scarpette coi tacchi alti e le code di volpe al collo fino al cappello a campana.

Florentino Ariza li aspettò sul ponte insieme alle autorità provinciali, in mezzo al fragore della musica e dei razzi e dei tre fischi densi del battello che lasciarono il molo bagnato di vapore. Juvenal Urbino salutò la fila di accoglienza con quella naturalezza così sua che faceva pensare a ognuno che avesse per lui un affetto speciale: prima il capitano del battello in uniforme di gala, poi l'arcivescovo, poi il governatore con sua moglie e il sindaco con la sua, e poi ancora il capo militare della piazza, che era un andino appena arrivato. Dopo le autorità c'era Florentino Ariza, vestito di panno scuro, quasi invisibile fra tanti notabili. Dopo aver salutato il comandante della piazza, Fermina parve vacillare davanti alla mano tesa di Florentino Ariza. Il militare, pronto a presentarli, le domandò se non si conoscessero. Lei non disse né sì né no ma tese la mano a Florentino Ariza con un sorriso da salone. Era successo in due occasioni del passato e sarebbe successo altre volte, e Florentino Ariza lo paragonò sempre a un comportamento proprio del carattere di Fermina Daza. Ma quel pomeriggio si domandò con la sua infinita capacità di illusione se un'indifferenza così accanita non fosse un sotterfugio per nascondere un tormento d'amore.

La sola idea gli sconvolse le inclinazioni. Tornò a gironzolare intorno alla villa di Fermina Daza con le stesse ansie con cui lo faceva tanti anni prima nel giardinetto de Los Evangelios, ma non con l'intenzione calcolata che lei lo vedesse, bensì con la sola intenzione di vederla per sapere che continuava a esserci nel mondo. Solo che allora gli era difficile passare inosservato. Il quartiere di La Manga era in un'isola semidesertica, separata dal centro storico da un canale di acque verdi e coperta da macchie di arbusti che erano state rifugi di innamorati domenicali durante la Colonia. Da pochi anni avevano demolito il vecchio ponte di pietra degli spagnoli e ne avevano costruito uno di cemento con globi di luci per permettere il passaggio dei nuovi tram a mule. All'inizio gli abitanti di La Manga dovevano sopportare un supplizio che non si era tenuto presente nel progetto, e che era il dormire così vicino al primo impianto elettrico che ebbe la città, la cui trepidazione era un tremore continuo del terreno. Neanche il dottor Juvenal Urbino con tutto il suo potere aveva ottenuto che lo spostassero dove non disturbava, finché intervenne in suo favore la sua comprovata complicità con la Divina Provvidenza. Una notte scoppiò la caldaia dell'impianto con un'esplosione spaventosa, volò al di sopra delle case nuove, attraversò mezza città per aria e rovinò la galleria maggiore del vecchio convento di San Julián el Hospitalario. Il vecchio edificio in rovina era stato abbandonato all'inizio di quell'anno, ma la caldaia provocò la morte di quattro reclusi che erano scappati la sera dal carcere locale e si erano nascosti nella cappella.

Quel sobborgo tranquillo, con così belle tradizioni di amore, non fu invece molto propizio agli amori contrastati quando si trasformò in quartiere di lusso. Le strade erano polverose d'estate, fangose d'inverno e desolate per tutto l'anno, e le poche case erano nascoste fra giardini frondosi, con terrazze di mosaici al posto dei ricchi balconi di un tempo, come se fossero state fatte di proposito per scoraggiare gli innamorati furtivi. Meno male che a quell'epoca si impose la moda di passeggiare durante i pomeriggi sulle vecchie vittorie a noleggio tirate da un solo cavallo, e il percorso finiva in un'altura da dove si godevano i crepuscoli lacerati di ottobre meglio che dalla torre del faro, e si vedevano gli squali cauti spiare la spiaggia dei seminaristi e il transatlantico di tutti i giovedì, immenso e bianco, che quasi si poteva toccare con mano quando passava dal canale del porto. Florentino Ariza di solito affittava una vittoria dopo una giornata dura in ufficio, ma non piegava la cappotta come si faceva nei mesi caldi, bensì restava nascosto sul fondo del sedile, invisibile nell'ombra, sempre solo, e ordinando percorsi imprevisti per non invogliare i cattivi pensieri del cocchiere. L'unica cosa che in realtà gli interessava della passeggiata era il partenone di marmo rosato mezzo nascosto fra macchie di banani e manghi frondosi, replica sfortunata delle magioni idilliache delle piantagioni di cotone della Louisiana. I figli di Fermina Daza tornavano a casa poco prima delle cinque. Florentino Ariza li vedeva arrivare sulla carrozza di famiglia e poi vedeva uscire il dottor Juvenal Urbino per le sue solite visite mediche, ma in quasi un anno di ronde non riuscì a vedere neanche il presagio che agognava.

Un pomeriggio in cui insistette nella passeggiata solitaria nonostante stesse venendo giù il primo acquazzone devastante di giugno, il cavallo scivolò nel fango e cadde a terra. Florentino Ariza si accorse con orrore di essere proprio davanti alla villa di Fermina Daza e supplicò il cocchiere senza pensare che la sua costernazione avrebbe potuto denunciarlo.

«Qui no, per favore» gli gridò. «Da qualsiasi parte ma non qui.»

Confuso dalla fretta, il cocchiere cercò di far alzare il cavallo senza sganciarlo, e l'asse della carrozza si spezzò. Florentino Ariza uscì come poté, e subì la vergogna sotto il rigore della pioggia finché altri passanti si offrirono di portarlo a casa. Mentre aspettava, una domestica della famiglia Urbino lo aveva visto con gli abiti zuppi e sguazzando nel fango fino alle ginocchia, e gli portò un ombrello perché si riparasse sulla terrazza. Florentino Ariza non aveva sognato tanta fortuna nel più smodato dei suoi deliri ma quel pomeriggio avrebbe preferito morire piuttosto che farsi vedere da Fermina Daza in un simile stato.

Quando vivevano nella città vecchia, Juvenal Urbino e la sua famiglia andavano tutte le domeniche a piedi da casa loro alla cattedrale, alla messa delle otto, che era più un atto mondano che religioso. Più tardi, quando cambiarono casa, continuarono ad andarci in carrozza per diversi anni, e a volte indugiavano in riunioni di amici sotto le palme del giardino. Ma quando costruirono il tempio del seminario conciliare a La Manga, con spiaggia privata e cimitero proprio, non tornarono più alla cattedrale se non in occasioni molto solenni. Non al corrente di questi cambiamenti, Florentino Ariza aspettò per parecchie domeniche sulla terrazza del Caffè della Parrocchia, controllando l'uscita dalle tre messe. Poi si rese conto del suo errore e andò alla chiesa nuova, che è rimasta di moda fino a pochi anni fa, e lì incontrò il dottor Juvenal Urbino con i suoi figli, puntuali alle otto nelle quattro domeniche di agosto, ma Fermina Daza non era con loro. Una di quelle domeniche visitò il nuovo cimitero adiacente, dove i residenti del quartiere di La Manga stavano costruendo i loro panteon sontuosi, e il cuore gli saltò in gola quando si imbatté all'ombra delle grandi ceibe nel più sontuoso di tutti, già finito, con vetrate gotiche e angeli di marmo, e con le lapidi dorate per tutta la famiglia a caratteri dorati. Fra queste, ovviamente, c'era quella di doña Fermina Daza de Urbino de la Calle, e subito dopo quella del marito, con un epitaffio comune: *Insieme anche nella pace del Signore.*

Nel resto dell'anno Fermina Daza non assistette a nessuna delle manifestazioni civiche né sociali, neanche a quelle di Natale, nelle quali lei e suo marito erano solitamente protagonisti di lusso. Ma dove più si notò la sua assenza fu alla prima della stagione operistica. Nell'intervallo Florentino Ariza sorprese un gruppo di persone che senza dubbio parlavano di lei senza menzionarla. Dicevano che qualcuno l'aveva vista salire a mezzanotte di una sera del giugno precedente sul transatlantico della Cunard, diretta a Panama, e che aveva un velo scuro perché non si notasse la malattia vergognosa che la stava consumando. Qualcuno chiese che male così terribile potesse essere per ardirsi con una donna così potente, e la risposta che ricevette era piena di bile nera:

«Una signora così distinta non può avere che la tisi.»

Florentino Ariza sapeva che i ricchi della sua terra non avevano malattie brevi. O morivano improvvisamente, quasi sempre alla vigilia di una festa maggiore che si rovinava per il lutto, o si andavano spegnendo in malattie lente e abominevoli le cui intimità finivano per essere di dominio pubblico. La reclusione a Panama era quasi una penitenza obbligata nella vita dei ricchi. Si sottomettevano a quello che Dio avesse voluto all'Ospedale degli Avventisti, un immenso capannone bianco perso negli acquazzoni preistorici del Darién, dove i pazienti perdevano il conto della poca vita che restava loro e nelle cui stanze solitarie con finestre di tela ordinaria nessuno poteva sapere con certezza se l'odore dell'acido fenico fosse della salute o della morte. Quelli che si ristabilivano tornavano carichi di regali splendidi che distribuivano a piene mani con una certa angoscia per farsi perdonare l'indiscrezione di essere ancora vivi. Qualcuno tornava con l'addome solcato da punti barbari che sembravano fatti con spago da calzolaio, si sollevavano la camicia per mostrarli a chi li veniva a trovare, li confrontavano con quelli di altri che erano morti soffocati dagli eccessi della felicità, e per il resto dei loro giorni continuavano a raccontare e a riraccontare le apparizioni angeliche che avevano visto sotto gli effetti del cloroformio. Nessuno invece conobbe mai l'aspetto di quelli che non tornarono, e fra questi i più tristi: quelli che morirono confinati nel padiglione dei tisici, più per la tristezza della pioggia che per i fastidi della malattia.

Se lo avessero fatto scegliere, Florentino Ariza non avrebbe saputo cosa preferire per Fermina Daza. Ma prima di tutto preferiva la verità, anche se insopportabile, e per quanto la cercò non riuscì a trovarla. Gli sembrava inconcepibile che nessuno potesse dargli almeno un indizio per confermare la versione. Nel mondo dei battelli fluviali, che era il suo, non c'era mistero che potesse conservarsi né confidenza che si potesse tenere al sicuro. Nessuno però aveva sentito parlare della donna dal velo nero. Nessuno sapeva niente, in una città dove si sapeva tutto e dove molte cose si sapevano anche prima che succedessero. In particolar modo le cose dei ricchi. Ciononostante nessuno aveva nessuna spiegazione per la sparizione di Fermina Daza. Florentino Ariza continuava a fare la ronda a La Manga, ad ascoltare messe senza devozione nella basilica del seminario, ad assistere a manifestazioni civiche che non lo avrebbero mai interessato in un altro stato d'animo, ma il passare del tempo non faceva che aumentare la credibilità della versione. Tutto sembrava normale nella casa degli Urbino, salvo la mancanza della madre.

Fra tante indagini trovò altre notizie che non conosceva, o che non andava cercando, fra le quali quella della morte di Lorenzo Daza nella campagna cantabrica dove era nato. Ricordava di averlo visto per molti anni nelle guerre irrequiete di scacchi al Caffè della Parrocchia, con la voce roca dal tanto parlare, e sempre più grasso e sgradevole a mano a mano che soccombeva nelle sabbie mobili di una cattiva vecchiaia. Non si erano mai più scambiati una parola dalla sgradevole prima colazione a base di *anisado* del secolo precedente, ed era sicuro che Lorenzo Daza continuasse a ricordarlo con tanto rancore come lui, anche dopo essere riuscito a ottenere per la figlia il matrimonio fortunato che era diventato per lui l'unica ragione di esistere. Ma continuava a essere così deciso a trovare un'informazione inequivocabile sulla salute di Fermina Daza che era tornato al Caffè della Parrocchia per ottenerla da suo padre all'epoca in cui venne celebrato lì il torneo storico in cui Jeremiah de Saint-Amour affrontò da solo quarantadue avversari.

Fu così che venne a sapere che Lorenzo Daza era morto, e ne fu contento con tutto il cuore, pur sapendo che il prezzo di quell'allegria poteva essere il continuare a vivere senza la verità. Alla fine diede per certa la versione dell'ospedale degli spacciati, senza altra consolazione che un ritornello conosciuto: *Donna inferma, donna eterna*. Nei suoi giorni di scoramento si abituava all'idea che la notizia della morte di Fermina Daza, nel caso fosse accaduta, gli sarebbe arrivata in ogni modo senza cercarla.

Non gli sarebbe mai arrivata. Perché Fermina Daza era viva e in ottima salute nella fattoria dove sua cugina Hildebranda Sánchez viveva dimentica del mondo, a mezza lega dal villaggio di Flores de María. Se n'era andata senza scandali, di comune accordo col marito, entrambi imbarazzati come adolescenti nell'unica crisi seria che avevano sofferto in venticinque anni di un matrimonio stabile. Li aveva colti di sorpresa nel riposo della maturità, quando ormai si sentivano in salvo da qualsiasi imboscata dell'avversità, con i figli grandi e ben educati e con l'avvenire aperto per imparare a essere vecchi senza amarezze. Era stato qualcosa di così imprevisto per tutti e due che non avevano voluto risolverlo a strilli, con lacrime e mediatori, com'era abitudine naturale nel Caribe, ma con la saggezza dei paesi europei, e a furia di non essere né di qua né di là finirono per affondare in una situazione che non era da nessuna parte. Alla fine lei aveva deciso di andarsene, senza nemmeno sapere perché né per chi, per pura rabbia, e lui non era stato capace di persuaderla, bloccato dal suo senso di colpa.

Fermina Daza, in effetti, si era imbarcata a mezzanotte con la massima segretezza e a viso coperto con uno scialle da lutto non, però, su un transatlantico della Cunard con destinazione Panama, ma sul piccolo battello regolare di San Juan de la Ciénaga, la città dove era nata e dove aveva vissuto fino alla pubertà e la cui nostalgia si faceva sempre più insopportabile col passare degli anni. Contro la volontà del marito e le abitudini dell'epoca, non si era portata altro accompagnatore che una figlioccia di quindici anni che era stata allevata con la servitù di casa sua, ma avevano avvisato del suo viaggio i comandanti delle navi e le autorità di ogni porto. Quando prese la decisione impulsiva, annunciò ai figli che se ne andava a calmarsi dalla zia Hildebranda, ma era decisa a fermarsi. Il dottor Juvenal Urbino conosceva molto bene il suo carattere forte ed era talmente afflitto da accettarlo con umiltà come un castigo di Dio per la gravità delle sue colpe. Ma non si erano ancora perse di vista le luci della nave che già tutti e due erano pentiti delle loro debolezze.

Nonostante avessero mantenuto una corrispondenza formale sullo stato dei figli e altri argomenti relativi alla casa, passarono quasi due anni senza che né l'uno né l'altra trovasse una via d'uscita che non fosse minata dall'orgoglio. I figli andarono a passare a Flores de María le vacanze scolastiche del secondo anno, e Fermina Daza fece l'impossibile per mostrarsi adattata alla sua nuova vita. Quella fu almeno la conclusione che trasse Juvenal Urbino dalle lettere del figlio. Per di più, in quei giorni andò da quelle parti in gita pastorale il vescovo di Riohacha, montando solennemente la sua famosa mula bianca con gualdrappe ricamate d'oro. Dietro a lui vennero pellegrini di regioni remote, musicisti con fisarmoniche, venditori ambulanti di cibi e amuleti, e la fattoria fu per tre giorni piena in modo strabocchevole di invalidi e di spacciati che in realtà non venivano per i sermoni dotti e le indulgenze plenarie bensì per i favori della mula, di cui si diceva che facesse miracoli di nascosto dal padrone. Il vescovo era stato molto di casa dagli Urbino de la Calle fin dai suoi anni di prete, e un mezzogiorno se ne scappò via per andare a pranzare nella fattoria di Hildebranda. Dopo il pranzo, in cui si parlò solo di argomenti terreni, prese da parte Fermina Daza e volle ascoltarla in confessione. Lei si rifiutò, in un modo amabile ma fermo, con l'argomento esplicito di non avere niente di cui pentirsi. Anche se non fu quello il suo proposito, almeno cosciente, restò con l'idea che la sua risposta sarebbe arrivata dove doveva.

Il dottor Juvenal Urbino era solito dire, non senza un certo cinismo, che quei due anni amari della sua vita non erano stati colpa sua, bensì della cattiva abitudine che aveva sua moglie di odorare i vestiti che si toglieva la famiglia e quelli che si toglieva lei stessa, per sapere dall'odore se bisognasse mandarli a lavare, anche se a prima vista sembravano puliti. Lo faceva fin da quando era bambina e non aveva mai creduto che si notasse tanto finché suo marito se ne accorse la stessa prima notte di matrimonio. Si accorse anche che fumava almeno tre volte al giorno chiusa nel bagno, ma questo non gli richiamò l'attenzione perché le donne della sua classe erano solite rinchiudersi a gruppi a parlare di uomini e a fumare, e anche a bere acquavite a mezzi litri fino a restare stese per terra con una sbronza da muratore. Ma l'abitudine di annusare tutti i capi di vestiario che trovava sul suo passaggio non solo gli parve inopportuna ma pericolosa per la salute. Lei lo prendeva come uno scherzo, così come prendeva tutto quello di cui non voleva discutere, e diceva che non era per semplice ornamento che Dio le aveva messo sulla faccia quel naso premuroso da rigogolo. Una mattina, mentre lei era fuori a far compere, la servitù sconvolse il circondario alla ricerca del figlio di tre anni che non erano riusciti a trovare in nessun nascondiglio della casa. Lei arrivò in mezzo al panico, fece due o tre giri come un mastino che segue le tracce e trovò il figlio addormentato dentro a un armadio, dove nessuno aveva pensato che potesse nascondersi. Quando il marito, attonito, le domandò come avesse fatto a trovarlo, lei gli rispose:

«Per l'odore di cacca.»

La verità è che l'odorato non le serviva solo per lavare la biancheria o per trovare bambini perduti: era il suo senso di orientamento in tutti gli ordini della vita, e soprattutto della vita sociale. Juvenal Urbino se n'era accorto diffusamente in tutto il suo matrimonio, soprattutto all'inizio, quando lei era la forestiera in un ambiente predisposto contro di lei da trecento anni, e tuttavia nuotava fra rami di coralli taglienti senza urtarne nessuno, con un dominio del mondo che non poteva essere solo un istinto soprannaturale. Quella facoltà temibile, che poteva ugualmente avere origine in una saggezza millenaria così come in un cuore di pietra , ebbe il suo momento disgraziato una domenica sfortunata prima della messa, quando Fermina Daza annusò per pura abitudine la biancheria che aveva usato suo marito il pomeriggio precedente, e soffrì la sensazione sconvolgente di aver avuto un altro uomo nel letto.

Annusò prima la giacca e il gilè mentre toglieva dall'occhiello l'orologio a catena e tirava fuori la matita e il portafogli e le poche monete sciolte per le tasche e metteva tutto sulla toilette, e poi annusò la camicia ben rifinita mentre toglieva il fermacravatte e i gemelli di topazio dai polsini e il bottone d'oro del collo posticcio, e poi annusò i pantaloni mentre tirava fuori il portachiavi con undici chiavi e il temperino con l'impugnatura di madreperla, e annusò alla fine le mutande e le calze e il fazzoletto di lino col suo monogramma ricamato. Non c'era la minima ombra di dubbio: in ogni capo di vestiario c'era un odore che non c'era mai stato in tanti anni di vita in comune, un odore impossibile a definirsi, perché non era di fiori né di essenze artificiali, bensì di qualcosa proprio della natura umana. Non disse niente, né ritrovò l'odore tutti i giorni, però non annusava più i vestiti del marito con la curiosità di sapere se fossero da lavare ma con un'ansia insopportabile che le stava tarlando le viscere.

Fermina Daza non seppe dove situare l'odore dei vestiti all'interno delle abitudini del marito. Non poteva essere fra la lezione mattutina e il pranzo perché pensava che nessuna donna nelle sue piene facoltà mentali andasse a fare un amore affrettato a simili ore, e tantomeno con una visita, mentre aveva fretta di spazzare la casa, rifare i letti, fare la spesa, preparare da mangiare, e forse con l'angoscia che mandassero indietro da scuola prima del tempo uno dei figli ferito da una sassata e la trovasse nuda alle undici di mattina nella stanza senza far niente, e per di più con un medico sopra di lei. Sapeva, del resto, che il dottor Juvenal Urbino faceva l'amore solo di notte, e meglio ancora nell'oscurità assoluta, e in ultima probabilità prima della colazione al tubare dei primi uccelli. Dopo quell'ora, secondo quanto lui diceva, era più la fatica di togliersi la roba di dosso e poi rimettersela del piacere di un amore da gallo. Così, la contaminazione dei vestiti poteva solo accadere in qualcuna delle visite mediche o in qualche momento rubato alle sue sere di scacchi e di cinema. Quest'ultima cosa era difficile da chiarire, perché contrariamente a tante sue amiche Fermina Daza era troppo orgogliosa per spiare il marito o per chiedere a qualcuno di farlo per lei. L'orario delle visite, che sembrava il più appropriato per il tradimento, era oltre a tutto il più facile da controllare perché il dottor Juvenal Urbino faceva una relazione minuziosa di ognuno dei suoi clienti, comprese le somme degli onorari, da quando li visitava per la prima volta finché li congedava da questo mondo con una croce finale e una frase per il benessere della loro anima.

Dopo tre settimane, Fermina Daza non aveva trovato l'odore nei vestiti per vari giorni ed era tornata a sentirlo improvvisamente quando meno se l'aspettava, e lo aveva trovato poi più vago che mai per diversi giorni consecutivi, anche se uno di questi era stato una domenica di festa familiare in cui lei e lui non si erano separati neanche per un istante. Un pomeriggio si trovò nello studio del marito, contro la sua abitudine e perfino contro i suoi desideri, come se non fosse stata lei ma un'altra quella che stava facendo qualcosa che lei non avrebbe mai fatto, decifrando con una perfetta lente d'ingrandimento del Bengala le intricate note di visite degli ultimi mesi. Era la prima volta che entrava da sola in quello studio saturo di sentori di creosoto, strapieno di libri rilegati con pelli di animali ignoti, di fotografie sfocate di gruppi di scuole, di pergamene al merito, di astrolabi e pugnali fantastici raccolti per anni. Un santuario segreto che aveva sempre considerato come l'unica parte della vita privata di suo marito alla quale lei non aveva accesso perché non faceva parte dell'amore, cosicché le poche volte in cui era stata lì era stato con lui, sempre per affari di poca durata. Non si sentiva in diritto di entrarci da sola, e tantomeno per fare esami che non le sembravano decenti. Ma era lì. Voleva trovare la verità, e la cercava con un'ansia appena paragonabile al terribile timore di trovarla, spinta da un vento impetuoso incontrollabile più imperioso della sua alterigia congenita, più imperioso perfino della sua dignità: un supplizio affascinante.

Non poté chiarire niente, perché i pazienti di suo marito, salvo gli amici comuni, erano anch'essi parte del suo dominio privato, gente senza identità che non erano conosciuti per la loro faccia bensì per i loro dolori, non per il colore dei loro occhi o per le evasioni del loro cuore, quanto per la grandezza del loro fegato, la patina della lingua, i grumi della loro urina, le allucinazioni delle loro notti febbrili. Gente che credeva a suo marito, che credeva di vivere grazie a lui quando in realtà vivevano per lui e che finiva ridotta a una frase scritta da lui di suo pugno e calligrafia in calce alla pratica medica: *Tranquillo, Dio ti sta aspettando alla porta*. Fermina Daza lasciò lo studio dopo due ore inutili con la sensazione di essersi fatta tentare dall'indecenza.

Aizzata dalla sua fantasia, incominciò a scoprire i cambiamenti del marito. Lo trovava evasivo, senza appetiti a tavola e a letto, propenso all'esasperazione e alle risposte ironiche, e quando stava in casa non era l'uomo tranquillo di prima ma un leone in gabbia. Per la prima volta da quando si erano sposati stette attenta ai suoi ritardi, li controllò al minuto, e gli diceva bugie per strappargli verità, ma poi si sentiva ferita a morte dalle sue contraddizioni. Una notte si svegliò di soprassalto per uno stato fantastico, ed era che suo marito la stava guardando nell'oscurità con degli occhi che le parvero carichi di odio. Aveva sofferto una scossa simile nel fiore della gioventù, quando vedeva Florentino Ariza ai piedi del letto, solo che la sua apparizione non era di odio bensì di amore. E in più, questa volta non era una fantasia: suo marito era sveglio alle due del mattino e si era sdraiato sul letto a guardarla dormire, ma quando lei gli domandò perché lo faceva lui negò. Rimise la testa sul cuscino, e disse:

«Devi avere sognato.»

Dopo quella notte, e per altri episodi simili di quell'epoca in cui Fermina Daza non sapeva esattamente dove finisse la realtà e dove incominciasse il sogno, ebbe la rivelazione sconvolgente che stava diventando matta. Infine si rese conto che il marito non si era comunicato il giovedì di Corpus Domini e neanche in nessuna domenica delle ultime settimane, e che non aveva trovato il tempo per i ritiri spirituali di quell'anno. Quando lei gli domandò a cosa si dovessero quei cambiamenti insoliti nella sua salute spirituale, ricevette una risposta poco chiara. Questa fu la chiave decisiva, perché lui non aveva tralasciato di fare la comunione in una data così importante fin da quando aveva fatto la prima comunione a otto anni. In questo modo si rese conto che non solo suo marito era in peccato mortale ma che aveva deciso di persisterci, dato che non ricorreva agli aiuti del suo confessore. Non avrebbe mai immaginato che si potesse soffrire tanto per qualcosa che sembrava tutto il contrario dell'amore, ma si trovava in quella situazione e decise che l'unica soluzione per non morire era appiccare il fuoco al nido di vipere che le avvelenava le viscere. E così fu. Un pomeriggio si mise a rammendare talloni di calze sulla terrazza, mentre suo marito ultimava la sua lettura quotidiana dopo la siesta. Improvvisamente interruppe il lavoro, si alzò gli occhiali sulla fronte, e lo interpellò senza il minimo segno di durezza:

«Dottore.»

Lui era immerso nella lettura di *L'île des pingouins*, il romanzo che tutto il mondo stava leggendo in quei giorni, e le rispose senza venire a galla: *Oui*. Lei insistette:

«Guardami in faccia.»

Lui lo fece, guardandola senza vederla nella nebbia degli occhiali da lettura ma non dovette toglierseli per bruciarsi nella brace del suo sguardo.

«Cosa succede?» domandò.

«Lo sai meglio di me» disse lei.

Non disse altro. Si riabbassò gli occhiali e continuò a rammendare le calze. Il dottor Juvenal Urbino seppe allora che le lunghe ore di ansia erano finite. Contrariamente al modo in cui lui si prefigurava quel momento non fu uno scossone sismico del cuore ma un colpo di pace. Era il grande sollievo che fosse successo più prima che poi quello che prima o poi doveva succedere: il fantasma della signorina Bárbara Lynch era finalmente entrato in casa.

Il dottor Juvenal Urbino l'aveva conosciuta quattro mesi prima mentre aspettava il suo turno all'ambulatorio aperto al pubblico dell'Ospedale della Misericordia e si era reso conto all'istante che qualcosa di irreparabile era successo nel suo destino. Era una mulatta alta, elegante, di corporatura forte, con la pelle dello stesso colore e della stessa natura dolce della melassa, vestita quella mattina con un abito rosso a puntolini bianchi e un cappello dello stesso tipo con falde molte larghe che le facevano ombra perfino sulle palpebre. Sembrava di un sesso più definito del resto del genere umano. Il dottor Juvenal Urbino non si occupava di quell'ambulatorio, ma ogni volta che passava di lì con un po' di tempo libero entrava a ricordare ai suoi alunni più grandi che non esiste miglior medicina di una buona diagnosi. Così, sistemò le cose per esser presente alla visita della mulatta imprevista, facendo in modo che i suoi discepoli non notassero su di lui un gesto che non sembrasse casuale, e quasi non la guardò, ma annotò molto bene nella memoria i dati della sua identità. Quel pomeriggio, dopo l'ultima visita, fece passare la carrozza dall'indirizzo che lei aveva dato all'ambulatorio, e era lì, in effetti, a prendere il fresco sulla terrazza.

Era una tipica casa antillana dipinta tutta di giallo fino al tetto di zinco, con finestre di tela ordinaria e vasi di garofani e felci attaccati sulla porta, e costruita su piloni di legno sulla maremma della Mala Crianza. Un *turpial*[1] cantava nella gabbia attaccata alla grondaia. Sul marciapiede di fronte c'era una scuola elementare, e i bambini che uscivano a frotte obbligarono il cocchiere a tenere le redini ben salde per impedire che il cavallo si spaventasse. Fu una fortuna, perché la signorina Bárbara Lynch ebbe il tempo di riconoscere il dottore. Lo salutò con un gesto da vecchi amici, lo invitò a prendere un caffè finché passava la confusione, e lui se lo bevve incantato, contrariamente alle sue abitudini, ascoltandola parlare di se stessa, che era l'unica cosa che gli interessava da quella mattina e l'unica cosa che lo avrebbe interessato senza un minuto di pace nei prossimi mesi. Una volta, appena sposato, un amico gli aveva detto davanti a sua moglie che presto o tardi avrebbe dovuto affrontare una passione folle, capace di mettere in pericolo la stabilità del suo matrimonio. Lui, che credeva di conoscere se stesso, che conosceva la forza delle sue radici morali, aveva riso del pronostico. Molto bene: ecco che c'era.

La signorina Bárbara Lynch, dottoressa in teologia, era l'unica figlia del reverendo Jonathan B. Lynch, un pastore protestante negro e asciutto che girava su una mula per i casali poveri della maremma a predicare la parola di uno dei tanti dèi che il dottor Juvenal Urbino scriveva con la minuscola per distin-

[1] *Turpial* (o *trupial*): uccello americano simile al rigogolo, facilmente addomesticabile, impara spesso a ripetere alcune parole. (*N.d.T.*)

guerli dal suo. Parlava un buon castigliano, con un sassolino nella sintassi i cui frequenti inciampi ne aumentavano la grazia. Avrebbe compiuto ventotto anni in dicembre, aveva divorziato da poco da un altro pastore, discepolo di suo padre, con cui era stata sposata male per due anni, e non le erano rimasti desideri di ricadere nello stesso errore. Aveva detto: «Non ho altri amori oltre al mio *turpial*». Ma il dottor Urbino era troppo serio per pensare che l'avesse detto intenzionalmente. Anzi: si domandò confuso se tante agevolazioni non fossero una trappola di Dio per poi richiederle con gli interessi, ma scartò l'idea dalla mente come un eccesso teologico dovuto al suo stato confusionale.

Ormai sul punto di congedarsi, fece un commento casuale sulla visita medica del mattino, sapendo che niente è più gradito a un malato di parlare delle sue malattie, e lei fu così splendida nel parlare delle sue che lui le promise di tornare il giorno dopo, alle quattro in punto, per farle una visita più accurata. Lei si spaventò: sapeva che un medico di quella levatura era molto al di sopra delle sue possibilità, ma lui la tranquillizzò: «In questa professione facciamo in modo che i ricchi paghino per i poveri». Poi annotò sul suo taccuino: *signorina Bárbara Lynch, maremma della Mala Crianza, sabato, 4 del pomeriggio*. Qualche mese dopo, Fermina Daza avrebbe letto quella nota accresciuta dei particolari della diagnosi e della terapia, e del decorso della malattia. Il nome attirò la sua attenzione, e improvvisamente le venne in mente che fosse una di quelle artiste scaricate dalle navi di frutta di New Orleans, ma l'indirizzo le fece pensare che più probabilmente doveva essere giamaicana e negra, ovviamente, e la scartò in modo indolore dai gusti del marito.

Il dottor Juvenal Urbino arrivò all'appuntamento del sabato con dieci minuti di anticipo, quando la signorina Lynch non aveva finito di vestirsi per riceverlo. Fin dai tempi di Parigi, quando doveva presentarsi a un esame orale, non aveva provato una simile tensione. Stesa sul letto di lino, con una leggera combinazione di seta, la signorina Lynch era di una bellezza sconfinata. Tutto in lei era grande e intenso: le sue cosce da sirena, la sua pelle a fuoco lento, i suoi seni stupiti, le sue gengive diafane dai denti perfetti; e tutto il suo corpo irradiava una vertigine di buona salute che era l'odore umano che Fermina Daza trovava sulla biancheria del marito. Era andata all'ambulatorio pubblico perché soffriva di qualcosa che lei chiamava con molta grazia *coliche ritorte*, e il dottor Urbino pensava che fosse un sintomo da non prendere alla leggera. Così palpeggiò i suoi organi interni con più intenzione che attenzione, e nel frattempo si dimenticava della sua stessa saggezza e scopriva sbigottito che quella creatura meravigliosa era altrettanto bella sia fuori che dentro, e allora si abbandonò alle delizie del tatto non più come il medico più qualificato del litorale del Caribe ma come un povero uomo di Dio torturato dal disordine degli istinti. Solo una volta nella sua vita professionale gli era accaduto qualcosa di simile, ed era stato il suo giorno di maggior vergogna, perché la paziente, indignata, gli aveva allontanato la mano, si era seduta sul letto e gli aveva detto: «Quello che vuole lei può succedere, ma così non succederà mai». La signorina Lynch, invece, si abbandonò alle sue mani, e quando non ebbe alcun dubbio che il medico non stesse pensando alla sua scienza disse: «Credevo che questo fosse vietato dall'etica».

Lui era bagnato di sudore come se fosse uscito vestito da uno stagno e si asciugò le mani e la faccia con una salvietta.

«L'etica» disse «si immagina che noi uomini siamo di legno.»

Lei gli tese una mano riconoscente.

«Il fatto che io lo credessi non vuol dire che non si possa fare» disse. «Si immagini che cosa sia per una povera negra come me il fatto che un uomo così famoso si accorga di me.»

«Non ho smesso di pensare a lei un solo momento» disse lui.

Fu una confessione così tremante che sarebbe stata degna di compassione. Ma lei lo mise in salvo da ogni male con una risata che illuminò la camera da letto.

«Lo so da quando ti ho visto all'ospedale, dottore» disse. «Sono negra, ma non stupida.»

Non fu niente facile. La signorina Lynch voleva il suo onore pulito, voleva sicurezza e amore, in quell'ordine, e credeva di meritarseli. Diede al dottor Urbino l'opportunità di sedurla, ma senza entrare nella stanza anche se era sola in casa. Il massimo cui arrivò fu di permettergli di ripetere la cerimonia di palpeggiamento e di auscultazione con tutte le violazioni etiche che voleva, ma senza spogliarla. Lui, da parte sua, non riuscì a mollare l'esca una volta morsa e continuò nei suoi assedi quasi quotidiani. Per ragioni di ordine pratico la relazione continuata con la signorina Lynch gli era quasi impossibile ma lui era troppo debole per fermarsi in tempo, come poi si sarebbe verificato anche in futuro. Fu il suo limite.

Il reverendo Lynch non aveva una vita regolare, se ne andava in qualsiasi momento sulla sua mula carica da un lato di bibbie e volantini di propaganda evangelica, carica di provviste dall'altro, e tornava quando meno lo si pensava. Un altro inconveniente era la scuola di fronte, perché i bambini cantavano le loro lezioni guardando verso la strada dalle finestre, e quello che vedevano meglio era la casa del marciapiede opposto, con le porte e le finestre spalancate fin dalle sei del mattino, e vedevano la signorina Lynch attaccare la gabbia alla grondaia perché il *turpial* imparasse le lezioni cantate, la vedevano con un turbante colorato cantarle anche lei con la sua squillante voce del Caribe mentre faceva le pulizie, e la vedevano poi seduta nel portico cantare da sola in inglese i salmi del pomeriggio.

Dovevano scegliere un'ora in cui non ci fossero i bambini, ed esistevano solo due possibilità: durante la pausa del pranzo, fra mezzogiorno e le due, che era quando anche il dottore pranzava, o nel tardo pomeriggio, quando i bambini se ne andavano a casa. Quest'ultima fu sempre l'ora migliore, perché a quell'ora il dottore aveva già finito le visite e disponeva di qualche minuto prima di arrivare a cena in famiglia. Il terzo problema, e il più grave per lui, era la sua stessa condizione. Non gli era possibile andarci senza la carrozza, che era molto conosciuta e doveva stare sempre alla porta. Avrebbe potuto farsi complice il cocchiere, come quasi tutti i suoi amici del Club Social, ma quello era al di là delle sue abitudini. Tanto che quando le visite alla signorina Lynch si fecero troppo evidenti, lo stesso cocchiere di famiglia in livrea si azzardò a chiedergli se non sarebbe stato meglio se fosse tornato a prenderlo più tardi perché la carrozza non restasse tanto tempo ferma davanti alla porta. Il dottor Urbino, con una reazione estranea al suo carattere, lo interruppe secco:

«Da quando ti conosco è la prima volta che ti sento dire qualcosa che non avresti dovuto» gli disse. «E allora, bene: come non detto.»

Non c'era soluzione. In una città come questa era impossibile tenere nascosta una malattia fintanto che la carrozza del medico stava davanti alla porta. A volte lo stesso medico prendeva l'iniziativa di andare a piedi, se la distanza glielo permetteva, o ci andava con una carrozza a noleggio per evitare supposizioni maligne o premature. Simili trucchi però non servivano a molto, perché le ricette che si ordinavano nelle farmacie permettevano di decifrare la verità, al punto che il dottor Urbino prescriveva medicine inutili insieme a quelle giuste per preservare il sacro diritto dei malati di morirsene in pace con il segreto delle loro malattie. Poteva anche giustificare con diversi modi onesti la presenza della sua carrozza davanti alla casa della signorina Lynch, ma non avrebbe potuto farlo per molto tempo, e tantomeno quanto avrebbe desiderato: tutta la vita.

Il mondo per lui diventò un inferno. Perché una volta saziata la follia iniziale, tutti e due presero coscienza dei rischi, e il dottor Juvenal Urbino non prese mai la decisione di affrontare lo scandalo. Nei deliri febbrili prometteva tutto ma dopo che tutto era passato tutto veniva rinviato a dopo. Invece, più aumentavano le voglie di stare con lei, più aumentava anche il timore di perderla, e così gli incontri si fecero sempre più affrettati e difficili ogni volta. Non pensava ad altro. Aspettava i pomeriggi con un'ansia insopportabile, si dimenticava di tutti gli impegni, si dimenticava di tutto all'infuori di lei, ma più la carrozza si avvicinava alla maremma della Mala Crianza più pregava Dio che un imprevisto dell'ultimo momento lo obbligasse a girare al largo. Era in un tale stato di angoscia che a volte era contento di vedere dall'angolo la testa color cotone del reverendo Lynch che leggeva sulla terrazza, e la figlia in sala, intenta a catechizzare i bambini del quartiere con i Vangeli cantati. Allora se ne andava felice a casa per non continuare a sfidare il caso, ma poi impazziva di ansia perché fossero per tutto il giorno le cinque del pomeriggio di tutti i giorni.

E così gli amori si fecero impossibili quando la carrozza diventò troppo nota davanti alla sua porta, e dopo tre mesi non furono altro che ridicoli. Senza avere il tempo di dirsi niente, la signorina Lynch andava in camera da letto non appena vedeva entrare l'amante stordito. Aveva preso la precauzione di mettersi una gonna ampia i giorni in cui lo aspettava, una bella gonna giamaicana con volants a fiori colorati ma senza biancheria sotto, senza niente, credendo che la facilità l'avrebbe aiutato contro la paura. Ma lui sprecava quanto lei faceva per farlo felice. La seguiva ansante fino alla stanza da letto, zuppo di sudore, entrava precipitosamente gettando tutto per terra, il bastone, la valigetta da medico, il panama, e faceva un amore da panico con i pantaloni arrotolati intorno alle caviglie, con la giacca abbottonata perché lo disturbasse di meno, con la catenella d'oro all'occhiello, con le scarpe addosso, e voglioso più di andarsene il prima possibile che di compiere il suo piacere. Lei restava a digiuno, entrando appena nel suo tunnel di solitudine quando lui già stava abbottonandosi di nuovo, esausto, come se avesse fatto l'amore assoluto sulla linea divisoria della vita e della morte, quando in realtà non aveva fatto altro se non il molto che l'atto d'amore ha di prodezza fisica. Era però nella sua norma: il tempo giusto per fare un'endovenosa in una terapia di routine. Allora tornava a casa vergognoso della sua debolezza, con la voglia di morire, maledicendosi per la sua mancanza di coraggio di chiedere a Fermina Daza di tirargli giù i pantaloni e di metterlo a sedere col culo sul braciere.

Non cenava, pregava senza convinzione, faceva finta di continuare a letto la lettura della siesta mentre sua moglie faceva giri su giri nella casa per mettere in ordine il mondo prima di coricarsi. Più gli crollava la testa sul libro più affondava a poco a poco nella laguna inevitabile della signorina Lynch, nella sua esalazione di foresta nascosta, il suo letto di morte, e allora non riusciva a pensare a nient'altro che alle cinque meno cinque del pomeriggio di domani e a lei che lo aspettava nel letto senza altro addosso che la sua stopposa foresta di pelo scuro sotto la gonna da pazza giamaicana: il cerchio infernale.

Già da qualche anno aveva incominciato a essere conscio del peso del suo stesso corpo. Ne riconosceva i sintomi. Li aveva letti sui testi, li aveva visti confermati nella vita reale, in pazienti più anziani senza gravi precedenti che improvvisamente incominciavano a descrivere sindromi perfette che sembravano tirate fuori dai libri di medicina, e che tuttavia risultavano immaginarie. Il suo maestro di clinica pediatrica di la Salpêtrière gli aveva consigliato la pediatria come specialità più onesta, perché i bambini si ammalano solo quando sono realmente malati e non possono comunicare con il medico con parole convenzionali bensì con sintomi concreti di malattie reali. Gli adulti, invece, a partire da una certa età, o avevano i sintomi senza le malattie o qualcosa di peggio: infermità gravi con sintomi di altre inoffensive. Lui li curava con palliativi, dando tempo al tempo, finché imparavano a non sentire i loro acciacchi a furia di conviverci nell'immondezzaio della vecchiaia. Quello che non aveva mai pensato il dottor Juvenal Urbino era che un medico della sua età, che credeva di averle viste tutte, non potesse superare l'inquietudine di sentirsi malato quando non lo era. O, peggio: non credere di esserlo, per mero pregiudizio scientifico, quando forse lo era veramente. Già a quarant'anni, un po' sul serio e un po' per scherzo, aveva detto: «L'unica cosa di cui ho bisogno nella vita è qualcuno che mi capisca». Ma quando si ritrovò perso nel labirinto della signorina Lynch non ci pensò più per scherzo.

Tutti i sintomi reali o immaginari dei suoi pazienti più anziani si accumularono nel suo corpo. Sentiva la forma del fegato con una tale nitidezza da poterne dire la grandezza senza palparselo. Sentiva il brontolio da gatto addormentato dei suoi reni, sentiva lo splendore cangiante della sua vescica, sentiva i colpi del sangue nelle sue arterie. A volte si svegliava come un pesce senz'aria da respirare. Aveva acqua nel cuore. Lo sentiva perdere il passo un attimo, lo sentiva ritardare un battito come nelle marce militari del collegio, una volta e poi un'altra ancora, e alla fine lo sentiva riprendersi perché Dio è grande. Ma invece di ricorrere ai placebi che dava ai suoi malati era abbagliato dal terrore. Ne era certo: l'unica cosa di cui aveva bisogno nella vita, anche a cinquantotto anni, era qualcuno che lo capisse. Fece ricorso così a Fermina Daza, l'essere che più lo amava e che lui più amava a questo mondo, e con la quale aveva appena finito di mettersi in pace la coscienza.

Perché questo accadde dopo che lei lo interruppe nella sua lettura pomeridiana per chiedergli di guardarla in faccia, e lui ebbe il primo indizio che il suo cerchio infernale era stato scoperto. Non capiva come, però, perché gli sembrava impossibile immaginare che Fermina Daza avesse scoperto la verità per puro caso. In tutti i modi, e fin da molto prima, questa non era una buona città per aver segreti. Poco tempo dopo l'installazione dei primi telefoni in casa, diversi matrimoni che sembravano stabili erano finiti per pettegolezzi di telefonate anonime, e molte famiglie impaurite avevano sospeso il servizio o si erano rifiutate di averlo per anni. Il dottor Urbino sapeva che sua moglie aveva un tale rispetto di se stessa da non permettere neanche un tentativo di slealtà anonima per telefono, e non poteva immaginarsi nessuno tanto sfrontato da farla a suo nome. Temeva invece il vecchio sistema: un foglietto fatto scivolare sotto la porta da una mano sconosciuta poteva essere efficace, non solo perché garantiva la doppia anonimità del mittente e del destinatario, ma anche perché la sua stirpe leggendaria permetteva di attribuirgli qualche legame metafisico con i disegni della Divina Provvidenza.

Le gelosie non conoscevano casa sua: per più di trent'anni di pace coniugale il dottor Urbino si era spesso vantato in pubblico, e fino ad allora ne era stato certo, di essere come i fiammiferi svedesi, che si accendono solo sulla loro scatola. Ma ignorava quale potesse essere la reazione di una donna con tanto orgoglio come la sua, con tanta dignità e con un carattere tanto forte, davanti a un'infedeltà provata. Così, dopo averla guardata in faccia come lei gli aveva chiesto, non gli accadde nient'altro che abbassare di nuovo lo sguardo per dissimulare il suo turbamento, e continuò a fingersi smarrito nei dolci meandri dell'isola di Alca, mentre si chiedeva che fare. Neanche Fermina Daza, da parte sua, aveva detto altro. Finito di rammendare le calze, aveva messo le cose senza nessun ordine dentro al tavolino da lavoro, aveva dato istruzioni in cucina per la cena e se ne era andata in camera da letto.

A quel punto lui era così sicuro della sua decisione che alle cinque del pomeriggio non passò dalla casa della signorina Lynch. Le promesse di amore eterno, l'illusione di una casa discreta per lei sola dove lui avrebbe potuto andarla a trovare senza spaventi improvvisi, la felicità senza fretta fino alla morte, tutto quanto aveva promesso nelle vampe dell'amore restò per sempre cancellato. L'ultima cosa che la signorina Lynch ebbe da lui fu un diadema di smeraldi che il cocchiere le consegnò senza commenti, senza un messaggio, senza una nota scritta, e dentro una scatoletta impacchettata con carta da farmacia perché anche il cocchiere la credesse una medicina urgente. Nel resto della sua vita non la rivide nemmeno per caso, e solo Dio seppe quanto dolore gli costò questa decisione eroica, e quante lacrime di fiele dovette spargere chiuso nel bagno per sopravvivere al suo disastro intimo. Alle cinque, invece di andare con lei, davanti al suo confessore fece un atto di profonda contrizione, e la domenica dopo fece la comunione con il cuore a pezzi, ma con l'animo tranquillo.

La stessa notte della rinuncia, mentre si spogliava per andare a dormire, ripeté a Fermina Daza l'amara litania delle sue insonnie mattutine, le fitte improvvise, la voglia di piangere all'imbrunire, i sintomi cifrati dell'amore nascosto che lui le raccontava in quel momento come se fossero le miserie della vecchiaia. Doveva farlo con qualcuno per non morire, per non essere costretto a raccontare la verità, e dopo tutto quegli sfoghi erano consacrati ai riti domestici dell'amore. Lei lo ascoltò con attenzione, ma senza guardarlo, senza dire nulla, mentre prendeva tra le mani la roba che lui si toglieva. Odorava ogni indumento senza compiere nessun gesto che denunciasse la sua rabbia, lo arrotolava in qualche modo, e lo gettava nella cesta di paglia della biancheria sporca. Non trovò l'odore, però faceva lo stesso: domani sarà un altro giorno. Prima di inginocchiarsi a pregare davanti all'altarino della camera da letto, lui concluse il racconto delle sue penurie con un sospiro triste, e per di più sincero: «Credo che morirò». Lei non batté neanche ciglio per rispondergli.

«Sarebbe la cosa migliore» disse. «Così saremmo tutti e due più tranquilli.»

Qualche anno prima, nella crisi di una malattia pericolosa, lui aveva parlato della possibilità di morire e lei gli aveva dato la stessa risposta brusca. Il dottor Urbino l'aveva attribuita all'inclemenza propria delle donne grazie alla quale è possibile che la Terra continui a girare intorno al Sole, perché allora ignorava come lei frapponesse sempre una barriera di rabbia perché non le si notasse la paura. E in quel caso, il più terribile di tutti, era la paura di restare senza di lui.

Quella notte, invece, aveva desiderato la sua morte con tutto l'impeto del suo cuore, e quella certezza lo allarmò. Poi la sentì piangere nell'oscurità, piano piano, mordendo il cuscino per non farsi sentire da lui. Questo fatto finì di offuscarlo, perché sapeva che lei non piangeva facilmente per nessun dolore del corpo o dell'anima. Piangeva solo per una grande rabbia, e più ancora se questa aveva origine in qualche modo nel suo terrore della colpa, e allora le dava più rabbia quanto più piangeva, perché non riusciva a perdonarsi la debolezza di piangere. Lui non si azzardò a consolarla, sapendo che sarebbe stato come consolare una tigre trapassata da una lancia, né ebbe il coraggio di dirle che i motivi del suo pianto erano spariti quel pomeriggio ed erano stati estirpati alla radice e per sempre perfino dalla sua memoria.

La stanchezza lo vinse per qualche minuto. Quando si svegliò lei aveva acceso la sua piccola luce e continuava a stare con gli occhi aperti ma senza piangere. Qualcosa di definitivo le era successo mentre lui dormiva: i sedimenti accumulati nel fondo della sua età in tanti anni erano stati agitati dal supplizio delle gelosie ed erano venuti a galla, e l'avevano invecchiata in un attimo. Impressionato dalle sue rughe improvvise, dalle sue labbra avvizzite, dal grigiore dei suoi capelli, lui si arrischiò a dirle di tentare di dormire: erano le due passate. Lei gli parlò senza guardarlo ma già senza tracce di rabbia nella voce, quasi con dolcezza:

«Ho il diritto di sapere chi è» disse.

E allora lui le raccontò tutto, sentendo di togliersi il peso del mondo, perché era convinto che lei lo sapesse e che le mancasse solo di confermare i particolari. Ma non era così, ovviamente, e mentre lui parlava lei riprese a piangere, e non con timidi singhiozzi come all'inizio, ma con delle lacrime a ruota libera e salmastre che le correvano giù per il viso e le bruciavano nella camicia da notte e le infiammavano la vita, perché lui non aveva fatto quello che lei sperava con l'anima ridotta a un filo, ed era che negasse tutto fino alla morte, che si indignasse per la calunnia, che imprecasse gridando contro questa società di cattiva madre che non faceva la minima attenzione a calpestare l'onore altrui, e che fosse rimasto imperturbabile anche di fronte alle prove demolitrici della sua slealtà: come un uomo. Poi, quando lui le raccontò di essere stato quel pomeriggio dal suo confessore, temette di diventare cieca dalla rabbia. Fin dai tempi della scuola aveva la convinzione che la gente di chiesa fosse priva di qualsiasi virtù ispirata da Dio. Questa era una discrepanza essenziale nell'armonia della casa che erano riusciti a eludere senza inciampi. Ma che suo marito avesse permesso al confessore di intrufolarsi fino a quel punto in un'intimità che non era solo sua, ma anche di lei stessa, era qualcosa che superava tutto.

«È come raccontarlo a un cacciatore di vipere dei portoni» disse.

Per lei era il massimo. Era sicura che il suo onore andasse sulla bocca di tutti già da prima che il marito avesse finito di fare la penitenza, e il senso di umiliazione che questo le causava era molto meno sopportabile della vergogna e della rabbia e dell'ingiustizia dell'infedeltà. E poi, la cosa peggiore di tutte, cazzo: con una negra. Lui la corresse: «Mulatta». Ma in quel momento qualsiasi precisazione era un di più: lei aveva chiuso.

«È la stessa fica» disse, «e solo adesso lo capisco: era un odore di negra.»

Queste cose accaddero di lunedì. Il venerdì dopo, alle sette di sera, Fermina Daza si imbarcò sul piccolo battello che faceva rotta regolare per San Juan de la Ciénaga, solo con un baule, in compagnia della figlioccia e con la faccia coperta da uno scialle per evitare domande e per evitarle al marito. Il dottor Juvenal Urbino non andò al porto, per accordo reciproco, dopo un colloquio spossante di tre giorni in cui decisero che lei se ne andasse alla fattoria della cugina Hildebranda Sánchez, nel villaggio di Flores de María, con abbastanza tempo per riflettere prima di prendere una decisione finale. I figli lo capirono, senza conoscerne i motivi, come un viaggio parecchie volte rimandato che loro stessi desideravano da tempo. Il dottor Urbino sistemò le cose affinché nessuno nel suo piccolo mondo perfido potesse fare speculazioni maliziose, e lo fece così bene che se Florentino Ariza non trovò nessuna pista della sparizione di Fermina Daza fu perché in realtà non ce n'erano, e non perché gli mancassero i mezzi per verificarle. Il marito non dubitava che lei sarebbe tornata a casa non appena le fosse sbollita la rabbia. Ma lei se ne andò sicura che la rabbia non le sarebbe sbollita mai.

Tuttavia avrebbe imparato molto presto che quella determinazione eccessiva non era tanto il frutto del risentimento quanto della nostalgia. Dopo il viaggio di nozze era tornata spesso in Europa, nonostante i dieci giorni di mare, e lo aveva sempre fatto con tempo d'avanzo per essere felice. Conosceva il mondo, aveva imparato a vivere e a pensare in altro modo, ma non era mai tornata a San Juan de la Ciénaga dopo il vano volo in pallone. Il ritorno alla provincia della cugina Hildebranda aveva per lei un che di redenzione, anche se tardiva. Non ci pensò per via del suo disastro matrimoniale: veniva da molto prima. Così che la sola idea di recuperare i suoi affetti giovanili la consolava della sua infelicità.

Quando sbarcò con la figlioccia a San Juan de la Ciénaga, fece appello alle grandi riserve del suo carattere e riconobbe la città contro tutti gli avvertimenti. Il capo civile e militare della piazza, cui era stata raccomandata, la invitò sulla vittoria ufficiale fino alla partenza del treno per San Pedro Alejandrino, dove volle andare per verificare quello che le avevano detto, che il letto in cui era morto il Libertador era piccolo quanto quello di un bambino. Allora Fermina Daza tornò a rivedere il suo grande villaggio nel marasma delle due del pomeriggio. Rivide le strade che piuttosto sembravano grandi arenili con pozzanghere coperte di muschio, e rivide le case dei portoghesi con i loro scudi araldici intagliati nel portico e gelosie di bronzo alle finestre, nei cui saloni ombrosi si ripetevano senza compassione gli stessi esercizi di pianoforte, titubanti e tristi, che sua madre appena sposata aveva insegnato alle bambine delle case ricche. Vide la piazza deserta senza un albero sulle pietre arroventate, la fila di carrozze con le cappotte funeree con i cavalli addormentati in piedi, il treno giallo di San Pedro Alejandrino, e all'angolo della chiesa maggiore vide la casa più grande, la più bella, con un corridoio di archi di pietra inverdita e un portone da monastero, e la finestra della camera da letto dove sarebbe nato Álvaro molti anni dopo, quando lei non avrebbe più avuto memoria per ricordarlo. Pensò alla zia Escolástica, che continuava a cercare senza speranza per cielo e terra, e pensando a lei scoprì di pensare a Florentino Ariza, nel suo vestito da letterato e il suo libro di versi sotto i mandorli del giardinetto, come molto di rado le succedeva quando evocava i suoi anni ingrati della scuola. Dopo parecchi giri non riuscì a riconoscere la vecchia casa di famiglia, perché dove supponeva che fosse c'erano solo un allevamento di maiali e, svoltato l'angolo della via dei bordelli, puttane di tutto il mondo che facevano la siesta sulla porta, nel caso passasse il postino con qualcosa per loro. Non era il suo villaggio.

Fin dall'inizio del giro, Fermina Daza si era coperta mezza faccia con lo scialle, non per paura di essere riconosciuta dove nessuno poteva conoscerla bensì per la visione dei morti che si gonfiavano al sole dappertutto, dalla stazione ferroviaria fino al cimitero. Il capo civile e militare della piazza le disse: «È il colera». Lei lo sapeva, perché aveva visto i grumi bianchi sulla bocca dei cadaveri bruciati, ma notò che nessuno aveva il colpo di grazia alla nuca come all'epoca del pallone.

«È così» le aveva detto l'ufficiale. «Anche Dio migliora i suoi metodi.»

La distanza da San Juan de la Ciénaga all'antico zuccherificio di San Pedro Alejandrino era solo di nove leghe, ma il treno giallo ci impiegava tutto il giorno, perché il macchinista era amico dei passeggeri abituali e questi gli chiedevano il favore di fermarsi ogni momento per stirare le gambe camminando sui campi da golf della compagnia bananiera, e gli uomini facevano il bagno nudi nei fiumi diafani e gelidi che scendevano giù dalla sierra, e quando avevano fame scendevano a mungere le vacche libere nei pascoli. Fermina Daza arrivò terrorizzata, e fece appena in tempo ad ammirare i tamarindi omerici dove il

Libertador attaccava la sua amaca di moribondo, e a verificare che il letto dove morì, così come le avevano detto, non solo era piccolo per un uomo di così tanta gloria ma anche per un settimino. Tuttavia, un altro visitatore che sembrava saperla lunga disse che il letto era una reliquia falsa perché la verità era che avevano lasciato morire il Padre della Patria per terra. Fermina Daza era così depressa per quello che aveva visto e sentito da quando era partita da casa sua, che per il resto del viaggio non si compiacque nel ricordo del viaggio precedente, come tanto aveva rimpianto, ma evitava persino di passare nei villaggi delle sue nostalgie. Così li preservò, e preservò se stessa, dalla delusione. Sentiva le fisarmoniche dalle scorciatoie attraverso le quali sfuggiva al disincanto, sentiva le urla del pollaio da combattimento, le salve di piombo che potevano essere ugualmente di guerra o di festa, e quando non aveva altre risorse che attraversare il villaggio, si copriva la faccia con lo scialle per continuare a evocarlo com'era prima.

Una sera, dopo molto eludere il passato, arrivò alla fattoria della cugina Hildebranda, e quando la vide che l'aspettava sulla porta fu sul punto di svenire: era come vedere se stessa nello specchio della verità. Era grassa e decrepita, e carica di figli indomiti che non erano dell'uomo che continuava ad amare senza speranze, ma di un militare a riposo con cui si era sposata per dispetto e che l'aveva amata follemente. Ma dentro al corpo devastato continuava a essere la stessa. Fermina Daza si riebbe dall'impressione con pochi giorni di campagna e buoni ricordi, ma non uscì dalla fattoria se non per andare a messa la domenica con i nipoti delle complici discole di un tempo, cavalieri su cavalli magnifici, e ragazze belle e ben vestite, come le loro madri alla stessa età, che andavano in piedi sui carri di buoi, cantando in coro, fino alla chiesa della missione a fondovalle. Passò solo per il villaggio di Flores de María, dove non era stata nel viaggio precedente perché non pensava che potesse piacerle, ma quando lo vide ne restò affascinata. La sua disgrazia, o quella del villaggio, fu che poi non riuscì a ricordarlo più come era in realtà, ma come se lo immaginava prima di conoscerlo.

Il dottor Juvenal Urbino prese la decisione di andare da lei dopo aver ricevuto ragguagli dal vescovo di Riohacha. La sua conclusione era stata che il ritardo della moglie non fosse dovuto al non voler tornare ma al fatto di non riuscire a trovare come eludere l'orgoglio. Così ci andò senza avvisarla, dopo uno scambio di lettere con Hildebranda, dalle quali capì chiaramente che a sua moglie si erano invertite le nostalgie: adesso pensava solo a casa sua. Fermina Daza era in cucina alle undici del mattino, a preparare le melanzane ripiene, quando udì gridare i *peones*, i nitriti, gli spari per aria, e poi i passi decisi nell'atrio, e la voce dell'uomo:

«È meglio arrivare in tempo piuttosto che essere invitato.»

Credette di morire d'allegria. Senza tempo per pensarci, si lavò le mani in qualche modo, mormorando: «Grazie, Dio mio, grazie, che buono che sei», pensando di non aver ancora fatto il bagno per le maledette melanzane che le aveva chiesto Hildebranda senza dirle chi veniva a pranzo, pensando di essere così vecchia e brutta, e con la faccia così spellata dal sole, che lui si sarebbe pentito di essere venuto quando l'avesse vista in quello stato, maledizione. Ma si asciugò le mani come poté con il grembiule, si sistemò l'aspetto come poté, fece appello a tutta l'alterigia con cui sua madre l'aveva messa al mondo per fare un po' di ordine nel cuore impazzito, e andò incontro all'uomo con la sua dolce camminata da cerva, la testa alta, lo sguardo lucido, il naso da guerra, e contenta del suo destino per l'immenso sollievo di tornare a casa, anche se non così facilmente come credeva lui, ovviamente, perché se ne andava felice con lui, certo, ma anche decisa a fargli pagare in silenzio le sofferenze amare che le avevano consumato la vita.

Quasi due anni dopo la sparizione di Fermina Daza, successe uno di quei casi impossibili che Tránsito Ariza avrebbe definito uno scherzo di Dio. Florentino Ariza non si era lasciato impressionare in modo particolare dall'invenzione del cinema, ma Leona Cassiani lo portò senza resistenze alla prima spettacolare di *Cabiria*, la cui pubblicità si basava sui dialoghi scritti dal poeta Gabriele D'Annunzio. Il gran patio a cielo aperto di don Galileo Daconte, dove certe notti si godeva più dello splendore delle stelle che degli amori muti sullo schermo, era pieno in modo quasi strabocchevole di un pubblico scelto. Leona Cassiani seguiva le peripezie della storia con l'anima ridotta a un filo. A Florentino Ariza, invece, cadeva la testa dal sonno per la pesantezza opprimente del dramma. Alle sue spalle, una voce di donna sembrò leggergli nel pensiero:

«Dio mio, è più lungo di un dolore!»

Fu l'unica cosa che disse, frenata forse dalla risonanza della sua voce nella penombra, dato che lì non si era ancora imposta l'abitudine di abbellire i film muti con accompagnamento di pianoforte, e nella platea in penombra si sentiva solo il sussurro da pioggia del proiettore. Florentino Ariza non si ricordava di Dio se non nelle situazioni più difficili, ma quella volta lo ringraziò con tutta la sua anima. Perché anche venti braccia sottoterra avrebbe riconosciuto immediatamente quella voce di metalli sordi che gli arrivava all'anima fin dal pomeriggio in cui l'aveva sentita dire nella scia di foglie gialle di un giardino solitario: «Adesso vada, e non torni finché non l'avviso». Sapeva che era seduta nel posto dietro il suo, insieme all'inevitabile marito, e sentiva il suo respiro caldo e ben misurato, e aspirava con amore l'aria purificata dalla buona salute del suo alito. Non lo sentì scavato dalla tignola della morte, come di solito immaginava nell'abbattimento degli ultimi mesi, ma la evocò di nuovo nella sua età radiosa e felice, con la pancia incurvata dal seme del primo figlio sotto la tunica da Minerva. La immaginava come se la stesse vedendo senza guardarsi indietro, completamente estraneo ai disastri storici che straboccavano dallo schermo. Si dilettava con gli olezzi del profumo di mandorle che gli arrivavano di ritorno dalla sua intimità, ansioso di sapere come lei pensasse che dovessero innamorarsi le donne del cinema perché i loro amori facessero meno male di quelli della vita. Poco prima della fine, con un lampo di gioia, si rese conto all'improvviso di non essere mai stato tanto tempo così vicino a qualcuno che amava tanto.

Aspettò che gli altri si alzassero quando accesero le luci. Poi si alzò in fretta, si voltò distratto abbottonandosi il gilè che si slacciava sempre durante lo spettacolo, e i quattro si trovarono così vicini che avrebbero dovuto inevitabilmente salutarsi anche se qualcuno di loro non ne avesse avuto voglia. Juvenal Urbino salutò per primo Leona Cassiani, che conosceva bene, e poi strinse la mano a Florentino Ariza con la sua gentilezza abituale. Fermina Daza rivolse a tutti e due un sorriso cortese, niente di più che cortese, ma in ogni modo un sorriso di chi li aveva visti parecchie volte, che sapeva chi erano, e che pertanto non dovevano esserle presentati. Leona Cassiani le rispose con la sua grazia mulatta. Florentino Ariza, invece, non seppe cosa fare perché rimase attonito nel vederla.

Era un'altra. Non c'era sul suo volto nessun segno della terribile malattia di moda, né di nessun'altra, e il suo corpo conservava ancora il peso e la leggiadria dei suoi tempi migliori, ma era evidente che gli ultimi anni erano passati per lei con il rigore di dieci mal vissuti. I capelli corti le stavano bene, con una curva a banda sulle guance, ma non erano più color miele bensì di alluminio, e i begli occhi lanceolati avevano perso mezza vita di luce dietro gli occhiali da nonna. Florentino Ariza la vide allontanarsi al braccio del marito fra la folla che abbandonava il cinema, e si sorprese che stesse in un luogo pubblico come uno scialle da poveri e delle pantofole da casa. Ma quello che più lo commosse fu che il marito dovette prenderla per il braccio per indicarle la via esatta dell'uscita, e anche così calcolò male l'altezza e fu sul punto di cadere sul gradino della porta.

Florentino Ariza era molto sensibile a quegli inciampi dell'età. Ancora giovane, interrompeva la lettura di versi nei giardini per osservare le coppie di anziani che si aiutavano a vicenda ad attraversare la strada, ed erano lezioni di vita che gli erano servite per intravedere le leggi della sua stessa vecchiaia. All'età del dottor Juvenal Urbino quella sera al cinema, gli uomini fiorivano in una specie di gioventù autunnale, sembravano più degni con le prime canizie, diventavano ricchi di ingegno e seducenti, soprattutto agli occhi delle donne giovani, mentre le mogli appassite dovevano attaccarsi al loro braccio per non inciampare persino nella loro ombra. Pochi anni dopo, però, i mariti cadevano all'improvviso nel precipizio di una vecchiaia infame del corpo e dell'anima, e allora erano le loro mogli consolidate a doverli portare sottobraccio come ciechi di carità, sussurrandogli all'orecchio, per non ferire il loro orgoglio di uomini, che stessero bene attenti che erano tre e non due i gradini, che c'era una pozzanghera in mezzo alla strada, che quel fagotto messo per traverso sul marciapiede era un mendicante morto, e aiutandoli a fatica ad attraversare la strada come se fosse l'unico guado nell'ultimo fiume della vita. Florentino Ariza si era visto tante volte in quello specchio da non aver mai avuto tanta paura della morte quanto dell'età infame in cui avesse dovuto essere portato sottobraccio da una donna. Sapeva che quel giorno, e solo quello, avrebbe dovuto rinunciare alla speranza di Fermina Daza.

L'incontro gli fece andar via il sonno. Invece di portare Leona Cassiani in carrozza, l'accompagnò a piedi attraverso la città vecchia, dove i loro passi risuonavano come ferri di cavallo sui selci. Spesso dai balconi aperti sfuggivano brani di voci fugaci, confidenze d'alcova, singulti d'amore ingigantiti dall'acustica da fantasmi e la fragranza calda dei gelsomini nelle stradine addormentate. Ancora una volta Florentino Ariza dovette fare appello a tutte le sue forze per non rivelare a Leona Cassiani il suo amore represso per Fermina Daza. Camminavano vicini, con i loro passi decisi, amandosi senza fretta come vecchi fidanzati, lei pensando alle grazie di Cabiria, e lui pensando alla propria disgrazia. Un uomo stava cantando su un balcone di Plaza de la Aduana, e il suo canto si ripeté per tutto lo spazio della piazza in echi incatenati: *Quando io passavo attraverso le onde immense del mare*. In Calle de los Santos de Piedra, proprio quando doveva congedarsi da lei davanti a casa sua, Florentino Ariza chiese a Leona Cassiani di invitarlo a bere un brandy. Era la seconda volta che glielo chiedeva in circostanze simili. La prima, dieci anni addietro, lei gli aveva detto: «Se sali a quest'ora dovrai fermarti per sempre». Non era salito. Adesso però sarebbe salito in ogni modo, anche se dopo avrebbe dovuto violare la sua parola. Ciononostante, Leona Cassiani lo invitò a salire senza compromessi.

Fu così che si trovò quando meno lo pensava nel santuario di un amore estintosi ancora prima di nascere. I suoi genitori erano morti, il suo unico fratello aveva fatto fortuna a Curaçáo, e lei viveva sola nella vecchia casa di famiglia. Anni prima, quando ancora non aveva rinunciato alla speranza di farne la sua amante, Florentino Ariza era solito andarla a trovare la domenica con il consenso dei suoi genitori, e a volte la sera fino a molto tardi, e aveva tanto contribuito alla sistemazione della casa che aveva finito per riconoscerla come sua. Quella sera, però, dopo il cinema, ebbe la sensazione che la sala fosse stata purificata dei suoi ricordi. I mobili erano in luoghi diversi, c'erano altre stampe attaccate alle pareti, e pensò che tanti cambiamenti accaniti fossero stati fatti di proposito per perpètuare la certezza che lui non fosse mai esistito. Il gatto non lo riconobbe. Spaventato dall'accanimento dell'oblio, disse: «Non si ricorda più di me». Ma lei gli rispose girata di spalle, mentre serviva i brandy, che se quello lo preoccupava poteva dormire tranquillo, perché i gatti non si ricordano di nessuno.

Adagiati sul divano, molto vicini, parlarono di loro, di quello che erano stati prima di conoscersi un pomeriggio di chissà quando sul tram a mule. Le loro vite passavano in uffici contigui, e mai fino ad allora avevano parlato di niente di diverso dal lavoro quotidiano. Mentre chiacchieravano, Florentino Ariza le mise una mano sulla coscia, incominciò a accarezzarla con il suo dolce tatto da seduttore incallito, e lei lo lasciò fare ma non gli rivolse neanche un sussulto di cortesia. Solo quando lui cercò di andare oltre gli prese la mano che esplorava e gli diede un bacio sul palmo.

«Comportati bene» gli disse. «Da parecchio tempo mi sono accorta che non sei tu l'uomo che cerco.»

Quando era molto giovane, un uomo forte e accorto, di cui non vide mai la faccia, l'aveva atterrata di sorpresa sugli scogli, l'aveva spogliata a zampate e le aveva fatto un amore istantaneo e frenetico. Stesa sulle pietre, piena di tagli su tutto il corpo, avrebbe voluto che quell'uomo si fermasse lì per sempre, per morire d'amore fra le sue braccia. Non l'aveva visto in faccia, non ne aveva udito la voce, ma era sicura di riconoscerlo fra migliaia per la sua forma e la sua misura e il suo modo di fare l'amore. Da quel momento, a chiunque volesse ascoltarla diceva: «Se qualche volta sai di un tipo grande e grosso che violentò una povera negra di strada alla Escollera de los Ahogados, un quindici di ottobre verso le undici e mezzo di sera, digli dove può trovarmi». Lo diceva per pura abitudine, e lo aveva detto a tanti da non avere più speranza. Florentino Ariza aveva ascoltato spesso quel racconto come avrebbe sentito gli addii di una nave nella notte. Alle due del mattino, avevano bevuto tre brandy per uno e lui sapeva, in effetti, di non essere l'uomo che lei aspettava, e fu contento di saperlo.

«Brava, Leona» le disse andando via, «abbiamo ammazzato la tigre.»

Non fu l'unica cosa che finì quella notte. La bugia maligna del padiglione da tisici gli aveva guastato il sonno, perché gli aveva inculcato il sospetto inconcepibile che Fermina Daza fosse mortale e che pertanto potesse morire prima del marito. Quando però la vide inciampare all'uscita dal cinema, fece per suo proprio conto un passo in più verso l'abisso con l'improvvisa rivelazione che era lui e non lei quello che poteva morire per primo. Fu un presagio, e dei più terribili, perché si alimentava nella realtà. Dietro erano rimasti gli anni dell'attesa immobile, delle speranze fortunose, ma all'orizzonte non si scorgeva nient'altro che il pelago insondabile delle malattie immaginarie, le minzioni goccia a goccia nelle albe insonni, la morte quotidiana all'imbrunire. Pensò che ognuno dei momenti del giorno, che prima erano stati più che suoi alleati suoi complici giurati, incominciasse a cospirare contro di lui. Pochi anni prima era andato a un appuntamento avventuroso con il cuore oppresso dal terrore del caso, aveva trovato la porta senza chiavistello e con i cardini appena oliati per farlo entrare senza rumore, ma si era pentito all'ultimo momento per paura di provocare a una donna estranea e servizievole il pregiudizio irreparabile di morire nel suo letto. Così, era ragionevole pensare che la donna più amata sulla terra, quella che aveva aspettato da un secolo all'altro senza un sospiro di delusione, avesse solo tempo di prenderlo sottobraccio attraverso una strada di sepolcri lunari e aiuole di papaveri scompigliati dal vento per aiutarlo ad arrivare sano e salvo all'altro marciapiede della morte.

La verità è che, per i criteri della sua epoca, Florentino Ariza aveva oltrepassato i confini della vecchiaia. Aveva cinquantasei anni, molto ben portati, e pensava che fossero anche i meglio vissuti, perché erano stati anni d'amore. Ma nessun uomo dell'epoca avrebbe affrontato il ridicolo di sembrare giovane alla sua età, anche se lo era o lo credeva, e nessuno avrebbe osato confessare senza vergogna di piangere ancora di nascosto per una scortesia del secolo precedente. Era un'epoca cattiva per essere giovani: c'era un modo di vestirsi per ogni età, ma il modo della vecchiaia incominciava poco dopo l'adolescenza e durava fino alla tomba. Era, più che un'età, una dignità sociale. I giovani si vestivano come i loro nonni, e si facevano più rispettabili con gli occhiali prematuri, e il bastone era molto ben visto dai trent'anni. Per le donne c'erano solo due età: l'età di sposarsi, che non superava i ventidue anni, e l'età di essere nubili eterne: le zitelle. Le altre, le sposate, le madri, le vedove, le nonne, erano una specie diversa che non faceva il conto della loro età in rapporto agli anni vissuti ma in rapporto al tempo che mancava loro per morire.

Florentino Ariza, invece, affrontò le insidie della vecchiaia con una temerarietà accanita, pur sapendo di avere la strana sorte di sembrare vecchio fin da molto giovane. All'inizio fu una necessità. Tránsito Ariza disfaceva e rifaceva per lui i vestiti che suo padre decideva di buttare nella spazzatura, così che andava alla scuola elementare con delle finanziere che lo travolgevano quando si sedeva e dei cappelli ministeriali che gli affondavano fino alle orecchie, nonostante avessero la circonferenza diminuita con ripieno di cotone. Siccome oltre a tutto usava occhiali da miope fin dai cinque anni e aveva gli stessi capelli da indio di sua madre, che erano irti e grossi come crini di cavallo, il suo aspetto non lasciava niente in chiaro. Per fortuna, dopo tanti disordini di governo per tante guerre civili sovrapposte, i criteri scolastici erano meno selettivi di prima, e c'era una confusione di origini e di condizioni sociali nelle scuole pubbliche. Bambini che non avevano ancora finito di essere allevati arrivavano alle lezioni puzzando di polvere di barricata, con insegne e uniformi di ufficiali ribelli vinte a suon di piombo in combattimenti incerti e con le loro armi regolamentari ben visibili alla cintura. Si affrontavano a colpi d'arma da fuoco per qualsiasi litigio di ricreazione, minacciavano i maestri se li giudicavano male agli esami, e uno di loro, studente di terzo grado nel collegio La Salle e colonnello di milizie a riposo, uccise con un colpo d'arma da fuoco il fratello Juan Eremita, prefetto della comunità, perché nella lezione di catechismo aveva detto che Dio era membro di ruolo del partito conservatore.

D'altra parte i figli delle grandi famiglie in disgrazia giravano vestiti da principi antichi, e qualcuno molto povero girava scalzo. Fra tante stranezze venute da tutte le parti, Florentino Ariza era in ogni modo fra i più strani, ma non tanto da richiamare troppo l'attenzione. La cosa più dura che sentì fu qualcuno che gli gridava per la strada: «Al povero e al brutto in desiderio va tutto». In ogni modo, quell'abito imposto dalla necessità, era già da allora, e lo fu per il resto della sua vita, il più adeguato alla sua indole enigmatica e al suo carattere malinconico. Quando gli diedero il suo primo incarico importante alla C.F.C., si fece fare dei vestiti su misura con lo stesso stile che avevano quelli di suo padre, che lui evocava come un vecchio morto alla venerabile età di Cristo: trentatré anni. Così Florentino Ariza sembrò sempre molto più vecchio di quello che era. Tanto che la svergognata Brígida Zuleta, un'amante fugace che gli serviva le verità senza passarle sotto l'acqua, gli disse fin dal primo giorno che le piaceva di più quando si toglieva i vestiti, perché nudo aveva vent'anni di meno. Tuttavia, non seppe mai come risolvere le cose, prima perché il suo gusto personale non lo faceva vestire in altro modo, e poi perché nessuno sapeva come vestirsi da più giovane a vent'anni a meno di non tirar fuori un'altra volta dall'armadio i suoi pantaloni corti e il berretto da ragazzino. Del resto, a lui stesso non era possibile sfuggire alla nozione di vecchiaia del suo tempo, così come era solo naturale che, vedendo incespicare Fermina Daza all'uscita dal cinema, lo avesse fatto trasalire il lampo di panico che la morte puttana andasse a vincergli irrimediabilmente la sua accanita guerra d'amore.

Fino ad allora la sua grande battaglia combattuta furiosamente e persa ingloriosamente era stata quella della calvizie. Da quando vide i primi capelli restare attaccati al pettine, capì di essere condannato a un inferno il cui supplizio è inimmaginabile per chi non lo subisce. Resistette per anni. Non ci furono né lozioni né pozioni miracolose che non provasse, né credenze a cui non credesse, né sacrificio che non sopportasse per difendere dalla devastazione vorace ogni pollice della sua testa.

Imparò a memoria le istruzioni dell'Almanacco Bristol per l'agricoltura perché aveva sentito dire da qualcuno che la crescita dei capelli aveva un rapporto diretto con i cicli dei raccolti. Abbandonò il suo parrucchiere di tutta la vita, che era solennemente calvo, e lo cambiò con un forestiero arrivato da poco che tagliava i capelli solo quando la luna entrava nel quarto crescente. Il nuovo parrucchiere aveva incominciato a dimostrare in realtà di avere la mano fertile quando si scoprì che era uno stupratore di novizie ricercato da varie polizie delle Antille, e se lo portarono via in catene.

Florentino Ariza aveva ritagliato tutti gli annunci per calvi che trovò sui periodici del bacino del Caribe, sui quali pubblicavano le due fotografie insieme dello stesso uomo, prima pelato come un melone e poi più peloso di un leone: prima e dopo l'uso della medicina infallibile. Dopo sei anni ne aveva provate centosettantadue, oltre ad altri metodi complementari che apparivano sull'etichetta dei flaconi, e l'unica cosa che aveva ottenuto con uno di questi era stato un eczema del cranio, urticante e fetido, chiamato tigna boreale dai santoni della Martinica perché irraggiava uno splendore fosforescente nell'oscurità. Fece ricorso infine a tutte le erbe di indios che decantavano al mercato pubblico, e a tutte le magie specifiche e pozioni orientali che si vendevano al Portal de los Escribanos, ma quando arrivò a rendersi conto della truffa aveva ormai una tonsura da santo. Nell'anno zero, mentre la guerra civile dei Mille Giorni dissanguava il paese, passò per la città un italiano che fabbricava parrucche di capelli naturali su misura. Costavano una fortuna, e il fabbricante non si faceva responsabile di nulla dopo tre mesi di uso, ma furono pochi i calvi solventi che non cedettero alla tentazione. Florentino Ariza fu uno dei primi. Si provò una parrucca così simile ai suoi capelli originali che lui stesso temeva che gli si alzasse con i cambiamenti di umore, ma non riuscì ad adattarsi all'idea di portare in testa i capelli di un morto. La sua unica consolazione fu che l'avidità della calvizie non gli diede tempo di conoscere il colore dei suoi capelli bianchi. Un giorno, uno degli ubriaconi felici del molo fluviale lo abbracciò con più effusioni del solito quando lo vide uscire dall'ufficio, gli tolse il cappello davanti ai lazzi degli stivatori, e gli diede un bacio sonoro sulla testa.

«Pelatone divino!» gridò.

Quella notte, a quarantadue anni, si fece tagliare le misere pelurie che gli restavano ai lati e sulla nuca, e accettò fino in fondo il suo destino di calvo totale. Al punto che tutte le mattine prima del bagno si copriva di schiuma da barba non solo il mento ma anche le parti del cranio dove incominciavano a rigermogliare le pelurie, e si lasciava tutto liscio come natiche di bambino con un rasoio da barbiere. Fino ad allora non si toglieva il cappello neanche in ufficio perché la calvizie gli dava una sensazione di nudità che gli sembrava indecente. Ma quando ci si adattò le attribuì virtù maschili di cui aveva sentito parlare e che disprezzava come mere fantasie di calvi. Più tardi si valse della nuova moda di incrociarsi il cranio con i capelli lunghi della parte destra, e non la abbandonò più. Ma anche così continuò ad usare il cappello, sempre dello stesso stile funereo, anche dopo che si impose la moda del cappello *de tartarita*, che era il nome locale del *canotié*.

La perdita dei denti, invece, non era stata per una calamità naturale bensì per il lavoro mal fatto di un dentista girovago che aveva deciso di applicare rimedi radicali a una comune infezione. Il terrore del trapano a pedale aveva impedito a Florentino Ariza di andare dal dentista nonostante i suoi continui dolori ai molari finché non era stato più capace di sopportarli. Sua madre si era spaventata a sentire per tutta la notte i lamenti inconsolabili nella stanza vicina, perché le era sembrato che fossero gli stessi di altri tempi ormai quasi sfumati nelle nebbie della sua memoria, ma quando gli fece aprire la bocca per vedere dov'era che gli faceva male l'amore, scoprì che era pieno di ascessi.

Lo zio León XII lo mandò dal dottor Francis Adonay, un gigante negro con i gambali e i pantaloni da cavallo che girava sui battelli fluviali con un gabinetto dentistico completo dentro delle bisacce da fattore, e sembrava piuttosto un commesso viaggiatore del terrore nei villaggi del fiume. Con una sola occhiata dentro la bocca decise che avrebbe dovuto togliere a Florentino Ariza perfino i denti che gli restavano sani, per metterlo in una volta sola in salvo da nuovi danni. Contrariamente alla calvizie, quella cura da asino non gli diede nessuna preoccupazione, salvo la paura naturale del massacro senza anestesia. Tantomeno lo disgustò l'idea della dentiera, prima perché una delle nostalgie della sua infanzia era il ricordo di un mago da fiera che si toglieva le due mandibole e le lasciava a parlare da sole su un tavolo, e poi perché metteva termine ai dolori dei molari che lo avevano tormentato da quando era bambino, quasi con altrettanta crudeltà dei dolori d'amore. Non gli sembrò una zampata furba della vecchiaia, come gli era sembrata la calvizie, perché era convinto che, malgrado l'odore acre del caucciù vulcanizzato, il suo aspetto sarebbe stato più pulito con un sorriso ortopedico. Così si sottomise senza resistenze alle tenaglie con uno stoicismo da asino da carico.

Lo zio León XII si occupò dei particolari dell'intervento come se fosse stato sulla sua propria carne. Aveva un interesse singolare per le dentiere, contratto in una delle sue prime navigazioni sul río de la Magdalena e per colpa della sua affezione maniaca per il *bel canto*. Una notte di luna piena, all'altezza del porto di Gamarra, scommise con un agrimensore tedesco di essere capace di svegliare le creature della foresta cantando una romanza napoletana dalla veranda del capitano. Per poco non vinse. Nelle tenebre del fiume si sentivano il battito d'ali degli aironi nei pantani, il colpo di coda dei caimani, il terrore dei pesci che cercavano di saltare sulla terra ferma, ma alla nota culminante, quando si temette che al cantore si rompessero le arterie per la potenza del canto, la dentiera gli schizzò fuori della bocca con il respiro finale e affondò nell'acqua.

Il battello dovette fermarsi tre giorni al porto di Tenerife finché gli facevano un'altra dentiera d'emergenza. Fu perfetta. Ma nel viaggio di ritorno, cercando di spiegare al capitano come aveva perso la dentiera precedente, lo zio León XII aspirò a pieni polmoni l'aria ardente della selva, emise la nota più alta di cui fu capace, la tenne fino all'ultimo respiro cercando di spaventare i caimani al sole che guardavano senza neanche sbattere le palpebre il passaggio del battello, e anche la nuova dentiera affondò nella corrente. Da allora ebbe copie di denti dappertutto, in luoghi diversi della casa, nel cassetto della scrivania, e una su ognuno dei tre battelli della compagnia. Inoltre, quando mangiava fuori casa era solito portarsene un'altra di riserva in tasca dentro una scatoletta di pastiglie per la tosse perché una gli si era rotta mentre cercava di mangiarsi della carne arrosto in un pranzo in campagna. Temendo che il nipote fosse vittima di simili incidenti, lo zio León XII ordinò al dottor Adonay di fargli in una volta sola due dentiere: una di materiale a buon mercato, per uso quotidiano in ufficio, e un'altra per le domeniche e i giorni di festa, con un po' di oro sul molare del sorriso, che le desse un tocco in più di verità. Finalmente, una Domenica delle Palme agitata dalle campane a festa, Florentino Ariza ricomparve con una nuova identità, il cui sorriso senza falli gli diede l'impressione che qualcuno diverso da lui avesse occupato il suo posto nel mondo.

Questo avvenne all'epoca in cui morì sua madre e Florentino Ariza restò solo nella casa. Era un angolo adeguato al suo modo di amare, perché la strada era discreta nonostante che le sue tante finestre facessero pensare a troppi occhi dietro le tendine. Ma tutto quello era stato fatto perché Fermina Daza fosse felice, e solo lei lo sarebbe stata, cosicché Florentino Ariza preferì perdere molte occasioni durante i suoi anni più fruttiferi prima di macchiare casa sua con altri amori. Fortunatamente, ogni gradino che saliva nella C.F.C comprendeva nuovi privilegi, soprattutto privilegi segreti, e uno dei più utili per lui fu la possibilità di usare l'ufficio durante la notte o di domenica o nei giorni di festa con la compiacenza dei custodi. Una volta, quando era primo vicepresidente, stava facendo un amore d'emergenza con una delle ragazze del servizio domenicale, lui seduto su una sedia da scrivania e lei a cavalcioni sopra di lui quando improvvisamente si aprì la porta. Lo zio León XII si affacciò con la testa, come se si fosse sbagliato di ufficio, e si fermò a guardare da sopra gli occhiali il nipote terrorizzato. «Cazzo!» disse lo zio senza la minima sorpresa. «La stessa fica di tuo padre!». E prima di chiudere di nuovo la porta, con lo sguardo perso nel vuoto, disse:

«E lei, signorina, continui pure tranquillamente. Le giuro sul mio onore di non averla vista in faccia.»

Non se ne riparlò, ma nell'ufficio di Florentino Ariza la settimana successiva fu impossibile lavorare. Gli elettricisti entrarono il lunedì in fretta e furia per installare un ventilatore a pale sul soffitto liscio. I fabbri arrivarono inaspettatamente, e fecero uno scandalo di guerra per mettere un chiavistello alla porta perché potesse chiudersi da dentro. I carpentieri presero dei provvedimenti senza dire perché, i tappezzieri portarono campioni di cretonne per vedere se si adattavano al colore delle pareti, e la settimana dopo dovettero far entrare dalla finestra, perché non passava dalle porte, un enorme divano matrimoniale con fiori dionisiaci stampati. Lavoravano nelle ore più impensate, con un'impertinenza che non sembrava casuale, e per ogni sua protesta avevano la stessa risposta: «Ordine della direzione generale». Florentino Ariza non seppe mai se una simile intromissione fosse un'amabilità dello zio, che vegliava sui suoi amori sperduti, o se fosse un modo tutto suo di fargli notare la sua condotta abusiva. Non gli venne in mente la verità, ed era che lo zio León XII lo voleva stimolare perché anche a lui era arrivata la voce che il nipote avesse abitudini differenti da quelle della maggior parte degli uomini, e questo lo aveva tormentato come un ostacolo per farlo suo successore.

Contrariamente al fratello, León XII Loayza aveva avuto un matrimonio stabile che durò sessant'anni, e si vantò sempre di non aver lavorato di domenica. Aveva avuto quattro figli e una figlia, e aveva voluto prepararli tutti da eredi del suo impero, ma la vita lo mise davanti a uno di quei casi che erano d'uso corrente nei romanzi del suo tempo ma cui nessuno credeva nella vita reale: i quattro figli erano morti, uno dietro l'altro, via via che davano la scalata a posizioni di comando, e la figlia era completamente priva di vocazione fluviale e preferì morire contemplando le navi dell'Hudson da una finestra a cinquanta metri d'altezza. Tanto che non mancò chi diede per certa la fandonia che Florentino Ariza, col suo aspetto sinistro e il suo ombrello da vampiro, aveva fatto qualcosa perché succedessero tanti casi tutti in una volta.

Quando lo zio si ritirò contro la sua volontà, per ordine del medico, Florentino Ariza incominciò a sacrificare di buon grado alcuni amori domenicali. Se ne andava ad accompagnarlo nel suo rifugio campestre, a bordo di una delle prime automobili che si videro in città, la cui manovella d'accensione aveva una tale forza di ritorno che aveva sradicato il braccio del primo autista. Parlavano per parecchie ore, il vecchio nell'amaca con il suo nome ricamato con fili di seta, lontano da tutto e con le spalle al mare, in una vecchia fattoria di schiavi dalle cui terrazze di *astromelias* si vedevano al pomeriggio le creste innevate della sierra. Era sempre stato difficile che Florentino Ariza e suo zio riuscissero a parlare di qualcosa di diverso dalla navigazione fluviale, e continuò a esserlo in quei lunghi pomeriggi in cui la morte fu sempre un invitato invisibile. Una delle preoccupazioni ricorrenti dello zio León XII era che la navigazione fluviale non passasse nelle mani degli impresari dell'interno legati ai consorzi europei. «È sempre stato un affare da ammazzanegri» diceva. «Se la prendono quei bellimbusti la regalano ai tedeschi.» La sua preoccupazione era conseguente a una convinzione politica che amava ripetere anche quando non c'entrava per niente:

«Sto per compiere cento anni e ho visto cambiare tutto, perfino la posizione degli astri nell'universo, ma non ho ancora visto cambiare niente in questo paese» diceva. «Qui si fanno nuove costituzioni, nuove leggi, nuove guerre ogni tre mesi, ma continuiamo a essere in Colonia.»

Ai suoi fratelli massoni che attribuivano tutti i mali al crollo del federalismo, replicava sempre: «La guerra dei Mille Giorni è stata persa ventitré anni fa, nella guerra del '76». Florentino Ariza, la cui indifferenza politica rasentava i limiti dell'assoluto, sentiva queste perorazioni sempre più frequenti come chi udiva il rumore del mare. Invece, era un interlocutore severo relativamente alla politica della compagnia. Contrariamente al criterio dello zio, pensava che il ritardo della navigazione fluviale, che sembrava sempre sull'orlo del disastro, potesse essere rimediato solo con la rinuncia spontanea al monopolio dei battelli a vapore, concesso dal Congresso Nazionale alla Compagnia Fluviale del Caribe per novantanove anni e un giorno. Lo zio protestava: «Queste idee te le mette in testa la mia omonima Leona con le sue fandonie anarchiche». Ma ne era certo solo a metà. Florentino Ariza fondava le sue ragioni sull'esperienza del commodoro tedesco Juan B. Elbers, che aveva rovinato il suo nobile ingegno con la sua smisurata ambizione personale. Lo zio pensava, invece, che l'insuccesso di Elbers non fosse dovuto ai suoi privilegi bensì ai compromessi irreali che aveva contratto nello stesso tempo, e che erano stati quasi come gettarsi addosso la responsabilità della geografia nazionale: si fece carico di mantenere la navigabilità del fiume, le installazioni portuali, le vie terrestri di accesso, i mezzi di trasporto. E poi, diceva, l'opposizione virulenta del presidente Simón Bolívar non era stato un ostacolo da ridere.

La maggior parte dei soci prendeva quelle dispute come le liti matrimoniali in cui tutte e due le parti hanno ragione. La cocciutaggine del vecchio pareva loro naturale, non perché la vecchiaia lo avesse reso meno visionario di quello che era sempre stato, come diceva di solito con troppa facilità, ma perché la rinuncia al monopolio doveva sembrargli come buttare nell'immondizia i trofei di una battaglia storica che lui e i suoi fratelli avevano scatenato da soli in tempi eroìci contro avversari poderosi di tutto il mondo. Così, nessuno lo contrastò quando assicurò i suoi diritti in modo tale che nessuno avrebbe potuto toccarglieli prima della loro estinzione legale. Ma improvvisamente, quando ormai Florentino Ariza aveva reso le sue armi nei pomeriggi di meditazione alla fattoria, lo zio León XII diede il consenso per la rinuncia al privilegio centenario, con l'unica condizione onorevole che non venisse fatta prima della sua morte.

Fu il suo atto finale. Non parlò più di affari né permise che gli facessero domande, né perse un solo ricciolo della sua splendida testa imperiale né un attimo della sua lucidità, ma fece il possibile perché non lo vedesse nessuno che potesse compatirlo. Passava i giorni a contemplare le nevi perenni dalla terrazza, dondolandosi molto piano in un dondolo viennese, vicino a un tavolinetto dove le domestiche gli tenevano sempre caldo un bricco di caffè nero e un bicchier d'acqua col bicarbonato con due dentiere posticce, che non si metteva più se non per ricevere visite. Vedeva pochissimi amici e parlava solo di un passato così remoto che era di molto precedente alla navigazione fluviale. Tuttavia gli rimase un tema nuovo: il desiderio che

Florentino Ariza si sposasse. Glielo espresse diverse volte, e sempre allo stesso modo:

«Se avessi cinquant'anni di meno» gli diceva «mi sposerei con la mia omonima Leona. Non riesco a immaginarmi una moglie migliore.»

Florentino Ariza tremava all'idea che il suo lavoro di tanti anni fosse frustrato all'ultimo momento da questa condizione imprevista. Avrebbe preferito rinunciare, buttare tutto a mare, morire, piuttosto che parlargli di Fermina Daza. Per fortuna lo zio León XII non insistette. Quando compì novantadue anni riconobbe il nipote come unico erede, e si ritirò dalla compagnia.

Sei mesi dopo, per accordo unanime dei soci, Florentino Ariza fu nominato Presidente della Giunta Direttiva e Direttore Generale. Il giorno in cui prese possesso della carica, dopo la coppa di champagne, il vecchio leone in ritiro chiese scusa se parlava senza alzarsi dalla sedia a dondolo e improvvisò un breve discorso che più che altro sembrò un'elegia. Disse che la sua vita era incominciata e finiva con due avvenimenti provvidenziali. Il primo era stato che il Libertador lo aveva preso in braccio, nel villaggio di Turbaco, quando andava nel suo viaggio sfortunato verso la morte. L'altro era stato quello di trovare, contro tutti gli ostacoli che gli aveva frapposto il destino, un successore degno della sua compagnia. Alla fine, cercando di sdrammatizzare il dramma, concluse:

«L'unica frustrazione che mi porto via da questa vita è quella di aver cantato a tanti funerali meno che al mio.»

Per chiudere l'atto, come no, cantò l'"addio alla vita" dalla *Tosca*. La cantò "a cappella", come più gli piaceva e ancora con voce ferma. Florentino Ariza si commosse ma lo fece appena notare nel tremito della voce con cui lo ringraziò. Così come aveva fatto e pensato tutto quello che aveva fatto e pensato nella vita, arrivava in cima senza nessun àltro motivo che la determinazione accanita di essere vivo e in buono stato di salute nel momento di assumere il proprio destino all'ombra di Fermina Daza.

Non fu, però, solo il suo ricordo ad accompagnarlo quella notte alla festa che gli offrì Leona Cassiani. Lo accompagnò il ricordo di tutte: sia quelle che dormivano nei cimiteri pensando a lui attraverso le rose che seminava sopra di loro, sia quelle che ancora appoggiavano la testa sullo stesso cuscino su cui dormiva il marito con le corna dorate sotto la luna. In mancanza di una desiderò stare con tutte allo stesso tempo, come sempre quando era spaventato. Perché anche nei frangenti più difficili e nei momenti peggiori aveva mantenuto qualche vincolo, per debole che fosse, con le innumerevoli amanti di tanti anni: aveva sempre seguito il filo delle loro vite.

Così quella notte si ricordò di Rosalba, la più vecchia di tutte, quella che si portò via il trofeo della sua verginità, il cui ricordo continuava a dolergli come il primo giorno. Gli bastava chiudere gli occhi per vederla col vestito di mussolina e il cappello con le lunghe strisce di seta, intenta a dondolare la gabbia del bambino vicino alla balaustra del battello. Diverse volte negli anni numerosi della sua età aveva preparato tutto per andare a cercarla senza sapere neanche dove, senza conoscere il suo cognome, senza sapere se era lei quella che cercava, ma certo di trovarla da qualche parte tra foreste di orchidee. Ogni volta, per un reale inconveniente dell'ultimo momento o per un cedimento intempestivo della sua volontà, il viaggio veniva rimandato quando già stavano per alzare l'ancora del battello: sempre per un motivo che aveva a che vedere con Fermina Daza.

Si ricordò della vedova di Nazaret, l'unica con cui aveva profanato la casa materna di Calle de las Ventanas, anche se non era stato lui ma Tránsito Ariza a farla entrare. A lei consacrò più comprensione che a qualsiasi altra, per essere l'unica che irradiava tenerezza d'avanzo come per sostituire Fermina Daza, pur essendo così impacciata a letto. Ma la sua vocazione di gatta errante, più indomita della forza stessa della sua dolcezza, li mantenne ambedue condannati all'infedeltà. Tuttavia, riuscirono a essere amanti intermittenti per quasi trent'anni grazie al loro motto da moschettieri: *Infedeli ma non sleali*. Fu poi l'unica per la quale Florentino Ariza si espose: quando lo avvisarono che era morta e che sarebbe stata seppellita a spese pubbliche, la seppellì a sue spese e presenziò da solo alla cerimonia.

Si ricordò di altre vedove amate. Di Prudencia Pitre, la più vecchia di quelle che erano ancora vive, conosciuta da tutti come la Vedova di Due, perché lo era due volte. E dell'altra Prudencia, la vedova di Arellano, quella amorevole, che gli strappava i bottoni dai vestiti perché lui dovesse trattenersi in casa sua finché glieli ricuciva. E di Josefa, la vedova di Zúñiga, pazza d'amore per lui, che quasi voleva tagliargli il pisello con le cesoie durante il sonno perché non fosse di nessuna se non suo.

Si ricordò di Ángeles Alfaro, l'effimera e la più amata di tutte, che era venuta per sei mesi a insegnare strumenti ad arco alla Scuola di Musica e passava con lui le notti di luna sulla terrazza di casa sua come sua madre l'aveva messa al mondo, suonando le *suites* più belle di tutta la musica sul violoncello, la cui voce diventava maschile fra le sue cosce dorate. Fin dalla prima notte di luna tutti e due si erano fatti a pezzi il cuore con un amore da principianti feroci. Ma Ángeles Alfaro se n'era andata così com'era venuta, con il suo sesso tenero e il suo violoncello da peccatrice, su un transatlantico imbandierato dall'oblio, e l'unica cosa che era rimasta di lei sulle terrazze di luna erano stati i suoi gesti di addio con un fazzoletto bianco che sembrava una colomba all'orizzonte, solitaria e triste, come nei versi dei Giochi Floreali. Con lei Florentino Ariza aveva imparato quello che aveva già sofferto parecchie volte senza saperlo: che si può essere innamorati di diverse persone per volta, e di tutte con lo stesso dolore, senza tradirne nessuna. Solitario tra la folla del molo, aveva detto fra sé in un accesso di rabbia: «Il cuore ha più stanze di un casino». Stava piangendo per il dolore degli addii. Però, appena scomparsa la nave sulla linea dell'orizzonte, già il ricordo di Fermina Daza era tornato a occupare il suo spazio totale.

Si ricordò di Andrea Varón, davanti alla cui casa era passato la settimana precedente, ma la luce aranciata alla finestra del bagno l'avvertì che non poteva entrare: qualcuno era arrivato prima di lui. Qualcuno: uomo o donna, perché Andrea Varón non indugiava in minuzie di quel tipo nei disordini dell'amore. Di tutte quelle della lista era l'unica che viveva del suo corpo, ma lo amministrava a suo capriccio, senza gerente di sorta. Nei suoi anni buoni aveva fatto una carriera leggendaria di cortigiana clandestina che le era valsa il nome di battaglia di Nostra Signora di Tutti. Aveva fatto impazzire governatori e ammiragli, aveva visto piangere sulla sua spalla alcuni grandi delle armi e delle lettere che non erano così illustri come si credevano, e anche altri che lo erano. Era vero invece che il presidente Rafael Reyes, per solo mezz'ora frettolosa fra due visite casuali alla città, le aveva assegnato una pensione vitalizia per servizi ragguardevoli nel Ministero del Tesoro, dove non era stata impiegata neanche un giorno. Aveva ripartito i suoi doni di piacere fino a dove le era arrivato il corpo, e anche se la sua condotta impropria era di dominio pubblico nessuno avrebbe potuto esibire contro di lei una prova determinante, perché i suoi complici insigni la protessero quanto le loro stesse vite, consci che non era lei ma loro quelli che avevano più da perdere con lo scandalo. Florentino Ariza aveva violato per lei il suo principio sacro di non pagare, e lei aveva violato il suo di non farlo gratis neanche col marito. Si erano accordati sul prezzo simbolico di un *peso* ogni volta, però lei non lo prendeva né lui glielo dava in mano, ma lo mettevano nel maialino salvadanaio finché fossero bastati per comprare qualche diavoleria d'oltremare al Portal de los Escribanos. Fu lei a dare una sensualità diversa ai clisteri che lui usava per le sue crisi di stitichezza, e lo convinse a dividerli, a farseli insieme nel corso dei loro folli pomeriggi, cercando di inventare ancora più amore nell'amore.

Considerava una fortuna che, in mezzo a tanti incontri arrischiati, l'unica che gli avesse fatto provare una goccia di amarezza fosse stata la tortuosa Sara Noriega, che aveva finito i suoi giorni nel manicomio della Divina Pastora a recitare versi senili di tanto smodata oscenità che dovettero metterla in isolamento perché non finisse di far impazzire le altre matte. Però, quando ricevette tutta la responsabilità della C.F.C. non aveva più molto tempo né troppo coraggio per tentare di sostituire con nessuna Fermina Daza: la sapeva insostituibile. A poco a poco era andato cadendo nell'abitudine di visitare quelle già istituzionalizzate, andando a letto con loro fin dove gli fossero servite, fin dove gli fosse possibile, fino a quando avessero vita.

La domenica di Pentecoste, quando morì Juvenal Urbino, gli restava ormai solo un amore, uno solo, con quattordici anni appena compiuti e con tutto quello che nessun'altra aveva avuto fino ad allora per renderlo pazzo d'amore.

Si chiamava América Vicuña. Era arrivata due anni prima dalla località marittima di Puerto Padre affidata dalla sua famiglia a Florentino Ariza, il suo tutore, con cui avevano una parentela di sangue riconosciuta. La mandavano con una borsa di studio del governo per studiare da maestra di scuola superiore, con il suo bagaglio e il suo bauletto di latta che sembrava quello di una bambola, e da quando scese dalla nave con i suoi stivaletti bianchi e la sua treccia dorata lui ebbe il presentimento atroce che avrebbero fatto insieme la siesta di molte domeniche. Era ancora una bambina in ogni senso, con l'apparecchio ai denti e sbucciature della scuola elementare alle ginocchia, ma lui intravide immediatamente il tipo di donna che sarebbe diventata molto presto e la coltivò per sé in un lento anno di sabati di circo, di domeniche al parco col gelato, di pomeriggi infantili con i quali si guadagnò la sua confidenza, si guadagnò il suo affetto, se la portò per mano con una soave astuzia da nonno affettuoso verso il suo mattatoio clandestino. Per lei fu immediato: le si aprirono le porte del cielo. Esplose in uno sboccio floreale che la lasciò fluttuante in un limbo di felicità, e fu uno stimolo efficace per i suoi studi perché restò sempre la prima della classe per non perdere l'uscita del fine settimana. Per lui fu l'angolo più riparato nell'insenatura della vecchiaia. Dopo tanti anni di amori calcolati il gusto scipito dell'innocenza aveva l'incanto di una perversione rinnovatrice.

Coincisero. Lei si comportava come quello che era, una bambina disposta a scoprire la vita sotto la guida di un uomo venerabile che non si sorprendeva di niente, e lui si comportò secondo coscienza come quello che più aveva temuto di essere nella vita: un innamorato senile. Non la identificò mai con Fermina Daza, malgrado la sua somiglianza più che facile, non solo per l'età, per l'uniforme scolastica, per la treccia, per il suo modo di camminare montano, e perfino per il suo carattere così altero e imprevedibile. Ma ancora: l'idea della sostituzione, che così buon incentivo era stata per la sua mendicità d'amore, si cancellò completamente. Lei gli piaceva per quello che era, e finì per amarla per quello che era con una febbre di delizie crepuscolari. Fu l'unica con cui prese precauzioni drastiche contro una gravidanza accidentale. Dopo una mezza dozzina di incontri non c'era per ambedue altro sogno dei pomeriggi delle domeniche.

Benché lui fosse l'unica persona autorizzata a tirarla fuori del convitto, andava a prenderla con l'Hudson a sei cilindri della C.F.C. e a volte toglievano la cappotta nei pomeriggi senza sole per girare sulla spiaggia, lui con il cappello triste e lei morta dal ridere, tenendosi a due mani il berretto da marinaio dell'uniforme scolastica perché non se lo portasse via il vento. Qualcuno le aveva detto di non andare con il suo tutore più dell'indispensabile, di non mangiare niente che lui non avesse provato e di non mettersi molto vicino al suo alito perché la vecchiaia era contagiosa. Ma a lei non importava. Ambedue si mostravano indifferenti a quello che si sarebbe potuto pensare di loro, perché la parentela era ben nota, e oltre a tutto le loro età estreme li mettevano in salvo da ogni sospetto.

Avevano appena finito di fare l'amore la domenica di Pentecoste, alle quattro del pomeriggio, quando incominciarono i rintocchi funebri. Florentino Ariza dovette dominare il soprassalto del cuore. Quando era giovane, il rituale dei rintocchi era compreso nel prezzo dei funerali e veniva negato solo ai poveri in canna. Ma dopo la nostra ultima guerra, a cavallo dei due secoli, il regime conservatore aveva consolidato le sue abitudini coloniali, e le pompe funebri si fecero così costose che solo i più ricchi potevano pagarle. Quando morì l'arcivescovo Ercole de Luna, le campane di tutta la provincia suonarono incessantemente per nove giorni e nove notti, e fu tale il tormento pubblico che il suo successore eliminò dai funerali il requisito dei rintocchi e li lasciò riservati ai morti più illustri. Per questo quando Florentino Ariza sentì i rintocchi nella cattedrale alle quattro del pomeriggio di una domenica di Pentecoste si sentì visitato da un fantasma della sua gioventù perduta. Non immaginò mai che fossero i rintocchi che tanto aveva desiderato per tanti e tanti anni, dalla domenica in cui vide Fermina Daza incinta di sei mesi, all'uscita dalla messa solenne.

«Cazzo» disse nella penombra. «Dev'essere un pescecane molto grosso perché lo suonino a morto nella cattedrale.»

América Vicuña, completamente nuda, finì di svegliarsi.

«Dev'essere per la Pentecoste» disse.

Florentino Ariza non era esperto né molto né poco negli affari della chiesa né era tornato a messa da quando suonava il violino nel coro con un tedesco che gli aveva insegnato anche la scienza del telegrafo e del cui destino non si ebbe mai una notizia certa. Però sapeva senza dubbio che le campane non suonavano a morto per la Pentecoste. C'era sicuramente un lutto nella città, e lui lo sapeva. Un comitato di rifugiati del Caribe era stato a casa sua quella mattina per informarlo che Jeremiah de Saint-Amour era stato trovato morto il mattino nel suo laboratorio fotografico. Anche se Florentino Ariza non era suo amico stretto, lo era di molti altri rifugiati che lo invitavano sempre alle loro cerimonie pubbliche, e soprattutto ai funerali. Ma era certo che le campane non suonassero per Jeremiah de Saint-Amour, che era un militante non credente e un anarchico indurito e che oltre a tutto era morto di sua propria mano.

«No» disse, «dei rintocchi così possono essere solo dal governatore in su.»

América Vicuña, con il pallido corpo tigrato dai raggi di luce delle persiane mal chiuse, non aveva età per pensare alla morte. Avevano fatto l'amore dopo pranzo ed erano coricati nella risacca della siesta, tutti e due nudi sotto il ventilatore a pale il cui ronzio non riusciva a occultare il crepitìo di grandine degli avvoltoi che camminavano sul tetto di zinco surriscaldato. Florentino Ariza l'amava come aveva amato tante altre donne casuali nella sua lunga vita, ma questa l'amava con più angoscia di qualsiasi altra perché aveva la certezza di essere morto da vecchio quando lei avrebbe finito la scuola superiore.

La stanza sembrava più che altro una cabina di nave, con pareti di assi di legno più volte dipinte sopra la pittura precedente, come le navi, ma il calore era più intenso di quello delle cabine dei battelli del fiume alle quattro del pomeriggio, anche con il ventilatore elettrico attaccato sopra il letto, per il riverbero del tetto metallico. Non era una camera da letto formale bensì una cabina di terraferma fatta costruire da Florentino Ariza dietro ai suoi uffici della C.F.C., senza altri intenti né pretesti di quello di avere una buona tana per i suoi amori da vecchio. Nei giorni normali era difficile dormirci con gli urli degli stivatori e il fragore delle gru del porto fluviale, e i bramiti enormi dei battelli sul molo. Per la bambina, però, era un paradiso domenicale.

Il giorno di Pentecoste pensavano di stare insieme fino a quando lei avesse dovuto tornare al convitto, cinque minuti prima dell'Angelus, ma i rintocchi fecero ricordare a Florentino Ariza la sua promessa di assistere al funerale di Jeremiah de Saint-Amour, e si vestì più in fretta del solito. Prima, come sempre, intrecciò alla bambina la treccia solitaria che lui stesso le scioglieva prima di fare l'amore e la mise sul tavolo per allacciarle le scarpe dell'uniforme, che lei faceva sempre male. La aiutava senza malizia, e lei lo aiutava ad aiutarla come se fosse un dovere: ambedue avevano perso la coscienza delle loro età fin dai primi incontri e si trattavano con la confidenza di due sposi che si erano taciuti tante cose in questa vita che non rimaneva loro quasi più nulla da dirsi.

Gli uffici erano chiusi e bui per il giorno di festa, e sul molo deserto c'era solo un battello con le caldaie spente. L'afa preannunciava piogge, le prime dell'anno, ma la trasparenza dell'aria e il silenzio domenicale del porto sembravano quelli di un mese benigno. Fin da lì il mondo era più crudo che nella penombra della cabina, e i rintocchi facevano più male anche senza sapere per chi fossero. Florentino Ariza e la bambina scesero al *patio* di salnitro che era servito da porto negriero agli spagnoli e dove c'erano ancora resti della bilancia e altri ferri consunti del traffico di schiavi. L'automobile li aspettava all'ombra dei magazzini, e non svegliarono l'autista addormentato sul volante finché non furono sistemati sui sedili. L'automobile girò dietro ai magazzini recintati da fil di ferro da pollaio, attraversò la zona del vecchio mercato della baia di Las Ánimas, dove c'erano adulti seminudi che giocavano al pallone, e uscì dal porto fluviale in mezzo a un polverone ardente. Florentino Ariza era sicuro che gli onori funebri non potessero essere per Jeremiah de Saint-Amour, ma l'insistenza dei rintocchi lo fece dubitare. Appoggiò una mano sulla spalla dell'autista e gli domandò gridandogli in un orecchio per chi stessero suonando le campane.

«È per quel medico col pizzetto» disse l'autista. «Come si chiama?»

Florentino Ariza non dovette pensarci su per sapere di chi parlasse. Però quando l'autista gli raccontò come era morto l'illusione momentanea svanì perché non gli sembrò vero. Niente assomiglia tanto a una persona quanto il modo della sua morte, e nessuno poteva assomigliare meno di questo all'uomo che lui immaginava. Ma era lo stesso, per quanto sembrasse assurdo: il medico più vecchio e più qualificato della città, e uno dei suoi uomini insigni per molti altri meriti, era morto con la colonna vertebrale a pezzi, a ottantun anni di età, cadendo da un albero di mango mentre tentava di catturare un pappagallo.

Tutto quello che Florentino Ariza aveva fatto da quando Fermina Daza si era sposata era fondato sulla speranza di questa notizia. Tuttavia, arrivato il momento, non si sentì scosso dalla commozione trionfale che tante volte aveva previsto nelle sue notti insonni bensì da una zampata di terrore: la lucidità fantastica che allo stesso modo avrebbero potuto suonare a morto per lui. Seduta al suo fianco nell'automobile che andava avanti a balzelloni per le strade di pietra, América Vicuña si spaventò per il suo pallore e gli chiese che cosa gli stesse succedendo. Florentino Ariza le prese la mano con la sua mano gelida.

«Ahi, bambina mia» sospirò, «mi ci vorrebbero altri cinquant'anni per raccontartelo.»

Si dimenticò del funerale di Jeremiah de Saint-Amour. Lasciò la bambina sulla porta del convitto con la promessa frettolosa di tornare a prenderla il sabato dopo e ordinò all'autista di portarlo a casa del dottor Juvenal Urbino. Incontrò una baraonda di automobili e carrozze a noleggio nelle strade vicine, e una folla di curiosi davanti alla casa. Gli invitati del dottor Lácides Olivella, che erano stati raggiunti dalla brutta notizia all'apogeo della festa, arrivavano a frotte. Non era facile muoversi dentro la casa per l'affollamento, ma Florentino Ariza riuscì a farsi strada fino alla camera da letto principale, si alzò in punta di piedi al di sopra dei gruppi che ostruivano la porta e vide Juvenal Urbino sul letto matrimoniale come aveva voluto vederlo da quando aveva sentito parlare per la prima volta di lui, sguazzando nell'indegnità della morte. Il falegname aveva appena finito di prendergli le misure per la bara. Vicino a lui, ancora con lo stesso vestito da nonna appena sposata che aveva indossato per la festa, Fermina Daza era assorta e triste.

Florentino Ariza si era prefigurato quel momento perfino nei suoi più piccoli particolari fin dai giorni della sua gioventù in cui si era consacrato totalmente alla causa di quell'amore temerario. Per lei si era fatto un nome e una fortuna senza guardare troppo ai modi, per lei aveva curato la sua salute e il suo aspetto fisico con un rigore che non sembrava molto maschile ad altri uomini del suo tempo, e aveva atteso quel giorno come nessuno avrebbe potuto aspettare niente e nessuno a questo mondo: senza un attimo di scoraggiamento. La prova che la morte fosse finalmente intervenuta in suo favore gli diede il coraggio di cui aveva bisogno per reiterare a Fermina Daza, nella sua prima notte da vedova, il giuramento della sua fedeltà eterna e il suo amore per sempre.

Non negava alla sua coscienza che fosse stato un atto irriflessivo, senza il minimo senso del come e del quando, e affrettato dalla paura che l'occasione non si ripetesse mai più. Lo avrebbe voluto e tra l'altro se l'era immaginato spesso in un modo meno brutale, ma la sorte non gli aveva concesso di più. Era uscito dalla casa del lutto con il dolore di lasciare lei nello stesso stato di commozione in cui era lui, ma non avrebbe potuto fare nulla per impedirlo perché sentiva che quella notte barbara era scritta da sempre nel destino di tutti e due.

Non riuscì a dormire tutta una notte nelle due settimane successive. Si domandava disperato dove fosse Fermina Daza senza di lui, che cosa stesse pensando, che cosa avrebbe fatto negli anni che le restavano da vivere con il peso spaventoso che le aveva lasciato tra le mani. Soffrì una crisi di stitichezza che gli gonfiò il ventre come un tamburo, e dovette ricorrere a palliativi meno compiacenti dei clisteri. I suoi acciacchi di vecchio, che lui sopportava meglio dei suoi coetanei perché li conosceva fin da giovane, lo assalirono tutti nello stesso tempo. Il mercoledì andò in ufficio dopo una settimana di assenza, e Leona Cassiani si spaventò a vederlo in un simile stato di pallore e inerzia. Ma lui la tranquillizzò: era ancora l'insonnia, come sempre, e tornò a mordersi la lingua perché non gli venisse fuori la verità attraverso le tante fessure che aveva nel cuore. La pioggia non gli diede una tregua di sole per pensare. Passò un'altra settimana irreale, senza potersi concentrare su nulla, mangiando male e dormendo peggio, cercando di percepire segnali cifrati che gli indicassero la via della salvezza. Ma a partire dal venerdì lo invase una calma immotivata che interpretò come un annuncio che niente di nuovo sarebbe successo, che tutto quanto aveva fatto nella vita era stato inutile e non sapeva come andare avanti: era la fine. Il lunedì, però, arrivando alla sua casa di Calle de las Ventanas, trovò una lettera che galleggiava nell'acqua che aveva fatto delle pozze nell'atrio e riconobbe immediatamente sulla busta bagnata la calligrafia imperiosa che tanti cambiamenti della vita non erano riusciti a cambiare, e credette perfino di cogliere il profumo notturno delle gardenie appassite, perché il cuore gli aveva già detto tutto fin dal primo momento di spavento: era la lettera che aveva aspettato senza un attimo di tregua per più di mezzo secolo.

Fermina Daza non poteva immaginarsi che quella sua lettera, istigata da una rabbia cieca, potesse essere interpretata da Florentino Ariza come una lettera d'amore. Ci aveva messo tutta la furia di cui era capace, le sue parole più crudeli, le infamie più pungenti, e per di più ingiuste, che però le sembravano infime rispetto alla grandezza dell'offesa. Fu l'ultimo atto di un amaro esorcismo con cui cercava di raggiungere un patto di conciliazione con la sua nuova situazione. Voleva essere di nuovo lei stessa, ricuperare tutto quanto aveva dovuto cedere in mezzo secolo di una servitù che l'aveva fatta felice, senza dubbio, ma che una volta morto il marito non le lasciava neanche le tracce della sua identità. Era un fantasma in una casa estranea che da un giorno all'altro era diventata immensa e solitaria e nella quale vagava alla deriva, chiedendosi angustiata chi fosse più morto: se quello che era morto o quella che era rimasta.

Non poteva evitare un recondito senso di rancore nei confronti del marito per averla lasciata sola in mezzo all'oceano. Qualsiasi cosa sua la faceva piangere: il pigiama sotto il cuscino, le pantofole che le erano sempre sembrate da malato, il ricordo della sua immagine che si spogliava sul fondo dello specchio mentre lei si pettinava prima di dormire, l'odore della sua pelle che sarebbe durato sulla sua per parecchio tempo dopo la morte. Interrompeva a metà qualsiasi cosa stesse facendo e si dava un colpetto con la mano sulla fronte perché improvvisamente si ricordava di qualcosa che aveva dimenticato di dirgli. In ogni momento le venivano in mente le tante domande quotidiane cui solo lui avrebbe potuto rispondere.

Una volta lui le aveva detto qualcosa che lei non riusciva a immaginare: gli amputati sentono dolori, crampi, solletico, alla gamba che non hanno più. Così si sentiva lei senza di lui, sentendolo là dove non c'era più.

Svegliandosi nella sua prima mattina di vedova, si era girata nel letto, ancora senza aver aperto gli occhi, in cerca di una posizione più comoda per continuare a dormire, ed era stato in quel momento che lui era morto per lei. Perché solo allora aveva realizzato che per la prima volta lui aveva passato la notte fuori di casa. L'altra impressione era stata a tavola, non perché si sentisse sola, come in effetti era, ma per la certezza strana di mangiare con qualcuno che non esisteva più. Aspettò che sua figlia Ofelia venisse da New Orleans, con il marito e le tre bambine, per sedersi di nuovo a mangiare a tavola, però non in quella di sempre, ma a una tavola improvvisata, più piccola, che aveva fatto mettere in corridoio. Fino ad allora non aveva fatto nessun pasto regolare. Passava in cucina a qualsiasi ora, quando aveva fame, e infilava la forchetta nelle pentole e mangiava un po' di tutto senza metterlo in un piatto, in piedi davanti ai fornelli, parlando con le donne di servizio che erano le uniche con cui si sentiva bene e con cui si intendeva meglio. Però, per quanto ci provasse, non riusciva a eludere la presenza del marito morto: dovunque andasse, dovunque passasse, qualsiasi cosa facesse inciampava in qualcosa di suo che glielo ricordâva. Perché se da un lato le sembrava onesto e giusto provare dolore, voleva anche fare il possibile per non crogiolarcisi dentro. Così decise di allontanare dalla casa tutto quanto le ricordasse il marito morto, come se fosse stata l'unica cosa che le veniva in mente per continuare a vivere senza di lui.

Fu una cerimonia devastante. Il figlio accettò di portarsi via la biblioteca perché lei mettesse nello studio la stanza da lavoro che non aveva mai avuto da sposata. Da parte sua, la figlia si sarebbe portata via alcuni mobili e parecchi oggetti che le sembravano più adatti alle aste di antichità di New Orleans. Tutto questo fu un sollievo per Fermina Daza, anche se non le fece nessun piacere verificare che le cose comprate da lei nel suo viaggio di nozze erano già reliquie da antiquari. Contro lo stupore discreto delle domestiche, dei vicini, delle amiche che le stavano vicino in quei giorni, fece accendere un falò in una zona vuota dietro la casa, e lì bruciò tutto ciò che le ricordava il marito: gli abiti più costosi ed eleganti che si fossero visti nella città fin dal secolo precedente, le scarpe più raffinate, i cappelli che assomigliavano a lui più delle sue fotografie, la sedia a dondolo per la siesta da cui si era alzato per l'ultima volta per morire, innumerevoli oggetti talmente legati alla sua vita che ormai facevano parte della sua identità. Lo fece senza un'ombra di dubbio, con la piena certezza che suo marito l'avrebbe approvato, e non solo per motivi d'igiene. Perché lui le aveva spesso manifestato il suo desiderio di essere cremato, e non di essere rinchiuso nell'oscurità senza spiragli di una cassa di cedro. La sua religione glielo impediva, però: aveva osato sondare l'opinione dell'arcivescovo, non si sa mai, e questi gli aveva dato una risposta negativa definitiva. Era una pura illusione, perché la Chiesa non permetteva l'esistenza di forni crematori nei nostri cimiteri, neanche a uso di religioni diverse da quella cattolica, e a nessun altro se non allo stesso Juvenal Urbino sarebbe convenuto costruirli. Fermina Daza non dimenticò questo terrore del marito, e anche nella confusione delle prime ore si ricordò di ordinare al falegname di lasciargli la consolazione di una breccia di luce nella bara.

Fu comunque un olocausto inutile. Fermina Daza si accorse quasi subito che il ricordo del marito morto era così refrattario al fuoco come sembrava esserlo al passare dei giorni. Peggio ancora: dopo l'incenerimento dei vestiti, non solo continuava a rimpiangere il molto che aveva amato di lui, ma anche e soprattutto quello che più le dava fastidio: i rumori che faceva alzandosi. Quei ricordi la aiutarono a uscire dalle lagune del lutto. Soprattutto prese la ferma decisione di continuare a vivere ricordando il marito come se non fosse morto. Sapeva che il risveglio di ogni mattina avrebbe continuato a essere difficile ma lo sarebbe stato sempre meno.

Alla fine della terza settimana, in effetti, incominciò a intravedere le prime luci. Ma più aumentavano e si facevano più chiare, più si rendeva conto che nella sua vita c'era un fantasma di mezzo che non le lasciava un attimo di pace. Non era il fantasma penoso che la spiava nel giardinetto de Los Evangelios e che lei era solita evocare da quando era vecchia con una certa tenerezza, bensì il fantasma abominevole della finanziera da carnefice e il cappello appoggiato sul petto, la cui stupida impertinenza l'aveva turbata in modo tale che ormai le era impossibile non pensare a lui. Sempre, da quando l'aveva respinto a diciott'anni, le era rimasta la convinzione di aver lasciato in lui un seme di odio che il tempo non avrebbe fatto altro che aumentare. Aveva contato su quell'odio ogni momento, lo sentiva nell'aria quando il fantasma era vicino, il solo vederlo le dava fastidio, la spaventava in modo tale da non trovare mai un modo naturale di comportarsi con lui. La notte in cui lui le ribadì il suo amore, ancora con i fiori del marito morto che profumavano la casa, lei non riuscì a capire come quella sfacciataggine non fosse il primo passo di chissà quale sinistro proposito di vendetta.

La persistenza del suo ricordo le aumentava la rabbia. Quando si svegliò pensando a lui, il giorno dopo il funerale, riuscì a toglierselo dalla memoria solo con un atto di volontà. Ma la rabbia tornava sempre, e ben presto si rese conto che la voglia di dimenticarlo era lo stimolo più forte per ricordarlo. Allora si arrischiò a evocare per la prima volta, vinta dalla nostalgia, i tempi illusori di quell'amore irreale. Cercava di precisare come fosse il giardinetto di allora, i mandorli rotti, la panchina da cui lui l'amava, perché niente di quello esisteva più come allora. Avevano cambiato tutto, si erano portati via gli alberi, con il loro tappeto di foglie gialle, e al posto della statua dell'eroe decapitato avevano messo quella di un altro in uniforme di gala, senza nome, senza date, senza motivi che lo giustificassero, su un piedistallo pomposo dentro al quale avevano installato i controlli elettrici della zona. La sua casa, venduta finalmente da molti anni, cadeva a pezzi fra le mani del governo provinciale. Non le risultava facile immaginarsi Florentino Ariza com'era allora, e tantomeno concepire che quel ragazzo taciturno, così derelitto sotto la pioggia, fosse lo stesso vecchio barbogio tarlato che le si era messo davanti senza nessuna considerazione per il suo stato, senza il minimo rispetto per il suo dolore, e le aveva bruciato l'anima con un affronto a fuoco vivo che continuava a impedirle di respirare.

La cugina Hildebranda Sánchez era venuta a trovarla poco dopo che era stata nella sua fattoria di Flores de María rimettendosi dalla mala ora della signorina Lynch. Era arrivata vecchia, grassa, felice, accompagnata dal figlio maggiore, che era stato colonnello dell'esercito, come il padre, ma che era stato ripudiato da lui per la sua indegna partecipazione al massacro degli operai bananieri a San Juan de la Ciénaga. Le due cugine si erano viste spesso, e passavano sempre le ore a rimpiangere l'epoca nella quale si erano conosciute. Nella sua ultima visita, Hildebranda era più nostalgica che mai e molto gravata del carico della vecchiaia. Per maggior piacere del rimpianto, aveva portato la sua copia della fotografia da signora d'altri tempi che aveva fatto loro il fotografo belga quel lontano pomeriggio in cui il giovane Juvenal Urbino aveva dato la stoccata di grazia alla caparbia Fermina Daza. La sua copia era andata persa, e quella di Hildebranda era quasi invisibile, ma tutte e due si riconobbero attraverso le brume della delusione: giovani e belle, come non sarebbero mai più tornate a essere.

Per Hildebranda era impossibile non parlare di Florentino Ariza perché aveva sempre identificato la sua sorte con la propria. Lo evocava come il giorno in cui aveva mandato il suo primo telegramma, e non era mai riuscita a togliersi dal cuore il ricordo di lui come un uccellino triste condannato all'oblio. Fermina, invece, lo aveva visto spesso, senza parlargli, ovviamente, e non poteva concepire che fosse lo stesso del suo primo amore. Aveva avuto sempre sue notizie, così come presto o tardi le arrivavano notizie di tutto quello che significava qualcosa nella città. Si diceva che non si fosse sposato perché aveva abitudini diverse, ma neanche a questo aveva fatto caso, in parte perché non aveva mai fatto caso alle dicerie e in parte perché in ogni modo si dicevano cose simili di molti uomini insospettabili. Invece le sembrava strano che Florentino Ariza avesse persistito nei suoi abiti mistici, nelle sue lozioni strane, e che continuasse a essere così enigmatico dopo essersi fatto strada nella vita in un modo così spettacoloso, e per di più così stimato. Non riusciva a credere che fosse lo stesso, e si sorprendeva sempre quando Hildebranda sospirava: «Pover'uomo, quanto deve avere sofferto!». Perché lei lo vedeva senza dolore da parecchio tempo: era un'ombra cancellata.

Però, la sera in cui lo incontrò al cinema, all'epoca in cui era ritornata da Flores de María, qualcosa di strano le era successo nel cuore. Non la sorprese che stesse con una donna, e negra per di più. La sorprese che fosse così ben conservato, che si comportasse con maggior scioltezza, e le capitò di pensare che forse era lei e non lui a essere cambiata dopo l'irruzione perturbatrice della signorina Lynch nella sua vita privata. A partire da allora, e per più di vent'anni, continuò a vederlo con occhi più compassionevoli. La notte della veglia del marito non solo le parve comprensibile che lui fosse lì, ma lo intese anche come la fine naturale del rancore: un atto di perdono e di oblio. Per quello fu così imprevista e violenta la ripetizione drammatica di un amore che per lei non era mai esistito, e a un'età in cui a Florentino Ariza e a lei non restava nient'altro da attendersi dalla vita.

La rabbia mortale del primo impatto continuava intatta dopo la cremazione simbolica del marito, e cresceva sempre più e si ramificava quanto meno si sentiva capace di dominarla. Peggio ancora: gli spazi della memoria in cui riusciva a pacificare i ricordi del morto continuavano a essere occupati a poco a poco ma in un modo inesorabile dal prato di papaveri dove erano sepolti i ricordi di Florentino Ariza. Così pensava dentro di sé senza volerlo, e quanto più ci pensava più rabbia le dava, e quanta più rabbia le dava tanto più pensava a lui, finché si trasformò in qualcosa di così insopportabile che le straripò la ragione. Allora si sedette alla scrivania del marito morto e scrisse a Florentino Ariza una lettera di tre fogli irrazionali, talmente carichi di ingiurie e di provocazioni infami che le diedero il sollievo di aver commesso consapevolmente l'atto più indegno della sua lunga vita.

Anche per Florentino Ariza quelle settimane erano state d'agonia. La notte in cui ribadì il suo amore a Fermina Daza aveva vagato senza rotta per strade disfatte dal diluvio del pomeriggio, chiedendosi atterrito che cosa avrebbe fatto con la pelle di tigre che aveva appena ucciso dopo che aveva resistito al suo assedio per più di mezzo secolo. La città era in stato di emergenza per la violenza delle acque. In certe case c'erano uomini e donne seminudi che cercavano di salvare dal diluvio quel che Dio avesse voluto, e Florentino Ariza ebbe l'impressione che quel disastro generale avesse qualcosa a che vedere con il suo. Ma l'aria era mite e le stelle del Caribe erano tranquille al loro posto. Improvvisamente, in un momento di silenzio delle altre voci, Florentino Ariza riconobbe quella dell'uomo che Leona Cassiani e lui avevano sentito cantare molti anni prima, alla stessa ora e allo stesso angolo: *Dal ponte ritornai bagnato di lacrime*. Una canzone che in qualche modo, quella notte e solo per lui, aveva qualcosa a che vedere con la morte.

Mai come allora gli mancarono tanto Tránsito Ariza, la sua parola saggia, la sua testa da regina scherzosa adornata con fiori di carta. Non poteva farne a meno: ogni volta che si trovava sull'orlo del cataclisma gli mancava la protezione di una donna. Così passò dalla Scuola Normale in cerca della rotta di quelle raggiungibili, e vide che c'era una luce nella lunga fila di finestre del dormitorio di América Vicuña. Dovette fare un grande sforzo per non cedere alla follia da vecchio di portarsela via alle due del mattino, tiepida di sonno fra i suoi pannolini e ancora odorosa di culla.

All'altra estremità della città c'era Leona Cassiani, sola e libera, e disposta senza dubbio a concedergli alle due del mattino, alle tre, a qualsiasi ora e in qualsiasi circostanza, la compassione che gli mancava. Non sarebbe stata la prima volta che avrebbe battuto alla sua porta nel deserto delle sue insonnie ma capì che lei era troppo intelligente e che si volevano troppo bene perché lui andasse a piangere nel suo grembo senza rivelargliene il motivo. Dopo molto pensare, sonnambulo per la città deserta, gli venne in mente che con nessuna avrebbe potuto stare meglio che con Prudencia Pitre: la Vedova di Due. Era più giovane di lui. Si erano conosciuti nel secolo precedente, e se avevano smesso di incontrarsi era stato perché lei si era impegnata a non farsi vedere com'era, mezzo cieca, e davvero sull'orlo della decrepitezza. Non appena si ricordò di lei Florentino Ariza ritornò a Calle de las Ventanas, mise in una borsa da mercato due bottiglie di porto e un barattolo di sottaceti e se ne andò a trovarla senza sapere nemmeno se stesse nella sua casa di sempre, se fosse sola, o se fosse viva.

Prudencia Pitre non aveva dimenticato la chiave dei graffi sulla porta con cui lui si identificava quando ancora si credevano giovani anche se già non lo erano più e gli aprì senza fare domande. La strada era scura e lui era visibile a malapena con il vestito di panno nero, il cappello duro e l'ombrello da pipistrello attaccato al braccio, e lei non aveva occhi per vederlo se non fosse stato in piena luce, ma lo riconobbe per il balenio della luce sulla montatura metallica degli occhiali. Sembrava un assassino con le mani ancora sporche di sangue.

«Asilo per un povero orfano» disse.

Fu l'unica cosa che riuscì a dire, tanto per dire qualcosa. Si sorprese di quanto fosse invecchiata da quando l'aveva vista l'ultima volta, e capì che lei lo vedeva allo stesso modo. Ma si consolò pensando che un attimo dopo, quando tutti e due si fossero ripresi dal colpo iniziale, avrebbero notato meno l'uno sull'altro i segni della vita e sarebbero tornati a vedersi altrettanto giovani come erano stati l'uno per l'altro quando si erano conosciuti.

«Sei vestito come se andassi a un funerale» gli disse lei.

Ed era così. Anche lei era stata alla finestra dalle undici, come quasi tutta la città, a guardare il passaggio del corteo più affollato e sontuoso che si fosse visto dalla morte dell'arcivescovo De Luna. L'avevano svegliata dalla siesta i tuoni dell'artiglieria che facevano tremare la terra, la discordia delle bande di guerra, il disordine dei canti funebri sopra il chiasso delle campane di tutte le chiese, che suonavano a morto senza pause fin dal giorno prima. Aveva visto dal balcone i militari a cavallo in uniforme da parata, le comunità religiose, le scuole, le lunghe *limousines* nere dell'autorità invisibile, la carrozza a cavalli con i morioni di piume e le gualdrappe d'oro, la bara gialla coperta con la bandiera sull'affusto di un cannone storico, e alla fine la fila delle vecchie vittorie scoperte che continuavano a tenersi in vita per portare le corone. Avevano appena finito di passare davanti al balcone di Prudencia Pitre, poco dopo mezzogiorno, quando venne giù il diluvio e il corteo si disperse precipitosamente.

«Che modo più assurdo di morire» disse lei.

«La morte non ha il senso del ridicolo» disse lui, e aggiunse con compassione, «soprattutto alla nostra età.»

Erano seduti sulla terrazza, davanti al mare aperto, vedendo la luna con un alone che occupava la metà del cielo, vedendo le luci colorate delle navi all'orizzonte, godendo della brezza mite e profumata dopo la tempesta. Bevevano porto e mangiavano sottaceti su fette di pane rustico che Prudencia Pitre tagliava da una pagnotta in cucina. Avevano vissuto molte notti come quella dopo che lei era rimasta vedova e senza figli. Florentino Ariza la incontrò in un'epoca in cui avrebbe accolto qualsiasi uomo che avesse voluto accompagnarla, anche se noleggiato a ore, e riuscirono a stabilire una relazione più seria e lunga di quanto sembrava possibile.

Benché non l'avesse mai neanche insinuato, lei avrebbe venduto l'anima al diavolo per sposarsi con lui in seconde nozze. Sapeva che non era facile adattarsi alla sua meschinità, alle sue necessità da vecchio prematuro, al suo ordine maniacale, alla sua ansia di chiedere tutto senza dare niente di niente, ma in cambio di ciò non esisteva un uomo migliore di lui da lasciarsi accompagnare, perché non poteva essercene un altro al mondo così bisognoso d'amore. Ma non ce n'era nemmeno un altro così scivoloso, e così l'amore non oltrepassò il limite dove arrivava sempre con lui: fin dove non avesse interferito con la sua decisione di tenersi libero per Fermina Daza. Tuttavia si prolungò per molti anni, anche dopo che lui sistemò le cose in modo che Prudencia Pitre si risposasse con un commesso viaggiatore che veniva per tre mesi e viaggiava altri tre, e con il quale ebbe una figlia e quattro figli, uno dei quali, secondo quanto lei giurava, era di Florentino Ariza.

Rimasero a chiacchierare senza preoccuparsi dell'ora, perché tutti e due erano abituati a condividere le loro insonnie da giovani e avevano molto meno da perdere nelle loro insonnie da vecchi. Anche se non andava mai oltre il secondo bicchiere, Florentino Ariza non aveva ripreso fiato dopo il terzo. Sudava a fiotti, e la Vedova di Due gli disse di togliersi la giacca, il gilè, i pantaloni, di togliersi tutto se voleva, che cazzo, se in fin dei conti loro si conoscevano meglio nudi che vestiti. Lui disse che lo avrebbe fatto se lo faceva anche lei, ma lei non volle: da tempo si era vista nello specchio dell'armadio e aveva capito subito di non avere più il coraggio di farsi vedere nuda né da lui né da nessuno.

Florentino Ariza, in uno stato di esaltazione che non era riuscito a placare con quattro bicchieri di porto, continuò a parlare del passato, dei buoni ricordi del passato, che erano il suo unico tema da parecchio tempo, ma ansioso di trovare nel passato una via segreta per sfogarsi. Perché questo era quello che gli mancava: tirare fuori l'anima dalla bocca. Quando colse i primi fulgori all'orizzonte cercò un avvicinamento obliquo. Domandò in un modo che sembrasse casuale: «Che cosa faresti se qualcuno ti proponesse di sposarti, così come sei, vedova e all'età che hai?». Lei si mise a ridere, con un riso raggrinzito da vecchia, e domandò a sua volta:

«Lo dici per la vedova di Urbino?»

Florentino Ariza dimenticava sempre quando meno lo doveva che le donne pensano più al senso nascosto delle domande che alle domande stesse, e Prudencia Pitre più di chiunque altra. In preda a un improvviso terrore per la sua mira che metteva i brividi, scivolò dalla porta falsa: «Lo dico per te». Lei rise di nuovo: «Vai a burlarti di tua madre puttana, che riposi in pace». Poi lo spinse a dire quello che voleva dire perché sapeva che né lui né nessun altro uomo l'avrebbe svegliata alle tre del mattino, e dopo tanti anni che non la vedeva, solo per bere porto e mangiare pane rustico con sottaceti. Disse: «Questo si fa solo quando uno va a cercare qualcuno con cui piangere». Florentino Ariza batté in ritirata.

«Per una volta ti sbagli» le disse. «I miei motivi di questa notte sono piuttosto per cantare.»

«E allora cantiamo» disse lei.

Incominciò a intonare con ottima voce la canzone di moda: *Ramona, senza di te non posso più vivere*. Fu la fine della notte perché lui non si azzardò a giocare giochi proibiti con una donna che gli aveva dato troppe prove di conoscere l'altra faccia della luna. Uscì in una città diversa, rarefatta dalle ultime dalie di giugno, e in una strada della sua gioventù in cui passavano le vedove tenebrose della messa delle cinque. Però allora fu lui e non loro a cambiare marciapiede perché non gli vedessero le lacrime che non gli era più possibile trattenere, non dalla mezzanotte, come lui credeva, perché queste erano altre: quelle che si portava dentro soffocate da cinquantun anni, nove mesi e quattro giorni.

Aveva perso il conto del tempo quando si risvegliò senza sapere dove fosse davanti a un finestrone abbacinante. La voce di América Vicuña che giocava a palla con le domestiche lo riportò alla realtà: era sul letto di sua madre, la cui camera da letto conservava intatta e dove dormiva di solito per sentirsi meno solo nelle poche occasioni in cui lo infastidiva la solitudine. Davanti al letto c'era il grande specchio del Mesón de Don Sancho, e gli bastava vederlo quando si svegliava per vederci Fermina Daza riflessa sul fondo. Capì che era sabato, perché era il giorno in cui l'autista andava a prendere al convitto América Vicuña e la portava a casa sua. Si accorse di aver dormito senza saperlo, sognando di non poter dormire, con un sonno agitato dalla faccia arrabbiata di Fermina Daza. Fece il bagno pensando quale dovesse essere il passo successivo, si vestì molto lentamente con i suoi abiti migliori, si profumò e si impomatò i baffi bianchi con le punte affilate, e uscendo dalla camera da letto vide dal corridoio del secondo piano la bella creatura in uniforme acchiappare al volo la palla con la grazia che in tanti sabati lo aveva fatto commuovere ma che quella mattina non gli diede il minimo turbamento. Le fece cenno di seguirlo e, prima di salire in macchina, le disse senza che fosse necessario: «Oggi non facciamo cosine». La portò alla Gelateria Americana, a quell'ora strapiena dei padri che mangiavano gelati con i loro figli sotto i ventilatori a grandi pale attaccati al soffitto. América Vicuña chiese un gelato a vari strati, ognuno di un colore diverso in una coppa gigantesca, che era il suo preferito e il più venduto perché esalava un gran fumo magico. Florentino Ariza prese un caffè nero, guardando la bambina senza parlare mentre lei si mangiava il gelato con un cucchiaio dal manico molto lungo per raggiungere il fondo della coppa. Senza smettere di guardarla, lui le disse all'improvviso:

«Sto per sposarmi.»

Lei lo guardò negli occhi con un lampo di incertezza, tenendo il cucchiaio fermo nell'aria, ma poi si riprese e sorrise.

«È una bugia» disse. «I vecchietti non si sposano.»

Quel pomeriggio la lasciò al convitto all'ora dell'Angelus, sotto un acquazzone ostinato, dopo aver visto insieme i burattini al parco, dopo aver pranzato nei baracchini del pesce fritto sulla scogliera, dopo aver visto le bestie feroci nelle gabbie di un circo che era appena arrivato, dopo aver comprato sotto i portici tutti i tipi di dolci da portare al convitto e dopo aver girato e rigirato parecchie volte per la città sull'automobile scoperta perché lei si abituasse all'idea che lui era il suo tutore e non più il suo amante. La domenica le mandò l'automobile nel caso avesse voluto girare con le sue amiche, ma non la volle vedere perché dalla settimana prima aveva preso piena coscienza dell'età di tutti e due. Quella notte decise di scrivere a Fermina Daza una lettera di scuse, anche se solo per non capitolare, ma la lasciò per il giorno successivo. Il lunedì, dopo tre settimane esatte di passione, entrò a casa bagnato di pioggia e trovò la sua lettera.

Erano le otto di sera. Le due donne di servizio erano andate a letto e avevano lasciato nel corridoio l'unica luce permanente che permetteva a Florentino Ariza di arrivare fino alla camera da letto. Sapeva che la sua cena magra e insipida era sul tavolo della sala da pranzo, ma la poca fame che aveva dopo tanti giorni in cui mangiava in qualche modo gli andò via con l'emozione della lettera. Fece fatica ad accendere la luce grande della camera da letto perché gli tremavano le mani. Mise la lettera bagnata sul letto, accese il lume del comodino, e con una finta calma che era un espediente molto suo per calmarsi si tolse la giacca fradicia e la mise sullo schienale della sedia, si tolse il gilè e lo mise ben piegato sopra la giacca, si tolse il nastro di seta nera e il colletto di celluloide che ormai era passato di moda in tutto il mondo, si sbottonò la camicia fino alla cintura e si allentò la cintura per respirare meglio, e infine si tolse il cappello e lo mise ad asciugare vicino alla finestra. D'un tratto trasalì perché non sapeva più dove fosse la lettera, ed era tale il suo nervosismo che restò sorpreso quando la trovò, perché non si ricordava di averla messa sul letto. Prima di aprirla asciugò la busta con un fazzoletto, attento a non sbavare l'inchiostro con cui era scritto il suo nome, e mentre lo faceva si rese conto che quel segreto non era più condiviso fra due, bensì fra tre, perlomeno, che chiunque l'avesse portata avrebbe certo notato che la vedova di Urbino aveva scritto a qualcuno fuori del suo mondo solo tre settimane dopo la morte di suo marito, con tanta premura da non aver mandato la lettera per posta e con tanto riserbo da ordinare di non consegnarla a mano ma di farla scivolare sotto la porta come un biglietto anonimo. Non dovette rompere la busta, perché la colla si era sciolta con l'acqua, ma la lettera era asciutta: tre fogli fitti, senza intestazione, e firmati con le iniziali del suo nome da sposata.

La lesse una volta frettolosamente seduto sul letto, più incuriosito dal tono che dal contenuto, e prima di passare al secondo foglio sapeva già che era proprio la lettera di ingiurie che sperava di ricevere. La spiegò aperta sotto la luce del lume, si tolse le scarpe e le calze bagnate, spense vicino alla porta la luce grande, e alla fine si mise il piegabaffi di pelle scamosciata e si coricò senza togliersi i pantaloni e la camicia, con la testa su due grandi cuscinoni che gli servivano da spalliera per leggere. Così rilesse la lettera, stavolta parola per parola, scrutando ogni parola perché nessuna delle sue intenzioni occulte restasse non sviscerata, e la lesse poi ancora quattro volte, finché fu così sazio che le parole scritte incominciarono a perdere il loro senso. Alla fine la mise senza busta nel cassetto del comodino, si sdraiò con le mani intrecciate dietro la nuca e rimase per quattro ore con lo sguardo fisso nello spazio dello specchio dove era stata lei, senza muovere ciglio, respirando appena, più morto di un morto. A mezzanotte in punto andò in cucina, preparò e si portò in camera da letto un thermos di caffè denso come il petrolio, mise la dentiera nel bicchiere di acqua borica che trovava sempre pronto sul comodino, tornò a sdraiarsi nella stessa posizione da marmo giacente con variazioni istantanee ogni tanto per bere un goccio di caffè, finché la cameriera entrò alle sei con un altro thermos pieno.

A quell'ora Florentino Ariza sapeva quale sarebbe stato ogni suo passo successivo. In realtà non gli fecero male gli insulti né si preoccupò di chiarire le accuse ingiuste, che avrebbero potuto essere peggiori conoscendo il carattere di Fermina Daza e la gravità del motivo. L'unica cosa che gli interessò fu che la lettera di per sé gli dava l'opportunità e gli riconosceva il diritto di risponderle. Anzi, lo esigeva. Così la vita era ora al limite dove lui aveva voluto spingerla. Tutto il resto dipendeva da lui, e aveva la ferma convinzione che il suo inferno privato di più di mezzo secolo gli mettesse davanti ancora molte prove mortali che lui era disposto ad affrontare con più ardore e dolore e amore di tutte le precedenti, perché sarebbero state le ultime.

Cinque giorni dopo aver ricevuto la lettera di Fermina Daza, quando arrivò in ufficio, si sentì fluttuare nel vuoto brusco e insolito delle macchine da scrivere, il cui rumore di pioggia aveva finito per notarsi di meno del loro silenzio. Era una pausa. Quando il rumore ricominciò, Florentino Ariza si affacciò all'ufficio di Leona Cassiani e la guardò seduta davanti alla sua macchina personale, che obbediva alla punta delle sue dita come uno strumento umano. Lei si sentì osservata e guardò verso la porta col suo terribile sorriso solare, ma non smise di scrivere fino alla fine del periodo.

«Dimmi una cosa, Leona della mia anima» le chiese Florentino Ariza: «come ti sentiresti se ricevessi una lettera d'amore scritta con quell'arnese?».

Il gesto di lei, che non si sorprendeva più di nulla, fu di legittima sorpresa.

«Diavolo!» esclamò. «Guarda che non mi è mai successo.»

Per lo stesso motivo non aveva altre risposte. Neanche Florentino Ariza ci aveva pensato fino ad allora, e decise di correre il rischio fino in fondo. Si portò a casa una delle macchine dell'ufficio in mezzo agli scherzi cordiali degli impiegati: «Pappagallo vecchio non impara a parlare». Leona Cassiani, entusiasta di qualsiasi novità, si offrì di dargli lezioni di dattilografia a domicilio. Ma lui era contrario agli apprendistati metodici fin da quando Lotario Thugut aveva voluto insegnargli a suonare il violino con le note, con la minaccia che gli sarebbe servito almeno un anno per incominciare, cinque per essere accettabile in un'orchestra professionista, e tutta la vita di sei ore al giorno per suonarlo bene. Tuttavia, lui era riuscito a farsi comprare da sua madre un violino da cieco, e con le cinque regole basiche che gli diede Lotario Thugut ebbe l'ardire di suonarlo prima di un anno nel coro della cattedrale e di fare serenate a Fermina Daza dal cimitero dei poveri a seconda della direzione dei venti. Se questo era stato possibile a vent'anni con qualcosa di così difficile come il violino, non vedeva perché non potesse esserlo anche a settantasei con uno strumento da un dito solo come la macchina da scrivere.

E fu così. Ebbe bisogno di tre giorni per imparare la posizione delle lettere sulla tastiera, altri sei per imparare a pensare nello stesso tempo che scriveva, e altri tre per finire la prima lettera senza errori, dopo aver consumato mezza risma di carta. Ci mise un'intestazione solenne: *Signora*, e la firmò con l'iniziale del suo nome, come faceva di solito nei biglietti profumati della sua gioventù. La mandò per posta, in una busta listata a lutto come era di rigore in una lettera per una vedova da poco, e senza il nome del mittente sul dorso.

Era una lettera di sei pagine che non aveva niente a che vedere con nessun'altra che avesse mai scritto. Non aveva né il tono né lo stile né l'afflato retorico dei primi anni dell'amore, e il suo argomento era così razionale e misurato che il profumo di una gardenia sarebbe stato uno sproposito. In un certo modo fu l'approssimazione più azzeccata delle lettere commerciali che non poté mai fare. Anni dopo, una lettera personale scritta con mezzi meccanici sarebbe stata considerata quasi offensiva, ma ancora a quell'epoca la macchina per scrivere era un animale da ufficio, senza un'etica propria, il cui addomesticamento per usi privati non era previsto nei manuali di educazione. Sembrava anzi un modernismo audace, e così dovette intenderla Fermina Daza, perché nella seconda lettera che scrisse a Florentino Ariza, iniziava scusandosi degli scogli della sua calligrafia, non disponendo di mezzi di scrittura più avanzati della penna di metallo.

Florentino Ariza non fece neanche riferimento alla lettera tremenda che lei gli aveva mandato, ma provò fin dall'inizio un metodo diverso di seduzione, senza nessun riferimento agli amori del passato né del passato remoto: una riga sopra e daccapo. Era piuttosto un'estesa meditazione sulla vita, con base nelle sue idee ed esperienze dei rapporti fra uomo e donna, che una volta aveva pensato di scrivere come aggiunta al *Segretario degli Innamorati*. Solo che allora la avviluppò in uno stile patriarcale, da memorie di vecchio, perché non si notasse troppo che in realtà era un documento d'amore. Prima scrisse molte brutte copie alla vecchia maniera, che si impiegava più tempo a leggerle a mente fredda che a bruciarle sulla candela. Sapeva che qualsiasi distrazione convenzionale, la minima leggerezza nostalgica, poteva rimuoverle nel cuore i sapori amari del passato, e anche se aveva previsto che lei gli restituisse cento lettere senza aver osato di aprire la prima, preferiva che non accadesse neanche una volta. Così architettò tutto fino all'ultimo particolare come una guerra finale: tutto doveva essere diverso per suscitare nuove curiosità, nuovi intrighi, nuove speranze, in una donna che aveva già vissuto totalmente tutta una vita. Doveva essere un'illusione spropositata, capace di darle il coraggio che le sarebbe mancato di gettare nell'immondizia i pregiudizi di una classe che non era stata la sua in origine ma che aveva finito per esserlo più di qualsiasi altra. Doveva insegnarle a pensare all'amore come a uno stato di grazia che non era un mezzo per nulla, bensì un'origine e un fine di per se stesso.

Ebbe il buonsenso di non aspettarsi una risposta immediata, perché gli era sufficiente che la lettera non gli fosse rispedita indietro. Non lo fu, come non lo fu nessuna di quelle che seguirono, e più passavano i giorni più si accelerava la sua ansia, perché quanti più giorni passavano senza restituzioni più aumentava la speranza di una risposta. La frequenza delle sue lettere cominciò a essere condizionata dall'abilità delle sue dita: prima una alla settimana, poi due, e alla fine una al giorno. Fu contento del progresso della posta rispetto ai suoi tempi di impiegato, perché non avrebbe corso il rischio di lasciarsi vedere giornalmente all'Ufficio Postale a spedire una lettera alla stessa persona né di mandarla tramite qualcuno che avrebbe potuto raccontarlo in giro. Invece era molto facile mandare un impiegato a comprare i francobolli per tutto un mese e poi far scivolare la lettera in una delle tre cassette sparse per la città vecchia. Molto presto unì quel rito alla sua abitudine: approfittava dell'insonnia per scrivere, e il giorno dopo, andando in ufficio, chiedeva all'autista di fermarsi un minuto davanti a una cassetta delle lettere all'angolo e lui stesso scendeva a imbucare la lettera. Non permise mai all'autista di farlo per lui, come una mattina di pioggia avrebbe voluto fare, e a volte prendeva la precauzione di non portare una bensì molte lettere contemporaneamente perché sembrasse più naturale. L'autista non sapeva, ovviamente, che le altre lettere erano fogli bianchi che Florentino Ariza spediva a se stesso, perché non aveva mai tenuto corrispondenza privata con nessuno, salvo il rapporto da tutore che mandava alla fine di ogni mese ai genitori di América Vicuña con le sue impressioni personali sulla condotta, l'animo e la salute della bambina, e il buon andamento dei suoi studi.

Incominciò a numerare le lettere a partire dal primo mese e a premetterci un riassunto delle precedenti come i romanzi d'appendice a puntate dei giornali, per paura che Fermina Daza non si accorgesse che avevano una certa continuità. Quando si fecero quotidiane, poi, cambiò le buste a lutto con buste bianche e allungate, e questo finì per dar loro l'impersonalità complice delle lettere commerciali. Quando incominciò era disposto a sottoporre la sua pazienza a una prova maggiore, almeno fino ad avere una prova che stava perdendo il suo tempo con l'unico metodo diverso che aveva potuto concepire. Aspettò, in effetti, senza gli strazi di ogni tipo che gli provocavano le attese della gioventù ma con la cocciutaggine di un anziano di cemento senza nient'altro a cui pensare, senza nient'altro da fare in una compagnia fluviale che in quel momento navigava da sola con venti favorevoli, e per di più convinto di essere vivo e in perfetta padronanza delle sue facoltà di uomo il giorno di domani, di più tardi o di sempre in cui Fermina Daza si fosse finalmente convinta che le sue ansie di vedova solitaria non avevano altro rimedio che abbassare per lui il suo ponte levatoio.

Nel frattempo continuò la sua vita regolare. Prevedendo una risposta favorevole, iniziò un secondo rinnovamento della casa perché fosse degna di chi avrebbe potuto considerarsene la padrona e signora da quando era stata comprata. Tornò a trovare spesso Prudencia Pitre, come si era promesso, per dimostrarle che l'amava nonostante i danni dell'età, in pieno sole e con le porte aperte, e non solo nelle notti di tristezza. Continuò a passare davanti alla casa di Andrea Varón finché trovò spenta la luce del bagno e cercò di abbrutirsi con le follie del suo letto anche se era per non perdere la regolarità dell'amore, secondo un'altra sua superstizione, mai smentita fino ad allora, che il corpo continua finché uno continua.

L'unico intoppo fu lo stato della sua relazione con América Vicuña. Aveva ripetuto all'autista l'ordine di andare a prenderla tutti i sabati alle dieci del mattino al convitto, ma non sapeva cosa fare con lei durante il fine settimana. Per la prima volta non si occupò di lei, e lei risentiva del cambiamento. L'affidava alle donne di servizio perché la portassero al cinema al pomeriggio, ai concerti nel giardino infantile, alle tombole di beneficenza, o le inventava dei programmi domenicali con altre compagne del collegio per non doverla portare al paradiso nascosto dietro ai suoi uffici dove lei voleva tornare sempre da quando lui ce l'aveva portata la prima volta. Non si accorgeva, nelle nebbie della sua nuova illusione, che le donne possono diventare adulte in tre giorni, ed erano tre anni quelli che erano passati da quando lui l'aveva accolta sul motoveliero di Puerto Padre. Per quanto volle addolcirglielo, il cambiamento per lei fu brutale, ma non riuscì a capirne il motivo. Il giorno in cui le aveva detto nella gelateria che si sarebbe sposato, rivelandole una verità, lei aveva subito un urto di panico ma poi le era sembrata una possibilità così assurda che l'aveva completamente dimenticata. Ben presto aveva capito, però, che lui si comportava come se fosse sicuro, con pretesti inspiegabili, come se non avesse sessant'anni più di lei ma sessant'anni meno.

Un sabato pomeriggio, Florentino Ariza la trovò che cercava di scrivere a macchina nella sua camera da letto, e lo faceva abbastanza bene perché studiava dattilografia al collegio. Aveva fatto più di mezza pagina di scrittura automatica, ma in certi punti era facile cogliere una frase rivelatrice del suo stato d'animo. Florentino Ariza si chinò sopra la sua spalla per leggere quello che stava scrivendo. Lei si turbò per il suo calore di uomo, il suo respiro interrotto, il profumo dei suoi abiti, che era lo stesso del suo cuscino. Non era più la bambina appena arrivata che lui spogliava pezzo per pezzo con trucchi da bambino: prima queste scarpine per l'orsetto, poi questa camicetta per il cagnolino, poi queste mutandine a fiori per il coniglietto, e adesso un bacino sulla fichina gustosa del suo papà. No: adesso era una donna fatta e finita cui piaceva prendere l'iniziativa. Continuò a scrivere con un dito solo della mano destra e con la sinistra cercò a tastoni la gamba di lui, lo esplorò, lo trovò, lo sentì rivivere, crescere, sospirare di ansia, e il suo respiro di vecchio si fece pietroso e difficile. Lo conosceva: a partire da quel punto lui perdeva la padronanza di sé, gli si disarticolava la ragione, restava alla sua mercé, e non ritrovava la via del ritorno prima di essere arrivato alla fine. Lo portò per mano fino al letto, come un povero cieco per la strada, e lo squartò pezzo per pezzo con una tenerezza maligna, lo salò a suo piacimento, un po' di pepe, uno spicchio d'aglio, cipolla tritata, il succo di un limone, una foglia di alloro finché lo ebbe insaporito nel piatto, e il forno pronto alla temperatura giusta. Non c'era nessuno in casa. Le domestiche erano uscite, e i muratori e i falegnami del rinnovamento non lavoravano di sabato: avevano il mondo intero per loro due. Ma lui uscì dall'estasi sul bordo dell'abisso, le allontanò la mano, si sollevò, disse con voce tremante:

«Attenta, non abbiamo preservativi.»

Lei rimase sdraiata sul letto per un lungo momento, a pensare, e quando tornò al convitto, con un'ora di anticipo, aveva superato la voglia di piangere, e aveva affinato l'olfatto e si era affilata le unghie per trovare le tracce della lepre rannicchiata che le aveva scombussolato la vita. Florentino Ariza, invece, incorse ancora una volta in un errore da uomo: pensò che lei si fosse convinta dell'inutilità dei suoi propositi e avesse deciso di dimenticarlo.

Continuò a fare di testa sua. Dopo sei mesi, senza il minimo segnale, si ritrovò a rigirarsi nel letto fino all'alba, perso nel deserto di un'insonnia diversa. Pensava che Fermina Daza avesse aperto la prima lettera per la sua apparenza ingenua, fosse arrivata a vedere l'iniziale conosciuta di altre lettere di una volta, e l'avesse buttata nel secchio della spazzatura senza neanche prendersi la fatica di farla a pezzi. Le sarebbe bastato vedere la busta delle successive per fare la stessa cosa senza aprirle, e così fino alla fine dei tempi, mentre lui arrivava alla conclusione delle sue meditazioni scritte. Non credeva che esistesse una donna capace di resistere alla curiosità di mezzo anno di lettere quotidiane senza sapere neanche di che colore fosse l'inchiostro con cui erano scritte. Ma se ne esisteva una poteva essere solo lei.

Florentino Ariza sentiva che il tempo della vecchiaia non era un torrente orizzontale, ma una cisterna sfondata da cui si prosciugava la memoria. Il suo ingegno si esauriva. Dopo aver gironzolato intorno alla villa di La Manga per diversi giorni, capì che quel metodo giovanile non sarebbe riuscito a rompere le porte chiuse dal lutto. Una mattina, cercando un numero nell'elenco del telefono, si imbatté per caso nel suo. Chiamò. Squillò molte volte, e alla fine riconobbe la voce, seria e impersonale: «Pronto?». Riattaccò senza parlare, ma la distanza infinita di quella voce inafferrabile gli risollevò il morale.

In quei giorni Leona Cassiani celebrò il suo compleanno e invitò un ristretto gruppo di amici a casa sua. Lui era distratto e si rovesciò addosso il sugo del pollo. Lei gli pulì il bavero bagnando la punta del tovagliolo nel bicchiere dell'acqua, e poi glielo mise a bavaglino per impedire un incidente maggiore: restò come un bambino vecchio. Notò che spesso durante il pranzo si tolse gli occhiali per asciugarli con il tovagliolo, perché gli occhi gli piangevano. Al caffè si addormentò con la tazza in mano, e lei cercò di toglierglela senza svegliarlo, ma lui reagì vergognoso: «Stavo solo riposando la vista». Leona Cassiani andò a coricarsi sorpresa di quanto avesse incominciato a notarglisi la vecchiaia.

Nel primo anniversario della morte di Juvenal Urbino, la famiglia mandò biglietti d'invito a una messa di commemorazione nella cattedrale. A quell'epoca Florentino Ariza non aveva ricevuto nessun segno di risposta, e questo lo spinse alla decisione audace di assistere alla messa anche se non era stato invitato. Fu un avvenimento sociale più fastoso che commovente. I banchi delle prime file, riservati con carattere vitalizio ed ereditario, avevano sullo schienale una targa di rame con il nome del proprietario. Florentino Ariza arrivò fra i primi invitati per sedersi in un posto dove Fermina Daza non avesse potuto passare senza vederlo. Pensò che i migliori sarebbero stati quelli della navata centrale, subito dopo i banchi riservati, ma era tanta l'affluenza che neanche lì trovò un posto libero e dovette sedersi nella navata dei parenti poveri. Da lì vide entrare Fermina Daza sottobraccio al figlio, vestita di velluto nero fino ai polsini, senza nessun ornamento, con un'abbottonatura continua dal collo alla punta dei piedi, come una tonaca da vescovo, e uno scialletto di pizzo castigliano al posto del cappello con la veletta delle altre vedove, e anche di molte signore ansiose di esserlo. Il viso scoperto aveva un riflesso di alabastro, gli occhi lanceolati vivevano di vita propria sotto gli enormi lampadari della navata centrale e camminava così diritta, così altera, così padrona di sé, che non sembrava più vecchia del figlio. Florentino Ariza, in piedi, appoggiò la punta delle dita sullo schienale del banco finché il capogiro passò del tutto perché sentì che lui e lei non erano a sette passi di distanza ma in due giorni diversi.

Fermina Daza assistette alla cerimonia nel banco di famiglia davanti all'altare maggiore, in piedi quasi per tutta la durata, con la stessa prestanza con cui assisteva all'opera. Ma alla fine ruppe le norme della liturgia e non rimase al suo posto per ricevere le rinnovate condoglianze secondo gli usi in vigore, ma si fece strada per ringraziare ognuno degli invitati: un gesto innovatore che si accordava benissimo col suo modo di essere. Salutando gli uni e gli altri arrivò fino ai banchi dei parenti poveri, e alla fine guardò intorno a lei per assicurarsi che non le mancasse da salutare nessuna persona conosciuta. Florentino Ariza sentì allora che un vento soprannaturale gli faceva perdere la trebisonda: lei lo aveva visto. Fermina Daza, in effetti, si allontanò dai suoi accompagnatori con la scioltezza con cui faceva tutto in società, gli tese la mano e gli disse con un sorriso molto dolce:

«Grazie per essere venuto.»

Perché non solo aveva ricevuto le lettere ma le aveva lette con un grande interesse e aveva trovato in loro seri motivi di riflessione per continuare a vivere. Era a tavola, facendo colazione con la figlia, quando ricevette la prima. L'aprì per la curiosità che fosse scritta a macchina, e un rossore improvviso le imporporò il volto quando riconobbe l'iniziale della firma. Ma lo represse all'istante e mise la lettera nella tasca del grembiule. Disse: «È una condoglianza del governo». La figlia restò sorpresa: «Sono arrivate già tutte». Lei non si alterò: «Questa è un'altra». Il suo proposito era di bruciare la lettera più tardi, lontano dalle domande della figlia, ma non poté resistere alla tentazione di darci prima un'occhiata. Si aspettava una replica meritata alla sua lettera di ingiurie, che aveva incominciato a pesarle nel momento stesso in cui l'aveva spedita, ma dall'apertura maestosa e dai propositi del primo periodo capì che qualcosa era cambiato nel mondo. Restò tanto incuriosita da chiudersi nella stanza da letto per leggerla con tranquillità prima di bruciarla, e la lesse tre volte senza riprendere fiato.

Erano meditazioni sulla vita, l'amore, la vecchiaia, la morte: idee che erano passate spesso aleggiando come uccelli notturni sulla sua testa ma che si disfacevano in una scìa di piume quando cercava di acchiapparle. Erano lì, nitide, semplici, così come a lei sarebbe piaciuto di dirle, e una volta di più si dolse che suo marito non fosse vivo per commentarle con lui, come solevano commentare prima di dormire certi avvenimenti della giornata. In quel modo le si rivelava un Florentino Ariza sconosciuto, con una lungimiranza che non corrispondeva ai biglietti febbrili della sua gioventù né alla sua condotta malinconica di tutta la vita. Erano anzi le parole dell'uomo che alla zia Escolástica era sembrato ispirato dallo Spirito Santo, e questo pensiero tornò a spaventarla come la prima volta. Comunque, quello che più contribuì a calmarle l'animo fu la certezza che quella lettera da vecchio saggio non fosse un tentativo di reiterare l'impertinenza della notte del lutto bensì un modo molto nobile di cancellare il passato.

Le lettere successive finirono di placarla. Le bruciò comunque, dopo averle lette con un interesse crescente, anche se più le bruciava più le restava un sedimento di colpa che non riusciva a dissipare. Così, quando incominciò a riceverle numerate trovò una giustificazione morale che stava desiderando per non distruggerle. La sua intenzione iniziale, in ogni caso, non era di conservarle per lei, ma aspettare un'occasione per restituirle a

Florentino Ariza perché non venisse a perdere qualcosa che a lei sembrava di tanta utilità umana. Il male fu che il tempo passò e le lettere continuarono ad arrivare, una ogni tre o quattro giorni per tutto l'anno, e lei non seppe come mandargliele indietro senza che sembrasse uno sgarbo che non voleva più fare e senza doverlo spiegare in una lettera che il suo orgoglio si rifiutava di scrivere.

Le era bastato quel primo anno per accettare la vedovanza. Il ricordo purificato del marito smise di essere un intoppo nei suoi atti quotidiani, nei suoi pensieri intimi, nelle sue intenzioni più semplici, e si trasformò in una presenza vigile che la guidava senza molestarla. A volte lo incontrava, non come un'apparizione ma in carne e ossa, dove in verità le mancava. La incoraggiava la certezza che lui fosse lì, ancora vivo ma senza i suoi capricci da uomo, senza le sue esigenze patriarcali, senza la necessità spossante che lei lo amasse con lo stesso rituale di baci inopportuni e parole tenere con cui lui l'amava. Perché allora lo capiva meglio di quando era vivo; capì l'ansia del suo amore, l'urgenza di trovare in lei la sicurezza che sembrava essere il supporto della sua vita pubblica, e che in realtà non ebbe mai. Un giorno, al colmo della disperazione, lei gli aveva gridato: «Non ti rendi conto di quanto sono infelice». Lui si era tolto gli occhiali con un gesto molto suo, senza alterarsi, l'aveva inondata con le acque diafane dei suoi occhi puerili, e in una sola frase le aveva rovesciato addosso tutto il peso della sua insopportabile sapienza: «Ricordati sempre che la cosa più importante di un buon matrimonio non è la felicità ma la stabilità». Fin dalle sue prime solitudini di vedova lei capì che quella frase non nascondeva la minaccia meschina che gli aveva attribuito all'epoca ma la pietra lunare che aveva fornito a tutti e due tante ore felici.

Nei suoi tanti viaggi per il mondo Fermina Daza comprava tutto quello che la attirava per la sua novità. Lo desiderava per un impulso primario che suo marito si compiaceva di razionalizzare, ed erano cose belle e utili finché erano nel loro luogo di origine, nelle vetrine di Roma, di Parigi, di Londra, o in quelle di quella New York trepidante di charleston dove incominciavano a crescere i grattacieli, ma non reggevano la prova dei valzer di Strauss con i ciccioli e le battaglie di fiori a quaranta gradi all'ombra. Così, ritornava con mezza dozzina di bauli verticali, enormi, di metallo laccato con serrature e angoli di rame come feretri di fantasia, padrona e signora delle ultime meraviglie del mondo, che però non valevano il loro prezzo in oro se non nell'istante fugace in cui qualcuno del loro mondo locale le vedeva per una volta. Perché per questo erano state comprate: perché gli altri le vedessero una volta. Lei aveva capito la vanità della sua immagine pubblica fin da molto prima di incominciare a invecchiare, e spesso la si sentiva dire in casa: «Bisogna uscire da tante cianfrusaglie che non ti lasciano più dove vivere». Il dottor Urbino rideva dei suoi propositi sterili perché sapeva che gli spazi liberati sarebbero serviti solo a riempirli di nuovo. Ma lei insisteva perché veramente non c'era posto per una cosa in più né c'era da nessuna parte una cosa che in realtà servisse a qualcosa, come camicie attaccate alle maniglie delle porte o cappotti da inverni europei pigiati negli armadi di cucina. Così, una mattina in cui si alzava con lo spirito iracondo buttava giù gli armadi, svuotava i bauli, smantellava le soffitte, e armava un casino da guerra con i mucchi di roba troppo vista, i cappelli che non si era mai messa perché non ne aveva avuto l'occasione finché erano di moda, le scarpe copiate dalle artiste europee da quelle che usavano le imperatrici per essere incoronate e che qui erano disprezzate dalle signorine di buona famiglia perché erano identiche a quelle che compravano le negre al mercato per usarle in casa. Per tutta la mattina la terrazza interna restava in stato d'emergenza, ed era difficile respirare in casa per le raffiche acri delle palline di naftalina. Ma la calma si ristabiliva in poche ore, perché alla fine lei si doleva di tanta seta gettata per terra, di tanti altri broccati e ritagli di passamaneria, di tante code di volpe azzurra condannate al falò.

«Questo è peccato bruciarlo» diceva, «con tanta gente che non ha neanche da mangiare.»

Così il falò veniva rinviato, fu sempre rinviato, e le cose non facevano altro che cambiare di posto, dai loro luoghi privilegiati alle vecchie scuderie trasformate in depositi di saldi, mentre gli spazi liberati, così come diceva lui, incominciavano a riempirsi di nuovo, a straboccare di cose che vivevano un attimo e poi andavano a morire negli armadi: fino al prossimo falò. Lei diceva: «Bisognerebbe inventare qualcosa da fare con le cose che non servono a niente ma che non si possono neanche buttare via». Era così: la terrorizzava la voracità con cui gli oggetti invadevano gli spazi vivibili, spostando gli esseri umani, spingendoli negli angoli, finché Fermina Daza li metteva dove non si vedevano. Perché non era tanto ordinata quanto si credeva ma aveva un metodo suo e disperato per sembrarlo: nascondeva il disordine. Il giorno in cui morì Juvenal Urbino dovettero sbarazzare metà dello studio e ammucchiare tutte le cose nelle stanze da letto per avere uno spazio dove poterlo vegliare.

Il passaggio della morte in casa le diede la soluzione. Una volta bruciata la roba del marito, Fermina Daza si accorse che il polso non le aveva tremato, e con lo stesso stimolo continuò ad accendere il falò ogni tanto, buttandoci dentro di tutto, sia vecchio che nuovo, senza pensare all'invidia dei ricchi né alla cattiva coscienza dei poveri che morivano di fame. Infine, fece tagliare alle radici l'albero di mango finché non restò nessuna traccia della disgrazia, e regalò il pappagallo vivo al nuovo Museo della Città. Solo allora respirò a suo piacimento in una casa come sempre l'aveva sognata: ampia, facile e sua.

Ofelia, la figlia, rimase con lei tre mesi e poi tornò a New York. Il figlio portava i suoi a pranzo in famiglia tutte le domeniche e ogni volta che poteva durante la settimana. Le amiche più strette di Fermina Daza incominciarono a venirla a trovare una volta superata la crisi del lutto, e giocavano a carte davanti al patio spelato, sperimentavano nuove ricette di cucina, la informavano sulla vita segreta del mondo insaziabile che continuava a esistere senza di lei. Una delle più assidue fu Lucrecia del Real del Obispo, un'aristocratica all'antica con cui mantenne sempre una buona amicizia e che le si fece più vicina dalla morte di Juvenal Urbino. Tormentata dall'artrite e pentita del suo cattivo vivere, Lucrecia del Real le faceva allora non solo la miglior compagnia ma la consultava anche sui progetti civici e mondani che si preparavano in città, e questo la faceva sentire utile di per sé e non per l'ombra protettrice del marito. Tuttavia mai come allora la si identificò tanto con lui, perché le tolsero il nome da signorina con cui l'avevano sempre chiamata, e incominciò a essere la vedova di Urbino.

Le sembrava inconcepibile, però più si avvicinava il primo anniversario della morte del marito più Fermina Daza si sentiva entrare in un ambiente ombreggiato, fresco, silenzioso: la foresta dell'irrimediabile. Non era ancora molto conscia, né lo fu per vari anni, di quanto la aiutarono a ricuperare la pace dello spirito le meditazioni scritte di Florentino Ariza. Furono esse, applicate alle sue esperienze, a permetterle di capire la sua propria vita e ad attendere con serenità i disegni della vecchiaia. L'incontro alla messa di commemorazione fu un'occasione provvidenziale per far capire a Florentino Ariza che anche lei, grazie alle sue lettere di sollievo, era disposta a cancellare il passato.

Due giorni dopo ricevette da lui una lettera diversa: scritta a mano, in carta di lino, e con il suo nome completo da mittente molto chiaro sul dorso della busta. Era la stessa calligrafia fiorita delle prime lettere, la stessa volontà lirica, ma applicate a un periodo semplice di gratitudine per la deferenza del saluto nella cattedrale. Fermina Daza continuò a pensarci con le nostalgie perturbate per vari giorni dopo averla letta e con la coscienza così pulita che il giovedì successivo domandò a Lucrecia del Real del Obispo, senza che capitasse a proposito, se per caso conosceva Florentino Ariza, il padrone dei battelli del fiume. Lucrecia rispose di sì: «Pare che sia un succubo perso». Le ripeté la versione corrente che non aveva mai conosciuto una donna, pur essendo un così buon partito, e che aveva un posto segreto per portarci i bambini che inseguiva di notte per i moli. Fermina Daza aveva sentito questa diceria fin da quando aveva memoria e non l'aveva mai creduta né le aveva dato importanza. Ma quando la sentì ripetere con tanta convinzione da Lucrecia del Real del Obispo, della quale pure si era detto un tempo che fosse di gusti strani, non poté resistere all'affanno di mettere le cose al loro posto. Le raccontò di conoscere Florentino Ariza fin da bambino. Le ricordò che sua madre aveva una merceria in Calle de las Ventanas e che in più comprava camicie e lenzuola vecchie per sfilacciarle e venderle come cotone d'emergenza durante le guerre civili. E concluse con sicurezza: «È gente onorata, che si è fatta da sé». Fu così veemente che Lucrecia ritirò quanto aveva detto: «In fin dei conti, anche di me dicono la stessa cosa». Fermina Daza non ebbe la curiosità di domandarsi perché facesse una difesa così appassionata di un uomo che era stato solo un'ombra nella sua vita. Continuò a pensare a lui, soprattutto quando arrivava la posta senza nuove lettere. Erano trascorse due settimane di silenzio, quando una domestica la svegliò dalla siesta con un sussurro allarmato.

«Signora» le disse, «c'è qui don Florentino.»

Era lì. La prima reazione di Fermina Daza fu di panico. Riuscì a pensare di no, che tornasse un altro giorno a un'ora più appropriata, che non era in condizione di ricevere visite, che non c'era niente di cui parlare. Ma si riprese subito e diede ordine di farlo passare in sala e di portargli un caffè mentre lei si sistemava per riceverlo. Florentino Ariza aveva aspettato sulla porta della strada, bruciando sotto il sole infernale delle tre ma controllando la situazione. Era preparato a non essere ricevuto, anche se con una scusa amabile, e quella certezza lo manteneva tranquillo. Ma la decisione del messaggio lo sconvolse fino al midollo, ed entrando nell'ombra fresca della sala non ebbe il tempo di pensare al miracolo che stava vivendo perché le viscere gli si riempirono immediatamente di un'esplosione di spuma dolorosa. Si sedette senza respirare, assediato dal ricordo maledetto della cagata di uccello sulla sua prima lettera d'amore, e restò immobile nella penombra finché passava la prima raffica di brividi, deciso ad accettare qualsiasi disgrazia in quel momento all'infuori di quel contrattempo ingiusto.

Si conosceva bene: nonostante la sua stitichezza congenita, il ventre lo aveva tradito in pubblico tre o quattro volte nei suoi ultimi anni, e le tre o quattro volte aveva dovuto arrendersi. Solo in quelle occasioni, e in altre altrettanto urgenti, si rendeva conto della verità di una frase che amava ripetere per scherzo: «Non credo in Dio ma ne ho paura». Non fece a tempo a metterlo in dubbio: cercò di pregare qualsiasi orazione si ricordasse ma non ne trovò una. Quando era bambino, un altro bambino gli aveva insegnato delle parole magiche per riuscire a colpire un uccellino con un sasso: «Taro Taro se non ti becco ti sparo». L'aveva sperimentata quando era andato in montagna la prima volta, con una nuova fionda, e l'uccellino era caduto fulminato. In un modo confuso pensò che una cosa avesse qualcosa a che vedere con l'altra, e ripeté la formula con un fervore da preghiera, ma non fece lo stesso effetto. Un contorcimento delle budella come un asse di spirale lo fece alzare dalla sedia, la spuma del suo ventre sempre più densa e dolorosa emise un gemito e lo lasciò coperto di un sudore gelido. La domestica che gli portava il caffè si spaventò per la sua aria da morto. Lui sospirò: «È il caldo». Lei aprì la finestra, credendo di fargli piacere, ma il sole del pomeriggio gli batté in pieno sulla faccia e dovettero chiuderla di nuovo. Lui aveva capito che non ce l'avrebbe fatta un minuto di più quando apparve Fermina Daza quasi invisibile nella penombra e si spaventò di vederlo in un simile stato.

«Può togliersi la giacca» gli disse.

Più del contorcimento mortale, gli avrebbe fatto male che lei riuscisse a sentire il borbottio delle sue budella. Ma riuscì a sopravvivere un istante solo per dirle di no, che era solo passato a chiederle quando potesse farle visita. Lei, in piedi, sconcertata, gli disse: «Dato che è qui». E lo invitò a seguirla nella terrazza del patio dove faceva meno caldo. Lui rifiutò con una voce che a lei parve più che altro un sospiro penoso.

«La prego che sia domani» disse.

Lei si ricordò che domani era giovedì, giorno della visita puntuale di Lucrecia del Real del Obispo, e gli diede una risposta inappellabile: «Dopodomani alle cinque». Florentino Ariza la ringraziò, le fece un saluto d'emergenza con il cappello e se ne andò senza neanche assaggiare il caffè. Lei restò perplessa al centro della sala, senza capire che cosa fosse appena successo, finché svanì in fondo alla strada lo scoppiettio dell'automobile. Florentino Ariza cercò allora la posizione meno dolorosa sul sedile posteriore, socchiuse gli occhi, allentò i muscoli e si abbandonò alla volontà del corpo. Fu come rinascere. L'autista, che dopo tanti anni al suo servizio non si sorprendeva più di niente, rimase impassibile. Ma, aprendogli la portiera davanti al portone di casa, gli disse:

«Stia attento, don Floro, sembra colera.»

Era però il solito. Florentino Ariza ringraziò Dio il venerdì alle cinque in punto quando la domestica lo condusse attraverso la penombra della sala fino alla terrazza del patio e lì trovò Fermina Daza vicino a un tavolinetto preparato per due persone. Gli offrì tè, cioccolata o caffè. Florentino Ariza chiese caffè, molto caldo e molto forte, e lei ordinò alla domestica: «Per me il solito». Il solito era un infuso ben carico di diversi tipi di tè orientali che le sollevavano lo spirito dopo la siesta. Quando lei finì di armeggiare con la teiera e lui con la caffettiera, ambedue avevano già affrontato e interrotto diversi argomenti, non tanto perché davvero gli interessassero quanto per eludere gli altri che né lui né lei osavano affrontare. Erano tutti e due intimiditi, senza capire di essere molto lontani dalla loro gioventù sulla terrazza a scacchi di una casa di nessuno ancora odorosa di fiori da cimitero. Per la prima volta erano uno di fronte all'altro a così breve distanza e con abbastanza tempo per vedersi con serenità dopo mezzo secolo, e tutti e due si erano visti come erano: due vecchi pedinati dalla morte, senza nulla in comune, a parte il ricordo di un passato effimero che non era più loro ma di due giovani spariti che avrebbero potuto essere loro nipoti. Lei pensò che lui alla fine si sarebbe convinto dell'irrealtà del suo sogno e che questo lo avrebbe redento della sua impertinenza.

Per evitare silenzi scomodi o temi sgraditi lei fece domande ovvie sui battelli fluviali. Non pareva vero che lui, che era il padrone, avesse viaggiato solo una volta, molti anni prima, quando non aveva niente a che vedere con la compagnia. Lei non ne conosceva il motivo e lui avrebbe dato l'anima per dirglielo. Neanche lei conosceva il fiume. Suo marito aveva avversione per l'aria andina e la dissimulava con svariate motivazioni: i pericoli dell'altitudine per il cuore, il rischio di una polmonite, la doppiezza della gente, le ingiustizie del centralismo. Così conoscevano mezzo mondo ma non conoscevano il loro paese. Attualmente c'era un idrovolante Junkers che andava di villaggio in villaggio dal bacino di La Magdalena, come una cavalletta di alluminio, con due persone di equipaggio, sei passeggeri e i sacchi della posta. Florentino Ariza commentò: «È come una cassa da morto volante». Lei aveva partecipato al primo viaggio in pallone e non aveva avuto nessuno spavento, ma a stento si poteva credere che fosse la stessa che aveva osato una simile avventura. Disse: «È diverso». Volendo dire che era lei quella che era cambiata, non i modi di viaggiare.

A volte la sorprendeva il rumore degli aerei. Li aveva visti passare molto bassi, facendo evoluzioni acrobatiche, nel centenario della morte del Libertador. Uno di essi, nero come un avvoltoio enorme, era passato sfiorando i tetti delle case di La Manga, aveva lasciato un pezzo di ala su un albero vicino ed era rimasto attaccato ai fili della luce. Però neanche così Fermina aveva ancora assimilato l'esistenza degli aerei. Neppure aveva avuto la curiosità di andare negli ultimi anni fino all'insenatura di Manzanillo, dove ammaravano gli idrovolanti dopo che le lance della dogana spaventavano le canoe dei pescatori e le barche da divertimento, sempre più numerose. Così vecchia com'era l'avevano scelta per accogliere con un mazzo di rose Charles Lindbergh quando era venuto nel suo volo di buona volontà, e non aveva capito come potesse sollevarsi un uomo così grande, così biondo, così bello, dentro un apparecchio che sembrava di latta arrugginita e che due meccanici avevano spinto per la coda per aiutarlo a salire. L'idea che degli aerei che non erano molto più grandi potessero portare otto persone non le entrava in testa. Invece aveva sentito dire che i battelli fluviali erano una delizia perché non rollavano come quelli di mare ma avevano altri pericoli più gravi, come i banchi di sabbia e gli assalti dei briganti.

Florentino Ariza le spiegò che tutto quello erano leggende di altri tempi: i battelli attuali avevano una sala da ballo, cabine così ampie e lussuose come stanze d'albergo, con bagno privato e ventilatori elettrici, e fin dall'ultima guerra civile non c'erano più assalti armati. Le spiegò poi, con la soddisfazione di un trionfo personale, che questi progressi si dovevano più che altro alla libertà di navigazione propugnata da lui, che aveva stimolato la concorrenza: invece di un'unica compagnia, come prima, ce c'erano tre molto attive e prospere. Tuttavia il rapido progresso dell'aviazione era un pericolo reale per tutti. Lei cercò di consolarlo: i battelli sarebbero esistiti sempre, perché non erano molti i matti disposti a salire su un apparecchio che sembrava essere contro natura. Infine, Florentino Ariza parlò dei progressi della posta, sia nel trasporto che nella distribuzione, cercando di farla parlare delle sue lettere. Ma non ci riuscì.

Poco dopo, però, l'occasione venne da sola. Si erano allontanati parecchio dal tema quando una domestica li interruppe per consegnare a Fermina Daza una lettera ricevuta in quel momento tramite la posta urbana speciale, di recente creazione, che utilizzava lo stesso sistema di distribuzione dei telegrammi. Lei non riuscì a trovare gli occhiali per leggere, come le capitava sempre. Florentino Ariza rimase sereno.

«Non sarà necessario» disse, «quella lettera è mia.»

Era così. L'aveva scritta il giorno prima, in un terribile stato di depressione per non essere riuscito a superare la vergogna della sua prima visita frustrata. In essa si scusava per l'impertinenza di volerla visitare senza previo permesso e desisteva dal proposito di tornare. L'aveva imbucata senza pensarci due volte, e quando ci aveva riflettuto era troppo tardi per recuperarla. Tuttavia non gli sembrarono necessarie tante spiegazioni, ma chiese a Fermina Daza il favore di non leggerla.

«Certo» disse lei. «In fin dei conti le lettere sono di chi le scrive. Non è vero?»

Lui fece un passo fermo.

«È così» disse. «Per questo sono la prima cosa che si restituisce quando c'è una rottura.»

Lei tralasciò l'intenzione e gli restituì la lettera, dicendo: «È un peccato che non possa leggerla, perché le altre mi sono servite molto». Lui respirò profondo, sorpreso che lei lo avesse detto in un modo tanto più spontaneo di quanto si aspettasse, e le disse: «Non si immagina quanto mi faccia felice saperlo». Ma lei cambiò argomento e lui non riuscì a riprenderlo.

Si congedò dopo le sei, quando incominciarono ad accendere le luci di casa. Si sentiva più sicuro ma senza troppe illusioni perché non dimenticava il carattere volubile e le reazioni impreviste di Fermina Daza a vent'anni, e non aveva motivi per pensare che fosse cambiata. Per questo si azzardò a chiederle con un'umiltà sincera se avrebbe potuto tornare un altro giorno, e la risposta lo sorprese di nuovo.

«Torni quando vuole» disse lei. «Sono quasi sempre sola.»

Quattro giorni dopo, il martedì, tornò senza preavviso, e lei non aspettò che servissero il tè per parlargli di quanto le fossero servite le sue lettere. Lui disse che non erano lettere in senso stretto ma fogli volanti di un libro che gli sarebbe piaciuto scrivere. Anche lei l'aveva intesa così. Tanto che pensava di restituirgliele, se non lo prendeva come un affronto, perché desse loro un miglior destino. Continuò a parlare del bene che le avevano fatto nel duro frangente che stava vivendo, e lo faceva con tanto entusiasmo, con tanta gratitudine, forse con tanto affetto, che Florentino Ariza si azzardò a fare qualcosa di più di un passo fermo: un salto mortale.

«Prima ci davamo del tu» disse.

Era una parola proibita: *prima*. Lei sentì passare l'angelo chimerico del passato, e cercò di scansarlo. Ma lui andò più a fondo: «Voglio dire, nelle nostre lettere di prima». Lei si infastidì e dovette fare uno sforzo serio perché non lo si notasse. Ma lui se ne accorse e capì di dover avanzare con maggior tatto, anche se l'inciampo gli insegnò che lei continuava a essere tanto selvatica come quando era giovane ma che aveva imparato a esserlo con dolcezza.

«Voglio dire» disse lui «che queste lettere sono una cosa molto diversa.»

«Tutto è cambiato nel mondo» disse lei.

«Io no» disse lui. «E lei?»

Lei restò con la seconda tazza di tè a metà strada e lo rimproverò con degli occhi che erano sopravvissuti all'inclemenza.

«Ormai fa lo stesso» disse. «Ho appena compiuto settantadue anni.»

Florentino Ariza ricevette il colpo in mezzo al cuore. Gli sarebbe piaciuto trovare una risposta con la rapidità e l'istinto di una saetta ma lo vinse il peso dell'età: non si era mai sentito così spossato con una conversazione così breve, gli faceva male il cuore, e ogni battito si ripercuoteva con una risonanza metallica nelle sue arterie. Si sentì vecchio, triste, inutile, e con una voglia di piangere così forte che non riuscì più a parlare. Finirono la seconda tazza in un silenzio solcato da presagi, e quando lei ricominciò a parlare fu per chiedere a una domestica di portarle la cartella delle lettere. Lui fu sul punto di chiederle di tenersele per sé, perché ne aveva fatto copie con carta carbone, ma pensò che questa precauzione sarebbe sembrata poco nobile. Non c'era più nulla di cui parlare. Prima di congedarsi, lui suggerì di tornare il prossimo martedì alla stessa ora. Lei si chiese se dovesse essere tanto condiscendente.

«Non vedo che senso avrebbero tante visite» disse.

«Non avevo pensato che ne avessero qualcuno» disse lui.

Così tornò il martedì alle cinque, e poi tutti i martedì successivi, senza la convenzione dell'avviso, perché le visite settimanali erano entrate a far parte della routine di tutti e due dopo due mesi. Florentino Ariza portava gallettine inglesi per il tè, marrons glacés, olive greche, piccole squisitezze che trovava sui transatlantici. Un martedì le portò la copia della fotografia di lei e Hildebranda, fatta dal fotografo belga più di mezzo secolo prima, che lui aveva comprato per quindici centesimi a una liquidazione di cartoline del Portal de los Escribanos. Fermina Daza non riuscì a capire come potesse essere arrivata fino a lì, né lui poté capirlo se non come un miracolo dell'amore. Una mattina, mentre tagliava alcune rose del suo giardino, Florentino Ariza non poté resistere alla tentazione di portargliene una alla prossima visita. Fu un problema difficile nel linguaggio dei fiori trattandosi di una vedova da poco tempo. Una rosa rossa, simbolo di una passione infiammata, poteva essere offensiva per il suo lutto. Le rose gialle, che in un'altra lingua erano i fiori della buona fortuna, erano un'espressione di gelosia nel vocabolario comune. Una volta gli avevano parlato delle rose nere di Turchia, che forse erano le più indicate, ma non era riuscito a trovarle per acclimatarle nel suo patio. Dopo molto pensare si arrischiò con una rosa bianca, che amava meno delle altre, perché insipide e mute: non dicevano niente. All'ultimo momento, nel caso che Fermina Daza avesse la malizia di attribuire loro qualche significato, le tolse le spine.

Fu bene accolta, come un regalo senza intenzioni occulte, e così si arricchì il rituale dei martedì. Tanto che quando lui arrivava con la rosa bianca era già pronto il vaso con l'acqua al centro del tavolinetto del tè. Un martedì, mettendoci la rosa, lui disse in un modo che sembrasse casuale:

«Ai nostri tempi non si portavano rose ma camelie.»

«Certo» disse lei, «ma l'intenzione era un'altra, e lei lo sa.»

Fu sempre così: lui cercava di avanzare e lei gli chiudeva il passo. Ma in questa occasione, nonostante la risposta puntuale, Florentino Ariza si accorse di avere colpito nel segno; infatti lei fu obbligata a girare la faccia perché non le si notasse il rossore. Un rossore ardente, giovanile, con vita propria, la cui impertinenza le rinnovò il fastidio verso se stessa. Florentino Ariza fu molto attento a deviare verso altri temi meno scabrosi, ma la sua gentilezza fu così evidente che lei si seppe scoperta, e questo aumentò la sua rabbia. Fu un cattivo martedì. Lei quasi gli chiese di non tornare più, ma l'idea di una lite da fidanzati le sembrò così ridicola all'età e nella situazione di tutti e due, da provocarle un accesso di risa. Il martedì dopo, quando Florentino Ariza metteva la rosa nel vaso, lei investigò la sua coscienza e rilevò contenta che dalla settimana prima non le restava neanche il minimo residuo di risentimento.

Le visite incominciarono ad acquistare molto presto una scomoda ampiezza familiare, perché il dottor Urbino Daza e sua moglie comparivano a volte come per caso e si fermavano a giocare a carte. Florentino Ariza non sapeva giocare ma Fermina glielo insegnò in una sola visita, e tutti e due mandarono alla coppia Urbino Daza una sfida per iscritto per il martedì successivo. Erano incontri così gradevoli per tutti che si ufficializzarono con tanta rapidità come le visite, e vennero stabilite norme per i contributi di ognuno. Il dottor Urbino Daza e sua moglie, che era un'eccellente pasticciera, contribuivano con torte originali, ogni volta diverse. Florentino Ariza continuò a portare le curiosità che trovava sulle navi europee, e Fermina Daza si ingegnava per trovare ogni settimana una sorpresa nuova. I tornei si giocavano il terzo martedì di ogni mese, e non si facevano poste in denaro ma al perdente veniva imposto un contributo speciale per la partita successiva.

Il dottor Urbino Daza corrispondeva alla sua immagine pubblica: era di poche risorse, di modi torpidi, e soffriva di alcuni improvvisi soprassalti, sia di contentezza che di disgusto, e di alcuni rossori inopportuni che facevano temere per la sua forza mentale. Ma era senza dubbio, e lo si notava troppo a prima vista, quello che Florentino Ariza temeva maggiormente che si dicesse di lui: un brav'uomo. Sua moglie, invece, era vivace e con un che di popolare, opportuno e astuto, che dava un tocco più umano alla sua eleganza. Non si poteva desiderare una coppia migliore per giocare a carte, e l'insaziabile bisogno d'amore di Florentino Ariza restò colmato dall'illusione di sentirsi in famiglia.

Una sera, quando uscivano insieme dalla casa, il dottor Urbino Daza gli chiese di pranzare con lui: «Domani, alle dodici e mezzo in punto, al Club Social». Era un godimento squisito con un vino avvelenato: il Club Social si riservava il diritto di ammissione per diversi motivi, e uno di quelli più importanti era la condizione di figlio naturale. Lo zio León XII aveva avuto esperienze irritanti in quel senso, e lo stesso Florentino Ariza aveva patito la vergogna che lo facessero uscire quando già era seduto a tavola, su invito di un socio fondatore. Questi, cui Florentino Ariza faceva favori difficili nel commercio fluviale, non ebbe altra soluzione che portarlo a mangiare da un'altra parte.

«Noi che facciamo i regolamenti siamo quelli più obbligati a seguirli» gli disse.

Ciononostante, Florentino Ariza corse il rischio con il dottor Urbino Daza e fu ricevuto con un trattamento speciale, anche se non gli chiesero di firmare il libro d'oro degli invitati degni di nota. Il pranzo fu breve, di loro due soli, e passò in tono minore. I timori che inquietavano Florentino Ariza dal pomeriggio precedente relativamente a quell'incontro si dissiparono con il bicchiere di porto dell'aperitivo. Il dottor Urbino Daza voleva parlargli di sua madre. Dal molto che gli disse, Florentino Ariza si accorse che lei aveva parlato di lui. E qualcosa di ancora più sorprendente: aveva mentito a suo favore. Gli aveva raccontato che erano amici fin da bambini, che giocavano insieme fin da quando lei era arrivata da San Juan de la Ciénaga, che era lui quello che l'aveva iniziata alle sue prime letture, cosa per cui gli serbava una vecchia gratitudine. Gli aveva detto anche che spesso, quando lei usciva dalla scuola, passava parecchie ore con Tránsito Ariza a fare prodigi di ricamo nella merceria, perché era una maestra notevole, e che se non aveva continuato a vedere Florentino Ariza con la stessa frequenza non era stato per sua scelta ma per la diversità delle loro vite.

Prima di arrivare in fondo ai suoi propositi, il dottor Urbino Daza fece qualche divagazione sulla vecchiaia. Pensava che il mondo sarebbe andato più velocemente senza l'impaccio dei vecchi. Disse: «L'umanità, come gli eserciti in campagna, avanza alla velocità del più lento». Prevedeva un futuro più umanitario, e quindi più civilizzato, in cui gli esseri umani fossero isolati in città ai margini di quelle in cui non potessero valersi di se stessi, per evitare loro la vergogna, le sofferenze, la solitudine spaventosa della vecchiaia. Dal punto di vista medico, secondo lui, il limite potevano essere i sessant'anni. Ma finché non si arrivava a quel grado di carità, l'unica soluzione erano i ricoveri, dove gli anziani si consolavano gli uni con gli altri, si identificavano nei loro gusti e nelle loro avversioni, nei loro vizi e nelle loro tristezze, salvo le discordie naturali con le generazioni successive. Disse: «I vecchi, fra vecchi, sono meno vecchi». Anzi: il dottor Urbino Daza voleva ringraziare Florentino Ariza per la buona compagnia che faceva a sua madre nella solitudine della vedovanza, lo supplicava di continuare a farlo per il bene di tutti e due e per la comodità di tutti, e di avere pazienza con i suoi umori senili. Florentino Ariza si sentì sollevato per la conclusione dell'incontro. «Stia tranquillo» gli disse. «Ho quattro anni più di lei, e non solo adesso, ma da prima, da molto prima che lei fosse nato.» Poi cedette alla tentazione di sfogarsi con una punta di ironia.

«Nella società del futuro» concluse, «lei adesso dovrebbe andare al camposanto, a portare a lei e a me un ramo di anturii per pranzo.»

Il dottor Urbino Daza non aveva ancora rimediato alla sconvenienza della sua profezia, e si addentrò in un passaggio stretto di spiegazioni che finirono col prenderlo nella rete. Ma Florentino Ariza lo aiutò a uscirne. Era raggiante, perché sapeva che presto o tardi avrebbe avuto un incontro come quello con il dottor Urbino Daza, per accondiscendere a un requisito sociale inevitabile: la richiesta formale della mano di sua madre. Il pranzo fu molto incoraggiante non solo per lo stesso motivo ma perché gli dimostrò quanto facile e ben accolta sarebbe stata quella richiesta inesorabile. Se avesse potuto contare sul consenso di Fermina Daza, nessuna occasione sarebbe stata più propizia. E ancora: dopo quello di cui avevano parlato in quel pranzo storico, il formalismo della sollecitudine ne usciva sovrabbondante.

Florentino Ariza saliva e scendeva le scale con un'attenzione speciale, fin da giovane, perché aveva sempre pensato che la vecchiaia incominciava con una prima caduta senza importanza e la morte arrivava con la seconda. La più pericolosa di tutte le scale gli sembrava quella dei suoi uffici, perché ripida e angusta, e da molto prima di doversi sforzare a non trascinare i piedi la saliva ben attento ai gradini e attaccato alla ringhiera con tutte e due le mani. Spesso gli avevano suggerito di cambiarla con un'altra scala meno pericolosa, ma la decisione restava sempre per il mese dopo, perché a lui sembrava una concessione alla vecchiaia. Più passavano gli anni più indugiava a salire, non perché gli costasse più fatica, come lui si affrettava a spiegare, ma perché ogni volta saliva con più attenzione. Tuttavia, il pomeriggio in cui ritornò dal pranzo con il dottor Urbino Daza, dopo il bicchiere di porto dell'aperitivo e mezza bottiglia di vino rosso con il pranzo e soprattutto dopo la conversazione trionfale, cercò di raggiungere il terzo gradino con un passo da balletto così giovanile che si storse la caviglia sinistra, cadde di schiena e per miracolo non si ammazzò. Nel momento in cui cadeva ebbe abbastanza lucidità per pensare che non sarebbe morto di quell'inciampo, perché non era possibile nella logica della vita che due uomini che avevano amato tanto per tanti anni la stessa donna potessero morire allo stesso modo con un solo anno di differenza. Aveva ragione. Gli misero uno stivaletto di gesso dal piede al polpaccio e lo obbligarono a stare immobile a letto, ma continuò a essere più vivo di prima della caduta. Quando il medico gli ordinò i sessanta giorni di invalidità non riuscì a credere a tanta infelicità.

«Non mi faccia questo, dottore» lo implorò. «Due mesi dei miei sono come dieci anni dei suoi.»

Varie volte cercò di alzarsi prendendo a due mani la gamba da statua, e sempre lo vinse la realtà. Ma quando alla fine tornò a camminare con la caviglia ancora dolorante e la schiena in carne viva ebbe motivi in più per credere che il destino avesse premiato la sua perseveranza con una caduta provvidenziale.

Il suo giorno peggiore fu il primo lunedì. Il dolore era andato via e la prognosi medica era molto incoraggiante ma lui si rifiutava di accettare il destino di non vedere Fermina Daza il pomeriggio successivo, per la prima volta in quattro mesi. Ciononostante, dopo una siesta di rassegnazione si sottomise alla realtà e le scrisse un biglietto di scuse. Lo scrisse a mano, su carta profumata e con un inchiostro luminoso per leggerlo nell'oscurità, e drammatizzò spudoratamente la gravità dell'incidente cercando di suscitare la sua compassione. Lei gli rispose due giorni dopo, molto commossa, molto amabile, ma senza una parola in più o in meno, come nei grandi giorni dell'amore. Lui prese al volo l'occasione e le riscrisse. Quando lei gli rispose per la seconda volta, lui decise di andare molto più lontano delle conversazioni cifrate dei martedì e si fece installare un telefono vicino al letto con il pretesto di controllare l'andamento quotidiano della compagnia. Chiese all'operatrice centrale di metterlo in comunicazione con il numero di tre cifre che sapeva a memoria da quando aveva chiamato la prima volta. La voce dai toni smorzati, tesa per il mistero della distanza, la voce amata rispose, riconobbe l'altra voce e si congedò dopo tre frasi convenzionali di saluto. Florentino Ariza restò sconsolato per la sua indifferenza: ancora una volta erano daccapo.

Due giorni dopo, però, ricevette una lettera di Fermina Daza in cui lo pregava di non chiamarla più. Le sue ragioni erano valide. C'erano così pochi telefoni nella città che la comunicazione avveniva attraverso un'operatrice che conosceva tutti gli abbonati, la loro vita e i loro miracoli, e non importava se non erano in casa: li trovava dovunque fossero. In cambio di tanta efficacia, continuava a tenersi informata sulle chiacchiere, scopriva i segreti della vita privata, i drammi meglio nascosti, e non di rado interveniva in un dialogo per introdurre il suo punto di vista o per calmare gli animi. D'altra parte, nel corso di quell'anno era stata fondata "La Justicia", un giornale della sera la cui unica finalità era fustigare le famiglie coi cognomi lunghi, mettendo nomi propri e senza nessun genere di rispetto, come rappresaglia del proprietario perché i suoi figli non erano stati ammessi al Club Social. Nonostante la pulizia della sua vita, Fermina Daza stava più che mai attenta a quello che diceva o faceva, anche con le sue amicizie intime. Così continuò legata a Florentino Ariza dal filo anacronistico delle lettere. La corrispondenza di andata e ritorno arrivò a essere così frequente e intensa che lui si dimenticò della sua gamba, del castigo del letto, si dimenticò di tutto, e si consacrò completamente a scrivere su un tavolino portatile, di quelli che si usavano negli ospedali per il pranzo dei malati.

Tornarono a darsi del tu, tornarono a scambiarsi commenti sulle loro vite come nelle lettere di prima, ma Florentino Ariza cercò ancora una volta di andare con troppa fretta: scrisse il nome di lei con punte di spillo sui petali di una camelia e gliela mandò in una lettera. Due giorni dopo la ricevette indietro senza nessun commento. Fermina Daza non poteva farne a meno: tutte quelle le sembravano cose da bambini. E ancora di più quando Florentino Ariza insistette a evocare i suoi pomeriggi di versi melanconici nel giardinetto de Los Evangelios, i nascondigli delle lettere lungo il cammino per andare a scuola, le lezioni di ricamo sotto i mandorli. Con il dolore nell'anima, lo mise al suo posto con una domanda che sembrava casuale in mezzo ad altri commenti comuni: «Perché insisti a parlare di quello che non esiste?». Più tardi gli rimproverò la cocciutaggine sterile di non lasciarsi invecchiare con naturalezza. Quella era, secondo lei, la causa della sua precipitazione, dei suoi rovesci costanti nell'evocazione del passato. Non capiva come un uomo capace di fare le riflessioni che tanto sostegno le avevano dato per sopportare la vedovanza, si imbrogliasse in quel modo infantile quando cercava di applicarle alla sua stessa vita. Le parti si invertirono. Allora fu lei a cercare di infondergli nuovo coraggio per vedere il futuro con una frase che lui, nella sua fretta sventata, non seppe decifrare: *Lascia che il tempo passi e vedremo quello che ci porta*. Perché non fu mai un così buon allievo come lei. L'immobilità forzata, la certezza ogni giorno più lucida della fugacità del tempo, le voglie folli di vederla, tutto gli dimostrava come i suoi timori della caduta fossero stati più certi e tragici del previsto. Per la prima volta incominciò a pensare in modo razionale alla realtà della morte.

Leona Cassiani lo aiutava a fare il bagno e a cambiarsi il pigiama ogni due giorni, gli faceva i clisteri, gli metteva la padella, gli applicava compresse di arnica sulle ulcere della schiena, gli faceva massaggi per consiglio medico per evitare che l'immobilità gli provocasse altri mali peggiori. I sabati e le domeniche le dava il cambio América Vicuña, che nel dicembre di quell'anno doveva ricevere il suo diploma di maestra. Lui le aveva promesso di mandarla a un corso superiore in Alabama per conto della compagnia fluviale, in parte per imbavagliare la coscienza e soprattutto per non dover affrontare i rimproveri che lei non sapeva come fare, né le spiegazioni che lui le doveva. Non si immaginò mai quanto lei soffrisse nelle sue insonnie nel convitto, nei suoi fine settimana senza di lui, nella sua vita senza di lui, perché non si era mai immaginato quanto lo amasse. Sapeva da una lettera ufficiale del collegio che dal primo posto che occupava sempre era passata all'ultimo, e stava per essere bocciata agli esami finali. Ma eluse il suo dovere di tutore: non riferì niente ai genitori di América Vicuña, impedito da un senso di colpa che cercava di togliere di mezzo, né fece commenti tantomeno con lei, per un timore ben fondato che intendesse coinvolgerlo nel suo insuccesso. Così lasciò le cose come stavano. Senza accorgersene, incominciava a differire i suoi problemi con la speranza che li risolvesse la morte.

Non solo le due donne che si occupavano di lui, ma lo stesso Florentino Ariza, si sorprendevano di quanto fosse cambiato. Solo dieci anni prima aveva assalito una delle sue domestiche dietro alla scala principale della casa, vestita e in piedi, e in meno tempo di un gallo filippino l'aveva lasciata in stato di grazia. Aveva dovuto regalarle una casa ammobiliata perché giurasse che l'autore del suo disonore era stato un fidanzato domenicale che non l'aveva neanche baciata, e il padre e i suoi zii, che erano buoni tagliatori di canna da zucchero, li obbligarono a sposarsi. Non pareva possibile che fosse lo stesso uomo, quello che palpeggiavano al dritto e al rovescio due donne che solo qualche mese prima lo facevano tremare d'amore, che insaponavano in su e in giù, lo asciugavano con salviette di cotone egiziano e gli massaggiavano tutto il corpo senza che emettesse un sospiro di turbamento. Ognuno aveva una spiegazione diversa per la sua inappetenza. Leona Cassiani pensava che fossero i preludi della morte. América Vicũna gli attribuiva un'origine occulta il cui disegno non riusciva a sviscerare. Solo lui sapeva la verità, e aveva un nome proprio. In ogni modo non era giusto: soffrivano più loro a servirlo che lui a essere così ben servito.

Solo tre martedì furono sufficienti a Fermina Daza per accorgersi quanto le mancassero le visite di Florentino Ariza. Se la passava molto bene con le amiche assidue, meglio ancora più il tempo la allontanava dalle abitudini del marito. Lucrecia del Real del Obispo era andata a Panama a farsi visitare per un dolore d'orecchio che non cedeva a nulla, e ritornò dopo un mese molto sollevata ma sentendo meno di prima con un cornetto che si metteva nell'orecchio. Fermina Daza era l'amica che tollerava meglio le sue confusioni di domande e risposte, e questo stimolava tanto Lucrecia che quasi non passava giorno che non apparisse lì a qualsiasi ora. Ma Fermina Daza non poté sostituire con nessuno i pomeriggi riposanti con Florentino Ariza.

La memoria del passato non redimeva il futuro, come lui continuava a credere. Anzi: rinforzava la convinzione, che Fermina Daza aveva sempre avuto, che quello sconvolgimento febbrile dei vent'anni fosse stato qualcosa di molto nobile e molto bello, ma non amore. Nonostante la sua franchezza cruda non aveva intenzione di rivelarglielo né per posta né di persona, né aveva il coraggio di dirgli quanto falsi le suonassero i sentimentalismi delle sue lettere dopo aver conosciuto il prodigio di consolazione delle sue meditazioni scritte, quanto lo svalutassero le sue bugie liriche e quanto pregiudicasse la sua causa l'insistenza maniacale di riscattare il passato. No: nessuna riga delle sue lettere di una volta né alcun momento della sua stessa gioventù odiata le avevano fatto sentire che i pomeriggi di un martedì potessero essere così lunghi come in realtà lo erano senza di lui, così solitari e irripetibili senza di lui.

In uno dei suoi impeti di riordino, lei aveva mandato nelle scuderie la radiolina che suo marito le aveva regalato per uno dei suoi compleanni, e che tutti e due avevano pensato di regalare al museo perché era stata la prima che era arrivata in città. Nelle ombre del suo dolore aveva deciso di non tornare a usarla perché una vedova coi suoi cognomi non poteva sentire musica di nessun tipo senza offendere la memoria del morto, anche se nell'intimità. Ma dopo il terzo martedì di solitudine la fece portare di nuovo in sala, non per godere delle canzoni sentimentali dell'emittente di Riobamba, come prima, ma per riempire le sue ore morte con le *novelas* lacrimevoli di Santiago de Cuba. Fu un successo, perché quando era nata la figlia aveva incominciato a perdere l'abitudine della lettura che suo marito le aveva inculcato con tanto impegno fin dal viaggio di nozze, e con la stanchezza progressiva della vista l'aveva perduta del tutto, al punto che passavano mesi senza che sapesse dove erano gli occhiali.

Si affezionò talmente alle *novelas* radiofoniche di Santiago de Cuba che aspettava con ansia le puntate successivi di tutti i giorni. Ogni tanto ascoltava le notizie per sapere che cosa succedeva nel mondo, e nelle poche occasioni in cui restava da sola in casa ascoltava a volume molto basso, remoti e nitidi, i *merengues* di Santo Domingo e le *plenas* di Puerto Rico. Una notte, da una stazione sconosciuta che si inserì improvvisamente con tanta forza e tale chiarezza come se fosse nella casa vicina, sentì una notiza straziante: una coppia di anziani che ripeteva la sua luna di miele nello stesso luogo da quarant'anni era stata assassinata a colpi di remo dal barcaiolo che li portava in giro, per rubare il denaro che avevano addosso: quattordici dollari. La sua impressione fu molto maggiore quando Lucrecia del Real le riferì il racconto completo pubblicato su un giornale locale. La polizia aveva scoperto che gli anziani uccisi a randellate, lei di settantotto anni e lui di ottantaquattro, erano due amanti clandestini che passavano le vacanze insieme da quarant'anni, ma tutti e due avevano i loro rispettivi matrimoni, stabili e felici, e famiglie numerose. Fermina Daza, che non aveva mai pianto con i *novelones* della radio, dovette reprimere il nodo di lacrime che le venne alla gola. Nella sua lettera successiva, Florentino Ariza le mandò senza nessun commento il ritaglio di giornale con la notizia.

Non erano le ultime lacrime che Fermina Daza avrebbe represso. Florentino Ariza non aveva compiuto i sessanta giorni di reclusione, quando "La Justicia" rivelò in copertina a piena pagina e con fotografie dei protagonisti i supposti amori occulti del dottor Juvenal Urbino e Lucrecia del Real del Obispo. Si indagava sui particolari della relazione, la frequenza e i modi, e sulla compiacenza del marito, dedito ad abusi di sodomia con i negri della sua piantagione di canna da zucchero. Il racconto pubblicato con enormi lettere di legno grondanti sangue cadde come il rombo di un cataclisma sulla sgangherata aristocrazia locale. Non c'era, però, neanche una riga esatta: Juvenal Urbino e Lucrecia del Real erano intimi amici da quando erano celibi e avevano continuato a esserlo dopo sposati, ma non erano mai stati amanti. In ogni modo, non pareva che la pubblicazione fosse diretta a macchiare il buon nome del dottor Juvenal Urbino, il cui ricordo godeva di unanime rispetto, ma a danneggiare il marito di Lucrecia del Real, eletto presidente del Club Social la settimana prima. Lo scandalo fu soffocato in poche ore. Ma Lucrecia del Real non tornò a visitare Fermina Daza, e questa lo interpretò come un riconoscimento della sua colpa.

Ben presto fu chiaro, però, che neanche Fermina Daza era in salvo dai rischi della sua classe. "La Justicia" si infuriò contro di lei per il suo unico lato debole: gli affari del padre. Quando questi aveva dovuto emigrare per forza, lei conosceva un solo episodio dei suoi affari torbidi, così come gliel'aveva raccontata Gala Placidia. Più tardi, quando il dottor Urbino glielo confermò dopo un colloquio col governatore, restò convinta che suo padre fosse stato vittima di un'infamia. Il fatto fu che due agenti del governo si erano presentati con un ordine di perquisizione nella casa del Giardino de Los Evangelios, la rovistarono da cima a fondo senza trovare quello che cercavano, e alla fine ordinarono di aprire l'armadio con le porte a specchi della vecchia camera da letto di Fermina Daza. Gala Placidia, sola in casa e impossibilitata ad avvisare qualcuno, si rifiutò di aprirlo con la scusa che non aveva le chiavi. Allora uno degli agenti ruppe gli specchi dell'armadio con il calcio della pistola e scoprì che fra il cristallo e il legno c'era uno spazio strapieno di biglietti falsi da cento dollari. Era il culmine di una catena di piste che portavano fino a Lorenzo Daza come ultimo anello di una vasta operazione internazionale. Era una truffa da maestri, perché i biglietti avevano il marchio ad acqua della carta originale: avevano cancellato biglietti da un dollaro con un procedimento chimico che sembrava una magia e ci avevano impresso biglietti da cento. Lorenzo Daza addusse a sua difesa che l'armadio era stato comprato molto tempo dopo le nozze della figlia e che doveva essere arrivato in casa con i biglietti nascosti, ma la polizia verificò che era lì fin da quando Fermina Daza andava a scuola. Nessuno se non lui stesso avrebbe potuto nascondere la falsa fortuna dietro gli specchi. Quella era stata l'unica cosa che il dottor Urbino aveva raccontato a sua moglie quando si impegnò con il governatore a rimandare il suocero al suo paese d'origine per soffocare lo scandalo. Ma il giornale raccontava molto di più.

Raccontava che durante una delle tante guerre civili del secolo precedente Lorenzo Daza era stato intermediario fra il governo del presidente liberale Aquileo Parra e un tale Joseph K. Korzeniowski, di origine polacca, che si era fermato qui parecchi mesi con l'equipaggio del mercantile *Saint-Antoine*, battente bandiera francese, cercando di definire un confuso affare di armi. Korzeniowksi, che più tardi sarebbe diventato celebre nel mondo con il nome di Joseph Conrad, aveva preso contatto non si sapeva come con Lorenzo Daza che gli aveva comprato il carico d'armi per conto del governo, con le sue credenziali e ricevute in regola, e pagato in oro legale. Secondo la versione del giornale Lorenzo Daza aveva dato per scomparse le armi in un assalto improbabile e le aveva rivendute al doppio del loro prezzo reale ai conservatori in guerra contro il governo.

"La Justicia" raccontava anche che Lorenzo Daza aveva comprato a bassissimo prezzo un carico di stivali in eccedenza dell'esercito inglese, ai tempi in cui il generale Rafael Reyes aveva fondato la Marina da Guerra, e solo con quell'operazione aveva raddoppiato la sua fortuna in sei mesi. Secondo il giornale, quando il carico era arrivato in questo porto, Lorenzo Daza si era rifiutato di ritirarlo perché arrivavano solo le scarpe del piede destro, ma fu l'unico concorrente quando la dogana lo mise all'asta secondo le leggi vigenti e lo comprò per la cifra simbolica di cento *pesos*. In quegli stessi giorni, un suo complice aveva comprato a uguali condizioni il carico di scarpe sinistre, che era arrivato alla dogana di Riohacha. Una volta messi in ordine, Lorenzo Daza si servì della parentela politica con gli Urbino de la Calle, e vendette gli stivali alla nuova Marina da Guerra con un guadagno del duemila per cento.

L'articolo de "La Justicia" finiva dicendo che Lorenzo Daza non aveva lasciato San Juan de la Ciénaga alla fine del secolo prima in cerca di arie migliori per il futuro di sua figlia, come gli piaceva dire, ma per essere stato sorpreso nella prospera industria di mescolare tabacco di importazione con carta tritata, e in un modo così abile che neanche i fumatori raffinati si accorgevano dell'inganno. Venivano anche rivelati i suoi legami con un'organizzazione clandestina internazionale la cui attività più fruttifera alla fine del secolo prima era stata l'introduzione illegale di cinesi da Panama. Invece il sospetto commercio di mule, che tanto gli aveva rovinato la reputazione, sembrava l'unico onesto che avesse mai avuto.

Quando Florentino Ariza lasciò il letto, con la schiena in fiamme e per la prima volta con un bastone al posto dell'ombrello, la sua prima uscita fu a casa di Fermina Daza. La trovò irriconoscibile, con i danni dell'età a fior di pelle e con un risentimento che le aveva tolto la voglia di vivere. Il dottor Urbino Daza, in due visite che aveva fatto a Florentino Ariza durante il suo esilio, gli aveva parlato della costernazione che avevano provocato a sua madre i due articoli de "La Justicia". Il primo le aveva provocato una rabbia così insensata per l'infedeltà del marito e il tradimento dell'amica che aveva rinunciato alla consuetudine di far visita al mausoleo di famiglia una domenica di ogni mese, perché la faceva andare fuori dei gangheri che lui non potesse sentire dentro alla bara gli improperi che voleva gridargli: aveva litigato con un morto. A Lucrecia del Real mandò a dire, tramite chi volesse dirglielo, di rassegnarsi alla consolazione di aver avuto almeno un uomo fra tanta gente che era passata dal suo letto. Dell'articolo su Lorenzo Daza non era possibile sapere che cosa l'addolorasse di più, se l'articolo in sé o la scoperta tardiva della vera identità del padre. Ma una delle due cose, o tutt'e due, l'avevano annichilita. I capelli color acciaio pulito, che tanto le nobilitavano il volto, sembravano allora dei filacci gialli di mais, e i begli occhi da pantera non recuperavano la lucentezza di prima neanche con lo splendore della rabbia. La decisione di non continuare a vivere gliela si notava in ogni gesto. Da molto tempo aveva rinunciato all'abitudine di fumare, chiusa nel bagno o in qualsiasi altro modo, però ci ricadde la prima volta in pubblico e con una voracità sfrenata, all'inizio con sigarette che si faceva lei stessa, come le era sempre piaciuto, e poi con quelle più ordinarie che si trovavano in commercio, perché non aveva più tempo né pazienza di arrotolarle. Un uomo che non fosse Florentino Ariza si sarebbe chiesto che cosa potesse riservare il destino a un vecchio come lui, zoppo e con la schiena bruciata da sbucciature da asino, e a una donna che ormai non desiderava altra felicità che quella della morte. Ma lui no. Lui recuperò un lumicino di speranza fra i rottami del disastro, perché gli parve che la disgrazia di Fermina Daza la magnificasse, la rabbia l'abbellisse, il rancore contro il mondo le avesse restituito il carattere selvatico dei vent'anni.

Lei aveva un nuovo motivo di gratitudine per Florentino Ariza, perché subito dopo gli articoli infami lui aveva mandato a "La Justicia" una lettera esemplare sulla responsabilità etica della stampa e il rispetto dell'onore altrui. Non fu pubblicata, ma l'autore ne mandò una copia al "Diario del Comercio", il più vecchio e serio giornale del litorale del Caribe, e questo la pubblicò con risalto in prima pagina. Era firmata con lo pseudonimo di Júpiter, ed era talmente ragionata, incisiva e ben scritta, che venne attribuita ad alcuni degli scrittori più famosi della provincia. Fu una voce solitaria in mezzo all'oceano ma si sentì molto in profondità e molto lontano. Fermina Daza seppe chi era l'autore senza che nessuno glielo dicesse perché riconobbe alcune righe e perfino una frase letterale delle riflessioni morali di Florentino Ariza. Così lo ricevette con un affetto rinverdito nel disordine del suo abbandono. Fu a quell'epoca che América Vicuña si trovò sola un pomeriggio di sabato nella camera da letto di Calle de las Ventanas e, senza averle cercate, per puro caso, scoprì dentro a un armadio senza chiave le copie dattiloscritte delle meditazioni di Florentino Ariza, e le lettere scritte a mano di Fermina Daza.

Il dottor Urbino Daza fu contento della ripresa delle visite che tanto incoraggiavano sua madre. Contrariamente a Ofelia, sua sorella, che tornò sulla prima nave per il trasporto di frutta di New Orleans non appena seppe che Fermina Daza aveva una strana amicizia con un uomo la cui qualifica morale non era delle migliori. Il suo allarme diventò crisi fin dalla prima settimana, quando si accorse del grado di familiarità e di dominio con cui Florentino Ariza entrava in casa, e dei sussurri e dei litigi da innamorati con cui passavano le visite fino a tarda sera. Quello che per il dottor Urbino Daza era una salutare affinità di due anziani solitari, per lei era una forma viziosa di concubinaggio segreto. Ofelia Urbino fu sempre così, più simile a doña Blanca, sua nonna paterna, che se fosse stata sua figlia. Era distinta come lei, altera come lei, e viveva come lei sulla base dei pregiudizi. Non era capace di concepire l'innocenza di un'amicizia fra un uomo e una donna neanche a cinque anni di età, e tantomeno a ottanta. In una lite furibonda che ebbe con suo fratello disse che l'unica cosa che mancava perché Florentino Ariza finisse di consolare sua madre era che si infilasse con lei nel suo letto di vedova. Il dottor Urbino Daza non aveva il coraggio di affrontarla, non l'aveva mai avuto davanti a lei, ma sua moglie intervenne con una giustificazione serena dell'amore a qualsiasi età. Ofelia perse le staffe.

«L'amore è ridicolo alla nostra età» le gridò, «ma alla loro è una maialata.»

Si diede da fare con tale impeto nella determinazione di scacciare dalla casa Florentino Ariza che arrivò alle orecchie di Fermina Daza. Lei la chiamò in camera da letto, come sempre quando voleva parlare senza essere sentita dalla servitù, e le chiese di ripetere le sue recriminazioni. Ofelia non gliele raddolcì: era sicura che Florentino Ariza, la cui fama di pervertito nessuno ignorava, perseguisse una relazione equivoca, più pregiudizievole del buon nome della famiglia delle ribalderie di Lorenzo Daza e delle avventure ingenue di Juvenal Urbino. Fermina Daza l'ascoltò senza parlare, né battere ciglio, ma quando finì di ascoltare era un'altra: era tornata alla vita.

«L'unica cosa che mi dispiace è di non avere abbastanza forza per darti le legnate che ti meriti, sfacciata e sospettosa che sei» le disse. «Però in questo preciso momento te ne vai da questa casa e ti giuro sui resti di mia madre che non ci rimetterai piede finché io sarò viva.»

Non ci fu potere capace di dissuaderla. Nel frattempo Ofelia se ne andò a vivere a casa del fratello, e da là mandò ogni tipo di suppliche tramite emissari di rango. Ma fu inutile. Né la mediazione del figlio né l'intervento delle sue amiche riuscirono a farle cambiare idea. Alla nuora, con cui mantenne sempre una certa complicità popolaresca, fece alla fine una confidenza con le parole fiorite dei suoi anni migliori: «È un secolo che mi hanno cagato la vita con quel pover'uomo perché eravamo troppo giovani, e adesso ce lo vengono a ripetere perché siamo troppo vecchi». Si accese una sigaretta con il mozzicone dell'altra e finì di sputare il veleno che le tarlava le viscere.

«Che vadano a cagare» disse. «Se noi vedove abbiamo qualche vantaggio è che non c'è più nessuno a comandarci.»

Non ci fu niente da fare. Quando alla fine si convinse che erano esaurite tutte le istanze, Ofelia tornò a New Orleans. L'unica cosa che ottenne da sua madre fu di poterla salutare, e Fermina Daza accettò dopo molte suppliche, ma senza permetterle di entrare in casa: l'aveva giurato sulle ossa di sua madre, che per lei, in quei giorni di tenebre, erano le uniche che restavano pulite.

In una delle sue prime visite, parlando dei suoi battelli, Florentino Ariza aveva fatto a Fermina Daza un invito formale per fare un viaggio di riposo lungo il fiume. Con un giorno di treno in più poteva andare fino alla capitale della repubblica, che loro come la maggioranza di quelli della loro generazione continuavano a chiamare con il nome che aveva avuto fino al secolo prima: Santa Fe. Ma lei conservava i brutti vezzi del marito e non desiderava conoscere una città gelata e scura dove le donne non uscivano di casa se non per la messa delle cinque e non potevano entrare nelle gelaterie e neppure negli uffici pubblici, secondo quanto le avevano detto, e dove a ogni ora c'erano imbottigliamenti di funerali per la strada e una pioggеrellina sottile fin dagli anni della mula ferrata: peggio che a Parigi. Sentiva invece un'attrazione molto forte per il fiume, voleva vedere i caimani che prendevano il sole sugli arenili, voleva essere svegliata nel mezzo della notte dal pianto di donna dei manati, ma l'idea di un viaggio così difficile, alla sua età, e per di più vedova e sola, le sembrava irreale.

Florentino Ariza le rinnovò l'invito più avanti, quando si decise a continuare a vivere senza il marito, e allora le parve più probabile. Ma dopo il litigio con la figlia, amareggiata per le ingiurie nei confronti di suo padre, per il rancore contro il marito morto, per la rabbia dei salamelecchi ipocriti di Lucrecia del Real, che aveva considerato per tanti anni la sua migliore amica, lei stessa si sentiva d'incomodo nella sua stessa casa. Un pomeriggio, mentre sorbiva il suo infuso di foglie universali, guardò verso il pantano del patio dove non sarebbe ritornato a germogliare l'albero della sua sventura.

«Quello che vorrei è andarmene da questa casa, camminando avanti, avanti, avanti, e non tornare mai più» disse.

«Vattene su un battello» disse Florentino Ariza.

Fermina Daza lo guardò pensierosa.

«E allora immagina che potrebbe anche essere» disse.

Non le era venuto in mente un attimo prima di dirlo, ma le bastò ammettere la possibilità per darlo come fatto. Il figlio e la nuora ascoltarono incantati. Florentino Ariza si affrettò a precisare che Fermina Daza sarebbe stata un'ospite d'onore sui suoi battelli, sarebbe stata predisposta per lei una cabina arredata come la sua stessa casa, un servizio perfetto, e il comandante in persona si sarebbe consacrato alla sua sicurezza e al suo benessere. Portò mappe della rotta per entusiasmarla, cartoline di furiosi crepuscoli, poesie sul paradiso primitivo di La Magdalena scritte da illustri viaggiatori o che erano arrivati a esserlo per l'eccellenza della poesia. Lei gli dava un'occhiata quando era di buon umore.

«Non devi ingannarmi come un bambino» gli diceva. «Se ci vado è perché l'ho deciso, non per l'interesse del paesaggio.»

Quando il figlio le suggerì di farsi accompagnare da sua moglie, applicò rimedi radicali: «Sono già molto grande perché non mi curi nessuno». Lei stessa definì i particolari del viaggio.

Provò un immenso sollievo all'idea di vivere otto giorni di risalita e cinque di ridiscesa senza nient'altro che l'indispensabile: mezza dozzina di vestiti di cotone, le sue cose da toilette e pulizia, un paio di scarpe per imbarcarsi e per sbarcare e le babbucce da casa per il viaggio, e nient'altro: il sogno della sua vita.

Nel gennaio 1824 il commodoro Juan Bernardo Elbers, fondatore della navigazione fluviale, aveva immatricolato il primo battello a vapore che solcò il rio de La Magdalena, un arnese primitivo di quaranta cavalli di forza, che si chiamava *Fidelidad*. Più di un secolo dopo, un 7 luglio alle sei del pomeriggio, il dottor Urbino Daza e sua moglie accompagnarono Fermina Daza a prendere il battello che l'avrebbe dovuta portare nel suo primo viaggio lungo il fiume. Era il primo costruito nei cantieri locali, che Florentino Ariza aveva battezzato in memoria del suo glorioso predecessore: *Nueva Fidelidad*. Fermina Daza non riuscì mai a credere che quel nome così significativo per loro fosse davvero un caso della storia e non una grazia in più del romanticismo cronico di Florentino Ariza.

Comunque, diversamente dagli altri battelli fluviali, antichi e moderni, il *Nueva Fidelidad* aveva vicino alla cabina del comandante una cabina supplementare, ampia e confortevole: una sala con mobili di bambù dai colori festosi, una stanza da letto matrimoniale completamente decorata a motivi cinesi, un bagno con vasca e doccia, un'ampia veranda coperta, molto ampia, con felci sospese e una visione completa sul davanti e sui due lati del battello, e un sistema di refrigerazione silenziosa che preservava tutto l'ambiente dal baccano esterno e in un clima di primavera perenne. Quell'ambiente di lusso, conosciuto come la Cabina Presidenziale perché lì avevano viaggiato fino ad allora tre presidenti della repubblica, non aveva un intento commerciale, ma veniva riservata ad autorità di rango e a invitati molto speciali. Florentino Ariza l'aveva fatto costruire con quella finalità di immagine pubblica non appena era stato nominato presidente della C.F.C., ma con la certezza interiore che presto o tardi sarebbe stato il rifugio felice del suo viaggio di nozze con Fermina Daza.

Arrivato il giorno, in effetti, lei prese possesso della Cabina

Presidenziale nella sua condizione di padrona e signora. Il capitano del battello fece gli onori di casa al dottor Urbino Daza e a sua moglie, e a Florentino Ariza, con champagne e salmone affumicato. Si chiamava Diego Samaritano, aveva un'uniforme di lino bianco di una correttezza assoluta dalla punta delle scarpe fino al berretto con lo stemma della C.F.C. ricamato con fili dorati, e aveva in comune con gli altri capitani del fiume una corpulenza da ceiba, una voce perentoria e dei modi da cardinale fiorentino.

Alle sette di sera diedero il primo segnale di partenza, e Fermina Daza lo sentì risuonare con un dolore acuto nell'orecchio sinistro. La notte prima aveva fatto dei sogni solcati da cattivi presagi che non aveva osato decifrare. Molto presto al mattino si era fatta portare al vicino panteon del seminario, che allora si chiamava Cimitero di La Manga, e si era riconciliata con il marito morto, in piedi davanti alla sua cripta, in un monologo in cui tirò fuori le giuste recriminazioni che aveva inghiottito con difficoltà. Poi gli aveva raccontato i particolari del viaggio e si era congedata molto rapidamente. Non aveva voluto dire a nessun altro che se ne andava, come aveva fatto quasi sempre quando viaggiava per l'Europa, per evitare i saluti che la sfinivano. Nonostante i suoi tanti viaggi si sentiva come se questo fosse il primo, e più si avvicinava il giorno più le aumentava l'apprensione. Una volta a bordo, si sentì abbandonata e triste e voleva starsene da sola per piangere.

Quando risuonò l'ultimo segnale, il dottor Urbino Daza e sua moglie si accomiatarono da lei senza drammi, e Florentino Ariza li accompagnò alla passerella di sbarco. Il dottor Urbino Daza cercò di cedergli il passo dopo sua moglie, e solo allora capì che anche Florentino Ariza sarebbe partito. Il dottor Urbino Daza non riuscì a nascondere il suo sconcerto.

«Di questo, però, non avevamo parlato» disse.

Florentino Ariza gli mostrò la chiave con un'intenzione fin troppo evidente: una regolare cabina sulla coperta comune. Ma al dottor Urbino Daza non sembrò una prova sufficiente di innocenza. Indirizzò alla moglie un'occhiata da naufrago, in cerca di un punto d'appoggio per il suo sconcerto, ma si trovò di fronte uno sguardo gelido. Lei gli disse molto piano, con voce severa: «Anche tu?». Sì: anche lui, come sua sorella Ofelia, pensava che l'amore avesse un'età in cui cominciava a essere indecente. Ma seppe reagire in tempo, e si congedò da Florentino Ariza con una stretta di mano più di rassegnazione che di gratitudine.

Florentino Ariza li vide sbarcare dalla veranda del salone. Così come si aspettava e desiderava, il dottor Urbino Daza e sua moglie si girarono a guardarlo prima di entrare nell'automobile, e lui li salutò con un cenno della mano. Tutti e due gli risposero. Continuò a stare sulla veranda finché l'automobile sparì nel polverone della zona di carico e poi se ne andò nella sua cabina, a mettersi qualcosa di più adatto per la prima cena a bordo, nella sala da pranzo privata del capitano.

Fu una sera splendida, che il capitano Diego Samaritano condì con racconti succulenti dei suoi quarant'anni sul fiume, ma Fermina Daza dovette fare un grande sforzo per far finta di divertirsi. Nonostante l'ultimo avviso l'avessero dato alle otto e a quell'ora avessero fatto scendere i visitatori e avessero alzato la passerella, il battello non salpò finché il capitano non ebbe finito di mangiare e salì al posto di comando a dirigere la manovra. Fermina Daza e Florentino Ariza restarono affacciati alla balaustra della sala comune, confusi con i passeggeri chiassosi che giocavano a identificare le luci della città, finché il battello uscì dalla baia, avanzò per canali invisibili e paludi disseminate delle luci ondeggianti dei pescatori e respirò finalmente a pieni polmoni nell'aria libera del río Grande de La Magdalena. Allora l'orchestra attaccò un pezzo popolare di moda, ci fu uno scoppio di allegria dei passeggeri, e il ballo si aprì in fretta e furia.

Fermina Daza preferì rifugiarsi in cabina. Non aveva detto una parola in tutta la sera, e Florentino Ariza l'aveva lasciata perdersi nelle sue cavillosità. La interruppe solo per congedarsi davanti alla cabina, ma lei non aveva sonno, solo un po' di freddo, e suggerì di sedersi un momento a guardare il fiume dalla veranda privata. Florentino Ariza spinse due poltrone di vimini fino alla balaustra, spense le luci, le mise sulle spalle uno scialle di lana e si sedette al suo fianco. Lei arrotolò una sigaretta dalla scatoletta che lui le portava in dono, l'arrotolò con un'abilità sorprendente, la fumò lentamente con la brace dentro la bocca, senza parlare, e poi ne arrotolò altre due e le fumò una di seguito all'altra. Florentino Ariza bevette sorso dopo sorso due thermos di caffè amaro.

Lo splendore della città era sparito all'orizzonte. Visti dalla veranda scura, il fiume liscio e tranquillo e i pascoli di tutte e due le rive sotto la luna piena si trasformarono in una pianura fosforescente. Ogni tanto si vedeva una capanna di paglia vicino ai grandi falò con cui annunciavano che lì si vendeva legna per le caldaie dei battelli. Florentino Ariza conservava ricordi confusi del suo viaggio di gioventù, e la visione del fiume glieli faceva rivivere a raffiche abbaglianti come se fossero di ieri. Ne raccontò qualcuno a Fermina Daza, credendo di poterla animare, ma lei fumava in un altro mondo. Florentino Ariza rinunciò ai suoi ricordi e la lasciò sola con i suoi, e nel frattempo arrotolava sigarette e gliele dava accese, finché finì la scatola. La musica cessò dopo mezzanotte, il chiasso dei passeggeri si disperse e svanì in sussurri addormentati, e i due cuori restarono soli nella veranda avvolta dall'oscurità, vivendo al tempo dei respiri affannosi del battello.

Dopo un lungo momento Florentino Ariza guardò Fermina Daza con il fulgore del fiume, la vide spettrale, con il profilo da statua addolcito da un tenue splendore azzurro e si accorse che stava piangendo in silenzio. Ma invece di consolarla o di aspettare che finisse le sue lacrime, come voleva lei, si lasciò invadere dal panico.

«Vuoi restare sola?» le domandò.

«Se l'avessi voluto non ti avrei detto di entrare» disse lei.

Allora lui tese le dita gelide nell'oscurità, cercò a tentoni l'altra mano nell'oscurità e la trovò che l'aspettava. Tutti e due furono abbastanza lucidi per rendersi conto, in uno stesso attimo fugace, che nessuna delle due era la mano che avevano immaginato prima di toccarsi ma due mani con le ossa vecchie. Però, l'attimo dopo già lo erano. Lei incominciò a parlare del marito morto, in tempo presente, come se fosse ancora vivo, e Florentino Ariza seppe in quel momento che anche per lei era arrivata l'ora di interrogarsi con dignità, con grandezza, con delle voglie incontenibili di vivere, su che fare del suo amore che era rimasto senza padrone.

Fermina Daza smise di fumare per non staccare la mano che lui continuava a tenere nella sua. Era persa nell'ansia di capire. Non poteva concepire un marito migliore di quello che era stato suo, e però si imbatteva in più inciampi che compiacimenti nell'evocazione della sua vita, troppe incomprensioni reciproche, litigi inutili, rancori mal risolti. Sospirò improvvisamente: «È incredibile come si possa essere tanto felici per tanti anni, in mezzo a tante baruffe, a tante seccature, cazzo, senza sapere in realtà se quello è amore o no». Quando finì di sfogarsi, qualcuno aveva spento la luna. Il battello avanzava con i suoi passi misurati, mettendo un piede avanti prima di mettere l'altro: un immenso animale in agguato. Fermina Daza era ritornata dall'angoscia.

«Vai, adesso» disse.

Florentino Ariza le strinse la mano, si inchinò verso di lei e cercò di baciarla sulla guancia. Ma lei lo evitò con la sua voce rauca e dolce.

«Non più» gli disse: «puzzo di vecchia».

Lo sentì uscire nell'oscurità, udì i suoi passi sulle scale, lo sentì smettere di esserci fino al giorno dopo. Fermina Daza accese un'altra sigaretta, e mentre la fumava vide il dottor Juvenal Urbino con il suo abito di lino impeccabile, il suo rigore professionale, la sua simpatia abbagliante, il suo amore ufficiale, farle un cenno di addio con il suo cappello bianco da un altro battello del passato. «Noi uomini siamo dei poveri schiavi dei pregiudizi» le aveva detto una volta. «Invece, quando una donna decide di andare a letto con un uomo, non esiste ostacolo che non salti, né fortezza che non abbatta, né considerazione morale che non sia disposta a superare per il fondamento: non c'è Cristo che tenga.» Fermina Daza restò immobile fino all'alba, a pensare a Florentino Ariza, non come alla sentinella desolata del giardinetto de Los Evangelios il cui ricordo non le suscitava ormai neanche un lumicino di nostalgia, bensì a come era adesso, decrepito e sciancato ma reale: l'uomo che era sempre stato a portata della sua mano e che non aveva saputo riconoscere. Mentre il battello la trascinava ansante verso il fulgore delle prime rose, l'unica cosa che lei chiedeva a Dio era che Florentino Ariza sapesse dove ricominciare il giorno dopo.

Lo seppe. Fermina Daza diede istruzioni al cameriere di lasciarla dormire a suo piacimento, e quando si svegliò c'era sul comodino un vaso con una rosa bianca, fresca, ancora madida di rugiada e insieme una lettera di Florentino Ariza con tanti fogli quanti era riuscito a scrivere da quando si era congedato da lei. Era una lettera tranquilla, che non cercava altro che esprimere lo stato d'animo che lo estasiava dalla notte prima: tanto lirica come le altre, tanto retorica come tutte, ma alimentata dalla realtà. Fermina Daza la lesse con una certa vergogna verso se stessa per i galoppi spudorati del suo cuore. Finiva con la richiesta di avvisare il cameriere quando fosse pronta perché il capitano li aspettava al posto di comando per mostrare loro il funzionamento del battello.

Fu pronta alle undici, dopo aver fatto il bagno e profumata di sapone di fiori, con un vestito da vedova molto semplice di stamigna grigia, e completamente ristabilita dalla tempesta della notte. Ordinò una colazione sobria al cameriere vestito di bianco impeccabile, che era al servizio personale del capitano, ma non lo fece avvisare di venirla a prendere. Salì da sola, abbagliata dal cielo senza nubi, e trovò Florentino Ariza che chiacchierava con il capitano al posto di comando. Le parve diverso, non solo perché lo vedeva allora con altri occhi, ma perché era realmente cambiato. Al posto dei vestiti funerei di tutta la vita portava delle scarpe bianche molto comode, pantaloni e camicia di filo col collo aperto e manica corta e il suo monogramma ricamato sul taschino. Indossava poi un berretto scozzese, anch'esso bianco, e un dispositivo di lenti scure sovrapposto ai suoi eterni occhiali da miope. Era evidente che era la prima volta che indossava tutto e che l'aveva comprato apposta per il viaggio, salvo la cintura di cuoio marrone, molto usata, che Fermina Daza notò al primo colpo d'occhio come una mosca nel brodo. Vedendolo così, vestito per lei in un modo così manifesto, non poté impedire il rossore di fuoco che le montò al viso. Si offuscò quando lo salutò, e lui si offuscò di più con il suo offuscamento. La coscienza di comportarsi come fidanzati li offuscò ancora di più, e la coscienza che tutti e due fossero offuscati finì per offuscarli fino al punto che il capitano Samaritano se ne accorse con un tremolio di compassione. Li tolse dall'imbarazzo spiegando l'uso dei comandi e il meccanismo generale del battello per due ore. Navigavano molto piano per un fiume senza rive che si disperdeva fra arenili aridi fino all'orizzonte. Ma contrariamente alle acque agitate della foce, quelle erano lente e trasparenti e avevano uno splendore metallico sotto il sole spietato. Fermina Daza ebbe l'impressione che fosse un delta popolato da isolotti di sabbia.

«È il poco che ci resta del fiume» le disse il capitano.

Florentino Ariza, in effetti, era sorpreso dei cambiamenti, e lo sarebbe stato ancora di più il giorno dopo, quando la navigazione si fece più difficile, e si accorse che l'emissario de La Magdalena, uno dei più grandi del mondo, era solo un'illusione della memoria. Il capitano Samaritano spiegò loro come il diboscamento irrazionale l'avessa fatta finita con il fiume in cinquant'anni: le caldaie dei battelli avevano divorato la foresta aggrovigliata di alberi colossali che Florentino Ariza aveva sentito come un'oppressione in occasione del suo primo viaggio. Fermina Daza non avrebbe visto gli animali dei suoi sogni: i cacciatori di pelli delle concerie di New Orleans avevano sterminato i caimani che facevano i morti con le fauci aperte per ore e ore sulle frange della riva per sorprendere le farfalle; i pappagalli con il loro baccano e i mandrilli con i loro urli da matti erano morti a mano a mano che finivano le fronde, i manati dalle grandi tette da madri che allattavano i loro piccoli e piangevano con voce da donna afflitta sui grandi arenili erano una specie estinta dalle pallottole corazzate dei cacciatori dilettanti.

Il capitano Samaritano aveva un affetto quasi materno per i manati, perché gli sembravano signore condannate da qualche traversia amorosa, e dava per scontata la leggenda che fossero le uniche femmine senza maschi nel regno animale. Si era sempre opposto a che gli sparassero da bordo, come era l'abitudine nonostante ci fossero leggi che lo proibivano. Un cacciatore della Carolina del Nord, con le carte in regola, aveva disobbedito ai suoi ordini e aveva fatto a pezzi la testa di una madre di manato con uno sparo preciso del suo Springfield, e il piccolo era rimasto pazzo di dolore piangendo e gridando sul corpo steso. Il capitano aveva fatto imbarcare l'orfano per farsi carico di lui e aveva abbandonato il cacciatore sull'arenile deserto vicino al cadavere della madre assassinata. Era stato sei mesi in carcere, per proteste diplomatiche, e sul punto di perdere la licenza di navigazione, ma uscì disposto a rifare la stessa cosa tutte le volte che gli si fosse presentata l'occasione. Quello, però, era stato un episodio storico: il manato orfano, che era cresciuto e aveva vissuto per molti anni nel giardino di animali rari di San Nicolás de las Barrancas, era stato l'ultimo a essere visto nel fiume.

«Ogni volta che passo davanti a quella spiaggia» disse, «prego Dio che quel gringo si imbarchi ancora sul mio battello per rimollarlo là.»

Fermina Daza, che non aveva simpatia per lui, si commosse in modo tale per quel gigante tenero, che fin da quella mattina lo collocò in un posto privilegiato del suo cuore. Fece bene: il viaggio era appena all'inizio, e avrebbe avuto occasioni a iosa per rendersi conto di non essersi sbagliata.

Fermina Daza e Florentino Ariza rimasero ai posti di comando fino all'ora di pranzo, poco dopo il passaggio davanti al villaggio di Calamar, che solo qualche anno prima era una festa perenne e adesso era un porto in rovina in mezzo a strade desolate. L'unico essere che si vide dal battello fu una donna vestita di bianco che faceva segnali con un fazzoletto. Fermina Daza non capì perché non la raccogliessero, se sembrava così afflitta, ma il capitano le spiegò che era il fantasma di un'affogata che faceva segnali ingannevoli per deviare i battelli verso i pericolosi mulinelli dell'altra riva. Le passarono così vicino che Fermina Daza la vide in tutti i particolari, nitida sotto il sole, e non dubitò che in realtà non esistesse, ma la sua faccia le sembrò conosciuta.

Fu un giorno lungo e caldo. Fermina Daza tornò in cabina dopo il pranzo, per la sua inevitabile siesta, ma non dormì bene per il dolore all'orecchio, che le si fece più intenso quando il battello scambiò i saluti di prammatica con un altro della C.F.C. con cui si incrociò qualche lega prima di Barranca Vieja. Florentino Ariza schiacciò un pisolino istantaneo seduto nel salone principale, dove la maggior parte dei passeggeri senza cabina dormiva come se fosse mezzanotte, e sognò Rosalba, molto vicino al luogo dove l'aveva vista imbarcarsi. Viaggiava da sola, con il suo abito da *momposina* del secolo prima, ed era lei e non il bambino a fare la siesta dentro la gabbia di vimini attaccata alla grondaia. Fu un sogno nello stesso tempo così enigmatico e divertente che continuò col suo retrogusto per tutto il pomeriggio, mentre giocava a domino con il capitano e due passeggeri amici.

Il caldo finiva al cader del sole, e il battello riviveva. I passeggeri emergevano come da un letargo, appena fatto il bagno e con abiti puliti, e occupavano le poltrone di vimini del salone in attesa della cena, che era annunciata alle cinque in punto da un cameriere che percorreva la coperta da un estremo all'altro facendo suonare fra gli applausi scherzosi una campana da sacrestano. Mentre mangiavano, l'orchestra attaccava musica di fandango, e il ballo continuava fino a mezzanotte.

Fermina Daza non volle cenare per il tormento all'orecchio, e assistette al primo imbarco di legna per le caldaie, in un avvallamento spelacchiato dove non c'era altro che i tronchi ammonticchiati e un uomo molto vecchio che si occupava del traffico. Non sembrava che ci fosse nessun altro a molte leghe. Per Fermina Daza fu uno scalo lento e noioso, impensabile sui transatlantici europei, e faceva tanto caldo che si faceva sentire all'interno della veranda refrigerata. Ma quando il battello salpò di nuovo soffiava un vento fresco odoroso di viscere della foresta, e la musica si fece più allegra. Nel villaggio di Sitio Nuevo c'era un'unica luce a un'unica finestra di un'unica casa, e negli uffici del porto non fecero il segnale convenuto che ci fosse carico o passeggeri per il battello, cosicché questo passò senza salutare.

Fermina Daza era stata tutto il pomeriggio a chiedersi di quali risorse si sarebbe servito Florentino Ariza per vederla senza bussare alla sua cabina, e verso le otto non riuscì più a sopportare la voglia di stare insieme a lui. Uscì nel corridoio con la speranza di incontrarlo in un modo che sembrasse casuale e non dovette camminare molto: Florentino Ariza era seduto su un seggiolino del corridoio, silenzioso e triste come nel giardinetto de Los Evangelios e chiedendosi da più di due ore come fare per vederla. Tutti e due fecero lo stesso gesto di sorpresa che tutti e due sapevano finto e girarono in lungo e in largo insieme per la coperta di prima classe piena di gente giovane, in maggioranza studenti chiassosi che si esaurivano con una certa ansia nell'ultima festa delle vacanze. Al bar, dove Florentino Ariza e Fermina Daza si bevvero una bibita in bottiglia seduti come studenti davanti al banco, lei si trovò di colpo in una situazione temuta. Disse: «Che orrore!». Florentino Ariza le domandò a cosa stava pensando che le provocava una simile impressione.

«Ai poveri vecchietti» disse lei. «Quelli che hanno ammazzato a colpi di remo sulla barca.»

Tutti e due se ne andarono a dormire quando finì la musica, dopo una lunga conversazione senza inciampi sulla veranda oscura. Non ci fu luna, il cielo era coperto e all'orizzonte scoppiavano lampi senza tuoni che li illuminavano per un attimo. Florentino Ariza le arrotolò le sigarette, ma lei non se ne fumò più di quattro, tormentata dal dolore che si alleviava ogni tanto e rincrudiva quando l'imbarcazione muggiva incrociandone un'altra, o passando davanti a un villaggio addormentato, o quando navigava piano per sondare il fondo del fiume. Lui le raccontò con quanta ansia l'avesse sempre vista ai Giochi Floreali, durante il volo in pallone, sul velocipede da acrobata, e con quanta ansia aspettasse le feste pubbliche per tutto l'anno, solo per vederla. Anche lei l'aveva visto spesso e non si era mai immaginata che fosse lì solo per vederla. Però, da appena un anno, da quando aveva letto le sue lettere, si era chiesta subito come fosse possibile che lui non avesse mai concorso ai Giochi Floreali: senza dubbio avrebbe vinto. Florentino Ariza le mentì: scriveva solo per lei, versi per lei, e solo lui li leggeva. Allora fu lei a cercargli la mano nell'oscurità e non la trovò ad aspettarla così come lei aveva aspettato la sua la sera prima, ma lo colse di sorpresa. A Florentino Ariza si gelò il cuore.

«Che strane sono le donne» disse.

Lei scoppiò in una risata profonda, da colomba giovane, e ripensò ai vecchi della barca. Era scritto: quell'immagine l'avrebbe perseguitata per sempre. Ma quella notte riusciva a sopportarla perché si sentiva tranquilla e bene come poche volte nella sua vita: pulita da ogni colpa. Sarebbe rimasta così fino all'alba, in silenzio, con la mano di lui a sudare ghiaccio nella sua mano, ma non riuscì a sopportare il tormento dell'orecchio. Così, quando si spense la musica e poi cessarono gli andirivieni dei passeggeri del settore comune che attaccavano le amache nel salone, lei capì che il suo dolore era più forte del suo desiderio di stare con lui. Sapeva che il solo dirglielo l'avrebbe alleviata, ma non lo fece per non preoccuparlo. Perché allora aveva l'impressione di conoscerlo come se avesse vissuto con lui tutta la vita, e lo credeva capace di dare l'ordine che il battello tornasse indietro al porto se quello avesse potuto toglierle il dolore.

Florentino Ariza aveva previsto che quella notte le cose sarebbero andate così, e si ritirò. Già sulla porta della cabina cercò di congedarsi con un bacio, ma lei gli porse la guancia sinistra. Lui insistette, già con il respiro corto, e lei gli offrì l'altra guancia con una civetteria che lui non le aveva conosciuto da educanda. Allora insistette per la seconda volta, e lei lo accolse tra le labbra, lo accolse con una trepidazione profonda che cercò di soffocare con una risata dimenticata fin dalla sua notte di nozze.

«Dio mio» disse, «come sono pazza sui battelli!»

Florentino Ariza trasalì: effettivamente, come lei stessa gli aveva detto, aveva l'odore aspro dell'età. Però, mentre camminava verso la sua cabina, facendosi strada in mezzo al labirinto di amache addormentate, si consolava con l'idea che lui doveva avere lo stesso odore, solo di quattro anni più vecchio, e che lei doveva averlo sentito con la stessa emozione. Era l'odore dei fermenti umani, che lui aveva percepito nelle sue amanti più vecchie e che loro avevano sentito in lui. La vedova di Nazaret, che non si asteneva da niente, glielo aveva detto in modo più crudo: «Ormai odoriamo di avvoltoio». Ognuno sopportava quello dell'altro, perché erano alla pari: il mio odore contro il tuo. Invece spesso si era preoccupato di América Vicuña, il cui odore di pannolini gli risvegliava gli istinti materni e però lo inquietava l'idea che lei non potesse sopportare il suo: il suo odore di vecchio immaturo. Ma tutto quello apparteneva al passato. L'importante era che per la prima volta da quel pomeriggio in cui la zia Escolástica aveva lasciato il messale sul banco dell'ufficio telegrafico, Florentino Ariza non aveva riprovato una felicità come quella di quella notte: così intensa da fargli paura.

Stava per addormentarsi quando il contabile del battello lo svegliò alle cinque nel porto di Zambrano per consegnargli un telegramma urgente. Era firmato Leona Cassiani, con data del giorno precedente, e tutto il suo orrore stava su una riga: *América Vicuña morta ieri cause inspiegabili.* Alle undici di mattina seppe i particolari attraverso uno scambio telegrafico con Leona Cassiani, in cui lui stesso usò l'apparecchiatura trasmittente come non aveva più fatto dai suoi anni di telegrafista. América Vicuña, in preda a una depressione mortale per essere stata bocciata agli esami finali, si era bevuta un'ampolla di laudano che aveva rubato dall'infermeria del collegio. Florentino Ariza sapeva nel profondo della sua anima che quella notizia era incompleta. Ma no: América Vicuña non aveva lasciato nessun foglietto esplicativo che permettesse di incolpare chicchessia della sua decisione. La famiglia stava arrivando in quel momento da Puerto Padre, avvisata da Leona Cassiani, e il funerale sarebbe stato quel pomeriggio alle cinque. Florentino Ariza respirò. L'unica cosa che poteva fare per continuare a essere vivo era non permettersi il supplizio di quel ricordo. Lo cancellò dalla memoria, anche se ogni tanto nel resto dei suoi anni lo avrebbe sentito rivivere improvvisamente, senza rendersene conto, come la puntura improvvisa di una cicatrice di vecchia data.

I giorni seguenti furono caldi e interminabili. Il fiume diventò tumultuoso e si venne facendo sempre più stretto, e al posto del groviglio di alberi colossali che aveva sbalordito Florentino Ariza nel suo primo viaggio c'erano pianure calcinate, rimasugli di foreste intere divorate dalle caldaie dei battelli, rovine di villaggi abbandonati da Dio, le cui strade continuavano a essere allagate anche nei periodi più crudeli della secca. Durante la notte non li svegliavano i canti da sirene dei manati sugli arenili ma la zaffata nauseabonda dei morti che passavano galleggiando verso il mare. Non c'erano più guerre né pesti ma i corpi gonfi continuavano a passare. Per una volta il capitano fu moderato: «Abbiamo ordine di dire ai passeggeri che sono annegati accidentali». Al posto del baccano dei pappagalli e dello scandalo delle scimmie invisibili che in altri tempi aumentavano l'afa del mezzogiorno restava solo il vasto silenzio della terra spianata.

C'erano così pochi luoghi dove far legna, ed erano così lontani fra di loro, che il *Nueva Fidelidad* rimase senza combustibile al quarto giorno di viaggio. Rimase ormeggiato quasi una settimana, mentre le sue squadre si addentravano in mezzo a pantani di cenere in cerca degli ultimi alberi sparpagliati. Non c'era nessun altro: i taglialegna avevano abbandonato i loro sentieri fuggendo dalla ferocia dei signori della terra, fuggendo dal colera invisibile, fuggendo dalle guerre larvate che i governi si impegnavano a tenere nascoste con decreti fuorvianti. Nel frattempo i passeggeri annoiati facevano gare di nuoto, organizzavano partite di caccia, tornavano con iguane vive che squartavano e ricucivano con aghi da imballatore dopo aver tolto loro i grappoli di uova, traslucide e morbide, che mettevano a seccare a filze sulle ringhiere del battello. Le prostitute povere dei villaggi vicini seguirono la traccia delle spedizioni, improvvisarono tende da campo sugli avvallamenti della riva, portarono musica e da bere, e impiantarono la baldoria davanti al battello fermo.

Fin da molto prima di essere presidente della C.F.C., Florentino Ariza riceveva rapporti allarmanti sullo stato del fiume, ma li scorreva appena. Tranquillizzava i suoi soci: «Non preoccupatevi, quando la legna finirà ci saranno già battelli a petrolio». Non si prese mai la briga di pensarci, obnubilato dalla passione per Fermina Daza, e quando si rese conto della verità non c'era più niente da fare se non portarci un altro fiume nuovo. Di notte, anche nei periodi di acque migliori, bisognava ormeggiare per dormire, e allora diventava insopportabile perfino il semplice fatto di essere vivi. La maggior parte dei passeggeri, soprattutto gli europei, abbandonavano il putridume delle cabine e passavano la notte a camminare in coperta, scacciando ogni tipo di bestia con lo stesso asciugamano con cui si asciugavano il sudore incessante, e all'alba erano esausti e gonfi per le punture. Un viaggiatore inglese dell'inizio del XIX secolo, riferendosi al viaggio combinato in canoa e a dorso di mula che poteva durare anche cinquanta giorni, aveva scritto: «Questo è uno dei viaggi peggiori e più scomodi che un essere umano possa fare». Questo aveva smesso di essere vero nei primi ottant'anni di navigazione a vapore, e poi era tornato a esserlo per sempre, quando i caimani si mangiarono l'ultima farfalla, e scomparvero i manati maternali, finirono i pappagalli, le scimmie, i villaggi: finì tutto.

«Non c'è problema» rideva il capitano, «fra pochi anni verremo su per il letto secco in automobili di lusso.»

Fermina Daza e Florentino Ariza furono protetti i primi tre giorni dalla soave primavera della veranda chiusa, ma quando razionarono la legna e incominciò a mancare il sistema di refrigerazione, la Cabina Presidenziale si trasformò in una caffettiera a vapore. Lei sopravviveva alle notti con il vento del fiume che entrava dalle finestre aperte e scacciava le zanzare con un asciugamano, perché la pompa di insetticida era inutile quando il battello era fermo. Il dolore all'orecchio si era fatto insopportabile, e una mattina al suo risveglio cessò di colpo e del tutto, come il canto di cicala scoppiata. Ma fino alla notte non si rese conto di aver perso l'udito dell'orecchio sinistro, quando Florentino Ariza le parlò da quella parte e lei dovette girare la testa per sentire quello che diceva. Non lo disse a nessuno, rassegnata che fosse un altro dei tanti difetti irrimediabili dell'età.

Nonostante tutto, il ritardo del battello era stato per loro un contrattempo provvidenziale. Florentino Ariza l'aveva letto una volta: «L'amore si fa più grande e nobile nella calamità». L'umidità della Cabina Presidenziale li sommerse in un letargo irreale in cui era più facile amarsi senza fare domande. Vivevano ore inimmaginabili tenendosi per mano sulle poltrone della veranda, si baciavano piano, si godevano l'ubriachezza delle carezze senza l'impiccio dell'esasperazione. La terza notte di torpore lei lo aspettò con una bottiglia di *anisado,* che beveva di nascosto con la combriccola della cugina Hildebranda, e più tardi, già sposata e con figli, chiusa con le amiche del suo mondo prestato. Aveva bisogno di un po' di stordimento per non pensare alla sua sorte con troppa lucidità, ma Florentino Ariza credette che fosse per farsi coraggio per il passo finale. Animato da quell'illusione si azzardò a sfiorare col polpastrello delle dita il suo collo avvizzito, il seno corazzato da stecche metalliche, i fianchi dalle ossa tarlate, le cosce da vecchia cerva. Lei lo accettò compiaciuta con gli occhi chiusi, ma senza sussulti, fumando e bevendo a piccoli sorsi. Alla fine, quando le carezze scivolarono verso il suo ventre, aveva ormai abbastanza anice nel cuore.

«Se dobbiamo fare delle cazzate, facciamole» disse, «ma che sia come la gente adulta.»

Lo portò in camera da letto e incominciò a spogliarsi senza falsi pudori con le luci accese. Florentino Ariza si sdraiò supino sul letto, cercando di riprendere la propria padronanza, ancora una volta senza sapere che cosa fare con la pelle della tigre che aveva ammazzato. Lei gli disse: «Non guardare». Lui chiese perché senza spostare lo sguardo dal soffitto.

«Perché non ti piacerebbe» disse lei.

Allora lui la guardò, e la vide nuda fino alla vita, così come se l'era immaginata. Aveva le spalle raggrinzite, i seni cadenti e le costole coperte da una pelle pallida e fredda come quella di una rana. Lei si coprì il seno con la camicia che si era appena tolta e spense la luce. Allora lui si tirò su e incominciò a spogliarsi nell'oscurità, gettandole addosso ogni indumento che si toglieva, e lei glieli ributtava indietro morta dal ridere.

Rimasero supini per un lungo momento, lui sempre più stordito via via che lo abbandonava l'ubriachezza, e lei tranquilla, quasi abulica, ma chiedendo a Dio di non farla ridere senza senso, come le accadeva sempre quando andava giù pesante con l'anice. Chiacchierarono per passare il tempo. Parlarono di loro, delle loro vite differenti, del caso inverosimile di essere nudi nella cabina oscura di un battello fermo quando la cosa giusta era pensare che non restasse loro più tempo se non per aspettare la morte. Lei non aveva mai sentito dire che lui avesse una donna, neanche una, in una città in cui si sapeva tutto anche prima che avvenisse. Glielo disse in modo casuale, e lui le rispose immediatamente senza un tremito nella voce:

«È che mi sono mantenuto vergine per te.»

Lei non ci avrebbe creduto in ogni modo, anche se fosse stato vero, perché le sue lettere d'amore erano fatte di frasi come quella che non valevano per il loro senso ma per il loro potere di turbamento. Ma le piacque il coraggio con cui lo disse. Florentino Ariza, da parte sua, si chiese di colpo quello che non si era mai azzardato a chiedersi: che tipo di vita nascosta avesse fatto lei ai margini del matrimonio. Niente lo avrebbe sorpreso, perché lui sapeva che le donne sono uguali agli uomini nelle loro avventure segrete: gli stessi stratagemmi, le stesse improvvise ispirazioni, gli stessi tradimenti senza rimorsi. Ma fece bene a non chiederlo. In un'epoca in cui le sue relazioni con la Chiesa erano già abbastanza tese, il confessore le chiese a sproposito se fosse mai stata infedele al marito, e lei si alzò senza rispondere, senza finire, senza congedarsi, e non tornò mai più a confessarsi con quel confessore né con nessun altro. Invece, la prudenza di Florentino Ariza ebbe una ricompensa insperata: lei tese la mano nell'oscurità, gli accarezzò il ventre, i fianchi, il pube quasi glabro. Disse: «Hai una pelle da bambino». Poi fece il passo finale: lo cercò dove non era, lo ricercò senza illusioni, e lo trovò inerme.

«È morto» disse lui.

Gli capitava spesso e così aveva imparato a convivere con quel fantasma: ogni volta aveva dovuto imparare di nuovo, come se fosse la prima. Prese la mano di lei e se la mise sul petto: Fermina Daza sentì quasi a fior di pelle il vecchio cuore instancabile battere con la forza, la fretta e il disordine di un adolescente. Lui disse: «Troppo amore è tanto dannoso per questo quanto la mancanza d'amore». Ma lo disse senza convinzione: si vergognava, era furioso con se stesso, desiderando un motivo per incolpare lei del suo insuccesso. Lei lo sapeva, e incominciò a provocare il corpo indifeso con carezze scherzose, come una gatta tenera che si delizia nella crudeltà, finché lui non ce la fece più a resistere al martirio e se ne andò nella sua cabina. Lei continuò a pensare a lui fino all'alba, convinta finalmente del suo amore, e più l'anice l'abbandonava a ondate lente più la invadeva l'angoscia che lui si fosse disgustato e non tornasse mai più.

Ma tornò il giorno stesso, all'ora insolita delle undici del mattino, fresco e restaurato, e si spogliò davanti a lei con una certa ostentazione. Lei si compiacque di vederlo in piena luce così come l'aveva immaginato nell'oscurità: un uomo senza età, di pelle scura, lucida e tesa come un ombrello aperto, senza altri peli all'infuori di quelli molto scarsi e lisci delle ascelle e del pube. Aveva la guardia alta, e lei si accorse che non si lasciava vedere l'arma per caso ma che l'esibiva come un trofeo di guerra per farsi coraggio. Non le diede neanche il tempo di togliersi la camicia da notte che si era messa quando era iniziata la brezza dell'alba, e la sua fretta da principiante le provocò un fremito di compassione. Ma non le diede fastidio, perché in casi come quello non le era facile distinguere fra la compassione e l'amore. Alla fine, però, si sentì svuotata.

Era la prima volta che faceva l'amore in più di vent'anni, e lo aveva fatto imbarazzata dalla curiosità di provare come poteva essere alla sua età dopo un'interruzione così prolungata. Ma lui non le aveva dato tempo di sapere se anche il suo corpo lo voleva. Era stato rapido e triste, e lei pensò: «Adesso abbiamo fottuto tutto». Ma si sbagliava: nonostante la delusione di tutti e due, nonostante il pentimento di lui per la sua goffaggine e il rimorso di lei per la pazzia dell'anice, nei giorni seguenti non si separarono un attimo. Uscivano dalla cabina quasi solo per mangiare. Il capitano, che scopriva qualsiasi mistero volesse nascondersi nel suo battello, gli mandava la rosa bianca tutte le mattine, gli aveva fatto fare una serenata di valzer del loro tempo, gli faceva preparare cibi scherzosi con ingredienti incoraggianti. Non riprovarono l'amore fino a molto tempo dopo, quando l'ispirazione arrivò senza che la cercassero. A loro bastava la semplice felicità di stare insieme.

Non avrebbero pensato di uscire dalla cabina se non fosse stato perché il capitano gli annunciò in una nota che dopo pranzo sarebbero arrivati a La Dorada, il porto finale, dopo undici giorni di viaggio. Fermina Daza e Florentino Ariza videro dalla cabina il promontorio di case illuminate da un sole pallido, e credettero di capire il motivo del suo nome, ma gli parve meno evidente quando sentirono il caldo che ansimava come le caldaie e videro bollire l'asfalto delle strade. Per di più, il battello non attraccò lì bensì alla riva di fronte, dove c'era la stazione finale della ferrovia di Santa Fe.

Abbandonarono il loro rifugio non appena i passeggeri sbarcarono. Fermina Daza respirò la buona aria dell'impunità nel salone vuoto, e tutti e due contemplarono da bordo la folla agitata che identificava i propri bagagli sui vagoni di un treno che sembrava un giocattolo. Si poteva pensare che venissero dall'Europa, soprattutto le donne, i cui vestiti nordici e cappelli del secolo prima erano un controsenso nella canicola polverosa. Alcune avevano i capelli ornati con bei fiori di patata che incominciavano ad avvizzirsi per il caldo. Erano appena arrivate dall'altopiano andino dopo una giornata di treno attraverso una savana di sogno e non avevano ancora avuto tempo di cambiarsi d'abito per il Caribe.

In mezzo alla confusione da mercato, un uomo molto vecchio dall'aspetto sconsolato si toglieva dei pulcini dalle tasche del suo soprabito da mendicante. Era comparso all'improvviso, facendosi strada tra la folla con un soprabito a pezzi che era stato di qualcuno molto più alto e corpulento di lui. Si tolse il cappello, lo mise rovesciato sul molo nel caso avessero voluto dargli qualche moneta e incominciò a tirarsi fuori dalle tasche manate di pulcini teneri e scoloriti che sembravano proliferare fra le sue dita. In un attimo il molo sembrava tappezzato di pulcini inquieti che pigolavano dappertutto, fra i viaggiatori frettolosi che li calpestavano senza accorgersene. Affascinata dallo spettacolo meraviglioso che sembrava eseguito in suo onore, perché solo lei lo stava a guardare, Fermina Daza non si accorse in quale momento incominciarono a salire sul battello i passeggeri del viaggio di ritorno. Per lei finì la festa: fra quelli che arrivavano riuscì a vedere molte facce conosciute, alcune di amici che fino a poco tempo prima le erano stati vicini nel suo lutto, e si affrettò a rifugiarsi di nuovo in cabina. Florentino Ariza la trovò costernata: preferiva morire piuttosto di essere scoperta dai suoi in un viaggio di piacere a così poco tempo dalla morte del marito. Florentino Ariza si impressionò tanto per il suo abbattimento che le promise di pensare a qualche modo per proteggerla diverso dalla clausura in cabina.

L'idea gli venne all'improvviso quando ancora stavano cenando nella sala da pranzo privata. Il capitano era preoccupato per un problema che da tempo voleva discutere con Florentino Ariza ma che lui schivava sempre con il suo argomento usuale: «Queste seccature le sistema Leona Cassiani meglio di me». Tuttavia stavolta stette a sentirlo. Il problema era che i battelli portavano dei carichi all'andata ma tornavano vuoti, mentre succedeva il contrario con i passeggeri. «Con il vantaggio per il carico, che paga di più e per di più non mangia» disse. Fermina Daza cenava di malavoglia, annoiata dalla discussione snervante dei due uomini sulla convenienza di istituire tariffe differenziate. Ma Florentino Ariza arrivò fino alla fine, e solo allora fece una domanda che al capitano sembrò l'annuncio di un'idea di salvezza:

«E parlando per ipotesi» disse: «sarebbe possibile fare un viaggio diretto senza carico né passeggeri, senza toccare nessun porto, senza niente?».

Il capitano disse che era possibile solo in via ipotetica. La C.F.C. aveva degli impegni di lavoro che Florentino Ariza conosceva meglio di chiunque altro, aveva contratti di carico, di passeggeri, di posta, e molti altri, nella maggior parte inevitabili. L'unica cosa che permetteva di saltare a pié pari tutto era un caso di peste a bordo. Il battello si dichiarava in quarantena, si issava la bandiera gialla e si navigava in stato d'emergenza. Il capitano Samaritano aveva dovuto farlo diverse volte per i molti casi di colera che si presentavano sul fiume, anche se poi le autorità sanitarie obbligavano i medici a rilasciare certificati di dissenteria comune. Inoltre, spesso nella storia del fiume si issava la bandiera gialla della peste per evitare imposte, per non accogliere un passeggero indesiderabile, per impedire perquisizioni inopportune. Florentino Ariza trovò la mano di Fermina Daza sotto il tavolo.

«E allora bene» disse, «facciamolo.»

Il capitano restò sorpreso, ma poi, con il suo istinto da vecchia colpe, vide tutto chiaro.

«Io comando su questo battello ma lei comanda su di noi» disse. «Così, se sta parlando sul serio, mi dia l'ordine per iscritto, e noi lo eseguiamo subito.»

Parlava sul serio, ovviamente, e Florentino Ariza firmò l'ordine. In fin dei conti chiunque sapeva che i tempi del colera non erano finiti, nonostante le allegre versioni delle autorità sanitarie. Quanto al battello, non c'era problema. Si trasferì il poco carico imbarcato, ai passeggeri si disse che c'era un guasto alle macchine, e li mandarono quella mattina stessa su un battello di un'altra compagnia. Se queste cose si facevano per tante ragioni immorali, e perfino indegne, Florentino Ariza non vedeva perché non sarebbe stato lecito farle per amore. L'unica cosa che il capitano chiedeva era uno scalo a Puerto Nare per raccogliere qualcuno che lo accompagnasse nel viaggio: anche lui aveva il suo cuore nascosto.

Così il *Nueva Fidelidad* salpò all'alba del giorno dopo, senza carico né passeggeri, e con la bandiera gialla del colera che fluttuava di giubilo sull'albero di maestra. All'imbrunire raccolsero a Puerto Nare una donna più alta e robusta del capitano, di una bellezza fuori del comune, alla quale mancava solo la barba per essere scritturata da un circo. Si chiamava Zenaida Neves, ma il capitano la chiamava *Mia Energumena*: una sua vecchia amica che era solito imbarcare in un porto e sbarcare in un altro e che salì a bordo seguita dal vento impetuoso della felicità. In quel mortorio triste, dove Florentino Ariza rivisse le nostalgie di Rosalba quando vide il treno di Envigado salire a fatica su per la vecchia cornice da mule, venne giù un acquazzone amazzonico che avrebbe continuato con pochissime pause per il resto del viaggio. Però non importò a nessuno: la festa navigante aveva il suo proprio tetto. Quella sera, come un contributo personale alla festa, Fermina Daza scese in cucina, fra le ovazioni dell'equipaggio, e preparò per tutti un piatto inventato che Florentino Ariza battezzò: melanzane all'amore.

Durante il giorno giocavano a carte, mangiavano fino a scoppiare, facevano delle sieste granitiche che li lasciavano esausti, e appena calava il sole facevano partire l'orchestra e bevevano *anisado* con salmone fin oltre la sazietà. Fu un viaggio rapido, con il battello leggero e acque favorevoli, migliorate dalle piene che si precipitavano giù dalle valli, dove piovve tanto quella settimana come in tutto il tragitto. Da qualche villaggio gli sparavano delle cannonate di carità per scacciare il colera, e loro li ringraziavano con un bramito triste. I battelli che incrociavano lungo il cammino mandavano loro segnali di condoglianza. Nel villaggio di Magangué, dove è nata Mercedes, caricarono legna per il resto del viaggio.

Fermina Daza si spaventò quando incominciò a sentire la sirena del battello dentro all'orecchio sano, ma al secondo giorno di anice sentiva meglio con tutti e due. Scoprì che le rose profumavano più di prima, che gli uccelli cantavano all'alba molto meglio di prima e che Dio aveva fatto un manato e lo aveva messo sull'arenile di Tamalameque solo perché la svegliasse. Il capitano lo sentì, fece deviare il battello, e videro infine l'enorme matrona che stava allattando la sua creatura fra le braccia. Né Florentino né Fermina si resero conto di quanto si immedesimarono: lei lo aiutava a farsi i clisteri, si alzava prima di lui per pulirgli la dentiera che lui lasciava nel bicchiere mentre dormiva, e risolse il problema degli occhiali perduti, perché quelli di lui le servivano per leggere e rammendare. Una mattina, quando si svegliò, lo vide nella penombra riattaccare un bottone della camicia e si affrettò a farlo lei, prima che lui ripetesse la frase rituale che aveva bisogno di due mogli. Invece, l'unica cosa di cui lei ebbe bisogno fu che lui le mettesse una ventosa per un dolore che aveva alla spalla.

Florentino Ariza, da parte sua, si mise a ribollire nostalgie con il violino dell'orchestra e in mezza giornata fu capace di eseguire per lei il valzer de *La Dea Incoronata*, e lo suonò per ore finché lo fecero fermare a forza. Una notte, per la prima volta nella sua vita, Fermina Daza si svegliò improvvisamente soffocata da un pianto che non era di rabbia ma di pena, per il ricordo dei vecchi della barca uccisi a bastonate dal rematore. Non la commosse, invece, la pioggia incessante e pensò troppo tardi che forse Parigi non era stata così lugubre come lei sentiva e che Santa Fe non avrebbe avuto tanti funerali per la strada. Il sogno di altri viaggi futuri con Florentino Ariza si alzò sull'orizzonte: viaggi folli, senza tanti bauli, senza impegni sociali: viaggi d'amore.

Alla vigilia dell'arrivo fecero una grande festa con ghirlande di carta e fuochi colorati. Finì all'imbrunire. Il capitano e Zenaida ballarono molto stretti i primi boleri che in quegli anni incominciavano a infrangere cuori. Florentino Ariza osò suggerire a Fermina Daza di ballare il loro valzer confidenziale ma lei si rifiutò. Però per tutta la notte tenne il tempo con la testa e i tacchi, e ci fu perfino un momento in cui ballò seduta senza rendersene conto, mentre il capitano si confondeva con la sua tenera energumena nella penombra del bolero. Bevette tanto *anisado* che dovettero aiutarla a salire le scale, e soffrì di un attacco di risa con lacrime che allarmò tutti. Tuttavia, quando riuscì a dominarlo nel ristagno profumato della cabina, fecero un amore tranquillo e sano, da vecchi offuscati, che si sarebbe impresso nella loro memoria come il miglior ricordo di quel viaggio lunatico. Non si sentivano come innamorati di fresca data, contrariamente a quello che il capitano e Zenaida supponevano, e tantomeno come amanti tardivi. Era come se avessero saltato l'arduo calvario della vita coniugale e fossero andati senza altre circonvoluzioni all'essenza dell'amore. Passavano il tempo in silenzio come due vecchi sposi scottati dalla vita, oltre le trappole della passione, oltre gli scherzi brutali delle illusioni e i miraggi delle disillusioni: oltre l'amore. Perché avevano vissuto insieme quanto bastava per accorgersi che l'amore era l'amore in qualsiasi tempo e in qualsiasi parte, ma tanto più intenso quanto più era vicino alla morte.

Si svegliarono alle sei. Lei con il mal di testa profumato di anice e con il cuore stordito dall'impressione che il dottor Juvenal Urbino fosse tornato, più grasso e più giovane di quando era scivolato dall'albero, e che fosse seduto sulla sedia a dondolo ad aspettarla sulla porta di casa. Però era abbastanza lucida per accorgersi che non era effetto dell'anice ma dell'imminenza del ritorno.

«Sarà come morire» disse.

Florentino Ariza restò sorpreso perché aveva indovinato un pensiero che non lo faceva vivere dall'inizio del ritorno. Né lui né lei potevano immaginarsi in un'altra casa diversa dalla cabina, inseriti in una vita che sarebbe stata estranea per loro per sempre. Era, in effetti, come morire. Non riuscì più a dormire. Restò supino sul letto, con le mani intrecciate sotto la nuca. A un certo momento il dispiacere di América Vicuña lo fece torcersi di dolore e non riuscì più a rinviare la verità: si chiuse nel bagno e pianse a volontà, senza fretta, fino all'ultima lacrima. Solo allora ebbe il coraggio di confessarsi quanto le avesse voluto bene.

Quando si alzarono già vestiti per sbarcare, avevano oltrepassato i canali e le paludi del vecchio passaggio spagnolo e navigavano fra i rottami di barche e gli stagni di olivi morti della baia. Si stava levando un giovedì radioso sulle cupole dorate della città dei Viceré, ma Fermina Daza non poté sopportare il fetore delle sue glorie, l'arroganza dei suoi baluardi profanati dalle iguane: l'orrore della vita reale. Né lui né lei, senza dirselo, si sentirono capaci di arrendersi così facilmente.

Trovarono il capitano in sala da pranzo, in uno stato di disordine che non si accordava con l'eleganza dei suoi abiti: la barba lunga, gli occhi iniettati di sangue per il poco dormire, il vestito sudato della sera prima, la parola scombussolata dai rutti d'anice. Zenaida dormiva. Stavano incominciando a far colazione in silenzio, quando una barca a motore della Sanità del Porto ordinò di fermare l'imbarcazione.

Il capitano, dal posto di comando, rispose a urla alle domande della pattuglia armata. Volevano sapere che tipo di peste avevano a bordo, quanti passeggeri c'erano, quanti erano ammalati, che possibilità c'erano di nuovi contagi. Il capitano rispose che portavano solo tre passeggeri, e tutti avevano il colera, ma erano in stretto isolamento. Né quelli che dovevano salire a La Dorada né i ventisette uomini dell'equipaggio avevano avuto nessun contatto con loro. Ma il comandante della pattuglia non restò soddisfatto e ordinò che uscissero dalla baia e che aspettassero alla palude de Las Mercedes fino alle due del pomeriggio, mentre si preparavano le pratiche perché il battello restasse in quarantena. Il capitano tirò una bestemmia da carrettiere e con un cenno della mano ordinò al pilota di fare dietrofront e di tornare alle paludi.

Fermina Daza e Florentino Ariza avevano sentito tutto dal tavolo, ma non sembrava che al capitano importasse. Continuò a mangiare in silenzio, il malumore gli si vedeva perfino nel modo in cui violò le leggi di educazione che mantenevano alta la reputazione leggendaria dei capitani del fiume. Sfondò con la punta del coltello le quattro uova fritte, e le ripulì nel piatto con fettone di banana verde che si metteva intere in bocca e masticava con un piacere selvaggio. Fermina Daza e Florentino Ariza lo guardavano senza aprire bocca, aspettando la lettura dei voti finali su un banco di scuola. Non si erano scambiati una parola finché era durato il colloquio con la pattuglia sanitaria né avevano la minima idea di quello che sarebbe stato delle loro vite, ma tutti e due sapevano che il capitano stava pensando per loro: lo si vedeva nella pulsazione delle tempie.

Mentre serviva la razione di uova, il vassoio di fettone di banana, il recipiente di caffellatte, il battello uscì dalla baia con le caldaie al minimo, avanzò nei canali attraverso le trapunte di *taruya*, il loto fluviale dai fiori violetti e dalle grandi foglie a forma di cuore, e tornò alle paludi. L'acqua era azzurro-rosa per l'infinità di pesci che galleggiavano di fianco, uccisi dalla dinamite dei pescatori di frodo, e gli uccelli terrestri e acquatici volavano in cerchio sopra di loro con stridii metallici. Il vento del Caribe entrò dalle finestre con lo schiamazzo degli uccelli e Fermina Daza sentì nel sangue le pulsazioni disordinate del suo libero arbitrio. Sulla destra, torbido e parsimonioso, l'estuario del río Grande de La Magdalena si estendeva fino all'altro lato del mondo.

Quando non restò più nulla da mangiare nei piatti, il capitano si pulì la bocca con l'angolo della tovaglia e parlò in un gergo sfacciato che chiuse definitivamente con il prestigio delle buone maniere dei capitani del fiume. Perché non parlò per loro né per nessuno ma cercando di mettersi d'accordo con la sua stessa rabbia. La sua conclusione, dopo una sfilza di improperi barbari, fu che non trovava come uscire dall'imbroglio in cui si erano messi con la bandiera del colera.

Florentino Ariza lo ascoltò senza battere ciglio. Poi guardò dalle finestre il cerchio completo del quadrante della rosa dei venti, l'orizzonte nitido, il cielo di dicembre senza una sola nuvola, le acque navigabili per sempre, e disse:

«Andiamo a dritta, a dritta, a dritta, ancora verso La Dorada.»

Fermina Daza sussultò, perché riconobbe l'antica voce illuminata dalla grazia dello Spirito Santo, e guardò il capitano: era lui il destino. Ma il capitano non la vide perché era annichilito dal tremendo potere di ispirazione di Florentino Ariza.

«Lo dice sul serio?» gli chiese.

«Fin da quando sono nato» disse Florentino Ariza, «non ho detto una sola cosa che non sia sul serio.»

Il capitano guardò Fermina Daza e vide sulle sue ciglia i primi fulgori di una brina invernale. Poi guardò Florentino Ariza, la sua padronanza invincibile, il suo amore impavido, e lo turbò il sospetto tardivo che è la vita, più che la morte, a non avere limiti.

«E fino a quando crede che possiamo continuare con questo andirivieni del cazzo?» gli domandò.

Florentino Ariza aveva la risposta pronta da cinquantatré anni sette mesi e undici giorni, notti comprese.

«Per tutta la vita» disse.